Kevin Kwan • Crazy Rich Girlfriend

Kevin Kwan

Crazy Rich Girlfriend

Roman

Aus dem Amerikanischen
von Lisa Kögeböhn

KEIN & ABER
POCKET

Ebenfalls von Kevin Kwan:
Crazy Rich Asians
Crazy Rich Problems
Sex & Vanity

Die Originalausgabe erschien 2015 unter dem
Titel *China Rich Girlfriend* bei Doubleday, New York

Coverillustration: Joan Wong
Satz: Dörlemann Satz, Lemförde
Druck und Bindung: CPI books GmbH, Leck
ISBN: 978-3-0369-6113-2
Auch als eBook erhältlich

www.keinundaber.ch

Für meine Brüder und meine Cousinen und Cousins

LONDON
8. SEPTEMBER 2012, 9:00 UHR

Heute Nacht zwischen 4:00 und 4:30 Uhr durchbrach ein roter Ferrari 458 Italia das Schaufenster des Jimmy-Choo-Schuhgeschäfts in der Sloane Street. Es gab keine Zeugen. Nach Berichten der Metropolitan Police wurden zwei Insassen mit schweren, aber nicht lebensgefährlichen Verletzungen ins St Mary's Hospital in Paddington eingeliefert. Der Name des Fahrers wurde aus ermittlungstechnischen Gründen nicht bekannt gegeben.

Sarah Lyre, The London Chronicle

PROLOG

FLUGHAFEN PEKING

9. SEPTEMBER 2012, 19:45 UHR

»Augenblick mal – ich fliege First Class. Bringen Sie mich in die First Class«, fuhr Edison Cheng den Flugbegleiter an, der ihn zu seinem Platz geleitete.

»Sie befinden sich in der First Class, Mr Cheng«, erklärte ihm der Mann in der makellosen dunkelblauen Uniform.

»Aber wo sind die Suiten?«, fragte Eddie immer noch verwirrt.

»Mr Cheng, leider hält British Airways in der First Class keine Privatkabinen bereit.[1] Aber wenn ich Ihnen einige der Annehmlichkeiten zeigen dürfte, die Ihr Sitz –«

»Nein, danke.« Eddie pfefferte seine Aktentasche aus Straußenleder auf den Sitz wie ein bockiger Schuljunge. *Scheiße, Scheiße, Scheiße, was für Opfer ich wieder für die Bank bringen muss!* Edison Cheng, der verwöhnte »Prinz unter

1 Zu Eddies großem Pech bieten nur Emirates, Etihad Airways und Singapore Airlines Privatkabinen an Bord des Airbus A380 an. Emirates stellt seinen First-Class-Passagieren sogar zwei eigene Badezimmer mit luxuriösen Spa-Duschkabinen bereit. (Mitglieder des Mile High Clubs aufgepasst!)

den Privatbankiers« – in den Hongkonger Klatschspalten berühmt für seinen ausschweifenden Lebensstil, seine modische Garderobe, seine elegante Ehefrau (Fiona), seine fotogenen Kinder und seinen erstklassigen Stammbaum (seine Mutter ist Alexandra Young von den Singapur-Youngs) –, war solche Unannehmlichkeiten einfach nicht gewohnt. Fünf Stunden zuvor war er während eines Mittagessens im Hong Kong Club unterbrochen und eiligst an Bord des Firmenjets nach Peking gebracht worden, wo er augenblicklich in dieses Flugzeug nach London umsteigen musste. Es war Jahre her, dass er sich zu einem *Linienflug* hatte herablassen müssen, doch Mrs Bao war an Bord dieses gottverdammten Fliegers, und nach Mrs Bao mussten sie sich richten.

Wo war die Dame überhaupt? Eddie war davon ausgegangen, dass sie in der Nähe saß, doch der Chefsteward informierte ihn, es befinde sich keine Person dieses Namens in der Kabine.

»Das kann nicht sein, sie muss hier sein. Sehen Sie noch mal auf der Passagierliste nach!«, verlangte Eddie.

Kurze Zeit später führte man ihn zu Reihe 37, Sitz E – Economyclass –, wo eine zierliche Frau in weißem Vikunja-Rollkragenpullover und grauer Flanellhose zwischen zwei andere Passagiere gequetscht saß.

»Mrs Bao? Bao Shaoyen?«, erkundigte sich Eddie auf Mandarin.

Die Frau blickte auf und lächelte matt. »Sind Sie Mr Cheng?«

»Ja. Schön, Sie kennenzulernen, wenn auch unter solchen Umständen.« Eddie lächelte erleichtert. Seit acht Jahren verwaltete er die Schwarzgeldkonten der Familie Bao, die jedoch so zurückhaltend war, dass er bis zum heutigen

Tage keinen von ihnen zu Gesicht bekommen hatte. Obwohl Bao Shaoyen ziemlich müde aussah, war sie wesentlich hübscher, als er erwartet hatte. Mit ihrer Alabasterhaut, den großen schräg stehenden Augen und hohen Wangenknochen – besonders betont durch den strengen, pechschwarzen Pferdeschwanz im Nacken – wirkte sie längst nicht so alt, als könnte sie einen Sohn im Studentenalter haben.

»Warum sitzen Sie denn hier? Liegt ein Irrtum vor?«, fragte Eddie.

»Nein, ich fliege immer Economy«, gab Mrs Bao zurück.

Eddie konnte seine Entgeisterung nicht unterdrücken. Mrs Baos Mann, Bao Gaoliang, war einer der hochrangigsten Politiker in Peking, außerdem hatte er eine der größten Pharmafirmen Chinas geerbt. Die Baos waren nicht irgendwelche Kunden, sie waren seine ultrahochvermögenden Kunden.

»First Class fliegt nur mein Sohn«, erklärte Bao Shaoyen, die Eddies Blick richtig deutete. »Carlton verträgt dieses noble westliche Essen. Außerdem kann er als Student jede Minute Ruhe gebrauchen, die er kriegen kann. Er steht ja so stark unter Druck. Aber für mich lohnt es sich nicht. Flugzeugessen rühre ich nicht an, und schlafen kann ich auf Langstreckenflügen ohnehin nicht.«

Beinahe hätte Eddie die Augen verdreht. *Typisch Festlandchinesen!* Überschütteten ihren Thronfolger mit Geld und litten schweigend. Tja, und was hatten sie davon? Der dreiundzwanzigjährige Carlton Bao steckte eigentlich gerade in den letzten Zügen seiner Masterarbeit, hatte am gestrigen Abend jedoch sein Bestes gegeben, Prinz Harry nachzueifern – er hatte rund achtunddreißigtausend Pfund in diversen Londoner Nachtclubs gelassen, seinen brandneuen Ferrari zu Schrott gefahren, öffentliches Eigentum zerstört und sich dabei um ein Haar umgebracht. Und das war noch nicht einmal das Schlimmste. Das Schlimmste – so Eddies ausdrückliche Anweisung – durfte Bao Shaoyen unter keinen Umständen erfahren.

Eddie steckte in der Zwickmühle. Er musste dringend mit Mrs Bao den Plan durchgehen, aber eher würde er sich einer Darmspiegelung unterziehen, als die nächsten elf Stunden mit dem Pöbel in der Touristenklasse zu verbringen. Herr im Himmel, was, wenn ihn jemand erkannte? Ein Foto von Edison Cheng, der sich in einen Sitz der Economyclass zwängte, würde innerhalb von Sekunden viral gehen. Dennoch musste sich Eddie zähneknirschend eingestehen, dass es ungehörig war, eine ihrer wichtigsten Kundinnen hier hinten ihrem Schicksal zu überlassen, während er sich in der First Class auf seinem in ein Bett verwandelten Sitz ausstreckte und an einem zwanzig Jahre alten Cognac nippte. Er beäugte erst den Jugendlichen mit der Stachelfrisur, der sich gefährlich nah in Mrs Baos Richtung lehnte, dann die ältere Frau auf ihrer anderen Seite, die sich über einer Kotztüte die Nägel knipste. Da kam ihm eine Idee.

Mit gedämpfter Stimme sagte Eddie: »Mrs Bao, natürlich hätte ich nichts dagegen, mich hier zu Ihnen zu setzen, aber da wir einige *streng vertrauliche* Details zu besprechen haben, würden Sie mir erlauben, Ihnen einen Sitz vorn bei mir zu organisieren? Ich bin mir sicher, die Bank würde darauf bestehen, dass ich Ihnen ein Upgrade in die First Class anbiete – selbstverständlich auf unsere Kosten –, damit wir uns dort in wesentlich *privaterem* Rahmen unterhalten können.«

»Nun, wenn die Bank darauf besteht …«, erwiderte Bao Shaoyen zögerlich.

Nach dem Start, als sie sich mit Aperitifs auf den gegenüberliegenden Sitzen eingerichtet hatten, kam Eddie ohne Umschweife zur Sache.

»Mrs Bao, ich habe kurz vor dem Boarding mit London gesprochen. Der Zustand Ihres Sohnes ist stabil. Der Milzriss konnte erfolgreich operativ behoben werden, und nun können die Orthopäden übernehmen.«

»Oh, den Göttern sei Dank!« Seufzend lehnte sich Bao Shaoyen zum ersten Mal entspannt in ihrem Sitz zurück.

»Wir haben bereits den besten wiederherstellenden plastischen Chirurgen in London engagiert. Dr. Peter Ashley. Er wird sich gemeinsam mit dem orthopädischen Ärzteteam im OP um Ihren Sohn kümmern.«

»Mein armer Junge«, stieß Bao Shaoyen mit feuchten Augen hervor.

»Ihr Sohn hat großes Glück gehabt.«

»Und das britische Mädchen?«

»Das Mädchen befindet sich noch im OP. Aber ich bin mir sicher, dass alles gut wird«, sagte Eddie und setzte sein aufmunterndstes Lächeln auf.

Keine dreißig Minuten zuvor hatte sich Eddie an Bord eines anderen Flugzeugs in einem Privathangar des Pekinger Flughafens im Rahmen eines überstürzt einberufenen Krisentreffens mit Mr Tin, dem grauhaarigen Sicherheitschef der Familie Bao, und Nigel Tomlinson, dem Asienchef seiner Bank, die unschönen Details angehört. Die beiden Männer waren unmittelbar nach der Landung an Bord des Learjets gekommen und hatten sich über Nigels Laptop gebeugt, während einer der Londoner Partner sie per Videokonferenz über eine sichere Verbindung auf den neuesten Stand brachte.

»Carlton ist jetzt im Aufwachraum. Er hat ordentlich was abbekommen, aber da er auf dem Fahrersitz mit Airbag und so saß, waren seine Verletzungen noch am leichtesten. Aber bei dem englischen Mädchen steht alles auf der Kippe – sie liegt im Koma, sie haben den Druck auf ihr Hirn durch die Schwellung gemindert, mehr können sie jedoch im Augenblick nicht tun.«

»Und das *andere* Mädchen?«, fragte Mr Tin mit zusammengekniffenen Augen in Richtung des pixeligen Pop-up-Fensters.

»Uns wurde gesagt, sie sei beim Aufprall gestorben.«

Nigel seufzte. »Und sie war Chinesin?«

»Wir glauben ja, Sir.«

Eddie schüttelte den Kopf. »Was für ein Riesenhaufen Scheiße. Wir müssen so schnell wie möglich die nächsten Angehörigen ermitteln, ehe die Behörden sie benachrichtigen.«

»Wie kriegt man überhaupt drei Leute in einem Ferrari unter?«, fragte Nigel.

Mr Tin ließ sein Handy nervös auf der lackierten Walnusskonsole kreiseln. »Carlton Baos Vater ist mit dem Premierminister von China auf Staatsbesuch in Kanada, dabei darf er unter keinen Umständen gestört werden. Ich habe die Anweisung von Mrs Bao, dass ihm niemals auch nur der Hauch eines Skandals zu Ohren kommen darf. Er darf nichts von dem toten Mädchen erfahren. Haben Sie mich verstanden? Bei seinem politischen Rang steht einfach zu viel auf dem Spiel, gerade in dieser empfindlichen Phase des Führungswechsels der Partei – das geschieht schließlich höchstens alle zehn Jahre.«

»Sicher, sicher«, beschwichtigte ihn Nigel. »Wir behaupten einfach, das *weiße* Mädchen wäre seine Freundin gewesen. Der Vater darf nur von *einem* Mädchen im Auto erfahren.«

»Muss Mr Bao überhaupt von dem weißen Mädchen erfahren? Keine Sorge, Mr Tin. Bei einigen dieser Scheichkinder habe ich schon wesentlich Schlimmeres gedeichselt«, prahlte Eddie.

Nigel warf Eddie einen bösen Blick zu. Die Bank schrieb sich selbst höchste Diskretion auf die Fahnen, und nun saß hier ein Partner, der sich das Maul über andere Kunden zerriss.

»Wir haben ein taktisches Einsatzteam in London zusammengestellt, das ich persönlich leite, und ich versichere Ihnen, dass wir alles in unserer Macht Stehende tun werden, damit nichts davon an die Öffentlichkeit gelangt«, sagte Nigel, ehe er sich an Eddie wandte. »Wie viel wird es kosten, die Fleet Street zum Schweigen zu bringen?«

Eddie holte tief Luft und versuchte, die Summe im Kopf zu überschlagen. »Mit der Presse ist es ja nicht getan. Da wären auch noch Polizisten, Krankenwagenfahrer, Klinikpersonal, die Familien. Arschviele Leute also, da kommt einiges an Schweigegeld zusammen. Unter zehn Millionen Pfund kommen wir da vermutlich nicht weg.«

»Also, Sie bringen Mrs Bao nach der Landung unverzüglich in unser Büro. Sie muss die Befugnis unbedingt unterzeichnen, bevor Sie mit ihr ins Krankenhaus zu ihrem Sohn fahren. Die Frage ist bloß, was wir Mr Bao sagen, wenn er uns fragt, wofür wir so viel Geld brauchen«, grübelte Nigel.

»Sagen Sie einfach, das Mädchen braucht ein paar neue Organe«, schlug Mr Tin vor.

»Wir können auch behaupten, wir müssten der Boutique

Schadenersatz zahlen«, fügte Eddie hinzu. »Jimmy Choos sind schließlich verdammt teuer.«

HYDE PARK 2, LONDON, 10. SEPTEMBER 2012

Eleanor Young nippte an ihrem Morgentee und tüftelte eine Notlüge aus. Sie war mit drei ihrer besten Freundinnen – Lorena Lim, Nadine Shaw und Daisy Foo in London, und nachdem sie zwei Tage pausenlos mit den dreien verbracht hatte, brauchte sie dringend ein paar Stündchen für sich. Der Londonausflug war für alle vier als Ablenkung gedacht – Lorena erholte sich vom Schrecken einer allergischen Reaktion auf Botox, Daisy hatte sich wieder einmal mit ihrer Schwiegertochter über die Kindergartenwahl für ihre Enkel gestritten, und Eleanor selbst war deprimiert darüber, dass ihr Sohn Nicky seit über zwei Jahren nicht mit ihr sprach. Und Nadine – nun, Nadine war entgeistert über den Zustand der Wohnung ihrer Tochter.

»*Alamaaaak!* Fünfzig Millionen Dollar, und man kann nicht mal die Klospülung betätigen!«, kreischte Nadine beim Betreten des Frühstücksraums.

»Was erwartest du? Ist eben alles Super-Hightech!«, sagte Lorena lachend. »Hat die Toilette dir wenigstens dabei geholfen, *sue kha-tshng*?«[1]

»Nein, *lah*! Ich hab gewedelt und gewedelt, aber diese blöden Sensoren haben einfach nicht reagiert!« Resigniert ließ sich Nadine auf einen ultramodernen Stuhl plumpsen, der aussah, als bestünde er aus einem unordentlichen Knäuel roter Samtkordeln.

1 Hokkien für »deinen Hintern waschen«.

»Ich will ja nicht meckern, aber ich finde das Apartment deiner Tochter nicht nur schrecklich modern, sondern auch schrecklich überteuert«, kommentierte Daisy zwischen zwei Bissen Rousong-Toast.

»*Aiya*, sie zahlt eben für den Namen und die Lage«, sagte Eleanor abfällig. »Ich hätte ja eine Wohnung mit Blick auf den Hyde Park statt auf Harvey Nichols gewählt.«

»Du kennst doch meine Francesca, *lah*! Der Park ist ihr scheißegal, sie will bloß neben ihrem Lieblingsgeschäft einschlafen! Gott sei Dank hat sie endlich jemanden geheiratet, der ihren Dispo ausgleichen kann.« Nadine seufzte.

Die Damen schwiegen. Nadine hatte es nicht leicht, seit ihr Schwiegervater Sir Ronald Shaw nach sechs Jahren aus dem Koma erwacht war und seiner kauffreudigen Familie den Geldhahn abgedreht hatte. Ihre verschwenderische Tochter Francesca (einst vom *Singapore Tattle* unter die fünfzig bestgekleideten Frauen gewählt) kam gar nicht damit zurecht, beim Shopping haushalten zu müssen, und entschloss sich kurzerhand zu einer dreisten Affäre mit Roderick Liang (von den Liang-Finance-Group-Liangs), der gerade erst Lauren Lee geheiratet hatte. Singapurs *Who is Who* war empört, und Laurens Großmutter, die gefürchtete Mrs Lee Yong Chien, übte Vergeltung, indem sie dafür sorgte, dass jede Familie der alten Garde in ganz Südostasien sich von den Shaws und den Liangs abkehrte. Schließlich beschloss der gründlich geläuterte Roderick, bei seiner Frau zu Kreuze zu kriechen, statt mit Francesca durchzubrennen.

Die plötzlich gesellschaftlich geächtete Francesca floh nach England und rettete sich kurz darauf in die Ehe mit »irgend so einem iranischen Juden mit einer halben Milliarde Dollar«[1]. Seit sie in einer abartig teuren Eigentumswohnung im Hyde Park 2 lebte, dem Luxuswohnblock der Königsfamilie von Katar, sprachen sie und ihre Mutter endlich wieder miteinander. Natürlich waren die Damen unter dem Vorwand angereist, die Neuvermählten besuchen zu wollen, in Wirklichkeit jedoch waren sie nur darauf erpicht, sich das viel gerühmte Apartment anzuschauen, und wichtiger noch, kostenlos unterzukommen.[2]

Während die Frauen den heutigen Shoppingplan besprachen, setzte Eleanor zu ihrer Notlüge an. »Ich kann heute Morgen leider nicht mitkommen. Ich treffe mich mit diesen laaangweiligen Shangs zum Frühstück. Wenn ich abreise, ohne ihnen wenigstens einen Besuch abzustatten, sind sie tödlich beleidigt.«

»Du hättest ihnen gar nicht sagen sollen, dass du hier bist«, tadelte Daisy.

»*Alamak*, Cassandra Shang findet es doch sowieso raus! Diese Frau hat einen speziellen Radar für so was, und wenn sie wüsste, dass ich in England bin, ohne ihre Eltern zu besuchen, müsste ich mir das bis in alle Ewigkeit anhören. Was bleibt mir anderes übrig, *lah*? Das ist eben der Fluch daran, in die Young-Familie eingeheiratet zu haben«, beklagte sich Eleanor gespielt. In Wirklichkeit hatten die »königlichen Shangs«, wie die Cousins und Cousinen ihres Mannes Philip Young allseits genannt wurden, in den

1 Laut Cassandra Shang alias »Radio One Asia«.

2 Frauen mit Eleanors Hintergrund würden lieber zu sechst in einem Zimmer kampieren oder auf dem Boden irgendeines entfernten Bekannten nächtigen, als Geld für ein Hotelzimmer auszugeben. Die gleichen Frauen würden im Urlaub ohne mit der Wimper zu zucken neunzigtausend US-Dollar für Südseeperlen-»Modeschmuck« ausgeben.

über dreißig Jahren Ehe nicht einmal einen Anstandsbesuch von ihr erwartet. Wäre Philip mit in London, wären sie bestimmt auf das palastähnliche Anwesen der Shangs in Surrey eingeladen worden, oder zumindest zu einem Dinner in der Stadt, aber wenn Eleanor allein in England war, herrschte Grabesstille von Seiten der Shangs.

Natürlich hatte Eleanor es längst aufgegeben, sich dem hochnäsigen, engstirnigen Clan ihres Ehemanns anzupassen, aber die Lüge bezüglich der Shangs war die einzige Möglichkeit, ihre Freundinnen davon abzuhalten, neugierig nachzubohren. Egal, mit wem sie sich sonst träfe, ihre *ke-po*[1] Freundinnen hätten garantiert mitkommen wollen, doch die bloße Erwähnung der Shangs schüchterte sie so sehr ein, dass sie von allen weiteren Fragen absahen.

Während die Damen beschlossen, den Morgen mit der Verkostung all der Gratis-Delikatessen zu beginnen, die es in den berühmten Food Halls bei Harrods gab, verließ Eleanor das protzige Gebäude am Knightsbridge unauffällig gekleidet in einem schicken kamelfarbenen Akris-Hosenanzug, einem ausgestellten Mantel von Max Mara in British Racing Green und mit ihrem Markenzeichen, der Cutler-and-Gross-Sonnenbrille mit Goldrand[2] auf der Nase, und ging zwei Blocks in östlicher Richtung zum Berkeley-Hotel, wo ein silberner Jaguar XJL vor einer Reihe kugelrund geschnittener Büsche auf sie wartete. Noch immer von der Paranoia getrieben, ihre Freundinnen könnten

1 Hokkien für »neugierig« oder »aufdringlich«.

2 Eleanor, die für gewöhnlich keine teure Designerkleidung trug und regelmäßig damit prahlte, sie könne »diese ganzen Markennamen schon seit den Siebzigern nicht mehr hören«, besaß einige ausgewählte Stücke, die ausschließlich für besondere Anlässe wie diesen reserviert waren.

sie verfolgt haben, warf Eleanor einen hastigen Blick über die Schulter, ehe sie in die Limousine stieg und davonbrauste.

In der Connaught Street in Mayfair stand Eleanor schließlich vor einer hübschen Reihe Stadthäuser. Nichts an der rot-weißen georgianischen Backsteinfassade oder der glänzenden schwarzen Tür ließ auch nur ansatzweise vermuten, was sich dahinter befand. Sie drückte einen Knopf auf der Gegensprechanlage, und nahezu augenblicklich ertönte eine Stimme: »Wie kann ich Ihnen behilflich sein?«

»Eleanor Young. Ich habe einen Termin um zehn Uhr«, sagte sie mit einem Akzent, der auf einmal sehr viel britischer klang als vorher. Noch bevor sie den Satz beendet hatte, klickten hörbar mehrere Schlösser, und ein einschüchternd breiter Mann in Nadelstreifenanzug öffnete die Tür. Eleanor betrat ein helles, schlichtes Vorzimmer, in dem eine attraktive junge Frau hinter einem kobaltblauen Maison-Jansen-Schreibtisch saß. Die Frau begrüßte sie freundlich lächelnd: »Guten Morgen, Mrs Young. Es geht sofort los – wir haben schon Bescheid gesagt.«

Eleanor nickte. Sie kannte den Ablauf. Die gesamte Rückwand des Vorzimmers bestand aus Glastüren mit Stahlrahmen, hinter denen ein Innenhof mit Privatgarten lag, und sie konnte dort bereits einen glatzköpfigen Mann in schwarzem Anzug erkennen, der auf sie zukam. Der Türsteher im Nadelstreifenanzug führte sie zu dem Mann mit der Glatze und sagte schlicht: »Mrs Young für Mr D'Abo.« Eleanor fiel auf, dass beide kaum sichtbare Ohrstöpsel trugen. Der Glatzköpfige eskortierte sie einen glasüberdachten Weg entlang, der sich im Innenhof teilte und an einer Formschnitthecke vorbei in das angrenzende Gebäude führte – ein ultramoderner Bunker aus schwarzem Titan und getönten Scheiben.

»Mrs Young für Mr D'Abo«, wiederholte der Mann noch einmal in seinen Ohrstöpsel, und eine weitere Reihe von Sicherheitsschlössern öffnete sich klickend. Nach einer kurzen Fahrt im Aufzug verspürte Eleanor zum ersten Mal an diesem Morgen so etwas wie Erleichterung, als sie endlich den pompös ausgestatteten Empfangsraum der Liechtenburg Group betrat, einer der exklusivsten Privatbanken der Welt.

Wie so viele hochvermögende Asiaten unterhielt Eleanor Konten bei den unterschiedlichsten Finanzinstituten. Ihre Eltern, die einen Großteil ihres ursprünglichen Vermögens verloren hatten, als sie während der japanischen Besatzung Singapurs im Zweiten Weltkrieg in ein Konzentrationslager deportiert wurden, hatten ihren Kindern ein Mantra mit auf den Weg gegeben: *Lege niemals alle Eier in ein Körbchen.* Daran erinnerte sich Eleanor, während sie im Laufe der nächsten Jahrzehnte ihr eigenes Vermögen anhäufte. Dass ihre Heimatstadt Singapur inzwischen zu einem der weltweit sichersten finanziellen Knotenpunkte geworden war, kümmerte sie nicht. Wie so viele ihrer Freundinnen verteilte sie ihr Geld noch immer auf diverse über den Globus verstreute Banken, sichere Häfen, die lieber ungenannt blieben.

Das Konto bei der Liechtenburg Group jedoch war das Juwel in ihrer Krone. Dort wurde der größte Batzen ihres Anlagevermögens verwaltet, und ihr Privatbankier Peter D'Abo brachte ihr fortwährend die höchste Rendite ein. Mindestens einmal im Jahr erfand Eleanor eine Ausrede, nach London zu reisen, wo sie ihren Wertpapierbestand genüsslich mit Peter durchging. (Es war dem Genuss durchaus zuträglich, dass er wie ihr Lieblingsschauspieler Richard Chamberlain aussah – ungefähr zur Zeit der *Dornenvögel*. Eleanor saß Peter so manches Mal an seinem Schreibtisch aus hochglanzpoliertem Makassar-Ebenholz gegenüber und stellte ihn sich mit Priesterkragen vor, während er ihr erklärte, nach welchem genialen System er ihr Geld nun wieder angelegt hatte.)

Während Eleanor in der Empfangslounge wartete, zückte sie ein letztes Mal ihr seidenes Lippenstiftetui von Jim Thompson und überprüfte in dem winzigen Spiegel darin den Zustand ihres Lippenstifts. Sie bewunderte die riesige Glasvase mit den lilafarbenen Callas, deren leuchtend grüne Stiele spiralförmig angeordnet waren, und überlegte, wie viele britische Pfund sie auf diesem Kurztrip abheben sollte. Der Singapur-Dollar war diese Woche schwach, es war im Augenblick also besser, in Pfund zu bezahlen. Daisy hatte gestern das Mittagessen spendiert und Lorena das Abendessen, also wäre heute sie an der Reihe. Die drei hatten sich darauf geeinigt, abwechselnd für alle zu zahlen, da sie ja wussten, wie knapp die arme Nadine bei Kasse war.

Die mit Silber eingefasste Flügeltür schwang auf, und Eleanor erhob sich erwartungsvoll. Doch statt Peter D'Abo kam eine chinesische Dame durch die Tür, in Begleitung von Eddie Cheng.

»Meine Güte, Auntie Ellie! Was machst du denn hier?«, platzte Eddie unwillkürlich heraus.

Eleanor wusste natürlich, dass der Neffe ihres Mannes für die Liechtenburg Group arbeitete, aber Eddie war der Geschäftsführer der Zweigstelle in Hongkong, und sie hätte im Leben nicht damit gerechnet, ihm hier über den Weg zu laufen. Sie hatte ihr Konto absichtlich in der Londoner Zweigstelle eröffnet, um *keinesfalls* zufällig jemand Bekanntes zu treffen. Mit hochrotem Gesicht stammelte sie: »Oh … oh, hallo. Ich treffe mich bloß mit einem Freund zum Frühstück.« Aiya, aiya, aiya, *ich bin aufgeflogen!*

»Ach, natürlich, Frühstück«, antwortete Eddie, dem die Situation ebenfalls unangenehm war. *War ja klar, dass dieses gerissene Luder ein Konto bei uns hat.*

»Ich bin seit vorgestern hier. Mit Nadine Shaw – um Francesca zu besuchen.« *Verfluchter Mist, jetzt weiß die ganze Familie, dass ich heimlich Geld in England angelegt habe.*

»Ach, Francesca Shaw. Hat sie nicht irgendeinen Araber geheiratet?«, fragte Eddie höflich. *Und Ah Ma macht sich immer Sorgen, dass Onkel Philip nicht genug Geld zum Leben hat. Wenn ich ihr* das *erzähle!*

»Einen iranischen Juden, sehr gut aussehend. Sie sind gerade in eine Wohnung am Hyde Park 2 gezogen«, erwiderte Eleanor. *Gott sei Dank kennt er meine sechzehnstellige Kontonummer nicht.*

»Oho, dann verdient er sicher nicht schlecht«, sagte Eddie mit geheuchelter Bewunderung. *Mein Gott, ich muss Peter D'Abo über ihr Konto ausfragen. Aber dieser Wichtigtuer verrät mir garantiert nichts.*

»Ziemlich gut sogar, würde ich schätzen – er ist Bankier, genau wie du«, konterte Eleanor. Ihr fiel auf, dass die chinesische Frau es eilig zu haben schien, und sie fragte sich, wer sie wohl war. Für eine Festländerin war sie geradezu elegant und dezent gekleidet. Das musste eine seiner ganz wichtigen Kundinnen sein. Deshalb stellte Eddie sie ihr natürlich auch nicht vor. *Was machen die beiden bloß hier in London?*

»Gut, dann *frühstücke* mal schön«, sagte Eddie beim Gehen schmunzelnd.

Nachdem Eddie seine Kundin auf die Intensivstation des St Mary's Hospital begleitet hatte, führte er Bao Shaoyen zum Essen bei Mandarin Kitchen am Queensway aus, weil er hoffte, die Hummernudeln[1] könnten sie aufmuntern, doch anscheinend verging Frauen beim Weinen der Appetit. Shaoyen war nicht im Geringsten auf den Anblick ihres Sohnes vorbereitet gewesen. Sein Kopf war auf die Größe einer Wassermelone angeschwollen, und überall ragten Schläuche hervor – aus seiner Nase, seinem Mund, seinem Hals. Er hatte sich beide Beine gebrochen, Verbrennungen zweiten Grades an den Armen erlitten, und der Teil von ihm, der nicht bandagiert war, sah aus wie eine eingedrückte Plastikflasche. Sie wollte bei ihm bleiben, doch das ließen die Ärzte nicht zu, denn die Besuchszeit war zu Ende. Niemand hatte ihr gesagt, dass es so schlimm war. Warum hatte ihr das niemand gesagt? Nicht einmal Mr Tin. Und wo war ihr Mann? Sie war so wütend auf ihn. Sie war wütend, weil sie das alles allein durchstehen musste, während er feierlich Bänder durchschnitt und irgendwelchen Kanadiern die Hand schüttelte.

Eddie rutschte unangenehm berührt auf seinem Stuhl herum, während Shaoyen ihm gegenüber untröstlich schluchzte.

1 Obwohl das Restaurant mit seiner geweißten Gewölbedecke aus unerfindlichen Gründen an eine griechische Taverne aus den Achtzigern erinnert, fliegen asiatische Foodies extra für das Spezialgericht von Mandarin Kitchen nach London. Nirgendwo anders bekommt man derart gute handgemachte chinesische Eiernudeln in köstlicher Ingwer-Frühlingszwiebelsoße mit täglich vor Schottland frisch gefangenem Hummer.

Konnte sie sich nicht zusammenreißen? Schließlich hatte Carlton *überlebt*! Nach ein paar Schönheitsoperationen würde er wieder so gut wie neu aussehen. Vielleicht sogar besser als vor dem Unfall. Wenn Peter Ashley, der Michelangelo der Harley Street, erst mal Hand anlegte, würde ihr Sohn hinterher vermutlich wie ein chinesischer Ryan Gosling anmuten. Vor ihrer Ankunft in London hatte Eddie angenommen, dass die Sache innerhalb von ein, zwei Tagen gegessen sein und er noch genug Zeit haben würde, sich einen neuen Frühlingsanzug bei Joe Morgan maßschneidern zu lassen, und dazu vielleicht ein Paar neue Cleverleys. Doch der Damm hatte bereits Risse bekommen. Jemand hatte der asiatischen Presse einen Tipp gegeben, und die Reporter schnüffelten gnadenlos herum. Er musste sich mit seinem Kontakt bei Scotland Yard treffen. Er musste seine Fleet-Street-Kontakte anzapfen. Die Sache drohte aus dem Ruder zu laufen, er hatte jetzt keine Zeit für hysterische Mütter.

Gerade als es nicht mehr schlimmer kommen konnte, sah Eddie aus dem Augenwinkel ein vertrautes Gesicht. Mist, das war schon wieder Auntie Ellie, die das Lokal mit Mrs Q. T. Foo betrat, dieser Soundso aus der L'Orient-Jewelry-Familie und dieser stillosen Nadine Shaw. *Scheiße, Scheiße, Scheiße, wieso müssen denn alle Chinesen auf Londonbesuch unbedingt in den gleichen drei Restaurants essen?*[1] Das war genau das, was er brauchte – dass die größten Tratschtanten Asiens den Nervenzusammenbruch von Bao Shaoyen miterlebten. Wobei,

1 Die heilige Dreifaltigkeit sind das Four Seasons wegen seiner gebratenen Ente, Mandarin Kitchen wegen der bereits erwähnten Hummernudeln und das Royal China wegen der Dim Sum.

vielleicht war das gar nicht so schlecht. Seit er Eleanor heute Morgen in der Bank getroffen hatte, wusste Eddie, dass er sie sprichwörtlich an den Eiern hatte. Er konnte praktisch alles von ihr verlangen. Und jetzt gerade musste sich jemand, dem er wirklich vertrauen konnte, um Bao Shaoyen kümmern, während er sich um den Rest kümmerte. Wenn die Dame mit Asiens Schickeria bei einem opulenten Mahl in London gesehen würde, könnte ihnen das sogar zum Vorteil gereichen und diese Aasgeier von Reportern vom Hals schaffen.

Eddie stand auf und schlenderte zu dem runden Tisch in der Mitte des Gastraums. Eleanor entdeckte ihn als Erste und biss genervt die Zähne zusammen. *Natürlich muss Eddie Cheng hier sein. Wenn dieser Idiot unsere Begegnung heute Morgen auch nur mit einem Ton erwähnt, verklage ich die Liechtenburg Group!*

»Auntie Ellie, bist du das?«

»Ach du meine Güte, Eddie! Was machst du denn in London?«, stieß Eleanor hervor und tat völlig überrascht.

Eddie beugte sich mit einem breiten Grinsen vor und gab ihr einen Kuss auf die Wange. *Mein Gott, das war ja eine oscarreife Darbietung.* »Ich bin geschäftlich hier. Was für eine schöne Überraschung, dich ausgerechnet hier zu treffen!«

Eleanor seufzte erleichtert auf. *Gott sei Dank spielt er mit.* »Ladys, ihr kennt doch bestimmt meinen Neffen aus Hongkong? Er ist der Sohn von Philips Schwester Alix und dem weltberühmten Herzchirurgen Malcolm Cheng.«

»Aber sicher doch! Ach, wie klein die Welt doch ist, *lah*!« Die Frauen schnatterten aufgeregt durcheinander.

»Wie geht es denn Ihrer lieben Mutter?«, fragte Nadine eifrig, obwohl sie Alexandra Cheng noch nie in ihrem Leben getroffen hatte.

»Sehr gut, danke. Mum ist gerade in Bangkok und besucht Auntie Cat.«

»Ach, deine Thai-Auntie«, antwortete Nadine in ehrfürchtigem Tonfall, weil sie wusste, dass Catherine Young in den Thai-Adel eingeheiratet hatte.

Eleanor musste sich das Augenrollen verkneifen. Dass Eddie auch keine Gelegenheit zum Namedropping ausließ.

Eddie wechselte ins Mandarin und sagte: »Meine Damen, darf ich Ihnen Mrs Bao Shaoyen vorstellen?«

Alle vier schenkten der Frau, die jetzt an ihren Tisch trat, ein höfliches Nicken. Nadine fiel sofort auf, dass sie eine Kaschmirstrickjacke von Loro Piana, einen wunderschön geschnittenen Bleistiftrock von Céline, praktische flache Pumps von Robert Clergerie und eine hübsche Lacklederhandtasche ohne erkennbares Logo trug. Urteil: *Langweilig, aber erstaunlich viel Klasse für eine Festländerin.*

Lorena stach der Diamantring ins Auge. Ein Klunker von bestimmt acht bis achteinhalb Karat, Farbe D, Reinheitsgrad VVS1 oder VVS2, Radiantschliff, flankiert von zwei dreieckigen gelben Diamanten von je drei Karat, in Platin eingefasst. Die Kombination schrie nach Ronald Abram in Hongkong. Urteil: *Nicht zu protzig, aber bei L'Orient hätte sie einen besseren Stein bekommen.*

Daisy, der das Äußere von Menschen völlig egal war und die sich stattdessen wesentlich mehr für Stammbäume interessierte, fragte auf Mandarin: »Bao? Sind Sie etwa mit den Baos aus Nanjing verwandt?«

»Ja, Bao Gaoliang ist mein Mann«, sagte Mrs Bao mit einem Lächeln. *Wenigstens eine, die anständig Mandarin spricht! Und weiß, wer wir sind.*

»*Aiya*, die Welt ist so klein! Ich habe Ihren Mann getroffen, als er das letzte Mal mit der chinesischen Delegation in Singapur war! Ladys, Bao Gaoliang ist der ehemalige Gouverneur der Provinz Jiangsu. Kommen Sie, setzen Sie sich zu uns. Wir wollten gerade bestellen!«, bat Daisy die beiden großzügig.

Eddie strahlte. »Sie sind zu nett. Ehrlich gesagt freuen wir uns über Gesellschaft. Wissen Sie, Mrs Bao macht gerade eine schwere Zeit durch. Ihr Sohn wurde vorgestern bei einem Autounfall verletzt –«

»GOTTgütiger!«, fiel Nadine ihm ins Wort.

Eddie fuhr fort: »Ich fürchte, ich muss wieder los, weil ich mich noch um einige wichtige Angelegenheiten der Familie Bao kümmern muss, aber ich bin mir sicher, Mrs Bao würde sich Ihnen gern anschließen. Sie kennt sich in London kaum aus, also ist sie ziemlich aufgeschmissen.«

»Keine Sorge, wir nehmen sie unter unsere Fittiche!«, bot Lorena großzügig an.

»Da bin ich aber erleichtert. Sag mal, Auntie Ellie, könntest du mir zeigen, wo ich am schnellsten ein Taxi finde?«

»Aber sicher«, sagte Eleanor und verließ das Restaurant mit ihrem Neffen.

Während die Damen Bao Shaoyen trösteten, briefte Eddie vor dem Lokal seine Tante. »Ich weiß, dass das ein großer Gefallen ist, um den ich dich hier bitte. Kann ich mich darauf verlassen, dass ihr Mrs Bao eine Weile beschäftigt und ablenkt? Noch wichtiger, kann ich auf eure absolute Diskretion zählen? Ich muss sicher sein, dass deine Freundinnen der Presse gegenüber, vor allem der asiatischen, kein Wort über Mrs Bao sagen. Ich stehe zutiefst in deiner Schuld.«

»*Aiya*, du kannst dich hundertprozentig auf uns verlassen.

Meine Freundinnen würden niemals tratschen«, beteuerte Eleanor.

Eddie nickte ernst, obwohl er ganz genau wusste, dass jede einzelne der Frauen ihre Begegnung in Lichtgeschwindigkeit nach Asien melden würde, kaum dass er weg war. Diese nervtötenden Klatschreporterinnen würden die Nachricht in ihre täglichen Kolumnen aufnehmen, und schwups wären alle in dem Glauben, dass Shaoyen lediglich zum Shoppen und Essen in London weilte.

»Kann ich mich denn auch auf *deine* Diskretion verlassen?«, fragte Eleanor und sah ihm direkt in die Augen.

»Ich habe keine Ahnung, wovon du sprichst, Auntie Ellie«, erwiderte Eddie schmunzelnd.

»Ich spreche von meinem *Frühstück* … heute Morgen.«

»Ach, keine Sorge, das habe ich doch längst vergessen. Ich habe einen Verschwiegenheitseid abgelegt, als ich in die Welt der Privatbanken eingetreten bin, und es würde mir nicht im Traum einfallen, ihn zu brechen. Wofür stehen wir bei der Liechtenburg Group, wenn nicht für Diskretion und Vertrauen?«

Erleichtert über diese seltsame Wendung ging Eleanor zurück ins Restaurant. Jetzt war sie mit ihrem Neffen quitt. Eine riesige Platte mit einem noch riesigeren Hummer auf einem Bett dampfend heißer Nudeln stand auf dem Tisch, doch niemand aß etwas. Ihre Freundinnen sahen Eleanor mit merkwürdigem Gesichtsausdruck an. Vermutlich platzten sie alle vor Neugier auf das, was sie vor der Tür mit Eddie besprochen hatte.

Daisy lächelte breit, als Eleanor sich setzte, und sagte: »Mrs Bao hat uns gerade Fotos von ihrem gut aussehenden Sohn auf dem Handy gezeigt. Sie macht sich solche Sorgen wegen seinem Gesicht, aber ich habe ihr versichert, dass die Schönheitschirurgen hier zu den besten der Welt gehören.«

Daisy reichte ihr das Handy, und Eleanors Augen weiteten sich unmerklich bei dem Anblick.

»Findest du nicht auch, dass er gut aussieht?«, fragte Daisy in etwas zu fröhlichem Tonfall.

Eleanor blickte vom Display auf und sagte nonchalant: »Aber ja, sehr gut.«

Keine der Frauen verlor ein weiteres Wort über Mrs Baos Sohn, doch das ganze restliche Abendessen über dachten alle dasselbe. Es konnte unmöglich Zufall sein. Bao Shaoyens verletzter Sohn sah genauso aus wie die Frau, die der Grund für die fürchterliche Entfremdung zwischen Eleanor und ihrem Sohn Nicholas war.

Ja, Carlton Bao war Rachel Chu wie aus dem Gesicht geschnitten.

TEIL EINS

Heutzutage behauptet jeder, er wäre Milliardär.
Aber du bist erst einer,
wenn du auch Milliarden ausgibst.

Aufgeschnappt im Hongkonger
Jockey Club

1

DAS MANDARIN
HONGKONG, 25. JANUAR 2013

Anfang 2012 stießen im Londoner Stadtteil Hampstead ein Bruder und eine Schwester beim Ausräumen des Dachbodens ihrer verstorbenen Mutter in einem Überseekoffer auf ein paar alte chinesische Schriftrollen. Zufällig arbeitete eine Freundin der Schwester bei Christie's, deshalb brachte sie die Schriftrollen – in vier Sainsbury's-Plastiktüten – in den Verkaufsraum des Auktionshauses in der Old Brompton Road, in der Hoffnung, dass »sie einen Blick drauf werfen und uns sagen können, ob sie was wert sind«.

Als der Experte für klassische chinesische Malerei eine der Seidenrollen öffnete, bekam er fast einen Herzinfarkt. Vor ihm lag ein so bemerkenswert gearbeitetes Gemälde, dass es ihn sofort an eine Reihe von lange verschollen geglaubten Rollbildern erinnerte. Konnte dies wirklich *Der Palast der achtzehn Vollkommenheiten* sein? Es hieß, das Kunstwerk des Qing-Dynastie-Malers Yuan Jiang aus dem Jahr 1693 wäre 1860 während des Zweiten Opiumkrieges im Zuge der Plünderungen vieler königlicher Paläste heimlich aus China herausgeschafft worden und für immer verloren.

Beim Öffnen der restlichen Rollen entdeckten die aufgeregten Angestellten vierundzwanzig Arbeiten, jede nahezu zwei Meter lang und in makellosem Zustand. Nebeneinandergelegt umfassten sie elf Meter und bedeckten beinahe den gesamten Boden zweier benachbarter Arbeitsräume. Schließlich konnte der Experte bestätigen, dass es sich bei diesen Hängerollen tatsächlich um das sagenumwobene Werk handelte, das in allen klassischen chinesischen Texten Erwähnung fand, die er im Laufe seiner eindrucksvollen Karriere gelesen hatte.

Der Palast der achtzehn Vollkommenheiten war im 8. Jahrhundert ein opulenter Rückzugsort des Kaisers in den Bergen nördlich der heutigen Stadt Xi'an gewesen. Der Legende nach sollte es eine der atemberaubendsten königlichen Residenzen aller Zeiten gewesen sein, deren Anlage so groß war, dass man auf ein Pferd steigen musste, um von einem zum anderen Gebäude zu gelangen. Auf diesen uralten Seidenrollen waren die in einer traumartigen blau-grünen Berglandschaft verstreuten Pavillons, Innenhöfe und Gärten in so außerordentlich gut erhaltenen kräftigen Farben gemalt, dass sie beinahe zu schillern und zu strahlen schienen.

In ehrfürchtiges Schweigen versunken betrachtete die Belegschaft des Auktionshauses das einzigartige Meisterwerk. Die Entdeckung eines Werkes von diesem Kaliber war vergleichbar mit dem Auftauchen eines verschollenen da Vincis oder Vermeers. Als der internationale Leiter der Abteilung für asiatische Kunst hereinplatzte, wurde ihm schwindelig, und vor lauter Angst, er könnte auf das kostbare Gemälde stürzen, trat er ein paar Schritte zurück. Mit Tränen in den Augen sagte er schließlich: »Ruft François in

Hongkong an. Sagt ihm, er soll Oliver T'sien in den nächsten Flieger nach London setzen.«[1]

Dann verkündete der Leiter: »Diese Schönheiten wollen überall gezeigt werden. Wir beginnen mit einer Ausstellung in Genf, dann in London, dann in New York in unserem Ausstellungsraum im Rockefeller Center. Alle hochkarätigen Sammler der Welt sollen die Gelegenheit bekommen, es sich anzusehen. Erst dann bringen wir es nach Hongkong und verkaufen es unmittelbar vor dem chinesischen Neujahrsfest. Zu dem Zeitpunkt werden die Chinesen förmlich sabbern vor lauter Vorfreude.«

Aus genau diesem Grund saß Corinna Ko-Tung ein Jahr später in der Clipper-Lounge des Mandarin-Hotel in Hongkong und wartete ungeduldig auf Lester und Valerie Liu. Laut ihrer erhaben geprägten Visitenkarte war sie »Kunstberaterin«, doch für einige ausgewählte Kunden noch sehr viel mehr als das. Corinna gehörte zu einer Hongkonger Familie mit erlesenstem Stammbaum und nutzte ihre Kontakte, um ihr Kerngeschäft diskret auf äußerst profitable Weise auszuweiten. Für Kunden wie die Lius verfeinerte Corinna nicht nur die Kunstauswahl an ihren Wänden, sondern alles bis hin zu den Kleidern an ihrem Leib – um ihnen Zutritt zu den elitärsten Clubs zu verschaffen, ihre Namen auf die richtigen Gästelisten setzen zu lassen und ihre Kinder auf den besten Schulen der Stadt unterzubringen. Kurz gesagt war sie Beraterin für Emporkömmlinge.

1 Oliver T'sien – hochgeschätzter stellvertretender Vorstandsvorsitzender von Christie's – unterhält langjährige Beziehungen zu den wichtigsten Sammlern der Welt. (Dabei schadete es nicht, dass er mit praktisch jeder bedeutenden Familie Asiens verwandt war.)

Corinna entdeckte die Lius auf den Stufen zur Lounge auf der Empore, von wo aus man die Lobby überblickte. Das Paar gab ein tolles Bild ab, dafür musste sie sich wirklich selbst auf die Schulter klopfen. Als Corinna die Lius kennengelernt hatte, waren sie von Kopf bis Fuß in Prada gekleidet gewesen. Für die beiden frisch aus Guangdong Eingetroffenen war diese Aufmachung die Krönung des Modebewusstseins gewesen, doch für Corinna hatte es nur nach ahnungslosem Festländergeld geschrien. Dank ihrer Einmischung betrat Lester die Clipper-Lounge nun absolut adrett in einem dreiteiligen Maßanzug von Kilgour, Valerie trug einen schicken silbrigen Persianermantel von J. Mendel, nicht zu protzige schwarze Perlen und halbhohe taubengraue Wildlederstiefeletten von Lanvin. Dennoch war ihr Outfit nicht ganz stimmig – die Handtasche passte nicht. Die glänzende Ledertasche mit Farbverlauf stammte garantiert von irgendeiner vom Aussterben bedrohten Reptilienart, doch Corinna erinnerte sie an eine Handtasche, die höchstens eine Geliebte tragen würde. Sie nahm sich vor, Valerie im passenden Moment einen dementsprechenden Hinweis zu geben.

Als Valerie an den Tisch trat, entschuldigte sie sich überschwänglich: »Entschuldigen Sie die Verspätung! Unser Chauffeur hat uns versehentlich zum *Landmark* Mandarin Oriental gefahren statt hierher.«

»Gar kein Problem«, antwortete Corinna beschwichtigend. Sie konnte es überhaupt nicht leiden, wenn jemand zu spät kam, aber bei dem Honorar, das die Lius zahlten, wollte sie nicht kleinlich sein.

»Ich war erstaunt, dass Sie uns hier treffen wollen. Finden Sie den Teesalon im Four Seasons nicht wesentlich angenehmer?«, fragte Valerie.

»Oder meinetwegen das Peninsula«, stimmte Lester ein und warf einen missbilligenden Blick auf die quadratischen Siebzigerjahre-Kronleuchter in der Lobby.

»Im Peninsula wimmelt es nur so von Touristen, und nur wer neu in der Stadt ist, geht ins Four Seasons. *Echte* Hongkonger Familien nehmen ihren Tee seit Generationen im Mandarin ein. Meine Großmutter, Lady Ko-Tung, war mindestens einmal im Monat mit mir hier, als ich klein war«, erklärte Corinna geduldig und fügte hinzu: »Außerdem spricht man das ›Oriental‹ nicht mit – wir Einheimischen nennen es ›das Mandarin‹.«

»Oh«, sagte Valerie und fühlte sich leicht gemaßregelt. Sie ließ den Blick über die schlichten eichenvertäfelten Wände und die Sessel schweifen, deren Polster perfekt nachgaben, und riss plötzlich die Augen auf. Sie beugte sich zu Corinna und flüsterte aufgeregt: »Schauen Sie mal da drüben! Sind das nicht Fiona Tung-Cheng und ihre Schwiegermutter Alexandra Cheng mit den Ladoories?«

»Wer ist das?«, fragte Lester einen Tick zu laut.

Nervös brachte Valerie ihren Mann auf Mandarin zum Schweigen. »Nicht hingucken! Erklär ich dir später.«

Corinna lächelte beifällig. Diese Valerie war wirklich ein helles Köpfchen. Sie beriet die Lius erst seit Kurzem, aber sie gehörten zu dem Typ Kunden, der Corinna am liebsten war und den sie *Red Royals* nannte. Anders als die frisch von Bord gegangenen Festlandmillionäre hatten diese Erben der chinesischen Herrscherklasse – in China als *fuerdai* oder »reiche Sprösslinge« bekannt – gute Manieren und gute Zähne und anders als ihre Elterngeneration keinerlei Entbehrungen erleiden müssen. Für sie waren die Tragödien des Großen Sprungs nach vorn und der Kulturrevolution

Schnee von gestern. Obszöne Mengen an Geld waren ihnen einfach in den Schoß gefallen und warteten nur darauf, ausgegeben zu werden.

Lesters Familie gehörte eines der größten Versicherungsunternehmen Chinas, und er hatte Valerie, die Tochter eines Schanghaier Anästhesisten, während ihrer beider Studium an der Universität von Sydney kennengelernt. Mit stetig wachsendem Vermögen und stetig erlesener werdendem Geschmack strebte das ehrgeizige Paar danach, sich unter den Reichen und Mächtigen Asiens einen Namen zu machen. Sie besaßen Häuser und Wohnungen in London, Schanghai, Sydney und New York sowie einen Neubau in Form eines Kreuzfahrtschiffs in Hongkongs Deep Water Bay und behängten deren Wände in der Hoffnung, es bald in den *Hong Kong Tattle* zu schaffen, eifrig mit museumswürdigen Kunstwerken.

Lester kam direkt zur Sache: »Also, was meinen Sie, für wie viel gehen die Bildrollen am Ende weg?«

»Genau das wollte ich mit Ihnen besprechen. Sie sagten ja, Sie wären bereit, bis fünfzig Millionen mitzubieten, aber ich fürchte, heute Abend werden alle Rekorde gebrochen. Wären Sie bereit, auf fünfundsiebzig hochzugehen?«, tastete sich Corinna behutsam vor.

Lester zuckte nicht mit der Wimper. Er nahm sich ein Würstchen im Schlafrock von der Silberetagere und fragte: »Sind Sie sicher, dass es so viel wert ist?«

»Mr Liu, es ist das bedeutendste chinesische Kunstwerk, das je unter den Hammer kommen wird. Das ist eine einmalige Gelegenheit –«

»Und es wird sich so toll in der Rotunde machen!«, konnte Valerie sich nicht verkneifen. »Wir hängen das komplette Gemälde im Panorama, und die Wände im ersten und zweiten Stock lasse ich neu streichen, damit der Farbton perfekt dazu passt. Diese Türkistöne sind einfach fantastisch …«

Corinna überging Valeries Geplapper und fuhr fort: »Abgesehen vom Kunstwerk an sich wird der Wert, es zu besitzen, unschätzbar sein. Überlegen Sie doch mal, wie sehr es Ihr Profil – das Profil Ihrer ganzen Familie – schärfen wird, wenn erst bekannt wird, dass Sie es gekauft haben. Sie haben dann weltweit jeden Sammler von Rang und Namen ausgestochen. Wie ich höre, werden Repräsentanten der Bins, Wangs und Kuoks unter den Bietern sein. Und die Huangs sind soeben aus Taipeh eingeflogen – merkwürdiger Zufall, nicht wahr? Außerdem weiß ich aus zuverlässiger Quelle, dass Colin und Araminta Khoo letzte Woche ein Expertenteam von Kuratoren des National Palace Museum in Taipeh geschickt haben, die das Werk unter die Lupe nehmen sollten.«

»Ooh, Araminta Khoo! So eine schöne und elegante Frau! Ich habe einfach alles über ihre unglaubliche Hochzeit gelesen. Kennen Sie sie persönlich?«, fragte Valerie.

»Ich war bei der Hochzeit«, sagte Corinna schlicht.

Valerie schüttelte sprachlos den Kopf. Sie versuchte sich die mittelalte unscheinbare Corinna in ihren ewig gleichen drei Hosenanzügen von Armani auf dem glamourösesten Event vorzustellen, das Asien je gesehen hatte. Manche Leute hatten eben das Glück, aus der richtigen Familie zu stammen.

Corinna setzte ihren Vortrag fort: »Und jetzt zu heute Abend. Die Auktion beginnt um Punkt zwanzig Uhr. Ich habe uns Zugang zur VVIP-Loge von Christie's verschafft.

Dort werden Sie sich während der Auktion aufhalten. Ich befinde mich unten im Auktionsraum und biete exklusiv für Sie.«

»Wir sind nicht bei Ihnen?« Valerie war verwirrt.

»Nein, nein. Sie sitzen in der Extra-Lounge, aus der Sie einen guten Überblick haben.«

»Aber wäre es nicht viel aufregender mitten im Auktionsgeschehen?«, bohrte Valerie nach.

Corinna schüttelte den Kopf. »Vertrauen Sie mir, nicht dort unten wollen Sie gesehen werden, sondern in der VVIP-Loge. Dort sitzen die bedeutenden Sammler, das wird Ihnen gefallen –«

»Moment mal«, unterbrach Lester. »Wozu sollen wir das blöde Ding dann überhaupt kaufen? Woher sollen die Leute denn wissen, dass wir das Höchstgebot abgegeben haben?«

»Erstens werden alle Sie in der VVIP-Loge sehen, das sorgt schon mal für Spekulationen, und morgen werde ich einen meiner Kontakte bei der *South China Morning Post* eine unbestätigte Meldung veröffentlichen lassen, dass Mr und Mrs Liu aus der Harmony-Insurance-Familie das Gemälde ersteigert haben. Glauben Sie mir, das hat Klasse. Die Leute sollen Mutmaßungen anstellen. Gerade die unbestätigte Meldung ist das Erstrebenswerte.«

»Ach, Sie sind einfach genial, Corinna!«, quietschte Valerie begeistert.

»Aber wenn sie ›unbestätigt‹ ist, woher sollen die Leute dann wissen, dass die Meldung stimmt?« Lester stand immer noch auf dem Schlauch.

»*Aiya*, du Blitzmerker, nächsten Monat auf unserer Einweihungsparty sehen sie das Bild doch alle mit eigenen Augen und erblassen vor Neid«, sagte Valerie tadelnd zu ihrem Ehemann und verpasste ihm einen Klaps aufs Knie. »Eine bessere Bestätigung gibt es doch gar nicht!«

Das Hong Kong Convention and Exhibition Centre direkt am Hafen in Wan Chai trumpfte mit einer geschwungenen Dachkonstruktion auf, die an einen gigantischen, durchs Wasser schwebenden Mantarochen erinnerte. Am selben Abend stolzierte eine ganze Parade von Stars und Sternchen, allseits bekannter Promis, gewöhnlicher Milliardäre und sonstiger Leute, die Corinna als unwichtig erachtete, im Kampf um die besten Plätze bei der Auktion des Jahrhunderts durch den großen Saal, während sich in den hinteren Ränge die internationale Presse und die Schaulustigen drängten. Über ihren Köpfen in der luxuriösen VVIP-Loge schwebten Valerie und Lester im siebten Himmel: Sie genossen Seite an Seite mit allen Besuchern, die wirklich Geld hatten, Laurent-Perrier-Champagner und Kanapees vom Café Gray.

Als der Auktionator schließlich an das polierte Holzpult trat, wurden die Lichter im Saal gedimmt. Ein riesiger Sichtschutz aus goldenem Flechtwerk, der die eine Wand verdeckte, teilte sich pünktlich auf die Minute und offenbarte die Rollbilder in all ihrer Pracht. Durch das hochmoderne Beleuchtungssystem geschickt in Szene gesetzt, schienen sie förmlich von innen zu leuchten. Das Publikum schnappte unisono nach Luft, und als das Licht wieder anging, eröffnete der Auktionator ohne Umschweife die Auktion: »Vierundzwanzig außerordentlich seltene Rollbilder aus der Qing-Dynastie. *Der Palast der achtzehn Vollkommenheiten* von Yuan Jiang, Tinte und Tusche auf Seide. Signiert vom Künstler, datiert auf 1693. Eröffnungsgebot, sagen wir, eine Million?«

Valerie spürte das Adrenalin durch ihre Adern schießen, als Corinna das Schild mit der blauen Zahl hochhielt, um das erste Gebot abzugeben. Überall im Saal wurden Schilder gehoben, und der Preis kletterte in astronomische Höhen. Fünf Millionen. Zehn Millionen. Zwölf Millionen. Fünfzehn Millionen. Zwanzig Millionen. Binnen weniger Minuten stand das Gebot bei vierzig Millionen. Lester analysierte das Treiben im Saal vorgebeugt wie ein komplexes Schachspiel, und Valerie grub ihm vor Anspannung immer wieder die Fingernägel in die Schulter.

Als das Gebot sechzig Millionen erreichte, klingelte Lesters Handy. Corinna war dran und stieß hektisch hervor: »*Seoi dou sei*[1], der Preis steigt viel zu schnell! So ist Ihre Grenze von fünfundsiebzigtausend in Nullkommanichts erreicht. Soll ich weiterbieten?«

Lester holte tief Luft. Eine Ausgabe von über fünfzig Millionen würden die Erbsenzähler seines Vaters garantiert registrieren, und dann müsste er sich rechtfertigen. »Machen Sie weiter, bis ich Stopp sage«, ordnete er an.

Valerie war vor lauter Aufregung ganz schwindelig. Sie waren so nah dran. Man stelle sich mal vor, bald würden sie etwas besitzen, worauf sogar *Araminta Khoo* ein Auge geworfen hatte! Bei achtzig Millionen wurden die Gebote endlich weniger. Nur noch Corinna hielt ihr Schild hoch, und bis auf ein oder zwei Bieter am Telefon schien den Lius niemand mehr Konkurrenz zu machen. Der Preis stieg jetzt nur noch in Halb-Millionen-Schritten, und Lester schloss

1 Kantonesisch für »So hundsgemein, ich halts nicht aus«.

die Augen und betete, dass er mit unter neunzig Millionen wegkam. Das war es wert. Das war auch den Anschiss wert, den er von seinem Vater bekommen würde. Er würde kontern, dass er der Familie Publicity im Wert von einer Milliarde Dollar verschafft hatte.

Plötzlich geriet der hintere Teil des Auktionssaals in Aufruhr. Gemurmel drang nach vorn, als sich das Stehpublikum teilte. Obwohl sich praktisch nur aufgebrezelte Prominenz im Raum befand, legte sich Stille über den Saal, als sich eine unglaublich gut aussehende Chinesin mit pechschwarzem Haar, weiß gepudertem Gesicht und knallroten Lippen in dramatischer Aufmachung mit asymmetrischem schwarzem Samtkleid aus der Menge löste. Alle Köpfe drehten sich, als die Dame flankiert von zwei schneeweißen russischen Windhunden an langen diamantbesetzten Leinen langsam den Mittelgang entlangschritt.

Mit einem diskreten Räuspern ins Mikro versuchte der Auktionator die Aufmerksamkeit wieder nach vorn zu lenken. »Wir stehen bei fünfundachtzig Komma fünf Millionen. Höre ich sechsundachtzig?«

Einer der Mitarbeiter am Telefon nickte. Sofort streckte Corinna ihr Schild in die Höhe. Und dann hob die Dame im schwarzen Samt ihr Schild. In der Loge wandte sich der Leiter für asiatische Kunst verblüfft an seinen Kollegen und sagte: »Ich dachte, die wollte bloß Aufmerksamkeit erregen.« Er reckte den Hals, um besser sehen zu können, und stellte fest: »Ihre Bieternummer ist die 269. Wir müssen rausfinden, wer das ist. Ist sie überhaupt für die Auktion registriert?«

Oliver T'sien, der in der Lounge saß, um für eine Privatkundin zu bieten, hatte sein Opernglas starr auf die Dame mit den seidigen Hunden gerichtet, seit sie den Saal betreten hatte. Er lachte leise auf. »Keine Sorge, sie ist registriert.«

»Wer ist das?«, fragte der Leiter.

»Also, ihre Nase und das Kinn sind gemacht, Wangenimplantate scheint sie inzwischen auch zu haben, aber ich bin mir ziemlich sicher, dass Bieterin Nummer 269 niemand Geringeres als Mrs Tai ist.«

»Carol Tai, die Witwe von Dato' Tai Toh Lui, diesem Tycoon, der letztes Jahr gestorben ist?«

»Nein, nein, die Frau von Bernard, dem Sohn des Dato', der die Milliarden seines Vaters geerbt hat. Die Dame in Schwarz ist das ehemalige Seifenopernsternchen Kitty Pong.«

WAN CHAI, HONGKONG, 20:25 UHR

Hier spricht Sonderkorrespondentin Sunny Choy von CNN International. Ich berichte live aus dem Hong Kong Convention and Exhibition Centre, wo die bedeutendsten Sammler der Welt sich eine fieberhafte Gebotsschlacht um den *Palast der achtzehn Vollkommenheiten* liefern. Der Preis hat soeben 90 Millionen Dollar erreicht. Als kleiner Vergleich: 2010 wurde in London eine Qianlong-Vase für rekordverdächtige 85,9 Millionen US-Dollar verkauft. Aber das war London. Der höchste Preis, der je in Asien erzielt wurde, waren 64,5 Millionen US-Dollar für eine Tuschezeichnung von Qi Baishi im Jahre 2011.[1] Dieses Gemälde hat zu diesem Zeitpunkt also bereits ZWEI Weltrekorde

1 Die Echtheit des Bildes wurde später infrage gestellt, und der Bieter zog sein Gebot zurück. (Vermutlich passte es farblich doch nicht zu seinem Sofa.)

gebrochen. Vor etwa zehn Minuten hat die ehemalige Schauspielerin Kitty Pong – verheiratet mit dem Milliardär Bernard Tai – die Auktion zum Stillstand gebracht, als sie mit ihren beiden gigantischen Hunden an Diamantleinen den Saal betrat und anfing zu bieten. Noch halten vier andere Bieter dagegen. Unseren Informationen zufolge handelt es sich um einen Repräsentanten des Getty Museum in Los Angeles, eine weitere Bieterin ist vermutlich die Erbin Araminta Lee Khoo, und der dritte Bieter ist laut unbestätigten Berichten eine Vertreterin des Liu-Versicherungsclans. Die Identität des geheimnisvollen vierten Bieters ist noch nicht bekannt. Und damit zurück zu dir, Christiane.

GUDAURI, GEORGIEN, 12:30 UHR

»Irgend so eine lächerliche Frau in Schwarz mit zwei Scheißhunden *hört einfach nicht auf zu bieten*!«, fluchte Araminta, die Kitty Pong im Livestream der Auktion auf ihrem Laptop nicht erkannte. Nachdem sie den ganzen Tag mit Heliskiing im Kaukasus verbracht hatte, schmerzten ihr alle Muskeln, und je länger diese Auktion dauerte, desto länger verzögerte sich ihr dringend benötigtes Bad in der riesigen in den Boden eingelassenen Wanne ihres Winterchalets.

»Bei wie viel steht es inzwischen?«, fragte Colin träge vom schwarz-weißen Yak-Fell vor dem Kamin aus.

»Verrate ich nicht – du fändest es eh zu viel.«

»Ach Quatsch, Minty, sag doch mal, wie viel?«

»Psst! Ich biete!«, tadelte Araminta ihren Mann und nahm das Telefongespräch mit dem Christie's-Mitarbeiter wieder auf.

Colin riss sich vom gemütlichen Fell los und tapste hinüber zum Schreibtisch, wo seine Frau mit ihrem Computer und dem Satellitentelefon saß. Er warf einen Blick auf den Livestream und traute seinen Augen nicht. »*Lak-siau, ah?*[1] Du willst neunzig Millionen für ein paar alte Rollbilder ausgeben?«

Araminta sah ihn an. »Ich sag doch auch nichts, wenn du riesige Leinwände mit Elefantendung drauf kaufst, also verkneif dir den Kommentar.«

»Moment mal, meine Chris Ofilis haben gerade mal zwei, drei Millionen pro Stück gekostet. Überleg mal, wie viele Elefantendungbilder wir davon –«

Araminta legte die Hand über die Hörermuschel. »Mach dich nützlich und hol mir einen heißen Kakao. Mit Marshmallows, bitte. Ich bestimme, wann diese Auktion vorbei ist!«

»Wo willst du die überhaupt hinhängen? Wir haben doch gar keinen Platz mehr an der Wand«, beharrte Colin.

»Ach, ich dachte, die machen sich hervorragend in der Lobby des neuen Hotels, das meine Mutter in Bhutan baut. MEINE FRESSE! Dieses Miststück in Schwarz gibt nicht auf! Wer ist das überhaupt? Sieht aus wie eine chinesische Dita von Teese!«

Colin schüttelte den Kopf. »Minty, du bist viel zu emotional. Gib mir das Telefon, ich übernehme das Bieten, wenn du die Bilder unbedingt willst. Ich habe viel mehr Erfahrung damit. Das Wichtigste ist, sich ein Limit zu setzen. Was ist dein Limit?«

1 Hokkien für »Bist du wahnsinnig?«.

COLD STORAGE JELITA, SINGAPUR, 20:35 UHR

Astrid Leong war gerade im Supermarkt, als ihr Handy klingelte. Sie versuchte, eine Mahlzeit für den morgigen freien Tag der Köchin zusammenzuschustern, während ihr fünfjähriger Sohn Cassian vorn im Einkaufswagen stand und Leonardo DiCaprio am Bug der Titanic mimte. Wie immer war es Astrid etwas peinlich, ihr Handy in der Öffentlichkeit zu benutzen, aber da es ihr Cousin Oliver T'sien aus Hongkong war, konnte sie es schlecht klingeln lassen. Sie lenkte den Wagen Richtung Tiefkühlgemüse und nahm den Anruf an.

»Was ist los?«

»Du verpasst gerade die Auktion des Jahres!«, informierte sie Oliver belustigt.

»Ach, war die heute? Und was hat der Spaß gekostet?«

»Sie läuft noch! Und du wirst es nicht glauben, aber Kitty Pong hat gerade einen Riesenauftritt hingelegt und bietet seitdem auf das Gemälde, als gäbe es kein Morgen.«

»Kitty Pong?«

»Genau, in einem Cocktailkleid à la Madame X mit zwei Barsois an Diamantleinen. Ziemlich spektakulärer Anblick.«

»Wann ist *die* denn unter die Kunstsammler gegangen? Ist Bernard auch da? Ich dachte, der gibt sein Geld nur für Drogen und Boote aus.«

»Von Bernard fehlt jede Spur. Aber wenn Kitty das Gemälde kauft, steigen sie augenblicklich zu den weltweit bedeutendsten Sammlern asiatischer Kunst auf.«

»Hmm, da verpasse ich ja wirklich was.«

»Es bieten nur noch Kitty, Araminta Lee, irgendein Pärchen vom Festland, das Corinna Ko-Tung vertritt, und das

Getty Museum. Das Gemälde steht bei vierundneunzig Millionen. Ich weiß, dass du mir kein Limit gesetzt hast, aber ich wollte kurz sichergehen, dass ich weiterbieten soll.«

»Vierundneunzig? Mach weiter. Cassian, Finger weg von den Tiefkühlerbsen!«

»Sechsundneunzig. Ups. Himmelarschundzwirn, jetzt haben wir die hundert Millionen geknackt. Bieten?«

»Klar.«

»Die Festländer sind endlich ausgestiegen – die Armen, die sehen aus, als hätten sie ihren Erstgeborenen verloren. Wir sind jetzt bei hundertfünf.«

»Cassian, du kannst betteln, wie du willst, du bekommst keine Mikrowellen-Mini-Burger. Was meinst du, wie viel Konservierungsstoffe in dem Fleisch sind. Leg die zurück!«

»Die Auktion schafft es ins Guinnessbuch der Rekorde, das sag ich dir, Astrid. So viel wurde noch nie für ein chinesisches Gemälde bezahlt. Hundertzehn. Hundertfünfzehn. Araminta gegen Kitty. Weiterbieten?«

Cassian steckte jetzt in der Eistruhe. Entnervt starrte Astrid ihr Kind an. »Ich muss auflegen. Kauf es einfach. Wie du schon sagtest, das ist ein Bild, das das Museum auf jeden Fall haben muss, also ist mir egal, wie viel ich dafür zahlen muss.«

Als Astrid zehn Minuten später in der Kassenschlange stand, klingelte ihr Handy erneut. Sie lächelte die Kassiererin entschuldigend an und ging dran.

»Entschuldige, dass ich dich schon wieder störe, aber wir sind jetzt bei hundertfünfundneunzig Millionen – wir warten auf dein Gebot«, sagte Oliver, der inzwischen klang, als wäre er ziemlich durch den Wind.

»Echt?«, fragte Astrid und riss Cassian den Marsriegel aus der Hand, den dieser gerade der Kassiererin reichte.

»Ja. Das Getty ist bei hundertfünfzig ausgestiegen, Araminta bei hundertachtzig. Jetzt wird es zwischen dir und Kitty ausgemacht, und wie es aussieht, will sie es unbedingt haben. Zu diesem Preis kann ich es dir nicht mehr guten Gewissens empfehlen. Chor Ling vom Museum wäre entsetzt, wenn sie erfährt, dass du so viel gezahlt hast, das weiß ich.«

»Sie wird es nie erfahren – ich will es anonym stiften.«

»Trotzdem. Astrid, ich weiß, dass es nicht ums Geld geht, aber wir nähern uns hier völlig hirnverbrannten Regionen.«

»Das ist ja nervig. Aber du hast recht – hundertfünfundneunzig Millionen sind echt übertrieben. Soll Kitty Pong es haben, wenn sie unbedingt will«, sagte Astrid. Sie fischte einen Stapel Super-Saver-Coupons aus dem Portemonnaie und gab sie der Kassiererin.

Dreißig Sekunden später fiel der Auktionshammer. *Der Palast der achtzehn Vollkommenheiten* war mit einhundertfünfundneunzig Millionen das teuerste chinesische Kunstwerk, das je bei einer Auktion versteigert wurde. Das glamouröse Publikum brach in ohrenbetäubenden Applaus aus, während Kitty Pong für die Kameras posierte, deren Blitzlichtgewitter losging wie Sprengsätze in Kabul. Einer der russischen Windhunde fing an zu bellen. Jetzt würde die ganze Welt erfahren, dass Kitty Pong – oder Mrs Bernard Tai, wie sie sich inzwischen beharrlich nannte – angekommen war.

2

CUPERTINO, KALIFORNIEN

9. FEBRUAR 2013, CHINESISCHES NEUJAHR

»Die Jungs sind vom Football zurück. Haltet euch von Jason fern, der schwitzt wie ein Schwein«, warnte Samantha Chu ihre Cousine Rachel, als plötzlich ausgelassenes Geschrei aus der Garage ertönte. Die beiden saßen auf Hockern in der Küche von Rachels Onkel Walt und Auntie Jin und füllten Dumplings für das chinesische Neujahrsfest.

Samanthas einundzwanzigjähriger Bruder platzte durch die Fliegengittertür, gefolgt von Nicholas Young. »Wir haben die Lin-Brüder vernichtet!«, verkündete Jason triumphierend, schnappte sich zwei Gatorades aus dem Kühlschrank und warf Nick eins davon zu. »Hey, wo sind denn die Alten hin? Ich hätte mehr streitende Aunties in der Küche erwartet.«

»Dad holt Great-Auntie Louise aus dem Altenheim ab, und Mom, Auntie Flora und Auntie Kerry sind zu 99 Ranch gefahren«, klärte ihn Samantha auf.

»Schon wieder?«, fragte Jason. »Immerhin musste ich sie diesmal nicht fahren – der Laden ist jedes Mal so voll mit

FVBs[1], dass der Parkplatz aussieht wie ein Toyotahändler! Was fehlte denn nun wieder?«

»Alles. Onkel Ray hat angerufen, er bringt jetzt doch die ganze Familie mit, und du weißt ja, wie viel die Jungs essen können«, sagte Samantha, legte etwas von der Füllung aus Schweinehack und Schnittlauch auf eine kleine Teigscheibe und reichte sie an Rachel weiter.

»Mach dich schon mal auf einen Kommentar von Auntie Belinda zu deinem neuen Tattoo gefasst, Jase«, stichelte Rachel, während sie den Teig zusammenklappte, Fältchen hineindrückte und zu einem perfekten Halbmond formte.

»Wer ist denn Auntie Belinda?«, fragte Nick.

Jason verzog das Gesicht. »Alter! Die kennst du noch gar nicht, oder? Onkel Rays Frau. Onkel Ray ist Kieferchirurg mit megaviel Kohle, und weil sie so ein fettes Haus in Menlo Park haben, macht Auntie Belinda einen auf Queen von Downtown Abbey. Sie ist superzickig und treibt Mum jedes Jahr in den Wahnsinn, weil sie sich erst in allerletzter Sekunde entscheidet, ob sie und ihre verzogenen Gören uns mit ihrer Anwesenheit beehren.«

»Das heißt Down*ton* Abbey, Jase«, korrigierte ihn Samantha. »Und so schlimm ist sie nun auch wieder nicht. Sie kommt halt aus Vancouver.«

»Du meinst Hongcouver«, konterte Jason und warf seine leere Flasche quer durch die Küche in die überdimensionierte Plastiktüte von Bed Bath and Beyond an der Speisekammertür, wo der Recyclingmüll gesammelt wurde.

1 Abkürzung für »frisch vom Boot« kommende asiatische Einwanderer, die hauptsächlich von asiatischen Amerikanern der zweiten, dritten oder vierten Generation benutzt wird, um ihre Überlegenheit zu demonstrieren.

»Auntie Belinda wird dich *lieben*, Nick, vor allem, wenn sie hört, dass du wie der Typ aus *Notting Hill* redest.«

Um achtzehn Uhr dreißig waren schließlich zweiundzwanzig Mitglieder des erweiterten Chu-Clans eingetrudelt. Die meisten der Onkel und Aunties saßen um den großen Esstisch aus Palisanderholz, auf dem eine dicke Plastiktischdecke lag, während die Jüngeren sich mit den Kindern um drei Mah-Jongg-Klapptische im Wohnzimmer verteilten. (Die Chus im Teenie- und Collegealter hockten vor dem riesigen Fernseher im Nebenraum, schauten Basketball und schlugen sich die Bäuche mit frittierten Dumplings voll.)

Während die übrigen Aunties die Platten servierten, auf denen sich gebratene Ente, frittierte Riesengarnelen im Teigmantel, gedünsteter *gaai laan* mit Shiitakepilzen und chinesische Long-Life-Nudeln mit gegrilltem Schweinefleisch und Jakobsmuscheln türmten, schaute Auntie Jin in die Runde. »Ist Ray immer noch nicht hier? Wir warten nicht auf ihn, sonst wird das Essen kalt.«

»Wahrscheinlich kann Auntie Belinda sich nicht entscheiden, welches Chanelkleid sie anziehen soll«, stichelte Samantha.

In dem Augenblick klingelte es an der Tür, und Ray und Belinda betraten den Raum mit ihren vier Söhnen im Teenie-Alter, allesamt in verschiedenfarbigen Ralph-Lauren-Polohemden. Belinda trug eine cremefarbene seidene Highwaist-Hose, eine schimmernde orange Bluse mit bauschigen Organza-Ärmeln und dazu ihren üblichen goldenen Chanelgürtel und riesige champagnerfarbene Perlenohrringe, die eher auf eine Premierenfeier der San Francisco Opera gepasst hätten.

»Frohes neues Jahr!«, rief Onkel Ray gut gelaunt und

drückte seinem ältesten Bruder Walt eine große Kiste Nashi-Birnen in die Hand, während seine Frau Auntie Jin feierlich eine zugedeckte Auflaufform von Le Creuset überreichte. »Wärst du so gut, das noch mal für mich aufzuwärmen? Zwanzig Minuten bei fünfzig Grad.«

»*Aiya*, du hättest doch nichts mitbringen müssen«, sagte Auntie Jin.

»Nein, nein, das ist mein Abendessen. Ich esse im Moment nur Rohkost«, verkündete Belinda.

Als sich endlich alle hingesetzt und mit großem Appetit angefangen hatten zu essen, strahlte Onkel Walt über den Tisch hinweg Rachel an und sagte: »Es ist so ungewohnt, dich um diese Jahreszeit hier zu sehen! Normalerweise kommst du ja nur zu Thanksgiving.«

»Es passte einfach, weil Nick und ich sowieso noch ein paar allerletzte Dinge wegen der Hochzeit klären mussten«, erklärte Rachel.

Auntie Belinda rief plötzlich gebieterisch: »Rachel Chu! Ich kann nicht fassen, dass ich schon zehn Minuten hier bin und du mir immer noch nicht deinen Verlobungsring gezeigt hast! Komm sofort her!« Rachel stand auf, ging gehorsam zu ihrer Tante und streckte ihr die Hand entgegen.

»Oh, der ist ja … *hübsch*!«, quietschte Auntie Belinda, der es mehr schlecht als recht gelang, ihr Erstaunen zu überspielen. *Hieß es nicht, dieser Nick wäre reich? Und jetzt sitzt Rachel hier mit so einem mickrigen Steinchen. Der hat ja höchstens anderthalb Karat.*

»Ein ganz schlichter Ring – genau wie ich es mir gewünscht habe«, sagte Rachel und schielte auf den riesigen Klunker im Marquise-Schliff am Finger ihrer Tante.

»Sehr schlicht, ja, aber er passt perfekt zu dir«, sagte Auntie Belinda. »Wo hast du den Ring gefunden, Nick? Ist der aus Singapur?«

»Meine Cousine Astrid hat mir beim Aussuchen geholfen. Er stammt von ihrem Freund Joel aus Paris[1]«, antwortete Nick höflich.

»Hmm, den ganzen weiten Weg nach Paris, nur für diesen Ring«, murmelte Auntie Belinda.

»Hey, habt ihr euch nicht in Paris verlobt?«, mischte sich Rachels ältere Cousine Vivian, die in Malibu wohnte, neugierig ein. »Meine Mutter hat mir irgendwas von einer Truppe Pantomimen erzählt, die bei eurer Verlobung aufgetreten ist.«

»Pantomimen?« Nick sah Vivian entsetzt an. »Wie kommt deine Mutter denn darauf?«

»*Aiya*, dann erzähl uns die Geschichte doch selbst!«, drängte Auntie Jin.

Nick sah Rachel an. »Erzähl du. Du kannst das viel besser.«

Rachel blickte in erwartungsvolle Gesichter und holte tief Luft. »Na gut. Am letzten Abend unserer Parisreise hat Nick ein Überraschungsdinner organisiert. Er hat mir nicht verraten, wo wir hingehen, aber ich hatte da so einen Verdacht. Schließlich landeten wir in einem wunderschönen historischen Palast auf einer Insel mitten auf der Seine –«

1 Joel Arthur Rosenthal alias JAR Paris, dessen edle handgefertigte Schmuckstücke zu den begehrtesten der Welt gehören. Hätte Belinda ein geschulteres Auge, hätte sie womöglich den makellosen ovalen Diamanten an Rachels Ring erkannt, eingefasst in hauchdünne Weißgoldfädchen, in die winzige blaue Saphire eingewoben waren. (Nick hatte Rachel verschwiegen, wie viel er gekostet hatte.)

»Hôtel Lambert, unmittelbar an der Spitze der Île Saint-Louis«, warf Nick ein.

»Ja, und auf der Dachterrasse war ein Tisch für zwei gedeckt. Wir saßen bei Kerzenschein, das Mondlicht spiegelte sich im Wasser, eine Cellistin spielte Debussy, und alles war perfekt. Nick hatte einen französisch-vietnamesischen Koch aus einem der besten Restaurants von Paris engagiert, der uns ein köstliches Mahl gekocht hat, aber ich war so nervös, dass mir der Appetit völlig vergangen war.«

»Im Nachhinein betrachtet war ein Sechs-Gänge-Menü vielleicht doch nicht die beste Idee«, sagte Nick.

Rachel nickte. »Jedes Mal, wenn der Kellner die Silberhaube von einem Teller hob, erwartete ich einen Ring darunter. Aber nichts geschah. Als wir schließlich mit dem Essen fertig waren und die Cellistin zusammenpackte, dachte ich: *Dann passiert es wohl doch nicht heute Abend.* Aber als wir gerade gehen wollten, hörten wir ein Hupen vom Fluss. Es war eins der Bateaux Mouches, dieser Touri-Boote, und alle Leute saßen oben an Deck. Als das Boot die Insel erreichte, dröhnte auf einmal Musik aus den Lautsprechern, und die Leute sprangen wie Gazellen auf die Bänke. Es stellte sich heraus, dass es Tänzer vom Pariser Opernballett waren, die Nick engagiert hatte, damit sie einen bestimmten Tanz für mich aufführen.«

»Wundervoll!«, hauchte Auntie Belinda endlich doch noch beeindruckt. »Und danach hat Nick dir den Antrag gemacht?«

»Aber nein! Als die Aufführung vorbei war, gingen wir die Treppe hinunter. Ich war noch ganz berauscht von dieser unglaublichen Choreografie, aber auch ein bisschen enttäuscht, dass sie nicht mit einem Antrag geendet hatte. Die

Straße war menschenleer, bis auf einen einzelnen Typen, der unter einem Baum am Flussufer stand. Er fing an, Gitarre zu spielen, und plötzlich erkannte ich, dass es ›This Must Be the Place‹ von den Talking Heads war – der Song, den ein Straßenmusikant am Washington Square gespielt hatte, an dem Abend, an dem wir uns kennengelernt haben. Als der Typ anfing zu singen, begriff ich, dass es *genau der gleiche Typ von damals* war!«

»Nicht zu fassen!« Samantha schlug beide Hände vor den Mund und lauschte wie alle anderen im Raum völlig gebannt Rachels Worten.

»Nick hatte den Sänger bis nach Austin zurückverfolgt und ihn nach Paris eingeflogen. Er hatte zwar keine blonden Dreads mehr, aber seine Stimme werde ich nie vergessen. Und ehe ich wusste, wie mir geschah, kniete sich Nick vor mich und blickte mit einer kleinen Samtschachtel in der Hand zu mir auf. Da war alles vorbei! Ich hab losgeheult wie ein Schlosshund, und noch bevor Nick die Frage, ob ich ihn heiraten will, zu Ende gestellt hatte, habe ich *ja, ja, ja* gesagt, und alle Tänzer auf dem Boot brachen in wilde Jubelschreie aus.«

»Das ist ja der coolste Antrag aller Zeiten!«, platzte Samantha heraus und wischte sich die Tränen aus den Augenwinkeln. Dabei war sie so sauer auf Nick gewesen, als sie von Rachel gehört hatte, was in Singapur geschehen war. Er musste doch mitbekommen haben, wie mies Rachel von allen behandelt wurde! Nach ihrer Rückkehr war Rachel sofort aus Nicks Wohnung ausgezogen, und Samantha war froh gewesen, dass ihre Cousine ihn los war. Doch als Rachel sich nach ein paar Monaten wieder mit ihm traf, änderte auch Samantha ihre Meinung über ihn. Immerhin hatte er sich hinter Rachel gestellt und die Beziehung zu seiner Familie geopfert, um mit ihr zusammen zu sein. Er hatte geduldig abgewartet und Rachel alle Zeit der Welt gegeben, über die unschöne Geschichte hinwegzukommen. Und jetzt heirateten sie doch noch.

»Gut gemacht, Nick!«, sagte Onkel Ray. »Wir freuen uns schon alle auf euren großen Tag in Montecito nächsten Monat!«

»Wir haben beschlossen, ein paar Tage im Ojai Valley Inn and Spa dranzuhängen«, prahlte Auntie Belinda und warf einen beifallheischenden Blick in die Runde.

Rachel lachte in sich hinein, denn sie wusste ganz genau, dass ihre Verwandten keinen blassen Schimmer hatten, wovon Belinda sprach. »Klingt toll. Ich wünschte, wir hätten Zeit für so etwas. Mit der Hochzeitsreise müssen wir leider auch bis zum Semesterende im Mai warten.«

»Aber wart ihr nicht gerade erst in China?«, fragte Onkel Ray.

Rachels Auntie Jin warf Ray quer über den Tisch warnende Blicke zu, und seine Frau kniff ihm fest in den linken Oberschenkel. »Au!«, schrie er, ehe ihm bewusst wurde, dass er ins Fettnäpfchen getreten war. Belinda hatte ihm erzählt, dass Rachel und Nick noch einmal nach Fuzhou gereist waren, um auf der Suche nach ihrem Vater einer weiteren falschen Fährte zu folgen, aber das gehörte vermutlich auf die lange Liste der Familiengeheimnisse, über die man nicht sprechen durfte.

»Ja, aber nur kurz«, antwortete Nick hastig.

»Ihr seid vielleicht mutig. Ich für meinen Teil kann das Essen da drüben nicht ertragen. Mir doch egal, wie ›gourmetmäßig‹ das Ganze inzwischen geworden sein soll, aber die Tiere sind doch alle mit krebserregendem Zeug vollgestopft. Und jetzt guckt euch mal diese Ente an, die ihr da esst! Ich wette, die wurde auch mit Wachstumshormonen gemästet«, stieß Auntie Belinda angewidert hervor, während sie an ihrer Steckrübe knabberte.

Rachel richtete den Blick auf die üppige Bratente mit ihrem goldbraunen Glanz, und auf einmal war ihr der Appetit vergangen.

»Das stimmt, man kann eigentlich nur dem Essen in Hongkong trauen, auf dem Festland nirgends«, sagte Auntie Jin und entfernte geschickt mit den Stäbchen das Fett von ihrem Stück Ente.

»Stimmt überhaupt nicht!«, rief Samantha. »Wieso habt ihr eigentlich immer noch solche Vorurteile gegenüber China? Als ich letztes Jahr da war, habe ich einige der leckersten Sachen meines Lebens gegessen. Richtig gute *xiao longbao*[1] gibt es nur in Schanghai.«

Am anderen Ende des Tisches meldete sich auf einmal Great-Auntie Louise, das älteste Mitglied des Chu-Clans, zu Wort: »Rachel, gibt es Neuigkeiten von deinem Vater? Habt ihr ihn schon gefunden?«

Rachels Cousin Dave spuckte vor lauter Überraschung einen halb zerkauten Bissen gegrilltes Schweinefleisch aus. Totenstille legte sich über das Esszimmer, und verstohlene Blicke wurden ausgetauscht. Rachels Miene verfinsterte sich. Sie holte tief Luft und sagte: »Nein, noch nicht.«

1 Mit Fleisch und kochend heißer Brühe gefüllte Teigtaschen, die in den letzten Jahren dank ihrer wachsenden Beliebtheit in der internationalen Foodie-Szene unwissende Münder auf der ganzen Welt verbrüht haben.

Nick nahm Rachels Hand und fügte aufmunternd hinzu: »Letzten Monat hatten wir einen vielversprechenden Kandidaten gefunden, aber leider war er es nicht.«

»Muss auch schwer sein da drüben«, sagte Onkel Ray und wollte sich noch eine frittierte Riesengarnele nehmen, aber seine Frau haute ihm auf die Finger.

»Immerhin sind wir uns jetzt sicher, dass Rachels Vater seinen Namen geändert hat, weil jegliche offizielle Dokumentation über ihn 1985 abbricht, kurz vor seinem Abschluss an der Universität in Peking«, erklärte Nick.

»Apropos Universität, wusstet ihr schon, dass Penny Shis Tochter es auf keine der Elitehochschulen geschafft hat, bei denen sie sich beworben hat, obwohl sie Jahrgangsbeste in Los Gatos war?«, versuchte Auntie Jin, das Thema zu wechseln. Wirklich unmöglich, Rachels Vater in Anwesenheit von Rachels Mutter Kerry zu erwähnen, die es in den vergangenen drei Jahrzehnten als alleinerziehende Mutter weiß Gott schwer genug gehabt hatte.

Rachels Cousin Henry ignorierte den Einwurf seiner Mutter und gab ebenfalls seinen Senf dazu: »Also, meine Firma arbeitet mit einer superguten Anwältin aus Schanghai zusammen. Ihr Vater ist ein hohes Tier in der Regierung, und sie hat richtig gute Beziehungen. Soll ich sie mal fragen, ob sie euch helfen kann?«

Kerry, die bis jetzt geschwiegen hatte, warf ihre Stäbchen auf den Tisch und sagte: »*Aiya*, das ist doch alles Zeitverschwendung. Ihr jagt einem Phantom hinterher!«

Rachel sah ihre Mutter einen Augenblick lang an. Dann stand sie auf und verließ wortlos den Raum.

Da meldete sich Samantha mit bebender Stimme zu Wort: »Er ist kein Phantom, Auntie Kerry. Er ist ihr Vater, und sie hat jedes Recht auf irgendeine Form von Beziehung zu ihm. Ich mag mir ein Leben ohne meinen Dad überhaupt nicht ausmalen. Du kannst Rachel wirklich nicht verübeln, dass sie ihn sucht.«

3

SCOTTS ROAD
SINGAPUR, 9. FEBRUAR 2013

»Fahren Sie einfach direkt in die Garage, wenn Sie da sind«, hatte Bao Shaoyen am Telefon gesagt. Eleanor tat wie geheißen, hielt am Wachhäuschen und erklärte, sie wolle den Baos, die kürzlich ein Apartment in dem brandneuen Wohnblock in der Scotts Road gemietet hatten, einen abendlichen Besuch abstatten.

»Ah, Mrs Young, genau. Bitte links halten und den Pfeilen folgen«, wies sie der Wärter in dunkelgrauer Uniform an. Eleanor fuhr eine Rampe hinunter in eine makellose Tiefgarage, in der unerklärlicherweise kein einziges Auto stand. *Wahrscheinlich gehören sie zu den Ersten, die eingezogen sind*, dachte sie und fuhr auf ein weißes metallenes Garagentor zu ihrer Linken zu. Darüber prangte ein Schild mit der Aufschrift UNIT 01 AUTOMATISCHES PARKSYSTEM (NUR FÜR BEWOHNER). Das Tor öffnete sich augenblicklich, eine Ampel blinkte grün. Als sie in die hell erleuchtete Garage fuhr, erschien vor ihr in Leuchtschrift STOPP. PARKPOSITION OK. *Seltsam … Soll ich einfach hier parken?*

Plötzlich setzte sich der Boden in Bewegung. Eleanor

schnappte nach Luft und umklammerte unwillkürlich das Lenkrad. Erst ein paar Sekunden später begriff sie, dass sie auf einer rotierenden Plattform stand, die ihr Auto langsam um neunzig Grad drehte. Als der Wagen still stand, hob sich der Boden. *Ach du liebes bisschen, ein Aufzug für Autos!* Zu ihrer Rechten befand sich eine Fensterfront, und während der Aufzug nach oben fuhr, konnte sie die abendliche Skyline Singapurs in all ihrer Pracht bewundern.

Dieser Hightech-Schnickschnack ist bestimmt auf Carltons Mist gewachsen, dachte Eleanor. Seit sie Bao Shaoyen letztes Jahr im September in London kennengelernt hatte, hatte sie sich mit der Familie angefreundet. Während jener schweren Wochen, in denen Carlton im St Mary's Hospital lag und immer wieder operiert wurde, hatten Eleanor und ihre Freundinnen Bao Shaoyen und ihrem Mann Gaoliang beigestanden, und nachdem ihr Sohn nicht mehr in Lebensgefahr schwebte, hatte Eleanor vorgeschlagen, er solle die Zeit seiner Genesung lieber in Singapur als in Peking verbringen.

»Das Klima und die Luftqualität sind wesentlich besser, außerdem gibt es bei uns einige der renommiertesten Physiotherapeuten der Welt. Ich bin mit den besten Ärzten von Singapur verwandt und werde dafür sorgen, dass Carlton die denkbar beste Behandlung erhält«, hatte sie versichert, und die Baos hatten dankbar eingewilligt. Den wahren Grund für ihren Altruismus hielt Eleanor natürlich geheim – wenn sie in der Nähe wohnten, konnte sie alles über die Familie in Erfahrung bringen.

Eleanor kannte viele verwöhnte Söhne, aber einen, der seine Mutter derart nach seiner Pfeife tanzen ließ, hatte sie noch nie getroffen. Shaoyen hatte drei Hausmädchen aus

Peking einfliegen lassen, die sich um Carlton kümmern sollten, ließ sich jedoch nicht davon abbringen, nahezu alles selbst zu übernehmen. Außerdem waren sie seit ihrem Umzug nach Singapur letzten November aus unerfindlichen Gründen weitere drei Male umgezogen. Daisy Foo hatte extra ihre Familienbeziehungen spielen lassen, um die Baos zu überaus günstigen Konditionen in einer Valley-Wing-Suite im Shangri-La unterzubringen – doch aus irgendeinem Grund war Carlton unzufrieden mit dem Hotel gewesen, das zu den besten Singapurs gehörte. Kurz darauf zogen die Baos in ein möbliertes Apartment im luxuriösen Wolkenkratzer Hilltops und einen Monat später in eine noch protzigere Wohnung in der Grange Road. Und jetzt wohnten sie in diesem Gebäude mit dem affigen Autoaufzug.

Eleanor erinnerte sich jetzt, einmal im Immobilienteil der *Business Times* von dem Gebäude gelesen zu haben – dem ersten Luxuswohnblock in ganz Asien mit biometrisch kontrollierten PKW-Aufzügen und »Sky-Garagen« neben jedem Apartment. Nur spesenkontenfinanzierte Auslandschinesen oder Festländer mit zu viel Geld konnten so etwas erstrebenswert finden. Carlton, der offensichtlich zur zweiten Kategorie gehörte, hatte endlich genau das bekommen, was er wollte.

Fünfzig Stockwerke weiter oben hörte der Fußboden endlich auf, sich zu bewegen, und Eleanor blickte nun in ein weitläufiges Wohnzimmer. Auf der anderen Seite der Scheibe stand eine winkende Shaoyen mit Carlton im Rollstuhl an ihrer Seite.

»Willkommen, willkommen!«, rief Shaoyen erfreut, als Eleanor das Apartment betrat.

»*Alamak*, ich hätte mich fast zu Tode erschreckt! Ich

dachte, ich bekomme einen Schwindelanfall, als der Boden sich auf einmal gedreht hat!«

»Entschuldigen Sie, Mrs Young, das war meine Idee – ich dachte, der PKW-Aufzug würde Ihnen gefallen«, entgegnete Carlton.

Shaoyen warf Eleanor einen resignierten Blick zu. »Jetzt verstehen Sie sicher, warum wir herziehen mussten. So kann der Krankentransport bis vor die Tür fahren, und Carlton kommt selbstständig mit dem Rollstuhl in die Wohnung.«

»Überaus bequem, ja«, sagte Eleanor, die ihr kein Wort glaubte. Barrierefreiheit hatte bei der Auswahl dieses Apartments garantiert keine Rolle gespielt. Sie drehte sich noch einmal zu der albernen Garage um, musste jedoch feststellen, dass die Glasscheibe auf dieser Seite milchig weiß war. »Oh, raffiniert! Ich dachte, Sie müssten vom Sofa aus ständig Ihr Auto anschauen. Und jetzt stellen Sie sich mal vor, Sie hätten einen alten Subaru.«

»Ach, wenn Sie wollen, können Sie sich Ihr Auto anschauen«, sagte Carlton und tippte auf sein iPad mini. Die Glasfront wurde durchsichtig, und nun setzten spezielle Scheinwerfer und Effektbeleuchtung in der Garage ihren zwölf Jahre alten Jaguar in Szene wie ein Museumsobjekt. Eleanor war insgeheim erleichtert, dass ihr Fahrer Ahmad den Wagen am Tag zuvor poliert hatte.

»Und jetzt stellen Sie sich mal vor, wie gut sich ein chromfarbener Lamborghini Aventador da drin machen würde«, sagte Carlton mit hoffnungsvollem Blick in Richtung seiner Mutter.

»Du setzt dich nicht noch mal ans Steuer eines Sportwagens«, zischte Shaoyen.

»Das wird sich zeigen«, murmelte Carlton und warf Eleanor einen verschwörerischen Blick zu. Eleanor erwiderte sein Lächeln und stellte wieder einmal fest, dass er wie verwandelt wirkte. Die ersten Wochen nach ihrem Umzug nach Singapur hatte Carlton völlig teilnahmslos gewirkt, ihr nie in die Augen gesehen, geschweige denn ein Wort mit ihr gewechselt. Doch heute sprach der junge Mann im Rollstuhl mit ihr, war sogar zu Scherzen aufgelegt. Vielleicht war er ja auf Antidepressiva?

Shaoyen führte Eleanor in ein weiteres Wohnzimmer, ein schlichter Raum mit Fensterfront und indirekter Beleuchtung an den mattschwarzen Wänden, dessen Modernität sie geradezu ansprang. Ein Hausmädchen vom Festland betrat das Zimmer mit einem Tablett, beladen mit einem erlesenen Flora-Danica-Teeservice, das so gar nicht zum Rest der Einrichtung passte.

»Ein Tässchen Tee? Es ist so nett von Ihnen, uns am Neujahrsabend zu besuchen, statt ihn mit Ihrem Mann zu verbringen«, sagte Shaoyen liebenswürdig.

»Ach, Philip reist heute erst spätabends an. Unsere Familie feiert erst morgen Neujahr. Apropos Mann – ist Gaoliang auch da?«

»Sie haben ihn gerade verpasst. Er ist zurück nach Peking, weil er in den nächsten Tagen bei einigen Feierlichkeiten zugegen sein muss.«

»Wie schade. Dann müssen Sie ihm ein paar von denen hier aufheben«, sagte Eleanor und reichte Shaoyen eine große OG-Tüte[1].

1 Oriental Garments, besser bekannt als OG, ist eine 1962 gegründete, in Singapur ansässige Kaufhauskette, die preiswerte Kleidung, Accessoires und Haushaltswaren anbietet. Lieblingsgeschäft einer gewissen Altersschicht von Damen des Singapurer Geldadels, die behaupten, nur Un-

»Ach, das wäre doch nicht nötig gewesen!« Shaoyen zog mehrere verschiedene Packungen aus der Tüte. »Was sind denn das für Leckereien? Die sehen ja köstlich aus!«

»Nur etwas traditionelles Neujahrsgebäck von den Köchen meiner Schwiegermutter. Ananastörtchen, Love Letters, Mandelplätzchen und verschiedene *nyonya*-Kuchen.«

»Wie nett von Ihnen. *Xiexie!*[1] Warten Sie, ich habe auch etwas für Sie«, sagte Shaoyen und eilte aus dem Zimmer.

Carlton ließ den Blick über das Gebäck schweifen. »Echt nett von Ihnen, Mrs Young. Welche Leckerei sollen wir zuerst probieren?«

»Ich würde mit etwas weniger Süßem wie den *kuih-bangkit*-Mandelplätzchen beginnen und mich dann bis zu den Ananastörtchen vorarbeiten«, empfahl Eleanor. Einen Augenblick lang musterte sie Carltons Gesicht. Die Narbe auf seiner linken Wange war inzwischen verblasst und verlieh seinen langweilig perfekten Wangenknochen sogar einen Hauch von verwegenem Charme. Er war ein gut aussehender junger Mann und ähnelte Rachel Chu selbst nach den vielen wiederherstellenden Operationen noch auf geradezu unheimliche Weise. Zum Glück war sein vornehmer britischer Akzent, der sie so sehr an Nicky erinnerte, wesentlich attraktiver als Rachels absurd breites amerikanisches Englisch.

»Darf ich Ihnen ein Geheimnis verraten, Mrs Young?«, flüsterte Carlton ihr auf einmal zu.

terwäsche von Hanro zu tragen, dort jedoch heimlich Triumph-BHs und Höschen im Sonderangebot kaufen.

1 Mandarin für »Danke!«.

»Aber natürlich«, sagte Eleanor.

Carlton spähte in den Flur. Als er sich vergewissert hatte, dass seine Mutter noch nicht wieder im Anmarsch war, stützte er sich langsam aus dem Rollstuhl hoch und ging einige vorsichtige Schritte.

»Sie können wieder laufen!«, rief Eleanor erstaunt.

»Pssst! Nicht so laut!«, sagte Carlton und setzte sich wieder in den Rollstuhl. »Das will ich meiner Mutter erst zeigen, wenn ich einmal durchs Zimmer gehen kann. Bei der Physio sagen sie, ich werde im nächsten Monat wieder gehen und im Sommer sogar rennen können.«

»Meine Güte, das freut mich für Sie!«, sagte Eleanor.

Shaoyen betrat das Zimmer. »Worüber freuen Sie sich? Hat Carlton erzählt, dass seine *mazi* zu Besuch kommt?«

»Waaas?«, entgegnete Eleanor neugierig.

»Sie ist nicht meine Freundin, Mutter«, sagte Carlton.

»Okay, Carltons *Bekannte* kommt uns nächste Woche besuchen«, verbesserte sich Shaoyen.

Carlton stieß einen gequälten Seufzer aus.

»*Aiya*, Carlton ist so gut aussehend und intelligent, kein Wunder, dass er eine *Bekannte* hat! Schade, ich wollte ihm eine ganze Reihe von geeigneten jungen Damen *gaai siu*[1]«, neckte ihn Eleanor.

Carlton errötete leicht. »Gefällt Ihnen die Aussicht von hier oben, Mrs Young?«, fragte er in dem Versuch, das Thema zu wechseln.

»Ja, wirklich sehr schön. Man sieht sogar mein Apartment«, sagte Eleanor.

1 Kantonesisch für »vorstellen«.

»Wirklich? Wo denn?«, fragte Shaoyen neugierig und trat ans Fenster. Sie waren jetzt bereits seit drei Monaten in Singapur, und sie war ein wenig verwundert, dass Eleanor sie noch nie eingeladen hatte.

»Dort drüben auf dem Hügel. Sehen Sie das Hochhaus, das aussieht, als stünde es auf dem alten Anwesen darunter?«

»Ja!«

»In welchem Stock wohnen Sie?«, fragte Carlton.

»Im Penthouse.«

»Wow! Wir wollten hier auch ins Penthouse ziehen, aber das war nicht mehr frei«, prahlte Carlton.

»Und ist die Wohnung groß genug?«, erkundigte sich Eleanor. »Haben Sie die ganze Etage?«

»Ja. Dreihundert Quadratmeter mit vier Schlafzimmern.«

»Du lieber Himmel, die Miete muss ein Vermögen kosten!«

»Ach, wir haben lieber direkt gekauft statt zu mieten«, erwiderte Carlton mit zufriedenem Grinsen.

»Ach!«, sagte Eleanor erstaunt.

»Ja, und da das Apartment uns so gut gefällt, haben wir beschlossen, die Stockwerke drüber und drunter dazuzukaufen und eine Triplex-Wohnung –«

»Ach, das war nur so ein Gedankenspiel«, fiel Shaoyen ihrem Sohn ins Wort.

»Wie meinst du das, Mutter? Wir haben den Vertrag doch vorgestern unterschrieben! Jetzt kannst du keinen Rückzieher mehr machen.«

Shaoyen presste die Lippen aufeinander, dann fing sie sich wieder und setzte ein gekünsteltes Lächeln auf. Ihr war sichtlich unangenehm, wie offenherzig ihr Sohn über ihre Ausgaben sprach.

Eleanor beeilte sich zu sagen: »Shaoyen, das war eine kluge Entscheidung. Die Preise in diesem Viertel werden weiter steigen. Wohneigentum in Singapur ist inzwischen gefragter als in New York, London oder Hongkong.«

»Genau das habe ich Mutter auch gesagt«, warf Carlton ein.

Shaoyen schwieg, schenkte Eleanor jedoch eine Tasse Tee ein.

Eleanor nahm die Tasse lächelnd entgegen und warf ihre innere Rechenmaschine an. Ein Apartment in dieser erstklassigen Lage musste die Baos locker fünfzehn Millionen Dollar gekostet haben – mit der Sky-Garage vermutlich noch mehr –, und nun stellte sich heraus, dass sie noch *zwei* weitere gekauft hatten. Da Eddie Cheng ihr Privatbankier war, hatte sie schon gewusst, dass die Baos stinkreich sein mussten, aber ganz offensichtlich hatte sie unterschätzt, wie stinkreich.

Daisy Foo hatte es von Anfang an gesagt. Nachdem sie Shaoyen in London kennengelernt hatten, war Daisys Theorie gewesen: »Diese Leute sind reicher als Gott höchstpersönlich, jede Wette. Man kann sich gar nicht vorstellen, wie reich diese ganzen Festländer inzwischen sind – kommt mir vor wie gestern, dass Peter und Annabel Lee die ersten Festlandmilliardäre waren, und jetzt sind es Hunderte. Meinem Sohn zufolge gibt es in fünf Jahren mehr Milliardäre in China als in Amerika.« Mr Wong, der Privatdetektiv, den Lorena ihr empfohlen hatte, war in den letzten Monaten auf der Suche nach pikanten Details über die Baos in ganz China unterwegs gewesen, und nun war Eleanor noch gespannter auf seinen Bericht.

Nachdem Carlton und Shaoyen einen guten Teil des

Neujahrsgebäcks verdrückt hatten, reichte Shaoyen Eleanor eine große rot-goldene Einkaufstüte. »Hier, auch von uns eine kleine Neujahrsaufmerksamkeit. *Xinnian kuaile.*[1]«

»*Aiya*, das wäre doch nicht nötig gewesen, *lah*! Was ist das?« Eleanor zog eine vertraute orange Schachtel mit braunem Rand aus der Tüte. Als sie den Deckel anhob, erblickte sie darin eine Birkin-Bag von Hermès.

»Gefällt sie Ihnen? Ich weiß ja, dass Sie am liebsten schlichte Farben tragen, deshalb habe ich die weiße Himalaya aus Niloticus-Krokodilleder ausgewählt.«

Eleanor wusste, dass diese Handtasche, deren Braun-, Beige- und Weißtöne an das Fell der Himalayan-Perserkatze erinnerten, mindestens hunderttausend Dollar gekostet haben musste. »*Alamak!* Das ist doch viel zu teuer! Das kann ich nicht annehmen!«

»Ist wirklich nur eine kleine Geste«, sagte Shaoyen beschwichtigend.

»Das weiß ich zu schätzen, aber ich kann die Tasche nicht annehmen. Ich weiß, wie viel die kosten. Nehmen Sie sie.«

»Nein, nein, zu spät«, sagte Shaoyen, löste die Schnalle und schlug die Klappe der Handtasche zurück. Ins Innenleder geprägt waren Eleanors Initialen – E. Y.

Eleanor seufzte. »Das ist wirklich zu viel. Ich bezahle sie Ihnen!«

»Auf keinen Fall. Das wäre ein Affront! Es ist doch gar nichts verglichen mit der Güte, die Sie uns die letzten Monate haben zuteilwerden lassen.«

1 »Frohes neues Jahr« auf Mandarin.

Sie haben keine Ahnung, wieso ich das tue, dachte Eleanor. Sie wandte sich an Carlton. »Helfen Sie mir. Das ist doch Wahnsinn!«

»Ist wirklich nicht der Rede wert«, sagte Carlton.

»Natürlich ist es das! Sie wissen genau, dass ich unmöglich so ein großzügiges Geschenk von Ihrer Mutter annehmen kann!«

Carlton schnaubte. »Kommen Sie, Mrs Young. Ich zeige Ihnen mal was.« Er rollte aus dem Wohnzimmer und bedeutete Eleanor, ihm zu folgen. Am anderen Ende des Korridors öffnete er die Tür zu einem der Gästezimmer und schaltete das Licht an. Eleanor schaute um die Ecke. Es war spärlich eingerichtet, aber fast unmöglich zu betreten.

Hermès-Taschen mit passenden Schachteln bedeckten den gesamten Boden. Auf jeder der Schachteln stand eine Birkin- oder Kelly-Handtasche – in jeder Farbe des Regenbogens, aus jeder erdenklichen exotischen Ledersorte. An den Wänden erstreckten sich maßangefertigte Vitrinen mit reihenweise sanft beleuchteten Hermès-Handtaschen. Es mussten insgesamt über hundert sein, und der Taschenrechner in Eleanors Hirn lief heiß.

»Das ist das Präsentezimmer meiner Mutter. Sie schenkt jeder einzelnen Ärztin, Krankenschwester und Physiotherapeutin im Camden Medical Centre, die mich über die letzten Monate betreut hat, eine Hermès.«

Eleanor starrte mit offenem Mund in den mit Taschen vollgestopften Raum.

»Meine Mutter hat eine Schwäche. Und jetzt wissen Sie, welche das ist«, sagte Carlton lachend.

Shaoyen zeigte Eleanor einige der exklusivsten, eigens für sie angefertigten Hermès-Taschen. Insgeheim hielt Eleanor das für schreckliche Geldverschwendung. *Wie viele Noble-Group- oder CapitaLand-Aktien sie stattdessen kaufen könnte!* Doch Shaoyen gegenüber quittierte sie jede neue Tasche mit Ooooohs und Aaaaahs.

Eleanor dankte ihnen für das großzügige Geschenk und machte sich zum Gehen bereit. Carlton rollte in den Eingangsbereich und sagte: »Nehmen Sie den normalen Fahrstuhl, Mrs Young. Ich schicke Ihnen das Auto runter, es wartet dann unten in der Lobby auf Sie.«

»Ach, vielen Dank, Carlton. Ich glaube, in dem Autoaufzug hätte ich glatt eine Panikattacke bekommen!«

Shaoyen und Carlton begleiteten sie zum Fahrstuhl und winkten. Die Türen glitten zu, doch statt unmittelbar nach unten zu fahren, blieb der Aufzug noch einen kleinen Moment stehen. Eleanor hörte, wie Carlton auf der anderen Seite der Tür einen Schrei ausstieß.

»Au! Auuu! Das tat weh, Mutter! Was hab ich denn gemacht?«

»*Baichi!*[1] Wie kannst du es wagen, Eleanor Young in unsere Privatangelegenheiten einzuweihen? Hast du denn gar keine Ahnung?«, schrie Shaoyen auf Mandarin.

Just in diesem Moment setzte sich der Fahrstuhl in Bewegung, und Eleanor konnte nichts mehr verstehen.

1 Mandarin für »Idiot!«.

4

RIDOUT ROAD
SINGAPUR

Von: Astrid Teo <astridleongteo@gmail.com>
Gesendet: 9. Februar 2013, 22:42
An: Charlie Wu <charles.wu@wumicrosystems.com>
Betreff: Frohes Neues!

Hey du,

ich wollte dir bloß ein frohes neues Jahr wünschen! Bin gerade vom jährlichen *yee-sang*-Essen[1] bei meiner Schwiegerfamilie zurück, und da fiel mir ein, dass ich das letztes Jahr bei dir gegessen habe und eine der Zutaten 24-karätige Blattgoldraspel waren. Ich habe damals meiner Mutter davon erzählt, weil ich wusste, wie entsetzt sie

1 *Yee sang*, oder »roher Fisch«, wird in Singapur an Neujahr gegessen und besteht aus einer riesigen Platte mit rohem Fisch, geraspeltem eingelegtem Gemüse und verschiedenen Soßen und Gewürzen. Auf ein bestimmtes Stichwort hin stehen alle Gäste am Tisch auf und werfen die Zutaten mit den Stäbchen in die Luft, während sie einander Reichtum und Wohlstand wünschen. Es heißt, je höher man bei diesem »Wohlstandswurf« wirft, desto höher wird dein Vermögen eines Tages sein.

sein würde. (»Grundgütiger, diese Wus wissen auch nicht mehr, wohin mit ihrem Geld, jetzt werfen sie es buchstäblich aus dem Fenster!«, war ihr Kommentar dazu.)

Tut mir leid, dass ich mich so lange nicht gemeldet habe, aber die letzten Monate waren ziemlich verrückt. Ich hab auf meine alten Tage doch tatsächlich noch angefangen zu arbeiten ... Ich unterstütze hinter den Kulissen das Fine Arts Museum bei der strategischen Akquisition, weil sie ihren Bestand vergrößern wollen. (Bitte behalte das für dich. Sie wollten mich ganz offiziell zur Kuratorin machen oder einen Flügel nach mir benennen, aber ich habe beides abgelehnt. Ich habe echt kein Bedürfnis danach, dass mein Name in irgendeine Mauer eingraviert wird – eigentlich finde ich das sogar ziemlich morbide.)

Apropos Akquisitionen, Michaels neue Firma startet so richtig durch! Er hat letztes Jahr zwei Tech-Start-ups in den USA gekauft, und ich habe gleich mehrmals die Gelegenheit genutzt, ihn zu begleiten und meinen Bruder in Kalifornien zu besuchen. Alex und Salimah haben inzwischen drei Kinder und wohnen in einem schönen Haus in Brentwood. Dieses Jahr ist meine Mum auch endlich mal mit nach L. A. gekommen, um ihre Enkelkinder kennenzulernen (Dad weigert sich immer noch, Salimah und »diese« Kinder anzuerkennen). Und natürlich war Mum hellauf begeistert von ihnen – sie sind aber auch süß.

Für Cassian gilt das leider nicht, der ist gerade echt schwierig. Ich dachte, mit der Trotzphase wäre es überstanden – nur hatte ich keinen blassen Schimmer, wie schlimm Fünfjährige sein können! Du kannst dich glücklich schätzen, dass du Töchter hast. Wir überlegen, ob wir noch ein Jahr warten, bis er mit der Grundschule an der ACS anfängt. (Michael meint natürlich, er solle überhaupt nicht an die ACS, sondern lieber auf eine internationale Schule. Was sagst du dazu?)

Außerdem sind wir im Oktober in ein neues Haus in der Ridout Road gezogen. Endlich! Allerdings war es jetzt, wo Michael sich selbst ein Haus leisten kann, auch nicht mehr so schwer, ihn zu überzeugen, aus unserer kleinen Wohnung auszuziehen. Es ist einer der süßen Bungalows von Kerry Hill aus den 1990ern – klassisch tropisch, aber modern um drei Innenhöfe mit Reflexionsbecken etc. herum gebaut. Wir haben einen jungen Architekten aus Singapur engagiert, der dem Haus eine Frischekur verpasst hat, und einen großartigen italienischen Landschaftsgestalter, weil wir uns gewünscht haben, dass das Grundstück etwas mehr an Sardinien erinnert und weniger an Bali. (Ja, es ist Jahre her, aber ich bin immer noch von unserer Reise nach Cala di Volpe inspiriert.)

Der Umzug und das Einrichten des neuen Hauses war natürlich ein Vollzeitjob, auch wenn ich ja eigentlich ein ganzes Gestalterteam zur Hand hatte. Und weißt du was? Die 800 Quadratmeter werden uns jetzt schon zu klein, weil Michael angefangen hat, historische Kunstgegenstände und alte Porsches zu sammeln. Unser Wohnzimmer im Erdgeschoss hat sich inzwischen in einen Showroom für seine Autos verwandelt. Ist das zu fassen? Vor zwei Jahren konnte ich meinen Mann kaum überzeugen, sich mal einen neuen Anzug zu kaufen!

Aber wie geht es dir eigentlich? Ich hab dich letzten Monat auf dem Cover der *Wired* gesehen – ich bin so stolz auf dich! Wie geht es den Mädchen? Und Isabel? In deiner letzten E-Mail klang es, als ginge es euch beiden richtig gut. Hab ich dir doch gleich gesagt – eine Woche auf den Malediven ohne Handys und W-Lan würden jede Ehe wiederbeleben!

Wenn du dieses Jahr nach S'pur kommst, sag Bescheid – dann zeig ich dir unser Autohaus!

Gruß und Kuss,
A

Von: Charlie Wu <charles.wu@wumicrosystems.com>
Gesendet: 10. Februar 2013, 1:29
An: Astrid Teo <astridleongteo@gmail.com>
Betreff: Re: Frohes Neues!

Hi Astrid,

der Museumsjob passt total zu dir – ich fand schon immer, dass du was mit Kultur machen solltest. Schön, dass ihr endlich ein bisschen mehr Platz zu Hause habt. Mein Leben ist gerade weniger rosig: Meine Jüngste, Delphine (4), ist zur Exhibitionistin mutiert (neulich hat sie sich im Lane Crawford ausgezogen und ist zehn Minuten lang splitterfasernackt durch den Laden gelaufen, bis die Kindermädchen sie erwischt haben – die waren vermutlich zu sehr abgelenkt vom Neujahrs-Schlussverkauf, um es zu merken), und ihre große Schwester Chloe (7) wäre gerade am liebsten ein Junge. Sie hat meine alten *Ausgerechnet-Alaska*-DVDs gefunden und findet die Serie aus irgendeinem Grund supertoll (dabei kapiert sie die ganzen Witze noch gar nicht). Sie will entweder Buschpilot oder Sheriff werden. Isabel ist gar nicht begeistert davon, aber wenigstens ist sie mit mir wieder wesentlich glücklicher.

Frohes Jahr der Schlange wünsche ich dir und deiner Familie!

Liebe Grüße
Charlie

Diese Nachricht inklusive aller Anhänge enthält womöglich vertrauliche und/oder rechtlich geschützte Informationen zu Wu Microsystems oder deren Tochterunternehmen. Wenn Sie nicht der richtige Adressat sind, dürfen Sie diese Inhalte weder lesen, vervielfältigen, weitergeben oder anderweitig nutzen. Sollten Sie diese Nachricht irr-

tümlich erhalten haben, bitten wir Sie, den Absender unverzüglich zu informieren und die Nachricht zu löschen.

Von: Astrid Teo <astridleongteo@gmail.com>
Gesendet: 10. Februar 2013, 7:35
An: Charlie Wu <charles.wu@wumicrosystems.com>
Betreff: Re: Re: Frohes Neues!

Oh Gott, ich weiß noch, wie wir damals in London *Ausgerechnet Alaska* hoch und runter geguckt haben! Ich war total in John Corbett verknallt. Was der wohl inzwischen macht? Erinnerst du dich noch an Adams Intermezzo als Koch im Brick und deine Geschäftsidee? Du wolltest eine alte Raststätte irgendwo in der Pampa kaufen und einen Meisterkoch anstellen, der in den besten Pariser Restaurants gelernt hat. Dort wollten wir das beste, innovativste Essen auf den alten Plastiktellern zu Raststättenpreisen servieren, ohne vorher auch nur ein bisschen zu renovieren. Ich wollte die Kellnerin sein und nur Ann Demeulemeester tragen. Und du wolltest der Barkeeper sein und nur den besten Single Malt Scotch und die edelsten Weine ausschenken, aber vorher wollten wir alle Etiketten abkratzen, damit niemand es weiß. Von Zeit zu Zeit wäre zufällig ein Gast vorbeigekommen, der dann das beste Essen der Welt serviert bekommen hätte. Ich finde die Idee immer noch super! Mach dir nicht zu viele Sorgen um deine Töchter. Nackt sein ist doch toll, wenn man ein Kind ist (aber vielleicht solltest du sie im Sommer nach Schweden schicken), und meine Cousine Sophie hatte auch mal so eine jungenhafte Phase. (Moment mal, inzwischen ist sie über dreißig, und ich habe noch nie einen Rock oder Make-up an ihr gesehen. Ups.)

Gruß und Kuss,
A

PS: Wieso sind deine Antworten in letzter Zeit eigentlich so minimalistisch? Deine E-Mails werden irgendwie immer kürzer, verglichen mit meinen Romanen. Wenn ich nicht wüsste, wie sehr du damit beschäftigt bist, die Weltherrschaft an dich zu reißen, wäre ich allmählich beleidigt!

Von: Charlie Wu <charles.wu@wumicrosystems.com>
Gesendet: 10. Februar 2013, 9:04
An: Astrid Teo <astridleongteo@gmail.com>
Betreff: Re: Re: Re: Frohes Neues!

John Corbett ist seit 2002 mit Bo Derek zusammen. Ich glaube, bei dem läufts gut.

Lg, C

PS: Die Weltherrschaft reißt wohl eher dein Mann an sich. Ich bin beschäftigt damit, einen Meisterkoch zu finden, der bereit ist, nach Patagonien zu ziehen und für sechs Gäste pro Monat zu kochen.

Diese Nachricht inklusive aller Anhänge enthält womöglich vertrauliche und/oder rechtlich geschützte Informationen zu Wu Microsystems oder deren Tochterunternehmen. Wenn Sie nicht der richtige Adressat sind, dürfen Sie diese Inhalte weder lesen, vervielfältigen, weitergeben oder anderweitig nutzen. Sollten Sie diese Nachricht irrtümlich erhalten haben, bitten wir Sie, den Absender unverzüglich zu informieren und die Nachricht zu löschen.

5

TYERSALL PARK

SINGAPUR, CHINESISCHES NEUJAHRSFEST, VORMITTAG

Drei identische Mercedes-S-Klasse-Limousinen in Iridiumsilber mit den Nummernschildern TAN01, TAN02 und TAN03 schlichen durch den morgendlichen Verkehr in Richtung Tyersall Park. Im vorderen Wagen saß Lillian May Tan, Matriarchin der Familie, deren Nachname so protzig ihre Fahrzeuge zierte, und musterte die rot-goldene chinesische Neujahrsdekoration, die jede Fassade der Orchard Road verschandelte. Die Dekorationen schienen mit jedem Jahr aufwendiger und gleichzeitig geschmackloser zu werden. »Was um alles in der Welt soll das sein?«

Vom Beifahrersitz aus betrachtete Eric Tan lachend die zehn Stockwerke hohe LED-Wand, auf der eine Animation so heftig blinkte, dass man fürchten musste, einen epileptischen Anfall zu erleiden. »Grandma, ich glaube, das soll eine rote Schlange darstellen, ... die in einen ... äh, goldenen Tunnel kriecht.«

»Seltsame Schlange«, kommentierte Erics frischgebackene Ehefrau Evie mit ihrer hohen Stimme.

Lillian May erwähnte lieber nicht, woran sie das pralle

Wesen mit dem breiten Kopf erinnerte, aber sie musste an etwas denken, was sie vor langer Zeit gesehen hatte, als ihr verstorbener Mann – Gott sei seiner Seele gnädig – mit ihr eine eigenartige Vorführung in Amsterdam besucht hatte. »Wir hätten durch die Clemenceau Avenue fahren sollen! Jetzt stehen wir hier auf der Orchard Road im Stau«, beschwerte sie sich.

»*Aiya*, das ist doch überall so, egal, wo wir langfahren«, sagte ihre Tochter Geraldine.

Mit Beginn des ersten Tages des chinesischen Neujahrsfestes unterwarfen sich die Singapurer einem absolut einzigartigen Ritual. Die Menschen eilten dann hektisch kreuz und quer über die Insel, um Familie und Freunden zum neuen Jahr zu gratulieren, *ang-paus*[1] auszutauschen und sich den Bauch vollzuschlagen. Die ersten beiden Tage des Neujahrsfestes waren dabei von größter Bedeutung, und die Reihenfolge der Besuche folgte einem strengen Protokoll entsprechend des Alters, wobei die ältesten, ranghöchsten (und zumeist wohlhabendsten) Verwandten

1 Hokkien für »rotes Päckchen«. In den roten Umschlägen mit goldener Prägung befindet sich Bargeld, und sie werden zum chinesischen Neujahrsfest von verheirateten Paaren an Unverheiratete, besonders Kinder, verteilt und sollen Glück bringen. Die Summe variiert je nach Gehaltsklasse der oder des Schenkenden, aber man kann davon ausgehen, dass es in wohlhabenderen Haushalten mindestens hundert Dollar sind. Am Ende der Woche gehen die meisten Kinder mit Tausenden Dollar nach Hause, und für manche hängt das Taschengeld des ganzen Jahres von diesem Ritual ab. Auch in dieser Hinsicht hielt man sich in Tyersall Park nicht an die Tradition, dort waren die *ang-paus* aus hellrosa Pergament und enthielten stets einen geringen, symbolischen Wert. Das erklärt auch, warum Generationen von Kindern nach ihrem Neujahrsbesuch in Tyersall Park enttäuscht herausplatzten: »*Kan ni nia* – da sind ja nur zwei Dollar drin!«

zuerst beehrt wurden. Erwachsene Kinder, die nicht mehr zu Hause wohnten, mussten ihre Eltern besuchen, jüngere Geschwister alle älteren in absteigender Altersreihenfolge, Cousins und Cousinen zweiten Grades besuchten Cousins und Cousinen ersten Grades, und nachdem sie den ganzen Tag damit verbracht hatten, durch die Stadt zu fahren und die Verwandtschaft väterlicherseits abzuklappern, mussten sie danach den Vorgang für die mütterliche Seite wiederholen.[1] In großen Familien ging die ganze Angelegenheit nur mithilfe komplizierter Excel-Flussdiagramme, Tracking Apps für *ang-paus* und einer Menge russischem Wodka über die Bühne, um die Migräne verursachende Verwirrung zu lindern.

Die Tans waren stolz darauf, zu Neujahr stets als Erste in Tyersall Park zu erscheinen. Obwohl die Nachkommen des Gummi-Tycoons Tan Wah Wee aus dem 19. Jahrhundert nur Cousins und Cousinen dritten Grades der Youngs waren und demzufolge gar nicht die ersten Besucher hätten sein sollen, hatten sie es seit den 1960ern zur Tradition werden lassen, pünktlich um zehn Uhr morgens auf der Matte zu stehen (in erster Linie, weil Lillian Mays verstorbener Mann es sich nicht entgehen lassen wollte, sich unter die VVIPs zu mischen, die meistens früh auftauchten).

Als der Fahrzeugkonvoi endlich die Tyersall Avenue erreichte und den privaten Kiesweg zu dem riesigen Anwesen erklomm, verpasste Geraldine Evie einen letzten Crashkurs bezüglich ihrer neuen Verwandten. »Also, Evie, begrüß Su

1 Wenn deine Eltern sich scheiden lassen und wieder geheiratet haben oder du aus einer Familie stammst, deren Großvater sich mehrere Ehefrauen und Familien gegönnt hat, dann bist du am Arsch.

Yi auf jeden Fall auf Hokkien, wie ich es dir erklärt habe, aber erst, nachdem sie dich angesprochen hat.«

»Okay.« Evie nickte, bestaunte mit offenem Mund die elegante Palmenallee, die zu dem majestätischsten Gebäude führte, das sie je gesehen hatte, und wurde von Minute zu Minute nervöser.

»Und vermeide unbedingt Augenkontakt mit ihren thailändischen Zofen. Großtante Su Yi hat immer zwei Dienstmädchen dabei, die einen finster anstarren«, ergänzte Eric.

»Oh Gott …«

»*Aiya*, jetzt macht der Armen doch nicht solche Angst«, schimpfte Lillian May. Als die Familie aus der Wagenflotte stieg und sich bereit machte, das Haus zu betreten, flüsterte Geraldine ihrer Mutter eine letzte Warnung zu. »Nicht vergessen … Erwähn *auf keinen Fall* noch mal Nicky. Letztes Jahr hatte Tante Su Yi deinetwegen fast einen Schlaganfall, als du sie nach ihm gefragt hast.«

»Meinst du denn, dass Nicky dieses Jahr wieder nicht da ist?«, fragte Lillian May und beugte sich vor den Seitenspiegel des Mercedes, um die aufwendig drapierten Locken zu richten, die ihr über den Nacken wallten.

Geraldine sah sich kurz prüfend um, dann fuhr sie fort: »*Aiya*, du weißt ja noch gar nicht das Neueste! Monica Lee hat mir erzählt, dass ihre Nichte Parker Yeo etwas höchst Sensationelles von Teddy Lim erfahren hat: Anscheinend ist Nicky fest entschlossen, nächsten Monat dieses Mädchen zu heiraten. Statt hier eine große Hochzeit zu feiern, wollen sie in Kalifornien heiraten, *am Strand*! Ist das zu fassen?«

»Ach herrje – was für eine Schande! Arme Su Yi. Und arme Eleanor. Was für ein Gesichtsverlust – damit sind all ihre Bemühungen, ihn zum Lieblingsenkel zu machen, dahin.«

»Nicht vergessen, Mummy, *m ngoi hoi se, ah*[1]. Sag kein Wort!«

»Keine Sorge, ich sage Su Yi schon nichts«, versprach Lillian May. Sie war froh, endlich in Tyersall Park angekommen zu sein, dieser wundervoll prächtigen Oase abseits des grellen Neujahrskitsches, der den Rest der Insel verunstaltete. Lillian kam es vor, als würde sie sich auf eine verwunschene Zeitreise begeben, sobald sie durch die Eingangstür trat. Das Anwesen folgte ausschließlich den Traditionen, die seine Hausherrin verfügte, und verwandelte sich während der Feiertage auf seine eigene subtile Weise. Die weißen Phalaenopsis-Orchideen, die den Besucher normalerweise auf dem uralten Steintisch im Foyer empfingen, waren einem turmhohen Arrangement aus rosa Pfingstrosen gewichen. Oben im Salon wurde immer eine sechs Meter hohe Kalligrafierolle mit einem Neujahrsgedicht von Xu Zhimo – das dieser zu Ehren von Su Yis verstorbenem Mann Sir James Young verfasst hatte – vor der Wand mit Intarsien aus Silber und Lapislazuli entrollt, und die weißen Voile-Gardinen, die sonst vor den bodentiefen Fenstern flatterten, wichen Bahnen aus Moireseide in schimmerndem Blassrosa.

Im lichtdurchfluteten Wintergarten begann gerade das Neujahrsteeritual, und Su Yi thronte in einem hochgeschlossenen Kleid aus türkisfarbener Seidencharmeuse und einer einreihigen Zuchtperlenkette in Opera-Länge auf einem gepolsterten Korbsessel vor den bodentiefen Fens-

1 Kantonesisch für »Sprich keinen Todesfluch aus«, also etwa »Sabotier die Situation nicht«.

tern, ihre getreuen thailändischen Zofen standen feierlich hinter ihr, und vor ihr reihten sich drei ihrer Kinder mittleren Alters wie Schüler auf, die ihre Hausaufgaben abgeben wollten. Felicity und Victoria sahen zu, wie ihr Bruder Philip seiner Mutter feierlich mit beiden Händen die Teetasse reichte und ihr förmlich Gesundheit und Wohlstand wünschte. Nachdem Su Yi an dem mit getrockneten chinesischen Datteln aufgegossenen Oolong-Tee genippt hatte, war Eleanor an der Reihe. Als sie anfing, das dampfende Gebräu aus der reich verzierten Qing-Teekanne mit Drachenmuster zu gießen, hörte man die ersten Gäste des Morgens ankommen.

»Herrje, diese Tans kreuzen auch jedes Jahr früher auf!«, meckerte Felicity.

Victoria schüttelte missbilligend den Kopf. »Diese Geraldine hat immer Angst, nicht genug zu essen abzukriegen. Die wird von Jahr zu Jahr fetter. Ihre Triglyceridwerte will ich mir gar nicht ausmalen.«

»Ach, hat dieser nichtsnutzige Eric Tan nicht gerade irgendeine Indonesierin geheiratet? Mal sehen, wie dunkel sie ist«, sagte Felicity.

»Sie ist halb Indonesierin und halb Chinesin, ihre Mutter ist eine der Liem-Schwestern, also ist sie garantiert heller als wir alle zusammen. Sprich es bloß nicht an, aber Cassandra hat mich gewarnt, dass Auntie Lillian May gerade aus Amerika zurück ist und eine neue Perücke hat. Sie glaubt, damit würde sie jünger aussehen, aber Cassandra zufolge sieht sie aus wie eine *pontianak*[1]«, murmelte Victoria.

1 Ein weiblicher Geist, der auf Bananenstauden lebt und langes Haar hat, das aussieht wie ein Rattennest. In der indonesischen und malai-

»Du liebe Güte!« Felicity kicherte.

In dem Moment rauschte Lillian May mit ihrem Gefolge aus Söhnen, Töchtern, ausgewählten Ehepartnern und Enkeln herein. Die Matriarchin der Familie Tan trat auf Su Yi zu, verbeugte sich ganz leicht und sprach den traditionellen Neujahrsgruß aus: *»Gung hei faat choi!«*[1]

»Gung hei faat choi. Und wer sind Sie?«, fragte Su Yi und musterte sie durch ihre typische getönte Zweistärkenbrille.

Lillian May stutzte. »Su Yi, *ich* bin es doch. Lillian May Tan!«

Su Yi überlegte kurz und erwiderte ganz trocken: »Ach, ich habe dich gar nicht erkannt mit der neuen Frisur. Ich dachte schon, dieses englische Biest aus dem *Denver-Clan* will mich besuchen.«

Lillian wusste nicht, ob sie sich geschmeichelt oder beleidigt fühlen sollte, aber alle anderen im Raum fingen an zu lachen.

Bald darauf erschienen noch mehr Mitglieder des erweiterten Young-T'sien-Shang-Clans, und alle *gungheifaatchoi*ten, was das Zeug hielt, überreichten den Kindern *ang-paus*, lobten sich gegenseitig für ihre Outfits, kommentierten, wer zugenommen hatte oder zu dünn aussah, berichteten,

ischen Mythologie sind *pontianaks* Geister von Frauen, die bei der Geburt gestorben sind. *Pontianaks* töten ihre Opfer, indem sie sich mit ihren spitzen, schmutzigen Fingernägeln in deren Bauch graben und ihre Organe verschlingen. Lecker.

1 »Alles Gute, Erfolg und Wohlstand«, die korrekte Glückwunschformel auf Kantonesisch. Ungezogenere Kinder sagen auch gern »Frohes neues Jahr – und jetzt zieh ich dich am Haar!« oder *»Gung hei faat choi – ang-pau tae lai!«* (Und jetzt her mit dem *ang-pau*!)

wer gerade sein Haus für wie viel verkauft hatte, zeigten Fotos ihres letzten Urlaubs/Enkelkindes/medizinischen Eingriffs und verputzten Ananastörtchen.

Als die Gäste sich langsam in Richtung große Treppe und oberer Salon verteilten, ergriff Lillian May die Gelegenheit, Eleanor zu begrüßen. »Ich wollte dir das nicht vor Felicity und Victoria sagen, weil die immer so neidisch auf dich sind, aber ich muss gestehen, das lila Wickelkleid ist der Wahnsinn! Du bist mit Abstand die Eleganteste hier!«

Eleanor lächelte huldvoll. »Du siehst auch sehr hübsch aus. Wirklich ein *tolles* Outfit … ist der Kaftan abnehmbar?«

»Das habe ich gekauft, als ich meine Schwester in San Francisco besucht habe. Ein fantastischer neuer Designer, den ich entdeckt habe. Wie war noch gleich der Name? Lass mich nachdenken … Eddie Fisher. Nein, nein, das war es nicht … Eileen Fisher! An der Westküste ist der Winter ja ungewöhnlich kalt. Denk dran, wenn du für deine Reise packst.«

»Welche Reise?« Eleanor runzelte die Stirn.

»Nach Kalifornien?«

»Ich fliege nicht nach Kalifornien.«

»Aber du und Philip wollt doch sicher zu …«, setzte Lillian an und verstummte plötzlich.

»Zu was?«

»Ach herrje, ich bin so ein Dummerchen … Tut mir leid, da habe ich dich wohl kurz mit jemandem verwechselt«, plapperte Lillian los. »*Gik dou sei!*[1] Langsam werde ich echt senil. Ach, schau mal, Astrid und Michael sind da! Sieht As-

1 Kantonesisch für »Das nervt mich zu Tode!«.

trid nicht großartig aus? Und wie niedlich der kleine Cassian mit seiner Fliege ist. Dem kleinen Fratz muss ich sofort in die Wange kneifen!«

Eleanor spannte den Kiefer an. Diese Lillian May war eine miserable Lügnerin. Irgendwas war da in Kalifornien im Busch, und Eleanors Gedanken überschlugen sich angesichts der unendlichen Möglichkeiten. Warum um Himmels willen sollten sie und Philip jemals zusammen nach Kalifornien fahren? Es sei denn, es fand irgendein wichtiges Ereignis statt, das mit Nicky zu tun hatte. Wollte er doch noch heiraten? Ja, das musste es sein. Und die eine Person, die es wissen musste, war Astrid, die genau in diesem Augenblick auf dem Treppenabsatz stand und sich von Lillian May auf merkwürdige Weise das Kleid streicheln ließ. Von Weitem schien Astrid ein eher schlichtes weißes Etuikleid mit blauen Verzierungen an Saum und Ärmeln zu tragen, aber als Eleanor näher kam, erkannte sie, dass die blauen Verzierungen tatsächlich Seidenstickereien waren, die vom Muster her an Delfter Porzellan erinnerten.

»*Aiya*, Astrid, ich komme jedes Jahr hierher, nur um zu sehen, welches Couture-Kleid du wohl tragen wirst! Und du hast meine Erwartungen auf jeden Fall erfüllt – du bist mit Abstand die Eleganteste hier! Wen trägst du? Ist das Balmain? Chanel? Dior?«, sprudelte es aus Lillian May hervor.

»Ach, das ist nur ein kleines Experiment, das mein Freund Jun[1] für mich gezaubert hat«, sagte Astrid.

1 Jun Takahashi, kreativer Kopf hinter dem Fashion-Label Undercover. Der Prototyp von Astrids Kleid war höchstwahrscheinlich die Inspiration für seine Herbst-Winter-Kollektion 2014.

»Es ist göttlich! Und Michael – von Toa Payoh zum Tycoon! Mein Sohn meint, du wärst jetzt der Steve Gates von Singapur!«

»Haha. Nicht doch, *lah*, Auntie«, erwiderte Michael, der zu höflich war, um die alte Dame zu korrigieren.

»Aber es stimmt doch. Jedes Mal, wenn ich die *Business Times* aufschlage, sehe ich dein Gesicht. Hast du nicht einen heißen Tipp für mich?«, mischte sich Eleanor ein.

»Auntie Elle, wenn es nach meinen Freunden bei G. K. Goh geht, kannst du eher *mir* ein paar Aktientipps geben!« Michael lachte und genoss die neue Bewunderung durch die Verwandten seiner Frau sichtlich.

»Blödsinn, *lah*! Gegen dich bin ich doch nur ein kleiner Fisch. Entschuldige mich, aber ich muss mir mal kurz deine Frau borgen«, meinte Eleanor, griff nach Astrids Ellbogen und führte sie den langen, galerieartigen Salon entlang in die Ecke neben dem Flügel. Der junge Pianist, der aussah, als hätte er gerade das erste Jahr am Raffles Music College abgeschlossen, schwitzte heftig in seinem Anzug und spielte irgendeine unverfängliche Chopin-Etüde.

Am festen Griff Eleanors erkannte Astrid den Ernst der Lage. Über die Musik hinweg verkündete Eleanor: »Du musst mir die Wahrheit sagen. Will Nicky in Kalifornien heiraten?«

Astrid holte tief Luft. »Ja.«

»Und wann soll das stattfinden?«

»Ich will dich nicht anlügen, aber ich habe Nicky hoch und heilig versprochen, dir keine Einzelheiten zu erzählen, da musst du ihn schon selber fragen.«

»Du weißt doch genauso gut wie ich, dass mein Sohn seit über zwei Jahren nicht mehr auf meine Anrufe reagiert!«

»Das ist eine Sache zwischen euch beiden. Bitte zieh mich da nicht mit rein.«

»Du steckst schon mittendrin, ob du willst oder nicht, weil du Geheimnisse mit ihm hast!« Eleanor schäumte.

Astrid seufzte. Sie hasste solche Konfrontationen. »Unter den gegebenen Umständen weißt du doch genau, warum ich es dir nicht erzählen kann.«

»Komm schon, ich habe ein Recht darauf, es zu erfahren!«

»Ja, aber du hast nicht das Recht, seine Hochzeit zu sabotieren.«

»Ich sabotiere gar nichts! Du *musst* es mir sagen! Ich bin seine Mutter, verdammt noch mal!« Eleanor ging in die Luft und vergaß dabei, wo sie war. Der schockierte Pianist unterbrach sein Spiel, und plötzlich waren alle Augen auf sie gerichtet. Astrid sah, dass selbst ihre Großmutter empört zu ihnen herübersah.

Astrid schürzte die Lippen und schwieg.

Eleanor sah sie scharf an. »Das ist doch unglaublich!«

»Nein, unglaublich ist eher, dass du denkst, Nicky könnte dich auch nur in der Nähe seiner Hochzeit haben wollen«, erwiderte Astrid mit zitternder Stimme und stolzierte davon.

Drei Wochen vor dem Neujahrsfest hatten sich die Köche der Haushalte Young, Shang und T'sien in der riesigen Küche von Tyersall Park getroffen, um mit dem Zubereitungsmarathon der Neujahrsspezialitäten zu beginnen. Marcus Sim, namhafter Konditor der Familie Shang, der auf deren Anwesen in England beschäftigt war, wurde eingeflogen, um alle möglichen *nyonya*-Desserts zuzubereiten: regenbogenfarbene *kuih lapis*, aufwendig geformte *ang koo kuih* und natürlich seine berühmten *kuih-bangkit*-Plätzchen mit Marcona-Mandeln. Ah Lian, langjährige Köchin der T'siens, beaufsichtigte das Team, das sich um die aufwendigen Ananastörtchen, die sündhaft süßen *niangao* und die herzhaften *tasi-tao-kuih*-Rettichkuchen kümmerte. Und Ah Ching, Chefköchin von Tyersall Park, war für das Neujahrsmittagessen verantwortlich, bei dem jedes Jahr ein riesiger gebackener Schinken seinen besonderen Auftritt hatte (mit ihrer berühmten Ananas-Brandy-Soße).

Aber zum ersten Mal, seit sie sich erinnern konnte, konnte Eleanor ihr Essen nicht genießen. Sie rührte den Schinken, der laut Geraldine Tan »noch saftiger als letztes Jahr« war, kaum an, und ihre geliebten *niangao* konnte sie nicht einmal ansehen. Sie liebte den Kuchen aus Klebreis und Mehl, wie sie ihn hier machten – in halbmondförmige Stücke geschnitten, in Ei getaucht und goldbraun frittiert, sodass die äußere Hülle dünn und knusprig war, der Kern allerdings süß und zähflüssig, wenn man hineinbiss. Aber heute hatte sie einfach keinen Appetit. Der strikten Sitzordnung gemäß saß sie neben Bischof See Bei Sien fest und warf ihrem Mann strenge Blicke zu, der sich ihr gegenüber eine zweite Portion Schinken gönnte und mit der Frau des Bischofs plauderte. *Wie kann er in so einem Augenblick essen?* Erst vor einer Stunde hatte sie Philip gefragt, ob er etwas von Nicky und einer Hochzeit gehört hatte, und zu ihrem Entsetzen hatte er geantwortet: »Natürlich.«

»*Waaas?* Und wieso hast du mir nichts erzählt, *lah*?«

»Es gab nichts zu erzählen. Ich wusste doch, dass wir sowieso nicht hingehen.«

»Wie meinst du das? Erzähl mir *alles*!«, verlangte Eleanor.

»Nicky hat mich in Sydney angerufen und gefragt, ob ich zu seiner Hochzeit kommen möchte. Ich habe ihn gefragt, ob du auch eingeladen bist, und er hat Nein gesagt. Also habe ich ihm gesagt, viel Glück, Junge, aber wenn deine Mutter nicht da ist, komme ich auch nicht«, erklärte Philip gelassen.

»Wo ist die Hochzeit? Und wann?«

»Weiß ich nicht.«

»*Alamak!* Wie kannst du das nicht wissen, wo er dich doch eingeladen hat?«

Philip seufzte. »Hab gar nicht erst gefragt. Ist doch egal, weil wir eh nicht hingehen.«

»Und wieso hast du mir überhaupt nichts von dem Gespräch erzählt?«

»Weil ich wusste, dass du unangemessen reagieren würdest.«

»Du bist ein Schwachkopf! Ein Riesenschwachkopf!«, kreischte Eleanor.

»Siehst du, ich wusste doch, dass du unangemessen reagierst.«

Eleanor spielte mit ihren gedünsteten Nudeln und kochte innerlich, während sie vorgab, den Beschwerden des Bischofs über irgendeine Pastorengattin zu lauschen, die Millionen ausgab, um ein berühmter Popstar zu werden. Am Kindertisch versuchte Cassians Au-pair ihn dazu zu überreden, sein Mittagessen aufzuessen. »Ich will aber keine Nudeln! Ich will Eis!«, jammerte der Kleine.

»Es ist chinesisches Neujahr, da gibt es kein Eis«, erwiderte das Au-pair streng.

Plötzlich hatte Eleanor eine Idee. Sie flüsterte einer der Serviererinnen zu: »Würden Sie bitte Ah Ching bestellen, dass mein Hals von dem ganzen heißen Essen ganz kratzig ist und ich dringend etwas Eis brauche?«

»Eis, Ma'am?«

»Ja, egal welche Sorte. Was auch immer Sie dahaben. Aber bringen Sie es nicht hierher – ich warte in der Bibliothek.«

Eine Viertelstunde später hatte sie Cassians Au-pair mit fünf nagelneuen Hundert-Dollar-Scheinen bestochen, saß am schwarz lackierten Studiertisch in der Bibliothek und sah zu, wie der kleine Junge eine große Portion Eis aus einer silbernen Schale vertilgte.

»Cassian, wenn deine Mummy fort ist, sag Ludivine einfach, dass sie mich anrufen soll, dann holt mein Fahrer dich ab, damit du Eis essen kannst, wann immer du willst«, sagte Eleanor.

»Echt?«, fragte Cassian mit weit aufgerissenen Augen.

»Natürlich. Das ist dann unser kleines Geheimnis. Wann fährt deine Mutter weg? Hat sie dir erzählt, dass sie bald in ein Flugzeug steigen und nach Amerika fliegen will?«

»Hmm. Im März.«

»Und hat sie auch gesagt, wo sie hinwill? Nach Cupertino? Oder San Francisco? Los Angeles? Disneyland?«

»L. A.«, sagte Cassian und schaufelte sich noch einen Löffel rein.

Eleanor atmete erleichtert auf. Bis März war noch genug Zeit. Sie tätschelte dem Jungen den Kopf und lächelte, als er sein weißes Bonpoint-Hemd vorn komplett mit Karamellsoße bekleckerte. *Das geschieht Astrid ganz recht, immerhin hat sie Geheimnisse vor mir!*

6

MORTON STREET
NEW YORK

10. FEBRUAR 2013, 18:38 PST, SMS AN NICKS PRIVATHANDY[1]

ASTRID: Deine Mum weiß von der Hochzeit. Frohes Neues.

NICK: WTF! Woher?

ASTRID: Keine Ahnung! Hat mich gerade bei Ah Ma drauf angesprochen. Unschöne Sache.

NICK: Echt?!?

ASTRID: Jep. Ist total ausgeflippt, weil ich ihr keine Details nennen wollte.

NICK: Also weiß sie nicht, wann&wo?

ASTRID: Nee, aber das findet sie garantiert raus. Pass bloß auf.

NICK: Ich verdoppele die Anzahl der Securitys. Am besten Ex-Mossad-Agenten.

ASTRID: Aber bitte aus Tel Aviv. Schön gebräunt mit Dreitagebart und Waschbrettbauch.

1 Dessen Nummer seine Eltern nicht haben.

NICK: Nein, wenn, dann richtig finstere Typen. Ich ruf mal Putin an, der kann mir bestimmt welche empfehlen.

ASTRID: Du fehlst mir! Muss los. Ling Cheh läutet den Essensgong.

NICK: Wünsch Ling Cheh bitte gung hei faat choi, und heb mir was von dem tsai tao kuih auf.

ASTRID: Klar, die knusprigen Teile.

NICK: Das sind die besten!

10. FEBRUAR 2013, 9:47 EST, NACHRICHT AUF NICKS ANRUFBEANTWORTER IN NEW YORK

Nicky, ah? Bist du da? Frohes neues Jahr. Feierst du in New York? Ich hoffe, du unternimmst etwas. Wenn du kein yee sang in Chinatown findest, iss wenigstens Nudeln. Wir waren den ganzen Tag bei Ah Ma. Alle waren da. Deine ganzen Cousins und Cousinen. Eric Tans neue indonesische Frau ist sehr hübsch und hat sehr weiße Haut. Ich wette, sie bleicht sie. Angeblich war die Hochzeit furchtbar protzig, genau wie bei Colin und Araminta, bloß in Jakarta. Ihre Familie hat natürlich das meiste bezahlt. Vermutlich wird sie ab jetzt auch für Erics Filmflops bezahlen. Nicky, bitte ruf mich an, wenn du das hörst. Ich muss etwas mit dir besprechen.

11. FEBRUAR 2013, 8:02 EST, NACHRICHT AUF NICKS ANRUFBEANTWORTER IN NEW YORK

Nicky, bist du da? Alamak, langsam wird es albern. Du kannst mich nicht bis in alle Ewigkeit ignorieren. Bitte ruf zurück. Ich muss dir etwas sehr Wichtiges sagen. Etwas, das du auf jeden Fall wissen willst, glaub mir. Bitte ruf mich so schnell wie möglich zurück.

12. FEBRUAR 2013, 11:02 EST, NACHRICHT AUF NICKS ANRUFBEANTWORTER IN NEW YORK

Nicky, bist du das? Nicky? Er ist nicht da ... Dad hier. Bitte ruf deine Mutter an. Sie muss dringend mit dir reden. Ich möchte, dass du über deinen Schatten springst und sie anrufst. Es ist Neujahr. Bitte sei ein guter Sohn und ruf zu Hause an.

Rachel hörte die Nachrichten zuerst. Sie waren gerade aus Kalifornien zurückgekehrt, und nachdem Nick das Gepäck in die Wohnung gebracht hatte, war er noch mal losgegangen, um Sandwiches von La Panineria zu holen, während Rachel ihre Sachen auspackte und den Anrufbeantworter abhörte.

»Sie hatten keine Mortadella mehr, also habe ich Prosciutto und Fontina mit Feigensenf genommen. Und ein Panino mit Mozzarella, Tomaten und Pesto – ich dachte, wir teilen uns beide«, sagte Nick, als er wiederkam. Er reichte Rachel die Papiertüte und merkte sofort, dass etwas nicht stimmte. »Alles okay?«

»Ähm, hör mal den AB ab«, sagte Rachel und reichte ihm das schnurlose Festnetztelefon. Während Nick sich die Nachrichten anhörte, packte Rachel in der Küche die Sandwiches aus. Sie merkte, dass ihre Finger zitterten, und war mit der Entscheidung überfordert, ob sie die Sandwiches im Wachspapier lassen oder auf Teller legen sollte.

Einen Augenblick lang ärgerte sie sich über sich selbst. Sie hätte nicht gedacht, dass Eleanor Youngs Stimme sie nach all der Zeit noch derartig aus dem Konzept bringen würde. Aber was für ein Gefühl löste sie eigentlich in ihr aus? Besorgnis? Angst? Sie konnte es nicht genau sagen.

Nick kam in die Küche und verkündete: »Das ist das erste Mal in meinem Leben, dass mein Dad mir auf den Anrufbeantworter gesprochen hat. Sonst rufe ich ihn immer an. Ich wette, meine Mutter hat ihm die Hölle heißgemacht.«

»Sieht aus, als wäre die Katze aus dem Sack, was?« Rachel zwang sich zu einem Lächeln und versuchte, sich das Gefühlschaos nicht anmerken zu lassen.

Nick verzog das Gesicht. »Astrid hat mir eine Nachricht geschickt und mich vorgewarnt, als wir bei deinem Onkel waren, aber ich wollte dir nicht die Neujahrsfeier verderben. War eh schon stressig genug mit dem ganzen Gerede über deinen Vater. Aber ich hätte es ahnen müssen.«

»Was hast du denn jetzt vor?«

»Na, nichts.«

»Du willst ihre Anrufe weiter ignorieren?«

»Ja, klar. Ich werde ihr Spielchen nicht mitspielen.«

Im ersten Augenblick war Rachel erleichtert, doch dann fragte sie sich, ob das wirklich die richtige Entscheidung war. Dass Nick seine Mutter ignoriert hatte, war ja überhaupt erst der Auslöser der ganzen Misere gewesen. Machte er schon wieder einen Riesenfehler? »Willst du nicht wenigstens mit deinem Vater reden … Um die Sache vor der Hochzeit vielleicht doch noch zu klären?«

Nick dachte darüber nach. »Eigentlich gibt es da nichts zu klären. Und mein Dad hat uns seinen Segen ja auch schon gegeben, als ich letzten Monat mit ihm telefoniert habe. Wenigstens *er* freut sich für uns.«

»Aber was, wenn die Nachrichten gar nichts mit unserer Hochzeit zu tun haben?«

»Wenn meine Eltern mir etwas wirklich Wichtiges zu sagen hätten, dann hätten sie es mir einfach auf den AB gesprochen. Oder Astrid hätte es mir erzählt. Meine Mutter versucht einfach immer noch verzweifelt, uns vom Heiraten abzuhalten, und hat einen neuen Plan ausgeheckt. Sie ist wie ein tollwütiger Hund, der sich in dein Bein verbissen hat«, sagte Nick wütend.

Rachel ließ sich im Wohnzimmer aufs Sofa fallen. Sie war ohne Vater aufgewachsen, und so sehr sie Eleanor Young auch verachtete, machte es sie dennoch ein wenig traurig, dass Nick sich von seiner Mutter distanziert hatte. Sie wusste, dass es nicht ihre eigene Schuld war, aber ohne sie wäre es nun einmal nie so weit gekommen. Sie überlegte einen Augenblick und sprach dann aus, was sie dachte: »Ich wünschte, es wäre anders. Ich hätte nie gedacht, dass ich dich in diese Lage bringen würde.«

»Du hast mich nicht in diese Lage gebracht. Das ist einzig und allein die Schuld meiner Mutter. Das hat sie sich wirklich selbst zuzuschreiben.«

»Ich hätte einfach nie gedacht, meine Hochzeit ohne die Eltern meines zukünftigen Mannes und einen Großteil seiner Familie zu feiern …«

Nick setzte sich neben Rachel. »Darüber haben wir doch schon gesprochen. Es wird trotzdem schön. Astrid und Alistair sind da, das sind immerhin meine Lieblingscousine und mein Lieblingscousin. Und du weißt doch, dass ich diese traditionellen chinesischen Hochzeiten hasse, zu denen

Gott und die Welt eingeladen sind. Wir werden eine nette Zeremonie mit deiner Familie und unseren besten Freunden haben. Nur du, ich und ein paar ausgewählte Gäste. Das ist es, was zählt.«

»Bist du sicher?«

»Mehr als sicher«, sagte Nick und küsste sie auf die empfindliche Stelle an ihrem Hals.

Rachel seufzte leise, schloss die Augen und hoffte, dass er das auch wirklich so meinte.

Einige Wochen später kamen die Studierenden der Vorlesung »Großbritannien zwischen den Kriegen: Die verlorene Generation – dekonstruiert und rekonstruiert« an der New York University in den Genuss eines überaus merkwürdigen Spektakels. Zwei extrem gebräunte, extrem blonde Amazonen platzten während Professor Youngs Vorlesung in den Hörsaal. Die beiden schlenderten in eng anliegenden marineblauen Kaschmirpullovern, makellos gebügelten Leinenhosen und weißen Matrosenmützen mit Goldrand an der Krempe nach vorn und sprachen den Professor an.

»Mr Young? Sie werden erwartet. Wenn Sie uns bitte folgen würden?«, sagte eine der blonden Frauen mit deutlich norwegischem Akzent.

Erstaunt erwiderte Nick: »Meine Vorlesung ist in fünfundzwanzig Minuten zu Ende. Wenn Sie vor der Tür warten, können wir uns danach unterhalten.«

»Ich fürchte, das ist nicht möglich, Mr Young. Die Angelegenheit ist dringlich, wir haben die Anweisung, Sie unverzüglich mitzunehmen.«

»Unverzüglich?«

»Ja, unverzüglich«, bestätigte die andere blonde Frau. Sie

hatte einen Afrikaans-Akzent, der sie wesentlich strenger wirken ließ als die Norwegerin. »Bitte kommen Sie sofort mit.«

Nick war allmählich etwas genervt von der Unterbrechung, als es ihm plötzlich dämmerte – das war bestimmt irgendein Streich, den sein bester Freund Colin Khoo ihm wegen der Hochzeit spielte. Er hatte Colin zwar gesagt, dass er keinen Wert auf einen Junggesellenabschied legte, aber es sah ganz so aus, als wären diese beiden langbeinigen Blondinen Teil eines ausgeklügelten Plans.

»Und was, wenn nicht?«, fragte er mit einem spöttischen Grinsen.

»Dann sind wir wohl gezwungen, zu extremeren Mitteln zu greifen«, erwiderte die Norwegerin.

Nick versuchte krampfhaft, ernst zu bleiben. Er hoffte bloß, dass die beiden Frauen keinen Ghettoblaster hervorzaubern und anfangen würden zu strippen. Der Hörsaal würde in heillosem Chaos versinken und er jegliche Kontrolle über diese ohnehin schon aufmerksamkeitsgestörten Kids verlieren. Ganz zu schweigen von seiner hart erarbeiteten Autorität, immerhin wirkte er selbst kaum älter als die meisten seiner Studierenden.

»Geben Sie mir ein paar Minuten, um die Sitzung zu beenden«, sagte Nick schließlich.

»Na gut.« Die beiden Frauen nickten synchron.

Zehn Minuten später verließ Nick den Hörsaal, während seine Studierenden eifrig ihre Handys zückten und anfingen, Fotos von ihrem Professor, der von zwei Blondinen im Marinelook abgeführt wurde, per Messenger, Twitter und Instagram zu verbreiten. Vor dem Gebäude auf dem University Place wartete ein silberner BMW-SUV mit getönten Scheiben. Nick stieg etwas widerwillig ein, und als der Wagen über die Houston Street in Richtung West Side Highway lospreschte, fragte er sich, wohin in aller Welt er wohl gebracht wurde.

An der Fifty-second Street fädelte sich das Auto auf eine der beiden Ausfahrtspuren ein, die zum Manhattan Cruise Terminal führten, wo die Kreuzfahrtschiffe anlegten. Am Pier 88 lag eine Superjacht mit mindestens fünf Decks. Der Name *Odin* prangte an ihrem dunkelblauen Rumpf. *Mein Gott, Colin hat wirklich zu viel Zeit und Geld!*, dachte Nick, als er zu dem gigantischen Schiff aufblickte, dessen Rumpf durch das reflektierende Sonnenlicht auf der Wasseroberfläche zu funkeln schien. Er stieg die Gangway hinauf und betrat das weitläufige Foyer der Jacht, ein Atrium, in dessen Mitte sich ein runder Glasaufzug, der aussah wie aus einem Apple Store, in den Himmel erhob. Die beiden blonden Frauen eskortierten Nick in den Aufzug, der lediglich ein Stockwerk nach oben fuhr, ehe sich die Türen wieder öffneten.

»Da hätten wir auch gleich die Treppe nehmen können«, kommentierte Nick trocken. Er trat aus dem Fahrstuhl und erwartete schon halb, seinen Freunden Colin Khoo, Mehmet Sabançi und einigen seiner Cousins gegenüberzustehen, musste jedoch feststellen, dass das Hauptdeck der Jacht leer war. Die beiden Damen führten ihn durch mehrere protzige Räume, durch moderne, mit goldenem Platanenholz vertäfelte Lounges, deren Barhocker mit Leder aus Walvorhaut bezogen waren, und einen Salon mit einer Decke, die leuchtete wie eine Installation von James Turrell.

Nick schwante allmählich, dass es hier überhaupt nicht um einen Junggesellenabschied ging. Als er gerade überlegte, wie er unauffällig verschwinden könnte, standen sie auch schon vor einer Schiebetür, die von zwei riesigen, breitschultrigen Crewmitgliedern[1] bewacht wurde. Die beiden Männer schoben die Tür auf, hinter der sich ein Speisedeck unter freiem Himmel verbarg. Am anderen Ende des Decks fläzte auf einer Polsterbank in weißem Piqué-Blazer, weißer Reithose und kamelfarbenen Reitstiefeln von F.lli Fabbri niemand Geringeres als Jacqueline Ling.

»Ah, Nicky, gerade rechtzeitig zum Soufflé!«, rief sie.

Nick ging zugleich belustigt und erleichtert auf die alte Freundin der Familie zu. Dass er nicht früher auf die Idee gekommen war, dass Jacqueline hinter diesem ganzen skandinavischen Schnickschnack steckte. Schließlich war sie seit Jahren mit dem norwegischen Milliardär Victor Normann zusammen.

»Was für ein Soufflé ist es denn?«, fragte Nick nonchalant und setzte sich zu der legendären Schönheit, die in den Klatschspalten nur als »die chinesische Catherine Deneuve« bezeichnet wurde.

»Ich glaube, Grünkohl und Emmentaler. Findest du diesen plötzlichen Bohei um Grünkohl nicht auch ein bisschen übertrieben? Ich frage mich wirklich, wer die PR für die Grünkohlindustrie macht – der hätte wirklich einen Preis verdient. Bist du denn überhaupt nicht überrascht, mich zu sehen?«

»Ehrlich gesagt bin ich ziemlich enttäuscht. Ich dachte kurz, ich hätte eine Nebenrolle im nächsten *James Bond* ergattert.«

1 Ebenfalls blond, vermutlich Schweden.

»Und hast du dich nicht gefreut, Alannah und Mette Marit kennenzulernen? Ich wusste, du würdest nicht kommen, wenn ich dich einfach angerufen und zum Essen eingeladen hätte.«

»Natürlich wäre ich gekommen, aber zu einer normalen Uhrzeit. Ich hoffe, du hilfst mir bei der Jobsuche, wenn die NYU mich feuert, weil ich meine Studierenden mitten in der Vorlesung habe sitzen lassen.«

»*Aiya*, du bist so ein Spielverderber! Weißt du, wie schwer es war, einen Anlegeplatz für dieses Monstrum zu finden? Ich dachte, New York wäre eine Weltstadt, dabei bietet der größte Jachthafen gerade mal Platz für schlappe fünfundfünfzig Meter. Wer soll denn da bitte schön seine Jacht parken?«

»Ist wirklich ein ziemliches Monstrum. Lürssen, oder?«

»Nein, Fincantieri. Victor wollte sein Baby nicht in der Nähe von Norwegen bauen lassen, wo diese lästigen Reporter jeden seiner Schritte überwachen, deshalb hat er eine italienische Werft engagiert. Espen[1] hat die Jacht entworfen, wie all unsere Boote.«

»Auntie Jacqueline, du hast mich bestimmt nicht hergebeten, um über Schiffsbau zu fachsimpeln. Worum geht es wirklich?«, fragte Nick, brach ein Stück von dem warmen Baguette ab und tauchte es in sein Soufflé.

»Nicky, wie oft habe ich dir gesagt, dass du mich nicht ›Auntie‹ nennen sollst. Du gibst mir das Gefühl, ich hätte meine besten Tage hinter mir!«, tadelte Jacqueline in ge-

1 Sie meint natürlich Espen Øino, einen der führenden Jachtdesigner der Welt, der bereits Superjachten für Größen wie Paul Allen, den Emir von Katar und den Sultan des Oman entworfen hat.

spielter Entgeisterung und strich sich eine glänzende schwarze Haarsträhne über die Schulter.

»Jacqueline, ich muss dir doch nicht sagen, dass du keinen Tag älter als vierzig aussiehst«, sagte Nick.

»Neununddreißig!«

»Okay, neununddreißig.« Nick lachte. Er musste zugeben, selbst im unerbittlichen Tageslicht mit nur einem Hauch von Make-up war sie noch immer eine der attraktivsten Frauen, die er kannte.

»Da ist dein hübsches Lächeln ja wieder! Ich hatte kurz befürchtet, du wärst auch so ein Griesgram geworden. Werd ja kein Griesgram, Nicky, das ist mehr als unvorteilhaft. Mein Sohn Teddy läuft nur noch mit so einer griesgrämigen, hochnäsigen Miene herum – ich hätte ihn nicht nach Eton schicken sollen.«

»Ich glaube nicht, dass das an Eton liegt«, sagte Nick.

»Wahrscheinlich hast du recht. Da kommen die arroganten rezessiven Lim-Gene meines verstorbenen Mannes zum Vorschein. Jedenfalls hat an Neujahr ganz Singapur über dich geredet.«

»Ich bezweifle stark, dass *ganz* Singapur über mich geredet hat, Jacqueline. Ich habe zuletzt vor zehn Jahren dort gelebt und kenne kaum noch jemanden.«

»Du weißt, was ich meine. Ich möchte ehrlich sein. Ich habe dich schon immer sehr gemocht und möchte nicht, dass du ins Verderben rennst.«

»Und was soll dieses ›Verderben‹ sein?«

»Eine Heirat mit Rachel Chu.«

Nick verdrehte genervt die Augen. »Ich möchte wirklich nicht mit dir darüber diskutieren. Das wäre pure Zeitverschwendung.«

Jacqueline ließ sich nicht beirren. »Ich war kürzlich bei deiner Ah Ma. Sie hat mich zu sich bestellt, und wir haben auf der Veranda Tee getrunken. Sie ist sehr aufgewühlt über eure Entfremdung, aber noch ist sie bereit, dir zu vergeben.«

»*Mir* zu vergeben? Das ist ja herzallerliebst.«

»Du weigerst dich also immer noch, dich auch mal in sie hineinzuversetzen.«

»Ich weigere mich überhaupt nicht, aber ich habe keine Ahnung, *wie* ich das anstellen soll. Ich weiß nicht, warum meine Großmutter sich nicht einfach für mich freuen kann, wieso sie meinem Urteil nicht vertraut, zu wissen, mit wem ich den Rest meines Lebens verbringen will.«

»Das hat nichts mit Vertrauen zu tun.«

»Womit dann?«

»Das ist eine Frage des Respekts, Nicky. Deine Ah Ma liebt dich und will nur das Beste für dich. Sie weiß, was das ist, und bittet dich lediglich darum, dass du ihre Wünsche respektierst.«

»Ich habe meine Großmutter immer respektiert, aber für ihren Snobismus habe ich keinen Respekt, tut mir leid. Ich werde ganz bestimmt nicht ihretwegen in eine der fünf Familien in Asien einheiraten, die sie für angemessen erachtet.«

Seufzend schüttelte Jacqueline den Kopf. »Es gibt so vieles über deine Großmutter und deine Familie, was du nicht weißt.«

»Dann erzähl es mir doch. Schluss mit der Geheimniskrämerei.«

»Das steht mir nicht zu. Aber eins will ich dir sagen: Wenn du diese Hochzeit nächsten Monat wirklich durchziehst, wird deine Großmutter entsprechende Schritte einleiten, das versichere ich dir.«

»Was soll das heißen? Dass sie mich aus ihrem Testament streicht? Ich dachte, das hätte sie längst getan«, höhnte Nick.

»Das soll jetzt nicht gönnerhaft klingen, aber da spricht der jugendliche Leichtsinn aus dir. Ich glaube nicht, dass dir bewusst ist, was es bedeutet, wenn dir die Tore von Tyersall Park für immer verschlossen bleiben.«

Nick lachte. »Jacqueline, du hörst dich an wie eine Figur aus einem Roman von Trollope.«

»Lach ruhig, aber das, was du tust, ist wirklich gewagt. Du hast das Gefühl von Privilegiertheit schon mit der Muttermilch aufgesogen und lässt dich davon zu falschen Entscheidungen verleiten. Weißt du wirklich, was es bedeutet, keinen Zugang mehr zu seinem Vermögen zu haben?«

»Ich komm schon zurecht.«

Jacqueline bedachte Nick mit einem herablassenden Lächeln. »Ich rede nicht von den zwanzig, dreißig Millionen, die dein Großvater dir vermacht hat. Das ist doch bloß *tit toh lui*[1]. Damit kannst du dir heutzutage nicht mal ein anständiges Haus in Singapur kaufen. Ich rede von deinem wahren Erbe. Tyersall Park. Bist du bereit, es aufzugeben?«

»Mein Vater wird Tyersall Park erben, und der wird es eines Tages mir vermachen«, stellte Nick nüchtern fest.

»Du wirst es nicht glauben, aber dein Vater hat schon längst jede Hoffnung aufgegeben, Tyersall Park zu erben.«

»Das ist doch Blödsinn.«

»Ist es nicht, Nicky. Das ist eine Tatsache, und abgesehen von den Anwälten deiner Großmutter und deinem Großonkel Alfred bin ich vermutlich der einzige Mensch auf diesem Planeten, der das weiß.«

1 Hokkien für »Taschengeld«.

Nick schüttelte ungläubig den Kopf.

Jacqueline seufzte. »Du meinst wirklich, du wüsstest alles. Weißt du auch, dass ich an dem Tag, an dem dein Vater verkündet hat, er würde nach Australien gehen, bei deiner Großmutter war? Nein, weil du damals im Internat warst. Erst war deine Großmutter stinksauer auf deinen Vater, dann untröstlich. Stell dir mal vor, wie erniedrigend das für eine Frau aus ihrer Generation gewesen sein musste, noch dazu als Witwe. Ich weiß noch, wie sie rief: ›Wozu habe ich denn dieses Haus und alles darin, wenn mein einziger Sohn mich im Stich lässt?‹ Das war der Augenblick, in dem sie beschloss, ihr Testament zu ändern und dir das Haus zu vermachen. Sie hat deinen Vater übersprungen und alle Hoffnungen in dich gesetzt.«

Nick konnte seine Überraschung nicht verbergen. Jahrelang hatten seine wichtigtuerischen Verwandten heimliche Spekulationen über das Testament seiner Großmutter angestellt, aber *damit* hatte er nicht gerechnet.

»Natürlich hast du diese Pläne mit den Entscheidungen der letzten Zeit torpediert. Ich weiß aus sicherer Quelle, dass deine Großmutter ihr Testament erneut ändern will. Wie wird es sich anfühlen, wenn einer deiner Cousins Tyersall Park erbt?«

»Für Astrid würde ich mich freuen.«

»Du kennst deine Großmutter – sie wird das Haus einem der Jungs vermachen. Von den Leongs wird es keiner bekommen, weil die schon so viele Immobilien haben, aber es könnte an einen deiner Thai-Cousins gehen. Oder an einen von den Chengs. Stell dir vor, Eddie Cheng wäre der Hausherr von Tyersall Park.«

Nick sah Jacqueline entsetzt an.

Jacqueline schwieg einen Moment und wählte ihre Worte mit Bedacht: »Was weißt du eigentlich über meine Familie, Nicky?«

»Wie meinst du das? Ich weiß, dass Ling Yin Chao dein Großvater war.«

»Um 1900 war mein Großvater der reichste Mann in Südostasien und wurde von allen verehrt. Sein Haus auf Mount Sophia war größer als Tyersall Park, und in diesem Haus bin ich geboren. Ich bin ganz ähnlich aufgewachsen wie deine Familie, in einem Luxus, den es heutzutage kaum noch gibt.«

»Moment mal … Du willst mir doch nicht sagen, dass deine Familie all ihr Geld verloren hat?«

»Natürlich nicht. Aber mein Großvater hatte viel zu viele Frauen und viel zu viele Kinder, sodass sein Reichtum verstreut wurde. Alle zusammen würden wir es immer noch ganz oben auf die Forbes-Liste schaffen, aber es waren einfach zu viele, die ein Stück von dem Kuchen abbekommen haben. Und jetzt schau mich an, ich bin ein *Mädchen.* Mein Großvater war ein altmodischer Mann aus Amoy, und für Menschen wie ihn war es undenkbar, dass Mädchen etwas erben. Sie wurden verheiratet. Vor seinem Tod steckte er sein ganzes Vermögen in einen komplizierten Familienfonds und legte fest, dass nur männliche Nachfahren mit dem Namen Ling davon profitierten. Von mir wurde erwartet, dass ich eine gute Partie mache – habe ich ja auch –, aber mein Mann starb viel zu jung, und schon saß ich mit zwei kleinen Kindern und etwas *tit toh lui* da. Weißt du, wie es sich anfühlt, unter den Reichsten der Welt zu leben und das Gefühl zu haben, selbst ein Nichts zu sein? Glaub mir, Nicky, du hast keine Ahnung, wie es sich anfühlt, alles zu haben und es dann zu verlieren.«

»Es ist ja nun nicht so, als würdest du am Hungertuch nagen.« Nick sah sich auf der Jacht um.

»Das stimmt, es ist mir gelungen, einen gewissen Standard aufrechtzuerhalten, aber das war wesentlich schwerer, als du vielleicht denkst.«

»Ich danke dir für deine Offenheit. Der Unterschied zwischen dir und mir ist allerdings, dass ich diesen Standard nicht brauche. Ich brauche keine Jacht, kein Flugzeug und auch kein riesiges Anwesen. Ich habe mein halbes Leben in Häusern verbracht, die viel zu groß waren, da bin ich mit meinem jetzigen Lebensstil in New York wesentlich zufriedener. Mein Leben ist genau so, wie ich es mir wünsche.«

»Ich glaube, du verstehst mich falsch. Lass es mich anders ausdrücken …« Jacqueline schürzte die Lippen und musterte ihre kunstvoll manikürten Nägel, als wüsste sie nicht genau, was sie sagen wollte. »Als ich klein war, glaubte ich, in eine gewisse Welt hineingeboren zu sein. Meine ganze Identität baute darauf auf, zu meiner Familie zu gehören – eine *Ling* zu sein. Doch kaum hatte ich geheiratet, musste ich feststellen, dass ich keine Ling mehr war. Nicht im eigentlichen Sinne. All meine Brüder, Halbbrüder und bescheuerten Cousins würden Hunderte von Millionen aus dem Ling-Fonds erben, aber ich würde keinen einzigen Cent davon sehen. Doch dann wurde mir klar, dass es nicht der Verlust des Geldes war, der die meisten Konsequenzen für mich hatte. Es war der Verlust des Privilegs. Mir wurde schlagartig bewusst, dass ich völlig unbedeutend für meine eigene Familie war. Wenn du diese Hochzeit durchziehst, wird sich für dich alles verändern, das garantiere ich dir. Egal, wie selbstgerecht du dich jetzt auch anhörst, glaub mir, du wirst dich noch umschauen, wenn dir alles genommen wird. Türen, die dir dein ganzes Leben lang offen gestanden haben, werden plötzlich verschlossen sein, denn in den Augen aller anderen bist du nichts ohne Tyersall Park. Und ich fände es schrecklich, das mitanzusehen. Du bist der rechtmäßige Erbe. Wie viel mag allein das Grundstück wert sein? Fünfundzwanzig erstklassige Hektar im Herzen von Singapur … Das ist, als würde dir der Central Park in New York gehören. Das ist ein unschätzbarer Wert. Wenn Rachel bloß wüsste, was du aufgibst.«

»Tja, wenn ich es nicht mit ihr teilen kann, interessiert es mich nicht«, beharrte Nick.

»Wer sagt denn, dass du nicht mit Rachel zusammen sein kannst? Wieso lebt ihr nicht weiter wie bisher? Nur heirate sie nicht. Nicht jetzt. Tu deiner Großmutter das nicht an. Flieg nach Hause und versöhn dich mit ihr. Sie ist über neunzig, ewig wird sie nicht mehr leben. Nach ihrem Tod kannst du machen, was du willst.«

Nick dachte schweigend über ihre Worte nach. Ein leises Klopfen ertönte, und ein Steward betrat das Deck mit Kaffee und Kuchen auf einem Tablett.

»Danke, Sven. Nicky, den Schokokuchen musst du probieren. Du wirst es nicht glauben.«

Nick nahm einen Bissen und merkte sofort, dass er genauso schmeckte wie der lockere und dennoch saftige Schokoladenkuchen, den die Köchin seiner Großmutter buk. »Wie um alles in der Welt ist es dir gelungen, Ah Ching das Rezept abzuluchsen?«, fragte er erstaunt.

»Gar nicht. Beim Mittagessen bei deiner Großmutter habe ich ein Stück in meine Handtasche geschmuggelt und bin damit direkt zu Marius, dem Meisterkoch hier an Bord, geflogen. Er hat den Kuchen drei Tage lang gründlich analysiert und ihn nach etwa zwanzig Versuchen erfolgreich nachgebacken. Was meinst du?«

»Er ist perfekt.«

»Und jetzt stell dir mal vor, du kämst nie wieder in den Genuss dieses Schokokuchens.«

»Wieso, ich muss dich doch bloß auf deiner Jacht besuchen.«

»Das ist nicht meine Jacht, Nicky. Nichts von alledem gehört mir. Und glaub ja nicht, das wäre mir nicht jeden Tag aufs Neue schmerzlich bewusst.«

7

BELMONT ROAD

SINGAPUR, 1. MÄRZ 2013

Der Mann mit der Maschinenpistole klopfte an die getönte Scheibe von Carol Tais Bentley Arnage. »Fenster runter, bitte«, befahl er schroff.

Als das Autofenster unten war, spähte er herein und musterte Carol und Eleanor Young auf dem Rücksitz.

»Einladung, bitte«, sagte er und streckte eine Hand in einem Kevlar-Handschuh aus. Carol reichte ihm die gravierten Metallkärtchen.

»Bitte öffnen Sie Ihre Handtaschen und halten Sie sie für die Durchsuchung am Eingang bereit«, wies sie der Mann an und bedeutete Carols Chauffeur weiterzufahren. Sie passierten die Sicherheitssperre und schoben sich Stoßstange an Stoßstange mit anderen noblen Limousinen auf die rot lackierte Haustür in der Belmont Road zu.

»*Aiya*, wenn ich gewusst hätte, wie *lai-tshai*[1] das wird, wäre ich gar nicht gekommen«, klagte Carol.

1 Hokkien für »mühselig«.

»Ich hab doch gesagt, das ist die Mühe nicht wert. So war es früher nie«, sagte Eleanor, starrte finster in den Stau und dachte an Mrs Singhs Schmuck-Teekränzchen in früheren Zeiten zurück. Gayatri Singh, die jüngste Tochter eines Maharadschas, besaß eine der legendärsten Schmucksammlungen in ganz Singapur, die es angeblich sogar mit der von Mrs Lee Yong Chien oder Shang Su Yi aufnehmen konnte. Jedes Jahr kehrte sie von ihrer jährlichen Indienreise mit einem Haufen Familienerbstücke zurück, die sie ihrer zunehmend senilen Mutter unbemerkt entwendet hatte, und begann bereits in den frühen 1960er-Jahren, ihre engsten Freundinnen – Frauen aus den namhaftesten Singapurer Familien – zum Tee einzuladen, um ihre neuesten Klunker zu »feiern«.

»Damals, als Mrs Singh noch das Ruder in der Hand hatte, waren das entspannte Nachmittage. Ein paar nette Damen in wunderschönen Saris, die einfach zusammen im Wohnzimmer saßen. Jede bewunderte abwechselnd Mrs Singhs Schmuck, während geplaudert und indische Köstlichkeiten gefuttert wurden«, erinnerte sich Eleanor.

Carol musterte die lange Schlange, die sich Richtung Haustür schob. »Das sieht alles andere als entspannt aus. *Alamak*, wer sind denn diese ganzen Frauen? Die sehen aus, als hätten die sich für eine Cocktailparty aufgebrezelt!«

»Das sind die ganzen *Neureichen*. Die Schickeria der Singapurer High Society, von der kein Mensch je gehört hat – in erster Linie Chindos[1]«, sagte Eleanor verächtlich.

Seit Mrs Singh das Interesse an Karatzahlen verloren hatte und mehr Zeit in Indien verbrachte, um vedische Schrif-

1 Superreiche Chinesen + Indonesier = Chindos.

ten zu studieren, hatte ihre Schwiegertochter Sarita – ein ehemaliges Bollywoodsternchen – den Staffelstab übernommen, und aus dem gemütlichen Teekränzchen war ein exquisites Wohltätigkeitsevent geworden, bei dem Geld für Saritas jeweils neuestes Steckenpferd gesammelt wurde. Die Schmuckausstellung wurde atemlos von allen Boulevardzeitungen verfolgt, und jedem, der eine überteuerte Eintrittskarte erworben hatte, wurde das Privileg zuteil, sich durch den eleganten modernistischen Bungalow der Singhs zu schieben und den inzwischen nach Themenschwerpunkten zusammengestellten Schmuck anzuschauen.

Dieses Jahr wurden die Arbeiten der gefeierten norwegischen Silberschmiedin Tone Vigeland gezeigt, und als Lorena Lim, Nadine Shaw und Daisy Foo in die Glasvitrinen des ehemaligen Tischtennisraums, der nun als »Galerie« bezeichnet wurde, spähten, musste Nadine ihrem Unmut Luft machen: »*Alamak*, wer will denn diese ganze skandinavische *kau-sai*[1] sehen? Ich dachte, wir kriegen was von Mrs Singhs Juwelen zu Gesicht!«

»Nicht so laut! Die *ang moh*[2] da drüben ist die Kuratorin. Soll irgend so eine Superexpertin vom Austin Cooper Design Museum in New York sein«, zischte Lorena.

»*Aiya*, von mir aus kann sie auch Anderson Cooper sein! Wer zahlt denn fünfhundert Dollar pro Ticket, um sich Schmuck aus rostigen Nägeln anzuschauen? Ich bin gekommen, um mir Rubine von der Größe einer Rambutan anzusehen!«

1 Hokkien für »Hundescheiße«.

2 »Rothaarig« auf Hokkien. Slangwort, mit dem Kaukasier bezeichnet werden, auch wenn die meisten gar keine roten Haare haben.

»Nadine hat recht. Pure Geldverschwendung, auch wenn wir die Tickets umsonst von meinem Bankier bei der OCBC bekommen haben«, sagte Daisy.

In dem Moment betrat Eleanor die Galerie und blinzelte ins grelle Licht. Sofort setzte sie ihre Sonnenbrille wieder auf.

»Eleanor!«, rief Lorena erstaunt. »Ich wusste gar nicht, dass du kommst!«

»Hatte ich auch nicht vor, aber Carol hat Gratistickets von ihrem Bankier bei der UOB bekommen und hat mich überredet. Sie brauchte Aufheiterung.«

»Wo ist sie denn?«

»Auf Toilette, wo sonst? Du kennst doch ihre schwache Blase.«

»Tja, hier wird sie leider nichts aufheitern, es sei denn, sie steht auf Schmuck, an dem man sich Tetanus holen kann«, berichtete Daisy.

»Ich habe Carol ja gesagt, dass wir unsere Zeit verschwenden! Sarita Singh will inzwischen nur noch ihre hippen Künstlerfreunde aus dem Ausland beeindrucken. Vor drei Jahren hat sie mich, Felicity und Astrid eingeladen und uns massenweise viktorianischen Trauerschmuck gezeigt. Nichts als schwarzen Jett und Broschen aus den Haaren von Toten. *Haak sei jan!*[1] Außer Astrid wusste das keiner zu schätzen.«

»Weißt du, was ich gerade sehr zu schätzen weiß? Deine neue Birkin-Bag! Ich dachte, du würdest dir lieber den Arm

1 Obgleich dieser kantonesische Satz »Erschreckt einen zu Tode!« bedeutet, gebraucht man ihn eher, um damit Ekel oder Unbehagen zum Ausdruck zu bringen.

abhacken, als dich mit einer von denen zu zeigen. Hast du nicht mal gesagt, bloß stillose Festländerinnen würden so etwas tragen?«, fragte Nadine.

»Lustig, dass du das sagst – die hat mir Bao Shaoyen geschenkt.«

»*Wah, ah li ho-mia!*[1] Hab ich euch doch gesagt, dass die Baos stinkreich sind«, sagte Daisy.

»Tja, du hattest recht, die Baos sind unfassbar reich. Mein Gott, was haben die nicht alles ausgegeben in den paar Monaten hier! Nadine, wenn du glaubst, deine Francesca würde Geld verschwenden, solltest du mal sehen, wie dieser Carlton prasst. Der ist so besessen von Autos, das hab ich mein Lebtag noch nicht gesehen! Seine Mutter hat zwar geschworen, ihn keinen Fuß mehr in einen Sportwagen setzen zu lassen, aber jedes Mal, wenn ich da bin, steht ein neues exotisches Auto in ihrer Sky-Garage. Anscheinend kauft er Autos und verschifft sie nach China. Er behauptet, er würde sie gewinnbringend an seine Freunde verscherbeln.«

»Klingt, als wäre Carlton auf dem Weg der Besserung!«, sagte Lorena.

»Ja, er braucht seine Krücken kaum noch. Ach, falls du weiter meinst, er käme für deine Tiffany infrage, das kannst du dir abschminken. Offensichtlich hat er eine Freundin. Ein Model oder so – lebt in Schanghai, kommt ihn aber jedes Wochenende besuchen.«

»Carlton ist so gut aussehend und charmant, kein Wunder, dass die Frauen bei ihm Schlange stehen«, sagte Nadine.

1 Hokkien für »Dein Leben möchte ich haben!«.

»Mag sein, aber ich weiß jetzt auch, wieso er Shaoyen schlaflose Nächte bereitet. Sie meint, die letzten Monate waren die ruhigste Zeit ihres Lebens. Sie fürchtet, wenn Carlton erst wieder auf den Beinen ist und sie zurück nach China gehen, verliert sie völlig die Kontrolle über ihn.«

Mit gedämpfter Stimme fragte Lorena: »Apropos China, hast du dich mit Mr Wong getroffen?«

»Natürlich. *Aiya*, Mr Wong hat ordentlich Speck angesetzt, Privatdetektiv zu sein muss wirklich *tsin ho sing-li*[1] sein.«

»Und, hat alles geklappt? Hast du seinen Bericht gelesen?«

»Und ob. Ihr werdet nicht glauben, was ich über die Baos rausgefunden habe«, sagte Eleanor mit dem Hauch eines Lächelns.

»Was? Erzähl schon!«, platzte Lorena heraus und beugte sich zu ihr.

Just in dem Moment betrat Carol die Galerie und kam schnurstracks auf Lorena und Eleanor zu. »*Alamak*, sogar auf der Toilette stehen sie Schlange! Wie ist die Ausstellung?«

Daisy hakte sich bei ihr unter und sagte: »Ich wette, in der *jambun*[2] gab es Spannenderes zu sehen als in dieser Ausstellung. Komm, vielleicht ist wenigstens das Essen gut. Hoffentlich gibt es leckere Samosas.«

Als die Damen den Korridor hinunter Richtung Esszimmer gingen, begegneten sie einer Inderin mit schneeweißem Haar in einem schlichten cremefarbenen Sari. »Eleanor Young, sind Sie das, die sich da so geheimnisvoll hinter

1 Hokkien für »ein überaus lohnendes Geschäft«.

2 Malaiisch für »Toilette«.

ihrer Sonnenbrille versteckt?«, fragte die Frau in elegantem Singsang.

Eleanor nahm die Brille ab. »Ach, Mrs Singh! Ich wusste gar nicht, dass Sie wieder in der Stadt sind.«

»Doch, doch. Ich verstecke mich bloß vor der Meute. Wie geht es Su Yi? Ich konnte neulich leider nicht zu ihrer *Chap-Goh-Meh*[1]-Feier kommen.«

»Es geht ihr sehr gut.«

»Wie schön. Seit ich aus Koch Bihar zurück bin, will ich sie besuchen, aber diesmal ist der Jetlag besonders übel. Und wie geht es Nicky? War er Neujahr zu Hause?«

»Dieses Jahr nicht, nein«, sagte Eleanor und zwang sich zu einem Lächeln.

Mrs Singh warf ihr einen wissenden Blick zu. »Nächstes Jahr ist er bestimmt wieder dabei.«

»Natürlich«, sagte Eleanor und stellte ihre Freundinnen vor. Mrs Singh nickte gnädig in die Runde. »Und, wie finden Sie die Ausstellung meiner Schwiegertochter?«

»Sehr *interessant*«, sagte Daisy.

»Ehrlich gesagt hat es mir wesentlich besser gefallen, als Sie noch Ihren eigenen Schmuck gezeigt haben«, wagte sich Eleanor vor.

Mrs Singh lächelte sie verschwörerisch an. »Kommen Sie.« Sie führte die Frauen die Hintertreppe hinauf und

1 Hokkien für »Fünfzehnte Nacht«, ein Fest am fünfzehnten Tag des ersten Mondmonats, mit dem das offizielle Ende der Neujahrsfeierlichkeiten eingeläutet wird. An diesem Abend werfen alleinstehende Frauen bei Vollmond Orangen in den Fluss, in der Hoffnung, einen guten Ehemann zu finden, während alle anderen in Singapur sich vornehmen, Diät zu machen.

einen weiteren Korridor entlang, dessen Wände goldgerahmte Porträts diverser indischer Herrscher aus der Mogulzeit zierten. Kurz darauf erreichten sie eine kunstvoll mit Türkisen und Perlmutt verzierte Tür, die von zwei indischen Polizisten bewacht wurde. »Verraten Sie es nicht Sarita, aber ich habe beschlossen, meine eigene kleine Party zu schmeißen«, sagte sie und stieß die Tür auf.

Im Innern befand sich Mrs Singhs privates Wohnzimmer, ein heller Raum, der auf eine weitläufige, von Limettenbäumen gesäumte Veranda hinausführte. Ein Butler verteilte dampfende Tassen Chai, während in der Ecke ein Sitar-Spieler eine leise, berückende Melodie spielte. Mehrere Damen in schimmernden Saris lagen ausgestreckt auf violetten Diwanen und naschten süße Laddus, während andere im Schneidersitz auf dem Kaschmirseidenteppich saßen und die großen waldgrünen Samttabletts vor sich auf dem Boden bewunderten, auf denen sich Schmuck und Juwelen reihten. Es fühlte sich an wie eine Pyjamaparty im Tresorraum von Harry Winston.

Daisy und Nadine fiel die Kinnlade runter, und sogar Lorena, deren Familie eine internationale Juwelierkette gehörte, war beeindruckt von der Bandbreite und Pracht der Stücke. Schmuck im Wert von Hunderten Millionen Dollar lag einfach vor ihnen auf dem Boden.

Mrs Singh kam mit einer Schleppe aus raschelndem Chiffon in den Raum geschwebt. »Na los, Ladys. Trauen Sie sich! Sie dürfen gern alles anprobieren.«

»Wirklich?«, fragte Nadine mit hämmerndem Herzen.

»Aber sicher. Was Schmuck angeht, bin ich ganz Elizabeth Taylors Meinung – er gehört nicht in die Vitrine, sondern sollte getragen werden!«

Kaum hatte Mrs Singh den Satz beendet, hatte Nadine auch schon instinktiv nach einem der prachtvollsten Stücke gegrapscht – eine Kette, die aus zwölf Strängen völlig überdimensionierter Perlen und Diamanten bestand. »GOTT-gütiger, das hängt ja alles an einer Kette!«

»Ja, das ist wirklich ein albernes Teil. Sie werden es nicht glauben, aber Garrard hat die Kette für meinen Großvater angefertigt, anlässlich Königin Victorias Thronjubiläum, und da er an die hundertfünfzig Kilo wog, lag sie schön auf seinem dicken Bauch auf. Aber heutzutage kann man so etwas natürlich nicht mehr tragen«, sagte Mrs Singh, während sie in Nadines Nacken mit dem unförmigen barocken Perlenverschluss kämpfte.

»Na, das nenn ich mal Kette!«, stieß Nadine mit einem Spuckebläschen im Mundwinkel begeistert hervor, als sie ihr Spiegelbild betrachtete. Ihr Oberkörper war über und über mit Diamanten und Perlen bedeckt.

»Wenn Sie sie länger als eine Viertelstunde tragen, sind Rückenschmerzen vorprogrammiert«, warnte Mrs Singh.

»Das ist es so was von wert!«, keuchte Nadine und legte einen Armreifen an, der ganz und gar aus Rubin-Cabochons bestand.

»Hallöchen!«, sagte Daisy und griff nach einer raffinierten Brosche in Form einer Pfauenfeder mit eingefassten Lapislazuli, Smaragden und Saphiren, die farblich perfekt mit dem natürlichen Federkleid eines Pfaus übereinstimmten.

Mrs Singh lächelte. »Die hat meiner werten Mama gehört. Cartier hat sie in den frühen 1920ern für sie entworfen. Ich weiß noch, dass sie sie immer im Haar getragen hat!«

Zwei Hausmädchen kamen mit Schälchen frisch zubereiteter *gulab jamun*[1] herein, und die Damen genossen die sündhaft süßen Köstlichkeiten in einer Ecke des Raumes. Carol hatte den Nachtisch mit zwei Bissen vertilgt und blickte wehmütig in ihr silbernes Dessertschälchen. »Ich dachte, das alles könnte mich aufheitern. Wahrscheinlich hätte ich doch einfach in die Kirche gehen sollen.«

»*Aiya*, was ist denn los, Carol?«, fragte Lorena.

»Rate doch mal. Mein Sohn natürlich. Seit dem Tod des Dato' habe ich kaum etwas von Bernard gesehen oder gehört. Er ist wie vom Erdboden verschluckt. Meine Enkelin habe ich überhaupt erst zweimal zu Gesicht bekommen – das erste Mal im Gleneagles Hospital und dann bei Dato's Beerdigung. Inzwischen ruft mich Bernard nicht einmal mehr zurück. Seine Hausangestellten sagen, er wohne immer noch in Macau, aber seine Frau fliegt ständig überall in der Weltgeschichte rum. Ihr Baby ist noch keine drei und wird schon vernachlässigt! Jede Woche kann ich in der Zeitung lesen, auf welcher Party sie jetzt schon wieder gewesen ist oder was sie sich gekauft hat. Habt ihr von dem Gemälde gehört, das sie für knappe zweihundert Millionen gekauft hat?«

Daisy sah sie mitfühlend an. »*Aiya*, Carol, über die Jahre habe ich gelernt, mir nicht mehr anzuhören, was meine Kinder alles ausgeben. *Wah mai tshap.*[2] Irgendwann muss man sie selbst entscheiden lassen. Immerhin können sie es sich leisten.«

»Aber das ist doch genau der Punkt – sie können es sich nicht leisten. Woher haben sie das ganze Geld?«

1 In süßem Rosensirup ertränkte frittierte Milchbällchen.

2 Hokkien für »Mir doch scheißegal.«.

»Sind nach Dato's Tod nicht alle Firmen an Bernard gegangen?«, fragte Nadine, die Carols Geschichte auf einmal sehr viel interessanter fand als das gold-cognacfarbene Diamantensautoir, das sie ins Sonnenlicht hielt.

»Natürlich nicht! Glaubst du, mein Mann wäre so leichtsinnig, Bernard das Zepter in die Hand zu geben, während ich noch lebe? Er wusste, dass der Junge mir das Haus unter dem Hintern wegverkaufen und mich auf die Straße setzen würde, wenn er könnte. Dato' war außer sich, als Bernard mit Kitty nach Las Vegas durchgebrannt ist, um zu heiraten. Er hat der ganzen Familie untersagt, Bernard auch nur eine müde Mark zu geben, und hat seinen Treuhandfonds eingefroren. Ans Kapital kommt er nicht dran, nur an die jährlichen Auszahlungen.«

»Wie konnten sie sich dann das Gemälde leisten?«, fragte Lorena.

»Wahrscheinlich leben sie vom Dispo. Die Banken wissen, wie reich er eines Tages sein wird, da leihen sie ihm doch nur allzu gern was«, spekulierte Eleanor, die gerade an einem juwelenbesetzten indischen Dolch herumspielte.

»*Aiya*, was für eine Schande! Ich kann mir nicht vorstellen, dass mein Sohn sich Geld bei der Bank leiht!«, stöhnte Carol.

»Na ja, wenn du meinst, er hätte keins zur Verfügung, dann wird er genau das tun. Genau wie einer von Philips Cousins. Der führte ein Leben wie der Sultan von Brunei, und erst als sein Vater starb, stellten sie fest, dass er Hypotheken auf das Haus und alles, was nicht niet- und nagelfest war, aufgenommen hatte, um seinen Lebensstil und seine beiden Geliebten – eine in Hongkong, eine in Taipeh – zu finanzieren!«, erzählte Eleanor.

»Bernard hat wirklich kein Geld. Er muss von gerade einmal zehn Millionen im Jahr leben«, bestätigte Carol.

»Nun, dann leben sie garantiert auf Pump, diese Kitty verprasst das Geld ja wie eine *siau tsa-boo*[1]«, sagte Daisy. »Womit spielst du denn da rum, Elle?«

»Das ist irgend so ein indischer Dolch«, antwortete Eleanor. Eigentlich war es eine besondere Anfertigung zweier Dolche, die Spitze an Spitze in einer mit milchigen, bunten Edelsteinen besetzten Scheide steckten. Gedankenverloren zog sie eine der Klingen heraus und schob sie wieder hinein. Sie sah sich nach ihrer Gastgeberin um und fragte: »Mrs Singh, was können Sie uns denn über diese hübsche kleine Waffe erzählen?«

Mrs Singh, die auf der Kante eines Diwans in der Nähe saß und mit einem Gast plauderte, warf einen Blick darauf.

»Oh, das ist keine Waffe, sondern eine antike hinduistische Reliquie. Ziehen Sie sie bloß nicht heraus, Eleanor, das bringt Unglück! Sie sollten sie eigentlich nicht einmal berühren. Ein böser Geist wird im Innern der Scheide von den beiden Dolchen in Schach gehalten, und wenn Sie ihn freilassen, wird Ihrem Erstgeborenen großes Unglück widerfahren. Und wir wollen doch nicht, dass dem lieben Nicky etwas zustößt, nicht wahr? Also lassen Sie das Ding besser liegen.«

Die Damen starrten sie entsetzt an, und sogar Eleanor, die für gewöhnlich das letzte Wort hatte, war sprachlos.

1 Hokkien für »Irre«.

8

DIAMOND BALLROOM, RITZ-CARLTON HOTEL
HONGKONG, 7. MÄRZ 2013

SCHICKERIA-KOLUMNE IM *PINNACLE MAGAZINE*

Gestern Abend haben die Stars und Sternchen des 15. jährlichen Pinnacle-Balls der Ming Foundation den Saal wieder einmal zum Leuchten gebracht. Auch die diesjährige Gala war eine Herzensangelegenheit für **Connie Ming**, die erste Frau des reichsten Mannes von Hongkong, **Ming Kah-Ching**, und die Eintrittskarten zu 25 000 HK$ das Stück gingen weg wie warme Semmeln, als bekannt wurde, dass die **Herzogin von Oxbridge**, Cousine **Ihrer Majestät Queen Elizabeth II.**, anwesend sein würde, und die **Four Heavenly Kings**[1] zu Ehren der legendären Sängerin **Tracy Kuan**, die dieses Jahr mit dem Pinnacle Award für ihr Lebenswerk ausgezeichnet wird, eine Wiedervereinigung planen.

Das Motto des Abends war »Zar Nikolaus und Alexandra«, das romantische und doch schicksalsgeprüfte Kaiserpaar Russlands, und der

1 Vier männliche Cantopopstars – Jacky Cheung, Aaron Kwok, Leon Lai und Andy Lau –, die in den 1990ern die Musikcharts stürmten, Stadien füllten und Strähnchenlook mit Paillettenblazer salonfähig für asiatische Macho-Männer machten.

Diamond Ballroom des Ritz-Carlton im dritten Stock des höchsten Gebäudes von Hongkong wahrlich die perfekte Location dafür. Die ankommenden Gäste fanden den Saal in ein »winterliches St. Petersburg« verwandelt vor, mit einem Meer von Eiszapfen aus Swarowskikristallen an der Decke, »schnee«bedeckten Birken und prachtvollen Fabergé-Eiern als Tischschmuck. **Oscar Liang**, das Enfant terrible der kantonesischen Fusionsküche, hat sich mit seinem saftigen und pfiffigen Jekaterinburg-Schweinebraten selbst übertroffen – Spanferkel, gespickt mit Blattgold-»Schrotkugeln« mit Trüffelgeschmack, einmal durch die Kohlenluke geworfen und hinterher über russischem Kaffeemehl von der Flamme geküsst.

Vor dieser fabelhaften Kulisse traf sich Hongkongs Crème de la Crème, die eigens für diesen Anlass ihre dicksten Klunker aus dem Tresor geholt hatte. Die ehrwürdige Gastgeberin Connie Ming trug zu ihrer trägerlosen schwarz-weißen perlenbesetzten Robe von Oscar de la Renta gelbe Diamanten, die eine königliche Summe gekostet haben mussten, **Ada Poon** stellte die berühmten Poon-Rubine über ihrem rosa Chiffonkleid von Elie Saab zur Schau, und Chinas größter Star **Pan TingTing** erntete mit ihrem hauchzarten weißen Empire-Abendkleid, das Audrey Hepburn einst in der Verfilmung von *Krieg und Frieden* trug, Seufzer der Verzückung. Die **Kai-Brüder** gerieten (mal wieder) in einen Faustkampf, und ein Eklat konnte in letzter Sekunde verhindert werden, als man **Mrs Y. K. Loong** an den falschen Tisch geleitete, an dem die Kinder aus der zweiten Ehe ihres verstorbenen Mannes saßen (der Rechtsstreit ums Erbe geht diesen Monat in die nächste Runde). Doch alles war vergessen, als Tracy Kuan in einem Rentierschlitten von acht waschbrettbäuchigen männlichen Models in Kosakenuniformen in den Saal gezogen wurde. Tracy verzauberte das Publikum in einem Alexander-McQueen-Korsettkleid aus weißem Fell und Leder und gab begleitet von den Four Heavenly Kings, die diesmal wirklich live sangen, ganze drei Zugaben.

Mit dem Business-Pinnacle geehrt wurde **Michael Teo**, der unfassbar fotogene Tech-Titan, dessen kometenhafter Aufstieg in aller Munde ist. Nachdem der Aktienkurs seiner winzigen Softwarefirma vor zwei Jahren durch die Decke ging, steckte Michael den Gewinn in seine eigene Risikokapitalgesellschaft und erwirtschaftete weitere Abermillionen, indem er sich an einigen der erfolgreichsten digitalen Start-ups Asiens beteiligte, so zum Beispiel Gong Simi?, die singlische Messenger-App. Doch die Preisfrage lautet, wo Michael seine wunderschöne singapurische Frau die ganze Zeit versteckt hat! Die rehäugige **Astor Teo** sah in ihrem zarten Kleidchen aus schwarzer Spitze (Vintage Fontana) absolut hinreißend aus, obwohl ich mir ein bisschen mehr Blingbling an ihren mit Diamanten und Aquamarinen besetzten Ohrringen gewünscht hätte. (Höchste Zeit, dass ihr Mann mit seinem neu erlangten Reichtum ihren Schmuck upgradet!)

Sir Francis Poon, der mit dem Wohltätigkeits-Pinnacle ausgezeichnet wurde, ereilte die größte Überraschung des Abends, als **Mrs Bernard Tai** (alias Kitty Pong, der ehemalige Soap-Opera-Star) völlig ergriffen von dessen berührender Diashow über seine medizinischen Rettungseinsätze die Bühne stürmte und das Publikum in Staunen versetzte, indem sie ihm und seiner Stiftung spontan eine Spende über 20 Millionen Dollar versprach! Mrs Tai trug ein atemberaubendes rotes Guo-Pei-Kleid mit Smaragden, die locker eine Milliarde gekostet haben dürften, und eine zwei Meter lange Schleppe aus Pfauenfedern. Aber ich glaube, sie wird bei ihrem Aufstieg in höhere gesellschaftliche Sphären weder Federn noch Flügel brauchen.

– *Leonardo Lai*

Astrid machte es sich in einem Clubsessel in der Silver-Kris-Lounge am Flughafen von Hongkong bequem, während sie auf das Boarding ihres Flugs nach Los Angeles wartete. Sie nahm das iPad aus der Tasche, um ein letztes

Mal ihre E-Mails zu checken, als eine Textnachricht auf- poppte.

CHARLIE WU: War schön, dich gestern Abend zu sehen.
ASTRID LEONG TEO: Gleichfalls.
CW: Was hast du heute vor? Zeit für ein Mittagessen?
ALT: Sorry, bin schon am Flughafen.
CW: Das war aber ein kurzer Ausflug!
ALT: Ja, deshalb hab ich dich auch nicht vorher angerufen. War nur ein Zwischenstopp auf dem Weg nach L. A.
CW: Kauft dein GöGa sich die nächste Silicon-Valley-Firma?
ALT: Nein, GöGa ist schon wieder in S'pur. Ich fliege zu Nickys Hochzeit in Montecito. (Pst, geheim! Bis auf meinen Cousin Alistair, mit dem ich fliege, weiß es niemand aus meiner Familie.)
CW: Also heiratet Nicky endlich das Mädchen, über das vor ein paar Jahren alle geredet haben?
ALT: Genau, Rachel. Ich mag sie.
CW: Gratulier ihm von mir. Und Michael kommt nicht mit zur Hochzeit?
ALT: Das wäre zu verdächtig gewesen, wenn wir so kurz nach unserem letzten Trip wieder zusammen in die USA geflogen wären. Übrigens hat er sich total gefreut, dich gestern Abend kennenzulernen. Anscheinend ist er ein Riesenfan von dir und konnte nicht fassen, dass ich euch vorgestellt habe.
CW: Wusste er nicht, dass wir mal verlobt waren?
ALT: Doch, aber das ist ihm glaube ich erst gestern Abend richtig klar geworden. Für ihn gehörst du zu seinen Tech-Kreisen, also hatte er nicht so ganz auf dem

Schirm, dass wir uns wirklich kennen. Damit konnte ich bei ihm auf jeden Fall richtig punkten.

CW: Er ist ein netter Kerl. Und Glückwunsch noch mal zu seinem Preis. Das waren echt ein paar clevere Schachzüge von ihm.

ALT: Das hättest du ihm sagen sollen! Wieso warst du eigentlich so still gestern Abend?

CW: War ich das?

ALT: Du hast kaum was gesagt und sahst aus, als wärst du am liebsten sofort nach Hause gegangen.

CW: Ich hab bloß versucht, Connie Ming aus dem Weg zu gehen, die mich jetzt schon auf den Ball im nächsten Jahr festnageln wollte! Und ehrlich gesagt hatte ich nicht erwartet, dich dort zu treffen.

ALT: Ich musste doch Michael unterstützen!

CW: Ja, aber ich dachte, du boykottierst Wohltätigkeitsgalas, vor allem in Hongkong. War das nicht ungeschriebenes Gesetz in deiner Familie, niemals bei großen Events zu erscheinen?

ALT: Die Regel wurde etwas gelockert, seit ich nur noch eine langweilige Hausfrau bin. Als ich jünger war, wollten meine paranoiden Eltern aus Sicherheitsgründen vermeiden, dass überall Fotos von mir erscheinen, und sie wollten auch nicht, dass man mich mit dem Partyvolk in Verbindung bringt – dem »internationalen chinesischen Proletentum«, wie Mum es nannte.

CW: Also mit Leuten wie mir.

ALT: LOL

CW: Gestern Abend wars besonders schlimm. Jede Menge Leute, die deiner Mum gar nicht gefallen hätten.

ALT: So schlimm wars nun auch wieder nicht.

CW: Nicht? Du saßt doch an Ada Poons Tisch.

ALT: Okay, du hast recht – DAS war übel.

CW: Hahaha!

ALT: Ada und ihre *taai-taai*[1]-Freundinnen haben mich erst mal eine Stunde lang eiskalt ignoriert.

CW: Hast du ihnen gesagt, dass du aus Singapur kommst?

ALT: Michaels Biografie stand im Programm, und alle wussten, dass ich seine Frau bin. Die Hongkonger sind wirklich empfindlich geworden, seit der Flughafen von Singapur zum besten der Welt gewählt wurde.

CW: Also ich finde ja, dass man in unserem Flughafen besser shoppen kann. Wer braucht schon ein kostenloses Kino oder einen Orchideengarten, wenn er zwischen Loewe und Longchamp weniger als zehn Schritte zurücklegen muss? Na ja, eigentlich haben dir die Ladys bloß die kalte Schulter gezeigt, weil du nicht an der St. Paul, St. Stephen oder Diocesan zur Schule gegangen bist. Sie wussten einfach nicht, wo sie dich einordnen sollen.

1 Ein kantonesischer Ausdruck, der so viel bedeutet wie »oberste Ehefrau« (und impliziert, dass der Mann mehrere Ehefrauen hat), aber nicht mehr im strengen Sinne gebraucht wird, da Polygamie in Hongkong seit 1971 verboten ist. Heutzutage bezeichnet *taai taai* eine privilegierte und vermögende Frau in der High Society Hongkongs. Eine *taai taai* ist immer mit einem reichen Mann verheiratet, sodass sie viel freie Zeit für Besuche im Schönheitssalon, Nachmittagstee und Tennisunterricht hat, außerdem zum Essengehen, Shoppen, Dekorieren, Tratschen, Gründen einer Wohltätigkeitsorganisation für Haustiere, Koordinieren der Nachhilfestunden ihrer Kinder und zum Terrorisieren ihrer Hausangestellten, wenn auch nicht zwingend in dieser Reihenfolge.

ALT: Na ja, aber ein Mindestmaß an Höflichkeit sollte doch drin sein. Das war eine Wohltätigkeitsveranstaltung, Herrgott noch mal. Ständig haben sie damit geprahlt, was für Riesenstrafen sie für ihre illegalen Keller zahlen mussten, und versucht, sich gegenseitig zu übertrumpfen. Total bescheuert. Und dann ist die Herzogin nach ihrer Rede zu mir an den Tisch gekommen und meinte: »Astrid! Dachte ich mir doch, dass du das bist! Was machst du denn hier? Ich treffe deine Eltern nächste Woche beim Mittagessen bei Stoker und Amanda. Bist du auch in Chatsworth?« Und siehe da, auf einmal haben sich alle *taai taais* auf mich gestürzt.

CW: Das kann ich mir bildlich vorstellen!

ALT: Hongkonger Frauen sind echt faszinierend. Die haben einen komplett anderen Stil als in Singapur. So eine kalkulierte Opulenz, wow! Ich glaube, ich habe noch nie SO VIEL Schmuck auf einmal in einem Raum gesehen. Es fühlte sich an wie in der Russischen Revolution, als die ganzen Adligen mit allem Schmuck, den sie besaßen, das Land verlassen haben, teilweise in ihre Kleidung eingenäht.

CW: Ja, die sind wirklich schwer behängt. Sind dir auch die ganzen Diademe aufgefallen?

ALT: Keine Frau sollte ein Diadem tragen, es sei denn, es befindet sich schon mehrere Generationen in Familienbesitz.

CW: Ich weiß ja nicht, ob du die Klatschspalten liest, aber dieser Trottel namens Leonardo Lai …

ALT: Haha, ja! Meine Cousine Cecilia hat mir den Artikel gerade geschickt.

CW: Leonardo hatte offensichtlich KEINE AHNUNG, wer du bist, und hat es nicht mal hingekriegt, deinen Namen richtig zu schreiben, aber anscheinend fürchtet er, du könntest zu wenig Schmuck besitzen. LOL!

ALT: Ich bin so froh, dass er meinen Namen falsch geschrieben hat! Mum würde ausrasten, wenn sie mich in den Klatschspalten entdeckt. Und Leonardo war anscheinend nicht sehr beeindruckt von meinem Schmuck aus der aktuellen Imperial-Kollektion – dabei gehörten meine Ohrringe früher der Kaiserinwitwe Maria Fjodorowna.

CW: Natürlich. Die sind mir sofort aufgefallen – sahen aus wie die Sachen aus dem kleinen Vintage-Schmuckladen in der Burlington Arcade, in dem du in unserer Londoner Zeit immer so gern gestöbert hast. Du warst jedenfalls mit Abstand die bestgekleidete Frau auf dem Ball.

ALT: Du bist süß. Aber ich hab nun wirklich nicht alles gegeben wie diese Hongkonger Fashionistas mit ihren maßangefertigten Kleidern im Stil von Katharina der Großen oder wem auch immer.

CW: Du hast immer schon nur das angezogen, was dir gefällt – deshalb sahst du ja auch so toll aus. Du und Kitty Pong natürlich.

ALT: Scherzkeks. Dabei fand ich ihr Kleid wirklich großartig. Erinnerte ein bisschen an Josephine Baker.

CW: Sie war nackt bis auf die ganzen Federn und Smaragde!

ALT: Das Kleid hat funktioniert. Aber Francis Poon die Schau zu stehlen war ziemlich daneben. Ich hatte schon Angst, der arme alte Francis würde einen Herzinfarkt kriegen, als sie mitten in seiner Dankesrede auf die Bühne gestürmt ist und ihm das Mikro aus der Hand gerissen hat!

CW: Ada Poon hätte aufspringen und Kitty Pong eine runterhauen sollen, wie jede anständige dritte Ehefrau das getan hätte.

ALT: Aufspringen? Wie denn mit dem ganzen schweren Schmuck?

CW: Ich frag mich echt, was mit Bernard Tai passiert ist. Wieso sieht man Kitty überall und ihn nicht? Lebt er überhaupt noch?

ALT: Wahrscheinlich liegt er mit Handschellen und Ballknebel in irgendeinem Kerker.

CW: Astrid Leong! Ich bin entsetzt!

ALT: Sorry, zu viel Marquis de Sade gelesen in letzter Zeit. Darf ich fragen, wo DEINE Frau war? Ob ich die legendäre Isabel Wu je zu Gesicht bekomme?

CW: Isabel ist zu schnöselig für solche Events. Sie geht höchstens auf die zwei, drei Bälle im Jahr, für die die alte Garde die Familienjuwelen rausholt.

ALT: LOL! Familienjuwelen der alten Garde. Du willst nicht wissen, was da vor meinem inneren Auge erscheint …

CW: Sir Francis Poon?

ALT: Du bist unmöglich! Oh, mein Cousin winkt mich rüber. Das Boarding geht los.

CW: Ich werde nie begreifen, wieso du immer noch Linie fliegst.

ALT: Weil wir Leongs sind. Mein Dad sagt, für die Familie eines »Staatsdieners« gehört es sich nicht, mit dem Privatjet zu fliegen. Außerdem meint er, die großen Linienmaschinen wären viel sicherer als die kleinen.

CW: Ich glaube, am sichersten ist es im eigenen Flugzeug mit einer engagierten Bodencrew. Außerdem geht es doppelt so schnell, und der Jetlag ist schwächer.

ALT: Ich hab nie Jetlag, weißt du das nicht mehr? Außerdem haben wir keine Charlie-Wu-$$$.

CW: Haha, als ob! Ihr Leongs könntet mich doch zum Frühstück verspeisen. Egal, guten Flug!

ALT: War schön, mit dir zu schreiben. Nächstes Mal sag ich früher Bescheid, wenn wir in Hongkong sind, versprochen!

CW: Okay.

ALT: Michael und ich laden dich zum Essen ein. Im Hutchison House gibts doch diesen tollen Teochew-Laden, von dem meine Cousine mir ständig erzählt.

CW: Ich lad euch ein! Ist schließlich meine Stadt.

ALT: Darüber streiten wir uns später. Gruß und Kuss.

Charlie fuhr den Computer herunter und drehte sich mit seinem Schreibtischstuhl zum Fenster. Aus seinem Büro im fünfundfünfzigsten Stock der *Wu*thering Towers hatte er einen beeindruckenden Ausblick über den Hafen und konnte jedes Flugzeug sehen, das vom Hongkonger Flughafen Richtung Osten abhob. Er blickte zum Horizont und sah sich auf der Suche nach Astrids Flieger jede startende Maschine genau an. *Ich hätte sie nicht anschreiben sollen*, sagte er sich. *Wieso tue ich mir das immer wieder an? Jedes Mal, wenn ich ihre Stimme höre, jedes Mal, wenn ich eine E-Mail oder auch nur eine Textnachricht von ihr lese, ist es wie Folter. Ich hab ja versucht aufzuhören. Versucht, sie in Ruhe zu lassen. Aber sie* *nach so langer Zeit wiederzusehen, mit nichts als schwarzer Spitze auf ihrer schimmernden nackten Haut ... das war einfach zu viel für mich.*

Als Charlie schließlich den zweistöckigen Airbus A380 mit dem auffälligen dunkelblau-goldenen Logo über den Himmel schweben sah, griff er unvermittelt nach dem Hörer und rief seinen privaten Hangar an. »Johnny? Könnten Sie bitte die Maschine innerhalb von einer Stunde fertig machen? Ich muss nach Los Angeles.« *Ich werde Astrid mit roten Rosen in der Ankunftshalle empfangen, wie früher zu unseren Unizeiten in London. Aber diesmal werden sie fünfhundert rote Rosen erwarten, wenn sie aus dem Flieger steigt. Ich führe sie zum Mittagessen bei Gjelina aus, und dann können wir uns vielleicht ein Auto mieten und ein paar Tage in ein schickes Spa an der Küste fahren. Alles wird genauso wie früher, wenn wir mit dem Volante nach Frankreich gefahren und im Loiretal zusammen alte Burgen erkundet haben und zu Weinproben gegangen sind. Ach, das ist doch Blödsinn! Ich bin mit Isabel verheiratet und Astrid mit Michael. Ich bin der größte Idiot aller Zeiten. Einen Moment lang, einen kurzen Moment, als ihr armer unsicherer Ehemann dachte, er könne sie sich nicht leisten, hatte ich die Chance, sie zurückzuerobern, aber stattdessen habe ich ihm zum Wohlstand verholfen. Gott, was habe ich mir bloß dabei gedacht? Jetzt sind sie wieder zusammen, frisch verliebt und überglücklich. Und ich sitze hier mit einer Frau, die mich hasst, und suhle mich im Selbstmitleid.*

9

DER LOCKE CLUB

HONGKONG, 9. MÄRZ 2013

Kitty wusste gar nicht mehr, wohin mit sich vor lauter Vorfreude. Seit Jahren hörte sie von diesem Club, und endlich würde sie hier zu Mittag essen. Der Locke Club befand sich im fünften Stock eines unscheinbaren Bürogebäudes in der Wyndham Street und war Hongkongs exklusivster Dinnerclub – der Heilige Gral –, der seine Mitglieder aus der Crème de la Crème der Hongkonger High Society und des internationalen Jetsets rekrutierte. Im Gegensatz zu anderen privaten Dinnerclubs[1], bei denen Ruhm oder ein di-

1 Dass die beste Küche nicht in den Sternerestaurants der Sternehotels zu finden ist, sondern in den privaten Dinnerclubs, ist wohl das bestgehütete Geheimnis der Dinnerszene einer Stadt, deren Bewohner von Essen beinahe gleichermaßen besessen sind wie von Status. Diese auf Mitglieder beschränkten Etablissements sind Zufluchtsorte der Betuchten, verborgen in den obersten Etagen von Bürogebäuden, wo die Reichen und Berühmten sich versammeln, um ihre Mahlzeiten fern von den neugierigen Augen der Paparazzi einzunehmen. Diese Clubs verfügen meist über ellenlange Wartelisten, und nur den wenigsten gelingt es, die besten Rezeptionisten der erstklassigsten Hotels zu bestechen, damit sie ihnen eine einmalige »Gastmitgliedschaft« verschaffen.

ckes Scheckheft reichte, um Mitglied zu werden, spielte der Locke Club nach eigenen Regeln. Eine Warteliste gab es nicht – man musste von seinem strengen und geheimnisvollen Vorstand eingeladen werden, und selbst eine vage Interessensbekundung konnte zur Folge haben, dass man auf gar keinen Fall gefragt wurde.

Damals, als Kitty noch eine Nebenrolle in der Vorabendserie *Many Splendid Things* spielte, hatte sie Sammi Hui – der größte Star der Show – oft mit ihren Mittagessen im Locke angeben hören und dass sie im selben Raum wie die Königin von Bhutan oder Leo Mings aktuelle Geliebte gesessen hatte. Kitty konnte es kaum erwarten zu sehen, in welchem üppigen Raum sie heute speisen und welche wichtigen Persönlichkeiten an den Nachbartischen sitzen würden. Ob sie wohl alle die Spezialität des Hauses essen würden – Schildkrötensuppe, serviert in Kampferholzschalen?

Was für ein Glücksfall es gewesen war, dass sie beim Pinnacle-Ball an Evangeline de Ayalas Tisch gesessen hatte. Evangeline war die glamouröse junge Frau von Pedro Paulo de Ayala, dem Nachkommen einer der ältesten Immobilienfamilien der Philippinen, und obwohl die beiden erst in jüngster Zeit nach Hongkong gekommen waren (über London, wo Pedro Paulo bei der Rothschild-Bank gearbeitet hatte), machten ihre Verbindungen zur Adelswelt – und nicht zuletzt ihr adlig klingender Nachname – sie zu beliebten neuen Mitgliedern des Clubs. Evangeline schien ganz aus dem Häuschen über Kittys großzügige Spende an Sir Francis Poons Stiftung zu sein, und als sie vorschlug, im Locke zusammen mittagzuessen, fragte sich Kitty, ob sie jetzt wohl endlich selbst auf die Mitgliederliste gesetzt werden würde. Schließlich hatte sie sich innerhalb von zwei kurzen Monaten in Hongkongs führende Kunstsammlerin und Mäzenin verwandelt.

Als die Fahrstuhltür sich endlich öffnete, betrat Kitty stolzierend das Clubfoyer mit seinen glänzenden ebenholzvertäfelten Wänden und der dramatischen Treppe aus schwarzem Marmor und Stahl, die in den sagenumwobenen Speisesaal führte. Ein Mitarbeiter am Empfang begrüßte sie lächelnd.

»Guten Tag. Kann ich Ihnen behilflich sein?«

»Ja, ich bin mit Miss de Ayala zum Mittagessen verabredet.«

»*Missus* de Ayala?«, korrigierte der Rezeptionist sie übereifrig.

»Ja, ich meinte natürlich *Missus*«, gab Kitty nervös zurück.

»Ich fürchte, sie ist noch nicht da. Bitte nehmen Sie doch im Salon Platz, wir begleiten Sie dann zum Speisesaal, sobald sie hier ist.«

Kitty betrat einen Raum mit Seidentapete und nahm in der Mitte des roten Le-Corbusier-Sofas Platz, um ihre Vorzüge am besten in Szene zu setzen. Einige der Damen, die aus dem Fahrstuhl traten, starrten sie im Vorbeigehen neugierig an, bestimmt wegen des Outfits, das sie so sorgfältig ausgewählt hatte. Sie hatte sich für ein ärmelloses Kleid von Giambattista Valli mit rot-schwarzem Blumenmuster entschieden, dazu trug sie eine rote Céline-Knotted-Lambskin-Clutch und rote Charlotte-Olympia-Ballerinas mit goldener Schnalle. Als einzigen Schmuck hatte sie Rubin-Cabochon-Ohrstecker von Solange Azagury-Partridge gewählt. Selbst mit dem Schlitz im Kleid war das Outfit geradezu züchtig – sollten die eingebildeten *taai taais* sich doch das Maul über sie zerreißen.

Kitty war nicht bewusst, dass eine der Damen im Fahrstuhl Rosie Ho gewesen war, die mit Ada Poon und einigen anderen ehemaligen Maryknoll-Klassenkameradinnen zum Essen verabredet war. Rosie stürzte in den Speisesaal und verkündete außer Atem: »Mädels, ihr werdet nicht glauben, wer draußen im Salon sitzt. Dreimal dürft ihr raten. Los, los!«

»Gib uns wenigstens einen Tipp«, sagte Lainey Lui.

»Sie trägt ein Kleid mit Blumenmuster und hat sich hundertpro die Brüste verkleinern lassen.«

»Oh mein Gott, etwa die lesbische Freundin von Bebe Chow?«, fragte Tessa Chen gackernd.

»Nein, besser!«

»*Aiya*, jetzt sag schon!«

»Kitty Pong!«, verkündete Rosie triumphierend.

Ada wurde vor lauter Verachtung ganz bleich.

Lainey ätzte: »*Mat nam je?*[1] Wie kann sie es wagen, nach neulich Abend hier aufzutauchen!«

»Wer war so blöd, sie einzuladen?«, fragte Tessa.

Ada erhob sich langsam vom Tisch und lächelte ihre Freundinnen verkniffen an. »Entschuldigt ihr mich einen Augenblick? Bitte esst weiter – nicht dass die hervorragende Schildkrötensuppe kalt wird.«

Evangeline de Ayala betrat den Salon in einem hübschen schwarz-weißen Etuikleid von Lanvin und begrüßte Kitty mit zwei Küsschen auf die Wange. »Entschuldige, dass ich zu spät bin – meine einzige Ausrede ist, dass meine Uhr immer die Zeit in Manila anzeigt.«

1 Kantonesisch für »Was zum Teufel?«.

»Macht nichts, ich habe gerade die Kunst bewundert«, antwortete Kitty nachsichtig.

»Ziemlich cool, oder? Sammelst du Kunst?«

»Ich stehe noch ganz am Anfang, deshalb versuche ich mir einen Überblick zu verschaffen«, sagte Kitty bescheiden und fragte sich, ob Evangeline nur so tat, als wüsste sie nicht, dass Kitty vor Kurzem das teuerste Gemälde Asiens gekauft hatte.

Die beiden gingen zusammen zum Empfangstresen, wo sie der gleiche Rezeptionist wie vorhin herzlich begrüßte. »Guten Tag, Mrs de Ayala. Beehren Sie uns heute zum Mittagessen?«

»Ja, wir sind heute nur zu zweit«, erwiderte Evangeline.

»Sehr schön. Bitte folgen Sie mir«, sagte der Rezeptionist und führte die beiden die geschwungene Marmortreppe empor. Als sie den Speisesaal betraten, bemerkte Kitty, dass sie von einigen Seiten unverhohlen gemustert wurden. Der Manager des Clubs stürzte mit wichtigtuerischer Miene auf sie zu.

Wow, der will mich wohl höchstpersönlich im Club willkommen heißen, dachte Kitty.

»Mrs de Ayala, es tut mir sehr leid, aber unserem computerisierten Reservierungssystem ist ein Riesenfehler unterlaufen. Ich fürchte, wir sind heute komplett ausgebucht und können Ihnen keinen Tisch anbieten.«

Der Rezeptionist wirkte völlig überrascht von den Worten seines Chefs, schwieg jedoch.

Evangeline sah verwirrt aus. »Aber ich habe schon vor zwei Tagen reserviert und wurde nicht telefonisch benachrichtigt.«

»Ja, das ist mir bewusst. Es tut uns schrecklich leid, aber

ich habe mir erlaubt, eine Reservierung direkt um die Ecke im Yung Kee in der Wellington Street vorzunehmen. Dort wartet ein netter Tisch auf Sie. Ich hoffe, Sie gestatten uns, aufgrund der entstandenen Unannehmlichkeiten die Rechnung zu übernehmen.«

»Aber Sie werden uns doch sicher für ein schnelles Mittagessen auch hier unterbringen können? Wir sind nur zu zweit, und dort am Fenster gibt es doch noch einige freie Tische«, fragte Evangeline voller Hoffnung.

»Leider sind diese Tische bereits reserviert. Wie gesagt, entschuldigen Sie vielmals, ich hoffe, das Yung Kee gefällt Ihnen – Sie sollten die fabelhafte gebratene Ente bestellen«, sagte der Manager und geleitete Kitty und Evangeline freundlich, aber bestimmt zur Treppe.

Beim Verlassen des Clubs sagte die noch immer entgeisterte Evangeline: »Merkwürdig! Tut mir echt leid, aber das habe ich noch nie erlebt. Der Locke Club hat manchmal wirklich seltsame Regeln. Ich schreibe kurz meinem Fahrer wegen der Planänderung.« In dem Augenblick, in dem Evangeline ihr Handy zückte, rief ihr Mann an.

»Hey *swithart*[1], wie gehts? Du glaubst nicht, was gerade passiert ist!«, säuselte Evangeline ins Handy. Plötzlich zuckte sie zusammen, als eine Flutwelle von Flüchen sich über sie ergoss.

»Nichts! Wir haben nichts gemacht!«, wiegelte sie ab.

Kitty hörte Evangelines Mann am anderen Ende der Leitung weiter schimpfen.

»Ich kann es mir nicht erklären … Ich weiß nicht, was passiert ist«, stammelte Evangeline immer wieder ins Handy

1 Filipino-Slang für »Süßer«.

und wurde blasser und blasser. Schließlich legte sie auf und sah Kitty benommen an.

»Tut mir leid, mir geht es nicht so gut. Würde es dir was ausmachen, wenn wir das Essen verschieben?«

»Nein, gar nicht. Ist alles okay?«, fragte Kitty, die sich Sorgen um ihre neue Freundin machte.

»Das war mein Mann. Unsere Mitgliedschaft im Locke Club wurde gerade gekündigt.«

Nachdem Evangeline von ihrem Fahrer abgeholt worden war, stand Kitty am Bordstein und versuchte zu begreifen, was gerade passiert war. Heute Morgen war sie so froh und zuversichtlich aufgewacht, und jetzt war sie geknickt über ihr missglücktes Mittagessen. Die arme Evangeline. Wie schrecklich das für sie sein musste. Als sie gerade ihren Fahrer anrufen wollte, bemerkte Kitty eine grauhaarige Frau in einem biederen Hosenanzug, die sie anlächelte.

»Alles in Ordnung?«, fragte die Frau.

»Ja«, antwortete Kitty leicht verwirrt. Kannte sie sie irgendwoher?

»Ich war gerade im Locke und habe zwangsläufig die Szene im Speisesaal mitbekommen«, erklärte die Frau.

»Ja, das war seltsam, oder? Meine Freundin tut mir sehr leid.«

»Warum?«

»Ihr war nicht klar, dass ihre Mitgliedschaft im Club aufgehoben war, und sie wollte mich dorthin einladen. Das muss ihr furchtbar peinlich sein.«

»*Evangeline de Ayala* wurde aus dem Club geworfen?«, fragte die Frau zweifelnd.

»Ach, Sie kennen sie? Ja, direkt nachdem wir gegangen sind hat ihr Mann angerufen und es ihr gesagt. Er muss wer weiß was angestellt haben, dass man ihnen so kurzfristig gekündigt hat.«

Die Frau schwieg eine Weile, als versuche sie zu ergründen, ob Kitty es wirklich ernst meinte. »Gute Frau, da sind Sie aber völlig auf dem Holzweg. Sie haben keine Ahnung, was gerade passiert ist, oder? In der gesamten Geschichte des Clubs ist es nur dreimal vorgekommen, dass Mitgliedschaften aufgehoben wurden. Heute war das vierte Mal. Die de Ayalas sind rausgeflogen, weil Evangeline versucht hat, *Sie* mit in den Club zu nehmen, das ist doch offensichtlich.«

Kitty sah sie ungläubig an. »*Mich?* Wer kommt denn auf so eine Idee? Ich habe bis heute noch nie einen Fuß in den Club gesetzt – was soll das mit mir zu tun haben?«

Die Frau schüttelte mitleidig den Kopf. »Dass Ihnen das so gar nicht bewusst ist, macht mich traurig. Aber ich glaube, ich kann Ihnen helfen.«

»Wie meinen Sie das, mir helfen? Wer sind Sie?«

»Mein Name ist Corinna Ko-Tung.«

»Wie in Ko-Tung Park?«

»Genau, und wie in Ko-Tung Road und wie der Ko-Tung-Flügel im Queen Mary Hospital. Kommen Sie, Sie sind bestimmt am Verhungern. Ich erkläre Ihnen alles beim *yamcha*[1].«

Corinna führte Kitty die On Lan Street hinunter und bog in eine kleine Straße hinter dem New World Tower. Sie fuhren mit dem Lieferantenaufzug in den dritten Stock

1 Dieser kantonesische Ausdruck bedeutet wörtlich übersetzt »Tee trinken«, aber in Hongkong ist damit meist ein Mittagessen bestehend aus Tee und Dim Sum gemeint.

zum Hintereingang des Tsui Hang Village, durch den VIPs unbemerkt in das Restaurant gelangen konnten.

Der Manager erkannte Corinna sofort, eilte auf sie zu und verbeugte sich tief. »Ms Ko-Tung, welch eine Ehre, Sie heute bei uns zum Essen begrüßen zu dürfen.«

»Danke, Mr Tong. Könnten wir ein Separee bekommen, bitte?«

»Natürlich. Bitte folgen Sie mir. Wie geht es Ihrer Mutter? Bitte grüßen Sie sie ganz herzlich von mir«, sagte der Manager überschwänglich, während er sie einen Korridor entlangführte.

Sie erreichten ein Separee, das in gedeckten Beigetönen gehalten war, mit einem großen runden Esstisch und einem Flachbildfernseher an der rückwärtigen Wand, auf dem CNBC ohne Ton lief.

»Ich sage dem Koch, dass Sie hier sind. Er denkt sich bestimmt etwas Besonderes für Sie aus.«

»Bitte richten Sie ihm meinen Dank aus. Und könnten Sie den Fernseher ausschalten?«, bat Corinna.

»Aber natürlich, entschuldigen Sie bitte!«, sagte der Manager und stürzte sich auf die Fernbedienung.

Nachdem feierlich heiße Handtücher verteilt und zwei Tassen Tee eingeschenkt worden waren und alle Kellner endlich den Raum verlassen hatten, fragte Kitty: »Sie sind wohl Stammgast hier?«

»Ich war lange nicht hier, aber es ist genau der richtige Ort, damit wir uns offen unterhalten können.«

»Behandeln die Sie immer so zuvorkommend?«

»Für gewöhnlich. Das liegt aber sicherlich auch daran, dass meiner Familie das Grundstück gehört, auf dem das Hochhaus erbaut wurde.«

Kitty schwieg beeindruckt. Selbst als Mrs Bernard Tai war sie noch nirgends mit so viel Ehrfurcht empfangen worden. »Sie glauben also wirklich, man hat die de Ayalas meinetwegen aus dem Club geworfen?«

»Das glaube ich nicht, ich *weiß* es«, antwortete Corinna. »Ada Poon gehört dem Gremium an, das über die Mitgliedschaften entscheidet.«

»Aber was hat sie denn gegen mich? Ich habe der Stiftung ihres Mannes gerade eine Riesensumme gespendet.«

Corinna seufzte. Das würde schwieriger werden als erwartet. »Ich war nicht beim Pinnacle-Ball, weil ich solche Veranstaltungen grundsätzlich nicht besuche, aber am nächsten Morgen stand mein Telefon nicht mehr still. Die halbe *Welt* redete über das, was Sie getan haben.«

»Was habe ich denn getan?«

»Sie haben die Poons zutiefst beleidigt.«

»Aber ich wollte doch nur großzügig –«

»Das mögen Sie zwar so sehen, aber alle anderen dort sahen das anders. Sir Francis Poon ist sechsundachtzig Jahre alt, und jedermann verehrt ihn. Dieser Preis war sein großer Moment, der Höhepunkt jahrzehntelanger humanitärer Arbeit, und als Sie die Bühne stürmten und ihn mit der Verkündung Ihrer Spende mitten in seiner Dankesrede unterbrachen, wurde das als gewaltiger Affront gegen ihn empfunden. Sie haben seine Familie, seine Freunde und, wichtiger noch, seine Frau beleidigt. Es sollte auch Adas großer Abend sein, und Sie haben ihr die Schau gestohlen.«

»Das war nie meine Absicht!«, beeilte sich Kitty zu sagen.

»Seien Sie ehrlich, Kitty. *Natürlich war es das.* Sie wollten alle Aufmerksamkeit auf sich lenken, genau wie mit dem *Palast der achtzehn Vollkommenheiten.* Zwar mag das Publikum bei Christie's empfänglich für eine gute Show sein – die High Society von Hongkong ist es garantiert nicht. Ihr Verhalten in den letzten Monaten war nichts als der plumpe Versuch, sich in die richtige Gesellschaft einzukaufen. Nun, genau das haben zwar schon viele getan, allerdings gibt es einen richtigen und einen falschen Weg.«

Kitty war empört. »Ms Ko-Tung, ich weiß genau, was ich tue. Machen Sie doch mal eine Baidu-Suche mit meinem Namen. Sehen Sie sich die ganzen Magazine und Zeitungen an. Blogger und Klatschreporter schreiben sich über mich die Finger wund. Meine Fotos sind in allen Zeitschriften. Ich habe meinen Stil im Laufe des letzten Jahres völlig verändert, der *Orange Daily* hat letzte Woche sogar eine Fotostrecke mit meinen Outfits auf dem roten Teppich gebracht.«

Corinna schüttelte nachdrücklich den Kopf. »Begreifen Sie denn nicht, dass diese Zeitschriften Sie ausnutzen? Sicher, die Durchschnittsleserin des *Orange Daily* in Yau Ma Tei beneidet Sie vermutlich für Ihr märchenhaftes Leben, aber in gewissen Kreisen der Hongkonger High Society ist es völlig gleichgültig, ob Sie die teuerste Designermode und Diamanten im Wert von Millionen tragen. In diesen Kreisen kann das jeder. Alle sind reich. Jeder kann zwanzig Millionen Dollar spenden, wenn er das unbedingt möchte. Aber bei diesen Leuten richten die Fotos von Ihnen in den Klatschzeitschriften mehr Schaden an, als dass es Ihrem Ruf guttun würde – das wird als verzweifelt empfunden. Glauben Sie mir, Sie tun Ihrem Image keinen Gefallen, wenn Sie im *Tattle* auftauchen. Es wird Ihnen weder zu einer Mitgliedschaft im Locke Club noch zu einer Einladung zu Mrs Ladoories jährlicher Gartenparty in ihrer Villa in der Repulse Bay verhelfen.«

Kitty wusste nicht, ob sie ihr glauben sollte oder nicht. Wie konnte diese Frau, deren Frisur aussah wie von einem Billigfriseur in Mong Kok, es wagen, ihr einen Rat zu geben?

»Mrs Tai, lassen Sie mich kurz erzählen, was ich beruflich tue. Ich berate Kunden, die sich einen Platz in Asiens Elite sichern wollen, unter den Menschen, die wirklich Einfluss haben.«

»Bei allem Respekt, ich bin mit Bernard Tai verheiratet. Mein Mann ist einer der reichsten Männer der Welt. Er hat Einfluss.«

»Ach, tatsächlich? Nun, wo ist Bernard denn dann in letzter Zeit gewesen? Wieso treffe ich ihn nie bei Veranstaltungen? Zum Beispiel letzten Donnerstag beim Chief Executive's[1] Lunch zu Ehren der fünfzig einflussreichsten Menschen in Asien? Oder der Feier, die meine Mutter gestern Abend für die Herzogin von Oxbridge veranstaltet hat? Warum waren Sie nicht dort?«

Kitty wusste nicht, was sie darauf erwidern sollte. Das Ganze war ihr furchtbar peinlich.

»Mrs Tai, ich will offen sein – die Tais hatten nie einen sonderlich guten Ruf. Dato' Tai Toh Lui war ein Unternehmensplünderer aus irgendeinem malaiischen Nest. Die anderen Tycoons verachteten ihn. Sein Sohn hat den Ruf, ein nichtsnutziger Partylöwe zu sein, der sein Leben lang keinen Finger gerührt hat. Und alle wissen, dass Carol Tai noch immer die Kontrolle über die Finanzen hat. Niemand nimmt Bernard ernst, erst recht nicht, nachdem er einen

1 Bezieht sich auf den Chief Executive von Hongkong, also quasi den Regierungschef.

ehemaligen Porno- beziehungsweise Seifenopernstar vom Festland geheiratet hat.«

Kitty sah aus, als hätte man ihr eine Ohrfeige verpasst. Sie wollte protestieren, doch Corinna machte weiter: »Die Wahrheit interessiert mich nicht – ich bin nicht hier, um Sie zu verurteilen. Aber ich fand, dass Sie wissen sollten, wie ganz Hongkong über Sie redet. Alle bis auf Evangeline de Ayala, die, wie wir beide wissen, neu in der Stadt ist.«

»Sie war die Erste, die seit meiner Hochzeit nett zu mir war«, sagte Kitty traurig. Sie senkte den Blick auf ihre Serviette, ehe sie fortfuhr: »Ich bin nicht so dumm, wie Sie glauben. Ich weiß, was die Leute reden. Sie behandeln mich wie den letzten Dreck, und das nicht erst seit dem Pinnacle-Ball. Letztes Jahr saß ich bei der Viktor & Rolf-Modenschau in Paris neben Araminta Lee, und sie hat so getan, als wäre ich Luft. Womit habe ich das verdient? Ich hab denen doch gar nichts getan! Es gibt so viele Promis mit viel zweifelhafterer Vergangenheit. Wieso stürzen sich alle auf mich?«

Corinna warf Kitty einen prüfenden Blick zu. Sie hatte die junge Frau als wesentlich geldgieriger eingeschätzt und war überrascht von ihrer Naivität. »Wollen Sie das wirklich wissen?«

»Ja, bitte sagen Sie es mir.«

»Zunächst einmal sind Sie Festlandchinesin. Sie wissen, was die meisten Menschen in Hongkong von Festländern halten. Ob es Ihnen gefällt oder nicht, Sie müssen sich von Anfang an kräftig ins Zeug legen, um mit ihren Vorurteilen aufzuräumen. Leider haben Sie sich schon früh im Rennen selbst Steine in den Weg gelegt. Es gibt viele, die Ihnen nie verzeihen werden, was Sie Alistair Cheng angetan haben.«

»Alistair?«

»Ja. Alistair Cheng ist sehr beliebt. Als Sie ihm das Herz gebrochen haben, haben Sie sich gleichzeitig all seine Verehrerinnen und alle Freunde seiner Familie zum Feind gemacht.«

»Ich wusste nicht, dass Alistairs Familie so bedeutend ist.«

Corinna prustete los. »Hat Alistair Sie denn nicht mit nach Tyersall Park genommen?«

»Teier-was?«

»Oje, Sie sind nicht einmal in die Nähe der Palastmauern gekommen, was?«

»Wovon reden Sie? Was für ein Palast?«

»Schon gut. Alistairs Mutter ist Alix Young – durch sie ist Alistair mit praktisch jeder bedeutenden Familie in ganz Asien verwandt. Mit den Leongs aus Malaysia, den adligen T'siens, den Shangs, denen quasi alles gehört. Tut mir leid, Ihnen das sagen zu müssen, aber Sie haben aufs falsche Pferd gesetzt.«

»Das war mir überhaupt nicht klar«, flüsterte Kitty.

»Natürlich nicht. Sie sind ja auch nicht unter diesen Leuten aufgewachsen. Wurden nie in die Gepflogenheiten dieses elitären Kreises eingeführt. Sollten wir uns zu einer Zusammenarbeit entschließen, lasse ich Sie an meiner Insiderperspektive teilhaben, versprochen. Von mir werden Sie lernen, worauf es ankommt in dieser Welt. Ich werde Sie in die Geheimnisse dieser Familien einweihen.«

»Und wie viel würde mich das kosten?«

Corinna zog ein Ledermäppchen aus ihrer ramponierten Furla-Tasche und reichte es Kitty. »Ich berechne ein jährliches Honorar, und Sie verpflichten sich zu einer Mindestvertragslaufzeit von zwei Jahren.«

Kitty überflog die Aufstellung der Kosten und lachte laut auf. »Sie machen Witze!«

Corinnas Lächeln erstarb. Sie wusste, dass sie jetzt alles auf eine Karte setzen musste. »Mrs Tai, darf ich Sie etwas fragen? Was erwarten Sie von Ihrem Leben? Denn meiner Ansicht nach steuern Sie in folgende Richtung: Sie jetten weiter quer durch Asien, besuchen eine Gala, Benefizveranstaltung oder was weiß ich nach der anderen und sind präsent in allen Boulevardmagazinen. Vielleicht gelingt es Ihnen mit den Jahren, sich mit anderen reichen Festländerinnen oder den *guailou*[1]-Ehefrauen der Männer anzufreunden, die mit Dreijahresverträgen irgendeiner ausländischen Bank oder Private-Equity-Firma hier sind. Womöglich werden Sie sogar in das Gremium irgendeiner zweitrangigen Wohltätigkeitsorganisation eingeladen, die eine dieser gelangweilten ausländischen Ehefrauen ins Leben gerufen hat. Ihr Postfach wird überquellen vor Einladungen zu Cocktailempfängen in der Chopard-Boutique oder Vernissagen in Sheung Wan. Gelegentlich werden Sie vielleicht sogar zu einer von Pascal Pangs Partys eingeladen werden, aber das wahre Hongkong wird Ihnen immer verschlossen bleiben. Sie werden nie Mitglied der besten Clubs sein oder die exklusivsten Partys in den schönsten Häusern besuchen – und ich rede nicht über Sonny Chins Anwesen in der Bowen Road. Ihre Kinder werden nie auf die besten Schulen gehen und nie mit den Kindern der bedeutendsten Familien spielen. Und Sie werden nie diejenigen kennenlernen, die

1 Ein weitverbreitetes kantonesisches Schimpfwort für kaukasische Ausländer, das wörtlich übersetzt so viel wie »fremder Teufel« bedeutet. Heutzutage benutzen viele Hongkonger den Ausdruck für Ausländer im Allgemeinen, ohne es abwertend zu meinen.

in der Wirtschaft die Fäden in der Hand halten, mit den hochrangigsten Politikern in Peking verkehren oder Einfluss auf das kulturelle Leben haben. Die wirklich wichtigen Menschen in Asien. Wie viel wäre Ihnen das wert?«

Kitty schwieg.

»Hier, schauen Sie sich einmal diese Bilder an«, sagte Corinna und legte ein iPad auf den Tisch. Sie wischte durch ein Album mit Fotos, und Kitty erkannte einige der wichtigsten Gestalten der Hongkonger High Society, die ungezwungen und in privatem Umfeld mit Corinna posierten. Corinna beim Frühstück an Bord des Privatjets eines gewissen Festland-Tycoons, der inzwischen in Singapur lebte, bei der Abschlussfeier von Leo Mings Sohn an der St. George's School in Vancouver, im Kreißsaal des Matilda Hospital mit dem frisch geborenen Baby eines berühmten Hongkonger Promis.

»Mit diesen Leuten könnten Sie mich bekannt machen?«

»Das sind meine Kunden.«

Kitty riss die perfekt wimperngetuschten Augen auf. »Ada Poon? *Die* ist eine Ihrer Kundinnen?«

Corinna lächelte. »Moment, ich zeige Ihnen, wie sie vorher ausgesehen hat. Das ist natürlich streng vertraulich.«

»Oh Gott! Was ist denn das für ein Outfit? Und die Zähne erst!«, rief Kitty und kicherte los.

»Ja, Dr. Chan hat bei ihrem Gebiss wirklich ganze Arbeit geleistet, finden Sie nicht? Wussten Sie, dass sie in der Chanel-Boutique in der Canton Road in Kowloon gearbeitet hat, bevor sie die dritte Mrs Francis Poon wurde? Dort hat sie Francis auch kennengelernt – er wollte etwas nettes Kleines für seine Frau kaufen und verließ den Laden mit einer netten Kleinen für sich selbst.«

»Interessant! Ich dachte, sie käme aus einer guten Hongkonger Familie.«

Corinna wählte ihre Worte mit Bedacht. »Ich kann Ihnen von Adas Vergangenheit erzählen, weil sie allseits bekannt ist. Aber wissen Sie, praktisch jeder kann es in Hongkongs High Society schaffen. Es ist alles eine Frage der Wahrnehmung. Und der sorgfältigen Neuerfindung Ihrer persönlichen Geschichte. Wir werden uns ganz auf Ihr Image konzentrieren. Jeder verdient eine zweite Chance. Es gibt *nichts*, was nicht vergeben und vergessen werden könnte.«

»Sie werden also mein Image aufpolieren? Und mir dabei helfen, das Bild zu verändern, das die Hongkonger von mir haben?«

»Mrs Tai, ich werde Ihr Leben verändern.«

10

ARCADIA

MONTECITO, KALIFORNIEN, 9. MÄRZ 2013

Rachel führte ihre Freundinnen den langen Korridor hinunter und öffnete eine Tür. »Hier ist es!«, sagte sie in gedämpftem Tonfall und ließ Goh Peik Lin und Sylvia Wong-Swartz hineinschauen.

Peik Lin quietschte, als sie den ersten Blick auf Rachels Hochzeitskleid erhaschte, das auf einer Vintage-Schneiderpuppe im Ankleidezimmer hing. »Ooooh! Toll! *Suuupertoll!*«

Sylvia ging um das Kleid herum und begutachtete es von allen Seiten. »Ganz anders als erwartet, aber wunderschön. Passt *total* zu dir. Ich kann immer noch nicht fassen, dass Nick extra zum Kleidershopping mit dir nach Paris geflogen ist und du dann am Ende ein Ausstellungsstück aus dem Sale bei Temperley in SoHo genommen hast!«

»In Paris war einfach nicht das Richtige dabei. Die Kleider aus dieser Saison waren alle so übertrieben, und ich hatte keine Lust, mir eins schneidern zu lassen – dann hätte ich ja zur Anprobe ständig nach Paris fliegen müssen«, erzählte Rachel etwas beschämt.

»Ach, du Ärmste, für die Anprobe noch mal nach Paris fliegen, wie schrecklich!«, stichelte Sylvia.

Peik Lin tätschelte Sylvias Arm. »*Aiya*, ich kenne Rachel, seit sie achtzehn ist. Dazu ist sie viel zu praktisch veranlagt und wird es auch immer bleiben. Wenigstens sieht das Kleid aus, als könnte es Haute Couture sein.«

»Wartet mal ab, bis ihr es an mir seht. Es fällt superschön«, sagte Rachel aufgeregt.

Sylvia kniff die Augen zusammen. »Hmmm. Das klingt so gar nicht nach Rachel Chu. Vielleicht schaffen wir es ja doch noch, eine Fashionista aus dir zu machen!«

Rachels Cousine Samantha, die mit ihrem Headset extrem wichtig aussah, platzte in den Raum. »Ach, hier bist du! Ich hab schon überall nach dir gesucht. Wir können mit der Probe anfangen, es warten schon alle!«

»Tut mir leid, ich wusste nicht, dass ihr wartet.«

»Hab die Braut gefunden! Kommen jetzt!«, bellte Samantha ins Headset, während sie die Frauen aus dem Haupthaus über den weitläufigen Rasen in Richtung des palladianischen Musikpavillons scheuchte, wo die Zeremonie stattfinden sollte. Sylvia bestaunte die Berge in der Ferne auf der einen Seite des Rasens und den Pazifik auf der anderen. »Erzähl noch mal, wie ihr diese tolle Location gefunden habt!«

»Das war ein glücklicher Zufall. Nicks Freund Mehmet hat uns von Arcadia erzählt – die Besitzer sind Freunde seiner Familie. Sie sind immer nur ein paar Wochen im Sommer hier und vermieten das Haus eigentlich nie weiter, aber für uns haben sie eine Ausnahme gemacht.«

»Ist Mehmet der Prachtkerl mit dem Dreitagebart und diesen unfassbaren grünbraunen Augen?«, fragte Samantha.

»Bingo. Wir nennen ihn den türkischen Casanova«, sagte Rachel.

»Stellt euch mal vor, wie reich man sein muss, um dieses riesige Anwesen nur für ein paar Wochen im Sommer zu unterhalten«, sagte Sylvia ungläubig.

»Apropos reich«, fügte Samantha hinzu, »zwei der Frauen, die gerade gekommen sind, könnten geradewegs der *Vogue China* entsprungen sein. Die eine sieht aus wie ein großes, langbeiniges Supermodel mit Schuhen, die definitiv mehr als mein Prius gekostet haben, und dann ist da noch eine atemberaubende Schönheit in einem unglaublich tollen Leinenhemdkleid mit vornehmem englischen Akzent – Auntie Belinda ist ihr sofort in den Arsch gekrochen.«

Rachel lachte. »Na, das waren dann wohl Araminta Lee und Astrid Leong.«

»Inzwischen nennt sie sich Araminta Khoo«, berichtigte Peik Lin.

»Oh, ich hab schon so viel von den beiden gehört, ich kanns kaum erwarten, sie kennenzulernen. Das ist ja, als würde die *Vanity Fair* lebendig werden!«, sagte Sylvia begeistert.

Sie betraten den toskanischen Steinportikus vor dem Pavillon, wo sich bereits die ganze Hochzeitsgesellschaft versammelt hatte. Die Dekorateure waren noch damit beschäftigt, dem raffinierten Rankgitter mit Glyzinien und Jasmin den letzten Schliff zu verleihen, das einen Gang bis hin zu dem Bogen bildete, unter dem sich das Paar das Ja-Wort geben wollte.

Belinda Chu stürzte mit entsetzter Miene auf Rachel zu. »Euer Florist hat versprochen, dass die Glyzinien morgen rechtzeitig zur Zeremonie aufblühen werden, aber das glaube ich nicht. Schau dir doch mal die mickrigen Knospen an. Das wird noch Tage dauern! Tststs, du hättest wirklich meinen Floristen nehmen sollen. Der arbeitet für die besten Häuser in Palo Alto.«

»Es wird schon alles klappen«, sagte Rachel ruhig, zwinkerte Nick zu und gesellte sich zu ihm an den Bogen, wo er mit Mehmet, Astrid und einem der Angestellten stand.

Astrid begrüßte Rachel mit einer festen Umarmung. »Es sieht alles so schön aus, dass ich am liebsten auch noch mal heiraten möchte!«

Nicks Handy klingelte. Da er die Nummer nicht kannte, ignorierte er den Anruf und schaltete das Handy auf Vibration. Der Angestellte neben Nick winkte Rachel jetzt schüchtern zu, und sie bemerkte erschrocken, dass es Colin Khoo war. Mit den schulterlangen Haaren hatte sie ihn überhaupt nicht erkannt.

»Wow, du könntest glatt als polynesischer Surfer durchgehen!«, rief Rachel.

»Haha, danke!«, antwortete Colin und gab der Braut einen Kuss auf die Wange. Araminta, die mit ihrer Vintage-Safarijacke von Yves Saint Laurent und den goldenen Overknee-Gladiatorsandaletten von Gianvito Rossi aus der Menge herausstach, begrüßte Rachel ebenfalls mit einem Küsschen auf beide Wangen.

Auntie Jin flüsterte Ray Chu ins Ohr: »Das ist die Erbin, auf deren Hochzeit die ganze Misere für Rachel überhaupt erst angefangen hat.«

»Und wer ist der Typ in der zerrissenen Jeans und den Flipflops?«

»Ihr Mann. Der soll wohl auch Milliardär sein«, flüsterte Kerry Chu.

»Das ist genau wie bei meinen Patienten. Bei denen kann ich auch nie sagen, ob der Typ auf meinem Zahnarztstuhl obdachlos oder der Besitzer von Google ist«, brummte Ray.

Nachdem die ganze Hochzeitsgesellschaft einander vorgestellt worden war und Jason Chu genug Selfies mit dem Supermodel und Nicks heißer Cousine Astrid geschossen hatte – er hätte schwören können, dass sie die eine Schauspielerin aus *House of Flying Daggers* war –, brachte Samantha alle in Position für die Prozession der Familie.

»Okay, Mehmet sorgt dafür, dass alle Gäste sich hinsetzen, und dann kann die Prozession beginnen. Jase – du führst erst Tante Kerry nach vorn, danach Mom. Wenn du Mom zu ihrem Platz gebracht hast, bist du fertig und kannst dich neben sie setzen. Als Nächstes brauche ich Alistair Cheng. Wo ist er?« Alistair meldete sich, und Samantha konsultierte wieder die Tabelle auf ihrem iPad. »Okay, du führst Astrid Leong nach vorn, die Nicks Familie repräsentiert. Das da drüben ist Astrid. Meinst du, du kannst dir ihr Gesicht bis morgen merken?«

»Ich denke schon. Sie ist meine Cousine.«

»Oje, mir war nicht klar, dass du auch zu den Cousins gehörst!«, kicherte Samantha.

Nicks Handy vibrierte in seiner Tasche, und er zog es genervt hervor. Wieder dieselbe Nummer, diesmal war es allerdings eine SMS. Nick tippte sie an und las:

> Tut mir leid, ich habe alles versucht, aber ich konnte Mum nicht aufhalten. Liebe Grüße, Dad.

Nick starrte auf das Display. Wovon redete sein Vater bloß?

Samantha bellte weitere Anweisungen in die Runde.

»Okay, Zeit für den Auftritt vom Ehemann und seinem Trauzeugen. Nick und Colin, ihr steht links vom Pavillon, während die Gäste sich hinsetzen. Wenn ihr das Cello-Solo hört, geht ihr den Pfad –«

»Entschuldigt mich einen Moment«, sagte Nick und rannte los. Er stellte sich in eine Ecke des Vorplatzes und versuchte verzweifelt, seinen Vater zu erreichen, doch es meldete sich nur eine automatische Ansage: »Die Mailbox des gewünschten Gesprächsteilnehmers wurde leider noch nicht eingerichtet. Bitte versuchen Sie es später noch einmal.«

Verdammt. Eine Welle der Panik drohte Nick zu überrollen, und er versuchte es auf der Festnetznummer seines Vaters in Sydney.

Colin kam auf ihn zu. »Alles okay?«

»Hm, keine Ahnung. Sag mal, hast du auf Reisen nicht immer Securitys dabei?«

Colin verdrehte die Augen. »Ja, supernervig, aber Aramintas Vater besteht drauf.«

»Und wo sind die jetzt?«

»Ein Team ist vor dem Tor postiert, und die Frau da drüben ist Aramintas persönliche Leibwächterin«, antwortete Colin und deutete auf eine Frau mit struppiger Dauerwelle, die sich zwischen Rachels Verwandte gemischt hatte. »Ich weiß, sie sieht aus wie eine Bankangestellte, aber sie war früher bei den chinesischen Spezialkräften und kann einen Gegner in unter zehn Sekunden ausweiden.«

Nick zeigte Colin die SMS seines Vaters. »Kannst du bitte deine Sicherheitsleute anrufen und Verstärkung für morgen anfordern? Die sollen alles dichtmachen und nur geladene Gäste aufs Grundstück lassen.«

Colin verzog das Gesicht. »Äh, ich glaube, dafür ist es zu spät.«

»Wie meinst du das?«

»Guck mal da. Auf zwölf Uhr.«

Nick schaute hin. »Nein, das ist nicht meine Mum. Das ist eine Cousine von Rachel aus New Jersey.«

»Ich meine da oben. Am Himmel …«

Nick blinzelte in den strahlend blauen Himmel. *»Ach du Scheiße!«*

»Viv, ist Ollie bereit?«, fragte Samantha, beugte sich zu Rachels kleinstem Cousin hinunter und reichte ihm das blaue Samtkissen mit den Eheringen. Das Kind nahm das Kissen, doch keine zwei Sekunden später wurde es ihm aus der Hand gerissen. Die Äste der riesigen Eichen bebten, und ein ohrenbetäubendes Dröhnen erfüllte die Luft. Wie aus dem Nichts tauchte ein großer schwarz-weißer Hubschrauber über dem Portikus auf und schwebte einen Augenblick über dem Rasen, um dort zu landen. Samantha und Rachel sahen entsetzt zu, wie der Sog der riesigen Rotorblätter an allem zerrte wie ein Tornado.

»Weg von dem Rankgitter! Es stürzt ein!«, schrie einer der Arbeiter, und alle gingen in Deckung. Mit dem Gitter brach auch der Bogen zusammen. Bambusstäbe peitschten durch die Luft und rissen die Glyzinienknospen mit sich. Auntie Belinda schrie auf, als sie ein Jasminbüschel ins Gesicht bekam.

»*Aiya*, alles ist hin!«, schrie Kerry Chu.

Als die Rotoren des AgustaWestland AW109 endlich zum Stillstand kamen, öffnete sich die Cockpittür, und ein bulliger Mann mit dunkler Sonnenbrille sprang aus dem

Hubschrauber und öffnete die Kabinentür. Eine chinesische Frau in einem schicken safrangelben Hosenanzug stieg aus.

»Meine Güte, Auntie Eleanor, wer sonst?«, stöhnte Astrid.

Rachel spürte gar nichts mehr, als sie zusah, wie Nick über den Rasen auf seine Mutter zusprintete. Colin und Araminta stürzten auf Rachel zu, gefolgt von einer chinesischen Frau mit schlecht sitzender Dauerwelle, die aus unerfindlichen Gründen eine Waffe in der Hand hielt.

»Komm, wir bringen dich ins Haus«, sagte Colin.

»Nein, nein, schon gut«, wehrte Rachel ab. Die schiere Absurdität der Situation hatte ihr plötzlich etwas bewusst gemacht. Sie hatte absolut nichts zu fürchten. Nicks Mutter war diejenige, die voller Furcht war. Sie hatte solche Angst vor der Hochzeit, dass sie allen Ernstes einen Hubschrauber gemietet und mittendrin gelandet war! Unwillkürlich ging Rachel über den Rasen hinter Nick her. Sie wollte an seiner Seite sein.

Nick stürmte wutentbrannt auf seine Mutter zu. »Sag mal, hast du sie noch alle? Was machst du hier?«

Eleanor sah ihren Sohn seelenruhig an und sagte: »Ich dachte mir schon, dass du wütend bist. Aber wie sollte ich dich sonst erreichen, du gehst ja nie ans Telefon!«

»Also meinst du, du kannst meine Hochzeit mit dieser … dieser Invasion verhindern? Du gehörst eingewiesen!«

»Nicky, ich verbitte mir diesen Ton! Ich bin nicht hier, um deine Hochzeit zu verhindern. Warum sollte ich das tun? Ich will sogar, dass du Rachel heiratest …«

»Ich rufe den Sicherheitsdienst. Verlass sofort das Gelände!«

In diesem Augenblick trat Rachel an seine Seite. Nick

warf ihr einen besorgten Blick zu, aber Rachel lächelte ihn aufmunternd an. »Hallo, Mrs Young«, sagte sie mit fester Stimme.

»Hallo, Rachel. Können wir uns irgendwo unter vier Augen unterhalten?«, fragte Eleanor.

»Auf keinen Fall. Rachel redet garantiert nicht mit dir! Du hast weiß Gott schon genug angerichtet«, mischte Nick sich ein.

»*Alamak*, ich bezahle ja auch für den Schaden. Ihr solltet froh sein, dass das klapprige Bambusteil heute zusammengestürzt ist – am Ende hätte euch noch jemand verklagt. Hört mal, ich bin wirklich nicht hier, um eure Hochzeit zu ruinieren. Ich bin hier, um euch um Verzeihung zu bitten. Ich will euch meinen Segen geben.«

»Dafür ist es zu spät. Bitte lass uns einfach in Frieden!« Die letzten Wörter schrie Nick fast.

»Glaub mir, ich merke, wenn ich nicht erwünscht bin, und ich werde euch in Frieden lassen. Aber ich glaube, Rachel sollte etwas wissen, bevor sie zum Altar schreitet. Oder willst du etwa nicht, dass sie vor ihrer Hochzeit ihren Vater kennenlernt?«

Nick starrte seine Mutter an, als wäre sie geistesgestört. »Wovon redest du?«

Eleanor ignorierte ihren Sohn und sah Rachel in die Augen. »Ich rede von deinem leiblichen Vater, Rachel. Ich habe ihn für dich gefunden! Das ist es, was ich euch seit einem Monat zu sagen versuche!«

»Ich glaub dir kein Wort«, sagte Nick trotzig.

»Es ist mir egal, ob du mir glaubst oder nicht. Ich habe die Frau von Rachels Vater letztes Jahr in London durch deinen Cousin Eddie kennengelernt – das kannst du ihn selbst fragen. Es war purer Zufall, aber ich habe eins und eins zusammengezählt, und inzwischen weiß ich, dass es wirklich ihr Vater ist. Rachel, dein Vater heißt Bao Gaoliang und ist einer der wichtigsten Politiker in Peking.«

»Bao Gaoliang …«, wiederholte Rachel langsam und völlig fassungslos.

»Und im Augenblick befindet er sich im Four Seasons Biltmore in Santa Barbara und hofft, deine Mutter Kerry wiederzusehen. Natürlich kann er es auch kaum erwarten, dich kennenzulernen. Komm mit, Rachel, ich bringe euch beide zu ihm.«

»Das ist doch wieder irgend so ein teuflischer Plan von dir. Du bringst Rachel nirgendwo hin!« Nick kochte vor Wut.

Rachel legte Nick die Hand auf den Arm. »Schon gut. Ich will den Mann kennenlernen. Wir werden ja sehen, ob er wirklich mein Vater ist.«

Während des kurzen Helikopterflugs zum Hotel sprach Rachel kein Wort. Sie umklammerte Nicks Hand und blickte ihre Mutter, die ihr gegenübersaß, nachdenklich an. Sie konnte Kerry ansehen, dass es für sie noch viel schwerer war, immerhin würde sie nach dreißig Jahren den Mann wiedersehen, den sie geliebt hatte, den Mann, der sie vor ihrem gewalttätigen Ehemann und seiner intriganten Familie gerettet hatte.

Als sie aus dem Hubschrauber stiegen, musste Rachel kurz stehen bleiben und sich sammeln, ehe sie das Hotel betreten konnte.

»Schaffst du das?«, fragte Nick.

»Ich glaube schon … aber es geht alles so schnell«, sagte

Rachel. So hatte sie es sich nie ausgemalt. Zwar hatte sie keine genaue Vorstellung davon gehabt, wie es sein würde, aber nach den beiden letzten enttäuschenden Reisen nach China hatte sie schon beinahe die Hoffnung aufgegeben, ihren Vater noch zu finden. Oder dass es Jahre später passieren würde, nach einer langen, entbehrungsreichen Reise ans andere Ende der Welt. Aber garantiert nicht am Tag vor ihrer Hochzeit in einem Nobelhotel in Santa Barbara.

Rachel und ihre Mutter wurden durch eine nach Silberakazien duftende Lobby, einen Korridor mit Terrakottafliesen entlang und dann wieder nach draußen geführt. Als sie durch die üppige Gartenanlage zu einer der privaten Bungalowsuiten gingen, kam sich Rachel vor wie in einem seltsamen, verschwommenen Traum. Alles schien wie im Zeitraffer zu geschehen, völlig unwirklich. Es war viel zu hell, viel zu tropisch für so einen denkwürdigen Moment. Ehe sie sich's versah, standen sie vor dem Bungalow, und Nicks Mutter klopfte kurz und kräftig an die antike Holztür.

Rachel holte tief Luft.

»Ich bin bei dir«, flüsterte Nick und umfasste mit sanftem Druck ihre Schulter.

Die Tür wurde von einem Mann mit Ohrstöpsel geöffnet, wahrscheinlich ein Bodyguard, vermutete Rachel. Im Innern saß ein weiterer Mann am Kamin. Er trug einen hellgelben Pullunder, und sein Hemd darunter stand am Kragen offen. Er hatte ein freundliches Gesicht mit relativ hellem Teint, pechschwarzes Haar mit Seitenscheitel und ergrauten Schläfen, und er trug eine rahmenlose Brille. Konnte das wirklich ihr Vater sein?

Kerry blieb zögerlich an der Tür stehen, aber als der

Mann aufstand, ins Licht trat und auf sie zukam, schlug sie die Hand vor den Mund und stieß einen überraschten Schrei aus. »Kao Wei!«

Der Mann sah ihr kurz forschend ins Gesicht, ehe er sie fest an sich zog. »Kerry Ching. Du bist noch hübscher, als ich es in Erinnerung hatte«, sagte er auf Mandarin.

Kerry schluchzte laut auf, und auch Rachel konnte beim Anblick ihrer weinenden Mutter im Arm des Mannes die Tränen nicht mehr zurückhalten. Als Kerry sich wieder gefangen hatte, drehte sie sich zu ihrer Tochter um und sagte: »Rachel, das ist dein Vater.«

Rachel konnte nicht glauben, dass sie diese Worte tatsächlich hörte. Sie stand in der Tür und kam sich auf einmal vor, als wäre sie fünf Jahre alt.

Vor dem Bungalow wandte sich Eleanor an ihren Sohn und sagte mit erstickter Stimme: »Komm, wir lassen sie allein.«

Nick, der ebenfalls feuchte Augen hatte, antwortete: »Das ist das Vernünftigste, was ich seit Langem von dir gehört habe, Mum.«

11

FOUR SEASONS BILTMORE
SANTA BARBARA, KALIFORNIEN

Eleanor saß mit ihrer obligatorischen Tasse heißen Wassers mit Zitrone in der Hotellounge und erzählte Nick noch einmal von vorn, wie sie Rachels leiblichen Vater gefunden hatte.

»Bao Shaoyen war so froh, dass sie uns in London kennengelernt hatte. Dein unverbesserlicher Cousin Eddie ist gleich wieder abgereist, nachdem er sich ein paar Anzüge hat maßschneidern lassen, dabei kannte Shaoyen in London keine Menschenseele. Also haben wir uns um sie gekümmert. Wir sind jeden Tag mit ihr ins Krankenhaus zu Carlton gefahren, der sich von den ganzen Operationen erholen musste, und haben sie in halbwegs anständige chinesische Restaurants ausgeführt. Einmal hat Francesca uns sogar zum Bicester-Village-Einkaufszentrum gefahren. Shaoyen schwebte im siebten Himmel, als sie das Loro-Piana-Outlet entdeckt hat. Meine Güte, du hättest sehen sollen, wie viel Kaschmir diese Frau gekauft hat! Sie musste drei große Koffer im Tumi-Outlet kaufen, um alles mitnehmen zu können. Sobald Carlton dann von der Intensiv auf die normale Station verlegt wurde, habe ich Shaoyen geraten, seine Rehabilitation in Singapur fortzusetzen. Ich habe sogar Dr. Chia am NUH angerufen, damit er seine Beziehungen spielen lässt und Carlton im besten Physiotherapieprogramm unterbringt. Carltons Vater kam dann natürlich auch aus Peking zu Besuch, und die nächsten Monate über lernte ich die ganze Familie ziemlich gut kennen. In der Zwischenzeit hat Auntie Lorenas Privatdetektiv in China alles über sie zutage gefördert, was er finden konnte.«

»Auntie Lorena und ihre zwielichtigen Schnüffler!«, spottete Nick und trank einen Schluck Kaffee.

»*Alamak*, du solltest Lorena dankbar sein, dass sie Mr Wong angeheuert hat! Ohne seine Nachforschungen und das Schmieren der richtigen Leute hätten wir die Wahrheit nie herausgefunden. Es stellte sich heraus, dass Bao Gaoliang seinen Namen unmittelbar nach dem Uniabschluss geändert hatte. Kao Wei war sowieso nur sein Spitzname, eigentlich hieß er Sun Gaoliang. Er war in Fujian aufgewachsen, aber seine Eltern brachten ihn dazu, den Nachnamen seines Patenonkels anzunehmen, der ein allseits respektierter Parteifunktionär in der Jiangsu-Provinz war, denn so konnte er dort hinziehen und einen besseren Karrierestart hinlegen.«

»Und wie hast du den Baos die Neuigkeit eröffnet?«

»Irgendwann musste Shaoyen nach China, um sich um irgendwas zu kümmern, und Gaoliang war allein in Singapur und besuchte Carlton. Also habe ich ihn eines Abends zum *gai faan*[1] im Wee Nam Kee eingeladen und ihn nach

1 Hainanesischer Reis mit Hühnchen, den man wohl als Nationalgericht Singapurs bezeichnen könnte. (Und ja, Foodblogger mögen die

seiner Jugend ausgefragt. Er hat mir von seiner Collegezeit in Fujian erzählt, und da habe ich ihn dann irgendwann gefragt: ›Kannten Sie vielleicht eine Frau namens Kerry Ching?‹ Da wurde Gaoliang leichenblass. Er sagte: ›Nein, ich kenne niemanden, der so heißt.‹ Ganz plötzlich war er mit dem Essen fertig und wollte gehen. Da habe ich ihn mit der Wahrheit konfrontiert. Ich sagte: ›Gaoliang, keine Sorge. Natürlich lasse ich Sie gehen, aber hören Sie sich bitte vorher an, was ich zu sagen habe. Ich glaube, das Schicksal hat uns zusammengeführt. Mein Sohn ist mit einer Frau namens Rachel Chu verlobt. Darf ich Ihnen ein Foto zeigen? Ich glaube, dann verstehen Sie, wovon ich spreche. Es ist erstaunlich.‹«

»Was hast du denn für ein Foto von Rachel?«, fragte Nick.

Eleanor errötete. »Ihr Führerscheinfoto. Das hat mir der erste Detektiv, den ich in Beverly Hills engagiert habe, beschafft. Jedenfalls warf Gaoliang einen Blick auf das Foto und erstarrte zur Salzsäule. ›Wer ist das?‹, hat er sofort gefragt. So offensichtlich ist es – das Mädchen auf dem Foto sieht haargenau aus wie Carlton, nur mit langen Haaren und Make-up. Also sagte ich: ›Das ist die Tochter einer Frau, die sich Kerry Chu nennt. Sie wohnt in Kalifornien, lebte aber

Nase über Eleanors Restaurantwahl rümpfen, aber das ist ihr egal. Sie hat es ausgesucht, weil der United Square bloß fünf Minuten vom Apartment der Baos entfernt ist und man nach 18 Uhr für zwei Dollar dort parken kann. Die Parkplatzsituation am Chatterbox, eigentlich ihre erste Wahl, ist der reinste Albtraum, sie hätte ihren Jaguar also am Mandarin Hotel abgeben müssen, und Eleanor würde lieber STERBEN, als fünfzehn Dollar für den Parkservice auszugeben.)

früher in Xiamen und war mit Zhou Fang Min verheiratet.‹ Da ist Gaoliang dann eingeknickt.«

»Wow. Schon mal überlegt, das beruflich zu machen?«, fragte Nick mit hochgezogener Augenbraue.

»Mach du dich nur lustig über mich. Rachel hätte ihren Vater nie kennengelernt, wenn ich mich nicht eingemischt hätte.«

»Nein, nein, ich meinte das nicht sarkastisch, das sollte ein Kompliment sein.«

»Ich weiß, dass du immer noch wütend auf mich bist, aber ich habe alles nur für dich getan.«

Nick schüttelte empört den Kopf. »Was erwartest du von mir? Du hättest beinahe die Liebe meines Lebens zerstört. Du hast meinem Urteil misstraut und von Anfang an schlecht über Rachel gedacht. Du hast sie für geldgierig gehalten, bevor du sie überhaupt kennengelernt hast.«

»*Aiya*, wie oft soll ich noch sagen, dass es mir leidtut? Geldgierig hin oder her, ich war gegen die Hochzeit mit Rachel, weil ich wusste, wie weh es dir getan hätte, sobald deine Großmutter ins Spiel gekommen wäre. Ich wusste, dass Ah Ma es niemals gutgeheißen hätte, und wollte dir ihren Zorn ersparen. Denn einst war ich die ungeliebte Schwiegertochter. Dabei war ich nicht mal die Tochter einer alleinerziehenden Mutter aus Festlandchina! Glaub mir, ich weiß, wie es sich anfühlt, unter ihrer Missbilligung zu leiden. Aber du kennst diese Seite an ihr nicht, weil ich dich immer davon ferngehalten habe. Sie hat dich vom ersten Tag an vergöttert, und ich wollte nicht, dass sich das ändert.«

Nick bemerkte die Tränen in den Augen seiner Mutter und nahm sich etwas zurück. Ein Kellner kam vorbei, und

Nick winkte ihn heran. »Entschuldigung, könnten wir bitte noch eine Tasse heißes Wasser mit ein paar Zitronenscheiben bekommen? Danke.«

»Sehr heiß, bitte«, fügte Eleanor hinzu, während sie sich die Augen mit dem zerknüllten Taschentuch abtupfte, das sie stets in ihrer Handtasche herumzutragen schien.

»Tja, du weißt sicher, dass Ah Ma mich enterben will. Das hat mir Jacqueline Ling vor ein paar Wochen erzählt.«

»Diese Jacqueline übernimmt auch immer die Schmutzarbeit für Ah Ma! Aber bei deiner Großmutter weiß man nie. Ist aber auch nicht wichtig, jetzt hast du ja Rachel. Ich bin sehr froh, dass sie deine Frau wird, und das meine ich wirklich ernst.«

»Das sind ja ganz neue Töne! Jetzt ist Rachel dir auf einmal recht, seit du weißt, dass ihr Vater ein hohes Tier in der Politik ist.«

»Er ist kein x-beliebiger Politiker. Er ist viel mehr als das.«

»Wie meinst du das?«

Eleanor vergewisserte sich mit einem kurzen Blick über die Schulter, dass auch ja niemand lauschte. »Bao Gaoliangs Vater ist der Gründer von Millennium Pharmaceuticals, einer der größten Pharmafirmen in ganz China. Die Aktien sind Blue Chips an der Schanghaier Börse.«

»Und? Was beeindruckt dich daran so sehr? Alle deine Freunde sind reich.«

Eleanor beugte sich zu ihm und senkte die Stimme. »*Aiya*, diese Leute sind nicht nur reich im Sinne von ein paar Hundert Millionen schwer. Diese Leute sind *chinareich*! Wir reden hier von Abermilliarden. Außerdem haben sie nur einen Sohn … und jetzt auch noch eine Tochter.«

»Ach, *deshalb* bist du auf einmal so scharf darauf, dass wir heiraten!«, stöhnte Nick, als ihm endlich dämmerte, worauf seine Mutter wirklich aus war.

»Ja, was dachtest du denn? Wenn Rachel es richtig anstellt, wird sie ein Vermögen erben, von dem du ebenfalls profitieren wirst!«

»Was bin ich froh, dass ich mich immer darauf verlassen kann, dass deine Motive rein finanzieller Natur sind.«

»Ich will nur das Beste für dich! Jetzt, wo dein Erbe von Ah Ma auf der Kippe steht, kannst du mir das wohl kaum verübeln.«

»Nein, wohl kaum«, sagte Nick leise. So frustrierend es war, er würde seine Mutter wohl nie ändern können. Wie so viele in ihrer Generation war sie einzig und allein darauf erpicht, Reichtümer anzuhäufen und zu bewahren. Es war wie ein Wettbewerb zwischen ihr und ihren Freundinnen, wer seinen Kindern die meisten Häuser, die größten Konzerne und die dicksten Aktienpakete vermachen würde.

Eleanor beugte sich vor. »Es gibt da ein paar Dinge, die du über die Baos wissen solltest.«

»Dein Klatsch und Tratsch interessiert mich nicht.«

»*Aiya*, das ist kein Klatsch und Tratsch! Das sind wichtige Tatsachen, die Mr Wong und ich über sie herausgefunden –«

»Stopp, ich will nichts hören!«, fiel Nick ihr ins Wort.

»*Aiya*, es ist doch nur zu deinem Besten!«

»Hör auf, Mum! Rachel kennt ihren Vater gerade einmal zwanzig Minuten, und du sitzt hier und willst seine Familiengeheimnisse ausplaudern? Dabei waren es genau diese Schnüffelei und Geheimniskrämerei, die fast meine Beziehung kaputt gemacht hätten. Das ist Rachel gegenüber nicht fair, so möchte ich meine Ehe nicht beginnen.«

Eleanor seufzte. Ihr Sohn war wirklich unmöglich. Dermaßen stur und selbstgerecht, dabei wollte sie ihm doch nur helfen. Nun, die Gelegenheit würde schon kommen. Sie drückte noch etwas Zitronensaft in ihr Wasser, damit sie ihm nicht in die Augen sehen musste, und fragte ihren Sohn: »Und, besteht die Chance, dass du deine arme einsame Mutter morgen doch noch zur Hochzeit ihres einzigen Kindes einlädst?«

Nick schwieg. »Ich bespreche das mit Rachel. Es ist nicht sehr wahrscheinlich, dass sie dir den roten Teppich ausrollt, nachdem du ihre komplette Hochzeitsdeko zerstört hast, aber ich frage sie.«

Eleanor stand hocherfreut auf. »Ich rede sofort mit dem Empfangschef. Das kriegen wir hin. Wenn es sein muss, lassen wir alle Glyzinien der Welt einfliegen. Ich sorge dafür, dass ihre Hochzeit perfekt wird!«

»Das weiß Rachel sicher zu schätzen.«

»Ich rufe Dad an. Er soll sich sofort in den Flieger setzen. Noch kann er es schaffen, morgen Nachmittag hier zu sein.«

»Ich habe gesagt, ich rede mit Rachel. Ich kann nichts versprechen«, erinnerte Nick seine Mutter.

»*Aiya*, natürlich lässt sie mich kommen! Sie ist nicht nachtragend, das sehe ich ihr an der Nasenspitze an. Das ist das einzig Gute an ihr – sie hat keine hohen Wangenknochen. Frauen mit hohen Wangenknochen sind sehr *gow tzay*[1]. Sag mal, tust du mir bitte noch einen Gefallen?«

1 Dieser überaus charmante Ausdruck lässt sich unmöglich in einem einzigen Wort zusammenfassen. Auf Hokkien beschreibt man damit

»Und zwar?«

»Bitte, bitte geh heute noch zum Friseur und lass dir die Haare schneiden! Die sind viel zu lang, und ich könnte es nicht ertragen, wenn du auf deiner Hochzeit aussiehst wie ein *tshau a-bing*[1].«

Menschen, die so zickig, borniert und hochnäsig sind, dass niemand etwas mit ihnen zu tun haben will.

1 Hokkien für »stinkender Gangster-Prolet«.

12

ARCADIA

MONTECITO, KALIFORNIEN

Die frühe Abendsonne schwebte über dem Kamm der Santa Ynez Mountains und tauchte alles in goldenes Licht. Das Bambusgitter war wieder intakt und bildete einen üppigen Baldachin aus hängenden Glyzinien und Jasmin, deren betörend süßer Duft über die Köpfe der Gäste wehte, die unter dem Portikus Platz nahmen. Mit dem neoklassizistischen Musikpavillon aus toskanischem Naturstein im Hintergrund und den haushohen zweihundert Jahre alten Eichen, die den Garten säumten, wirkte die Szenerie wie geradewegs einem Gemälde von Maxfield Parrish entsprungen.

Zum verabredeten Zeitpunkt trat Nick mit seinem Trauzeugen Colin aus dem Musikpavillon und nahm seinen Posten neben dem mit majestätischen weißen Dendrobium-Orchideen geschmückten Bogen ein. Er ließ den Blick über die rund hundert Gäste schweifen und erspähte seinen Vater – in extrem zerknittertem, grauem Anzug frisch aus Sydney eingetroffen – neben Astrid, während seine Mutter in der Reihe dahinter mit Araminta tratschte, die wenige Minuten zuvor für Aufregung gesorgt hatte, als sie in einem atemberaubenden smaragdgrünen Giambattista-Valli-Kleid mit dekonstruiertem Duttenkragen bis zum Bauchnabel den Portikus betrat.

»Steh still!«, versuchte Astrid Nick, der nervös an seinen Manschettenknöpfen nestelte, aus der ersten Reihe zu bedeuten. Sie musste an den schlaksigen Jungen in Fußballshorts denken, mit dem sie durch den Garten von Tyersall Park gerannt, auf Bäume geklettert und in Teiche gesprungen war. Sie hatten sich immer neue Spiele ausgedacht und in Fantasiewelten verloren, Nicky als Peter Pan und sie als Wendy, und jetzt stand er hier, erwachsen und so gut aussehend in seinem taubenblauen Smoking von Henry Poole, bereit, sich seine eigene Welt mit Rachel zu erschaffen. Zwar drohte ihnen heftiger Gegenwind, wenn seine Großmutter von der Hochzeit erfahren würde, aber zumindest heute Abend zählte einzig und allein, dass Nicky die Frau seiner Träume heiratete.

Die Glastüren des Musikpavillons öffneten sich, und im Innern spielte ein Pianist am Flügel eine vertraut wirkende Melodie, während Rachels Brautjungfern – Peik Lin, Samantha und Sylvia, in perlgrauen fließenden Seidenkleidern – die Prozession zum Altar anführten. Auntie Belinda in ihrem goldenen Lamékleid von St. John mit passendem Bolero erkannte plötzlich, dass der Pianist »Landslide« von Fleetwood Mac spielte, und schluchzte lautstark in ihr Chanel-Taschentuch. Onkel Ray, dem das Benehmen seiner Frau ein vollkommenes Rätsel war, tat so, als bemerke er nichts, und starrte stur geradeaus, während Auntie Jin sich umdrehte und sie anfunkelte. »Tut mir leid … aber Stevie kriegt mich jedes Mal«, flüsterte Belinda und versuchte sich zusammenzureißen.

Nachdem der Pianist geendet hatte, wartete eine weitere Überraschung auf die Gäste. Die Beleuchtung im Pavillon wurde gedimmt, die große Stoffbahn über dem Gebäude heruntergelassen und ein Ensemble des San Franciscoer Symphonieorchesters auf dem Dach enthüllt. Der Dirigent hob den Taktstock, und während die zarten ersten Töne von Aaron Coplands »Appalachian Spring« die Luft erfüllten, erschien Rachel am Arm ihres Onkels Walt an den Stufen des Portikus.

Geraune ging durch die Bankreihen, als die Gäste die Braut erblickten, die hinreißend aussah in ihrem figurbetonten Crêpe-de-Chine-Seidenkleid, von dessen miederartigem Oberteil sich raffinierte Plisseefalten über die Vorderseite des schmalen Midirocks ergossen. Mit ihrem langen, leicht gelockten Haar, das sie bis auf die Art-déco-Diamantclips in Form von Federn an den Seiten offen trug, sah sie aus wie der Inbegriff einer entspannten, modernen Braut mit einem Hauch von Hollywoodglamour der 1930er-Jahre.

Rachel hielt einen Brautstrauß aus langstieligen weißen Tulpen und Callas in der Hand und lächelte in die vertrauten Gesichter. Da fiel ihr Blick auf ihre Mutter, die in der ersten Reihe neben Bao Gaoliang saß. Sie hatte natürlich darauf bestanden, dass Onkel Walt, der einer Vaterfigur immer am nächsten gekommen war, sie trotzdem zum Altar führte, aber als sie ihre Mutter und ihren Vater jetzt so gemeinsam sah, stiegen völlig neue Gefühle in ihr auf.

Ihre Eltern waren da. *Ihre Eltern.* Ihr wurde bewusst, dass sie den Ausdruck heute zum ersten Mal in ihrem Leben richtig benutzen konnte, und Tränen stiegen ihr in die Augen. *Eine Stunde schminken für die Katz!* Gerade gestern

Morgen hatte sie endgültig die Hoffnung aufgegeben, je ihren leiblichen Vater zu finden, doch im Laufe des Tages hatte sie nicht nur erfahren, dass ihr Vater noch lebte, sondern dass sie sogar einen Halbbruder hatte. Das war mehr, als sie je zu hoffen gewagt hatte, und in gewisser Weise hatte sie das Nick zu verdanken.

Bao Gaoliang wurde von einem merkwürdigen Stolz ergriffen, als er seine Tochter anmutig zum Altar schweben sah. Eine Frau, die er erst gestern kennengelernt hatte, und doch fühlte er schon jetzt eine unleugbare Verbindung zu ihr, die er zu seinem Sohn nie hatte aufbauen können. Carlton und Shaoyen hatten eine enge Mutter-Sohn-Beziehung, in der er immer etwas außen vor war, und plötzlich fürchtete er das Gespräch, das er würde führen müssen, sobald er zurück in China war. Er hatte noch nichts von dem, was Eleanor ihm eröffnet hatte, mit Shaoyen besprochen, die ihn auf diplomatischer Mission in Australien wähnte. *Wie um alles in der Welt sollte er das seiner Frau und seinem Sohn erklären?*

»Ich kann nicht fassen, wie schön du bist!«, flüsterte Nick seiner Braut ins Ohr, als sie sich neben ihn stellte.

Rachel war zu überwältigt, um sprechen zu können, und nickte nur. Sie blickte in die lieben, schönen, sexy Augen des Mannes, den sie gleich heiraten würde, und fragte sich, ob das alles ein Traum war.

Als die Gäste nach der Zeremonie in den Musikpavillon umzogen, wo die Feier stattfinden sollte, wandte sich Eleanor an Astrid, um ihren Senf dazuzugeben: »Das Einzige, was bei der Trauung fehlte, war ein guter Methodistenpfarrer. Wo ist Tony Chi, wenn man ihn braucht? Dieser unitarische Wir-sind-alle-eins-mit-der-Natur-Pastor war überhaupt nicht mein Fall. Hast du seinen Ohrring gesehen? Ich wette, der hat nur eine *kopi*[1]-Lizenz!«

Astrid, die seit Eleanors *Apocalypse-Now*-Auftritt am Vortag noch nicht mit ihr gesprochen hatte, warf ihr einen strengen Blick zu. »Wenn du vorhast, mein Kind noch mal mit einem Liter Eis gefügig zu machen, übernimmst du ihn bitte auch den Rest des Tages. Hast du schon mal versucht, ein Kind auf Zucker von der Zimmerdecke zu pflücken?«

»Tut mir leid, *lah*. Aber ich musste doch herausfinden, wo die Hochzeit stattfindet. Und? Ist doch auch alles gut ausgegangen!«

»Sieht ganz so aus. Aber du hättest uns den ganzen Kummer auch ersparen können.«

Eleanor, die sich nicht länger entschuldigen wollte, wechselte das Thema. »Sag mal, hast du Rachel beim Aussuchen des Kleides geholfen?«

»Nein, aber sie sieht bezaubernd aus, oder?«

»Ich finde das Kleid ziemlich langweilig.«

»Ich finde es wundervoll schlicht. Es sieht aus wie ein Kleid, das Carole Lombard bei einer Dinnerparty an der Côte d'Azur getragen hätte.«

1 *Kopi* ist Singlisch für Kaffee. »Kopi-Lizenz« wird jede Lizenz oder Urkunde genannt, die nicht rechtmäßig, sondern durch ein kleines Schmiergeld erworben wurde – so viel, dass der bestochene Beamte sich davon einen Kaffee kaufen kann. Obwohl mit dem Ausdruck auch Ärzte, Anwälte oder andere qualifizierte Menschen beleidigt werden, wird er hauptsächlich in Bezug auf schlechte Autofahrer benutzt, die ja wohl den Fahrlehrer bestochen haben müssen, um die Führerscheinprüfung zu bestehen. (Kaum zu glauben, aber auch Asiaten können schlechte Fahrer sein.)

»Ich finde dein Kleid wesentlich hübscher«, sagte Eleanor und bewunderte Astrids kobaltblaues Neckholderkleid von Gaultier.

»*Aiya*, darin hast du mich doch schon tausendmal gesehen.«

»Stimmt, es kam mir gleich bekannt vor! Hattest du das nicht auch bei Aramintas Hochzeit an?«

»Ich trage es bei jeder Hochzeit.«

»Wieso denn das?«

»Weißt du nicht mehr, vor ein paar Jahren, als die Gäste bei Cecilia Chengs Hochzeit die ganze Zeit in ihrem Beisein von meinem Kleid geschwärmt haben? Ich hatte so ein schlechtes Gewissen, dass ich beschlossen habe, von da an bei allen Hochzeiten das gleiche Kleid zu tragen.«

»Du bist wirklich komisch. Kein Wunder, dass du dich so gut mit meinem Sohn verstehst, der kommt auch ständig auf solche Schnapsideen.«

»Das nehme ich dann mal als Kompliment, Auntie Elle.«

Der etwas tiefer liegende Garten hinter dem Musikpavillon war in einen Open-Air-Ballsaal verwandelt worden. Hunderte von Kerzen in antiken Kristallkugeln funkelten in den umstehenden Eukalyptusbäumen, während altmodische Jupiterlampen einen silbrigen Schein auf die Tanzfläche warfen.

Astrid stützte sich auf die Steinmauer mit Blick über den Garten und wünschte, ihr Mann wäre da, um mit ihr im Mondlicht zu tanzen. Das Handy in ihrer Minaudière vibrierte kurz, und sie lächelte, weil sie glaubte, Michael müsse ihre Gedanken gelesen und ihr geschrieben haben. Freudig zog sie ihr Handy aus der Tasche und las:

Hoffe, die Hochzeit ist schön. Weißt du was? Musste geschäftlich nach San José. Falls du noch ein paar Tage in Kalifornien bist, könnten wir uns doch treffen. Vielleicht in San Francisco? Ich schicke dir meinen Privatjet. In Sausalito gibt es einen Italiener, den du garantiert magst.

CHARLES WU

+852 6775 9999

Die Gäste versammelten sich auf der Terrasse, um den Frischvermählten beim ersten Tanz zuzuschauen, doch ehe die Musik anfing, klopfte Colin plötzlich laut an sein Champagnerglas, um die Aufmerksamkeit der Hochzeitsgesellschaft zu erregen.

»Hallo zusammen, ich bin Colin, Nicks Trauzeuge. Keine Sorge, ich will euch nicht mit einer langatmigen Rede quälen. Aber ich dachte, zu diesem besonderen Anlass könnte das glückliche Paar eine kleine Überraschung vertragen.«

Nick warf Colin einen Blick zu, der besagte: *Alter, was hast du vor?*

Mit einem breiten Grinsen fuhr Colin fort: »Vor ein paar Monaten haben meine Frau und ich zufällig eine Freundin von Rachel im Churchill Club getroffen.« Er sah zu Peik Lin hinüber, die verschwörerisch ihr Champagnerglas hob. »Sie erzählte uns, dass es während ihrer Collegezeit einen bestimmten Song gab, den Rachel hoch und runter hörte und Peik Lin damit in den Wahnsinn trieb. Und wisst ihr was? Lustigerweise gehört er auch zu Nicks Lieblingssongs. Wenn Nick und Rachel also jetzt glauben, sie würden zu einem romantischen Walzer des Symphonieorchesters von San Francisco tanzen, haben sie sich geschnitten. Ladys und

Gentlemen, heißen wir Mr und Mrs Young zum allerersten Mal gemeinsam auf der Tanzfläche willkommen, begleitet von einer der großartigsten Sängerinnen der Welt.«

Bei diesen Worten betrat eine Band die kleine Bühne in einer Ecke des Gartens, gefolgt von einer zierlichen Frau mit platinblonder Mähne. Jubelschreie ertönten aus dem Publikum, während einige der älteren Gäste sich ob der Beifallsstürme verwirrt umsahen.

Mit offenen Mündern starrten Nick und Rachel erst Colin und dann Peik Lin an.

»Ich fasse es nicht! Wusstest du das?«, stieß Rachel hervor.

»Nein! Diese Hunde!«, sagte Nick und führte Rachel auf die Tanzfläche. Die ersten Takte eines vertrauten Songs ertönten, und das Publikum schrie begeistert auf.

Philip und Eleanor Young standen auf den Stufen, die zum Garten hinunterführten, und sahen zu, wie ihr Sohn seine Braut mit lässiger Eleganz über die Tanzfläche wirbelte. Philip warf seiner Frau einen Seitenblick zu. »Dein Sohn ist endlich glücklich. Vielleicht kannst du dir wenigstens ein kleines Lächeln abringen.«

»Ich lächele doch, *lah*. Ich lächele. Meine Wangen schmerzen schon, so sehr habe ich diese anstrengend freundlichen Verwandten von Rachel angelächelt. Wieso unterhalten sich diese ABCs eigentlich mit einem, als wäre man ihre beste Freundin? Das ist so was von anmaßend! Ich hatte mich darauf eingestellt, dass alle mich hassen.«

»Wieso sollten sie? Du hast Rachel doch letztendlich einen großen Gefallen getan.«

Eleanor setzte zu einer Antwort an, überlegte es sich dann aber doch anders.

»Raus damit, Schatz. Ich weiß doch, dass dir schon den ganzen Abend etwas auf den Nägeln brennt«, ermunterte Philip seine Frau.

»Ich weiß nicht, ob Rachel es noch als so großen Gefallen empfinden wird, sobald sie ihre neue Familie kennengelernt hat.«

»Wie meinst du das?«

»Mr Wong hat mir gestern Abend seinen neuesten Bericht gemailt. Den muss ich dir zeigen. Womöglich war es ein Riesenfehler, sich mit den Baos einzulassen.« Eleanor seufzte.

»Tja, dafür ist es ein bisschen zu spät, Schatz. Jetzt sind wir mit ihnen verwandt.«

Eleanor warf ihrem Mann einen zutiefst entsetzten Blick zu. Wie hatte sie das übersehen können?

Nick und Rachel wiegten sich gemeinsam und schwindelig vor Glück im Takt der Musik. »Kannst du glauben, dass wir es wirklich durchgezogen haben?«

»Nicht ganz. Ich rechne ständig damit, dass ein Hubschrauber landet.«

»Keine Hubschrauber und keine Überraschungen mehr, versprochen«, sagte Nick und drehte sie im Kreis. »Von jetzt an sind wir nur noch ein langweiliges Ehepaar.«

»Oh ja, bitte! Als ich beschlossen habe, mit dir vor den Altar zu treten, Nicholas Young, war mir schon klar, dass ich mich auf ein Leben voller Überraschungen einstellen muss. Aber gib mir wenigstens einen Tipp, wohin unsere Hochzeitsreise im Sommer geht.«

»Tja, ich hatte lauter große Pläne Richtung Mitternachtssonne und Fjorde, aber dann hat mich dein Vater gefragt, ob wir ihn nicht in Schanghai besuchen wollen, sobald das Semester zu Ende ist. Er möchte, dass du deinen Bruder kennenlernst, und schwört, er könne uns die romantischsten Orte in ganz China zeigen. Was sagst du dazu?«

»Das ist die beste Idee aller Zeiten«, sagte Rachel mit leuchtenden Augen.

Nick zog sie in seine Arme. »Ich liebe dich, Mrs Young.«

»Und ich liebe dich. Aber wer sagt eigentlich, dass ich deinen Namen annehme?«

Nick schob die Unterlippe vor wie ein weinerliches Kind, dann grinste er. »Du musst meinen Namen nicht annehmen, Süße. Meinetwegen kannst du gern Rachel Rodham Chu bleiben.«

»Weißt du, was mir heute klar geworden ist? Rachel Chu ist der Name, den meine Mutter mir gegeben hat, aber wie sich herausstellte, war es nie mein richtiger Name. Und obwohl mein Vater Bao mit Nachnamen heißt, ist auch das eigentlich nicht sein Name. Der einzige Name, der wirklich nur mir gehört, ist Rachel Young, und das ist eine Entscheidung, die *ich* treffe.«

Nick gab Rachel einen langen, sanften Kuss, bis die Gäste um sie herum applaudierten. Dann lud er sie mit einem Winken zu ihnen auf die Tanzfläche ein, und als Cyndi Lauper zum Refrain ansetzte, stimmten die Frischvermählten mit ein:

If you're lost, you can look and you will find me,
time after time.

TEIL ZWEI

Wenn du wissen willst, was Gott von Geld hält,
dann schau dir die Leute an,
denen er es schenkt.

Dorothy Parker

1

KO-TUNG CONSULTING GROUP
GUTACHTEN BEZÜGLICH IHRER AUSSENWIRKUNG

Angefertigt für Mrs Bernard Tai
von Corinna Ko-Tung, April 2013

Beginnen wir direkt mit dem Offensichtlichen: Ihr früherer Name lautet Kitty Pong, und Sie sind weder auf Hong Kong Island, Kowloon noch einer der umliegenden Inseln geboren, die zur ehemaligen britischen Kronkolonie Hongkong gehörten. Noch einmal: Den Leuten, die Sie beeindrucken wollen, ist Ihr Geld egal. Vor allem heutzutage, wo scharenweise Festländer, die noch keine dreißig sind, mit ihren Milliarden ankommen, und die alte Garde neue Wege gefunden hat, sich von der Menge abzuheben. Mehr denn je wird Wert auf die Abstammung gelegt und darauf, wann Ihre Familie ihren Reichtum erlangt hat. Aus welcher Provinz Chinas stammt Ihre Familie? Welchen Dialekt spricht sie? Gehört sie zu den eng miteinander verwobenen Chaozhou-Clans oder der Klasse der Schanghaier Emigranten? Sind Sie in zweiter, dritter oder vierter Generation reich? Und wie ist Ihre Familie zu ihrem Vermögen gekommen? Durch Textilien oder Immobilien (vor Li Ka-Shing oder nach 1997)? Jedes Detail ist von Belang. Beispielsweise können Sie zehn Milliarden Dollar besitzen und dennoch wie der letzte Dreck von den Keungs behandelt werden, die sich bis auf hundert Millionen heruntergewirtschaftet haben, aber ihren Stammbaum bis zum Herzog von Yansheng[1] zurückverfolgen können. Im Laufe der nächsten Monate werde ich Ihr Image vollkommen umkrempeln. Wir nehmen uns die peinlichsten Details Ihrer Biografie vor und verwandeln sie in Vorzüge, und das auf ganz unterschiedliche Weise. Fangen wir an.

ERSCHEINUNGSBILD

Figur und Gesicht

Zunächst einmal war die Brustverkleinerung eine Ihrer klügsten Entscheidungen, Ihre Figur ist jetzt optimal. Vor der Operation hat Ihre Sanduhrfigur die Gerüchte um Ihre filmischen Abwege nur noch angefacht, jetzt hingegen verfügen Sie über den Körperbau, der unter den Frauen, mit denen Sie sich anfreunden wollen, als ideal angesehen wird – leicht abgemagert, mit einem Hauch von kontrollierter Essstörung. Bitte nicht weiter abnehmen.

Außerdem muss ich dem Schönheitschirurgen, der Ihr Gesicht operiert hat, zu seiner Leistung gratulieren (bitte erinnern Sie mich daran, Sie nach seinem Namen zu fragen – für meine anderen Klientinnen). Ihre runden Wangen haben jetzt mehr Kontur, und Ihre Nase hat eine exquisite Form. (Geben Sie es zu: Sie haben Cecilia Cheng Moncurs Nase kopiert, oder? Den Patrizierhöcker erkenne ich sofort.) Allerdings laufen Sie jetzt Gefahr, zu perfekt auszusehen, und das wiederum wird Neid bei Ihren gesellschaftlichen Konkurrentinnen hervorrufen. Sehen Sie daher in der nächsten Zeit von weiteren Eingriffen ab. Fürs Erste bitte keine Filler mehr, und auch die Botox-Injektionen in die Stirn sind nicht mehr nötig, da ich es vorziehen würde, wenn sich zwischen

1 Ein direkter Nachkomme von Konfuzius, der Legende nach auch »Heiliger Herzog von Yen« genannt.

Ihren Augenbrauen einige Falten bilden. Die können wir in Zukunft jederzeit eliminieren. Im Augenblick ist die Fähigkeit, die Stirn zu runzeln, jedoch wünschenswert, weil es Ihnen erlaubt, Empathie auszudrücken.

Frisur
Ihr langes pechschwarzes Haar ist einer Ihrer größten Vorzüge, aber die hohen Pferdeschwänze und dramatischen Hochsteckfrisuren, die Sie meist tragen, lassen Sie aggressiv wirken. Wenn Sie den Raum betreten, denken die anwesenden Damen sofort: »Diese Frau wird mir meinen Mann, mein Baby oder meine Yogamatte wegnehmen.« Ich würde Ihnen empfehlen, Ihr Haar im Alltag offen und leicht durchgestuft und bei festlichen Anlässen in einem lockeren, tiefen Chignonknoten zu tragen. Außerdem sollten Sie sich braune Strähnchen färben lassen, wodurch Ihre Gesichtszüge insgesamt weicher wirken werden. Gehen Sie zu Ricky Tseung von ModaBeauty in der Seymour Terrace in den Mid-Levels. Sicher sind Sie die überteuerten Salons in den Nobelhotels gewohnt, aber vertrauen Sie mir, Ricky ist jemand, den Sie sich warmhalten sollten. Bei ihm machen Sie nicht nur ein Schnäppchen, sondern er ist auch *der* Friseur der Wahl einiger Damen aus den besten Familien – Fiona Tung-Cheng, Mrs Francis Liu, Marion Hsu. Wenn Sie zum ersten Mal bei Ricky sind, erzählen Sie ihm **rein gar nichts** (er wird ohnehin bereits viel zu viel über Sie wissen). Im Laufe der Zeit werde ich gewisse Anekdoten erfinden, die Sie ins Gespräch mit ihm einfließen lassen können (z.B. dass Ihre Tochter »Wouldn't it be loverly« in perfektem Cockney-Akzent singen kann, oder von der verletzten siamesischen Katze, die Sie gerettet haben, dass Sie einer ehemaligen Lehrerin anonym die Chemotherapie bezahlt haben etc.). Diese kleinen Geschichten werden daraufhin den richtigen Damen zu Ohren kommen. *Kleiner Tipp: Sie müssen Ricky kein Trinkgeld geben, da er der Besitzer des Salons ist, aber Sie können ihm von Zeit zu Zeit etwas Cadbury-Schokolade mitbringen. Er liebt teure Schokolade!*

Make-up

Ihr Make-up bedarf leider einer Generalüberholung. Tofuweiße Haut und kirschrote Lippen sind nicht mehr angemessen – jetzt, da Sie eine respektable Frau und Mutter sind, ist es unabdingbar, dass Sie nicht mehr aussehen wie eine wandelnde Fantasie pubertierender Jungs. Wir müssen einen Look kreieren, der auf kultivierte Frauen aller Altersklassen anziehend und nicht bedrohlich wirkt. Ihr Teint soll aussehen, als hätten Sie höchstens fünfzig Sekunden darauf verwendet, weil Sie dringend die Tulpen im Garten umtopfen mussten. Ich werde Sie zu Germaine begleiten, meiner Schönheitsberaterin bei Elizabeth Arden im Sogo-Causeway-Bay-Kaufhaus. (Sie müssen nicht alle neuen Produkte von Arden kaufen – die sind völlig überteuert. Ihre neue Kosmetik können wir genauso gut in der Drogerie besorgen, bei Mannings, aber ein oder zwei Lippenstifte werden Sie bei Arden kaufen, um in den Genuss der kostenlosen Beratung und des Umstylings zu kommen. Vielleicht habe ich sogar noch einen Gutschein für ein Gratisprodukt beim nächsten Einkauf, bitte erinnern Sie mich daran.)

Weitere Vorschläge zur Körperpflege

Bitte keinen Nagellack in Rot oder Rottönen verwenden (ja, Pink ist ein Rotton). Dieser Punkt ist nicht verhandelbar – bitte bedenken Sie, dass uns die Herkulesaufgabe bevorsteht, alle Assoziationen von Krallen, Klauen oder grapschenden Händen auszuräumen. Wenn ich Sie dazu bringen könnte, rund um die Uhr weiße Handschuhe oder einen um die Hände geschlungenen Rosenkranz zu tragen – ich würde es tun. Von nun an werden Sie sich an unlackierte Nägel oder gedeckte Beigetöne gewöhnen. Für besondere Anlässe sei als Ausnahme Jin Soons »Nostalgia« gestattet, ein Rosa-Beige-Ton.

Um Verwechslungen mit jenen jungen Frauen mit Fahrer und Einzimmerwohnung in Braemar Hill zu verhindern, werden Sie fortan kein Parfüm und keine parfümierte Kosmetik mehr verwenden. Ich werde

Sie mit einem ätherischen Öl aus Ylang-Ylang, Salbei und anderen Geheimzutaten versorgen, das Sie duften lässt, als hätten Sie den ganzen Morgen Apfelkuchen gebacken.

GARDEROBE

Ich weiß, dass Sie bisher einen erstklassigen Stylisten aus Hollywood hatten, der Sie in die Welt der Mode eingeführt und Ihren avantgardistischen Look kreiert hat. Dieser Look hat seinen Zweck erfüllt – Sie sind aufgefallen. Aber eine meiner obersten Prioritäten ist, Sie aus den Fotostrecken aller Klatschmagazine zu verbannen. Wie ich bereits mehrfach betonte, legen jene, die Sie nun zu beeindrucken versuchen, großen Wert auf Unsichtbarkeit. Oder wann haben Sie zuletzt Partyfotos von Jeannette Sang oder Helen Hou-Tin gesehen? Ich verrate es Ihnen: HÖCHSTENS EIN- ODER ZWEIMAL IM JAHR. Über Ihre Kleidung wurde viel zu viel geredet und berichtet, Sie sind ja fast exponierter als die Venus von Milo. Es ist an der Zeit, in eine neue Rolle zu schlüpfen: *Mrs Bernard Tai – aufopfernde Mutter und angehende Wohltätigkeitsdame.*

(Bitte bezeichnen Sie sich nie wieder als Mäzenin, das ist mehr als prätentiös. Wenn Sie irgendjemand nach Ihrer Beschäftigung fragt, antworten Sie: »Ich bin Vollzeitmutter und engagiere mich nebenbei für wohltätige Zwecke.«)

Meine Assistentinnen und ich haben eine vollständige Bestandsaufnahme und Beurteilung Ihres Kleiderschranks vorgenommen und alle Kleidung und Accessoires, die wir für angemessen befunden haben, dort belassen, während unangemessene Kleidung und Accessoires im zweiten, dritten und vierten Gästezimmer verstaut wurden (einige Reste befinden sich überdies im Karaokezimmer). Ich hoffe, Sie sind nicht allzu schockiert von unserer rigorosen Vorgehensweise. Ich weiß, dass eines Ihrer durchschnittlichen Outfits bereits mehr kostet als ein

Semester in Princeton, aber im Gegensatz zu Princeton hat Ihre Kleidung einfach KEINE KLASSE. Wenn ich richtig gezählt habe, befinden sich noch zwölf Kleidungsstücke in Ihrem Schrank, mit denen Sie sich in der Öffentlichkeit zeigen können, außerdem drei Handtaschen (nein, vier – die »To Kill a Mockingbird«-Clutch von Olympia Le Tan dürfen Sie zu ausgewählten Anlässen tragen, aber nur, weil man mit dem Buch ausschließlich Gutes verbindet.) Alle genehmigten Designer und Marken für Ihre neue Garderobe entnehmen Sie bitte ANHANG A. Alle Designer, die **nicht** in der Liste auftauchen, sind ein Jahr lang tabu, mit einer Ausnahme: Sie sollten unter keinen Umständen jemals wieder etwas von Roberto Cavalli tragen. Bitte halten Sie mich nicht für herzlos, aber: Der wichtigste Gesichtspunkt beim Zusammenstellen dieser Liste war, dass Sie im Alltag elegant gekleidet sind – elegant, aber *leicht zu vergessen*. Wie Coco Chanel schon sagte: »Kleide dich nachlässig, und man wird sich an das Kleid erinnern. Kleide dich makellos, und man wird sich an die Frau erinnern.«

Für wichtige Anlässe (von denen Sie im Laufe des nächsten Jahres einige besuchen werden) wählen wir jeweils ein elegantes Kleid, das diskreten Luxus ausstrahlt. (Bitte googeln Sie »Königin Rania von Jordanien« für einige Beispiele.)

SCHMUCK

Der meiste Schmuck, den Sie besitzen, ist derartig groß und grell, dass man es schon nicht mehr vulgär nennen kann, sondern es bereits an obszön grenzt. Ist Ihnen nicht bewusst, dass große Edelsteine Sie wesentlich älter wirken lassen, als Sie sind? Wie heißt es so schön: »Je größer die Diamanten, desto älter die Ehefrau und desto mehr Geliebte hat ihr Mann.« Es ist schlichtweg unnötig, dass Sie aussehen wie eine Matrone von Mitte sechzig, die von ihrem Mann, der in jeder Provinz Chinas eine Geliebte hat, mit Schmuck besänftigt wird. Alle nicht unten aufgelisteten Stücke – vor allem der 55-karätige Diamantring von Ihrer Majestät der Sultana von Borneo – sollten Sie fürs Erste in Ihrem Tresor verwahren. Abendschmuck für offizielle Veranstaltungen wählen wir dem Anlass entsprechend aus, Ihr Alltagsschmuck wird sich jedoch auf folgende Stücke beschränken:

- Ehering (nicht der von Tiffany, sondern Ihr ursprünglicher Ehering aus der Little Chapel of the West in Las Vegas)
- 4,5-karätiger Diamant-Solitärring von Graff
- Mikimoto-Perlenohrstecker
- Schwarze Tahitiperlen-Ohrhänger von Lynn Nakamura
- einreihige champagnerfarbene Perlenkette von K. S. Sze
- birnenförmige 3-Karat-Diamantenohrringe (nur mit extrem sportlicher Kleidung zu tragen – eine erfrischend unerwartete Kombination, in der die Größe der Steine gerade noch in Ordnung ist)
- Rubin-Spannring von L'Orient
- Carnet-Orchideenbrosche
- Madeira-Citrin-Ring von Pomellato
- Diamant-Jade-Tennisarmband von Edward Chiu
- Vintage-Tank-Américaine-Armbanduhr von Cartier

Dieser Sammlung sollten Sie ein paar lustige, billige Schmuckstücke hinzufügen, zum Beispiel tibetische Gebetsperlen, ein Jawbone-Fitnessarmband, eine Spielzeugkette für Kinder oder ein Silikonarmband von irgendeiner Wohltätigkeitsorganisation. Dadurch verfestigt sich der Eindruck, dass Sie Mrs Bernard Tai sind und niemandem mehr etwas beweisen müssen.

Inneneinrichtung und Dekoration

Kaspar von Morgenlatte hat sich mit Ihrer Wohnungseinrichtung wirklich Mühe gegeben, der Look ist jedoch etwas altmodisch und gelinde gesagt leicht verstörend. (Wenn ich mich recht entsinne, hat Ihr Ehemann das Konzept Anfang der 2000er in Auftrag gegeben und dabei die Junggesellenbude eines bolivianischen Drogenbosses in Miami Beach im Sinn gehabt. In dieser Hinsicht ein voller Erfolg. Besonders herrlich sind die Perlmutt-Intarsien in Form eines Leichenumrisses im Ebenholzboden und die Trompe-l'Œil-»Einschusslöcher« im Kopfteil des Bettes. Allerdings halte ich es für wenig ratsam, dort einen Kindergeburtstag zu veranstalten, schon gar nicht, solange die Gemälde von Lisa Yuskavage noch hängen.)

Statt einer völligen Umgestaltung, die ohnehin viel zu lange dauern würde, sollten Sie sich lieber auf die Suche nach einer neuen Immobilie machen. Im Penthouse der Optus Towers zu wohnen sendet an diesem Punkt Ihres Lebens die falsche Botschaft – Sie sind weder der zweitgeborene Sohn eines Tycoons noch der Geschäftsführer einer drittrangigen Schweizer Bank. Auch wenn das Gebäude von diesem berühmten amerikanischen Architekten entworfen wurde (meiner Meinung nach überbewertet), ist es nicht gerade als Wohnhaus für die »guten Familien« bekannt. Ich würde es begrüßen, wenn Sie in ein Haus in einem der Viertel im Süden der Insel umziehen würden – Repulse Bay, Deep Water Bay, vielleicht sogar Stanley. So kommunizieren Sie, dass Sie eine seriöse Ehefrau und Mutter sind (ignorieren Sie einfach die vielen französischen Expats in Stanley, die eingewiesen gehören).

Kunstsammlung

Ich hatte damit gerechnet, den *Palast der achtzehn Vollkommenheiten* an einem Ehrenplatz in Ihrer Wohnung vorzufinden. Wo ist er? Ich rate Ihnen, ein paar bedeutende Kunstwerke in Ihre Sammlung aufzunehmen. Zeitgenössische chinesische Künstler sind momentan total überkauft, von den amerikanischen ganz zu schweigen. Aber deutsche Fotografie wäre vielleicht eine interessante Option für Sie – ich glaube, es würde Ihrer Sammlung etwas dringend benötigtes Gewicht verleihen und Sie in ernsthaften Sammlerkreisen bekannt machen, wenn Sie eines von Thomas Struths gewaltigen Bildern von Pharmawerken, Candida Höfers fesselnde Studien städtischer Bibliotheken in Niedersachsen oder eine reizvolle Kollektion rostiger Wassertürme von Bernd und Hilla Becher besäßen.

Haushalt

Es freut mich sehr, dass Ihre Hausangestellten gut behandelt werden und richtige Schlafräume haben. (Sie haben ja keine Ahnung, wie viele meiner Bekannten ihre Angestellten[1] zwingen, quasi in Wandschränken oder Abstellkammern zu nächtigen, während die Gästezimmer mit Kleidern, Schuhen oder Lladró-Figuren gefüllt sind.) Dürfte ich jedoch vorschlagen, dass sie statt des französischen Dienstmädchen-Outfits vielleicht eine modernere Uniform aus marineblauer Bluse und weißen Baumwollhosen von J.Crew tragen? Vergessen Sie nicht, dass sie sich an ihren freien Tagen mit anderen Hausangestellten unterhalten, und da kann es Ihnen nur zugutekommen, wenn Sie als wohltätige Hausherrin gelten.

1 Die neue Generation der asiatischen Oberschicht bezeichnet sie als »Angestellte«, während es bei ihren Eltern immer noch »Hausmädchen« und bei ihren Großeltern sogar »Bedienstete« sind.

FORTBEWEGUNG

Automobile

Sie sollten sich nicht mehr in dem Rolls-Royce herumchauffieren lassen. Ich war schon immer der Meinung, dass man sich in einem Rolls komplett lächerlich macht, wenn man nicht entweder über sechzig oder im Besitz einer silbernen Haartracht wie der Ihrer Majestät Queen Elizabeth II. ist. Legen Sie sich stattdessen bitte eine Mercedes-S-Klasse, einen Audi A8 oder einen BMW der 7er-Reihe zu wie alle anderen auch. (Oder, wenn Sie etwas wagen wollen, einen VW Phaeton.) Über die Möglichkeit eines Jaguar können wir nach einem Jahr sprechen, je nachdem, wie Ihre gesellschaftliche Stellung dann ist.

Flugzeuge

Ihre Gulfstream V ist vollkommen in Ordnung. (Bitte führen Sie noch kein Upgrade auf die GVI durch, zumindest nicht, bevor Yolanda Kwok ihre erhalten hat. Sie wäre fuchsteufelswild, wenn Sie ihr zuvorkämen, und würde Sie bei der Chinese Athletic Association auf die schwarze Liste setzen.)

SPEISEN

Ihre Stammrestaurants sind furchtbar. Dort tummeln sich nichts als Ausländer, Seifenopernsternchen, gesellschaftliche Emporkömmlinge und – am allerschlimmsten – Foodies. Im Rahmen meiner Kampagne, Sie in gehobene Kreise einzuführen, können Sie es nicht mehr riskieren, in trendigen »Feinschmecker-Locations« gesehen zu werden. In diese Kategorie fällt jedes Restaurant, das jünger als zwei Jahre ist oder in den letzten anderthalb Jahren im *Hong Kong Tattle* oder dem *Pinnacle Magazine* vorgestellt wurde. Bitte beachten Sie ANHANG B bezüglich einer Liste akzeptabler Dinnerclubs und Restaurants mit Separees. Wenn Sie in einem halben Jahr eine gewisse Schwelle sozialer Akzeptanz erreicht haben, werde ich dafür sorgen, dass Sie von Paparazzi dabei fotografiert werden, wie Sie eine Schale Wan-Tan-Nudelsuppe in einem *daai paai dong*[1] essen. Das wird Ihr Image ordentlich aufpolieren, ich sehe die Schlagzeile schon vor mir: »Society-Göttin zeigt keine Scheu, mit den Massen zu speisen.«

SOZIALLEBEN

Am Anfang Ihrer gesellschaftlichen Auferstehung steht der gesellschaftliche Tod. Die nächsten drei Monate lang werden Sie komplett von der Bildfläche verschwinden. (Verreisen Sie, verbringen Sie Zeit mit Ihrem Kind – warum nicht beides?) Dementsprechend unterlassen Sie es auch, an öffentlichen Events in Geschäften oder Designerboutiquen teilzunehmen – bis die richtigen Leute Sie einladen. (Eine Einladung von der PR-Abteilung ist nicht akzeptabel, eine handschriftliche Nachricht von Mr Dries Van Noten, der Sie um die Ehre Ihrer Anwesenheit ersucht, schon.) Darüber hinaus werden Sie alle x-beliebigen Empfänge, Galadinner, jährlichen Bälle, Charity-Veranstaltungen, Wohltätigkeitsauktionen, Cocktailpartys zugunsten von was auch immer, Polospiele, Verkostungen oder andere Events meiden, denen Sie sonst mit Sicherheit zugesagt hätten. Nach Ihrer dreimonatigen Läuterung werden wir Sie im Rahmen einiger sorgfältig geplanter Auftritte wieder in die Gesellschaft einführen. Je nachdem, wie Sie sich schlagen, werde ich dann eventuelle Einladungen zu ausgewählten Veranstaltungen in London, Paris, Jakarta und Singapur arrangieren. Wenn Sie nach und nach international von sich reden machen, wird

1 Imbisstand an der Straße. Der *daai paai dong*, wo Corinna all ihre Paparazzi-Aktionen inszeniert, ist besonders fotogen und befindet sich am St. Francis Yard gegenüber dem Männermode-Concept-Store Club Monaco.

der Eindruck verstärkt, man sollte Sie »auf dem Zettel haben«. (Auch Ada Poon wurde erst zu Lady Ladoories alljährlichen Gartenpartys eingeladen, nachdem sie bei Colin Khoo und Araminta Lees Hochzeit in Singapur gesehen wurde.)

REISEN

Ich weiß, dass Sie gern in Dubai, Paris und London Urlaub machen, aber das tun derzeit alle Jetsetter aus Hongkong. Um sich von der Masse abzuheben, sollten Sie damit anfangen, neue Orte zu bereisen. Damit demonstrieren Sie Originalität und vielfältige Interessen. Für dieses Jahr schlage ich eine Rundreise zu berühmten religiösen Pilgerstätten wie dem Schrein Unserer Lieben Frau von Fátima in Portugal, dem Wallfahrtsort Lourdes in Frankreich und Santiago de Compostela in Spanien vor. Posten Sie auf jeden Fall Bilder dieser Orte bei Facebook. So werden die Leute Sie auch dann noch mit der Heiligen Jungfrau Maria in Verbindung bringen, wenn Sie dabei fotografiert werden, wie Sie in eine galizische Schinkenkrokette beißen. Wenn der Trip gut verläuft, können wir für nächstes Jahr einen Besuch in Oprahs Schulen in Südafrika organisieren.

WOHLTÄTIGKEITSAKTIVITÄTEN

Um tatsächlich in höhere gesellschaftliche Sphären aufzusteigen, müssen Sie sich unbedingt einer wohltätigen Sache verschreiben. Meine Mutter ist schon lange bei der Hongkonger Gartenbaugesellschaft aktiv, Connie Ming hat alle Kunstmuseen in der Tasche, Ada Poon macht in Krebs, und Jordana Chiu hat Unity Ho beim letztjährigen Serenity Colon Ball überaus geschickt das Reizdarmsyndrom weggeschnappt. Wir können uns ja über Ihre persönlichen Interessen unterhalten und schauen, ob sich irgendetwas davon mit unseren

Zielen vereinbaren lässt. Ansonsten werde ich ein Thema aus den verfügbaren Optionen auswählen, damit wir eine einheitliche Botschaft aussenden können, wofür Sie stehen.

SPIRITUALITÄT

Wenn Sie meiner Meinung nach so weit sind, werde ich Sie in Hongkongs exklusivste Kirche einführen, die Sie ab dann regelmäßig besuchen werden. Bevor Sie widersprechen, beachten Sie bitte, dass es sich hierbei um einen der Eckpfeiler meiner Methode der gesellschaftlichen Rehabilitation handelt. Ihre eigentlichen spirituellen Neigungen interessieren mich nicht – von mir aus können Sie Taoistin, Daoistin oder Buddhistin sein oder Meryl Streep anbeten –, aber Sie müssen unbedingt ein regelmäßig betendes, den Zehnten bezahlendes, die Kommunion empfangendes, mit den Armen in der Luft wedelndes, am Bibelkreis teilnehmendes Mitglied dieser Kirche werden. (Das hat zudem den Vorteil, dass Sie damit auf dem begehrtesten christlichen Friedhof von Hong Kong Island bestattet werden können und nicht der ewigen Schande anheimfallen müssen, auf einem der weniger attraktiven Friedhöfe in Kowloon begraben zu werden.)

KULTUR UND KONVERSATION

Ihr größtes Handicap auf dem Weg zum gesellschaftlichen Erfolg wird immer darin bestehen, dass Sie nicht mit den richtigen Leuten im richtigen Kindergarten waren. Damit sind Sie von siebzig Prozent der Unterhaltungen bei Dinnerpartys in den besten Häusern ausgeschlossen. Sie kennen den Klatsch und Tratsch nicht, der in die Kindheit dieser Leute zurückreicht. Und darin besteht das Geheimnis: Sie sind alle immer noch total davon besessen, was passiert ist, als sie fünf waren. Wer war dick oder dünn? Wer hat sich bei der Chorprobe in die Hose gemacht? Wessen Vater hat den Ocean Park einen Tag schließen lassen, damit er oder sie dort eine Riesengeburtstagsparty feiern konnte? Wer hat wem rote Bohnensuppe übers gute Kleid geschüttet, als sie sechs waren, was immer noch nicht vergeben wurde? Zwanzig Prozent der restlichen Gespräche bei Partys drehen sich darum, über Festländer zu lästern, auch da können Sie also naturgemäß nicht mitreden. Weitere fünf Prozent sind für Beschwerden über den Regierungschef reserviert. Und wenn Sie sich im verbleibenden Fünfprozent-Fenster hervortun wollen, brauchen Sie einen spektakulären Anlagetipp, oder Sie müssen lernen, eine mitreißende Gesprächspartnerin zu werden. Schönheit vergeht, aber geistreicher Witz sichert Ihnen einen Platz auf der Gästeliste der exklusivsten Partys. Deshalb werden Sie sich mit der Leseliste auseinandersetzen, die ich extra für Sie zusammengestellt habe. Außerdem werden Sie eine kulturelle Veranstaltung pro Woche besuchen. Dazu zählen unter anderem, aber nicht ausschließlich, Theater, Oper, klassische Konzerte, Ballett, moderner Tanz, Performance Art, Literaturfestivals, Lyriklesungen, Museumsausstellungen, fremdsprachige oder Independent-Filme und Vernissagen. (Hollywoodfilme, der Cirque du Soleil und Cantopopkonzerte zählen nicht als Kultur.)

LEKTÜRELISTE

Ich habe bei Ihnen zu Hause viele Zeitschriften gesehen, aber bis auf eine chinesische Übersetzung von Sheryl Sandbergs *Lean In* im Zimmer eines Hausmädchens ist mir kein einziges Buch aufgefallen. Sie werden daher alle vierzehn Tage ein Buch lesen, mit Ausnahme von Trollope, für den haben Sie pro Buch drei Wochen Zeit. Während der Lektüre werden Sie hoffentlich verstehen und zu schätzen wissen, warum ich Ihnen auftrage, die Bücher zu lesen. Bitte in folgender Reihenfolge:

- *Snobs* von Julian Fellowes
- *Die Klavierlehrerin* von Janice Y. K. Lee
- *In unseren Kreisen* von Dominick Dunne
- *Die Macht des Stils* von Annette Tapert und Diana Edkins (vergriffen, ich leihe Ihnen mein Exemplar)
- *Stolz und Habgier* von Nicholas Coleridge
- *Die Soong-Dynastie* von Sterling Seagrave
- ~~*Freiheit* von Jonathan Franzen~~
- *Allure* von Diana Vreeland
- *Erinnerungen einer Prinzessin: die Memoiren der Maharani von Jaipur* von Gayatri Devi
- Jane Austen – *Gesammelte Werke*, angefangen bei *Stolz und Vorurteil*
- Edith Wharton – *Die kühle Woge des Glücks, Zeit der Unschuld, Die Freibeuterinnen, Haus der Freude* (in genau dieser Reihenfolge – Sie werden es verstehen, wenn Sie mit dem letzten fertig sind)
- *Jahrmarkt der Eitelkeit* von William Makepeace Thackeray
- *Anna Karenina* von Lew Tolstoi
- *Wiedersehen mit Brideshead* von Evelyn Waugh
- Anthony Trollope – alle Bücher der Palliser-Reihe, angefangen mit *Kannst du ihr vergeben?*

Wenn Sie mit diesen Büchern fertig sind, werde ich eine kurze Einschätzung abgeben, ob Sie es schon mit etwas Proust versuchen können.

SCHLUSSBEMERKUNG

Ich weiß nicht, wie ich es anders ausdrücken soll, aber: Wir müssen über Bernard reden. Keines unser Vorhaben wird sich als wirkungsvoll erweisen, wenn die Leute den Eindruck haben, dass Ihr Mann in irgendeiner Form handlungsunfähig, im Koma oder als Ihr Sexsklave im Keller eingesperrt ist. (Letzteres wird im Augenblick gemunkelt.) Wir müssen uns äußerst zeitnah um einen öffentlichkeitswirksamen Auftritt mit Ihrem Mann und Ihrer Tochter kümmern. Einzelheiten dazu können wir morgen bei Tee und Scones im Mandarin besprechen.

2

RACHEL UND NICK

SCHANGHAI, JUNI 2013

»Und das«, sagte der Hotelmanager mit einer ausladenden Geste, »ist Ihr Wohnzimmer.« Rachel und Nick betraten ein Zimmer mit doppelter Deckenhöhe und eindrucksvollem Art-déco-Kamin. Einer der Angestellten im Gefolge des Hotelmanagers drückte einen Knopf, worauf sich die durchscheinenden Vorhänge vor dem hohen Panoramafenster lautlos teilten und einen atemberaubenden Blick auf die Skyline von Schanghai freigaben.

»Jetzt weiß ich auch, warum das hier die Königssuite ist«, sagte Nick. Ein weiterer Angestellter entkorkte eine Flasche Deutz-Champagner und schenkte die perlende Flüssigkeit in zwei hohe Flöten. Rachel kam die weitläufige Hotelsuite wie eine edle Schachtel Pralinen vor – vom Badezimmer aus schwarzem Marmor mit der ovalen Entspannungsbadewanne bis hin zu den unfassbar fluffigen Kissen auf dem Bett wartete alles darauf, ausprobiert zu werden.

»Natürlich steht Ihnen auch unsere Jacht zur Verfügung. Zum Beispiel für eine Ausfahrt am späten Nachmittag, wenn allmählich die Lichter der Stadt angehen.«

»Das behalten wir auf jeden Fall im Hinterkopf«, sagte Nick mit sehnsüchtigem Blick auf das kuschlige Sofa. *Können diese netten Herrschaften bitte endlich gehen, damit ich die Schuhe ausziehen und ein Nickerchen machen kann?*

»Bitte lassen Sie uns wissen, wenn Sie etwas brauchen. Wir möchten Ihren Aufenthalt so angenehm wie möglich gestalten«, sagte der Manager, legte die Hand auf seine Brust und verbeugte sich fast unmerklich, ehe er diskret den Raum verließ.

Nick ließ sich der Länge nach aufs Sofa fallen und war dankbar, sich nach dem fünfzehnstündigen Flug aus New York endlich ausstrecken zu können. »Na, das ist ja mal eine nette Überraschung.«

»Total!«, rief Rachel, die gerade ins Wohnzimmer zurückkam, begeistert. »Unfassbar, diese Suite. Ich glaube, allein das Badezimmer ist größer als unsere gesamte Wohnung! Ich dachte schon, unser Hotel in Paris wäre edel gewesen, aber das hier ist noch mal eine völlig andere Hausnummer.«

Sie hätten die ersten zwei Wochen ihres Aufenthalts in China bei ihrem Vater wohnen sollen, doch nach der Landung am Pudong International Airport waren sie von einem Mann in grauem Dreiteiler begrüßt worden, der ihnen eine Nachricht von Bao Gaoliang überbracht hatte. Rachel zog den Zettel aus der Tasche und las ihn noch einmal. Mit fetten, schwarzen Schriftzeichen stand dort auf Mandarin geschrieben:

Liebe Rachel, lieber Nick,

ich hoffe, ihr hattet einen angenehmen Flug. Bitte entschuldigt, dass ich euch nicht persönlich vom Flughafen abholen kann, aber ich musste kurzfristig nach Hongkong und werde erst heute Abend zurück sein. Da dies eure Hochzeitsreise ist, fand ich es angemessener, wenn ihr die ersten paar Tage auf meine Kosten im Peninsula Hotel wohnt. Dort ist es bestimmt wesentlich romantischer als bei mir zu Hause. Mr Tin wird dafür sorgen, dass ihr nicht in der Passkontrolle aufgehalten werdet, und danach erwartet euch bereits ein Wagen des Peninsula. Ich wünsche euch einen schönen Nachmittag und freue mich darauf, euch später bei einem feierlichen Abendessen deiner Familie vorzustellen. Die Details werde ich euch noch zukommen lassen, aber stellt euch schon einmal auf 19 Uhr ein.

Herzliche Grüße
Bao Gaoliang

Rachel las den Brief gleich noch einmal, und Nick fiel auf, dass ihre Augen erst zu leuchten begannen und schließlich feucht wurden, als sie zum hundertsten Mal an den Worten »deiner Familie« hängen blieb. Er nahm noch einen Schluck Champagner und sagte dann: »Echt cool von deinem Vater, das alles für uns zu organisieren. Sehr aufmerksam.«

»Finde ich auch! Aber auch ein bisschen übertrieben – sowohl diese pompöse Suite als auch der Rolls, mit dem wir vom Flughafen abgeholt wurden. Es war mir fast peinlich, darin zu fahren, dir nicht?«

»Der neue Phantom ist doch relativ diskret. Colins Großmutter hatte einen alten Silver Cloud aus den 1950ern, der aussah, als hätte sie ihn aus dem Fuhrpark des Buckingham Palace. *Darin* mitzufahren war mir wirklich peinlich.«

»Das ist alles noch so ungewohnt für mich, aber vermutlich leben die Baos einfach so.«

Als könnte er ihre Gedanken lesen, fragte Nick: »Und was denkst du über heute Abend?«

»Ich freue mich total darauf, alle kennenzulernen.«

Nick dachte an die Bemerkungen über die Baos, die seine Mutter in Santa Barbara fallen gelassen hatte. Ein paar Tage nach der Hochzeit hatte er Rachel von dem Gespräch erzählt, aber Rachel hatte damals nur gesagt: »Ich freue mich für meinen Vater und seine Familie, dass sie ein sorgloses Leben führen können, aber für mich macht es keinen Unterschied, ob sie arm oder reich sind.«

»Ich wollte dir nur alles erzählen, was ich weiß. Das gehört zu meiner selbst auferlegten ›vollständigen Auskunftspflicht‹«, hatte Nick augenzwinkernd gesagt.

»Haha, danke! Aber deinetwegen bewege ich mich schon wesentlich entspannter durch die Welt der Reichen und Schönen. Immerhin habe ich die Feuertaufe beim Treffen mit *deiner* Familie überstanden. Ich glaube, mich kann nichts mehr schocken.«

»Stimmt, du hast dich nicht einmal von meiner Mutter kleinkriegen lassen – dagegen ist alles andere der reinste Spaziergang«, hatte Nick lachend geantwortet. »Ich wollte nur, dass du diesmal genau weißt, worauf du dich einlässt.«

Rachel hatte ihn nachdenklich angesehen. »Ich will versuchen, ganz unvoreingenommen und ohne große Hoffnungen an die Sache heranzugehen. Es wird bestimmt eine Weile dauern, meine neue Familie richtig kennenzulernen. Für meinen Bruder und meine Stiefmutter muss es ja auch ein ziemlicher Schock sein. Vermutlich bereitet ihnen die ganze Geschichte ganz schön Bauchschmerzen, und ich erwarte nicht, über Nacht eine Beziehung mit ihnen aufbauen zu können. Fürs Erste reicht es mir zu wissen, dass es sie gibt, und sie kennenzulernen.«

Jetzt, da sie sich tatsächlich auf chinesischem Grund und Boden befanden, spürte Nick, dass Rachel nicht mehr ganz so entspannt war wie noch in Santa Barbara. Als sie sich, müde vom Jetlag, gemeinsam aufs Sofa kuschelten, konnte er ihre Nervosität fast körperlich spüren. Obwohl sie versuchte, cool zu wirken, wusste Nick, wie sehr sie sich wünschte, von ihrer neuen Familie angenommen zu werden. Seine eigene Familie hatte er schon immer weit zurückverfolgen können: Die Korridore von Tyersall Park waren mit Ahnenporträts in antiken Palisanderholzrahmen geschmückt, und in der Bibliothek hatte Nick viele verregnete Nachmittage damit verbracht, durch die vielen Bände handgebundener Bücher voller verzweigter Stammbäume zu blättern. Die Youngs hatten auf den steifen, braunen Seiten dieser uralten Schwarten ihre Vorfahren bis ins Jahr 432 unserer Zeitrechnung dokumentiert. Er fragte sich, wie es für Rachel gewesen sein musste, aufzuwachsen, ohne auch nur das Geringste über ihren Vater und die andere Hälfte ihrer Familie zu wissen. Ein leises Summen unterbrach ihn in seinen Überlegungen.

»Ich glaube, da ist jemand an der Tür«, sagte Rachel gähnend, und Nick stand widerwillig auf, um zu öffnen.

»Lieferung für Ms Chu«, verkündete der Hotelpage in grüner Uniform fröhlich. Er betrat die Suite mit einem Gepäckwagen mit stapelweise makellos verpackten Schachteln. Ein weiterer Page folgte ihm auf dem Fuße mit einem zweiten völlig überladenen Gepäckwagen.

»Was ist denn das alles?«, fragte Nick. Der Page reichte ihm lächelnd einen Umschlag. Auf einer edlen, cremefarbenen Grußkarte stand in Krakelschrift: »Willkommen in Schanghai! Ich dachte, ein paar Grundnahrungsmittel können nicht schaden. Gruß, C.«

»Die sind von Carlton!«, rief Rachel überrascht. Sie öffnete die erste Schachtel und fand darin auf Stroh gebettete Marmeladengläser in vier Geschmacksrichtungen: Bitterorange, rote Johannisbeere, Nektarine sowie Lemon Curd mit Ingwer. Auf die minimalistischen Gläser waren in eleganter weißer Schrift die Worte DAYLESFORD ORGANIC gestempelt.

»Oh! Daylesford ist ein Biohof in Gloucestershire, der Freunden von mir gehört, den Bamfords. Die machen die leckersten Sachen. Sind alle Schachteln von dort?«, fragte Nick beeindruckt.

Rachel öffnete einen weiteren Karton mit mehreren Saftflaschen – spritziger Apfel und Moltebeere. »Moltebeere, das hab ich ja noch nie gehört!«, sagte sie.

Als die beiden einen Karton nach dem anderen auspackten, stellten sie fest, dass Carlton sie allem Anschein nach wirklich mit der gesamten Produktlinie von Daylesford versorgt hatte. Da waren Cracker mit Meersalz, Shortbread und eine schier unendliche Bandbreite von Keksen, außerdem teure Käsesorten, geräucherter Zuchtlachs von den Shetland-Inseln und exotische Chutneys. Dazu Sekt, Cabernet Franc und mehrere Flaschen Vollmilch, um alles herunterzuspülen.

Rachel stand mit offenem Mund in dem Gewirr offener Kartons. »Kannst du das fassen? Davon können wir mindestens ein Jahr lang leben.«

»Und was wir nicht schaffen, heben wir für die Zombie-Apokalypse auf. Carlton scheint echt ein großzügiger Typ zu sein.«

»Das ist die Untertreibung des Jahrhunderts! Was für ein nettes Willkommensgeschenk. Ich kann es kaum erwarten, ihn kennenzulernen!«, rief Rachel freudig.

»Wenn man von seinem Geschmack auf seinen Charakter schließen kann, mag ich ihn garantiert. Was sollen wir zuerst probieren? Zitronenplätzchen in weißer Schokolade oder Ingwerplätzchen mit dunkler Schokolade?«

BAO-RESIDENZ, SCHANGHAI, EIN PAAR STUNDEN ZUVOR

Gaoliang war nach seiner morgendlichen Joggingrunde auf dem Weg nach oben unter die Dusche, als ihm zwei Hausmädchen mit mehreren schwarz-beigen Tramontano-Taschen entgegenkamen.

»Wessen Gepäck ist denn das?«, fragte er eine der Bediensteten.

»Mrs Baos, Sir«, antwortete die junge Frau, ohne ihm in die Augen zu sehen.

»Wohin bringen Sie die?«

»Ins Auto, Sir. Für Mrs Baos Termin.«

Gaoliang ging ins Schlafzimmer, wo seine Frau am Frisiertisch saß und ihre Ohrstecker mit Diamanten und Opalen anlegte.

»Wo willst du hin?«, fragte er.

»Nach Hongkong.«

»Ich wusste gar nicht, dass du heute wegmusst.«

»War auch nicht geplant, aber in den Fabriken in Tsuen Wan gibt es Probleme, um die ich mich kümmern muss«, antwortete Shaoyen.

»Aber heute kommen doch Rachel und ihr Mann.«

»Ach, das war heute?«, fragte Shaoyen.

»Ja. Ich habe für heute Abend ein Separee im Whampoa Club reserviert.«

»Das wird sicher ein netter Abend. Bestell auf jeden Fall das Drunken Chicken.«

»Bist du denn nicht rechtzeitig zurück?«, fragte Gaoliang erstaunt.

»Ich fürchte, nein.«

Gaoliang setzte sich neben seine Frau auf die Chaiselongue. Ihm war natürlich klar, warum sie so überhastet abreisen wollte. »Du hast doch gesagt, das wäre in Ordnung für dich.«

»Das dachte ich ja anfangs auch …«, sagte Shaoyen gedehnt und hielt inne, während sie den einen Ohrstecker gründlich mit einem Wattebausch desinfizierte. »Aber jetzt, wo es konkret wird, habe ich festgestellt, dass mir überhaupt nicht wohl bei der Sache ist.«

Gaoliang seufzte. Seit seiner Wiedervereinigung mit Kerry und Rachel im März hatte er viele lange Abende damit verbracht, seine Frau zu besänftigen. Shaoyen war natürlich entsetzt von der Bombe gewesen, die er nach seiner Rückkehr aus Kalifornien hatte platzen lassen, doch er hatte eigentlich den Eindruck gehabt, dass er sie im Laufe der letzten beiden Monate hatte beruhigen können. Kerry Chu war eine Frau, die er mit achtzehn für eine kurze Zeit geliebt hatte. Er war noch ein Junge gewesen. Es war Ewigkeiten her. Als er Shaoyen vorgeschlagen hatte, Rachel einzuladen, war sie einverstanden gewesen. Er hatte geglaubt, wenn sie seine Tochter kennenlernen würde, fiele es ihr womöglich leichter zu verstehen, dass alles gut werden würde. Doch da hatte er es sich wohl einfacher vorgestellt, als es war.

»Ich weiß, wie schwer das für dich sein muss«, sagte Gaoliang vorsichtig.

»Ach wirklich? Da bin ich mir nicht so sicher«, sagte Shaoyen und spritzte sich etwas Lumière Noire an den Hals.

»Du kannst dir sicher vorstellen, dass es auch für Rachel nicht einfach …«, setzte Gaoliang an.

Shaoyen sah ihrem Mann im Spiegel wütend in die Augen, dann knallte sie den Parfümflakon auf den Frisiertisch. Gaoliang schreckte hoch.

»Rachel, Rachel, seit Wochen redest du nur noch über Rachel! Aber mir hast du überhaupt nicht zugehört! Über meine Gefühle hast du keine Sekunde nachgedacht«, schrie Shaoyen.

»Ich habe die ganze Zeit versucht, Rücksicht auf deine Gefühle zu nehmen«, sagte er und versuchte, ruhig zu bleiben.

Shaoyen funkelte ihren Mann wütend an. »Pah! Wenn du wirklich Rücksicht genommen hättest, würdest du nicht von mir erwarten, lächelnd am Tisch zu sitzen, während du unserer Familie und unseren Freunden deine Bastardtochter vorführst. Wie soll ich denn da mein Gesicht wahren?«

Gaoliang zuckte zusammen, versuchte jedoch, sich zu rechtfertigen: »Ich habe nur unsere nächsten Verwandten eingeladen, die ohnehin schon Bescheid wissen.«

»Trotzdem, wenn unsere Familie sie kennenlernt – deine Eltern, Onkel Koo, deine Schwester und ihr geschwätziger Mann –, wird die Welt in Nullkommanichts davon erfahren. Dann kannst du deinen Ruf in Peking vergessen und dir den Posten des Vizepremiers abschminken.«

»Aber genau deshalb wollte ich doch von Anfang an mit offenen Karten spielen. Um einen Skandal zu vermeiden. *Ich* wollte kein Geheimnis daraus machen, das warst *du*. Meinst du nicht, die Leute sehen, dass ich das einzig Richtige, Ehrenwerte für meine Tochter tue?«

»Wenn du glaubst, dass es das ist, was die Leute sehen werden, dann bist du noch naiver, als ich dachte. Viel Spaß bei deinem Abendessen. Ich fliege nach Hongkong, und Carlton kommt mit.«

»Was? Aber Carlton hat sich doch darauf gefreut, seine Schwester kennenzulernen!«

»Das hat er doch nur dir zuliebe gesagt. Du hast keinen blassen Schimmer, was er gerade durchmacht. Er hat solche Stimmungsschwankungen, ist so verzweifelt, aber du siehst nur, was du sehen willst.«

»Ich sehe wesentlich mehr, als du denkst!«, sagte Gaoliang und erhob zum ersten Mal die Stimme. »Carltons Depressionen haben sehr viel mehr damit zu tun, dass er so leichtsinnig war, sich beinahe totzufahren. Bitte zieh ihn da nicht mit hinein. Du bist diejenige, die ein Problem mit Rachel hat.«

»Bist du wirklich so blind? Er steckt doch schon mittendrin, ob du es willst oder nicht! Indem du deine uneheliche Tochter anerkennst, lädst du nichts als Schande auf ihn! Deine eigene Zukunft kannst du gern ruinieren, aber nicht die unseres Sohnes, das lasse ich nicht zu!«

»Dir ist schon bewusst, dass Rachel und Nick zwei Monate bei uns wohnen werden, oder? Ich weiß nicht, was du dir davon versprichst, ihnen jetzt aus dem Weg zu gehen.«

Shaoyen presste durch die zusammengebissenen Zähne hervor: »Ich kann und werde nicht unter demselben Dach schlafen wie Rachel Chu oder Nicholas Young. So viel steht fest.«

»Was hast du denn plötzlich gegen Nicholas Young?«

»Er ist der Sohn dieser falschen Schlange, die sich in unser Leben eingeschlichen hat.«

»Komm schon, Eleanor Young war uns eine Riesenhilfe, als Carlton im Krankenhaus war.«

»Aber doch nur, weil sie von Anfang an wusste, wer er war!«

Gaoliang schüttelte frustriert den Kopf. »Du bist doch paranoid. So hat es wirklich keinen Zweck, mit dir zu diskutieren.«

»Mir reichts jetzt sowieso. Sonst verpasse ich noch meinen Flieger. Aber ich sage dir eines: Ich werde nicht zulassen, dass Rachel oder Nicholas dieses Haus oder irgendeines meiner Häuser betreten.«

»Jetzt sei doch vernünftig!«, platzte Gaoliang heraus. »Wo sollen sie denn sonst wohnen?«

»Es gibt doch tausend Hotels in dieser Stadt.«

»Du bist vollkommen übergeschnappt. Sie landen in ein paar Stunden! Wie soll ich denn meiner Tochter nach einem zwanzigstündigen Flug klarmachen, dass sie in meinem Haus plötzlich nicht mehr willkommen ist?«

»Denk dir was aus. Es ist schließlich auch mein Haus. Du hast die Wahl, entweder sie oder dein Sohn und ich!« Shaoyen stürmte aus dem Zimmer und ließ ihren Mann in einer unerträglichen Duftwolke aus würziger Rose und Narzisse zurück.

3

ASTRID
VENEDIG, ITALIEN

»Ludivine, hören Sie mich? Ich verstehe Sie kaum. Ich bin gerade in einer Gondel mitten auf dem Kanal, und die Verbindung ist ganz schlecht. Schreiben Sie mir bitte eine Nachricht, dann rufe ich Sie zurück, sobald ich wieder festen Boden unter den Füßen habe.« Astrid steckte ihr Handy ein und lächelte ihre Freundin, Contessa Domiella Finzi-Contini, entschuldigend an. Sie war wegen der Biennale in Venedig, und die beiden wurden gerade zum Palazzo Brandolini befördert, um eine Dinnerparty zu Ehren Anish Kapoors zu besuchen.

»Typisch Venezia – hier hat man nie Empfang, schon gar nicht mitten auf dem Canal Grande.« Domiella lachte und versuchte ihren Pashmina daran zu hindern, in der abendlichen Brise davonzuflattern. »Und jetzt erzähl mir die Geschichte von deinem Glücksgriff zu Ende.«

»Also, ich dachte eigentlich, Fortuny hätte nur mit schweren Samt- und Seidenstoffen gearbeitet, also war ich echt erstaunt, als ich dieses Voile-Kleid entdeckt habe – ausgerechnet in einem Antiquitätengeschäft in Jakarta. Zuerst dachte ich, es wäre eine Art Peranakan-Brautkleid aus den Zwanzigern, aber dann fiel mir das charakteristische Plissee ins Auge. Und das Muster …«

»Das ist natürlich sein klassisches Delphos-Muster, aber der Stoff, mein Gott, so leicht!«, schwärmte Domiella und befühlte den Saum von Astrids langem, durchscheinendem Kleid. »Und die Farbe … so ein Violett habe ich noch nie gesehen. Offensichtlich handbemalt, wahrscheinlich von Fortuny höchstpersönlich, oder von seiner Frau Henriette. Wie findest du nur immer solche Schätzchen?«

»Domiella, ich schwöre bei Gott, sie finden mich. Dafür habe ich ungefähr dreihunderttausend Rupien bezahlt – das sind etwa fünfundzwanzig US-Dollar.«

»*Cazzo!* Mir wird ganz schlecht vor Neid! Darum würden sich bestimmt alle möglichen Museen reißen. Pass auf, Dodie will es dir bestimmt sofort abkaufen, wenn sie dich heute Abend sieht!«

Vor dem Haupteingang des Palazzo Brandolini drängten sich Scharen ankommender Gäste Ruder an Ruder in ihren Gondeln, Barkassen und Vaporettos, sodass Astrid wieder einen Blick auf ihr Handy werfen konnte. Sie hatte eine neue E-Mail erhalten:

Madame,

ich schreibe Ihnen voller Besorgnis über die jüngst während Ihrer Abwesenheit ergriffenen Maßnahmen in Bezug auf Cassian. Als ich nach meinem freien Tag nach Hause zurückgekehrt bin, fand ich Cassian oben im Wandschrank im Flur eingesperrt, davor saß Padma auf einem Hocker und starrte auf ihr iPad. Als ich sie fragte, was los sei, meinte sie: »Sir sagt, ich soll Cassian nicht rauslassen.« Ich wollte wissen, wie lange Cassian schon im Schrank sei, und sie antwortete, seit vier

Stunden. Ihr Mann war bei einem Geschäftsessen. Als ich Cassian freiließ, war er sehr mitgenommen.

Anscheinend wurde Cassian von Monsieur für seine jüngste Ungezogenheit bestraft. Heute Nachmittag hat der Junge mit seinem Lichtschwert gespielt und aus Versehen einen kleinen Kratzer an der Tür des alten Porsche 550 Spyder im großen Salon hinterlassen. Vorgestern hat Monsieur Cassian ohne Abendessen ins Bett geschickt, weil er ein chinesisches Schimpfwort benutzt hat. Das war wohl das böse Wort der Woche im Far Eastern Kindergarten, und alle kleinen Jungs benutzen es, ohne zu wissen, was sie da sagen. Ah Lian hat mir gesagt, was es bedeutet. Ich versichere Ihnen, dass ein Fünfjähriger nicht mal ansatzweise verstehen kann, was solch ein Akt zwischen Vater und Tochter sein soll.

Meiner Ansicht nach sind derartige disziplinarische Maßnahmen gegenüber Cassian kontraproduktiv. Sie haben keinerlei logische Konsequenz und werden nur dazu führen, dass er noch mehr Ängste und Feindseligkeit gegenüber seinem Vater entwickelt. Es ist jetzt nach ein Uhr morgens, und Cassian kann immer noch nicht einschlafen. Zum ersten Mal, seit er drei war, hat er wieder Angst im Dunkeln.
Ludivine

Astrid wurde beim Lesen der E-Mail immer wütender und trauriger. Sie schickte ihrem Mann eine kurze SMS und ließ sich nach der Contessa aus der Gondel helfen. Sie betraten den Eingangsbereich des Palazzo, der von einer riesigen, hohlen Skulptur aus goldenem Metall dominiert wurde, die von der Decke hing.

»*Bellissima!* Ob das wohl eine von Anishs neuen Installationen ist?« Domiella wandte sich zu Astrid um, aber diese schien die Skulptur über ihren Köpfen nicht einmal bemerkt zu haben. »Alles in Ordnung?«

Astrid seufzte. »Immer wenn ich weg bin, gibt es ein anderes Problem mit Cassian.«

»Er vermisst seine Mama.«

»Nein, das ist es nicht. Ich meine, bestimmt vermisst er mich, aber ich mache diese Kurztrips ja mit Absicht, damit Cassian Zeit mit seinem Vater verbringen kann. Er ist ein ziemliches Muttersöhnchen, und das will ich ändern. Ich sehe ja, wohin das bei meinem Bruder geführt hat. Aber immer, wenn ich weg bin, gibt es Probleme. Michael und er haben andauernd Knatsch.«

»Knatsch? Was ist das?«

»Sie streiten sich. Michael akzeptiert bei seinem Sohn nichts als absolut tadelloses Verhalten. Er behandelt ihn, als wäre er beim Militär. Sag mal, wie habt ihr denn damals reagiert, wenn Luchino und Pier Paolo etwas Wertvolles kaputt gemacht haben?«

»Meine Güte, meine Jungs haben das ganze Haus in Schutt und Asche gelegt. Möbel, Teppiche, alles! Einmal haben sie sich gestritten und dabei den Ellbogen durch einen Bronzino gestoßen. Zum Glück nur ein Porträt einer echt hässlichen Frau. Irgendeine aus Inzucht stammende Vorfahrin meines Mannes.«

»Und was habt ihr gemacht? Habt ihr sie bestraft?«

»Wofür? Es sind halt Jungs.«

»Eben!« Astrid seufzte.

»Oje, da kommt wieder dieser widerliche Kunsthändler, der mir ständig einen Gursky aufschwatzen will. Ich sage ihm jedes Mal, wenn ich mir den ganzen Tag ein Riesenfoto vom Amsterdamer Flughafen Schiphol angucken müsste, würde ich mich erhängen. Gehen wir nach oben.«

Doch kaum hatten sie den großen Ballsaal im ersten Stock betreten, hatte der Händler sie eingeholt. »Contessa, wie schön, Sie zu sehen«, sagte er mit affektiertem Akzent und versuchte, sie auf beide Wangen zu küssen. Sie ließ nur eine Wange zu. »Wie geht es denn Ihren Eltern?«

»Leben immer noch«, erwiderte Domiella wehmütig.

Der Mann stutzte kurz, dann lachte er laut los. »Oh, har har!«

»Das ist meine Freundin Astrid Leong Teo.«

»Sehr erfreut«, sagte er und schob seine lächerlich dicke Hornbrille hoch. Er hatte die Steckbriefe aller wohlhabenden asiatischen Sammler auswendig gelernt, die dieses Jahr womöglich zur Biennale kamen, aber da er Astrid nicht erkannte, wandte er sich wieder der Contessa zu. »Contessa, ich hoffe doch, Sie gestatten mir, Sie bei Gelegenheit durch den deutschen Pavillon zu führen.«

»Entschuldigen Sie mich, ich muss kurz telefonieren«, sagte Astrid und ging in Richtung Außenbalkon.

Domiella sah den Kunsthändler an und schüttelte mitleidig den Kopf. »Da ist Ihnen gerade die Gelegenheit Ihres Lebens durch die Lappen gegangen. Wissen Sie nicht, wer meine Freundin ist? Ihre Familie sind die Medici von Asien, und sie ist gerade auf Einkaufstour für ein Museum in Singapur.«

»Ich dachte, sie wäre bloß irgendein Model«, stotterte der Händler.

»Ach, sehen Sie – Larry spricht gerade mit ihr. Offensichtlich hat *er* seine Hausaufgaben gemacht. Zu spät für Sie«, spöttelte Domiella.

Nachdem sie dem Kunsthändler, der sich auf der Terrasse auf sie gestürzt hatte, überzeugen konnte, dass sie wirklich kein Interesse an seinem großen, glänzenden Koons hatte, rief Astrid ihren Mann an.

Michael ging nach dem vierten Klingeln an sein Handy und hörte sich verschlafen an. »Hey. Alles okay?«

»Ja.«

»Du weißt schon, dass es hier halb zwei Uhr morgens ist, oder?«

»Ja, ich weiß. Aber ich glaube, du bist der Einzige im Haus, der schlafen kann. Ludivine hat mir gerade geschrieben, dass Cassian immer noch wach ist. Er hat jetzt Angst im Dunkeln. Ihn in den Schrank zu sperren … *ernsthaft*?«

Michael seufzte genervt. »Das verstehst du nicht. Er ist schon die ganze Woche ein richtiger Plagegeist. Immer wenn ich nach Hause komme, dreht er durch.«

»Er führt sich so auf, damit du ihn beachtest. Er will spielen.«

»Der große Salon ist aber kein Spielplatz. Und meine Autos kein Spielzeug. Er muss lernen, sich im Griff zu haben! In seinem Alter bin ich auch nicht den ganzen Tag rumgesprungen wie ein Orang-Utan.«

»Er ist eben ein aktives, aufgewecktes Kind. Genau wie sein Vater früher.«

»Pah!«, schnaubte Michael. »Wenn ich mich so aufgeführt hätte wie er, hätte mein Pa mir den Hintern versohlt. Zehn Schläge mit dem *rotan*[1].«

1 Ein Rattanstock, der von Generationen Singapurer Väter, Schulleiter und chinesischer Nachhilfelehrer und -lehrerinnen gern zur körperlichen Züchtigung benutzt wurde. (Mrs Chan, ich hasse Sie immer noch.)

»Na zum Glück bist du nicht dein Vater.«

»Cassian ist ein Wildfang, und jetzt ist es an der Zeit, ihm Disziplin beizubringen.«

»Er hat doch Disziplin. Merkst du nicht, wie viel ruhiger er ist, wenn ich da bin? Du hättest bestimmt mehr Erfolg, wenn du ihm mehr Aufmerksamkeit schenken würdest. Und damit meine ich nicht, dass du mit dem Laptop am Pool sitzt, während er spielt. Geh doch mal mit ihm in den Zoo oder besucht die Gardens by the Bay. Er will doch nur bei seinem Vater sein.«

»Jetzt willst du mir also ein schlechtes Gewissen einreden.«

»Liebling, ich will dir gar nichts einreden. Aber verstehst du das denn nicht? Dass ich jetzt weg bin, gibt dir die einmalige Gelegenheit, mehr Zeit mit ihm zu verbringen. Nächstes Jahr kommt er in die erste Klasse, und dann geht der ganze akademische Wahnsinn los. Er wird so schnell groß – diese Zeit in seinem Leben bekommst du nie zurück.«

»Okay, *lah*, okay, *lah*, gewonnen. Ich bin ein schlechter Vater.«

Astrid hielt genervt ein Stück Stoff ihres Kleids umklammert. »Hier gehts doch nicht ums Gewinnen, und du bist auch kein schlechter Vater. Aber …«, setzte Astrid an, doch Michael unterbrach sie.

»Ich werd mir morgen mehr Mühe geben, während du dich in Venedig amüsierst. Trink einen Bellini für mich mit.«

»Das ist unfair. Du weißt genau, dass ich dem Museum versprochen habe, die Reise zu machen. Wir wollen hier was Wichtiges auf die Beine stellen, zum Wohle Singapurs.

Ich verbringe sonst quasi den ganzen Tag mit Cassian, und du bist achtzig Prozent des Jahres unterwegs.«

»Entschuldige bitte, dass ich mir den Arsch abrackere, damit meine Familie abgesichert ist. Dir geht es vielleicht um Singapurs Wohl, aber ich tue das für Cassian und dich!«

»Michael, so schnell werden wir nicht verhungern, das weißt du doch.«

Eine ganze Weile schwieg Michael. »Weißt du, was wirklich das Problem ist, Astrid? Das Problem ist, dass du noch keinen einzigen Tag in deinem Leben Geldsorgen hattest. Du weißt gar nicht, wie schwer es ist, Geld zu verdienen – du brauchst dir ja nur die Nase zu putzen, und schon kommt Geld raus! Du hast die Ängste normaler Leute noch nie verstanden. Tja, mich motiviert diese Angst. So habe ich mir mein eigenes Vermögen aufgebaut. Und genau diese Angst will ich auch meinem Sohn mitgeben. Er wird eines Tages einen Haufen Geld erben, und er muss wissen, dass er sich das verdienen muss. Er muss Grenzen aufgezeigt bekommen. Ansonsten endet er wie dein Bruder Henry oder einer deiner aufgeblasenen, verzogenen Cousins, die nicht einen Tag in ihrem Leben gearbeitet haben und trotzdem glauben, ihnen gehört die Welt.«

»Das ist gemein, Michael. Eine total unfaire Verallgemeinerung.«

»Du weißt, dass ich recht habe. Letzten Endes hat dein Sohn sich entschieden, meinen Wagen zu beschädigen. Dein Sohn hat sich entschieden, schmutzige Wörter in den Mund zu nehmen. Und du suchst immer noch nach Ausreden für ihn.«

»Er ist fünf!«, erwiderte Astrid und wurde lauter.

»Genau darum geht es ja, Schatz!« Auch Michael erhob

seine Stimme. »Wenn wir diese Probleme nicht sofort angehen, bekommen wir sie nie in den Griff.«

Astrid seufzte gedehnt. »Michael, ich möchte deswegen jetzt wirklich keinen Riesenstreit anfangen.«

»Ich auch nicht. Ich will schlafen. Es gibt Leute, die müssen morgen früh arbeiten.«

Mit diesen Worten legte Michael einfach auf. Astrid steckte das Handy wieder in die Tasche und lehnte sich entnervt an die Balustrade. In der Stadt war die blaue Stunde angebrochen, und im Wasser spiegelten sich schimmernd all die Lichter, die nach und nach die Palazzi am Canal Grande erleuchteten. *Wie bescheuert. Da stehe ich hier an einem der schönsten Orte der Welt und streite mich über so eine weite Entfernung wegen meines Sohnes.*

Domiella kam mit mehreren Menschen im Schlepptau auf die Terrasse, und Astrid erkannte unter ihnen ihren Freund Grégoire L'Herme-Pierre.

»Astrid! Ich konnte es gar nicht glauben, als Domiella mir erzählt hat, dass du hier bist! Was führt dich nach Venedig? Ich wusste gar nicht, dass du was mit der Kunstszene am Hut hast«, sagte Grégoire und bedachte Astrid mit seinem typischen Pariser Vierfachkuss.

»Ich schaue mir einfach die Stadt an«, antwortete Astrid abgelenkt und war immer noch damit beschäftigt, sich nach dem Anruf wieder zu sammeln.

»Natürlich. Nun, du kennst doch bestimmt meine Freunde hier – Pascal Pang und Isabel Wu aus Hongkong?«

Astrid begrüßte das elegante Paar. Pascal trug einen makellos maßgeschneiderten Anzug aus leicht schimmerndem Stoff und Isabel ein trägerloses schwarzes Kleid von Christian Dior mit ausgestelltem, knielangem Rock. Ihr

Haar war zu einem griechischen Chignon gesteckt, und um den Hals trug sie eine auffällige Palmwedel-Goldkette von Michele Oka Doner. Schlagartig wurde Astrid klar, dass die beiden gar kein Pärchen waren. *Ist diese Isabel Wu hier etwa Charlies Frau?*

Die Dame bekam Astrids blitzartiges Erkennen mit und sagte knapp: »Ich weiß, wer Sie sind.«

Grégoire lachte leise. »Siehst du, die Welt wird immer zum Dorf, wenn du dabei bist!«

»Schön, Sie endlich kennenzulernen«, sagte Astrid zu Isabel und fügte hinzu: »Charlie hat mir alles über Ihre Spendensammlung für das M+ erzählt. Echt tolle Arbeit. Es wird höchste Zeit, dass Hongkong ein Weltklassemuseum für zeitgenössische Kunst bekommt.«

»Danke. Stimmt, Sie haben Charlie doch erst vor Kurzem gesehen, oder?«, fragte Isabel.

»Ja. Tut mir leid, dass Sie bei unserem Roadtrip durch Kalifornien nicht dabei sein konnten.«

Isabel schwieg verdutzt. *Kalifornien?* Sie wusste, dass Charlie Astrid zufällig beim Pinnacle Ball getroffen hatte, aber von einem Roadtrip hatte sie keine Ahnung. »Also war es schön?«

»Oh ja. Eigentlich wollten wir nach Sausalito, aber dann haben wir spontan beschlossen, die Küste runter nach Monterey und Big Sur zu fahren.«

»Lassen Sie mich raten … War er mit Ihnen zum Abendessen im Post Ranch Inn?«, fragte sie beiläufig.

»Zum Mittagessen. Himmlisch dort, nicht wahr?«

»Das kann man wohl sagen. Nun, es war schön, Sie endlich mal kennenzulernen, Astrid Leong.« Isabel wandte sich ab und ging mit Pascal zurück in den Ballsaal, während Astrid mit Domiella und Grégoire auf dem Balkon zurückblieb. Die Sommerhitze war im leichten Abendwind noch immer zu spüren, und in der Ferne begannen die Glocken des Markusdoms zu läuten.

Da kam Pascal auf den Balkon zurückgeeilt und raunte Grégoire zu: »Isabel muss sofort los. Bleibst du noch oder kommst du mit?«

»Ist alles in Ordnung?«, fragte Astrid verwundert.

Pascal warf Astrid einen vernichtenden Blick zu. »Mussten Sie Isabel das wirklich unter die Nase reiben?«

»Wie bitte?«, fragte Astrid verwirrt.

Pascal holte tief Luft und versuchte, seinen Zorn im Zaum zu halten. »Ich weiß nicht, wofür Sie sich halten, aber so etwas Unverfrorenes wie Sie habe ich noch nie erlebt. Mussten Sie Isabel wirklich aufs Brot schmieren, dass Sie es die ganze kalifornische Küste rauf und runter mit ihrem Mann getrieben haben?«

Domiella schnappte nach Luft und ergriff Astrids Schulter.

Astrid schüttelte energisch den Kopf. »Nein, nein, das ist ein großes Missverständnis. Charlie und ich sind alte Freunde …«

»Alte Freunde? Ha! Bis heute Abend wusste Isabel ja nicht mal mit Sicherheit, ob Sie überhaupt noch leben.«

4

DIE BAOS

THREE ON THE BUND, SCHANGHAI

Der hoteleigene Rolls-Royce in Brewster Green wartete in der Einfahrt, um Nick und Rachel zum Abendessen zu bringen, doch da das Restaurant nur sechs Blocks entfernt war, beschlossen sie, zu Fuß zu gehen. Es war ungewöhnlich kalt für Juni, und während sie die legendäre Uferpromenade The Bund entlangschlenderten, erinnerte sich Nick an einen Morgen in Hongkong, als er ungefähr sechs gewesen war.

Seine Eltern hatten mit ihm einen Ausflug aufs Land gemacht, und sie fuhren eine gewundene Bergstraße in den New Territories von Kowloon hinauf. Der Aussichtspunkt am Gipfel war von Touristen bevölkert, die fotografierten und Schlange standen, um durch die schwenkbaren Metallfernrohre auf dem Geländer zu schauen. Nicks Vater hob ihn hoch, damit er durch den Sucher schauen konnte. »Siehst du? Das ist die Grenze zu China. Da kommen deine Ur-Urgroßeltern her«, erzählte Philip Young seinem Sohn. »Schau dir die Grenze gut an, denn wir können sie nicht überqueren.«

»Warum denn nicht?«, hatte Nick gefragt.

»Weil es ein kommunistisches Land ist. Außerdem ist in unsere Singapurer Pässe eingestempelt: ›Keine Einreise in die Volksrepublik China.‹ Aber eines Tages werden wir hoffentlich über die Grenze dürfen.«

Nick blinzelte in die karge, schlammbraune Landschaft. Außer ein paar grob gepflügten Feldern und Bewässerungsgräben konnte er nicht viel erkennen. Wo war denn die Grenze? Er suchte nach einer hohen Mauer, einem Wassergraben oder irgendeiner richtigen Abgrenzung, die deutlich machte, wo die britische Kronkolonie Hongkong endete und die Volksrepublik China anfing, aber er fand nichts dergleichen. Die Linsen des Fernrohrs waren dreckig, und die großen Hände seines Vaters, der ihn festhielt, taten ihm unter den Achseln weh. Nick ließ sich wieder absetzen und ging schnurstracks zu der Baracke, in der eine Frau Snacks verkaufte. Ein Cornetto war wesentlich interessanter als die Aussicht auf China. China war langweilig.

Doch das China aus Nicks Kindheit hatte keinerlei Ähnlichkeit mit den unglaublichen Sehenswürdigkeiten, die ihn jetzt umgaben. Schanghai war eine riesige, stetig wachsende Megastadt am Ufer des Huangpu Jiang, auch »Paris des Ostens« genannt, wo wahnwitzige Wolkenkratzer mit prächtigen europäischen Fassaden des frühen 20. Jahrhunderts wetteiferten.

Nick zeigte Rachel einige seiner Lieblingsgebäude. »Das da drüben an der Brücke ist das Broadway Mansions Hotel. Schau dir mal die tolle gotische Silhouette an, klassischer Art-déco-Stil. Wusstest du, dass es in Schanghai die meisten Art-déco-Bauten der ganzen Welt gibt?«

»Nein, das wusste ich nicht! Echt beeindruckend, diese ganzen Gebäude – ich meine, guck dir mal diese verrückte

Skyline an!« Rachel deutete begeistert auf die Wolkenkratzer, die am anderen Ufer aufragten.

»Das ist Pudong. Das war alles quasi Ackerland, vor zehn Jahren stand noch keins dieser Gebäude. Inzwischen ist es ein Bankenviertel, gegen das die Wall Street das reinste Fischerdorf ist. Dieser Turm mit den beiden Kugeln ist der Oriental Pearl Tower, ein Fernsehturm. Sieht aus, als könnte er aus *Buck Rogers* stammen, oder?«, fragte Nick.

»Buck Rogers?« Rachel sah ihn fragend an.

»Das war eine Fernsehserie aus den Achtzigern, die in der Zukunft spielte, und die Gebäude darin sahen alle aus, als hätte sie ein Zehnjähriger aus einer anderen Galaxis entworfen. Aber dann kennst du die ganzen anderen schlechten Achtzigerjahre-Serien wahrscheinlich auch nicht, oder? Die kamen immer erst Jahre nachdem sie in den USA erfolgreich waren nach Singapur. *Ein Fall für Professor Chase* gehörte auch dazu. Erinnerst du dich an die? Die handelte von einem Typen, der sich in verschiedene Tiere verwandeln konnte. Zum Beispiel in einen Adler, eine Schlange oder einen Jaguar.«

»Und wozu sollte das gut sein?«

»Natürlich, um gegen irgendwelche Bösewichte zu kämpfen. Wozu denn sonst?«

Rachel lächelte, aber Nick merkte, wie sie trotz ihrer Plaudereien immer nervöser wurde, je näher sie dem Ziel kamen. Nick sah einen Augenblick zum Mond empor und schickte einen Wunsch ins Universum. Er wünschte sich, dass beim Abendessen alles glattlief. Rachel hatte so viele Jahre gewartet und war so weit gereist, um ihre Familie kennenzulernen, und er wünschte ihr so sehr, dass heute all ihre Träume in Erfüllung gehen würden.

Bald hatten sie das Three on the Bund erreicht, ein elegantes, von einer majestätischen Kuppel gekröntes Gebäude im Nachrenaissance-Stil. Nick und Rachel fuhren mit dem Aufzug in den fünften Stock und betraten ein Foyer mit purpurroten Wänden. Eine Empfangsdame stand vor dem goldenen Fresko einer wunderschönen jungen Frau in fließenden Kleidern, die von zwei gigantischen knienden Kämpfern flankiert wurde.

»Willkommen im Whampoa Club«, sagte die Frau auf Englisch.

»Danke. Wir sind mit den Baos verabredet«, sagte Nick.

»Natürlich. Bitte folgen Sie mir.« Die Empfangsdame führte sie in ihrem knallengen gelben Cheongsam durch den voll besetzten Gastraum, in dem schicke Schanghaier Familien ihr Essen genossen, und dann einen Korridor mit Art-déco-Clubsesseln und grünen Glaslampenschirmen hinunter. Die eine Wand des Korridors zierte ein weiteres Fresko in Gold und Silber, und die Empfangsdame drückte gegen eins der Wandpaneele, das sich zur Seite schieben ließ und den Blick auf ein Separee freigab.

»Bitte machen Sie es sich bequem. Sie sind die Ersten«, sagte sie.

»Oh, okay«, sagte Rachel. Nick konnte nicht genau sagen, ob sie erstaunt oder erleichtert klang. In dem luxuriösen Separee befanden sich eine mit Rohseide gepolsterte Sitzgruppe in der Ecke sowie am Fenster ein großer runder Tisch mit lackierten Palisanderholzstühlen. Rachel zählte zwölf Gedecke. Sie fragte sich, wen sie heute kennenlernen würde. Wer außer ihrem Vater, seiner Frau Shaoyen und ihrem Halbbruder Carlton würde wohl noch da sein?

»Interessant, dass uns seit unserer Ankunft praktisch jeder

auf Englisch statt auf Mandarin angesprochen hat, oder?«, sagte Rachel.

»Eigentlich nicht. Sie sehen uns doch an der Nasenspitze an, dass wir keine gebürtigen Chinesen sind. Verglichen mit den meisten Frauen hier bist du die reinste Amazone, und auch sonst ist alles an uns anders – wir kleiden uns nicht wie die Einheimischen und verhalten uns völlig anders.«

»Als ich vor neun Jahren in Chengdu unterrichtet habe, wussten meine Studierenden alle, dass ich Amerikanerin bin, haben aber trotzdem Mandarin mit mir gesprochen.«

»Ja, in Chengdu. Schanghai war schon immer eine moderne, internationale Stadt, deshalb ist den Menschen hier der Anblick von Pseudo-Chinesen wie uns viel vertrauter.«

»Na ja, wir sind auf jeden Fall nicht annähernd so aufgebrezelt wie einige der Einheimischen, die ich heute gesehen habe.«

»Stimmt, inzwischen sind *wir* die Bauerntrampel«, witzelte Nick.

Die Minuten verstrichen, und Rachel setzte sich auf eins der Sofas und blätterte durch die Teekarte. »Hier steht, sie hätten über fünfzig Teesorten aus ganz China, die sie in traditionellen Teezeremonien in ihren privaten Teesalons servieren.«

»Vielleicht bekommen wir heute Abend ja eine Kostprobe«, antwortete Nick, der im Zimmer auf und ab ging und so tat, als bewunderte er die zeitgenössische chinesische Kunst.

»Kannst du dich bitte hinsetzen und entspannen? Das macht mich ganz nervös.«

»Tut mir leid.« Nick setzte sich ihr gegenüber aufs andere Sofa und warf ebenfalls einen Blick in die Teekarte.

So saßen sie schweigend weitere zehn Minuten da, bis Rachel es nicht mehr aushielt. »Irgendwas stimmt hier nicht. Meinst du, die haben uns versetzt?«

»Sie stecken bestimmt nur im Stau.« Nick gab sich Mühe, ruhig zu klingen, dabei hatte er die gleiche Befürchtung wie sie.

»Ich weiß nicht … Ich habe ein komisches Gefühl bei der Sache. Wieso sollte mein Vater so früh ein Separee reservieren, wenn dann eine halbe Stunde lang niemand auftaucht?«

»In Hongkong kommen immer alle zu spät. Da wird es in Schanghai nicht anders sein. Das ist eine Frage des Ansehens – niemand will als Erster kommen und Gefahr laufen, übereifrig zu wirken, also ist einer später als der andere. Der Letzte ist der Wichtigste.«

»Das ist doch lächerlich!«, schnaubte Rachel.

»Findest du? Eigentlich ist es in New York ähnlich, nur nicht ganz so offensichtlich. Kommen der Dekan und die Starprofessoren bei euren Fakultätsbesprechungen nicht auch immer als Letzte? Oder der Rektor schaut nur ganz am Ende kurz rein, weil er zu wichtig ist, um sich das komplette Meeting anzuhören.«

»Das ist was ganz anderes.«

»Wieso? Alles das gleiche Getue«, sagte Nick. »Nur hat man in Hongkong eine eigene Kunstform daraus gemacht.«

»Also, bei einem Geschäftsessen kann ich das vielleicht nachvollziehen, aber das hier ist doch ein Familientreffen. Sie sind wirklich ganz schön spät.«

»Ich war mal mit meinen Verwandten bei einem Dinner in Hongkong und musste eine geschlagene Stunde warten, bis alle da waren. Eddie war natürlich der Letzte. Du machst dir viel zu schnell Sorgen. Keine Bange, die kommen schon noch.«

Ein paar Minuten später schob sich die Tür auf, und ein Mann in dunkelblauem Anzug betrat das Separee. »Mr und Mrs Young? Ich bin der Manager. Ich habe eine Botschaft von Mr Bao für Sie.«

Nick rutschte das Herz in die Hose. *Was war denn nun los?*

Rachel sah den Manager besorgt an, doch ehe er etwas sagen konnte, wurden sie von einem Tumult im Korridor abgelenkt. Sie streckten die Köpfe aus der Tür und entdeckten eine auffällig gekleidete junge Frau inmitten einer Traube von Schaulustigen. Sie war Anfang zwanzig und trug ein figurbetontes, trägerloses, weißes Kleid und ein paillettenbesetztes rotes Matadorcape, das sie sich lässig über die milchweiße Schulter geworfen hatte. Zwei bullige Leibwächter und eine Frau mit Fake-Iro im Nadelstreifenanzug versuchten, ihr einen Weg durch die Menge zu bahnen, während brave Teenagermädchen, die kurz zuvor noch ruhig und manierlich mit ihren Familien gegessen hatten, sich in kreischende Fans verwandelten und wie wild mit ihren Smartphones fotografierten.

»Ist das ein Filmstar?«, fragte Nick den Manager und starrte die junge Frau an, die bereitwillig für ihre Fans posierte. Mit dem langen rabenschwarzen Haar, das sie zu einem lockeren Beehive auf dem Kopf aufgetürmt trug, der perfekt geformten Stupsnase und dem Schmollmund sah sie fast unwirklich aus – wie eine chinesische Ava Gardner.

»Nein, das ist Colette Bing. Sie ist berühmt für ihre Kleider«, erklärte der Manager.

Colette gab ein letztes Autogramm auf einer Papierserviette, dann kam sie direkt auf sie zu. »Ach, da bist du ja!«, begrüßte sie Rachel wie eine alte Freundin.

»Meinen Sie mich?« Rachel starrte die Frau völlig perplex an.

»Wen denn sonst? Komm, wir hauen ab!«

»Äh, ich glaube, Sie verwechseln mich. Wir sind hier zum Abendessen –«, setzte Rachel an.

»Du bist Rachel, oder? Die Baos schicken mich – Planänderung. Komm mit, dann erkläre ich dir alles.« Colette hakte sich bei Rachel unter und führte sie aus dem Separee. Augenblicklich fingen die Mädchen im Korridor wieder an zu kreischen und zu knipsen.

»Wo ist Ihr Lastenaufzug?«, bellte die Frau mit dem Fake-Iro in Richtung Manager. Nick folgte ihnen völlig verblüfft. Sie drängten sich in einen Aufzug, fuhren ins Erdgeschoss und gingen einen Personalflur hinunter. Doch kaum betraten sie die Guangdong Road, standen sie im Blitzlichtgewitter eines Pulks von Paparazzi.

Colettes Leibwächter versuchten ihnen einen Weg durch die Phalanx von Fotografen zu bahnen. »Aus dem Weg! Aus dem Weg, verdammt noch mal!«, brüllten sie in die drängelnde Menschentraube.

»Das darf nicht wahr sein«, sagte Nick, als er mit einem übereifrigen Fotografen zusammenstieß, der ihm in den Weg gesprungen war.

Die Frau mit dem Fake-Iro drehte sich zu ihm um und sagte: »Du musst Nick sein. Ich bin Roxanne Ma, Colettes persönliche Assistentin.«

»Hi, Roxanne. Ist das immer so, wenn Colette unterwegs ist?«

»Ja. Aber das ist doch noch gar nichts, das waren ja nur

Paparazzi. Du solltest mal sehen, was passiert, wenn sie die Nanjing West Road runtergeht.«

»Wieso ist sie eigentlich so berühmt?«

»Colette ist eine der größten Mode-Ikonen in ganz China. Sie hat mehr als fünfunddreißig Millionen Follower auf Weibo und WeChat.«

»Hast du gerade fünfunddreißig *Millionen* gesagt?« Nick traute seinen Ohren kaum.

»Ja. Ich fürchte, die Fotos von euch sind morgen überall. Einfach geradeaus schauen und lächeln.«

Plötzlich hielten zwei große Audi-SUVs neben ihnen und hätten um ein Haar einen der Fotografen überfahren. Die Leibwächter schoben Colette, Rachel und Nick hastig in Richtung des ersten Wagens und schlugen die Türen hinter ihnen zu, ehe der Paparazzi-Schwarm noch mehr Fotos schießen konnte.

»Alles in Ordnung?«, fragte Colette.

»Abgesehen von meiner gegrillten Netzhaut, ja«, sagte Nick auf dem Beifahrersitz.

»Das war ja total abgefahren!«, sagte Rachel außer Atem.

»In Schanghai ist es echt heftig. Eigentlich, seit ich auf dem Cover der *Elle China* war«, erklärte Colette mit deutlich britischem Akzent, gefärbt von einem Hauch des stakkatohaften Tons ihrer Muttersprache Mandarin.

Nick, dem die Sache noch immer nicht ganz geheuer war, fragte: »Wo fahren wir eigentlich hin?«

Doch ehe Colette antworten konnte, hielt der Wagen mit quietschenden Reifen ein paar Blocks vom Restaurant entfernt. Die Autotür ging auf, und ein junger Mann ließ sich neben Rachel auf die Rückbank fallen. Sie schnappte nach Luft.

»Sorry, ich wollte dich nicht erschrecken«, sagte der Mann, dessen Akzent genau wie der von Nick klang. Dann stellte er sich mit einem strahlenden Lächeln vor: »Hi, ich bin Carlton.«

»Oh, hi.« Mehr bekam Rachel nicht heraus, während sie einander beäugten und einen Augenblick lang die Welt um sich herum vergaßen. Rachel sah ihren Bruder zum ersten Mal richtig an. Carlton hatte den gleichen regelmäßigen nussbraunen Teint wie sie, und sein Haar war an den Seiten kurz geschoren, am Oberkopf hingegen länger und modisch verwuschelt. Mit der hellbraunen Cordhose und einem hellorangen Poloshirt unter dem Tweed-Sakko von Harris mit Ellbogenflicken sah er aus, als käme er geradewegs von einem Fotoshooting für *The Rake*.

»Krass, seht ihr euch ähnlich!«, stieß Nick hervor.

»Oder? Als ich Rachel vorhin gesehen habe, dachte ich, sie wäre Carltons Zwillingsschwester!«, sagte Colette atemlos.

Rachel hatte es die Sprache verschlagen, doch das hatte nichts mit der äußeren Ähnlichkeit ihres Bruders zu tun. Sie spürte eine unmittelbare, tiefe Verbundenheit mit ihm, ein Gefühl, das nicht einmal dem nahekam, als sie ihren Vater zum ersten Mal getroffen hatte. Sie schloss die Augen, völlig von ihren Emotionen übermannt.

»Alles okay?«, fragte Nick.

»Ja. Ehrlich gesagt ging es mir nie besser«, antwortete Rachel mit leicht erstickter Stimme.

Colette legte Rachel die Hand auf den Arm. »Tut mir leid für das Riesenchaos. Das ist alles meine Schuld. Aber als wir im Three on the Bund ankamen, wurde ich sofort erkannt und von einem ganzen Mob durchs Restaurant verfolgt. So was von nervig! Im Whampoa Club war es dann noch schlimmer, habt ihr ja gesehen. Carlton wollte nicht, dass euer erstes Treffen vor den Augen von fünftausend Leuten stattfindet, also habe ich ihm gesagt, er solle ein paar Blocks weiter auf uns warten.«

»Schon okay. Aber wo sind denn die anderen?«

Carlton setzte zu einer Erklärung an: »Mein Vater lässt sich vielmals entschuldigen. Das Familiendinner muss verschoben werden, weil meine Eltern wegen eines Notfalls nach Hongkong fliegen mussten. Dad dachte, er wäre rechtzeitig zum Essen zurück, aber er hat sich verschätzt. Also bin ich alleine zurückgeflogen.«

»Moment mal, ihr kommt gerade aus Hongkong?« Jetzt war Rachel vollends verwirrt.

»Genau. Deshalb sind wir ja auch zu spät.«

Colette mischte sich ein: »Als das Dinner ins Wasser zu fallen drohte, habe ich vorgeschlagen, dass Carlton und ich herfliegen, um dich zu treffen. Wir konnten euch doch an eurem ersten Abend in Schanghai nicht alleine lassen, oder?«

»Das ist echt nett von euch. Geht es deinen Eltern denn gut, Carlton?«, erkundigte sich Rachel.

»Ja, ja. War bloß ein geschäftlicher Notfall … in ihren Fabriken in Hongkong. Mein Vater sollte in ein paar Tagen zurück sein«, sagte Carlton mit einem leichten Zögern.

»Ein Glück ist es nichts Schlimmes«, sagte Rachel. »Jedenfalls bin ich total froh, dass du und deine Freundin hier seid.«

Colette prustete los. »Ach, wie *süß*! Bin ich deine Freundin, Carlton?«

»Ähm, Colette ist nur eine gute Freundin von mir.« Carlton lächelte peinlich berührt.

»Oh, tut mir leid, ich hätte nicht –«, stammelte Rachel.

»Kein Problem. Du bist nicht die Erste, die das annimmt«, beruhigte sie Colette. »Ich bin dreiundzwanzig, aber im Gegensatz zu den meisten Frauen in meinem Alter noch nicht scharf darauf, mich fest zu binden. Carlton ist einer meiner vielen Verehrer, und eines Tages – wenn er sich gut benimmt – wird er vielleicht der Auserwählte sein, dem ich die letzte Rose überreiche.«

Rachels und Nicks Blicke begegneten sich im Rückspiegel. Er sah sie an, als wollte er fragen: Hat sie das gerade *ernsthaft* gesagt? Rachel biss sich auf die Lippe und wandte den Blick ab, weil sie genau wusste, dass sie sonst einen Lachanfall bekommen hätte. Nach kurzem, betretenem Schweigen sagte sie: »Stimmt, in dem Alter habe ich auch noch nicht übers Heiraten nachgedacht.«

Carlton sah zu Colette hinüber. »So, Miss Bachelorette, wo gehts jetzt hin?«

»Wohin wir wollen. Habt ihr Lust auf einen Club, eine Lounge, ein Restaurant? Oder eher auf einen verlassenen Strand an der Küste von Thailand?«, zählte Colette auf.

»Nur damit ihr es wisst, das meint sie todernst«, warf Carlton ein.

»Äh, Strand ein andermal. Ich könnte was zu essen vertragen«, sagte Nick.

»Worauf habt ihr denn Lust?«, fragte Colette.

Rachel war noch immer zu nervös, um eine Entscheidung zu treffen. »Ich bin bei allem dabei. Was meinst du, Nick?«

»Na ja, wir sind in Schanghai – wo gibt es denn das beste *xiao longbao*?«

Carlton und Colette sahen sich an und riefen wie aus einem Munde: »Din Tai Fung!«

»Moment, redet ihr vom gleichen Din Tai Fung wie in L. A. und Taipeh?«, fragte Nick.

»Ja, wir meinen die taiwanesische Kette. Aber glaubt mir, der Ableger hier ist wesentlich besser. Seit der Eröffnung ist der Laden superbeliebt bei den Einheimischen. Eigentlich muss man immer Schlange stehen, aber zum Glück haben wir heute ja eine besondere Begleitung«, sagte Carlton mit einem Zwinkern in Richtung Colette.

»Wartet, ich schreibe Roxanne, dann sorgt sie dafür, dass wir durch den Hintereingang reinkommen. Ich hab genug Fantrubel für heute«, verkündete Colette.

Eine Viertelstunde später saßen Rachel und Nick in einem gemütlichen Separee mit Fensterfront und Blick auf die Skyline.

»Wird in China eigentlich nur in Separees gegessen?«, fragte Rachel und blickte auf die nächtliche Silhouette der Stadt. Nahezu jedes Gebäude hielt irgendeine Art von Lichteffekt bereit. Einige der Wolkenkratzer sahen aus wie mit Neonleuchten umrandet, während andere eine discoreife Lightshow boten.

»Wie denn sonst? Ich kann mir beim besten Willen nicht vorstellen, mit der breiten Masse zu essen. Bloß nicht, da wird man doch nur angestarrt und permanent fotografiert«, sagte Colette und sah Rachel entsetzt an.

Kurz darauf wurden stapelweise Dampfkörbchen aus Bambus mit Schanghais berühmtester Spezialität aufgetragen. Auf dem Tisch drängten sich saftige *xiao-longbao*-Dumplings in jeder erdenklichen Form sowie andere beliebte Gerichte – handgemachte Nudeln mit Schweinehack, Hühnchen und goldener Bratreis mit Ei, gedünstete grüne

Bohnen mit Knoblauch, Wan Tan mit Gemüse und Schweinefleisch in scharfer Soße, Schanghaier Reiskuchen mit Garnelen und süße Taro-Brötchen. Ehe sie mit dem Essen begannen, platzte Roxanne in den Raum und machte ein paar Schnappschüsse von der lächelnden Colette und all den Köstlichkeiten.

»Sorry, ich will euch nicht vom Essen abhalten, aber meine Fans brauchen stündlich neues Futter!«, erklärte Colette. Schnell ging sie die Fotos mit Roxanne durch und wies diese an: »Nimm das mit den Trüffel-Dumplings für Twitter.«

Nick musste sich das Lachen verkneifen. Diese Colette war echt speziell. Allmählich wurde ihm klar, dass sie gar nicht mit Absicht überheblich tat – sie war einfach offen und unverblümt. Wie jemand, der bereits berühmt oder in eine Königsfamilie hineingeboren worden war, schien Colette tatsächlich keinen blassen Schimmer davon zu haben, wie der Rest der Welt lebte. Im Gegensatz zu ihr war Carlton geradezu bodenständig. Nicks Mutter hatte ihn vorgewarnt, dass Carlton »schrecklich verwöhnt« sei, doch nun war er beeindruckt von dessen makellosen Manieren. Fachmännisch hatte er alle Gerichte ausgewählt, eine Runde Bier bestellt und sich vergewissert, dass alle – vor allem die beiden Frauen – volle Teller hatten, ehe er sich selbst etwas auftat.

»Der erste Dumpling mit Schwein und Krebsfleisch ist für dich«, sagte Carlton und legte Rachel die Teigtasche geschickt in ihren Porzellanlöffel. Rachel knabberte vorsichtig daran und schlürfte die schmackhafte Brühe heraus, ehe sie den Rest der saftigen Fleischfüllung aß.

»Habt ihr das gesehen? Rachel isst sie genau wie Carlton!« Colette war ganz aus dem Häuschen.

»Müssen eindeutig die Gene sein!«, kommentierte Nick. »Und, Rachel, dein Urteil?«

»Oh mein Gott, der beste *xiao longbao*, den ich je gegessen habe!«, schwärmte Rachel. »Die Brühe ist ganz mild und trotzdem intensiv. Ich könnte noch zehn Stück davon essen, die sind wie Crack!«

»Du musst am Verhungern sein«, sagte Colette.

»Eigentlich haben wir vorhin erst eine Kleinigkeit gegessen. Übrigens, tausend Dank für die ganzen Geschenke, Carlton!«

»Geschenke? Was für Geschenke denn?«, fragte Carlton.

»Das ganze Essen von Daylesford Organic?«

»Ach, das war von *mir*!«, rief Colette.

»Echt? Wow, danke schön!«, antwortete Rachel erstaunt.

»Ja, als ich gehört habe, dass Carltons Vater euch im letzten Moment im Hotel untergebracht hat, dachte ich: ›Die Ärmsten! Im Peninsula verhungern die doch! Die können ein bisschen Proviant gebrauchen.‹«

»Ach, die Entscheidung mit dem Hotel fiel in der letzten Minute?«, erkundigte sich Nick.

Colette schürzte die Lippen, als sie bemerkte, was ihr da rausgerutscht war.

Carlton sprang ihr sofort bei: »Äh … nein … Ich meine, mein Vater plant gern monatelang im Voraus, deshalb war das für seine Verhältnisse ziemlich spontan. Er wollte euch beiden in den Flitterwochen was Gutes tun.«

»Also habt ihr euch über die Leckereien gefreut?«, fragte Colette.

»Total! Am liebsten mag ich die Marmeladen«, sagte Nick.

»Ich auch. Ich bin geradezu süchtig danach, seit ich in Heathfield war«, sagte Colette.

»Du warst in Heathfield? Ich war in Stowe«, erzählte Nick.

»Waaas? Ich auch!« Carlton haute begeistert auf den Tisch.

»Hab ich schon vermutet. Das Sakko hat dich verraten«, sagte Nick lachend.

»In welchem Haus warst du?«, fragte Carlton.

»Grenville.«

»Langsam wirds unheimlich! Wer war Hausvater? Fletcher?«

»Chitty. Kannst dir sicher vorstellen, wie wir ihn genannt haben.«

»Haha, klar! Hast du Rugby oder Cricket gespielt?«

Colette verdrehte die Augen und sagte zu Rachel: »Ich glaube, die beiden können wir für den Rest des Abends vergessen.«

»Eindeutig. Genau so ist er, wenn sich mit seinen Singapurer Klassenkameraden trifft. Noch ein paar Drinks und sie fangen an, das Lied über Old Man Soundso zu singen.«[1]

Carlton richtete seine Aufmerksamkeit wieder auf Rachel. »Tut mir leid, ich wollte dich nicht langweilen. Und du bist bestimmt in den Staaten zur Schule gegangen?«

»Ja, auf die Monta Vista High in Cupertino.«

»Du Glückliche!«, sagte Colette. »Ich wurde von meinen Eltern auf eine Schule in England abgeschoben, dabei habe ich immer davon geträumt, auf eine amerikanische High-

1 Und jetzt alle zusammen, ACS-Old-Boys: »In days of yore from western shores, Oldham dauntless hero came …«

school zu gehen. Ich wollte immer wie Marissa Cooper sein.«

»Ohne den Autounfall natürlich«, mischte sich Carlton ein.[1]

»Apropos, schön, dass du dich so gut von deinem Unfall erholt hast«, sagte Nick.

Für einen Sekundenbruchteil verdüsterte sich Carltons Miene. »Danke. Ich bin deiner Mutter übrigens sehr dankbar. Ohne die Reha in Singapur wäre ich bestimmt nicht so schnell wieder auf den Beinen gewesen. Außerdem hätten wir uns alle natürlich nie kennengelernt, wenn sie nicht gewesen wäre.«

»Tja, die Wege des Schicksals sind unergründlich, was?«, sagte Nick.

Wie aufs Stichwort kam Colettes persönliche Assistentin herein und verkündete: »Baptiste ist da.«

»Endlich! Schick ihn rein«, sagte Colette hocherfreut.

»Baptiste ist einer der weltbesten Sommeliers. Er hat früher im Crillon in Paris gearbeitet«, flüsterte Carlton Rachel ins Ohr, als ein Mann mit Zwirbelbart das Separee mit einer Weinflasche betrat, die er derart feierlich in den Händen hielt, als trüge er ein königliches Baby zum Taufbecken.

»Baptiste! Hast du die richtige Flasche gefunden?«, fragte Colette.

»Ja, Château Lafite-Rothschild, Schanghaier Privatreserve«, antwortete Baptiste und reichte Colette die Flasche zur Begutachtung.

1 Siehe *O. C., California*, Staffel drei. Allerdings ging die Serie definitiv den Bach runter, nachdem die Hauptfigur Marissa Cooper, gespielt von der unvergleichlichen Mischa Barton, (Achtung, Spoiler!) bei einem Autounfall getötet wurde. Absolute Fehlentscheidung!

»Bei Bordeaux bevorzuge ich eigentlich die geraden Jahrgänge, aber ihr werdet sehen, dass ich einen ganz besonderen Jahrgang ausgewählt habe – 1981. Ist das nicht dein Geburtsjahr, Rachel?«

»Ja, das stimmt«, sagte Rachel ganz gerührt von Colettes Aufmerksamkeit.

»Darf ich den ersten Toast ausbringen?«, sagte Colette und erhob ihr Glas. »Hier in China ist es extrem selten, dass Kinder unserer Generation Geschwister haben. Ich habe mir immer Geschwister gewünscht, aber mir waren keine vergönnt. Ich kenne Carlton jetzt schon seit ein paar Jahren, aber ich habe ihn noch nie so aufgeregt erlebt wie an dem Tag, an dem er von seiner Schwester erfahren hat. Also, auf euch beide – Carlton und Rachel. Bruder und Schwester!«

»Auf euer Wohl!«, rief Nick.

Daraufhin stand Carlton auf und verkündete: »Als Erstes möchte ich auf Rachel trinken. Ich bin froh, dass du gut hier angekommen bist, und freue mich schon darauf, dich kennenzulernen und all die verpassten Jahre aufzuholen. Und auf Colette – danke, dass du diesen wunderbaren Abend möglich gemacht hast. Ich bin heilfroh, dass du mir einen Arschtritt verpasst und mit mir hergekommen bist. Ich habe heute nicht nur eine Schwester, sondern auch einen Bruder bekommen. Auf Rachel *und* Nick! Willkommen in China! Ich glaube, wir werden einen tollen Sommer haben!«

Nick fragte sich, was Carlton mit dem Arschtritt gemeint hatte, aber er verkniff sich die Frage und sah stattdessen Rachel zärtlich an. Sie hatte Tränen in den Augen. Der Abend war wesentlich schöner, als er sich je hätte träumen lassen.

5

CHARLIE
*WU*THERING TOWERS, HONGKONG

»Mr Wu? In Italien ist es jetzt neun Uhr morgens.« Charlies persönliche Assistentin steckte den Kopf zur Bürotür herein.

»Danke, Alice.« Charlie griff nach seinem ultraprivaten Telefon und rief Astrid auf dem Handy an. Nach dreimal Klingeln ging sie dran.

»Charlie! Oh Gott, danke, dass du zurückrufst!«

»Habe ich dich geweckt?«

»Nein, ich bin schon seit Stunden wach. Du hast bestimmt schon von gestern Abend gehört, oder?«

»Ja, es tut mir total leid –«, setzte Charlie an.

»Nein, *mir* tut es leid. Ich hätte Isabel nichts sagen dürfen.«

»Quatsch, ich hab es vermasselt. Ich hätte früher mit meiner Frau reden sollen.«

»Also hast du mit ihr geredet? Hast du ihr gesagt, dass in Kalifornien die ganze Zeit mein Cousin Alistair dabei war?«

Charlie schwieg. Dann sagte er: »Ja, habe ich. Mach dir keine Sorgen.«

»Sicher? Ich hab heute Nacht kein Auge zugetan. Ich musste die ganze Zeit daran denken, dass ich dich in Schwierigkeiten gebracht habe und Isabel mich jetzt für ein flirtendes Monster hält, das eure Ehe zerstört. Ich hab auch schon versucht, sie irgendwie zu erreichen.«

»Schon okay. Als ich ihr erklärt habe, dass unser Roadtrip durch Kalifornien sich total spontan ergeben hat, weil wir zufällig alle dort waren, war wieder alles in Ordnung für sie.« Er fragte sich, wie überzeugend das wohl klang.

»Ich hoffe, du hast ihr erzählt, dass der romantischste Augenblick war, wie wir Alistair beim Kotzen aus dem Autofenster zugesehen haben, weil er zu viele In-N-Out-Burger gegessen hat.«

»Den Part habe ich ausgelassen, aber keine Sorge, es ist alles in Ordnung«, sagte Charlie und rang sich mühsam einen kleinen Lacher ab.

Astrid stieß einen Stoßseufzer der Erleichterung aus. »Ein Glück! Ich weiß auch nicht, was ich mir dabei gedacht habe. Schließlich war das unsere erste Begegnung, und ich bin die Frau, die –« Sie hielt inne, weil sie nicht wusste, wie sie es ausdrücken sollte.

»Du bist die Frau, die ihren Mann abserviert hat«, stellte Charlie nüchtern fest.

»Ja, wenn man so will. Ich hoffe, sie weiß, dass wir uns inzwischen besser verstehen als je zuvor. Als Freunde natürlich. Gott, wir haben ein furchtbares Paar abgegeben«, sagte Astrid lachend.

»Ich glaube, das ist ihr jetzt klar«, sagte Charlie zögernd. Er wollte endlich das Thema wechseln. »Sag mal, wie ist es denn eigentlich in Venedig? Wo bist du untergekommen?«

»Ich wohne bei Domiella Finzi-Contini. Ihrer Familie

gehört ein spektakulärer Palazzo in der Nähe von Santa Croce. Als ich heute morgen auf meinen Balkon gegangen bin, kam es mir vor, als wäre ich geradewegs in einen Caravaggio hineinspaziert. Erinnerst du dich noch an Domiella? Sie war damals in London an der LSE, aber Teil der ganzen verrückten Clique um Freddie und Xan.«

»Ach ja, wilde blonde Haare, oder?«

»Platinblond, ja, aber inzwischen trägt sie wieder ihre rotbraune Naturfarbe. Jedenfalls hatten wir bis gestern Abend superviel Spaß zusammen.«

Charlie stöhnte hörbar auf. »Mann, tut mir echt leid.«

»Nein, nein, nicht wegen Isabel. Bei mir zu Hause ist auch Drama am Start. Zwei störrische Jungs, die sich nicht benehmen können.«

»Wahrscheinlich vermissen sie Mommy.«

»Jetzt fang du nicht auch noch damit an! Ich hab eh schon ein schlechtes Gewissen, weil Cassian in den Schrank gesperrt wurde.«

»Wie bitte? Wer hat ihn denn in einen Schrank gesperrt?«

»Sein Vater.«

»Was?«, fragte Charlie entgeistert.

»Gestern. Offensichtlich vier Stunden lang. Dabei ist er gerade mal fünf.«

»Astrid, ich würde mein Kind *niemals* in den Schrank sperren, völlig egal wie alt.«

»Danke. Seh ich genauso. Am besten breche ich wohl die Reise ab.«

»Äh, klingt ganz danach, ja.«

Astrid seufzte. »Wann kommt Isabel nach Hause?«

»Freitag, glaube ich.«

»Sie ist unglaublich hübsch. Sie sah gestern Abend so elegant aus, vor allem ihre Kette war der Wahnsinn. Und sie war so höflich zu mir, sogar noch, nachdem ich sie ja ziemlich geschockt haben muss. Ich bin so froh, dass jetzt alles wieder aus der Welt ist.«

»Ich auch«, sagte Charlie und zwang sich zu einem Lächeln. Irgendwo hatte er mal gehört, dass man auch beim Telefonieren ein Lächeln in der Stimme heraushören konnte.

Astrid überlegte. Sie hatte das Bedürfnis, ihren Fauxpas mit einer netten Geste wiedergutzumachen. »Nächstes Mal, wenn Michael und ich in Hongkong sind, gehen wir auf ein Doppeldate. Ich möchte Isabel gern unter normalen Umständen kennenlernen.«

»Mensch, gute Idee. Ein Doppeldate.«

Charlie beendete das Telefonat und stützte sich mühsam von seinem Schreibtisch hoch. Ihm war schwindelig, und sein Magen fühlte sich an, als hätte ihm jemand einen Eimer Schweinefett eingeflößt.

»Alice, ich geh mal kurz runter, frische Luft schnappen«, sagte Charlie in die Gegensprechanlage. Er nahm seinen privaten Expressaufzug ins Untergeschoss und ging durch die Tiefgarage zum Seitenausgang. Im Freien angekommen, lehnte er sich gegen die Betonwand und atmete tief durch. Ein paar Minuten später trottete er zu seinem Lieblingsplatz.

Eingequetscht zwischen den *Wu*thering Towers und dem benachbarten Wolkenkratzer auf der Chater Road befand sich ein Durchgang mit einem improvisierten kleinen Getränkestand. Eine blau-weiße Plane war über zwei mannshohe Kühlschränke voller Softdrinks, Saftpäckchen und frischem Obst gespannt. Unter der einzigen Neonröhre stand die Besitzerin, eine Frau mittleren Alters, die den ganzen Tag frische Sojamilch, Orangen-, Ananas- und Wassermelonensaft zubereitete. Um die Mittagszeit und nach Feierabend musste man meist Schlange stehen, aber jetzt am Nachmittag war nichts los.

»Na, schwänzen Sie wieder?«, neckte die Frau Charlie auf Kantonesisch. Sie kannte ihn schon, weil er häufig zu ungewöhnlichen Zeiten aus dem Büro zu ihr kam.

»Na klar, bei jeder Gelegenheit, Auntie.«

»Ich mach mir Sorgen um Sie, mein Sohn. Sie machen zu oft Pause. Eines Tages erwischt Sie Ihr Boss hier bei mir, und dann schmeißt er Sie achtkantig raus.«

Charlie grinste. Sie war weit und breit die Einzige, die keine Ahnung hatte, wer er war, geschweige denn, dass das fünfundfünfzigstöckige Hochhaus, das ihr den ganzen Tag Schatten spendete, ihm gehörte. »Eine kalte Sojamilch hätte ich gern.«

»Sie sehen aber heute gar nicht gesund aus. Warum sind Sie so blass um die Nase? Sie sollten nichts Kaltes trinken, Sie brauchen jetzt was Warmes, um Ihr Chi aufzuwecken.«

»Das kommt vom vielen Arbeiten«, erklärte Charlie halbherzig.

»Das kommt davon, wenn man den ganzen Tag in klimatisierten Räumen verbringt. Die verbrauchte Luft wird doch bloß verwirbelt. Das tut Ihnen nicht gut«, fuhr die Frau fort. Da klingelte ihr Handy, und sie quasselte ein paar Minuten hinein. Nebenbei goss sie heißes Wasser in einen FIFA-Weltmeisterschaftsbecher und gab einige Scheiben Ginsengwurzel, ein paar Löffel Grasgelee und Zuckersirup dazu. »Trinken Sie das!«

»Danke, Auntie«, sagte Charlie und setzte sich auf die umgedrehte Milchkiste an dem kleinen Resopalklapptisch.

Er nahm ein paar vorsichtige Schlucke, obwohl er Grasgelee eigentlich gar nicht mochte, aber er war zu höflich, es ihr zu sagen.

Die Frau war jetzt fertig mit Telefonieren und erzählte aufgeregt: »Das war mein Aktienhändler. Ich geb Ihnen einen heißen Tipp! Sie müssen TTL Holdings shorten. Kennen Sie TTL? Der Besitzer war Tai Toh Lui, dieser Kerl, der vor zwei Jahren im Bordell in Suzhou an einem Herzinfarkt gestorben ist. Der Nichtsnutz von Sohn, der alles geerbt hat, wurde von der Elf-Finger-Triade entführt! Das hat mein Broker rausgefunden. Wenn das an die Öffentlichkeit kommt, geht der Kurs in den Keller.«

»Lassen Sie mich das Gerücht lieber vorher noch mal überprüfen, bevor Sie mit dem Shorten anfangen«, riet Charlie.

»*Aiya*, aber ich habe meinem Broker schon gesagt, er soll loslegen. Wenn ich nicht schnell genug bin, kommt doch nichts dabei rum.«

Charlie zückte sein Handy und rief Aaron Shek, seinen Finanzvorstand, an. »Hey, Aaron, du spielst doch mit dem CEO von TTL Golf, oder? Es geht das Gerücht um, dass Bernard von der Elf-Finger-Triade entführt worden ist. Kannst du das bitte für mich überprüfen? Ach, das ist nicht nötig? Wie meinst du das?« Charlie hörte zu, was Aaron am anderen Ende der Leitung erzählte, und prustete los. »Sicher? Mann, das ist ja noch viel besser als die Entführungsgeschichte, aber da du es bist, will ich dir mal glauben.«

Er legte auf und sah die Frau an. »Ich habe gerade mit einem Freund gesprochen, der Tai Toh Luis Sohn gut kennt. Er wurde nicht entführt. Er ist auf freiem Fuß und wohlauf.«

»Wirklich?«, fragte die Frau erstaunt.

»Decken Sie Ihre Shorts noch heute, dann machen Sie ordentlich Profit. Das ist nur ein boshaftes Gerücht, glauben Sie mir. Ihr Broker ist bestimmt vertrauenswürdig, aber es gibt viele halbseidene Typen da draußen. Die streuen solche Gerüchte, um den Preis einer Aktie ein paar Punkte zu drücken und ein schnelles Geschäft zu machen.«

»*Aiya*, diese Gerüchteküche! Genau das ist es, was falsch läuft in der Welt. Jeder belügt jeden.«

Charlie nickte. Ihm kamen die Worte seines Vaters in den Sinn. Es war schon lange her, damals im Krankenhaus, als Wu Hao Lian wie so oft geglaubt hatte, es ginge mit ihm zu Ende. Dann stand Charlie am Fußende seines Betts, während sein Vater seine letzten Worte an ihn richtete, stundenlang. Neben den umfassenden Mahnungen, dafür Sorge zu tragen, dass seine Mutter niemals aus dem großen Haus in Singapur ausziehen musste und die Thai-Ladyboys seines kleinen Bruders ausbezahlt wurden, war sein stetiger Refrain: *Meine Befürchtung ist, dass du alles, was ich im Laufe der letzten dreißig Jahre aufgebaut habe, in Grund und Boden wirtschaftest, sobald du das Ruder übernommen hast. Bleib bei deinen Innovationen! Finanzen liegen dir nicht, und das wird sich auch nie ändern. Sorg dafür, dass im Management immer die allergrößten Arschlöcher sitzen – stell nur Absolventen von Harvard oder Wharton MBA ein – und halte dich raus. Du bist so schrecklich ehrlich, einfach kein guter Lügner.*

Was die Leitung der Firma anging, hatte Charlie seinem Vater das Gegenteil bewiesen, aber im Prinzip hatte er recht. Er hasste Unehrlichkeit, und wenn er dazu gezwungen war, fühlte sich sein Magen an wie in einen Schraubstock gezwängt. Und jetzt ging es ihm so schlecht, weil er Astrid angelogen hatte.

»Trinken Sie aus, das ist teurer Ginseng, den ich Ihnen da reingetan habe!«, tadelte die Frau.

»Ja, Auntie.«

Nachdem er tapfer den Rest des Tranks hinuntergewürgt und bezahlt hatte, kehrte Charlie in sein Büro zurück und setzte sich an den Computer, um eine E-Mail zu schreiben:

Von: Charlie Wu <charles.wu@wumicrosystems.com>
Gesendet: 10. Juni 2013, 17:26
An: Astrid Teo <astridleongteo@gmail.com>
Betreff: Geständnis

Hi Astrid,

ich weiß nicht so recht, wie ich anfangen soll, also rücke ich einfach direkt mit der Sprache raus. Ich war nicht ganz ehrlich zu dir. Isabel ist stinksauer auf mich. Sie hat mich mitten in der Nacht angerufen und total zusammengeschissen, und dann hat sie veranlasst, dass unsere Töchter zu ihren Eltern gebracht werden. Sie hat sich geweigert, mich anzuhören, und jetzt ruft sie nicht zurück. Grégoire hat mir erzählt, dass sie heute Morgen passenderweise mit Pascal Pangs Jacht losgesegelt ist. Ich glaube, sie wollten nach Sizilien.

Ehrlich gesagt haben Isabel und ich es schon auf unserer zweiten Hochzeitsreise auf die Malediven nicht geschafft, unsere Ehe zu kitten. Zwischen uns läuft es schlechter als je zuvor, und ich wohne schon eine ganze Weile wieder in meiner Wohnung in den Mid-Levels. Unsere einzige Abmachung war, dass ich nichts tue, was sie in der Öffentlichkeit bloßstellt. Ihr war nur wichtig, dass sie ihr Gesicht nicht verliert. Leider ist genau das gestern Abend passiert. Ihr Ruf als glücklich Verheiratete ist in Gegenwart von Pascal Pang ruiniert worden, und du kennst ihn ja: Was er weiß, macht bald in ganz Hongkong die Runde. Aber eigentlich ist mir das inzwischen egal.

Ach Astrid, ich glaube, ich muss weiter ausholen. Meine Ehe mit Isabel war von Anfang an ein Fehler. Alle denken, ich wäre nach Hongkong geschickt worden, um mich um die hiesigen Familiengeschäfte zu kümmern, aber in Wahrheit bin ich geflohen. Nach der Trennung von dir war ich monatelang am Boden zerstört. In der Firma war ich zu nichts zu gebrauchen, sodass mein Vater mich in die F&E-Abteilung abgeschoben hat. Und dort bin ich aufgeblüht. Habe mich in die Entwicklung neuer Produktlinien hineingefuchst, statt einfach die besten Tech-Firmen in Silicon Valley zu kopieren. Dass unser Unternehmen infolgedessen exponentiell gewachsen ist, habe ich also dir zu verdanken.

Isabel habe ich dann bei einer Party auf einer Jacht kennengelernt, und wie der Zufall es wollte, waren die Gastgeber dein Cousin Eddie Cheng und sein bester Freund Leo Ming. Eddie war einer der wenigen, die wirklich Mitleid mit mir hatten. Ich muss gestehen, anfangs habe ich mich von Isabel ferngehalten, weil sie mich an dich erinnerte. Genau wie du wurde sie wegen ihres Aussehens überall unterschätzt. Wie sich herausstellte, war sie nämlich eine extrem clevere Anwältin, die ihren Abschluss an der Birmingham Law School gemacht und sich ruckzuck zu einer der besten Prozessanwältinnen Hongkongs gemausert hatte. Und sie hob sich durch Stil und gute Umgangsformen von der Masse ab. Ihr Vater war Jeremy Lai, ebenfalls ein ausgezeichneter Rechtsanwalt. Die Lais sind eine Familie mit altem Geld aus Kowloon Tong, und ihre Mutter stammt aus einer reichen indonesisch-chinesischen Familie. Auf keinen Fall wollte ich mich in eine weitere unerreichbare Prinzessin verlieben, die nicht aus dem Regelkorsett ihrer Familie ausbrechen kann.

Aber als ich sie dann kennenlernte, stellte ich schnell fest, dass sie überhaupt nicht war wie du. Das ist echt nicht böse gemeint, aber sie war das komplette Gegenteil – wild und unbefangen, völlig sorglos. Das fand ich total anziehend. Die Meinung ihrer Familie war ihr scheißegal, und wie sich herausstellte, glaubten sie, das Universum würde sich nur um sie drehen und sie wäre unfehlbar. Und zu allem Überfluss mochten ihre Eltern mich auch noch. (Ich glaube, das lag zum Teil daran, dass sie vor mir mit einem Schotten, einem Australier und einem Afro-Amerikaner zusammen war – nacheinander – und sie einfach erleichtert waren, als sie einen Chinesen mit nach Hause brachte.) Jedenfalls haben sie mich von Anfang an in ihrem Kreis willkommen geheißen, und es war so angenehm, von der Familie meiner Freundin zur Abwechslung einmal akzeptiert und sogar gemocht zu werden. Nach einem halben Jahr turbulenter Romanze haben wir geheiratet, und den Rest kennst du ja.

Wobei, eigentlich nicht.

Alle glaubten, wir hätten so schnell geheiratet, weil sie schwanger war. Und es stimmt, sie war schwanger, aber nicht von mir. Das, was ich an Isabel anfangs so geliebt habe – ihre Unberechenbarkeit –, war zugleich Fluch und Segen. Denn nach drei Monaten Beziehung verschwand sie auf einmal. Es lief so gut zwischen uns, dass ich allmählich über die Trennung von dir hinweg war. Doch dann war Isabel eines Tages verschwunden. Offensichtlich hatte sie sich mit einem ihrer indonesischen Cousins auf einen Drink im Florida getroffen (du weißt schon, diese grässliche Bar in Lan Kwai Fong), und der hatte noch einen Freund dabei. Irgend so ein indonesischer Modeltyp. Bevor ihr Cousin wusste, wie ihm geschah, war sie auch schon mit seinem Freund durchgebrannt. Ein paar Tage später fand ich raus, dass sie sich in einer Privatvilla in Maui versteckten und eine wilde Affäre hatten. Sie weigerte sich, zurück nach Hongkong zu kommen, und brach den Kontakt zu uns allen ab. Ich verstand die Welt nicht mehr. Wir haben uns Riesensorgen gemacht, ihre Eltern und ich.

Dann kam heraus, dass sie das schon mal gemacht hatte. Mehrmals sogar. Im Jahr zuvor hatte sie bei einem Flug nach London einen Afro-Amerikaner kennengelernt, überstürzt ihren Job gekündigt und war mit ihm nach New Orleans gegangen. Zwei Jahre zuvor waren es der australische Surfer und eine Eigentumswohnung an der Gold Coast. Mir war bald klar, dass das Problem größer war, als wir gedacht hätten – meine Schwester studierte damals Psychopharmakologie und hatte den Verdacht, Isabel könne an einer Borderline-Persönlichkeitsstörung leiden. Ich versuchte, mit ihren Eltern darüber zu sprechen, aber sie wollten nichts davon wissen. Dass ihre geliebte Tochter psychisch krank sein sollte, war für sie undenkbar – dabei kann man mit der richtigen Medikation gut damit leben. Doch in keiner dieser Phasen waren sie mit ihr zum Psychologen gegangen, um nach den Ursachen zu forschen. Sie hatten sich einfach mit ihren »Drachen-Phasen« abgefunden, wie sie es nannten. Sie ist im Jahr des Drachen geboren, und deshalb musste er fortan für ihr Benehmen herhalten. Sie beknieten mich, nach Hawaii zu fliegen und sie »zu retten«.

Also habe ich das gemacht. Ich flog nach Maui, wo sich herausstellte, dass das Männermodel längst über alle Berge war und Isabel mit einer Gruppe von Radical Faeries in einer Art Kommune lebte. Und sie war schwanger. Im vierten Monat. Sie hatte ihre manische Phase zwar überwunden, traute sich aber nicht mehr nach Hause. Für eine Abtreibung war es zu spät, sie wollte ihr Kind nicht aufgeben, konnte so aber auch nicht nach Hongkong zurückkehren. Sie sagte mir, niemand hätte sie je so sehr geliebt wie ich, und flehte mich an, sie zu heiraten. Ihre Eltern flehten mich an, es direkt auf Hawaii zu tun. Und das habe ich gemacht. Wir heirateten »im kleinen Kreis, nur mit der engsten Familie« im Halekulani Hotel in Waikiki.

Du sollst wissen, dass ich sehenden Auges in diese Ehe gegangen bin. Ich habe das Gute in Isabel erkannt, trotz ihrer Krankheit, und wollte ihr unbedingt helfen. Wenn alles in Ordnung war und ihr sonniges Wesen auf einen abstrahlte, war das unvergleichlich. Sie hatte eine anziehende, tolle Persönlichkeit, und in diesen Teil von ihr war ich verliebt. Oder zumindest redete ich mir das ein. Ich glaubte, mit einem bodenständigen Ehemann an ihrer Seite, einem Mann, der mit ihren psychischen Problemen umgehen konnte, würde alles gut werden.

Aber nichts wurde gut. Nach Chloes Geburt spielten die Hormone Isabel übel mit, und sie hatte lange mit einer schrecklichen postpartalen Depression zu kämpfen. Auf einmal hasste sie mich und machte mich für all ihre Probleme verantwortlich, und wir schliefen nicht mehr zusammen. (Ich meine, im gleichen Schlafzimmer, denn in körperlicher Hinsicht war schon seit der Geschichte in Maui nichts mehr gelaufen.) Nur das Baby und das Kindermädchen durften in ihrem Schlafzimmer wohnen. Es war eine ungewöhnliche Situation – milde ausgedrückt.

Eines Morgens wachte sie auf, und es war, als wäre nie etwas geschehen. Ich zog zurück ins Schlafzimmer und das Kindermädchen und Chloe in ihr eigenes Zimmer. Zum ersten Mal seit einem Jahr war Isabel eine liebende Ehefrau. Sie ging wieder zur Arbeit, und wir nahmen unser Sozialleben als Paar auf. Ich konnte mich wieder etwas mehr auf meine Arbeit konzentrieren, und Wu Microsystems ging durch eine weitere enorme Wachstumsphase. Isabel wurde schwanger mit Delphine, und ich dachte, wir hätten das Schlimmste hinter uns.

Doch dann veränderte sich ein weiteres Mal alles schlagartig. Diesmal war es weniger dramatisch – kein romantisches Strohfeuer mit irgendeinem geheimnisvollen Fremden, keine Flucht nach Istanbul oder auf die Isle of Skye. Stattdessen stellte sich Isabels neues Verhalten als hinterlistig und destruktiv heraus. Sie behauptete, heimliche Affären mit verheirateten Männern zu haben. Drei davon aus ihrer Kanzlei – du kannst dir vorstellen, was für ein Chaos das im Büro auslöste. Außerdem war sie mit einem prominenten Richter verbandelt, dessen Frau von der Affäre erfuhr und drohte, das Ganze öffentlich zu machen. Ich erspare dir die Details, aber von da an führten Isabel und ich im Grunde genommen getrennte Leben. Ich wohnte in der Wohnung in den Mid-Levels und sie mit unseren Töchtern im Haus auf dem Peak.

Als du dann wieder in mein Leben tratst, sind mir zwei Dinge bewusst geworden: Erstens, dass ich nie aufgehört habe, dich zu lieben. Du warst meine erste Liebe, und ich liebe dich seit dem Tag, an dem wir uns mit fünfzehn in der Kirche in Fort Canning kennengelernt haben. Und zweitens ist mir klar geworden, dass du, anders als ich, unsere Beziehung hinter dir gelassen hast. Ich habe gesehen, wie sehr du Michael liebst und wie du um eure Ehe gekämpft hast. Ich wusste, dass ich von Anfang an unfair zu Isabel war, weil ich noch nicht über dich hinweg war. Ich habe mich nie mit Leib und Seele auf sie eingelassen. Aber ich war fest entschlossen, das zu ändern. Ich wollte dich endlich vergessen und dachte, damit könnte ich meine Ehe retten, Isabel retten. Ich wollte in der Lage sein, sie frei und ehrlich zu lieben und meine Töchter so sehr zu lieben, wie du Cassian liebst.

Und deshalb habe ich mich noch mehr bemüht, und irgendwie wurdest du so etwas wie meine Eheberaterin. In meinen Bemühungen, meine Ehe zu retten, wurden deine E-Mails in den letzten zwei Jahren mein Leuchtfeuer in der Nacht. Aber wie du siehst, hat nichts davon geholfen. Und ich bin schuld daran. Isabel und ich sind ganz unten angekommen. Das Ende war unausweichlich.

Diese wirre Mail ist mein Versuch, dir zu sagen, dass du kein schlechtes Gewissen haben sollst wegen dem, was in Venedig zwischen dir und Isabel passiert ist. Und vor allem will ich, dass du die ganze Geschichte kennst, denn ich möchte nicht länger mit der Lüge zwischen uns leben. Ich hoffe, du kannst mir verzeihen, dass ich nicht von Anfang an ehrlich zu dir war. Du bist einer der Lichtblicke in meinem vermasselten Leben, und unsere Freundschaft ist mir wichtiger denn je.

Von ganzem Herzen
Charlie

Charlie saß vor seinem Computer und las die E-Mail wieder und wieder. Es war fast neunzehn Uhr in Hongkong. In Venedig wäre jetzt Mittag. Wahrscheinlich saß Astrid gerade bei einem Lunch am Pool im Cipriani. Er holte tief Luft und klickte auf »Löschen«.

6

CARLTON UND COLETTE

SCHANGHAI, CHINA

»Du hast mir das Herz gebrochen. Und ich weiß nicht, ob es sich davon je wieder erholen wird«, jammerte sie.

»Ich versteh nicht, was dein Problem ist«, stöhnte Carlton auf Mandarin.

»Das verstehst du nicht? Ist dir nicht klar, wie sehr du mir wehgetan hast? Wie kannst du so herzlos sein?«

»Erklär mir doch, wieso ich herzlos bin. Ich kapier es wirklich nicht. Ich versuche bloß, das Richtige zu tun.«

»Du hast mich hintergangen! Du hast dich auf seine Seite geschlagen. Und mich damit vernichtet!«

»Ach, Mutter, jetzt sei nicht so melodramatisch!«, schnaubte Carlton in sein Handy.

»Ich habe dich nach Hongkong mitgenommen, um dich zu schützen! Begreifst du das denn nicht? Und du hast das Unverzeihliche getan – du hast dich widersetzt und bist zurück nach Schanghai geflogen, um dieses Mädchen zu treffen. Diesen Bastard!«

Carlton lag auf seinem Kingsize-Bett in Schanghai und konnte das vulkanische Brodeln seiner Mutter am anderen

Ende der Leitung in Hongkong förmlich spüren. Er versuchte, einen ruhigeren Ton anzuschlagen. »Sie heißt Rachel, und du übertreibst gnadenlos. Ich glaube, du würdest sie sogar sehr mögen. Und das sage ich nicht nur so dahin. Sie ist intelligent – wesentlich intelligenter als ich –, aber sie bildet sich nichts darauf ein. Sie ist zu einhundert Prozent authentisch.«

Shaoyen schnaubte höhnisch. »Du dummer, dummer Junge. Wie konnte ich bloß einen Sohn großziehen, der so dumm ist? Je mehr du dich von ihr um den Finger wickeln lässt, desto mehr steht für dich auf dem Spiel, begreifst du das denn nicht?«

»Und was soll das bitte schön sein?«

»Muss ich dir das wirklich erklären? Die bloße Existenz dieses Mädchens bringt Schande über unsere Familie. Sie befleckt unseren Namen. *Deinen* Namen. Ist dir nicht klar, was die Leute von uns denken werden, wenn sie erfahren, dass dein Vater eine uneheliche Tochter mit irgendeiner Landpomeranze hat, die ihr eigenes Baby entführt und nach Amerika gebracht hat? Bao Gaoliang, die große Hoffnung der Partei? Seine Feinde warten doch nur darauf, ihn zu stürzen. Ist dir nicht klar, wie hart ich mein ganzes Leben gearbeitet habe, um unsere Familie dahin zu bringen, wo sie heute ist? *Aiya*, es ist eine Strafe Gottes. Ich hätte dich nie nach England schicken dürfen, dann hättest du dich nicht in solche Schwierigkeiten gebracht. Beim Autounfall ist dir noch der letzte Rest von Vernunft abhandengekommen!«

Colette, die bis dahin schweigend neben Carlton gelegen hatte, musste beim Anblick seiner entnervten Miene kichern. Carlton warf ihr ein Kissen aufs Gesicht.

»Mutter, ich verspreche dir, dass Rachel keine Schande über unsere … autsch … Familie bringen wird.« Er keuchte, als Colette ihm neckisch in die Rippen pikste.

»Aber das tut sie doch längst! Du ruinierst deinen Ruf, wenn du dich mit diesem Mädchen in ganz Schanghai zeigst!«

»Also, Mutter, so ist es nun auch wieder nicht«, sagte Carlton und kitzelte Colette.

»Fang Ai Lans Sohn hat euch gestern Abend im Kee Club gesehen. Wie leichtsinnig von dir, dich mit ihr an so einem öffentlichen Ort zu zeigen!«

»In den Kee Club gehen doch alle möglichen Leute! Genau deshalb waren wir ja da. Dort ist sie nicht aufgefallen. Keine Sorge, ich stelle sie allen als die Frau von meinem Freund Nick vor. Nick war auch in Stowe, das macht die Geschichte umso glaubwürdiger.«

Doch Shaoyen ließ nicht locker. »Fang Ai Lan hat mir erzählt, ihr Sohn hätte gesagt, du hättest dich zum Affen gemacht mit einer Frau an jedem Arm – Colette und irgendein Mädchen, das er nicht kannte. Ich bin vor Scham im Boden versunken!«

»Ryan Fang ist doch bloß neidisch, weil er keine zwei hübschen Frauen an seiner Seite hatte. Er ist einfach verbittert, weil seine Eltern ihn gezwungen haben, Bonnie Hui zu heiraten, die aussieht wie ein Nacktmull – und das auch nur an guten Tagen.«

»Ryan Fang ist ein durch und durch guter Sohn. Er hat immer auf seine Eltern gehört und getan, was das Beste für seine Familie war. Und jetzt wird er der jüngste Parteisekretär in der Geschichte der –«

»Von mir aus kann er auch der jüngste Herrscher von

Westeros sein, der den Eisernen Thron besteigt«[1], schnitt Carlton ihr das Wort ab.

»Dazu hat dich doch garantiert diese Colette angestiftet. Sie hat das angezettelt! Dabei wusste sie, dass ich dich diese Woche von Schanghai fernhalten wollte.«

»Bitte halte Colette da raus. Sie hat nichts damit zu tun.«

Als Colette ihren Namen hörte, setzte sie sich rittlings auf Carlton und zog ihr Oberteil aus. Carlton ließ lüstern den Blick über ihren Körper schweifen. Gott, er konnte einfach nicht genug von ihren makellos geformten Brüsten bekommen.

»Gib Gas, Cowboy!«, flüsterte sie. Carlton hielt ihr den Mund zu, und sie biss ihm in die Hand.

»Ich weiß doch, was Colette für einen schlechten Einfluss auf dich hat. Seit du mit ihr zusammen bist, machst du mir nichts als Kummer.«

»Wie oft muss ich dir noch sagen, dass wir nicht zusammen sind. Wir sind bloß Freunde«, stieß Carlton hervor, während Colette sich langsam an ihm rieb.

»Wer's glaubt! Wo hast du denn heute Nacht geschlafen? Ai-Mei hat gesagt, du wärst seit Tagen nicht zu Hause gewesen.«

»Ich habe Zeit mit meiner Schwester verbracht, und da du ihr ja verboten hast, auch nur einen Fuß in dein Haus zu setzen, musste ich wohl oder übel bei ihnen im Hotel übernachten.« In Wirklichkeit hatte sich Carlton in der gigantischen Presidential Suite im Portman Ritz-Carlton ver-

1 Dabei weiß doch jeder, dass Tommen Baratheon mit seinen sieben Jahren der jüngste Herrscher ist, der den Eisernen Thron besteigt. (Siehe *Sturm der Schwerter* von George R. R. Martin.)

steckt, wo keiner der Spione seiner Mutter ihn vermuten würde.

»Oh Gott, jetzt nennst du sie schon deine *Schwester*!«

»Mutter, ob es dir gefällt oder nicht, sie *ist* meine Schwester.«

»Du bringst mich noch um, mein Sohn. Und mein Herz muss zuerst dran glauben.«

»Ja, Mutter, ich weiß. Immer dieselbe Leier: Ich bin so eine Enttäuschung, ich habe meine Vorfahren enttäuscht, du hast keine Ahnung, wozu in aller Welt du die Wehen bei meiner Geburt auf dich genommen hast«, sagte Carlton und legte auf.

»Meine Güte, diesmal hat deine Mutter aber ganz schön dick aufgetragen, oder?«, fragte Colette auf Englisch. (Von all ihren Partnern war Carlton der einzige mit vornehmem britischem Akzent, den sie so wahnsinnig anziehend fand.)

Carlton stöhnte. »Sie hat meinen Vater gestern Abend nach einem Riesenstreit rausgeworfen. Er musste um zwei Uhr nachts ins Upper House einchecken. Wahrscheinlich wollte sie mir auch noch ein schlechtes Gewissen einreden.«

»Aber warum? Du kannst doch nun wirklich gar nichts für die ganze Situation.«

»Mein Reden! Sie dreht völlig am Rad! Ihre einzige Sorge ist, dass Rachel irgendwie den Ruf unserer Familie ruiniert, dabei setzt sie mit ihrem seltsamen Verhalten vor allem ihren eigenen Ruf aufs Spiel.«

»Sie benimmt sich *wirklich* ziemlich seltsam in letzter Zeit, oder? Eigentlich mochte sie mich doch.«

»Sie mag dich immer noch«, sagte Carlton wenig überzeugend.

»Klar, das kauf ich dir sofort ab.«

»Glaub mir, der Einzige, auf den sie gerade sauer ist, ist mein Vater. Sie hat sich geweigert, Hongkong zu verlassen, und als er gesagt hat, er würde allein nach Schanghai fliegen, hat sie ihm mit der Scheidung gedroht, sollte er versuchen, sich mit Rachel zu treffen. Sie fürchtet einen Skandal, wenn die beiden zusammen in der Öffentlichkeit gesehen werden.«

»Wow. So schlimm ist es?«

»Ach, das ist doch eine leere Drohung. Sie ist einfach völlig in ihrer Wut gefangen.«

»Ich könnte doch ein Abendessen für Rachel bei mir zu Hause geben, damit sie deinen Vater heimlich treffen kann. Das ist immerhin kein öffentlicher Ort.«

»Du willst die Situation doch bloß noch anheizen, gibs zu.«

»Ich heize die Situation an? Ich bin bloß gastfreundlich zu deiner Schwester. Es ist doch lächerlich, sie ist seit einer Woche in Schanghai, und dein Vater hat sich immer noch nicht mit ihr getroffen. Dabei war er doch derjenige, der sie eingeladen hat!«

Carlton dachte einen Augenblick darüber nach. »Einen Versuch wäre es wert. Ich weiß allerdings nicht, ob mein Vater kommen würde. Er wehrt sich zwar mit Händen und Füßen gegen meine Mutter, aber am Ende tanzt er doch immer nach ihrer Pfeife.«

»Überlass das ruhig mir. Ich rufe deinen Vater an und behaupte, es wäre eine Einladung *meines* Dads. Die wird er nicht ausschlagen und auch nicht damit rechnen, dass Rachel kommt.«

»Du bist echt nett zu Rachel und Nick.«

»Na klar. Sie ist deine Schwester, und ich genieße die

Zeit mit den beiden. Es kommt mir vor, als würden sie zu einer anderen Spezies gehören. Rachel ist cool, sie sagt, was sie denkt. Und sie ist eine richtige Banane[1], oder? Allein wie sie sich anzieht, diese ganzen No-Name-Klamotten und der fehlende Schmuck. So eine Chinesin habe ich noch nie getroffen. Nick habe ich noch nicht ganz durchschaut. Meintest du nicht, seine Eltern wären reich?«

»Also, ich glaube, sie haben schon Geld, aber *so* reich sind sie anscheinend auch wieder nicht. Der Vater war Ingenieur, ist inzwischen aber nur noch Sportangler. Und Mrs Young betreibt Daytrading, soweit ich weiß.«

»Er ist jedenfalls sehr gut erzogen. Er hat so eine ganz bestimmte Art von entspanntem Charisma und makellosen Manieren. Ist dir aufgefallen, dass er im Aufzug immer alle Frauen zuerst aussteigen lässt?«

»Nee.«

»Daran erkennt man den wahren Gentleman. Und das kann er nicht aus Stowe haben, denn deine Manieren sind grausam.«

»Klappe! Du magst ihn doch bloß, weil er wie dieser koreanische Mädchenschwarm aussieht, auf den du so stehst.«

»Bist du eifersüchtig? Wie süß! Keine Sorge, ich habe nicht vor, deiner Schwester den Mann auszuspannen. Was ist er noch mal, Unidozent?«

»Ja, für Geschichte.«

Colette kicherte. »Ein Professorenpärchen! Stell dir mal ihre Kinder vor. Ich frag mich wirklich, wieso deine Mutter sich von solchen Leuten bedroht fühlt.«

1 Außen gelb, innen weiß.

Carlton seufzte. Tief in seinem Innern wusste er, warum seine Mutter sich so benahm. Es hatte überhaupt nichts mit Rachel zu tun, sondern mit seinem Unfall. Sie hatten nie darüber gesprochen, aber er wusste, dass der Unfall seine Mutter völlig verändert hatte. Sie hatte schon immer zu Gefühlsausbrüchen geneigt, aber seit London war sie aufbrausender denn je. Wenn er doch nur die Uhr zurückdrehen könnte. Den Abend, der alles kaputt gemacht hatte, aus seinem Leben streichen könnte. Er rollte sich auf die Seite, von Colette weg.

Colette spürte, dass die dunkle Wolke sich wieder über Carltons Gemüt gelegt hatte. In letzter Zeit ging das so schnell. Eben war noch alles in bester Ordnung, und plötzlich verschwand er in einem schwarzen Loch der Verzweiflung. Um ihn aus seinem Stimmungstief zu holen, knöpfte sie ihm das Hemd auf und zeichnete Kreise um seinen Nabel. »Ich liebe es, wenn du schmollst und grummelst«, flüsterte sie ihm ins Ohr.

»Ich hab keine Ahnung, wovon du sprichst.«

»Hast du wohl!« Colette stellte je einen Fuß neben Carlton aufs Bett und stand auf. »Glaubst du, es stimmt, dass Präsident Obama der Letzte war, der in diesem Bett geschlafen hat?«

»Das Hotel ist die reinste Festung. Alle Präsidenten übernachten hier«, sagte Carlton nüchtern.

»Aber ich wette, *diesen* Ausblick hatte nicht mal Mr Obama«, sagte Colette und zog ihre Panty von Kiki de Montparnasse langsam und verführerisch aus.

Carlton sah nach oben. »Das glaub ich allerdings auch.«

7

NICK UND RACHEL

SCHANGHAI, CHINA

Als Nick die Augen aufschlug, fiel sein Blick auf Rachel, die am Fenster in der Sonne saß und an ihrem Kaffee nippte. »Wie spät ist es?«, fragte er.

»Gleich Viertel vor eins.«

Wie von der Tarantel gestochen sprang Nick auf. »Scheiße! Wieso hast du mich nicht geweckt?«

»Du hast so schön geschlafen, außerdem haben wir doch Urlaub!«

Nick reckte und streckte sich stöhnend. »Oah. Fühlt sich aber überhaupt nicht nach Urlaub an.«

»Du brauchst bloß einen Kaffee.«

»Und Aspirin. Viel Aspirin.«

Rachel lachte. Seit ihrer Ankunft letzte Woche hatten die beiden sich von Carltons turbulentem Sozialleben mitreißen lassen. Eigentlich war es eher Colettes Sozialleben, denn sie waren auf unzähligen Partys in Modeboutiquen gewesen, bei Zwölf-Gänge-Banketten, Vernissagen, Soft Openings von Restaurants, einer Lesung im französischen Konsulat, VIP-Aftershow-Partys (gefolgt von diversen VVIP-

After-Aftershow-Partys) und bei einer sogenannten »ortsspezifischen transmedialen Performance« – immer auf Einladung von Colette. Und das alles, *bevor* sie die Nacht in Clubs durchfeierten.

»Wer hätte gedacht, dass Schanghais Nachtleben sogar das von New York in den Schatten stellt. Heute brauche ich dringend einen ruhigen Abend. Meinst du, dein Bruder wäre sauer?«, fragte Nick.

»Wir sagen Carlton einfach, dass wir zu alt für seine Kumpel sind«, sagte Rachel und pustete in ihre Kaffeetasse.

»Sagt diejenige, die gestern permanent angegraben wurde! Im MINT dachte ich echt, ich müsste meine Ninja-Moves auspacken, um diese Franzosen zu verjagen.«[1]

Rachel lachte. »Du bist so ein Honk!«

»Ich bin ein Honk? *Ich* bin kein Technik-Nerd. Irre ich mich, oder hat jeder Europäer in Schanghai irgendeine App entwickelt, die die Welt verändern wird? Und müssen die alle einen Dreitagebart haben? Ich will mir gar nicht vorstellen, wie es ist, die zu küssen.«

»Och, dabei wäre das echt heiß, dir und diesem süßen Typen von der Polytechnique beim Knutschen zuzugucken! Wie hieß er noch? Loïc?«, witzelte Rachel.

1 Unter den rund 220000 Ausländern, die in Schanghai leben und arbeiten, sind inzwischen über 20000 Franzosen, und darunter wiederum erschreckend viele Absolventen von INSEAD oder der École Polytechnique. Da Europa immer noch im wirtschaftlichen Koma liegt, wandern Absolventen der europäischen Elite-Unis in Scharen nach Schanghai aus. Keiner von ihnen spricht auch nur ein Wort Mandarin, aber wozu auch, die Barkeeper im MINT, Mr & Mrs Bund und in der Bar Rouge tun das schließlich auch nicht.

»Danke, aber da nehme ich lieber diese Claryssa oder Chlamydia, oder wie diese Freundin von Colette hieß.«

»Haha, Chlamydien kannst du dir bei der auf jeden Fall holen! Meinst du diese Tussi mit den falschen Wimpern, die dich direkt gefragt hat, ob du einen amerikanischen Pass hast?«

»Die waren nicht echt?«

»Schatz, nichts an der war echt! Hast du ihren Gesichtsausdruck gesehen, als Colette ihr eröffnet hat, dass wir verheiratet sind? Ich frag mich, wie die unsere Eheringe übersehen konnte.«

»Du meinst, so ein kleines goldenes Ding könnte solche Leute aufhalten? Die Frauen hier sind nicht imstande, deine Signale richtig zu deuten. Du verwirrst sie – du siehst zwar chinesisch aus, aber du verhältst dich nicht wie eine typische Ehefrau. Deshalb ist ihnen nicht klar, dass wir zusammen sind.«

»Okay, also wickele ich mich von jetzt an permanent um dich und schaue dir verliebt in die Augen. Du bist mein einzig wahrer *gaofushuai*[1]«, flötete Rachel und klimperte übertrieben mit den Wimpern.

»Schon viel besser! Und wo ist mein Kaffee?«

»In der Kaffeemaschine, und wenn du schon dabei bist, kannst du mir auch gleich noch einen holen!«

»Wo ist denn mein unterwürfiges Frauchen schon wieder hin?« Nick tapste träge Richtung Küchenecke, als Rachel ihm aus dem Nebenzimmer hinterherrief: »Ach, mein Vater hat heute Morgen angerufen.«

1 Mandarin für »groß, reich und attraktiv«, die Minimalanforderungen einer jeden Festlandchinesin an einen potenziellen Ehemann.

»Was wollte er?«, fragte Nick und versuchte mit seinem verkaterten Schädel zu ergründen, welchen Knopf an der Hightech-Espressomaschine er drücken musste.

»Er hat sich noch mal dafür entschuldigt, dass er nicht hier sein kann.«

»Hat er immer noch in Hongkong zu tun?«

»Nein, heute musste er kurzfristig nach Peking. Diesmal irgendein Regierungsnotfall.«

»Hmmm«, machte Nick und löffelte stattdessen Kaffee in die French Press. Er fragte sich, was wirklich dahintersteckte, dass Bao Gaoliang sich ihnen geradezu houdiniartig entzog. Er wollte es gerade aussprechen, als Rachel fortfuhr: »Ursprünglich hatte er vor, dass wir ihn dieses Wochenende in Peking besuchen, aber die nächsten Tage soll der Smog wohl besonders schlimm sein. Also hat er vorgeschlagen, dass wir nächste Woche nach Peking fliegen, wenn es wieder etwas aufklart.«

Nick ging zurück ins Schlafzimmer und reichte Rachel ihre Kaffeetasse. Sie sah ihm in die Augen und sagte: »Ich weiß nicht, wie es dir geht, aber ich habe allmählich ein komisches Gefühl bei der Sache.«

»Da bist du nicht die Einzige«, sagte Nick und setzte sich mit dem Rücken zum Fenster auf den Boden. Das Sonnenlicht in seinem Rücken wirkte noch belebender als der Kaffeeduft.

»Danke, ich hatte schon Angst, ich wäre paranoid. Aber langsam klingen seine Entschuldigungen echt ziemlich weit hergeholt. Smog in Peking? Als ob das was Neues wäre. Ich bin fünftausend Kilometer geflogen, um ihn kennenzulernen, da lasse ich mich doch von dem bisschen Feinstaub nicht abhalten. Ich hatte gehofft, viel Zeit mit meinem Dad zu verbringen, und jetzt habe ich das Gefühl, er geht uns aus dem Weg.«

»Da kann ich dir nicht widersprechen.«

»Meinst du, Shaoyen hat was damit zu tun? Von ihr haben wir schließlich noch gar nichts gehört.«

»Möglich. Hat Carlton was dazu gesagt?«

»Carlton sagt überhaupt nichts! Wir haben ihn zwar jeden Abend gesehen, seit wir hier sind, aber ich habe immer noch das Gefühl, gar nichts über ihn zu wissen. Ich meine, er ist sehr lieb, und man kann sich toll mit ihm unterhalten, wie das bei euch britischen Internatsjungs eben so ist, aber er gibt kaum etwas über sich preis. Und manchmal wirkt er richtig deprimiert, findest du nicht?«

»Ja, das ist mir auch schon aufgefallen, dann ist er plötzlich wie weggetreten. Wie neulich in der Bar oben auf dem Ritz Pudong, als wir was mit der Frau mit den vielen Haaren getrunken haben.«

»Das chinesische Afro-Mädchen? Ja, wie hieß die noch mal?«

»Keine Ahnung. Stimmt, *die* war echt komisch drauf, und Carlton war eine ganze Zeit lang total still und hat bloß in die Gegend gestarrt. Ich dachte erst, er könne sie nicht leiden, aber dann war er plötzlich wieder er selbst, als hätte man irgendeinen Schalter umgelegt.«

Rachel sah Nick besorgt an. »Meinst du, es liegt am Alkohol? Wenn ich darüber nachdenke, wie viel er allein diese Woche getrunken hat, schmerzt mir die Leber.«

»Ach, ich habe den Eindruck, hier wird generell auf einem ganz anderen Level gesoffen! Denk dran, dass er vor gar nicht langer Zeit einen Unfall hatte – mit so einem Schädelhirntrauma ist nicht zu spaßen.«

»Stimmt, er wirkt so fit, dass ich den Unfall immer ganz vergesse.«

Rachel stand von ihrem Sessel auf und setzte sich neben Nick auf den Boden. Sie sah aus dem Fenster und betrachtete das gewundene Skelett des Shanghai Towers, eines neuen Wolkenkratzers, der auf der anderen Flussseite gebaut wurde und eines Tages das höchste Gebäude Chinas sein würde. »Es ist komisch. Statt meinen Dad kennenzulernen, mit Verwandten zu essen und so weiter, haben wir jetzt schon nach einer Woche einen Partymarathon hinter uns, als wären wir in der Schanghaier Version von *Gossip Girl* gelandet.«

Nick brummte zustimmend, aber er wollte sie nicht entmutigen. »Irgendwann wird dein Dad schon auftauchen. Und wer weiß, vielleicht sind wir ja doch nur paranoid, und es hat sich bisher einfach nicht ergeben. Dein Vater ist immerhin ein wichtiger Mann, und politisch ist nach dem Führungswechsel gerade einiges los. Vielleicht gibt es auch noch ein anderes Familiendrama, das gar nichts mit dir zu tun hat.«

Rachel sah ihn stirnrunzelnd an. »Meinst du, ich sollte Carlton mal unauffällig darauf ansprechen?«

»Wenn es wirklich irgendein familiäres Problem gibt, ist es Carlton womöglich unangenehm. Im Prinzip wurden wir bisher doch sehr gut versorgt von den Baos. Ich meine, wir wohnen in einer Luxussuite, und Carlton unternimmt jeden Tag was mit uns. Warten wir's einfach ab. Und bis dahin sollte ich es vielleicht doch mal mit einer Saftkur versuchen.«

»Denk dran – heute Abend sind wir bei Colettes Eltern eingeladen.«

»Ach ja, das hatte ich ganz vergessen. Weißt du, wo? Nicht dass das wieder so ein Gelage mit zwanzig Gängen wird.«

»Carlton sagte irgendwas von einem Resort, in das wir fahren.«

»Hoffentlich gibts da Cheeseburger und Pommes!«

»Oh ja! Aber das halte ich für unwahrscheinlich. Irgendwas sagt mir, dass Colette nicht der Burger-und-Fritten-Typ ist.«

»Wie kommst du denn darauf?« Nick lachte. »Ich wette, ihr monatliches Shoppingbudget übersteigt unser beider Jahreseinkommen.«

»Monatliches Shoppingbudget? Du meinst wohl eher *wöchentliches*. Hast du diese Schuhe mit dem geschnitzten Drachen-Absatz gesehen, die sie gestern Abend anhatte? Ich könnte schwören, dass die aus Elfenbein waren. Sie ist quasi Araminta 2.0.«

Nick prustete los. »Araminta 2.0? Quatsch! Araminta ist ein typisches Singapurer Mädchen – brezelt sich auf, wenn sie Lust auf Glamour hat, fühlt sich aber in Jogginghose oder mit einer frischen Kokosnuss am Strand genauso wohl. Colette ist eine völlig neue, unbekannte Spezies. Ich glaube, in ein paar Jahren regiert sie entweder China oder Hollywood.«

»Und trotzdem ist sie mir ans Herz gewachsen. Sie war bisher eigentlich die netteste Überraschung, oder? Als ich sie zum ersten Mal gesehen habe, dachte ich: *Was ist das denn für eine?* Aber sie ist so nett und großzügig. Sie hat uns noch keine einzige Rechnung bezahlen lassen, seit wir hier sind, oder?«

»Ich nehme dir die Illusion ja nur ungern, aber ich

glaube, die Rechnungen gingen immer aufs Haus. Ist dir aufgefallen, dass Roxanne in jedem Restaurant und Club Fotos von Colette macht? Sie twittert oder bloggt was über den Laden, und schon essen wir kostenlos. Ist ein ziemlich lukratives Geschäft.«

»Trotzdem, sie tut Carlton gut.«

»Hm, aber findest du nicht auch, dass sie mit ihm spielt? Klar, sie mag ihn, aber was soll dann dieser ›Er ist nur einer meiner vielen Verehrer‹-Scheiß?«

Rachel zog spöttisch die Augenbraue hoch. »Du kommst doch bloß nicht damit klar, dass die Rollen hier ausnahmsweise mal vertauscht sind! Colette hat ihre eigene Karriere und ihre eigenen Ziele und hat es mit dem Heiraten nicht eilig. Ist doch mal eine tolle Abwechslung. Die meisten Chinesinnen stehen derart unter Druck, bis spätestens Mitte zwanzig geheiratet und Kinder bekommen zu haben. Ich meine, wie viele Chinesinnen in unseren Vorlesungen sind nur an der NYU, um den perfekten Ehemann zu finden?«

Nick legte den Kopf schief und dachte einen Augenblick darüber nach. »Außer dir fällt mir eigentlich keine ein.«

»Haha, sehr lustig. Idiot!«, sagte Rachel und zog ihm ein Fransenkissen über den Schädel.

Als Nick und Rachel um siebzehn Uhr vor dem Hotel standen und auf Carlton warteten, ertönte ein lautstarkes Dröhnen aus Richtung Bund. Nick war lässig in Jeans, ein hellblaues Oxfordhemd und sein beiges Huntsman-Sommersakko gekleidet, während Rachel sich für ein sommerliches Hängerkleid aus Leinen von Erica Tanov entschieden hatte. Sekunden später bog ein McLaren F1 in der Farbe Burned Apricot mit einem tiefen, schwindelerregend teuren Grollen in die Einfahrt des Peninsula. Augenblicklich rannten beim Parkservice alle wie aufgescheuchte Hühner umher, weil sie auf die einmalige Gelegenheit hofften, dieses exotische Gefährt parken zu dürfen. Doch jegliche Hoffnung wurde zunichtegemacht, als Carlton den Kopf aus dem Fenster streckte und Nick und Rachel bat einzusteigen.

»Nimm du den Beifahrersitz.« Nick ließ seiner Frau den Vortritt.

»Quatsch, meine Beine sind doch viel kürzer als deine«, sagte Rachel. Doch wie sich herausstellte, war ihre Diskussion vollkommen überflüssig, denn als die Flügeltüren aufgingen, sahen sie, dass der Fahrersitz sich in der Mitte befand, mit einem Beifahrersitz zu beiden Seiten.

»Wie cool ist das denn? So was hab ich ja noch nie gesehen!«, rief Rachel.

Nick spähte hinein. »Ganz schön sexy, dein Wagen – ist der überhaupt für den Straßenverkehr zugelassen?«

»Mir doch egal«, antwortete Carlton schmunzelnd.

»Und ich dachte, ihr fahrt hier alle Audi«, sagte Rachel und stieg auf der rechten Seite ein.

»Die Audis gehören Colettes Familie. Du weißt, warum Audis so verbreitet sind, oder? Weil alle hohen Tiere in der Politik Audi fahren, und da meinen die Leute, alle anderen würden ihnen Platz machen und die Polizei würde sie seltener anhalten, wenn sie auch einen fahren.«

»Interessant«, sagte Rachel und lehnte sich auf ihrem erstaunlich bequemen Sportsitz zurück. »Ich liebe diesen Geruch nach neuem Auto.«

»Dabei ist der Wagen gar nicht neu, sondern von 1998«, sagte Carlton.

»Echt?«

»Ist ein Klassiker – ich fahre ihn nur an sonnigen, wolkenlosen Tagen wie heute. Was du riechst, ist das handgenähte Connolly-Leder. Von Kühen, die noch verhätschelter sind als Kobe-Rinder.«

»Anscheinend haben wir gerade eine von Carltons heimlichen Leidenschaften entdeckt«, sagte Nick.

»Oh ja! Ich importierte jetzt schon seit Jahren Autos und verkaufe sie an Freunde. Hab in meiner Zeit in Cambridge damit angefangen, immer wenn ich am Wochenende in London war«, erzählte Carlton, als er auf die Yan'an Elevated Road hinaufpreschte.

»Dann hast du dir bestimmt auch jedes Jahr die arabische Sportwagenparade in Knightsbridge angeschaut, oder?«, fragte Nick.

»Aber hallo! Ich hab mir mit Freunden einen Tisch vorm Ladurée gesichert und den Ausblick genossen!«

»Wovon redet ihr eigentlich?«, fragte Rachel.

Nick erklärte es ihr: »Jedes Jahr im Juni fallen alle jungen arabischen Multimilliardäre mit den unglaublichsten Sportwagen der Welt in London ein. Und dann heizen sie durch Knightsbridge, als wären die Straßen dort ihre persönliche Formel-1-Strecke. Samstagnachmittags versammeln sie sich hinterm Harrods wie bei einem Straßenmarkt. Und dann sitzen da in den millionenschweren Autos Kids, die teilweise kaum älter als achtzehn sind, in ihren teuren ausgefransten Jeans, und daneben ihre Freundinnen mit Hidschabs, aber Hauptsache viel Blingbling an der Sonnenbrille. Ein unglaublicher Anblick.«

Carlton nickte, und seine Augen blitzten vor Freude. »Und das Gleiche passiert jetzt hier! Inzwischen ist Schanghai der größte Markt für Luxuskarossen – vor allem für exotische Sportwagen. Die Nachfrage ist unstillbar, und meine Freunde wissen, dass ich ein Händchen für Raritäten habe. Von diesem McLaren hier wurden nur vierundsechzig Stück gebaut. Also habe ich immer schon eine Warteliste von Käufern, ehe die Wagen überhaupt das Dock in Schanghai erreicht haben.«

»So macht Geldverdienen Spaß!«, kommentierte Nick.

»Sag das mal meinen Eltern, wenn du sie siehst. Sie sind der Meinung, ich würde mein Leben vertändeln.«

»Sie sind bestimmt nur besorgt um deine Sicherheit«, sagte Rachel und hielt die Luft an, als Carlton plötzlich mit 140 km/h drei Spuren kreuzte.

»Sorry, ich musste nur mal eben diese Lastwagen überholen. Keine Sorge, ich bin ein sehr guter Fahrer.«

Nick und Rachel wechselten zweifelnde Blicke, schließlich wussten sie von Carltons Unfall. Rachel vergewisserte sich noch einmal, ob sie wirklich richtig angeschnallt war, und versuchte, den Zickzackkurs der Autos vor ihnen zu ignorieren.

»Die Leute fahren ja ziemlich waghalsig hier – wieso wechseln die ständig die Spur?«, fragte Nick.

»Wenn du versuchst, hier gesittet zu fahren und auf deiner Spur zu bleiben, bist du so gut wie tot«, sagte Carlton und trat schon wieder aufs Gas, um einen Schweinetransporter zu überholen. »Normale Verkehrsregeln gelten in diesem Land nicht. Ich habe in Großbritannien Führerschein gemacht, und als ich zum ersten Mal in Schanghai gefahren bin, wurde ich direkt von der Polizei angehalten und angeschrien: ›Du Idiot! Wieso hältst du an der roten Ampel?‹«

»Oh ja, Rachel und ich wurden schon mehrfach fast

überfahren, als wir versuchten haben, die Straße zu überqueren. Ampeln sind den Fahrern in Schanghai völlig egal«, meinte Nick.

»Ja, sie sind bloß gut gemeinte Ratschläge«, stimmte ihm Carlton zu, stieg abrupt auf die Bremse, riss das Lenkrad nach rechts und wich haarscharf einem Lieferwagen auf der linken Spur aus.

Rachel schrie auf. »Alter Schwede! Hat der Lieferwagen gerade auf der Überholspur zurückgesetzt?«

»Willkommen in China«, sagte Carlton unbeeindruckt.

Zwanzig Minuten außerhalb von der Schanghaier Innenstadt fuhren sie zu Rachels Erleichterung endlich von der Autobahn ab und bogen auf einen offensichtlich frisch asphaltierten Boulevard ab.

»Wo sind wir?«, fragte Rachel.

»In einer neuen Anlage namens Porto Fino Elite«, antwortete Carlton. »Sie wurde nach dem Vorbild der schicken Wohngegenden in Newport Beach entworfen.«

»Eindeutig«, sagte Nick, als sie an einem Einkaufszentrum im mediterranen Stil vorbeikamen, das in verschiedenen Ockertönen gestrichen war und selbstverständlich einen Starbucks beherbergte. Sie bogen von der Hauptstraße ab und fuhren eine lange Allee hinunter, flankiert von hohen, verputzten Mauern, an deren Ende sich neben einem Wachhäuschen ein künstlicher Wasserfall ergoss. Carlton hielt vor einem gewaltigen Tor mit dekorativen Stahlpaneelen, und drei uniformierte Wachleute traten aus dem Wachhäuschen. Einer der Wachmänner umrundete misstrauisch das Auto, als sei er auf der Suche nach versteckten Sprengsätzen, während ein zweiter mit einem langen Spiegel unter den Wagen schaute. Der dritte, der ihr Chef zu sein schien, erkannte Carlton und hakte ihn auf einer Liste ab. Nick und Rachel musterte er sorgfältig, dann nickte er und winkte das Auto durch.

»Die nehmen es aber ernst mit der Sicherheit«, sagte Nick.

»Jep, alles sehr privat hier«, sagte Carlton.

Das schwere Tor öffnete sich klirrend, und der McLaren preschte über eine schneeweiße, von Mittelmeerzypressen gesäumte Kiesstraße. Zwischen den Bäumen konnten Rachel und Nick einige kleine künstlich angelegte Seen mit Wasserspielen in der Mitte ausmachen, verstreute schnörkellose Gebäude aus Glas und Stahl sowie die sanften Hügel eines Golfplatzes. Schließlich passierten sie zwei verwitterte Obelisken und fuhren auf das Empfangsgebäude zu – ein majestätischer, wenn auch minimalistischer Stahl-und-Glas-Bau, umringt von kunstvoll angeordneten Japanischen Schnurbäumen.

»So ein Resort hätte ich im Umland von Schanghai gar nicht vermutet. Wie heißt es?«, fragte Nick.

»Das ist gar kein Resort, sondern Colettes Wochenendhaus.«

»Wie bitte? Die ganze Anlage gehört ihr?«, platzte Rachel hervor.

»Ja, das Grundstück hat insgesamt zwölf Hektar. Ihre Eltern haben es für sie gebaut.«

»Und wo wohnen sie?«

»Die haben Häuser in vielen Städten, Hongkong, Schanghai, Peking, aber die meiste Zeit verbringen sie inzwischen auf Hawaii«, sagte Carlton.

»Dann sind sie wahrscheinlich ziemlich wohlhabend«, folgerte Rachel.

Carlton sah sie belustigt an. »Ach, das habe ich noch gar nicht erwähnt? Colettes Vater ist einer der fünf reichsten Männer Chinas.«

8

COLETTE

SCHANGHAI, CHINA

Carlton hielt vor dem Haupteingang des Hauses, und wie aus dem Nichts tauchten zwei Bedienstete in schwarzen T-Shirts und Hosen von James Perse auf. Der eine half Rachel aus dem Auto, während sich der andere an Carlton wandte: »Entschuldigen Sie bitte, aber Sie können Ihren Wagen nicht wie gewohnt hier abstellen. Wir erwarten heute Mr Bing. Soll ich es im Carport parken?«

»Danke, ich mache es selbst«, erwiderte Carlton. Er brauste davon und gesellte sich kurz darauf am Eingang wieder zu Rachel und Nick. Die imposanten Türen aus oxidiertem Ahornholz schwangen auf, und sie standen in einem stillen Innenhof, dessen Boden nahezu vollständig von einem dunklen, flachen Reflexionsbecken eingenommen wurde. Ein Travertinweg führte mittig durch das Becken auf eine große lackierte espressofarbene Flügeltür zu, und entlang der Hofmauern war Bambus in grafischen Blöcken gepflanzt. Als die drei sich näherten, schwangen die lackierten Türen lautlos auf und gaben den Blick auf die heiligen Hallen im Innern frei.

Vor ihnen erstreckte sich ein gewaltiges, fünfundzwanzig Meter langes, komplett in Schwarz-Weiß gehaltenes Wohnzimmer. Hausangestellte in langen, schwarzen *qipaos*[1] standen schweigend in einer Reihe vor grauen Shikumen-Ziegelsäulen, die von kalligrafischen Rollbildern geziert wurden. Die gebohnerten schwarzen Bodenfliesen und die niedrigen weißen Sofas verliehen dem Raum eine ruhige, verführerische Atmosphäre. Hinter der Glasfront ganz am Ende lag eine Außenlounge mit minimalistischen Sofas und Couchtischen aus dunklem Holz, dahinter waren weitere Reflexionsbecken und Pavillons zu erkennen.

Selbst Nick, der mit dem Prunk von Tyersall Park aufgewachsen war, hatte es einen Augenblick lang die Sprache verschlagen. »Wow, ist das ein Haus oder ein Four-Seasons-Resort?«

Carlton lachte. »Eigentlich hatte sich Colette in das PuLi Hotel in Schanghai verliebt und wollte ihren Vater dazu bringen, es zu kaufen. Als sie erfuhren, dass es unverkäuflich war, hat er seinen Architekten beauftragt, ihr dieses Haus zu bauen. Der große Salon ist von der Lobby des PuLi inspiriert.«

Ein Engländer in adrettem schwarzem Anzug kam auf sie zu. »Guten Tag, mein Name ist Wolseley, ich bin der Butler. Darf ich Ihnen etwas zu trinken anbieten?«

Ehe einer von ihnen zu einer Antwort ansetzen konnte, kam Colette in einem Midi-Kleid in Oleanderrosa durch

1 Ein eng anliegendes chinesisches Kleid, das in den 1920ern in Schanghai entworfen wurde und zu zeitloser Modernität gelangte, als Suzie Wong in einem solchen Kleid Robert Lomax verführte. In Singapur und Hongkong ist es unter der kantonesischen Bezeichnung *coengsaam* bekannt.

eine weitere Tür gerauscht. »Rachel, Nick, wie schön, dass ihr da seid!« Mit ihrem hohen Dutt und dem bauschigen Seidengazarrock, der raschelnd ihre Beine umspielte, wirkte Colette, als wäre sie geradewegs einem *Vogue*-Cover aus den 1960ern entsprungen.

Rachel umarmte sie zur Begrüßung. »Colette, du siehst aus, als wärst du zum Frühstück bei Tiffany eingeladen oder so! Und mein Gott, ist dein Haus großartig!«

Colette kicherte bescheiden. »Wartet, ich führe euch herum. Aber erst mal brauchen wir was zu trinken! Mit welchem Drink kann ich euch locken? Carlton nimmt bestimmt seinen üblichen Wodka pur, und ich nehme glaube ich einen Campari Soda, passend zu meinem Kleid. Rachel, wie wärs mit einem Bellini?«

»Och, gern, wenn's nicht zu viele Umstände macht?«, sagte Rachel.

»Überhaupt nicht! Wir haben immer frische weiße Pfirsiche für Bellini da, stimmts, Wolseley? Nick, was möchtest du?«

»Ich nehme einen Gin Tonic.«

»Pff, ihr Jungs seid so langweilig.« Colette verdrehte die Augen Richtung Wolseley. »Na los, mir nach. Hat Carlton euch schon mein ganzes Konzept für das Haus erklärt?«

»Wir haben gehört, dass du ein bestimmtes Hotel in Schanghai mochtest –«

»Genau, das PuLi, aber mein Haus ist sogar noch luxuriöser geworden. Wir haben kostbare Materialien verwendet, die man in einem öffentlichen Gebäude wie einem Hotel so nicht verwendet hätte. Die meisten Leute denken ja, dass ganz China wie Louis XIV. in kitschigen, vor lauter Gold strotzenden Anwesen hockt, in denen es aussieht, als wäre eine Quastenfabrik explodiert. Ich wollte, dass dieses Haus das *moderne* China widerspiegelt. Jedes einzelne Möbelstück in diesem Salon wurde von unseren besten Designern entworfen und mit den seltensten Materialien von Hand gefertigt. Abgesehen davon stehen hier natürlich nur museumswürdige Antiquitäten. Die Rollbilder an der Wand stammen von Wu Boli aus dem 14. Jahrhundert, und den Weinbecher aus der Ming-Dynastie da drüben habe ich vor zwei Jahren einem Händler in Xi'an für sechshunderttausend abgekauft. Der Kurator des St. Louis Museum hat mir gerade fünfzehn Millionen dafür angeboten. Als ob ich den verkaufen würde!« Rachel starrte ungläubig die kleine, mit Hühnern bemalte Porzellanschale an und versuchte sich vorzustellen, dass sie das Hundertfache ihres Jahreseinkommens wert war.

Die Gruppe trat in den zweiten Innenhof, der ebenfalls von einem riesigen Reflexionsbecken dominiert wurde. Colette führte sie über einen überdachten Steg, während ein eindringlicher New-Age-angehauchter Song leise aus versteckten Außenlautsprechern drang. »Mein ganzer Stolz ist allerdings das Gewächshaus – ihr müsst wissen, dass das Anwesen zu hundert Prozent grün ist, alle Dächer verfügen über Solarkollektoren, und das Wasser aus den Reflexionsbecken fließt in eine hochmoderne Aquaponikanlage.«

Die vier betraten ein futuristisches Gebäude mit Glasdach und greller Beleuchtung, in dem sich abwechselnd Reihen von Aquarien und Gemüsebeeten erstreckten. »Das Wasser wird in die Aquarien geleitet, wo wir Speisefische züchten, und danach wird mit dem nährstoffreichen Wasser unser Biogemüse gedüngt. Wie ihr seht, bin ich nicht nur grün, sondern smaragdgrün!«, erklärte Colette stolz.

»Wow, spätestens jetzt bin ich richtig beeindruckt!«, sagte Nick.

Auf dem Rückweg über den zentralen Innenhof fuhr Colette fort: »Obwohl alles im modernen Stil erbaut ist, habe ich nach den Regeln des Feng-Shui acht miteinander verbundene Pavillons wie den kaiserlichen Thron anordnen lassen. *Stopp!*«

Alle blieben wie angewurzelt stehen.

»Jetzt atmet tief ein. Spürt ihr, wie gut das Chi hier fließen kann?«

Nick konnte lediglich einen schwachen Duft erahnen, der ihn an Febreze erinnerte, aber genau wie Rachel und Carlton nickte er eifrig.

Colette legte die Hände zur Namaskara-Haltung zusammen und lächelte strahlend. »Das hier drüben ist der Unterhaltungspavillon. Das gesamte Untergeschoss fungiert als Weinkeller – eigens von den Leuten von Taittinger für uns entworfen –, und das hier ist das Heimkino.« Rachel und Nick streckten die Köpfe in den Saal mit etwa fünfzig ergonomischen Fernsehsesseln, die wie in einem richtigen Kino tribünenartig angeordnet waren.

»Habt ihr gesehen, was sich da ganz hinten verbirgt?«, fragte Carlton.

Rachel und Nick gingen hinein und bemerkten, dass in den hinteren Bereich des Kinosaals unter dem Vorführraum eine raffinierte Sushibar integriert war, die aussah, als wäre sie geradewegs aus Roppongi in Tokio hierher verpflanzt worden. Ein Sushikoch in schwarzem Kimono verbeugte sich, während sein junger Lehrling an der Bar saß und niedliche kleine Katzengesichter aus Rettich schnitzte.

»Das glaub ich jetzt nicht!«, stieß Rachel hervor.

»Und wir dachten schon, wir wären dekadent, wenn wir uns mittwochs zum *Survivor*-Gucken immer Sushi von Blue Ribbon bestellen«, witzelte Nick.

»Habt ihr die Doku über den besten Sushimeister der Welt gesehen – *Jiro und das beste Sushi der Welt*?«, fragte Colette.

»Oh Gott, sag nicht, das ist einer seiner Söhne!« Rachel sah den Sushikoch, der hinter der hellen Holztheke stand und einen Oktopus massierte, ehrfürchtig an.

»Nein, aber Jiros Cousin zweiten Grades!«, rief Colette begeistert.

Danach führte sie die drei durch den Gästetrakt mit Schlafzimmersuiten, die luxuriöser waren als die eines Fünf-Sterne-Hotels (»Wir lassen unsere Gäste nur auf Hästens[1]-Matratzen mit feinster schwedischer Rosshaarfüllung nächtigen«), und schließlich durch ihren eigenen Schlafpavillon mit komplett verglasten Wänden und einem kreisrunden Lotusteich in einer Ecke. Die einzigen Gegenstände in dem herrlich minimalistischen Raum waren ein wolkenartiges Kingsize-Bett in der Mitte sowie mehrere Bienenwachskerzen entlang einer Wand (»Ich mag es, wenn mein Schlafzimmer möglichst Zen ist. Im Schlaf bin ich losgelöst von allen irdischen Besitztümern«). Angrenzend an den Schlafpavillon befand sich ein viermal so großes Gebäude – Colettes Badezimmer und Kleiderschrank.

Rachel betrat das weitläufige Tageslichtbad, das komplett in gletscherweißem Calacatta-Marmor gehalten war. In den

1 Matratzenhersteller der schwedischen Königsfamilie seit 1852. Die Preise für die einfachen Hästens-Matratzen beginnen bei 15 000 Dollar, ihr Topmodell 2000T macht einen mal locker um 120 000 Dollar ärmer. Dafür beugt diese Matratze Kennern zufolge sogar Krebs vor.

gigantischen Block unpolierten Steins waren als Waschbecken Vertiefungen eingelassen, die aussahen wie eine Wasserstelle für den anspruchsvollen Hobbit. Dahinter lag ein privater, kreisrunder Innenhof mit einem Reflexionsbecken aus dunkelblauem Malachit. In der Mitte des Beckens wuchs eine perfekt getrimmte Weide, unter deren Zweigen eine eiförmige Badewanne stand, die aussah, als wäre sie aus einem einzigen Stück weißem Onyx gemeißelt. Runde Trittsteine führten durchs Wasser zur Wanne.

»Oh Gott, Colette, ich gebs zu: Ich bin grün vor Neid! Dieses Badezimmer ist – ich weiß nicht – der reinste Traum!«, rief Rachel.

»Schön, dass meine Vision dir gefällt«, sagte Colette mit feuchten Augen.

Nick schaute Carlton an. »Wieso sind Frauen bloß so badezimmerfixiert? Rachel war schon hin und weg von dem Badezimmer in unserem Hotel, dann von dem Bad in der Annabel-Lee-Boutique, und jetzt hat sie anscheinend schon wieder ein neues Badezimmer-Nirwana.«

Colette sah Nick verächtlich an. »Rachel, dieser Mann versteht absolut *nichts* von Frauen. Du solltest ihn abschießen!«

»Glaub mir, da hab ich auch schon drüber nachgedacht«, sagte Rachel und streckte Nick die Zunge raus.

»Schon gut, schon gut, wenn wir wieder in New York sind, lasse ich den Fliesenleger kommen, damit er das Badezimmer neu kachelt.« Nick seufzte.

»Ich will keine neuen Kacheln, Nick, ich will das hier!«, erklärte Rachel, streckte die Arme aus und streichelte den Rand der Onyxwanne, als wäre er ein Babypopo.

Colette grinste. »Okay, dann überspringen wir meine

Schränke bei der Führung lieber, ich will ja nicht für eure Scheidung verantwortlich sein. Schauen wir uns doch stattdessen das Spa an!« Die vier gingen durch einen tiefroten Korridor, von dem schummrig beleuchtete Behandlungsräume mit balinesischen Möbeln abgingen, und gelangten von dort in einen atemberaubenden unterirdischen Raum. Säulen wie in einem türkischen Serail säumten einen gewaltigen, faszinierend himmelblau leuchtenden Salzwasserpool. »Der Boden des Pools ist komplett mit Türkisen intarsiert«, verkündete Colette.

»Du hast echt dein eigenes Spa hier!«, sagte Rachel ungläubig.

»Rachel, wir sind ja jetzt gute Freundinnen – ich muss dir was gestehen. Ich hatte ein schreckliches Laster … Spa-Resorts. Bevor ich mich selbst gefunden habe, bin ich das ganze Jahr über rastlos von einem Resort zum nächsten geflogen. Aber ich war nie zufrieden, denn egal wo, irgendwas stimmte immer nicht. Entweder stieß ich auf einen dreckigen Mopp in der Ecke des Hamam im Amanjena in Marrakesch, oder ich musste mich von irgendeinem ekligen bierbäuchigen Typen beim Sonnen am Infinity-Pool im One and Only Reethi Rah anstarren lassen. Deshalb beschloss ich, dass der einzige Weg zum Glück ein eigenes Spa-Resort bei mir zu Hause sein kann.«

»Na, dann kannst du dich ja wirklich glücklich schätzen, dass du über die nötigen Mittel verfügst«, sagte Rachel.

»Das stimmt, aber ich spare dadurch auch superviel Geld! Außerdem wurde das ganze Bauland vorher landwirtschaftlich genutzt, und da die Bauernhöfe nicht mehr existieren, habe ich alle vertriebenen Einheimischen auf meinem Anwesen eingestellt und unterstütze somit auch noch die hiesige Wirtschaft! Und bedenk mal das ganze CO_2, das ich einspare, weil ich nicht mehr jedes Wochenende um die halbe Welt jetten muss, um neue Spas auszuprobieren«, sagte Colette im Brustton der Überzeugung.

Nick und Rachel nickten diplomatisch.

»Außerdem veranstalte ich hier jede Menge Wohltätigkeitsevents. Nächste Woche habe ich eine Sommer-Gartenparty mit der Schauspielerin Pan TingTing geplant. Das wird eine superexklusive Modenschau mit den neuesten Kollektionen aus Paris. Rachel, du musst unbedingt kommen!«

»Sehr gern«, gab Rachel höflich zurück, bevor ihr klar wurde, dass »superexklusive Modenschau« sie stark an das Debakel bei Aramintas Privatinsel-Junggesellinnenabschied erinnerte und sie vielleicht doch nicht so vorschnell hätte einwilligen sollen.

Da ertönte dünnes Hundegebell von der Treppe. »Meine Babys sind wieder da!«, quietschte Colette. Alle drehten sich um und entdeckten Colettes persönliche Assistentin Roxanne mit zwei Windhunden, Italienisches Windspiel, die aufgeregt an ihren Leinen aus Straußenleder zerrten.

»Kate, Pippa, ich hab euch so vermisst! Meine armen Kleinen, habt ihr schlimmen Jetlag?«, flötete Colette und hockte sich hin, um die beiden mageren Hunde zu kraulen.

»Hat sie ihre Hunde *im Ernst* …«, flüsterte Rachel Carlton ins Ohr.

»Jep, hat sie. Colette hat ein Faible für die Royals. Bei ihren Eltern in Ningbo hat sie zwei Tibetdoggen namens Wills und Harry«, erzählte Carlton.

»Wie ist es meinen Lieblingen ergangen? Hat alles geklappt?«, fragte Colette ihre Assistentin mit besorgtem Gesichtsausdruck.

Carlton klärte Rachel und Nick auf: »Roxanne hat Kate und Pippa gerade mit Colettes Flieger zu einem berühmten Hunde-Medium in Kalifornien gebracht.«

»Sie waren sehr brav«, berichtete Roxanne. »Ich hatte ja anfangs meine Zweifel, was diese Frau in Ojai angeht, aber warte ab, bis du ihren Bericht liest. Pippa ist immer noch traumatisiert davon, dass sie fast aus dem Bentley-Cabrio geweht wurde. Deshalb versucht sie sich immer unter dem Rücksitz zu verstecken und kackert jedes Mal, wenn sie darin mitfährt. Woher wusste die Frau bloß, was du für ein Auto hast, ich habe ihr vorher *nichts* verraten! Ich bin jetzt restlos überzeugt von Tier-Medien.« Sie schien es vollkommen ernst zu meinen.

Mit Tränen in den Augen streichelte Colette ihren Hund. »Es tut mir so leid, Pippa. Ich mach es wieder gut, versprochen. Roxanne, bitte mach ein Foto von uns und poste es auf WeChat: ›Endlich wieder mit meinen Süßen vereint.‹« Colette posierte geübt für das Foto, richtete sich wieder auf und strich ihren zerknitterten Rock glatt. Dann sagte sie in eiskaltem Tonfall zu Roxanne: »Schaff den Bentley fort.«

Sie gingen auf den letzten Pavillon zu, das größte Gebäude von allen und das einzige, das kein Fenster besaß. »Roxanne – Code!«, befahl Colette, und ihre Headset tragende Assistentin tippte in Windeseile einen achtstelligen Code ein, der die Tür öffnete. »Willkommen im Privatmuseum der Familie«, sagte Colette.

Sie betraten eine Galerie von der Größe einer Basketballhalle, und das Erste, was Rachel ins Auge stach, war ein großer Mao-Siebdruck auf Leinwand. »Ist das ein echter Warhol?«

»Ja. Gefällt dir mein Mao? Mein Vater hat ihn mir zum sechzehnten Geburtstag geschenkt.«

»Ein cooles Geburtstagsgeschenk«, sagte Rachel.

»Ja, das war auch mein Lieblingsgeschenk in dem Jahr. Ich wünschte, ich hätte eine Zeitmaschine, damit Andy mich porträtieren könnte.« Colette seufzte. Nick stellte sich vor das Porträt und betrachtete belustigt den schwindenden Haaransatz des Vorsitzenden der kommunistischen Partei und fragte sich einerseits, wie der Künstler Colette Bing wohl dargestellt und andererseits, was der Diktator wohl von einer jungen Frau wie ihr gehalten hätte.

Nick und Rachel wollten nach rechts weitergehen, aber Colette sagte: »Ach, die Galerie da drüben könnt ihr euch sparen, da hängt bloß langweiliger Schrott, mit dem mein Vater damals seine Sammlung begonnen hat – Picassos, Gauguins und so Zeug. Kommt, ich zeige euch, was ich in letzter Zeit gekauft habe.«

Sie wurden in einen Raum geführt, dessen Wände die reinste Checkliste aller angesagten Künstler der internationalen Kunstmessen waren. Dort hing ein Schokoladensirup-Gemälde von Vik Muniz, bei dem einem das Wasser im Mund zusammenlief, Bridget Rileys migräneverursachende Leinwand winziger überlappender Rechtecke, eine heroinbefeuerte Kritzelei von Jean-Michel Basquiat und natürlich ein riesiges Foto von Mona Kuhn, auf dem zwei unfassbar fotogene nordische Schönheiten auf einer Türschwelle posierten.

Als sie um die Ecke bogen, gelangten sie in einen noch größeren Raum, in dem nur ein einziges gewaltiges Kunstwerk hing – vierundzwanzig Rollbilder, die nebeneinandergehängt eine weite, detailreiche Landschaft ergaben.

Nick war völlig perplex. »Hey, ist das nicht *Der Palast der achtzehn Vollkommenheiten*? Ich dachte, Kitty –«

Just in dem Augenblick keuchte Roxanne entsetzt auf und legte die Hand an ihr Headset. »Bist du sicher?«, fragte sie hinein, dann fasste sie nach Colettes Arm. »Deine Eltern sind gerade am Wachhäuschen eingetroffen.«

Ein panischer Ausdruck huschte über Colettes Gesicht. »Jetzt schon? Sie sind viel zu früh! Es ist doch noch gar nichts fertig!« An Rachel und Nick gewandt sagte sie: »Tut mir leid, wir müssen die Führung abbrechen, meine Eltern sind da.«

Auf dem Rückweg in den großen Salon gab Colette ihrer Assistentin hektische Anweisungen: »Alarmier das Personal! Wo steckt dieser verdammte Wolseley? Sag Ping Gao, dass er sofort mit dem Pergamentpapier-Hühnchen anfangen soll! Und Baptiste, er soll den Whisky dekantieren! Und wieso ist der Bambushain um das mittlere Reflexionsbecken nicht beleuchtet?«

»Die Beleuchtung ist timergesteuert und geht erst um sieben an, genau wie alle anderen Lampen«, antwortete Roxanne.

»Mach alles sofort an! Und schalte diesen weinerlichen Typen aus, du weißt doch, dass mein Vater nur chinesische Volkslieder hört! Und bring Kate und Pippa in ihre Zwinger, meine Mutter ist allergisch!«

Als sie ihre Namen hörten, fingen die Hunde wie wild an zu kläffen.

»Schalt sofort Bon Iver ab und leg Peng Liyuan[1] auf!«,

1 Peng Liyuan ist nicht nur Chinas bekannteste zeitgenössische Sängerin von Volksliedern, sondern auch die Gattin des Staatspräsidenten Xi Jinping.

bellte Roxanne in ihr Headset, während sie mit den Hunden Richtung Personalpavillon rannte und fast über deren Leinen stolperte.

Als Carlton, Colette, Nick und Rachel die Eingangstür des Hauptpavillons erreichten, war bereits das ganze Personal am Fuß der Treppe versammelt. Rachel versuchte, sie zu zählen, gab aber bei dreißig auf. Die Hausmädchen in ihren eleganten schwarzen Seiden-*qipaos* standen linker Hand und die Männer in ihren schwarzen James-Perse-Uniformen rechter Hand aufgereiht wie in einer V-Formation von Wildgänsen. Colette nahm ihren Platz an der Spitze des V ein, während die anderen oben auf der Treppe warteten.

Colette drehte sich um und ließ einen letzten prüfenden Blick über alles schweifen. »Wer hat die Tücher? Die heißen Tücher?«

Eins der jüngeren Hausmädchen mit einem Silberkästchen in der Hand trat aus der Reihe.

»Was machst du da? Zurück auf deinen Posten!«, brüllte Roxanne, als der Konvoi schwarzer Audi-SUVs die Auffahrt hinaufpreschte.

Die Türen des ersten SUV flogen auf, und mehrere Männer in schwarzen Anzügen mit Sonnenbrillen stiegen aus. Einer von ihnen ging zum mittleren Wagen und öffnete die Tür. Der Dicke der Tür nach zu urteilen, vermutete Nick, dass es ein verstärktes, bombensicheres Modell war. Ein kleiner, untersetzter Mann in maßgeschneidertem Dreiteiler stieg aus.

Roxanne, die neben Nick stand, schnappte unmerklich nach Luft.

Der Mann konnte unmöglich älter als Mitte zwanzig

sein, deshalb fragte Nick: »Ich geh mal nicht davon aus, dass das Colettes Vater ist, oder?«

»Richtig«, bestätigte Roxanne kurz und knapp, ehe sie Carlton einen flüchtigen Blick zuwarf.

9

MICHAEL UND ASTRID

SINGAPUR

»Mehr ziehst du nicht an?«, fragte Michael an der Tür zu Astrids Ankleidezimmer.

»Wie meinst du das? Bin ich dir etwa zu leicht bekleidet?«, witzelte Astrid, die gerade mit der winzigen Schnalle ihrer Sandale kämpfte.

»Du siehst so leger aus.«

»*So* leger nun auch wieder nicht«, erwiderte Astrid und richtete sich auf. Sie trug eine kurze schwarze Tunika mit Häkeleinsätzen und schwarzen Fransen.

»Na, wir gehen mit den IBM-Leuten in eins der besten Restaurants in Singapur.«

»Nur weil das André ein Spitzenrestaurant ist, heißt das noch lange nicht, dass dort formelle Kleidung verlangt wird. Ich dachte, das wäre bloß ein lockeres Geschäftsessen mit ein paar Kunden.«

»Stimmt ja auch, aber deren höchstes Tier ist eigens dafür eingeflogen und hat seine Frau dabei, die angeblich immer sehr schick gekleidet ist.«

Astrid warf Michael einen misstrauischen Blick zu. Hatten Aliens ihren Mann entführt und ihr stattdessen einen pingeligen Moderedakteur untergeschoben? In sechs Jahren Ehe hatte Michael nicht einmal ein Outfit von ihr kommentiert. Er hatte womöglich mal ein »sexy« oder »hübsch« gemurmelt, aber ein Wort wie »schick« hatte sie aus seinem Mund noch nie vernommen. Bis zum heutigen Tag hatte es definitiv nicht zu seinem aktiven Wortschatz gehört.

Astrid tupfte sich etwas Rosenöl auf den Hals und sagte: »Wenn die Ehefrau wirklich so schick ist, wie du sagst, wird sie mein Altuzarra-Kleid zu schätzen wissen. Es ist ein Laufstegkleid, das nie in Produktion gegangen ist, dazu trage ich gestreifte Seidensandalen von Tabitha Simmons, goldene Line-Vautrin-Ohrringe und meinen Peranakan-Goldarmreif.«

»Vielleicht liegt es an dem ganzen Gold. Es sieht jedenfalls ein bisschen nach *kan-tshia*[1] aus. Kannst du nicht wenigstens Diamanten dazu tragen?«

»An diesem Armreif ist rein gar nichts *kan-tshia*. Er gehört zu einem Konvolut von Erbstücken meiner Großtante Matilda Leong, das ich gerade an das Asian Civilisations Museum verliehen habe. Sie wollten unbedingt auch dieses Stück ausstellen, aber ich habe es aus sentimentalen Gründen behalten.«

1 Wörtlich übersetzt bedeutet das so viel wie »Fahrzeug ziehen«, aber mit diesem Begriff werden auf Hokkien Rikschafahrer sowie alles andere, was zur Unterschicht gezählt wird, bezeichnet. (Anscheinend war Michael noch nie in Manhattan, wo die Fahrradrikschas oft von ehemaligen Männermodels gefahren werden, die mehr verlangen als jeder UberBlack-Fahrer.)

»Entschuldige, ich wollte deine Auntie nicht beleidigen. Und du bist hier die Fashionista. Das heute Abend ist zwar eins der wichtigsten Geschäftsessen meiner Karriere, aber bitte, zieh ruhig an, was du möchtest. Ich warte unten auf dich«, sagte Michael in gönnerhaftem Ton.

Astrid seufzte. Sie wusste genau, dass sein plötzliches Interesse auf diesen dämlichen Klatschreporter aus Hongkong zurückzuführen war, der gestichelt hatte, Michael müsse den Schmuck seiner Frau upgraden. Er würde es zwar nie zugeben, aber der Kommentar hatte gesessen. Sie ging zu ihrem Tresor, tippte den neunstelligen Zahlencode ein und spähte hinein. Mist, die Ohrringe, an die sie gedacht hatte, lagen im großen Tresor in der OCBC-Bank. Auffälliger war ansonsten nur noch das Paar gigantischer Diamant-Smaragd-Ohrhänger von Wartski, das ihre Großmutter ihr aus unerfindlichen Gründen neulich nach dem Mah-Jongg-Spielen in Tyersall Park geschenkt hatte. Ihre Großmutter hatte die Ohrringe mit den beinahe walnussgroßen Smaragden offenbar zuletzt 1950 zur Krönung König Bhumibols von Thailand getragen. *Tja, wenn Michael unbedingt einen Wow-Effekt will, dann soll er ihn kriegen. Aber welches Outfit passt denn bloß zu diesen Ohrringen?*

Astrid warf einen Blick in ihren Kleiderschrank und zog einen schwarzen Jumpsuit von Yves Saint Laurent mit geschnürter Taille und jettperlenbesetzten Ärmeln hervor. Er war elegant und gleichzeitig schlicht genug, um mit diesem Blingbling hoch zehn kombiniert werden zu können. Dazu wollte sie Alaïa-Ankleboots tragen, um dem Look das gewisse Extra zu geben. Astrid hatte einen Kloß im Hals, als sie den Jumpsuit anzog. Sie hatte ihn noch nie getragen, weil er ihr so viel bedeutete. Er stammte aus Yves' letzter Kollektion aus dem Jahr 2002, und obwohl sie beim Maßnehmen gerade einmal dreiundzwanzig gewesen war, umschmeichelte er ihren Körper noch immer auf so perfekte Weise wie kaum ein anderes Kleidungsstück in ihrem Besitz. *Gott, wie ich Yves vermisse.*

Astrid ging nach unten ins Kinderzimmer, wo Michael Cassian beim Essen seiner Spaghetti mit Hackbällchen am Kindertisch Gesellschaft leistete.

»Wow, vous êtes top, madame!«, rief Cassians Au-pair, als Astrid den Raum betrat.

»Merci, Ludivine.«

»Saint Laurent?«

»Qui d'autre?«

Ludivine schlug die Hand vor die Brust und schüttelte ehrfürchtig den Kopf. (Sie konnte es kaum erwarten, den Jumpsuit anzuprobieren, sobald Madame morgen das Haus verließ.)

Astrid drehte sich zu Michael um. »Reicht das, um dein hohes Tier von IBM zu beeindrucken?«

»Himmelherrgott, woher hast du denn die Ohrringe? *Tsin* oder *ke*?[1]«, stieß Michael hervor.

»*Tsin!* Die hat mir meine Großmutter neulich geschenkt«, antwortete Astrid leicht genervt, dass Michael nur die Ohrringe auffielen, statt die subtile Klasse ihres Jumpsuits zu bemerken.

»*Wah lan!*[2] Van Cleef & Ah Ma hat wieder mal zugeschlagen.«

1 »Echt oder unecht?« auf Hokkien.

2 Hokkien für »Ach, Penis!«. Dieser Fluch ist vergleichbar mit unserem »Ach du Scheiße!«

Astrid zuckte zusammen. Michael hatte Cassian bestraft, weil er Schimpfworte benutzt hatte, und jetzt fluchte er in seinem Beisein wie ein Seemann.

»Schau mal, ist Mummy nicht hübsch heute Abend?«, sagte Michael zu Cassian, stibitzte ihm ein Hackbällchen aus der Schüssel und steckte es sich in den Mund.

»Ja. Mummy ist immer hübsch«, sagte Cassian. »Und klau mir nicht meine Hackbällchen!«

Astrid schmolz dahin. Wie konnte sie nur genervt von Michael sein, wo er doch so süß aussah, da auf dem Kinderstuhl neben Cassian. Seit sie aus Venedig zurück war, hatte sich das Verhältnis zwischen Vater und Sohn spürbar gebessert. Michael und sie gaben Cassian einen Gutenachtkuss und gingen nach draußen, wo ihr Chauffeur Youssef Michaels rotem 1961er Ferrari California Spyder mit Chrompolitur den letzten Schliff verlieh.

Mein Gott, heute legt er es aber wirklich drauf an, dachte Astrid.

»Danke fürs Umziehen, Schatz. Das bedeutet mir wirklich viel«, sagte Michael, als er ihr die Autotür aufhielt.

Astrid nickte und stieg in den Wagen. »Gerne doch. Wenn du glaubst, dass es einen Unterschied macht.«

Auf der Fahrt schwiegen sie zunächst und ließen sich durch das offene Verdeck eine sanfte Brise um die Nase wehen, doch als Michael auf die Holland Road abbog, nahm er das Gespräch wieder auf. »Was meinst du, wie viel sind die Ohrringe wert?«

»Vermutlich mehr als dieses Auto.«

»Für diesen 'Rari hab ich 8,9 Mille hingeblättert. Meinst du echt, deine Ohrringe sind mehr wert? Wir können sie ja mal schätzen lassen.«

Astrid fand seine Frage ziemlich geschmacklos. Sie bewertete Schmuck nie nach seinem Preis und fragte sich, wie Michael überhaupt daraufkam. »Ich werde sie sowieso nie verkaufen, wozu also?«

»Na ja, wir wollen sie doch bestimmt versichern lassen.«

»Mein ganzer Schmuck ist über die Familie versichert. Ich muss ihn bloß auf eine Liste bei Miss Seong im Familienbüro setzen.«

»Ach, das wusste ich gar nicht. Kann ich meine Oldtimer auch über euch versichern?«

»Ich glaube nicht. Die Police gilt nur für Leongs«, platzte Astrid heraus und bereute ihre Wortwahl sofort.

Doch Michael schien sich nicht daran zu stören und plauderte fröhlich weiter: »Du sahnst Ah Mas dickste Klunker ab, was? Deine Cousinen sind bestimmt grün vor Neid.«

»Ach, sie hat so viel davon. Fiona hat die Saphire von Großfürstin Olga bekommen, und meine Cousine Cecilia irgendeinen Jadestein aus der Kaiserfamilie. Meine Großmutter ist sehr umsichtig – sie vergibt die Stücke immer an diejenige, von der sie weiß, dass sie sie am meisten zu schätzen weiß.«

»Meinst du, sie hat im Gefühl, dass sie bald den Löffel abgibt?«

»Wie kannst du so was sagen?«, stieß Astrid hervor und sah Michael entsetzt an.

»Ach komm, *lah*, wieso sollte sie sonst ihren ganzen Kram abstoßen? Alte Leute merken doch, wenn sie bald sterben.«

»Michael, meine Großmutter war mein Leben lang für mich da, und ich mag mir gar nicht ausmalen, wie es eines Tages ohne sie sein wird.«

»Tut mir leid, ich wollte bloß Konversation betreiben.«

Sie verfielen erneut in Schweigen, Michael konzentrierte sich auf das Kundenessen, und Astrid dachte über ihr unerfreuliches Gespräch nach. Nach ihrer Hochzeit hatte Michael das Thema Geld gemieden wie der Teufel das Weihwasser und mit allen Mitteln versucht, ihr zu zeigen, dass er keinerlei Interesse an ihrer finanziellen Situation hatte. Seine Unsicherheit bezüglich ihres Vermögens war sogar so groß gewesen, dass ihre Ehe durch seinen wenig durchdachten Versuch, Astrid gehen zu lassen, in ihren Grundfesten erschüttert worden war. Zum Glück lag diese grässliche Phase hinter ihnen.

Doch seit seine Geschäfte kometenhaft durch die Decke gegangen waren, hatte er sich in die sprichwörtliche Maus, die brüllte, verwandelt. Astrid war aufgefallen, dass ihr Mann bei Familienfeiern inzwischen im Mittelpunkt der finanziellen Debatten mit den anderen Männern stand. Michael genoss es, bezüglich der Tech-Industrie um Rat gefragt und endlich von ihrem Vater und ihren Brüdern respektiert zu werden, nachdem sie ihn jahrelang mit kaum verhohlener Missachtung gestraft hatten. Außerdem hatte er seine Kauflust entdeckt, und Astrid hatte mit offenem Mund zugesehen, wie seine Vorlieben sich schneller verfeinert hatten, als man »Akzeptieren Sie Amex?« aussprechen konnte.

Sie warf ihm einen Blick zu, wie er da so verwegen in seinem dunkelgrauen Cesare-Attolini-Anzug und der perfekt gebundenen Borelli-Krawatte auf dem Fahrersitz saß. Das Zifferblatt seines Nautilus-Chronografen von Patek Philippe reflektierte blitzend das Licht der Straßenlaternen, wenn er energisch den Gang wechselte. Sein kultiger Wagen war ein begehrtes Objekt bei Draufgängern wie James Dean oder Ferris Bueller gewesen. Sie war stolz auf alles, was er erreicht hatte, doch ein Teil von ihr vermisste den alten Michael, der am glücklichsten war, wenn er sich zu Hause in seinem Fußballtrikot mit einem Teller *tau yew bak*[1] mit Reis und einer Flasche Tiger-Bier auf die Couch fläzen konnte.

Als sie durch die palmengesäumte Neil Road fuhren, ließ Astrid den Blick über die bunten alten Ladenfassaden schweifen. Da bemerkte sie, dass sie soeben am Restaurant vorbeigerast waren. »Hey, du hast die Abzweigung verpasst. Wir sind gerade an der Bukit Pasoh vorbeigefahren.«

»Keine Sorge, das war Absicht. Wir fahren noch eine Weile um den Block.«

»Warum? Wir sind doch sowieso schon zu spät.«

»Ich habe beschlossen, sie noch etwas warten zu lassen. Der Oberkellner hat die Anweisung, ihnen erst einen Drink an der Bar zu servieren und ihnen dann einen Tisch am Fenster zuzuweisen. Dann haben sie den besten Ausblick auf uns, wenn wir vor dem Restaurant vorfahren. Ich will, dass die Männer sehen, wie ich aus diesem Auto steige, und ich will, dass sie sehen, wie *du* aus diesem Auto aussteigst.«

Astrid musste sich das Lachen verkneifen. Wer war dieser Typ neben ihr?

Michael fuhr fort: »Wir haben gerade so was wie einen kleinen Wettstreit am Laufen, und ich weiß genau, dass sie nur darauf warten, dass ich als Erster blinzele. Bei dem Gedanken, unsere neue Technologie zu kaufen, geht ihnen

1 In Sojasoße gekochter Schweinebauch, ein einfaches Gericht der Hokkien-Küche.

mega einer ab, also ist es sehr wichtig, dass ich ihnen das passende Bild von mir vermittle.«

Endlich hielten sie vor dem eleganten weißen Ladengebäude aus der Kolonialzeit, das in eines der meistgefeierten Restaurants der Insel umgewandelt worden war. Als Astrid aus dem Auto stieg, musterte Michael sie von Kopf bis Fuß und sagte: »Ach, ich glaube, es war doch ein Fehler, dass du nicht das Cocktailkleid angelassen hast. Es hat deine sexy Beine besser betont. Aber die Ohrringe reißen es wieder raus. Da wird ihnen glatt die Kinnlade runterfallen, vor allem der Ehefrau. Das wird super – sie sollen ruhig wissen, dass ich nicht leicht zu haben bin.«

Astrid starrte ihn fassungslos an und strauchelte leicht auf den schneeweißen Holzbohlen, die zum Eingang führten.

Michael verzog das Gesicht. »Scheiße, hoffentlich haben sie das nicht bemerkt. Wieso trägst du überhaupt diese grausamen Stiefel?«

Astrid atmete tief ein. »Wie heißt die Ehefrau noch mal?«

»Wendy. Und sie haben einen Hund namens Gizmo. Über den kannst du dich ja mit ihr unterhalten.«

Astrid drehte sich der Magen um. Zum ersten Mal in ihrem Leben hatte sie eine Ahnung, wie man sich fühlen musste, wenn man nur ein Anhängsel war.

10

FAMILIE BING
SCHANGHAI

Nick, Rachel, Carlton und Roxanne standen auf der breiten Steintreppe, die zum Anwesen der Bings hinaufführte, und sahen Colette dabei zu, wie sie den Mann, der soeben in einem Konvoi aus SUVs angekommen war, mit einer innigen Umarmung begrüßte.

»Wer ist das?« Nick sah Roxanne fragend an.

»Richie Yang«, erwiderte Roxanne und fuhr dann im Flüsterton fort: »Einer von Colettes Verehrern, der wohnt in Peking.«

»Hat sich ganz schön schick gemacht für heute Abend.«

»Ach, der ist generell sehr modebewusst. Er wurde von *Noblest Magazine* zum bestangezogenen Mann Chinas gewählt, und sein Vater ist laut Heron Wealth mit einem Vermögen von 15,3 Milliarden Dollar der viertreichste Chinese.«

Kurz darauf stieg ein weiterer Mann aus einem der gepanzerten SUVs. Er war klein, schlank und Anfang fünfzig, und sein Gesicht wirkte irgendwie eingedellt, was der akkurate Errol-Flynn-Schnurrbart noch zu verstärken schien.

»Ist das Colettes Vater?«

»Genau, das ist Mr Bing.«

»Und, auf welchem Platz ist der?«, witzelte Nick. Er fand diese Rankings ziemlich lächerlich, und außerdem stimmten sie meistens eh nicht.

»Mr Bing ist auf Platz fünf, aber das ist ein Fehler von den Leuten bei Heron«, antwortete Roxanne ohne mit der Wimper zu zucken. »Bei der aktuellen Börsenlage sollte er auf jeden Fall höher als Richies Vater stehen. *Fortune Asia* hat die richtige Reihenfolge, da ist er nämlich auf Platz drei.«

Nick musste lachen. »Unverschämtheit! Da schreibe ich Heron Wealth am besten gleich mal!«

»Schon geschehen, keine Sorge.«

Mr Bing half einer Frau beim Aussteigen. Sie hatte schulterlange, sehr voluminöse Haare und trug eine Sonnenbrille sowie eine blaue Chirurgenmaske.

»Das ist Mrs Bing«, flüsterte Roxanne.

»Dachte ich mir. Ist sie krank?«

»Nein, sie hat nur extreme Angst vor Schmutz und Keimen. Deshalb verbringt sie auch die meiste Zeit auf der Big Island in Hawaii, sie meint, dort wäre die Luft am saubersten. Und deshalb ist das Anwesen auch mit dem bestmöglichen Luftfiltersystem ausgestattet.«

Colette begrüßte ihre Eltern mit einer höflichen, aber recht lustlosen Umarmung. Das Hausmädchen mit den heißen Tüchern verbeugte sich so feierlich vor ihnen, als würde sie Gold, Weihrauch und Myrrhe darreichen. Colettes Eltern, die marineblaue Kaschmir-Jogginganzüge von Hermès im Partnerlook trugen, nahmen die dampfenden Handtücher entgegen und reinigten sich gründlich Gesicht und Hände. Dann streckte Mrs Bing die Hände aus, und ein weiteres Dienstmädchen eilte sofort heran und spritzte ihr etwas Desinfektionsmittel darauf. Nachdem auch dieser Vorgang abgeschlossen war, wurden sie von Wolseley begrüßt, worauf Colette endlich die Gruppe heranwinkte.

»Papa, Mama, das sind meine Freunde. Carlton kennt ihr ja schon. Das sind seine Schwester Rachel und ihr Mann Nicholas Young. Die beiden wohnen in New York, aber ursprünglich kommt Nicholas aus Singapur.«

»Carlton Bao!« Colettes Vater klopfte ihm freundlich auf den Rücken. »Wie gehts dem werten Herrn Vater?« Dann wandte er sich an Nick und Rachel. »Jack Bing«, stellte er sich vor und schüttelte beiden kraftvoll die Hand. Er betrachtete Rachel interessiert und sagte auf Mandarin zu ihr: »Die Ähnlichkeit zu Ihrem Bruder ist nicht zu übersehen.« Colettes Mutter hingegen verzichtete auf ein Händeschütteln, warf ihnen hinter ihrer Fendi-Sonnenbrille nur einen Blick zu und nickte knapp.

»Richies Flugzeug parkte nach der Landung direkt neben unserem«, sagte Jack Bing zu seiner Tochter.

»Ich bin gerade aus Chile zurück«, erklärte Richie.

»Da habe ich natürlich darauf bestanden, dass er mit uns isst.«

»Natürlich«, erwiderte Colette.

»Na sieh mal einer an – Carlton Bao, der Mann mit den neun Leben!«, sagte Richie und brach in Gelächter aus.

Rachel sah, dass Carlton unwillkürlich die Zähne zusammenbiss, genau wie sie immer, wenn sie etwas störte. Dennoch lachte er höflich über Richies Kommentar.

Dann gingen alle hinüber in den großen Salon. An der Tür stand ein Mann mit einem Tablett, auf dem sich eine

Kristallkaraffe und ein frisch eingeschenktes Glas Scotch befanden. Rachel überlegte, wo sie ihn schon einmal gesehen hatte. Endlich fiel es ihr ein: Sie kannte ihn als Sommelier aus dem Din Tai Fung. Erst jetzt wurde ihr klar, dass er nicht etwa dort im Restaurant arbeitete, sondern der hauseigene Sommelier der Familie Bing war.

»Wie wäre es mit einem ganz besonderen Tröpfchen Scotch zur Feier des Tages, Sir?«, fragte er Mr Bing.

»Ah, vielen Dank, Baptiste«, antwortete Jack Bing. Er sprach Englisch mit starkem Akzent.

Mrs Bing nahm den Mundschutz ab und ließ sich mit einem wohligen Seufzer auf das erstbeste Sofa nieder.

»Setz dich doch bitte dort drüben auf das Sofa am Fenster, Mutter«, sagte Colette.

»*Aiya*, ich bin schon den ganzen Tag unterwegs, und mir tun die Füße weh. Kann ich nicht einfach hierbleiben?«

»Mutter, die Dienstmädchen haben extra die Lotuskissen auf dem Sofa da drüben für dich aufgeschüttelt, und außerdem stehen die Magnolien diese Woche in voller Blüte. Du *musst* am Fenster sitzen, sonst kannst du die ja gar nicht genießen!«, fauchte Colette.

Der Tonfall ließ Rachel zusammenzucken. Mrs Bing erhob sich schwerfällig und begab sich mit dem Rest der Gruppe hinüber zur Fensterfront des großen Salons.

»So, du setzt dich jetzt hier hin und guckst dir die Zierhecken an, Mutter, und du hier, Dad. Mei Ching bringt euch gleich Hocker für die Füße. Mei Ching, wo bleiben denn die gepolsterten Fußhocker?« Colette machte es sich auf der Chaiselongue bequem, die mit der Lehne zur Fensterfront stand. Alle anderen mussten in die gleißende Sonne schauen. Rachel und Nick ging auf, dass das komplexe

Begrüßungsritual vorhin nichts mit Colettes Respekt für ihre Eltern zu tun hatte. Sie war einfach ein Kontrollfreak, und alles musste haargenau so sein, wie sie es sich vorstellte.

Während alle unauffällig nach einer Sitzposition suchten, in der man möglichst wenig geblendet wurde, betrachtete Jack Bing verstohlen Nick. *Wer ist bloß dieser Mann, der Bao Gaoliangs uneheliche Tochter geheiratet hat? Mit dem markanten Kinn könnte man Sushi schneiden, und sein Auftreten hat was von einem Adligen!* »Sie sind also aus Singapur? Hochinteressantes Land. In welcher Branche sind Sie tätig?«

»Ich unterrichte Geschichte an der Uni«, antwortete Nick.

»Nick hat in Oxford Jura studiert, aber arbeiten tut er an der New York University«, fügte Colette hinzu.

»Ach was. Da haben Sie also extra Jura in Oxford studiert, und dann haben Sie nicht mal eine Kanzlei?«, fragte Jack. *Ist wahrscheinlich ein mieser Anwalt.*

»Was soll ich sagen, Geschichte war schon immer meine Leidenschaft.« *So, und als Nächstes fragt er mich garantiert, wie viel Geld ich verdiene oder was meine Eltern machen.*

»Hmmm.« Jack schwieg. *Typisch Singapurer. Nur die sind so verrückt, dass sie ihre Kinder für viel Geld nach Oxford schicken, und dann machen die nicht mal was draus. Vielleicht ist er aus so einer reichen indonesisch-chinesischen Familie?* »Und Ihr Vater?«

Na bitte. Nick hatte im Laufe der Jahre schon viele Männer wie Jack Bing kennengelernt. Erfolgreich, ehrgeizig und immer auf der Suche nach neuen Kontakten, die ihnen nützlich sein könnten. Nick wusste genau, er müsste nur den einen oder anderen Namen fallen lassen, um jemanden wie Jack Bing zu beeindrucken. Darauf hatte er aber keine Lust und gab deshalb nur zurück: »Mein Vater war Ingenieur, aber mittlerweile ist er in Rente.«

»Verstehe.« *Dieser Mann schöpft sein Potenzial also nicht aus. Bei der Größe und mit dem Aussehen hätte er Spitzenbanker oder Politiker werden können.*

Jetzt will er entweder mehr Details über meine Familie, oder er nimmt sich Rachel vor. Aus Höflichkeit fragte Nick: »Und was machen Sie beruflich, Mr Bing?«

Jack ging jedoch gar nicht darauf ein, sondern drehte sich einfach zu Richie Yang um. »Und Sie sind also heute aus Chile zurückgekommen? Was haben Sie denn da getrieben? Sich nach neuen Bergbauunternehmen für Ihren Vater umgesehen?«

Ach, wie nett, ich wurde wohl soeben als unbrauchbar abgestempelt, und was Rachel macht, fragt er gar nicht erst. Nick musste sich ein Grinsen verkneifen.

Richie, der mit seinem Vertu-Titanhandy beschäftigt gewesen war, schnaubte auf Jacks Frage hin nur abfällig. »So weit kommts noch! Nein, ich trainiere gerade für die Rallye Dakar. Diese Langstrecken-Gelände-Rallye, schon mal davon gehört? Die findet diesmal in Südamerika statt, Start ist in Argentinien und das Ziel in Peru.«

»Du fährst immer noch Rennen?«, meldete sich Carlton zu Wort.

»Na klar!«

»Unglaublich.« Carlton schüttelte wütend den Kopf.

»Was denn? Meinst du, ich renne wegen einem kleinen Totalschaden sofort nach Hause zu meiner Mami?«

Carlton wurde rot vor Wut und schien kurz davor, aufzuspringen und sich auf Richie zu stürzen. Colette streichelte ihm beruhigend den Arm und sagte betont fröhlich: »Ich wollte mir schon immer mal den Machu Picchu angucken, aber ich werde so schnell höhenkrank. Letztes Jahr in St. Moritz ging es mir so schlecht, dass ich kaum shoppen gehen konnte.«

»Das hast du mir gar nicht erzählt!«, schimpfte Mrs Bing. »Ständig treibst du dich in gefährlichen Ländern wie der Schweiz rum! Tot könntest du sein!«

Colette sah ihre Mutter genervt an. »So schlimm war es nun auch wieder nicht, Mutter. Und wieso machst du hier eigentlich einen auf Jackie Onassis? Was soll die Sonnenbrille im Haus?«

Mrs Bing seufzte theatralisch. »*Aiya*, du weißt ja noch gar nichts von meinem neuesten Leiden.« Sie nahm die Brille ab und gab den Blick auf ihre rot geränderten Augen frei. »Guck mal, ich kann gar nicht mehr richtig sehen, alles total geschwollen. Ich habe bestimmt diese … diese Müdastenia irgendwas.«

»Meinen Sie Myasthenia gravis?«, fragte Rachel.

»Ja, genau! Sie kennen das?« Mrs Bing war ganz aufgeregt. »Das greift doch die Muskeln um die Augen an, nicht?«

Rachel nickte mitfühlend. »Soll sehr schmerzhaft sein, habe ich gehört, Mrs Bing.«

»Ach bitte, nennen Sie mich doch Lai Di.« Colettes Mutter fand Rachel plötzlich sehr sympathisch.

»Du hast keine Müdastenia oder wie das jetzt heißt, Mutter«, sagte Colette abschätzig. »Du hast bloß rote Augen, weil du den ganzen Tag schläfst.«

»Ja eben, weil ich so müde bin! Deshalb heißt es ja so!«

»Das ist doch Quatsch, Mutter.«

»Ich fahre jedenfalls nächste Woche nach Singapur zu einem Müdastenia-Spezialisten.«

Colette verdrehte die Augen und sagte zu Nick und Rachel: »Im Ernst, meine Mutter hält eigenhändig neunzig Prozent der Ärzte in ganz Asien auf Trab.«

»Dann kennt sie ja bestimmt schon jede Menge von meinen Verwandten«, erwiderte Nick lachend.

Mrs Bing horchte auf. »Was für Ärzte haben Sie denn in der Verwandtschaft?«

»Hm … Sie könnten meinen Onkel Dickie kennen, Richard T'sien, der ist der Hausarzt für so ziemlich die komplette High Society. Oder vielleicht seinen Bruder Mark T'sien, der ist Augenarzt. Dann wäre da noch mein Cousin Charles Shang, der ist Hämatologe, und mein anderer Cousin, Peter Leong, der ist Neurologe.«

»Dr. Leong? Der in Kuala Lumpur gemeinsam mit seiner Frau Gladys eine Klinik hat?«

»Genau der.«

»*Aiya!* Die Welt ist doch wirklich ein Dorf. Bei dem war ich, als ich dachte, ich hätte einen Hirntumor. Und bei Gladys hab ich damals eine zweite Meinung eingeholt.«

Mrs Bing schwatzte aufgeregt auf ihren Mann ein, in einem chinesischen Dialekt, den Nick nicht kannte. Jack, der mit Richie in ein Gespräch über den besonderen Geländewagen vertieft gewesen war, den dieser gerade mit Ferrari entwarf, war sofort ganz Ohr. »Peter Leong ist Ihr Cousin? Dann ist Harry Leong also Ihr Onkel?«

»Ja.« *Jetzt denkt er, ich wäre auch ein Leong, und schon steigt mein Marktwert wieder, dachte Nick.*

Tatsächlich betrachtete Jack ihn nun mit neu erwachtem Interesse. *Meine Güte, dann ist er ja einer von den Palmöl-*

Leongs! Die sind laut Heron Wealth auf Platz drei der reichsten Familien Asiens! Kein Wunder, dass er sich leisten kann, als einfacher Dozent zu arbeiten. »Ist Ihre Mutter eine Leong?«

»Nein, Harry Leong hat damals die Schwester von meinem Vater geheiratet.«

»Ah.« *Hm. Nachname Young. Nie gehört. Dann gehört der Knabe wohl zur armen Seite der Familie.*

Mrs Bing beugte sich ein Stück zu Nick herüber. »Was für Ärzte gibt es denn noch bei Ihnen in der Familie?«

»Ähm … kennen Sie Malcolm Cheng, den Hongkonger Kardiologen?«

»Oh mein Gott, bei dem war ich auch in Behandlung!«, rief Mrs Bing überglücklich. »Damals wegen meiner Herzrhythmusstörungen. Ich dachte, ich hätte Kammerflimmern, aber dann hat sich rausgestellt, dass ich zu oft bei Starbucks war.«

Richie fand das ganze Arztgerede mehr als langweilig. »Wann gibts denn eigentlich Essen?«, fragte er Colette.

»Dauert nicht mehr lange. Mein kantonesischer Koch macht uns heute sein berühmtes Huhn im Pergamentpapierpäckchen mit weißen Trüffeln[1].«

»Klingt super!«

»Und sozusagen als Sahnehäubchen gibts auch noch dein Lieblingsdessert von meinem französischen Koch.«

1 Eine Delikatesse, für die Hühnchen in kleinen Pergamentpapierpäckchen über Nacht in einer Mischung aus Hoisinsoße und Fünfgewürz mariniert wird. (Weiße Trüffeln gehören normalerweise nicht zur traditionellen kantonesischen Küche, sind aber der kleine Extraschuss Dekadenz des sehr passionierten Kochs.) Anschließend werden die Päckchen frittiert, wodurch die köstliche Marinade karamellisiert. Ein absoluter kulinarischer Knaller!

»Das Grand-Marnier-Soufflé? Du weißt wirklich, was Männer brauchen.«

»Zumindest manche«, gab Colette grinsend zurück und hob vielsagend eine Augenbraue.

Rachel sah zu Carlton hinüber, wie er wohl auf diese Unterhaltung reagierte, der starrte jedoch auf das Display seines iPhones. Plötzlich blickte er doch auf und nickte Colette kurz zu, die es bemerkte, aber nichts sagte. Rachel hatte keine Ahnung, was zwischen den beiden vor sich ging.

Kurz darauf verkündete Wolseley, dass das Essen fertig sei, und alle gingen ein paar Stufen hinauf zum Wintergarten mit Blick auf das Reflexionsbecken. »Ist ja heute nur etwas Lockeres im Kreis der Familie, da dachte ich, wir essen in unserem kleinen klimatisierten Wintergarten. Nichts Besonderes«, sagte Colette.

Natürlich war der Wintergarten weder klein noch »nichts Besonderes«. Rings um den tennisplatzgroßen Raum standen hohe silberne Windlichter, und der runde Esstisch aus Rotem Sandelholz, an dem acht Personen bequem Platz hatten, war »ganz alltäglich« mit Nymphenburger Porzellan eingedeckt. Hinter jedem Stuhl stand ein Dienstmädchen bereit, um den Gästen bei der schwierigen Aufgabe des Hinsetzens behilflich zu sein.

»Bevor wir mit dem Essen anfangen, habe ich noch eine Überraschung für euch«, sagte Colette und warf Wolseley einen Blick zu. Daraufhin wurden die Lampen gedimmt, und die ersten Takte des bekannten chinesischen Volkslieds »Jasminblüte« ertönten aus den Lautsprechern. Plötzlich wurden die Bäume, die das Reflexionsbecken vor der Fensterfront säumten, in leuchtendem Smaragdgrün angestrahlt, das Wasser im Becken leuchtete violett und geriet in Wallung. In dem Moment, als der Gesang einsetzte, schossen unzählige Wasserfontänen in den Himmel und formten im Takt der Musik komplexe Muster in allen Regenbogenfarben.

»Meine Güte, das ist ja wie die Fontänen vom Hotel Bellagio in Las Vegas!«, rief Mrs Bing begeistert.

»Wann hast du das denn machen lassen?«, fragte Jack seine Tochter.

»Die Bauarbeiten laufen schon seit Monaten, aber ich habe es geheim gehalten. Es sollte unbedingt zu meiner Gartenparty mit Pan TingTing fertig sein«, sagte Colette stolz.

»Bloß, um bei Pan TingTing Eindruck zu schinden?«

»Ach was, das hab ich für Mutter gemacht.«

»Und wie viel kostet mich der Spaß?«

»Weniger, als du denkst, gerade mal einen Zwanni.«

Colettes Vater schüttelte seufzend den Kopf.

Nick und Rachel sahen einander an. Unter reichen Chinesen stand »Zwanni« wohl für »zwanzig Millionen«.

Colette fragte Rachel: »Gefällts dir?«

»Es ist wunderschön! Und die Sängerin klingt fast wie Céline Dion.«

»Das ist Céline. Ihr berühmtes Duett auf Mandarin mit Song Zuying.«

Nachdem das Wasserspiel zu Ende war, defilierte eine Reihe Dienstmädchen mit großen Servierplatten aus original Meißner Porzellan in den Wintergarten. Die Lampen gingen wieder an, und die Dienstmädchen stellten absolut synchron vor jeden Gast einen Teller mit Pergamentpapier-Hühnchen. Alle begannen, die liebevoll verschnürten goldbraunen Pergamentpäckchen auseinanderzufalten, denen ein herrlicher Duft entstieg. Nick wollte gerade den ersten Bissen von seinem köstlich aussehenden Hähnchenschenkel nehmen, als er sah, wie die treue Roxanne von hinten an Colette herantrat und ihr etwas ins Ohr flüsterte. Colette strahlte daraufhin von einem Ohr zum anderen und nickte. Mit einem Blick zu Rachel sagte sie: »Eine letzte Überraschung habe ich noch.«

In dem Moment kam Bao Gaoliang die Treppe zum Wintergarten herauf. Sofort erhoben sich alle als Zeichen des Respekts vor dem hochrangigen Minister. Rachel juchzte vor Freude und lief ihrem Vater entgegen. Dieser wirkte ebenso verblüfft wie sie. Zu Carltons großer Überraschung umarmten die beiden einander herzlich. Er hatte seinen Vater noch nie öffentlich so deutlich Zuneigung ausdrücken sehen, nicht einmal gegenüber seiner Mutter.

»Es tut mir sehr leid, dass ich Sie beim Essen störe«, sagte Gaoliang. »Vor ein paar Stunden war ich noch in Peking, und dann haben mich diese beiden Verschwörer hier einfach in ein Flugzeug verfrachtet.« Er deutete lächelnd auf Carlton und Colette.

»Sie stören überhaupt nicht, es ist uns eine Ehre, Bao *Buzhang*[1]«, entgegnete Jack Bing. »Darauf müssen wir anstoßen! Wo ist Baptiste? Wir brauchen einen ganz besonderen Tigerknochenwein.«

»Jawoll, Tigerkraft für alle!«, rief Richie und schüttelte Bao Gaoliang die Hand. »Übrigens: Ihre Rede letzte Wo-

1 Mandarin für »Minister«, die korrekte Anrede für einen hochrangigen Regierungsvertreter.

che über die Gefahren der Inflation war wirklich fantastisch, *Lingdao*[1].«

»Ach, Sie waren da?«

»Nein, ich hab es mir im Staatsfernsehen angeschaut. Ich bin großer Politikfan.«

»Freut mich, dass sich jemand aus der jüngeren Generation für die politischen Belange dieses Landes interessiert«, sagte Bao Gaoliang mit einem Blick zu Carlton.

»Ich schenke ausschließlich ehrlichen Politikern meine Aufmerksamkeit. Diese ganzen Reden, die nur das Volk mitreißen sollen oder wo klar ist, dass der Redner sich einfach gern selbst zuhört, tue ich mir gar nicht erst an.«

Carlton musste sich zusammenreißen, um nicht die Augen zu verdrehen.

Schnell wurde neben Rachels Teller noch ein weiterer für Gaoliang gestellt. »Bitte setzen Sie sich doch, Bao *Buzhang*«, sagte Colette.

»Schade, dass Mrs Bao nicht mit dabei ist«, sagte Rachel. »Sie hat wohl noch in Hongkong zu tun?«

»Genau, ja«, erwiderte Gaoliang schnell. »Leider. Aber sie hat mich gebeten, alle ganz herzlich zu grüßen.«

Carlton schnaubte verächtlich. Sofort sahen ihn alle an. Er schien etwas sagen zu wollen, besann sich aber anscheinend eines Besseren und leerte stattdessen mit ein paar großen Schlucken sein Glas Montrachet.

Das Essen ging weiter. Rachel erzählte ihrem Vater, was sie schon alles in Schanghai unternommen hatten, und Nick unterhielt sich angeregt mit den Bings und Richie

1 Mandarin für »Chef«, die korrekte Anrede, wenn man sich bei einem hochrangigen Regierungsvertreter einschleimen will.

Yang. Er war froh, dass Bao Gaoliang sich endlich mal blicken ließ, Rachel war deutlich anzusehen, wie sehr sie sich freute. Carlton hingegen saß mit ernster Miene da, und auch Colette schien bei jedem Gang nervöser zu werden. *Was ist denn mit den beiden los? Die sehen ja aus, als würden sie jeden Moment explodieren.*

Es waren gerade die handgemachten Lanzhou-Nudeln mit Hummer und Abalone gereicht worden, als Colette plötzlich ihre Stäbchen ablegte, ihrem Vater etwas ins Ohr flüsterte und abrupt aufstand. Ihr Vater erhob sich ebenfalls.

»Bitte entschuldigt uns für einen Moment«, sagte Colette mit einem gezwungenen Lächeln und verschwand mit ihrem Vater die Treppe hinunter.

Sobald sie für die anderen außer Hörweite waren, schimpfte sie los: »Da stell ich extra den besten Butler von ganz England ein, damit der dir vernünftige Tischmanieren beibringt, und du benimmst dich trotzdem wie der erste Mensch! Musst du die Nudeln so laut schlürfen? Da kriegt man ja Ohrenschmerzen! Und die Knochen einfach auf den Tisch spucken, muss das sein? Christian Liaigre würde einen Anfall kriegen, wenn der wüsste, wie du mit seinem wunderschönen Tisch umgehst! Und wie oft muss ich dir eigentlich noch sagen, dass du die Schuhe anbehalten sollst, wenn wir Gäste haben? Fang gar nicht erst an, ich habs genau gerochen, und nein, das waren nicht die Zuckerschoten mit Stinkendem Tofu!«

Jack lachte nur. »Ich bin nun mal der Sohn von einem einfachen Fischer, und das kriegst du nicht mehr aus mir raus. Außerdem ist doch völlig egal, wie meine Tischmanieren sind.« Er klopfte auf das Portemonnaie in seiner Hosentasche. »Solange das hier prall gefüllt ist, kann ich selbst in Chinas edelstem Restaurant auf den Tisch spucken, und es interessiert keinen. Also mach dir keine Sorgen.«

»Blödsinn! Jeder kann dazulernen! Guck dir doch Mutter an, die kaut fast gar nicht mehr mit offenem Mund und kann mittlerweile die Stäbchen halten wie die feinste Schanghaier Dame.«

Colettes Vater schüttelte amüsiert den Kopf. »*Aiya*, Richie Yang, der Idiot, tut mir wirklich leid. Der hat ja keine Ahnung, was auf ihn zukommt.«

»Was soll das denn jetzt heißen?«

»Du glaubst doch nicht, dass du deinen eigenen Vater austricksen kannst, oder? Dein Plan, mit Carlton Bao vor Richies Nase herumzuwedeln, ist aufgegangen. Es wird nicht mehr lange dauern, bis er dir endlich einen Antrag macht.«

»Quatsch«, entgegnete Colette nur. Sie war immer noch wütend auf ihren Vater und dessen mangelnde Manieren.

»Ach ja? Und warum ist er dann bei mir im Flieger aufgetaucht und hat mich um Erlaubnis gebeten, um deine Hand anzuhalten?«

»Wie dumm von ihm. Das hast du ihm hoffentlich auch gesagt.«

»Im Gegenteil, ich hab ihm gesagt, meinen Segen hat er. Ihr passt meiner Meinung nach sehr gut zusammen, und außerdem müssen sein Vater und ich uns dann nicht mehr beim Firmenkaufen gegenseitig überbieten.« Jack grinste, wobei der schiefe Eckzahn aufblitzte, der Colette schon lange ein Dorn im Auge war. Wieso ließ er sich den nicht endlich mal richten?

»Das kannst du dir gleich wieder aus dem Kopf schlagen, Dad. Ich werde auf keinen Fall Richie Yang heiraten.«

Jack lachte und sagte dann leise: »Du naives Mädchen, ich habe dich nicht um deine Meinung gebeten. Was du willst, ist mir völlig egal.«

Damit drehte er sich um und ging die Treppe wieder hinauf.

11

CORINNA UND KITTY
HONGKONG

Sie kommt schon wieder zu spät. Corinna stand wutschnaubend vor der Drehtür des Glory Tower. Sie hatte Kitty ausdrücklich angewiesen, spätestens um zehn Uhr dreißig da zu sein, und jetzt war es fast elf. *Ich werde ihr wohl oder übel meinen Pünktlichkeitsvortrag halten müssen, den ich zuletzt 2002 für diese burmesische Familie gebraucht habe*, dachte Corinna, während sie den adretten Menschen, die an ihr vorbei ins Gebäude eilten, höflich zunickte.

Ein paar Minuten später hielt Kittys neue bescheidene perlweiße Mercedes-S-Klasse-Limousine am Straßenrand, und Kitty stieg aus. Corinna tippte hektisch auf ihre Armbanduhr, und Kitty beschleunigte ihren Schritt über den Vorplatz. Wenigstens hatte Kitty pflichtschuldig Corinnas Rat in Sachen Erscheinungsbild befolgt und sich von der komplizierten Turmfrisur, dem viel zu blassen Gesicht und dem billigen roten Lippenstift verabschiedet.

Stattdessen trug die formvollendet verwandelte Kitty lediglich einen Hauch von Rouge, dezentes Lipgloss in Apricot und um gut zehn Zentimeter gekürztes offenes Haar mit kastanienbraunen Highlights. Sie trug ein kükengelbes Carolina-Herrera-Kleid mit Faillé-Puffärmeln, flache beige Pumps undefinierbarer Marke sowie eine schlichte grüne Krokodilleder-Clutch von Givenchy, dazu als einzigen Schmuck ein Paar Perlenohrstecker und ein zartes Kettchen mit liegendem Diamantkreuz von Ileana Makri. Sie war kaum wiederzuerkennen.

»Sie sind viel zu spät! Jetzt werden wir beim Hereinkommen auffallen, statt in der Menge unterzugehen«, schimpfte Corinna.

»Tut mir leid, aber diese ganze Kirchensache hat mich so nervös gemacht, dass ich mich sechsmal umgezogen habe. Ist mein Outfit in Ordnung?«, fragte Kitty und strich sich über die Rockfalten.

Corinna musterte sie einen Augenblick. »Das Kreuz ist für den ersten Besuch vielleicht etwas übertrieben, aber das will ich Ihnen mal durchgehen lassen. Alles andere ist völlig angemessen, ja. Sie erinnern mich nicht mehr an Daphne Guinness.«

»Befindet sich die Kirche in diesem Bürogebäude?«, fragte Kitty leicht verwirrt, als sie die pfirsichfarbene Marmorlobby des Glory Tower betraten.

»Wie ich bereits sagte, es ist eine ganz besondere Kirche«, erwiderte Corinna auf der Rolltreppe in die Empfangshalle, wo an einem Tisch ein Trio von Empfangspersonal im Teenageralter sowie mehrere Sicherheitsleute standen. Eine junge Amerikanerin mit Headset, iPad und strahlendem Lächeln kam schwungvoll auf sie zu. »Guten Morgen! Wollen Sie zum Gottesdienst oder zur Bibelstunde der Suchenden?«

»Zum Gottesdienst.«

»Ihre Namen, bitte?«

»Corinna Ko-Tung und Kitty – ich meine – Katherine Tai«, erwiderte Corinna und gab den Namen an, den Kitty für ihre Karriere als Seifenopernstar abgelegt hatte.

Das Mädchen wischte auf dem iPad herum und sagte: »Tut mir leid, aber ich finde Sie nicht auf der Liste für die Sonntagsandacht.«

»Ach, das hatte ich vergessen – wir sind Gäste von Helen Mok-Asprey.«

»Ah, genau, da sind Sie ja. Helen Mok-Asprey plus zwei.«

Eine Sicherheitsfrau kam auf sie zu und überreichte ihnen je ein Band mit frisch laminierten Namensschildern. Darauf prangten in leuchtend violetter Schrift die Worte »Stratosphere Church Sonntagsandacht – Gast von Helen Mok-Asprey«, gefolgt von dem kursiv gedruckten Kirchenmotto: *Kommunizieren mit Jesus Christus auf einer höheren Ebene.*

»Bitte hängen Sie die um und nehmen den ersten Aufzug in den fünfundvierzigsten Stock«, sagte die Sicherheitsfrau.

Dort angekommen, wurden Kitty und Corinna erneut von jemandem mit Headset begrüßt und zu mehreren Aufzügen auf der gegenüberliegenden Seite geführt. Diesmal fuhren sie bis in den neunundsiebzigsten Stock.

»Wir sind fast da, nur noch ein weiterer Aufzug«, sagte Corinna und richtete den Kragen an Kittys Kleid.

»Fahren wir bis ganz nach oben?«

»Ja. Allein die Aufzugfahrt dauert fünfzehn Minuten. Und genau deshalb habe ich Sie gebeten, rechtzeitig da zu sein.«

»So viel Aufwand für einen Gottesdienst!«, nörgelte Kitty.

»Kitty, Sie betreten gleich die exklusivste Kirche in ganz Hongkong. Stratosphere wurde von den Pentecostal-Siew-

Milliardärsschwestern gegründet, und man kommt nur auf Einladung hinein. Sie ist nicht nur die höchstgelegene Kirche der Welt, im neunundneunzigsten Stock, sondern verfügt über mehr Mitglieder auf der Reichenliste der *South China Morning Post* als jeder andere Privatclub der Insel.«

Nach dieser Einführung öffneten sich die Aufzugtüren, und Kitty war einen Augenblick völlig geblendet. Sie stand in der Spitze des Wolkenkratzers und blickte in das hohe Atrium über sich, durch dessen kathedralenartiges Glasdach der ganze Raum mit gleißendem Sonnenlicht durchflutet wurde. Kitty hätte am liebsten ihre Sonnenbrille aufgesetzt, befürchtete aber, dass dies eine weitere Schelte von Corinna nach sich ziehen würde.

Kaum angekommen, ertönte ohrenbetäubende Musik einer christlichen Rockband. Während sie in einer der hinteren Reihen Platz nahmen, sah Kitty Hunderte von Gottesdienstbesuchern, die ihre Arme völlig im Einklang durch die Luft schwenkten und die Lieder mitsangen. Die Band bestand aus einem muskulösen blonden Leadsänger, der als Hemsworth-Bruder hätte durchgehen können, einer chinesischen Drummerin mit raspelkurzem Haar, noch einem weißen Typen am Bass, drei jungen chinesischen Backgroundsängerinnen und einem dürren chinesischen Jungen in einem drei Nummern zu großen grünen Izod-Shirt, der wie wild auf ein Yamaha-Keyboard einhieb.

Alles sang: *»Jesus Christ, come into me! Jesus Christ, come fill me up!«*

Kitty beobachtete das Spektakel mit kindlicher Ehrfurcht. Nichts davon hätte sie in einem christlichen Gottesdienst erwartet: himmlisches Licht, dröhnende Musik, den leckeren Rockgott auf der Bühne und – das Beste von allem – den Ausblick. Von ihrem Stuhl aus konnte sie sich ganz Hong Kong Island aus der Vogelperspektive anschauen, vom Pacific-Place-Einkaufszentrum in Admiralty bis nach North Point. Wenn das nicht der Himmel auf Erden war, was dann? Sie zückte ihr Handy und schoss unauffällig ein paar Fotos. Sie hatte die Spitze des 2IFC noch nie von Nahem gesehen.

»Was um Himmels willen machen Sie da? Stecken Sie das ein. Sie befinden sich in einem Gotteshaus!«, zischte Corinna ihr ins Ohr.

Mit hochrotem Kopf steckte Kitty ihr Handy ein und flüsterte Corinna zu: »Sie haben mich angelogen! Schauen Sie mal, wie aufgebrezelt hier alle sind!« Kitty zeigte auf die junge Frau im weißen Chanel-Kostüm in der ersten Reihe, an deren Fingern drei massive Bulgari-Edelsteinringe aufblitzten, wenn sie ihre Arme im Takt hin und her schwang.

»Das ist die Frau des Pastors. Sie darf sich so kleiden. Sie als neue Besucherin hingegen nicht.«

Kitty war verärgert, doch als sie den Blick in die gigantischen Kumuluswolken am blitzblauen Himmel richtete, den mitreißenden Refrain im Ohr, den alle um sie herum aus voller Kehle schmetterten, keimte plötzlich ein seltsames neues Gefühl in ihr auf. Der adrette Typ im Hahnentrittjackett und der engen Saint-Laurent-Jeans neben ihr kreischte völlig schief *»Everything I need is right here, Jesus! Everything I neeeeed!«*, während ihm Freudentränen übers Gesicht strömten. Sie fand es eigenartig sexy, diesen jungen Hipster so offen weinen zu sehen. Nach einer halben Stunde sagte der blonde Leadsänger, der sich als Pastor herausstellte, mit amerikanischem Akzent zur Gemeinde: »Es erfüllt mein Herz mit Freude, heute eure leuchtenden, glücklichen Gesichter zu sehen. Teilen wir unsere Liebe! Teilen wir unsere Freude, indem wir sie an die Person neben uns weitergeben! Was sagt ihr dazu?«

Ehe Kitty wusste, wie ihr geschah, hatte sich der weinende Hipster zu ihr umgedreht und sie fest in die Arme geschlossen. Daraufhin drehte sich die *taai taai* mittleren Alters vor ihr um und umarmte sie herzlich. Kitty war völlig perplex. Menschen in Hongkong, die einander *umarmten*! Wie war das möglich? Und nicht einmal zwei Freundinnen, die sich gut kannten. Nein, völlig Fremde drückten einander und stellten sich vor. Ein Wunder. Mein Gott, wenn das alles jemanden zur Christin machte, dann wollte sie sofort eine werden!

Als der Gottesdienst vorbei war, wandte sich Corinna an Kitty. »Endlich, Zeit für Kaffee und Kuchen. Folgen Sie mir.«

»Ich will mir den Appetit nicht verderben. Wollten wir nicht gleich zum Lunch ins Cuisine Cuisine?«

»Kitty, Sie sind nur aus einem einzigen Grund hier, und zwar, um mit diesen Leuten bei Kaffee und Kuchen ins Gespräch zu kommen. Viele Mitglieder gehören zur jüngeren Generation des Hongkonger Geldadels, und dies ist die beste Gelegenheit, sie kennenzulernen. Sie werden Sie mit offenen Armen aufnehmen, weil sie wiedergeborene Christen sind.«

»Wiedergeboren? Wie geht denn das?«

»*Aiya*, das erkläre ich Ihnen später. Fürs Erste reicht es, wenn Sie wissen, dass die Menschen hier glauben, Ihnen würden alle Sünden vergeben, sobald Sie Buße tun und Jesus einen Platz in Ihrem Herzen einräumen. Egal, was Sie getan haben, ob Sie Ihre Eltern ermordet, mit Ihrem Stiefsohn geschlafen oder Millionen veruntreut haben, um Ihre Gesangskarriere zu finanzieren – diese Leute *müssen* Ihnen vergeben. Mein Ziel für heute ist, Sie in einen der Bibelkreise einzuschleusen. Die Gruppe um Helen Mok-Asprey ist die begehrteste, aber das ist ein eingeschworener Kreis der bedeutendsten Damen. Fürs Erste wird die Gruppe meiner Nichte Justina Wei genügen. Der Altersdurchschnitt ist niedriger, und es sind einige Mädchen aus gutem Hause dabei. Justinas Großvater väterlicherseits, Wei Ra Men, ist der Gründer von Yummy Cup Noodles, deshalb nennen sie alle die Instantnudelerbin.«

Corinna schob Kitty auf eine mondgesichtige Frau Anfang dreißig zu. Sie konnte nicht fassen, dass diese Person in dem marineblauen Sekretärinnen-Hosenanzug die Nudelerbin war, von der sie schon so viel gehört hatte. »Justina, *aiya, gam nooi mou gin*[1]! Darf ich dir meine Freundin Katherine Tai vorstellen?«

»Hallo. Sind Sie mit Stephen Tai verwandt?«, fragte Justina in dem automatischen Versuch, Kitty auf ihrer sozialen Landkarte zu verorten.

»Äh, nein.«

Justina, die sich nur im Gespräch mit Menschen wohlfühlte, die sie von Geburt an kannte, sah sich gezwungen, auf ihre Standardfrage zurückzugreifen: »Und, auf welcher Schule waren Sie?«

»Ich bin nicht in Hongkong zur Schule gegangen«, erwiderte Kitty leicht nervös. Justinas langes, krauses, leblo-

1 »Lange nicht gesehen« auf Kantonesisch.

ses Haar erinnerte sie an Instantnudeln. Sie fragte sich, was wohl passierte, wenn man sie mit kochendem Wasser übergoss und drei Minuten lang ziehen ließ.

»Katherine ist im Ausland zur Schule gegangen«, warf Corinna hastig ein.

»Ach, und ist das Ihr erster Gottesdienst bei uns?« Justina legte den Kopf schief.

»Ja.«

»Na dann willkommen in der Stratosphere. In welche Kirche gehen Sie sonst?«

Kitty versuchte verzweifelt, sich an die Namen der Kirchen zu erinnern, an denen sie jeden Tag auf dem Weg von ihrem Apartment auf dem Peak vorbeikam, aber ihr Hirn war wie leer gefegt. »Äh, in die Kirche der Volturi«, platzte sie heraus und sah vor ihrem inneren Auge den kirchenartigen Raum aus den *Twilight*-Filmen, in dem die gruseligen alten Vampire auf ihren Thronen saßen.

»Ach, die kenne ich gar nicht. Liegt sie auf der Kowloon-Seite?«

»Genau«, sprang Corinna ihr erneut bei. »Ich muss Kitich meine Katherine unbedingt Helen Mok-Asprey vorstellen. Sie nimmt gerade die Blumen vom Altar, das heißt, sie ist schon auf dem Sprung.«

Corinna nahm Kitty beiseite und sagte: »Mein Gott, das war ja die reinste Katastrophe! Was ist denn heute mit Ihnen los? Wo ist die junge Frau geblieben, die Evangeline de Ayala um den Finger gewickelt hat?«

»Tut mir leid, keine Ahnung, was da los war. Das ist alles so neu für mich – mein neuer Name, so zu tun, als wäre ich Christin, diese Kleidung. Ohne mein normales Make-up und meinen Schmuck fühle ich mich so schutzlos. Früher wurde ich immer gefragt, was ich trage, und jetzt kann ich nicht mal mehr über Mode reden.«

Corinna schüttelte verständnislos den Kopf. »Sie sind Schauspielerin! Wird Zeit, dass Sie Ihr Improvisationstalent unter Beweis stellen. Sehen Sie es einfach als neue Rolle. Aber denken Sie dran, Sie sind nicht mehr die böse Zwillingsschwester, sie sind jetzt die brave Ehefrau. Sie kümmern sich den ganzen Tag um Ihren kranken Ehemann und Ihre kleine Tochter, und das hier ist Ihre einzige Gelegenheit in der Woche, sich mit anderen Menschen auszutauschen. Also seien Sie beseelt und dankbar. Versuchen wir es noch mal mit Helen Mok-Asprey. Helen ist gebürtige Mok, geschiedene Quek und jetzt mit Sir Harold Asprey verheiratet. Sie sollten sie mit Lady Asprey ansprechen.«

Corinna führte Kitty zum Kuchenbüfett, wo eine Frau mit Helmfrisur klammheimlich sechs Stücke Schwarzwälder Kirschtorte in Papierservietten wickelte und in ihrer Handtasche verschwinden ließ. »Helen, vielen Dank noch mal, dass du uns heute auf die Liste gesetzt hast!«, flötete Corinna.

Helen zuckte zusammen. »Ach, hi, Corinna. Ich nehme ein bisschen Kuchen für Harold mit. Du weißt doch, was für ein Schleckermaul er ist.«

»Ja, wenn es um Süßes geht, passt ihr beiden gut zusammen, was? Bevor du gehst, wollte ich dir meinen Gast Katherine Tai vorstellen. Katherine war vorher in der Volturi-Gemeinde in Kowloon, aber sie überlegt zu wechseln.«

»Ihre Kirche ist einfach wunderbar! Vielen, vielen Dank für die Einladung, Lady Asprey«, sagte Kitty zuckersüß.

Helen musterte Kitty von Kopf bis Fuß. »Was für ein hübsches kleines Kreuz«, lobte sie, ehe sie sich wieder Corinna zuwandte und in gedämpftem Ton sagte: »Ich hatte ein ganz ähnliches, aber ich fürchte, eins meiner neuen Hausmädchen hat es gestohlen. Diese neuen Mädchen aus *duweißtschonwo* sind derart unzuverlässig. Mein Gott, wie ich meine Norma und meine Natty vermisse. Leider habe ich sie so gut bezahlt, dass sie mich verlassen haben, um eine Strandbar in Cebu zu eröffnen.«

Eine elegante Lady in seladongrünem A-Linien-Kleid trat mit zwei frisch gekochten Kannen Kaffee an den Tisch. »Meine Güte, wo ist denn der ganze Kuchen hin? Da muss ich wohl noch mal runter in die Küche.« Sie seufzte.

»Ach, Fi – bevor du runtergehst, möchte ich dir meine Freundin Katherine Tai vorstellen. Katherine, das ist meine Cousine Fiona Tung-Cheng«, sagte Corinna.

»Nett, Sie kennenzulernen, Katherine«, sagte Fiona, dann sah sie Kitty eingehender an. »Sie kommen mir so bekannt vor. Sind Sie vielleicht mit Stephen Tai verwandt?«

»Er ist ein entfernter Cousin von ihr«, mischte sich Corinna ein, um weitere Fragen im Keim zu ersticken.

Kitty lächelte Fiona ruhig an und sagte: »Übrigens sieht Ihr Kleid fantastisch aus. Narciso Rodriguez, oder?«

»Oh, ja, danke schön.« Fiona strahlte. Es kam nicht oft vor, dass sie Komplimente zu ihrer Kleidung bekam.

»Ich habe ihn vor ein paar Jahren kennengelernt«, fuhr Kitty fort und ignorierte Corinnas bitterbösen Blick. Sie würde in der Kirche über Mode reden, und wenn Corinna der Schlag traf.

»Wirklich? Sie haben Narciso kennengelernt?«, fragte Fiona.

»Ja, ich war bei seiner Modenschau in New York. Finden Sie es nicht toll, dass der Sohn einer kubanischen Einwandererfamilie ein erfolgreicher Modedesigner werden kann? War nicht genau das die Botschaft der heutigen Predigt? Ein jeder mit einem offenen Herzen kann wiedergeboren werden.«

Helen Mok-Asprey lächelte beifällig. »Wohl wahr. Meine Güte, kommen Sie doch in meinen Bibelkreis! Eine neue frische Perspektive wie Ihre würde uns guttun!«

Kitty strahlte, und Corinna plusterte sich auf wie eine stolze Mutter. Mein Gott, Kitty hatte beim ersten Versuch ins Schwarze getroffen! Womöglich hatte Corinna ihre Fähigkeiten doch unterschätzt. Wenn sie so weitermachte, würde sie die Frauen im Bibelkreis von sich einnehmen und noch ehe die Weihnachtszeit begann zu allen möglichen Veranstaltungen der alten Garde eingeladen werden.

Just in dem Moment schlenderte Eddie Cheng zu seiner Frau Fiona herüber. »Bist du fertig mit Kaffee ausschenken?« An Helen und Corinna gewandt prahlte er: »Wir sind nämlich zum Mittagessen bei den Ladoories eingeladen, und es wäre sehr unhöflich, zu spät zu kommen.«

»Bin fast fertig. Ich muss nur noch einmal in die Küche, Kuchen holen. Der ist heute irgendwie schnell weggegangen. Eddie, das ist übrigens Corinnas Freundin Katherine.«

Eddie nickte pflichtschuldig in Kittys Richtung.

»Wenn du mir mit dem Kuchen hilfst, sind wir schneller«, sagte Fiona. Auf dem Weg zur Küche erzählte sie Eddie: »Die nette Frau macht ab jetzt bei unserem Bibelkreis mit. Ihr Kleid ist echt toll. Ich wünschte, du würdest mich auch so eine knallige Farbe tragen lassen.«

Eddie warf einen Blick über die Schulter auf Kitty und kniff plötzlich die Augen zusammen. »Wie hieß sie noch mal?«

»Katherine Tai, eine entfernte Cousine von Stephen.«

Eddie schnaubte. »Auf dem Mars vielleicht, aber hier auf der Erde sind die beiden ganz sicher nicht verwandt. Schau sie dir noch mal genau an, Fi.«

Fiona sah forschend in Kittys Gesicht. Plötzlich schnappte sie nach Luft, und die Kuchenplatte aus Metall ging mit einem ohrenbetäubenden Scheppern zu Boden. Alle Augen waren auf sie gerichtet. Eddie kostete die Aufmerksamkeit voll aus, marschierte schnurstracks auf Corinna, Kitty und Helen zu und verkündete selbstgefällig: »Corinna, ich weiß ja, dass du ein gutes Herz hast und dich immer wieder derer annimmst, die es nötig haben, aber diesmal wurdest du wirklich ausgenutzt. Diese Frau, die sich als Stephen Tais Cousine ausgibt, ist eine Hochstaplerin. Das ist Kitty Pong, dieses geldgierige Aas, das meinem Bruder Alistair vor zwei Jahren das Herz gebrochen hat und mit Bernard Tai durchgebrannt ist. Hallo, Kitty.«

Kitty senkte den Blick. Eddies Worte hatten sie tief getroffen, und sie wusste nicht, wie sie reagieren sollte. Wieso nannte er sie Hochstaplerin? Nichts von alledem war auf ihrem Mist gewachsen – es war Corinna gewesen, die eine Verwandtschaft mit diesem Stephen vorgetäuscht hatte. In der Hoffnung, dass Corinna ihr zur Seite springen würde, drehte sie sich zu ihr um, aber die stand nur reglos da.

Helen Mok-Asprey funkelte Kitty an und stieß hervor: »Sie sind diese Kitty Pong? Carol Tai ist eine gute Freundin von mir. Was haben Sie bloß mit ihrem Sohn gemacht? Und wieso verbieten Sie Carol den Umgang mit ihrer eigenen Enkelin? *Gam haksaam!*[1]«

1 Kantonesisch für »So was von niederträchtig!«.

12

ASTRID
SINGAPUR

»Gehst du jetzt etwa joggen?«, fragte Astrid.

Michael stand lediglich mit einer schwarzen Puma-Laufhose bekleidet vor ihr.

»Ja, ich muss mal den Kopf freikriegen.«

»Aber wir sind in einer Stunde zum Freitagsessen verabredet.«

»Dann komm ich halt nach.«

»Wir müssen heute aber pünktlich sein! Mein Cousin Adam aus Thailand und seine Frau Piya sind zu Besuch, und der thailändische Botschafter hat was ganz Besonderes vorb-«

»Dein Cousin ist mir scheißegal!«, schnauzte Michael und knallte die Tür hinter sich zu.

Er ist also immer noch sauer. Astrid ging hoch in ihr Arbeitszimmer. Sie loggte sich bei Gmail ein, und Charlies Name blinkte auf. *Ein Glück.* Sie schrieb ihn sofort an:

ASTRID LEONG TEO: Noch bei der Arbeit?

CHARLIE WU: Jep. Ich wohne mittlerweile fast im Büro. Ich geh nur noch raus, um mir einen Saft zu holen.

ALT: Kurze Frage, wenn du mit potenziellen Kunden gerade einen Megadeal verhandelst, kümmerst du dich dann auch außerhalb der Arbeit um die?

CW: Wie jetzt »kümmern«?

ALT: Na zum Beispiel mit denen essen gehen.

CW: LOL Ich dachte, du meinst Sex! Ja klar, Geschäftsessen halt. Sind aber meistens eher mittags. Abends nur manchmal so als Abschluss, wenn der Deal steht. Warum?

ALT: Nur so. Ist irgendwie komisch, ich kenn mich bestens mit gesellschaftlichen Ereignissen aus und was es da für Regeln gibt, aber ich hab nicht die geringste Ahnung vom Geschäftsleben.

CW: Brauchst du ja auch nicht.

ALT: Nimmst du Isabel zu den Essen eigentlich mit?

CW: Ha, als ob! Ehepartner haben bei solchen Treffen normalerweise nichts zu suchen.

ALT: Nicht mal, wenn internationale Kunden zu Besuch nach Asien kommen?

CW: Dann bringen die eigentlich trotzdem nicht ihre Frauen mit, nee. Früher bei meinem Vater, also in den 80ern und 90ern ist vielleicht mal eine mitgekommen, damit sie in Hongkong oder Singapur shoppen gehen kann. Aber heute fast gar nicht mehr. Falls doch, werden sie hier aber wie Prinzessinnen behandelt, damit sich die Kunden auf die Arbeit konzentrieren können und keine Sorgen machen müssen, dass ihre Frauen in irgendeiner Markthalle über den Tisch gezogen werden.

ALT: Ein Essen mit den Ehefrauen ist also kein »entscheidender Bestandteil« von jedem Deal?

CW: Auf keinen Fall. Heutzutage sind die meisten Businessleute eh Mini-Zuckerbergs Anfang zwanzig. Und viele sind ja auch Frauen! Wie kommst du darauf? Will Michael dich jetzt zu irgendwelchen Geschäftsessen mitschleifen?

ALT: Hat er schon.

CW: Wieso fragst du dann?

ALT: Weil es die absolute Katastrophe war. Der Deal ist gestorben, und rate mal, wer angeblich schuld war.

CW: Hä? Was hast du denn damit zu tun? Du bist ja wohl nicht seine Angestellte. Hast du dem Kunden heiße *bah kut te*[1] in den Schoß gekippt, oder was?

ALT: Puh, lange Geschichte, ist aber eigentlich auch witzig. Erzähl ich dir nächsten Monat in Hongkong mal in Ruhe.

CW: Erst Andeutungen machen und dann nichts erzählen ist gemein!

Astrid nahm die Finger von der Tastatur. Sollte sie einfach sagen, sie müsste leider los, oder sollte sie erzählen, was passiert war? Sie wollte Michael nicht vor Charlie schlechtmachen, der hatte sowieso schon nicht die beste Meinung von ihm. Andererseits musste sie diese Sache endlich bei jemandem loswerden.

ALT: Also Michael war wohl schon ewig in Verhandlungen mit diesen Kunden, und dann wollte der Ober-

1 Wörtliche Übersetzung: »Fleischknochentee«, eine in Singapur sehr beliebte Suppe mit Schweinerippchen, die stundenlang in einer köstlichen Brühe mit vielen Kräutern und Gewürzen köcheln, bis das Fleisch wirklich butterzart ist.

macker von denen mit seinem ganzen Team herkommen, um den Deal zu besiegeln. Er wollte seine Frau mitbringen, deshalb meinte Michael, ich soll uns ein schickes Restaurant raussuchen. Der Typ und seine Frau kennen sich wohl richtig mit Essen aus, also hab ich bei André reserviert.

CW: Gute Wahl. Mit Leuten, die nicht aus Singapur sind, gehe ich auch immer gern ins Waku Ghin.

ALT: Tetsuya ist ein fantastischer Koch, keine Frage, aber ich fand, sein Stil passt irgendwie nicht zu diesen Leuten. Ist ja auch egal. Jedenfalls war Michael plötzlich superwichtig, was ich zu dem Essen anziehe. Das hat ihn sonst nie interessiert. Ich fand ja, ich hätte das perfekte Outfit, aber er meinte, ich müsste was viel Auffälligeres, Protzigeres tragen.

CW: Das passt doch gar nicht zu dir.

ALT: Absolut nicht, aber ich wollte ihm einen Gefallen tun. Also hab ich mich umgezogen und noch ein Paar Riesenohrringe rausgesucht, da sind so Smaragde und Diamanten dran, sollte man wirklich nur tragen, wenn man bei der Queen höchstpersönlich eingeladen ist.

CW: Klingt super.

ALT: Leider nicht. Wir sind natürlich zu spät gekommen, und Michael musste unbedingt mit seinem neuen Ferrari-Oldtimer direkt vor dem Restaurant vorfahren. Also starren uns natürlich schon mal alle an. Und dann stellt sich raus, dass der Kunde aus Kalifornien ist. Er und seine Frau also sehr sympathisch, sehr unaufdringlich, die Frau zwar elegant angezogen, aber total unauffällig – Tunika, Riemchensandaletten und

Ohrringe, die irgendein Kind gebastelt hatte. Ich im Vergleich dazu natürlich völlig overdressed, da waren die beiden wohl etwas pikiert. Ab da ging jedenfalls alles nur noch bergab, und heute kam Michael richtig schlecht gelaunt nach Hause, die haben jetzt nämlich alles abgeblasen.

CW: Und Michael meint, das ist DEINE Schuld??

ALT: Er macht sich selbst auch Vorwürfe, aber ich kann ihn verstehen, ein bisschen Schuld habe ich schon. Ich hätte auf meinen Bauch hören und bei dem ersten Outfit bleiben sollen. Es hat mir nicht gepasst, dass Michael mir da reinreden wollte, und deshalb hab ich vielleicht ein bisschen zu sehr auf die Tube gedrückt, wenn ich ganz ehrlich bin. Das war zu viel des Guten und hat den Kunden im Endeffekt abgeschreckt.

Astrids Handy klingelte. Es war Charlie.

»Astrid Leong, das ist ja wohl der größte Schwachsinn, den ich je gehört hab! Kunden ist völlig egal, was die Frauen ihrer Geschäftspartner anhaben! Das gilt erst recht für Tech-Kunden. Es wird seine Gründe gehabt haben, dass nichts draus geworden ist, aber mit deinen Ohrringen hat es garantiert nichts zu tun. Das ist dir klar, oder?«

»Ich versteh, was du meinst, aber na ja … es war einfach ein komischer Abend. Ist im Nachhinein schwer zu erklären.«

»Astrid, das ist völliger Quatsch. Ich bin echt sauer auf Michael, dass er dir so was einredet.«

Astrid seufzte. »Klar, ich bin nicht allein verantwortlich, aber wenn ich ein paar Sachen anders gemacht hätte, wäre der Abend bestimmt positiver verlaufen. Ich wollte dich nicht wütend machen, Charlie. Tut mir leid. Ich musste bloß irgendwem von dieser Sache erzählen, Michael und ich haben uns ziemlich gestritten. Das war egoistisch von mir, merke ich gerade. Eigentlich tut er mir leid, ich weiß ja, wie viel Arbeit er in diesen Deal gesteckt hat.«

»Jetzt mach aber mal einen Punkt! Michaels Firma läuft nach wie vor super, seine Aktien hat der geplatzte Deal jedenfalls kein bisschen beeinflusst. Und trotzdem hat er es geschafft, dir ein schlechtes Gewissen einzureden, und das macht mir echt Sorgen. Du siehst anscheinend überhaupt nicht, wie unlogisch seine Argumentation ist. Du hast absolut nichts falsch gemacht, Astrid. Nichts.«

»Lieb von dir. Du, ich muss mal Schluss machen, Cassian weint.«

Kaum hatte sie aufgelegt, kamen ihr auch schon die Tränen. Sie hatte sich nicht getraut, Charlie die ganze Wahrheit zu erzählen. Was Michael wirklich zu ihr gesagt hatte, als er von der Arbeit nach Hause kam. Sie hatte sich gerade hinter mehreren Stühlen unter Cassians Schreibtisch verbarrikadiert und trug dabei die Smaragdohrringe, weil sie Guinevere spielte, die gerade von Cassian alias König Artus gefangen genommen worden war, als Michael ins Zimmer trat.

»Schon wieder diese Scheißohrringe! Mit denen hast du mir übrigens alles versaut!«

»Hm? Wovon sprichst du bitte?« Astrid sah ihn verwirrt aus ihrem Schreibtischkerker heraus an.

»Der Deal ist geplatzt. Die wollten nicht mal annähernd das zahlen, was ich verlange.«

»Ach Mensch, das tut mir leid.« Astrid stand auf und wollte ihn umarmen, aber er machte sich sofort los und ging aus dem Zimmer. Astrid lief ihm hinterher. Während Michael sich im Schlafzimmer umzog, regte er sich weiter auf: »Es war bestimmt das Dinner. Ich mach dir keinen Vorwurf, bloß mir. Ich hab dir ja gesagt, du sollst dich umziehen. Nur ist dein Outfit anscheinend gar nicht gut angekommen.«

Astrid traute ihren Ohren kaum. »Was hat mein Outfit damit zu tun? Wieso sollte irgendwer drauf achten?«

»In meinem Geschäft ist es eben wichtig, wie man rüberkommt. Und das traditionelle Essen gemeinsam mit den Ehefrauen ist ein absolut entscheidender Bestandteil der Verhandlungen.«

»Ich hatte den Eindruck, wir haben uns alle ganz gut verstanden! Wendy hat immer wieder gesagt, wie toll sie das Essen findet, und am Ende wollte sie sogar meine Nummer haben.«

Michael setzte sich aufs Bett und stützte den Kopf in die Hände. »Es geht nicht darum, was die Frau von dir hält. Ich hab versucht, diesen Leuten zu zeigen, dass meine Firma auf unserem Gebiet die beste in ganz Singapur ist. Dass wir ein Luxusunternehmen sind und das auch mit unserem Luxuslebensstil repräsentieren. Und deshalb eben auch entsprechend was kosten. Das ist leider gründlich in die Hose gegangen.«

»Vielleicht war das mit dem Ferrari ein bisschen übertrieben …«

»Nein, den fanden alle toll. Was du anhattest, war das Problem.«

»Wie bitte?« Astrid war empört.

»Immer diese komischen Vintage-Klamotten, das versteht eben keiner. Wieso kannst du nicht einfach mal Chanel tragen wie alle anderen? Ich bin eh zu dem Schluss gekommen, dass wir einiges ändern müssen. Ich muss mir ein komplett neues Image zulegen. Bei unserem Lebensstil nehmen mich die Leute nicht ernst. Die denken sich doch, ›wenn er angeblich die erfolgreichste Tech-Firma Asiens besitzt, wieso wohnt er dann in so einem kleinen Haus? Wieso ist er nicht öfter in der Zeitung? Wieso fährt seine Frau immer noch einen Acura, und wieso hat sie keinen besseren Schmuck?‹«

Astrid schüttelte fassungslos den Kopf. »Jeder Mensch, der was von Schmuck versteht, kennt meine Familiensammlung.«

»Genau das ist das Problem, Schatz! Weil ihr so wahnsinnig viel Wert auf Privatsphäre legt, kennt außer einem winzig kleinen inzestuösen Kreis niemand deine Familie! Der Kunde konnte sich nicht vorstellen, dass deine Riesenklunker echt sind. Anstatt dafür zu sorgen, dass du reich wirkst, haben die genau das Gegenteil bewirkt. Alle dachten, das wäre billiger Modeschmuck. Weißt du, was der Rechtsberater gestern Abend Silas Teoh erzählt hat? Er meinte, im ersten Moment dachten alle, du wärst so eine vom Orchard Tower.«

»Was ist das denn?«

»Da arbeiten die Escortmädchen. Mit den Stiefeln und den Ohrringen hast du ausgesehen wie eine Edelnutte, meinten die.«

Astrid sah ihren Mann nur an, ihr fehlten die Worte.

»Wir müssen den Imagewechsel jetzt richtig angehen. Alles oder nichts, sag ich immer. Ich suche mir eine neue PR-Beraterin, und du brauchst einen neuen Look. Und ruf am besten morgen gleich mal diese Freundin von dir an, diese Immobilienmaklerin. Wie heißt die noch mal? Miranda?«

»Meinst du Carmen?«

»Genau. Wir brauchen so schnell wie möglich ein neues Haus. Ich will, dass alle *lau-nua*[1], sobald sie es sehen.«

1 Wörtlich übersetzt »sabbern« auf Hokkien. Im übertragenen Sinne vor Neid platzen.

13

EIN-HERZ-FÜR-NÄHERINNEN-MODENSCHAU

JUNI 2013, PORTO FINO ESTATES, SCHANGHAI

NOBLESTMAGAZINE.COM.CN

Die Society-Kolumnistin Honey Chai bloggt heute Abend live aus der ersten Reihe, während zwei von Chinas einflussreichsten Fashionistas zum besten aller Zwecke aufeinandertreffen.

17:50 Uhr

Soeben bin ich auf dem himmlischen Landsitz von Erbin und Modebloggerin **Colette Bing** eingetroffen. Gemeinsam mit ihrer besten Freundin, dem Superstar **Pan TingTing**, wird sie hier heute Abend eine ganz besondere Fashion Preview veranstalten. Nur 300 der schicksten Chinesinnen haben die heiß begehrten Einladungen erhalten. **Prêt-à-Couture** hat eigens für diese Show die dekadentesten Looks aller führenden Modelabels Europas eingeflogen. Während Asiens Supermodels wie **Du Juan** und **Liu Wen** über den Laufsteg schweben, werden die Outfits zugunsten von **Ein Herz für Näherinnen** versteigert, einer Stiftung, die Colette und TingTing ins Leben gerufen haben, um für bessere Arbeitsbedingungen von Näherinnen in ganz Asien zu kämpfen.

17:53 Uhr

Auf der langen Kiesauffahrt zum Haus werden die Gäste von einem Spalier französischer Kellner in Uniformen mit Napoleonkragen und einem French-Blonde-Cocktail[1] in einem Vintage-Lalique-Stielglas willkommen geheißen. Na, das nenn ich mal Klasse.

18:09 Uhr

Dieses Haus erinnert an das PuLi-Hotel, nur ist es wesentlich größer. Wir befinden uns nun im Familienmuseum der Bings, wo, so weit das Auge reicht, nur Warhols, Picassos und Bacons hängen. Davor stehen einige der legendärsten lebenden Kunstwerke Chinas: **Lester Liu** und seine Frau **Valerie** in einem veritablen Vintage-Traum mit Petticoat von Christian Lacroix und **Perrineum Wang**, die zu ihrem sündhaften Sacai-Kleid einen Kopfputz aus glitzernden goldenen Sonnenstrahlen von Stephen Jones trägt. **Stephanie Shi** rockt den Abend in royalblauem Rochas, und **Tiffany Yap** ist wie immer au courant in Carven. Sieht aus, als wäre ganz Schanghai heute Abend hier vertreten!

18:25 Uhr

Ich habe soeben **Virginie de Bassinet** getroffen, die schicke Gründerin von Prêt-à-Couture, die uns versprochen hat, dass uns die Modenschau heute Abend vom Hocker reißen wird. Und **Carlton Bao** lief gerade mit einer hübschen jungen Frau an mir vorbei, die ihm sehr ähnlich sah. Wer mag das sein, und wer ist der Hottie, den die beiden noch im Schlepptau hatten? OMG – ist das etwas der Schauspieler der koreanischen Erfolgsserie *My Love from the Star*?

1 St.-Germain-Holunderblütenlikör, Gin und Lillet Blanc mit Grapefruitsaft gemischt ergeben diesen klassischen, spritzigen Aperitif. Prösterchen!

18:30 Uhr

Es ist nicht der Typ aus *My Love from the Star*, sondern ein Geschichtsprofessor aus New York, der Carlton besucht. Wie enttäuschend!

18:35 Uhr

Lester und Valerie Liu stehen in der Galerie vor ein paar wunderschönen antiken Rollbildern, und Valerie schluchzt an Lesters Schulter. Was ist bloß passiert?

18:45 Uhr

Bin jetzt im Garten, wo Stuhlreihen um ein riesiges Reflexionsbecken angeordnet sind. Spinne ich, oder ist dieser Garten tatsächlich klimatisiert? Wir befinden uns mitten in einer Juni-Hitzewelle, und ich spüre einen kühlen, angenehm blumigen Lufthauch.

18:48 Uhr

Auf jedem Stuhl liegt ein iPad mit einer vorinstallierten App bereit, sodass wir uns Nahaufnahmen jedes Outfits auf dem Laufsteg ansehen und direkt unsere Gebote abgeben können. Das ist doch mal nützliche Technik!

18:55 Uhr

Alles wartet auf den Auftritt von Colette und Pan TingTing. Was werden sie anhaben?

19:03 Uhr

Colette ist gerade aufgetaucht, und **Richie Yang** ist auf sie zugespurtet und hat sie am Arm zu ihrem Stuhl geführt. (Ist an den Gerüchten, dass sie wieder zusammen sind, etwa was dran?) Und das trägt Colette heute: ein trägerloses narzissengelbes Dior-Couture-Kleid mit einer atemberaubenden durchsichtigen Partie auf Schenkelhöhe und dazu unfassbar sexy rote Sheme-Heels mit einer über und über perlenbesetzten Schlange, die sich um ihren Knöchel windet. Ihr lest es hier zuerst, noch ehe sie es selbst bloggen kann!

19:05 Uhr

Roxanne Wang, Colettes wunderbare Assistentin, die in ihrem schwarzen Jeansanzug von Rick Owens DRKSHDW einfach fantastisch aussieht, informierte mich soeben, dass die Perlen der Schlange in Wirklichkeit Rubine sind. ICH STERBE!!!!

19:22 Uhr

Wir warten noch immer auf Pan TingTing, die jetzt schon über eine Stunde zu spät ist. Uns wurde mitgeteilt, sie wäre gerade erst mit dem Flieger aus London gekommen, wo sie einen streng geheimen neuen Film mit dem Regisseur Alfonso Cuarón dreht.

19:45 Uhr

Pan TingTing is in da house! Ich wiederhole, Pan TingTing is in da house! Sie trägt einen hohen Pferdeschwanz und einen Jumpsuit aus weißer Charmeuse mit kniehohen Reitstiefeln aus grauem Patinaleder. Designernamen liefere ich nach, sobald ich mehr weiß. Schmuck: bunte afrikanische Maasai-Mara-Perlenohrringe. Bling-Faktor verschwindend gering, aber wen interessierts – sie sieht überirdisch gut aus, als käme sie gerade von einer Motorradrallye in der Wüste Gobi. Das Publikum rastet komplett aus!!!

Als sie den Trubel auf der anderen Seite des Reflexionsbeckens beobachtete, sagte Rachel zu Carlton: »Das ist also die Jennifer Lawrence von China?«

»Oh, sie ist ein wesentlich größerer Star als Jennifer«, widersprach Carlton. »Sie ist quasi Jennifer Lawrence, Gisele Bündchen und Beyoncé in einer Person.«

Rachel musste lachen. »Bis heute Abend habe ich jedenfalls noch nie von ihr gehört.«

»Glaub mir, das ist nur eine Frage der Zeit. Alle Hollywoodregisseure versuchen sie zu engagieren, weil sie genau wissen, dass sie ihnen hier Hunderte Millionen einspielen wird.«

Pan TingTing stand am Eingang zum Garten und zog alle Blicke auf sich. Jeder wollte ihren durchscheinenden Marmorteint bewundern, den die *Shanghai Vogue* mit Michelangelos *Pietà* verglichen hatte, die berühmten Bambi-Augen und ihre Kurven, die mit jenen von Sophia Loren mithalten konnten. TingTing setzte das strahlende Lächeln auf, für das sie bekannt war, und ließ den Blick über das Publikum schweifen, während die ersten Kameras losblitzten. *Nichts Neues heute, mal wieder die üblichen Verdächtigen. Wieso habe ich bloß eingewilligt, London für diese Veranstaltung zu verlassen? Gute Publicity, sagt mein Agent. Die Frage ist allerdings, wozu ich noch mehr Publicity brauche, wo ich doch diesen Monat schon auf sechs Zeitschriftencovern bin. Ich könnte gerade diesen unfassbar leckeren Butternutkürbissalat bei Ottolenghi essen und völlig unerkannt (außer vielleicht von den chinesischen Touristen auf Shoppingtour in der Ledbury Road) durch Notting Hill radeln. Stattdessen bin ich hier und werde seziert wie ein Insekt unter dem Mikroskop. Apropos Insekten, was in Guanyins Namen hat Perrineum Wang da auf dem Kopf? Bloß keinen Blickkontakt herstellen. Ach, und da ist Russell Wing. Wie schafft dieser Fotograf es bloß immer, gleichzeitig auf allen Partys in ganz Asien aufzutauchen? Stephanie Shi ist direkt von ihrem Stuhl aufgesprungen wie ein Pudel, dem man einen Stromschlag verpasst hat. Jede Wette, dass sie sich wieder rechts neben mich stellt, damit die Bildunterschrift auf potenziellen Fotos »Stephanie Shi und Pan TingTing« lautet. Ihr Name muss natürlich immer* vorne *stehen. Zum Glück hat ihr Großvater endlich abgedankt. Angeblich trägt er ja inzwischen einen Kolostomiebeutel. Und wo Stephanie ist, sind die beiden anderen Pekinger Prinzessinnen natürlich auch nicht weit, die gute Adele Deng und Wen Pi Fang. Mein Gott, sie tragen diese Flechtwerk-Kleider von Balmain, in denen man aussieht wie ein wandelnder Rattansessel.*

Die beiden jungen Frauen begrüßten TingTing mit übertriebenen Umarmungen und schlangen die Arme um sie, als wären sie die allerbesten Freundinnen, während Russell seine Fotos schoss. *Mein Gott, auf dem Foto werde ich aussehen wie Fleisch auf einem Balmain-Sandwich. Vor fünf Jahren hätten diese* guan'erdai[1]*-Mädels mich nicht mal mit dem Arsch angeguckt. Was ich für wohltätige Zwecke nicht alles tue!*

Auf dem Rückweg zu ihren Sitzplätzen flüsterte Adele Pi Fang zu: »Ich hab diesmal versucht, auf die Narben an ihren Augenlidern zu achten. Diese Waschbäraugen können unmöglich echt sein. Leider hatte sie falsche Wimpern dran und benutzt sehr guten Concealer. Auf Fotos sieht es immer so aus, als hätte sie kaum Make-up drauf, dabei trägt sie massenhaft, aber nur an den richtigen Stellen.«

Pi Fang nickte. »Ich hab mir die Nase angeschaut. Kein Mensch hat so perfekte Nasenlöcher! Ivan Koon schwört, dass sie im Fernsehen Karaoke moderiert hat, bevor irgend so ein Tycoon ihr alle möglichen Schönheits-OPs in Seoul bezahlt hat. Der Schönheitschirurg musste ihr ein Zertifikat

1 Ein Ausdruck für die Kinder von hohen Regierungsbeamten auf Mandarin.

mit ›Vorher-Nachher‹-Bildern ausstellen, weil man sie auf ihrem Passfoto sonst nicht wiedererkannt hätte.«

»Pihua![1]«, zischte Tiffany Yap. »Könnt ihr nicht einfach akzeptieren, dass sie eine natürliche Schönheit ist? Nicht jeder war in Seoul, um sich mit Absicht die Nase brechen zu lassen wie ihr beide. Außerdem kommt TingTing nicht aus Suzhou, sondern aus Jinan. Und sie macht kein Geheimnis daraus, dass sie Make-up am SK-II-Tresen verkauft hat, bevor Zhang Yimou sie entdeckt hat.«

»Also habe ich nicht ganz unrecht!«, verkündete Adele. »Deshalb hat sie so viel Ahnung von Concealern.«

TingTing erreichte ihren Ehrenplatz zwischen Colette und deren Mutter. Ehe sie sich setzte, schüttelte sie Mrs Bing respektvoll die Hand, und Colette beugte sich zu ihr und drückte ihr einen Kuss auf jede Wange. *Colette sieht wieder einmal toll aus. Die Leute meinen immer, sie würde nur so gut aussehen, weil sie sich alles auf der Welt leisten kann, aber das stimmt nicht. Sie hat einen Stil, den man sich nicht erkaufen kann. Komisch, dass die Presse uns ständig als »beste Freundinnen« bezeichnet, obwohl wir uns heute vielleicht zum fünften Mal treffen. Trotzdem ist sie eine der wenigen in dieser Branche, die ich überhaupt ertrage. Sie ist nicht so vorhersehbar wie der Rest, und es ist zum Totlachen, wie sie diese ganzen Typen um sich herumscharwenzeln lässt. Jetzt muss ich nur noch so tun, als hätte ich nicht gemerkt, dass Mrs Bing sich eine halbe Tube Desinfektionsgel auf die Hand gequetscht hat, nachdem sie mir die Hand geschüttelt hat.*

Plötzlich gingen die Lichter aus. Kurz darauf leuchtete der Bambushain hinter dem Reflexionsbecken in knalligem

1 Mandarin für »Schwachsinn!«.

Yves-Klein-Blau auf, während tief im Wasser gelbe Scheinwerfer dramatisch zu blinken begannen wie auf einer Landebahn am Flughafen. Aus der Musikanlage dröhnte »Bonnie and Clyde« von Serge Gainsbourg und Brigitte Bardot, und das erste Model in einer goldenen Robe mit langer Chiffonschleppe glitt wie von Zauberhand über das Reflexionsbecken, als würde es auf dem Wasser wandeln.

Das Publikum brach in Begeisterungsstürme aus, während Colette mit verschränkten Armen dasaß und abschätzig den Kopf schief legte. Als immer mehr Models in aufwendig verzierten Outfits den Laufsteg entlangschritten, tauschten einige der Damen in der ersten Reihe irritierte Blicke aus. Valerie Liu schüttelte missbilligend den Kopf, und Tiffany Yap sah Stephanie Shi mit hochgezogenen Augenbrauen an, als ein Model in einer Bikerjacke mit seidenen Pfingstrosen vorbeistampfte. Als ein Trio von Mädchen in Meerjungfrauenkleidern mit edelsteinbesetzten Oberteilen erschien, beugte sich Perrineum Wang vor und flüsterte Colette laut zu: »Ist das wirklich eine Modenschau oder sind wir hier bei der Abendkleidpräsentation der Miss-Universe-Wahl gelandet?«

»Ich bin genauso verwirrt wie du«, sagte Colette aufgebracht. Einen Augenblick später, als ein Model in einem schimmernden Satinmantel, der mit einem knallroten Drachen bestickt war, den Laufsteg betrat, hatte Colette endgültig die Nase voll. Sie stand auf und stürmte gebieterisch an den Anfang des Laufstegs, wo der Produzent der Modenschau, Oscar Huang, den Models hektisch Anweisungen gab.

»Brich sofort die Show ab!«, befahl Colette.

»Was?«, fragte Oscar verwirrt.

»Ich habe gesagt, brich sofort die verdammte Show ab!«, sagte Colette. Sie warf Roxanne einen Blick zu, die bereits zum Tontechniker am Mischpult gespurtet war. Die Musik brach abrupt ab, das Licht ging wieder an, und die Models standen peinlich berührt im zentimetertiefen Wasser und wussten nicht, was sie tun sollten.

Colette riss Oscar das Headset vom Kopf, warf ihre rubinbesetzten Stilettos von sich und sprang auf den unmittelbar unter der Wasseroberfläche verborgenen Plexiglas-Laufsteg. In der Mitte des Beckens blieb sie stehen und verkündete: »Es tut mir sehr leid, aber die Modenschau ist beendet. Das war weder, was ich erwartet, noch was ich euch versprochen habe. Ich bitte vielmals um Entschuldigung.«

Virginie de Bassinet, die Gründerin von Prêt-à-Couture, kam zum Laufsteg gestürzt. »Was hat das zu bedeuten?«, kreischte sie.

Colette drehte sich zu Virginie um. »Das könnte ich *Sie* fragen. Sie haben mir versichert, dass Sie mir die heißesten Looks aus London, Paris und Mailand schicken.«

»Diese Kleider kommen direkt vom Runway!«, beharrte Virginie.

»Und welcher Runway soll das bitte schön sein? Vom Flughafen in Urumtschi? Was hat es bitte mit diesem ganzen Drachen- und Phönix-Quatsch und den vielen Perlen auf sich? Ist das für russische Eiskunstläuferinnen? Als hätte Hubert de Givenchy je ein Kaschmir-Cape mit Pavé-Kristallen besetzt! Mit dieser Art von Mode will man sich vielleicht bei ignoranten *fuerdai*[1] aus den westlichen Provinzen anbie-

1 Ein Begriff aus dem Mandarin, der »reiche Sprösslinge« bedeutet. Wird im Allgemeinen abwertend für die Kinder chinesischer Neureicher

dern, für meine Gäste ist sie jedenfalls eine Beleidigung! Ich habe heute Abend die stylishsten Influencer und Meinungsmacher des Landes eingeladen. Ich denke, ich spreche für uns alle, wenn ich sage, dass ich die Kleider hier nicht einmal meinen *Hausmädchen* durchgehen lassen würde!«

Virginie sah Colette fassungslos an.

Nachdem die Menge sich zerstreut hatte, lud Colette Carlton, Rachel, Nick, TingTing und einige ihrer engsten Freundinnen zu einem leichten Abendessen im Haus ein.

»Wo ist eigentlich Richie?«, fragte Perrineum Wang beim Betreten des Salons.

»Den hab ich nach Hause geschickt nach der Nummer, die er da eben abgezogen hat. Als ob ich von dem zu meinem Sitzplatz geführt werden müsste. Ich bin doch nicht sein Eigentum!«, schnaubte Colette entrüstet.

»Bravo, Colette!«, sagte Adele Deng. »Bin ganz deiner Meinung. Und ich fand es auch sehr richtig, dass du die Modenschau abgebrochen hast. Das hätte dich glatt deinen Ruf als Fashion-Ikone kosten können.«

Rachel warf Nick einen verblüfften Blick zu, ehe sie sich zu fragen traute: »Entschuldigt meine Unwissenheit, aber ich verstehe immer noch nicht, was da gerade passiert ist. Auf meinem iPad sahen die Kleider alle aus wie von Topdesignern entworfen.«

»Das *waren* ja auch Topdesigner«, erklärte Colette. »Aber wir haben nur die eigens für den chinesischen Markt entworfenen Kleider zu Gesicht bekommen. Das ist einfach

verwendet, die von den frühen Jahren der Reform-Ära Chinas profitiert haben.

extrem bevormundend und Teil eines beunruhigenden Trends, dass die Marken solche auf China getrimmten Stücke nach Asien schicken und uns den Zugang zu wirklich innovativer Mode verweigern, die Frauen in London, Paris und New York kaufen können.«

»Ich bekomme jede Woche kleiderständerweise von diesen Outfits zugeschickt, weil die Topdesigner hoffen, dass ich sie trage«, sagte TingTing.

»Das war mir überhaupt nicht bewusst«, sagte Rachel.

»Wo war Gareth Pugh, frage ich euch. Wo war Hussein Chalayan? Noch ein Glitzerkleid mit asymmetrischen Trägern, und ich hätte im Strahl gekotzt!«, schnaubte Perrineum, und die goldenen Antennen auf ihrem Kopf bebten vor Zorn.

Tiffany Yap, die sich auf einem der Sofas ausgestreckt hatte, seufzte: »Ich hatte gehofft, mit dem heutigen Abend mein Shoppingpensum für die nächste Saison abzuhaken, aber das war ja der absolute Reinfall!«

»Also, ich habe es inzwischen aufgegeben, in China shoppen zu gehen. Ich fliege einfach direkt nach Paris«, sagte Stephanie Shi.

»Lasst uns doch mal alle zusammen einen Shoppingtrip nach Paris machen. Das wäre bestimmt lustig«, schlug Adele vor.

Colettes Augen leuchteten auf. »Gute Idee! Wir nehmen einfach sofort meinen Flieger und begeben uns direkt an die Quelle!«

»Colette, ist das dein Ernst?«, fragte Stephanie aufgeregt.

»Na klar, wieso denn nicht?« Colette fragte an Roxanne gewandt: »Wie sieht der Flugplan aus? Ist Trenta nächste Woche schon besetzt?«

Roxanne wischte auf ihrem iPad herum. »Dein Vater braucht Trenta am Donnerstag, aber du stehst Montag für Venti drin? Du fliegst mit Rachel und Nick nach Guilin.«

»Oh, das hatte ich ganz vergessen«, sagte Colette mit schuldbewusster Miene.

»Colette, flieg ruhig nach Paris. Nick und ich können uns Guilin auch alleine anschauen«, beeilte sich Rachel zu sagen.

»Quatsch. Ich habe euch versprochen, euch meine Lieblingsberge in Guilin zu zeigen, das machen wir auf jeden Fall! Aber zuerst müsst ihr beiden mit uns nach Paris kommen.«

Rachel warf Nick einen Blick zu, den er mit *Oh Gott, bitte nicht wieder ein Flug im Privatjet!* übersetzen konnte, und antwortete zurückhaltend: »Wir wollen uns wirklich nicht aufdrängen.«

Colette wandte sich an Carlton: »*Aiya*, sag Nick und Rachel, sie sollen endlich aufhören, so höflich zu mir zu sein!«

»Natürlich kommen sie mit uns nach Paris«, sagte Carlton, als wäre das eine feststehende Tatsache.

»Und was ist mit dir, TingTing? Hast du auch Zeit?«, fragte Colette.

Für den Bruchteil einer Sekunde sah TingTing aus wie ein Reh im Scheinwerferlicht. *Lieber hätte ich einen fetten Herpes an der Lippe, als zwölf Stunden lang mit diesen Hühnern in einem Flugzeug festzusitzen.* »Wow, ich wünschte, ich hätte Zeit, aber ich muss Anfang der Woche zurück am Set in London sein«, antwortete die Schauspielerin und warf einen bedauernden Blick in die Runde.

»Och, schade!«, sagte Colette.

Roxanne räusperte sich lautstark. »Ähem, da gibt es nur ein Problem. Ich sehe jetzt erst, dass deine Mutter Trenta morgen braucht.«

»Wofür? Wo will sie hin?«, fragte Colette.

»Nach Toronto.«

»Mutter!«, brüllte Colette so laut sie konnte.

Mrs Bing kam mit einem Schälchen Fisch-Congee in der Hand in den Salon gewatschelt.

»Wieso musst du denn ausgerechnet nach Toronto?«, fragte Colette.

»Ich will zu einem Fußdoktor, den Mary Xie mir empfohlen hat.«

»Was ist denn mit deinem Fuß?«

»*Aiya*, wenns nur mein Fuß wäre. Meine Waden und Oberschenkel brennen wie die Hölle, sobald ich länger als zehn Minuten zu Fuß unterwegs bin. Ich glaube, ich habe Spinalphimose.«

»Also, wenn du wirklich Fußprobleme hast, dann solltest du nicht nach Toronto fliegen, sondern nach Paris«, sagte Colette.

»Paris in Frankreich?«, fragte Mrs Bing zweifelnd und aß ihr Congee weiter.

»Aber sicher. Wusstest du nicht, dass die besten Fußärzte in Paris sitzen? Was meinst du, wo die ganzen Frauen hingehen, die sich auf dem Kopfsteinpflaster mit ihren Roger Viviers die Füße ruinieren? Wir wollen heute Abend eh nach Paris fliegen, komm doch mit, dann mache ich einen Termin beim besten Spezialisten für dich aus.«

Mrs Bing starrte ihre Tochter mit einer Mischung aus Entsetzen und Entzücken an. Das war das erste Mal, dass Colette Anteil an einem ihrer Gebrechen genommen hatte.

»Können *Nainai*[1] und Auntie Pan Di auch mitkommen? Sie wollte schon immer nach Paris, und *Nainai* muss dringend etwas gegen ihren Hallux unternehmen.«

»Natürlich. Wir haben viel Platz! Nimm mit, wen du möchtest.«

Mrs Bing sah Stephanie nachdenklich an. »Vielleicht lädst du deine Mutter auch ein. Sie ist doch so traurig, seit dein Bruder aus Yale geflogen ist.«

»Tolle Idee, Mrs Bing!«, erwiderte Stephanie. »Sie kommt bestimmt liebend gern mit, vor allem, wenn Sie auch dabei sind.«

Sobald Mrs Bing den Raum verlassen hatte, sagte Colette zu Roxanne: »Googel bitte ›Fußdoktor Paris‹.«

»Schon erledigt«, sagte Roxanne. »Und Trenta inklusive Crew ist in drei Stunden bereit.«

Colette wandte sich an ihre Freundinnen: »Dann treffen wir uns um Mitternacht am Flughafen Hongqiao?«

»Holt eure Goyards raus, Ladys! Wir fliegen nach Paris!«, jubelte Perrineum.

1 Mandarin für »Großmutter«.

14

TRENTA-PRIVATJET DER FAMILIE BING

VON SCHANGHAI NACH PARIS[1]

Der Sicherheitsbeamte an der Privatfliegereinfahrt des Hongqiao International Airport gab Carlton, Rachel und Nick ihre Pässe zurück und winkte sie durch. Carltons SUV näherte sich einer Gulfstream-VI-Maschine, neben der bereits mehrere Autos parkten. »Privatjets sind mir ja eigentlich nicht so geheuer«, sagte Rachel. »Aber der von Colette ist wirklich schön, das muss ich ihr lassen.«

»Jep, netter Flieger«, erwiderte Carlton. »Aber das ist nicht Colettes. *Das* da ist ihrer.«

Der SUV bog nach rechts ab, wo in der Ferne ein schneeweißer Jumbojet wartete, der entlang des Rumpfs mit einem geschwungenen roten Streifen wie von einem Kalligrafiepinsel verziert war.

1 Die Passagierliste umfasste Rachel, Nick, Carlton, Colette Bing, Mrs Bing, Grandma Bing, Auntie Pan Di, Stephanie Shi, Mrs Shi, Adele Deng, Wen Pi Fang, Mrs Wen, Perrineum Wang, Tiffany Yap, Roxanne Ma und sechs Dienstmädchen (alle Freundinnen von Colette hatten ihr persönliches Dienstmädchen dabei).

»Das ist eine Boeing 747-81 VIP, die hat Colettes Mutter zum Vierzigsten bekommen.«

»Nicht dein Ernst!« Rachel starrte das riesige Flugzeug an, das dort im Flutlicht glänzte.

Nick lachte. »Dass dich so was immer noch überrascht! ›Je größer, desto besser‹, das ist doch das Motto der Bings.«

»Wenn man so viel unterwegs ist, macht es aber auch Sinn«, sagte Carlton. »Gerade für einen Geschäftsmann wie Jack Bing ist Zeit eben Geld. Und bei den Verspätungen heutzutage an den Flughäfen von Schanghai und Peking ist es wirklich praktischer, den Privatflieger zu nehmen. Für das entsprechende Geld kann man die Schlange auf dem Rollfeld problemlos überholen.«

»Ist nicht genau das der Grund für die langen Wartezeiten an chinesischen Flughäfen?« Nick grinste. »Dass sich die ganzen Privatflieger vordrängeln und sich die normalen Fluggesellschaften hinten anstellen müssen?«

»Kein Kommentar«, gab Carlton mit einem Zwinkern zurück und hielt vor dem roten Teppich, der von der Gangway des Flugzeugs bis hinunter aufs Rollfeld führte. Sofort wuselte das Bodenpersonal geschäftig um sie herum, öffnete ihnen die Türen und nahm das Gepäck in Empfang. Carlton übergab dem Parkservice den Autoschlüssel. Fünfzehn Crewmitglieder mit den gleichen makellosen schwarzen James-Perse-Uniformen wie die Bediensteten in Colettes Haus standen in Reih und Glied am roten Teppich wie zur Truppeninspektion.

»Ich komme mir vor wie Michelle Obama beim Einsteigen in die Air Force One«, flüsterte Rachel. Es war eigentlich nur für Nick gedacht gewesen, aber Carlton hatte gute Ohren. »Warte bloß, bis du an Bord bist. Gegen den Vogel hier ist die Air Force One die reinste Sardinenbüchse!«

Oben wurden sie vom Chefsteward begrüßt. »Willkommen an Bord, Mr Bao. Schön, Sie zu sehen.«

»Hi, Fernando.«

Neben Fernando stand eine Flugbegleiterin. Sie verbeugte sich tief vor Rachel und Nick. »Welche Schuhgröße bitte?«

»Ähm, ich trage sechsunddreißig und er dreiundvierzig«, antwortete Rachel verblüfft, aber folgsam. Die Flugbegleiterin verschwand und kehrte kurz darauf mit Samtbeuteln zurück. »Ein Geschenk von Mrs Bing«, erklärte sie. Rachel schaute in ihren Beutel. Ein Paar Lederhausschuhe von Bottega Veneta!

»Colettes Mum möchte, dass alle die tragen«, sagte Carlton und zog sich sein Paar an. »Macht schnell, ich will euch noch alles zeigen, bevor die anderen kommen.« Er führte sie einen mit gelacktem Ahorn verkleideten Flur entlang zu einer großen Flügeltür. Sie war verschlossen. »Mist, abgeschlossen. Da gehts runter zum OP. Wirklich, die haben hier einen richtigen Operationssaal, mit Beatmungsmaschine und allem Drum und Dran, und es ist immer ein Arzt an Bord.«

»Mrs Bings Idee, nehme ich an«, sagte Nick.

»Klar. Sie fürchtet immer, dass sie auf dem Weg zum Arzt krank werden könnte. Okay, dann gehen wir eben hier lang.«

Nick und Rachel folgten Carlton einen weiteren Korridor und eine Treppe hinunter.

»Das hier ist die Hauptkabine, oder auch die Grand Lounge, wie die Bings sie nennen.«

Rachel fiel die Kinnlade runter. Ihr Kopf sagte ihr, dass sie sich immer noch im Innern eines Flugzeugs befanden, was sie vor sich sah, passte jedoch nicht im Geringsten dazu. Sie standen in einem gewaltigen halbrunden Raum mit balinesischen Teakholzsofas, kleinen Tischchen, die antiken Silbertruhen nachempfunden waren, und Lampen mit Seidenschirmen in Form von Lotusblüten. Das Herzstück war jedoch eine monumentale Felswand mit Buddharelief, aus der Farn und exotische Pflanzen sprossen. Im Hintergrund führte eine Wendeltreppe aus Glas und Stein hinauf ins Obergeschoss.

»Mrs Bing wollte, dass man sich im Innern der Grand Lounge fühlt wie in einem traditionellen javanesischen Tempel«, erklärte Carlton.

»Das sieht genauso aus wie Borobudur«, flüsterte Nick beeindruckt und strich über den moosbewachsenen Stein.

»Soweit ich weiß, war sie da in der Nähe mal im Urlaub und fand es so schön, dass sie es hier im Flugzeug hat nachbauen lassen. Die Wand ist übrigens eine echte Tempelwand von einer archäologischen Ausgrabung. War wohl gar nicht so leicht, die aus Indonesien rauszuschmuggeln.«

»Wenn man die vierhundert Sitze ausbaut, passt echt eine ganze Menge in so eine 747«, sagte Nick lachend.

»Auf vierhundertfünfzig Quadratmetern kann man sich ganz nett austoben«, stimmte Carlton zu. »Die Sofas sind übrigens mit russischem Rentierleder bezogen. Und über die Treppe da kommt man zur Karaokelounge, zum Kino, zum Fitnessraum und zu den zehn Suiten.«

»Ach du meine Güte, Nick!«, rief Rachel plötzlich mit entsetzter Stimme vom anderen Ende des Raums.

Nick lief sofort zu ihr. »Alles in Ordnung?«

Rachel stand vor einem kleinen Wasserbecken und schüttelte ungläubig den Kopf. »Die … die haben hier einen Koi-Teich …«

»Oh Mann«, stöhnte Nick erleichtert. »Hast du mich erschreckt! Ich dachte schon, es ist irgendwas Schlimmes.«

»Findest du das etwa normal? Die haben hier einen Koi-Teich mitten im Flugzeug!« Rachels Stimme überschlug sich.

Carlton trat dazu. Die Reaktion seiner Schwester schien ihn zu amüsieren. »Das sind ein paar von Mrs Bings Lieblingen. Guck mal, der dicke Weiße mit dem großen roten Punkt auf dem Rücken da. Irgend so ein Japaner, der hier mal mitgeflogen ist, hat den Bings eine Viertelmillion für den Fisch geboten, weil er aussieht wie die japanische Flagge. Ob die armen Kois eigentlich auch Jetlag haben?«

In dem Moment kam Colette in einem Angoraponcho mit Kapuze herein, im Schlepptau ihre Mutter, Großmutter, Roxanne, einige ihrer Freundinnen von vorhin und eine Schar Bedienstete. »Ich fass es nicht, dass diese Idioten euch einfach so an Bord gelassen haben! Ich wollte Nick und Rachel doch selbst rumführen!«, schmollte sie.

»Wir haben bis jetzt nur den Raum hier gesehen«, sagte Rachel kleinlaut.

»Dann ist ja gut. Ich weiß doch, wie sehr du Bäder magst, deshalb wollte ich dir die Wassermassageanlage selbst zeigen.« Mit gesenkter Stimme fügte sie hinzu: »Nur dass du Bescheid weißt: Meine Eltern haben die Inneneinrichtung ausgesucht, während ich an der Regent's war. Ich hatte also nichts mit der Gestaltung zu tun.«

»Was redest du denn da, hier ist doch alles wunderschön eingerichtet!«, erwiderte Rachel.

Colette wirkte erleichtert. »Komm, ich möchte dir meine Großmutter vorstellen. *Nainai*, das hier sind meine Freunde aus den USA, Rachel und Nick«, sagte sie zu einer molligen Frau Mitte siebzig mit der typischen Oma-Dauerwelle älterer Chinesinnen.

Die Dame lächelte müde und zeigte dabei ein paar Goldzähne. Sie sah aus, als hätte man sie aus dem Bett gezerrt, sie in eine Strickjacke gequetscht, die ihr zwei Nummern zu klein war, und dann hier ins Flugzeug verfrachtet.

Colette sah sich unzufrieden in der Kabine um. »Fernando soll herkommen, aber dalli«, befahl sie Roxanne.

Einen Moment später stand der Mann vor ihr und wand sich unter ihrem Todesblick. »Wo bleibt denn bitte schön der Tee?«, fauchte Colette ihn an. »Meine Mutter und meine Großmutter sollen doch immer sofort mit einer Tasse frischem Longjing[1] von Bird's Tongue an Bord empfangen werden! Und wo sind die Tellerchen mit den *huamei*[2] zum Lutschen beim Start! Liest hier eigentlich niemand das Flughandbuch?«

»Entschuldigen Sie bitte vielmals, Miss Bing. Wir sind erst vor knapp einer Stunde gelandet und hatten noch keine Zeit, alles vollständig vorzubereiten.«

»Wieso vor einer Stunde? War Trenta nicht das ganze Wochenende hier?«

1 Longjing, auch bekannt als Drachenbrunnentee, wächst in den Bergen von Hangzhou. Angeblich braucht man sechshunderttausend frische Blätter, um ein Kilo davon herzustellen. Unter Kennern gilt er als einer der besten chinesischen Tees überhaupt.

2 Gesalzene Trockenpflaumen, die die Chinesen seit Generationen wie Martini-Oliven lutschen. Sie sollen gut gegen Übelkeit sein, aber auf mich haben sie genau den gegenteiligen Effekt.

»Nein, Ihr Vater ist gerade aus Los Angeles zurückgekehrt.«

»Das wusste ich ja gar nicht. Egal, bring uns den Tee und sag dem Captain Bescheid, dass es losgehen kann.«

»Sehr wohl, Miss Bing.« Der Chefsteward wandte sich zum Gehen.

»Moment, Fernando, eins noch.«

»Ja, Miss Bing?«

»Irgendwas stimmt mit der Luft hier drin nicht.«

»Ich kümmere mich sofort um die Klimaanlage.«

»Das meine ich nicht. Riech mal. Das ist doch nie im Leben Jurassic Flower von Frédéric Malle! Wer hat hier ohne meine Erlaubnis den Kabinenduft geändert?«

»Das weiß ich leider nicht, Miss Bing.«

Kaum war Fernando aus dem Raum, wandte sich Colette wieder an Roxanne. »Sobald wir in Paris sind, will ich neue Handbücher gedruckt und gebunden haben, eins für jedes Crewmitglied. Die sollen das Ding gefälligst auswendig lernen, auf dem Rückflug frage ich nämlich alle ab!«

15

CLUNY PARK ROAD 28

SINGAPUR

Carmen Loh hatte sich in ihrem Wohnzimmer gerade in die Sarvangasana-Stellung gestützt, als sie hörte, wie der Anrufbeantworter ansprang.

»Carmen, *ah*. Mummy hier. Geik Choo hat gerade angerufen, um mir zu sagen, dass Onkel C. K. ins Dover-Park-Hospiz eingeliefert wurde. Sie sagen, wenn er es durch die Nacht schafft, dann hat er eine Chance, die nächste Woche zu überleben. Ich will ihn heute besuchen. Ich finde, du solltest mitkommen. Kannst du mich gegen sechs bei Lillian May Tan abholen? Bis dann sind wir bestimmt mit Mah-Jongg fertig, es sei denn, Mrs Lee Yong Chien ist auch da. Dann dauert es immer ewig. Die Besuchszeit im Dover Park endet um acht, und ich will auf jeden Fall genug Zeit haben. Außerdem habe ich Keng Lien heute beim Einkaufen im NTUC getroffen, und sie meinte, sie hätte von Paula gehört, dass du deine Mitgliedschaft im Churchill Club verkaufen willst, um irgendwas für deinen Scubadiving-Fimmel zu finanzieren. ›Blödsinn, meine Tochter würde so was nie tun!‹, hab ich zu ihr gesagt …«

Carmen stöhnte frustriert auf und ließ sich aus dem Schulterstand zu Boden gleiten. Wieso hatte sie dieses bescheuerte Gerät nicht ausgeschaltet? Eine halbe Stunde Glückseligkeit ruiniert durch einen einzigen Anruf ihrer Mutter. Sie schlurfte zum Telefon und nahm den Hörer ab. »Ma, wieso um alles in der Welt ist Onkel C. K. in einem Hospiz und nicht zu Hause? Gönnen sie ihm nicht mal in den letzten Lebenstagen eine Vierundzwanzig-Stunden-Hospizpflegekraft? Ich fasse es nicht, dass die Familie so *kiamsiap*[1] ist.«

»*Aiya*, darum geht es nicht. Onkel C. K. möchte zu Hause sterben, aber die Kinder lassen ihn nicht. Sie glauben, das würde den Wert des Hauses mindern.«

Carmen verdrehte entnervt die Augen. Schon bevor die MRT-Ergebnisse des Zinn-Tycoons C. K. Wong gezeigt hatten, dass der Krebs im ganzen Körper gestreut hatte, waren die ersten Pläne geschmiedet worden. Früher hatten die Immobilienmakler jeden Morgen die Todesanzeigen durchforstet, in der Hoffnung, auf den Namen irgendeines prominenten Magnaten zu stoßen. Sie wussten genau, dass es dann nur eine Frage der Zeit war, bis die Familie das Anwesen verkaufen würde. Doch jetzt, da die Gute-Klasse-Bungalows[2] seltener als Einhörner waren, griffen die

1 Hokkien für »geizig«, »knauserig«.

2 Unglaublich, aber wahr: So werden in der Singapurer Immobilienbranche Luxusobjekte mit einer Mindestgrundstückgröße von 1400 Quadratmeter und höchstens zwei Stockwerken bezeichnet. Auf der Insel mit 5,3 Millionen Einwohnern gibt es nur noch 1000 Gute-Klasse-Bungalows, die sich ausschließlich in den erstklassigen Wohngegenden 10, 11, 21 und 23 befinden. Bereits für schlappe 45 Millionen US-Dollar kann man einen netten GKB in der untersten Preisklasse sein Eigen nennen.

Topmakler auf »wohlplatzierte Kontakte« in den Krankenhäusern zurück. Fünf Monate zuvor hatte Carmens Chef bei MangoTee Properties, Owen Kwee, sie in sein Büro gerufen und gefragt: »Mein *lobang*[1] im Mount E. hat gesehen, dass C. K. Wong bei der Chemo war. Bist du nicht mit ihm verwandt?«

»Unsere Väter sind Cousins.«

»Sein Haus in der Cluny Park Road steht auf einem Zwölftausend-Quadratmeter-Grundstück. Und es ist eins der letzten noch existierenden Frank-Brewer-Häuser.«

»Ich weiß, ich gehe schon mein ganzes Leben dort ein und aus.«

Owen lehnte sich auf seinem Chesterfield-Bürostuhl zurück. »Ich kenne nur seinen ältesten Sohn Quentin. Aber der hat noch Geschwister, nicht wahr?«

»Zwei jüngere Brüder und eine Schwester.« Sie wusste genau, worauf er hinauswollte.

»Und die Brüder leben im Ausland, oder?«

»Ja«, bestätigte Carmen ungeduldig und wünschte, er würde endlich zur Sache kommen.

»Die Familie wird sicherlich verkaufen wollen, sobald der Alte abnippelt, oder?«

»Mein Gott, Owen, mein Onkel ist immer noch quicklebendig. Letzten Sonntag war er zum Golfspielen im Pulau Club.«

»Ich weiß, *lah*, aber darf ich davon ausgehen, dass der exklusive Maklervertrag an MangoTee geht, falls die Familie sich je zum Kauf entscheidet?«

1 Malaiischer Slang für »Kontakt«, »Verbindung«.

»Jetzt hör mal auf, so *kia-su*[1] zu sein. Natürlich bekomme ich den Auftrag«, sagte Carmen genervt.

»Ich bin nicht *kia-su*, ich wollte mich nur vergewissern, dass du das auf dem Schirm hast. Wie ich höre, kreist Willy Sim von Eon Properties schon wie ein Aasgeier über der Familie. Er war mit Quentin Wong auf der Raffles.«

»Willy Sim kann kreisen, so viel er will. Ich sitze längst im gemachten Nest.«

Ein halbes Jahr später stand Carmen genau da – im Krähennest, einem kleinen Raum auf dem Dachboden im Haus ihres verstorbenen Onkels – und zeigte ihrer Freundin Astrid das Objekt.

»Was für ein süßes Zimmerchen! Wofür wurde es genutzt?«, fragte Astrid, als sie einen Blick in den geheimen Schlupfwinkel warf.

»Die Familie, die dieses Haus gebaut hat, nannte es das Krähennest. Es heißt, dass die Frau Dichterin war und fürs Schreiben einen ruhigen Ort fernab von ihren Kindern brauchte. Vom Fenster hier oben hatte sie die Vogelperspektive auf Garten und Auffahrt, sodass sie immer sehen konnte, wer kam und ging. Bei meinem Onkel wurde es dann nur noch als Lagerraum genutzt. Meine Cousins und Cousinen und ich haben es beim Spielen immer unser Clubhaus genannt – Kapitän Haddocks Versteck.«

»Cassian wäre begeistert. Hier oben könnte er toll spielen.« Astrid spähte aus dem Fenster und sah Michaels schwarzen Porsche 356 Speedster, Baujahr 1956, die Auffahrt hinauffahren.

1 Hokkien für »Angst, den Kürzeren zu ziehen«.

»Ah, James Dean ist da«, witzelte Carmen.

»Haha. Er sieht echt ziemlich verwegen aus in dem Auto, oder?«

»Ich wusste schon immer, dass du dir mal einen bösen Buben angeln würdest. Komm, wir zeigen ihm das Haus.«

Als Michael aus seinem Oldtimer stieg, stach Carmen seine Verwandlung sofort ins Auge. Sie hatte ihn zuletzt vor zwei Jahren auf einer Party im Haus von Astrids Eltern gesehen, in Cargohose und Polohemd und mit Armeehaarschnitt. So wie er jetzt in seinem stahlgrauen Berluti-Anzug, Robert-Marc-Sonnenbrille und trendig zerzaustem Haar die Stufen zum Eingang hinaufstieg, wirkte er wie ein völlig anderer Mann.

»Hey Carmen, schöne neue Frisur«, sagte Michael und gab ihr einen Kuss auf die Wange.

»Danke«, sagte Carmen. Sie hatte ihr langes, glattes Haar vor ein paar Wochen abgeschnitten und trug jetzt einen kinnlangen, gestuften Bob. Michael war der erste Mann, der ihr ein Kompliment dazu machte.

»Und herzliches Beileid, dein Onkel war ein großartiger Mann.«

»Danke. Das Gute an diesem traurigen Ereignis ist, dass ihr euch das Haus ansehen könnt, bevor es morgen offiziell auf den Markt kommt.«

»Stimmt, Astrid hat mich im Büro angerufen und gemeint, ich müsste sofort kommen.«

»Ja, wir erwarten, dass sich die Leute wie wild daraufstürzen, sobald das Angebot rausgeht. So ein Objekt war seit Jahren nicht mehr auf dem Markt, vermutlich wird es direkt zu einer Auktion kommen.«

»Das kann ich mir vorstellen. Was sind das – zehntausend Quadratmeter? In der Gegend? Ich wette, danach leckt sich jeder Bauunternehmer die Finger«, sagte Michael und ließ den Blick über den weitläufigen Rasen vor dem Haus schweifen, der von hohen, üppigen Ravenala umstanden war.

»Genau deswegen war die Familie damit einverstanden, dass ich es euch vorab zeige. Wir wollen nicht, dass das Haus abgerissen und in eine riesige Baustelle für Eigentumswohnungen verwandelt wird.«

Michael warf Astrid einen fragenden Blick zu. »Das ist kein Abrisshaus? Ich dachte, du wolltest irgend so einen angesagten französischen Architekten engagieren, der uns was Neues für das Grundstück entwirft.«

»Nein, nein, das verwechselst du mit dem Haus am Trevose Crescent, das ich dir zeigen wollte. Dieses Kleinod darf auf keinen Fall abgerissen werden!«, sagte Astrid mit Nachdruck.

»Das Grundstück gefällt mir, aber was soll denn so besonders an dem Haus sein? Ist ja nicht so, als wäre es eins von den historischen Black-and-Whites.«

»Oh, es ist wesentlich seltener als ein Black-and-White-Haus«, mischte sich Carmen ein. »Dieses Haus ist eines der wenigen, die Frank Brewer gebaut hat, einer der berühmtesten frühen Singapurer Architekten. Das Cathay Building stammt zum Beispiel von ihm. Kommt, wir schauen es uns erst einmal von außen an.«

Beim Rundgang um das Haus machte Astrid ihren Mann auf die vielen raffinierten architektonischen Details aufmerksam – die markanten Fachwerkgiebel, die dem Gebäude seinen majestätischen Tudor-Look verliehen, die eleganten Bögen aus rohem Backstein, die sich über die Einfahrt wölbten, die Lüftungsgitter, die im Innern des Hauses trotz der tropischen Hitze stets für angenehme Kühle sorgten. »Dieser Architekturmix ist doch der Wahnsinn, oder? So eine Mischung aus Arts-and-Crafts, Mission Revival und Charles Rennie Mackintosh gibts auf der ganzen Welt nur einmal.«

»Ich finds ja auch schön, Schatz, aber du bist wahrscheinlich der einzige Mensch in ganz Singapur, der diese Details zu schätzen weiß!«, gab Michael zurück. »Wer hat hier eigentlich vor deinen Verwandten gewohnt?«, fragte er Carmen.

»Ursprünglich wurde das Haus im Jahr 1922 für den Vorstandsvorsitzenden von Fraser and Neave erbaut, später hat dann der belgische Botschafter hier gewohnt«, erwiderte Carmen und fügte überflüssigerweise hinzu: »Das ist also die einmalige Chance, eines von Singapurs wahren historischen Schätzchen zu besitzen.«

Sie setzten ihren Rundgang im Innern fort, und als Michael die großzügig geschnittenen Räume sah, fand er schließlich doch Gefallen an dem Haus. »Die Decken im Erdgeschoss sind so schön hoch.«

»Es wirkt hier und da etwas angestaubt, aber ich kenne genau den richtigen Architekten, der dem Haus eine sanfte Restaurierung verpassen könnte«, sagte Astrid. »Mein Onkel Alfred hat ihn für sein Haus in Surrey engagiert, und er hat gerade für den Prinz von Wales das Dumfries House in Schottland renoviert.«

Im Wohnzimmer, wo das Sonnenlicht, das durch die Erkerfenster fiel, Origamischatten auf den Parkettboden zeichnete, fühlte sich Michael auf einmal an den Salon in Tyersall Park und die unsagbare Ehrfurcht erinnert, die ihn überkommen hatte, als er den Raum zum ersten Mal betreten hatte. Eigentlich hatte er sich sein neues Haus wie den zeitgenössischen Flügel eines Museums ausgemalt, doch jetzt hatte er eine neue Vision von sich selbst in dreißig Jahren. Vor seinem inneren Auge sah er sich als weißhaarige Eminenz an diesem erhabenen und historischen Schauplatz residieren und Geschäftspartner aus aller Welt empfangen, die ihm Respekt zollen wollten. Er schlug mit der Faust gegen eine der durch Streben verstärkten Wände und sagte zu Astrid: »Mir gefallen diese alten Mauern. Das Haus fühlt sich grundsolide an, ganz anders als das wacklige Black-and-White deines Vaters.«

»Schön, dass es dir gefällt. Es fühlt sich ganz anders an als das Haus meines Vaters, das stimmt«, sagte Astrid diplomatisch.

Außerdem ist es größer als das Haus deines Vaters, dachte Michael. Er konnte sich schon bildhaft vorstellen, was seine Brüder sagen würden, wenn sie kamen: *Wah lan eh, tsit king tshu tsiiiii-baaaai tua!*[1] Er fragte Carmen: »Und, wie viel würde uns der Haustürschlüssel kosten?«

Carmen dachte einen Augenblick über seine Frage nach. »Auf dem freien Markt würde das Haus locker für fünfundsechzig, siebzig Millionen weggehen. Ihr müsstet der Familie ein Angebot machen, das so verlockend ist, dass sie das Haus morgen gar nicht erst anbieten.«

Michael stand oben an der Treppe und fuhr mit dem Finger über die Schnitzereien am Geländer. Die Art-déco-Sonnenstrahlen erinnerten ihn an das Chrysler Building. »C. K. Wong hatte vier Kinder, richtig? Ich biete vierund-

1 »Boah ey, ist das ein RIESENHAUS, Mann!« auf Hokkien-Slang.

siebzig Millionen, dann kriegt jedes der Kinder eine Extramillion für seine Mühen.«

»Wartet, ich rufe nur eben meine Cousine Geik Choo an«, sagte Carmen, nahm das Handy aus ihrer Saint-Laurent-Handtasche und verließ diskret das Wohnzimmer.

Ein paar Minuten später kehrte sie zurück. »Meine Cousine bedankt sich für das Angebot. Aber Notarkosten und meine Provision einberechnet braucht die Familie mehr. Für achtzig Millionen gehört das Haus euch.«

»Damit habe ich schon gerechnet«, sagte Michael lachend. Er warf Astrid einen Blick zu und fragte: »Schatz, wie dringend willst du es?«

Moment mal – du bist doch derjenige, der umziehen will, dachte Astrid. Stattdessen sagte sie: »Ich wäre sehr glücklich in diesem Haus, wenn du es auch bist.«

»Okay, sagen wir achtzig.«

Carmen lächelte. Das war ja wesentlich einfacher, als sie gedacht hatte. Sie verschwand erneut in einem Zimmer den Korridor hinunter und rief ihre Cousine an.

»Was meinst du, wie viel wird uns die Einrichtung kosten?«, fragte Michael unterdessen Astrid.

»Kommt ganz drauf an, was wir vorhaben. Es erinnert mich ein bisschen an die Landhäuser in den Cotswolds, ich könnte mir also einige schlichte englische Stücke in Kombination mit Geoffrey-Bennison-Stoffen vorstellen. Das würde auch gut zu deinen historischen Artefakten und meinen chinesischen Antiquitäten passen. Und unten können wir vielleicht –«

»Das gesamte Erdgeschoss wird in ein ultramodernes Automuseum für meine Sammlung umgewandelt«, unterbrach Michael sie.

»Das ganze Erdgeschoss?«

»Na klar. Ich hatte es beim Reinkommen sofort vor Augen. Ich dachte, komm, weg mit diesen ganzen Empfangszimmern, wir machen eine große Halle daraus. Dann könnte ich Drehscheiben in den Boden einlassen. Das wird supercool, wenn sich meine Autos zwischen den ganzen Säulen um die eigene Achse drehen.«

Astrid sah ihn an und wartete darauf, dass er sagte: *Verarscht!*, aber dann wurde ihr klar, dass er es todernst meinte. »Wenn du das wirklich möchtest«, bekam sie schließlich mit piepsiger Stimme heraus.

»So, wozu braucht deine Freundin so lange? Jetzt sag nicht, dass die Wongs geldgeil sind und mich aufs Kreuz legen wollen.«

Just in dem Augenblick kam Carmen mit hochrotem Gesicht zurück. »Tut mir leid, ich hoffe, ich habe nicht zu laut gebrüllt?«

»Nein, was ist denn passiert?«, fragte Astrid.

»Äh, ich trau mich gar nicht, das zu sagen, aber ich fürchte, das Haus ist bereits verkauft.«

»*Wie bitte?* Ich dachte, wir dürften ein Vorabgebot abgeben!«, sagte Michael.

»Das dachte ich doch auch! Es tut mir schrecklich leid. Aber mein Arschlochcousin Quentin hat mich ausgetrickst. Er hat euer Gebot benutzt, um jemanden hochzuhandeln, den er schon in der Hinterhand hatte.«

»Egal, was der andere zahlt, ich leg noch was drauf!«, sagte Michael trotzig.

»Das habe ich auch angedeutet, aber offensichtlich ist der Verkauf bereits unter Dach und Fach. Der Käufer hat euer Gebot verdoppelt, um das Haus komplett vom Markt zu nehmen. Es ist für hundertsechzig Millionen Dollar weggegangen.«

»Hundertsechzig Millionen? Das ist doch völlig absurd! Wer ist der Käufer?«

»Ich weiß es nicht. Nicht mal mein Cousin weiß es. Anscheinend hat irgendein Unternehmen aus China als Vertreter fungiert.«

»Festländer, war ja klar«, sagte Astrid leise.

»Kan ni nia bu tshau tsi-bai!«[1] Michael trat vor lauter Frust gegen das hölzerne Treppengeländer.

»Michael!«, rief Astrid entsetzt.

»Was denn?« Michael sah sie provozierend an. »Das ist alles nur deine Schuld! Ich fasse es nicht, dass du meine Zeit so verschwendest!«

Carmen schnaubte. »Was kann denn deine Frau dafür? Wenn jemand schuld daran ist, dann doch wohl ich.«

»Ihr seid *beide* schuld! Astrid, hast du auch nur einen blassen Schimmer, wie viel ich heute zu tun hatte? Ich habe alles stehen und liegen lassen, um mir ein Haus anzusehen, das überhaupt nicht zum Verkauf stand. Und Carmen, du hast deine Scheißlizenz wohl im Lotto gewonnen, wenn du nicht mal einen billigen Deal wie diesen zustande kriegst! Nicht zu fassen! Verdammte Scheiße!«, fluchte Michael und stürmte aus dem Haus.

Astrid ließ sich auf die oberste Stufe der Treppe sinken und vergrub den Kopf in den Händen. »Es tut mir so, so leid.«

1 Ein beliebter und überaus reizender Ausspruch auf Hokkien, der wörtlich übersetzt so viel bedeutet wie: »Fick die verfaulte Stinke-Muschi deiner Mutter!«

»Astrid, bitte, du musst dich nicht entschuldigen. Mir tut es leid.«

»Hat das Geländer was abgekriegt?«, fragte Astrid und strich behutsam über die Schramme, die Michaels Schuh hinterlassen hatte.

»Um das Geländer mache ich mir keine Sorgen. Eher um dich, wenn ich ehrlich bin.«

»Mir gehts gut. Das Haus ist wirklich schön, aber ehrlich gesagt ist es mir vollkommen egal, ob wir hier wohnen oder nicht.«

»Das meine ich nicht. Ich …« Carmen hielt inne und wog ab, ob sie die Büchse der Pandora öffnen sollte oder nicht. »Ich frage mich bloß, was aus *dir* geworden ist.«

»Aus mir? Wie meinst du das?«

»Okay, ich will ganz ehrlich sein, weil wir alte Freundinnen sind: Ich kann nicht glauben, wie Michael mit dir umspringt und dass du ihm das durchgehen lässt.«

»Das war doch nicht der Rede wert. Michael ist kurz wütend geworden, weil er überboten wurde. Er ist es halt gewohnt, seinen Willen zu bekommen.«

»Was du nicht sagst. Aber ich spreche auch gar nicht von seinem Wutanfall, bevor er rausgestürmt ist. Er hat von Anfang an auf eine Art und Weise mit dir geredet, die mir überhaupt nicht gefallen hat.«

»Wie meinst du das?«

»Dir fällt es gar nicht auf, oder? Merkst du nicht, wie sehr er sich verändert hat?« Carmen seufzte frustriert auf. »Als ich Michael vor sechs Jahren kennengelernt habe, wirkte er so was von sanft und liebevoll. Okay, damals hat er zwar nicht viel gesagt, aber als ich gesehen habe, wie er dich angeschaut hat, dachte ich: ›Wow, der Typ vergöttert sie. So einen will ich auch.‹ Im Gegensatz zu diesen ganzen Muttersöhnchen wie mein Ex, die erwarten, dass man sie von vorne bis hinten bedient, wirkte er wie ein richtiger *Mann.* Ein starker, zurückhaltender Mann, der noch dazu so aufmerksam war. Weißt du noch, als wir bei Patric shoppen waren und Michael eine Stunde lang ganz Chinatown nach *kuih tutu*[1] abgeklappert hat, nur weil du erwähnt hattest, dass dein Kindermädchen immer mit dir zu dem *kuih-tutu*-Mann mit seinem alten Handkarren gegangen ist?«

»Er bereitet mir auch jetzt manchmal noch eine kleine Freude –«, setzte Astrid an.

»Darum geht es nicht. Der Mann, der sich heute dieses Haus angeschaut hat, war ein völlig anderer Mensch als der, den ich damals kennengelernt habe.«

»Na ja, er ist eben viel selbstsicherer geworden. Er hat Riesenerfolg mit seiner Firma gehabt. Ist doch logisch, dass einen das verändert.«

»Klar. Aber hat er sich zum Guten oder Schlechten verändert? Als Michael hier ankam, hat er mir einen Kuss auf die Wange gegeben. Das war das Erste, was mich überrascht hat – diese Geste ist so europäisch und passte so gar nicht zu dem *khing-tshai*[2] Typen von damals. Und dann macht er mir

1 Diese Köstlichkeit aus Singapur ist ein blütenförmiges gedämpftes Küchlein aus zerstoßenem Reismehl, das mit braunem Zucker und gemahlenen Erdnüssen oder Kokosraspeln gefüllt ist. Es wird auf einem angenehm duftenden Pandan-Blatt serviert. Der früher auf den Straßen von Singapurs Chinatown weit verbreitete »*kuih-tutu*-Mann« ist heutzutage ein seltener Anblick geworden.

2 Hokkien für »lässig«, »bodenständig«.

auch noch ein Kompliment. Dabei stehst du im hübschesten Dries-Van-Noten-Blümchenkleid aller Zeiten neben mir und bekommst nicht mal eine Begrüßung.«

»Ach komm, ich kann doch nicht erwarten, dass er jedes Mal, wenn wir uns sehen, in Begeisterungsstürme ausbricht. Dafür sind wir schon viel zu lange verheiratet.«

»Mein Vater macht meiner Mutter jeden Tag tausend Komplimente, und die sind seit über vierzig Jahren verheiratet. Aber abgesehen davon hat mich sein ganzes Verhalten dir gegenüber gestört. Seine Körpersprache. Seine Bemerkungen. Das war irgendwie alles unterschwellig … abwertend.«

Astrid versuchte, das mit einem Lachen abzutun.

»Das ist kein Witz. Dass dir das überhaupt nicht auffällt, macht mir echt Sorgen. Es ist, als hättest du das Stockholm-Syndrom oder so. Was ist bloß aus der ›Göttin‹ geworden? Die Astrid, die ich kenne, würde sich so etwas niemals gefallen lassen.«

Astrid schwieg, dann blickte sie zu ihrer Freundin auf. »Es fällt mir auf, Carmen. Natürlich fällt mir das auf.«

»Warum lässt du es dann zu? Denn glaub mir, das ist der Anfang vom Ende. Erst sind es nur ein paar Sticheleien, aber irgendwann wachst du auf und stellst fest, dass jede Unterhaltung mit deinem Mann in einem Brüllwettbewerb endet.«

»So einfach ist es nicht, Carmen.« Astrid holte tief Luft, dann sagte sie: »Ehrlich gesagt hätten Michael und ich unsere Ehe vor ein paar Jahren schon einmal fast vor die Wand gefahren. Wir waren eine Weile getrennt und standen kurz vor der Scheidung.«

Carmen riss die Augen auf. »Wann?«

»Vor drei Jahren. Irgendwann um die Hochzeit von Araminta Lee herum. Du bist der einzige Mensch auf der ganzen Insel, dem ich das erzähle.«

»Was ist passiert?«

»Das ist eine lange Geschichte, aber im Wesentlichen ging es darum, dass Michael nicht mit den Machtverhältnissen in unserer Ehe klarkam. Obwohl ich immer versucht habe, ihn zu unterstützen, fühlte er sich seiner Männlichkeit beraubt … durch die ganze Geldsache. Er kam sich vor wie ein Anhängsel, und leider hat meine Familie ihn mit ihrem Verhalten in der Annahme bestärkt.«

»Ich versteh schon, dass es nicht leicht ist, mit Harry Leongs einziger Tochter verheiratet zu sein, aber komm schon, die meisten Männer können von so einem Glück doch nur träumen!«, sagte Carmen.

»Genau das ist es. Michael ist anders als die meisten Männer. Das fand ich ja so attraktiv. Er ist so schlau und ehrgeizig und wollte es aus eigenem Antrieb schaffen. Er hat nie zugelassen, dass ich ihm mit meinen Familienbeziehungen helfe, mit seiner Firma Fuß zu fassen, und er hat nie auch nur einen Cent von mir angenommen.«

»Habt ihr deshalb so lange in dieser Mini-Wohnung in der Clemenceau Avenue gewohnt?«

»Genau. Die hat er von seinem eigenen Geld gekauft.«

»Das hat niemand verstanden! Ich weiß noch, dass alle darüber geredet haben – *Unglaublich, dass Astrid Leong diesen Exsoldaten geheiratet und in dieses winzige alte Apartment gezogen ist! Die Göttin ist echt bodenständig geworden.*«

»Michael hat mich nicht geheiratet, weil er hinter irgendeiner Göttin her war. Und jetzt, wo er es mit seiner Firma endlich geschafft hat, versuche ich ihm eine etwas traditionellere Ehefrau zu sein. Er soll gelegentlich auch mal gewinnen und seinen Willen bekommen.«

»Pass bloß auf, dass du dabei nicht zu kurz kommst.«

»Ach, Carmen, ich pass schon auf mich auf, das weißt du doch. Ich bin einfach froh, dass Michael endlich ein paar meiner Interessen teilt. Zum Beispiel Kleidung. Oder wie wir wohnen. Ich bin froh, dass er eine klare eigene Meinung entwickelt hat, auch wenn das nicht immer einfach ist. Ehrlich gesagt finde ich das ziemlich sexy. Es erinnert mich an den Michael, den ich damals so anziehend fand.«

»Solange du glücklich bist …«, sagte Carmen.

»Sieh mich an, Carmen. Ich bin glücklich. Ich war nie glücklicher.«

16

PARIS

AUSZÜGE AUS RACHELS TAGEBUCH

Sonntag, 16. Juni

Eine Reise nach Paris im Stil von Colette Bing ist wie eine Reise in eine andere Welt. Ich hätte nie gedacht, dass ich mal in zwölftausend Metern Höhe die beste Pekingente meines Lebens essen würde, und das in einem luxuriöseren Speisezimmer als Kaiserin Cixis Neuer Sommerpalast. Oder dass ich mir *Man of Steel* im IMAX-mäßigen Vorführraum des Flugzeugs ansehen würde (der Film ist in den USA gerade erst angelaufen, aber Adele Dengs Familie gehört eine der größten Kinoketten der Welt, deshalb kann sie sich alle Filme immer schon vorab anschauen). Ich hätte auch nie gedacht, dass ich mal in einer Karaokelounge mit integrierten LED-Scheinwerfern in den Marmorwänden sitzen und miterleben würde, wie sechs extrem beschwipste Chinesinnen sehr schief »Call me maybe« auf Mandarin zum Besten geben. Und dann waren wir auch schon am Flughafen Le Bourget, und alles war so unkompliziert – kein Schlangestehen, kein Zoll, kein Generve, es kamen einfach drei Flughafenangestellte zu uns an Bord und stempelten unsere Pässe.

Auf dem Rollfeld wartete schon eine Range-Rover-Flotte und dazu sechs Sicherheitsleute, die alle wie Alain Delon in den besten Jahren aussahen. Colette hatte diese französischen Exfremdenlegionäre nur dafür angeheuert, dass sie uns rund um die Uhr begleiten. »Macht einfach was her, oder?«, hat sie lachend gesagt.

Die glänzenden schwarzen Autos haben uns blitzschnell in die Innenstadt gebracht und am Hotel Shangri-La abgesetzt. Colette hat uns dort die obersten zwei Etagen reserviert. Man fühlt sich eigentlich gar nicht wie in einem Hotel, sondern eher wie in einem großen Privathaus, weil es genau das früher auch war: der Palast von Napoleons Enkel Prinz Louis Bonaparte[1] nämlich, den die neuen Besitzer über vier Jahre mit viel Liebe zum Detail restauriert haben. In unserer riesigen Suite ist alles in wunderschönen Creme- und Seladontönen gehalten, und es gibt einen entzückenden Schminktisch mit dreiteiligem Spiegel, den ich schon tausendmal von allen Seiten fotografiert habe. Irgendwo in Brooklyn wohnt so ein Hipsterschreiner/Literaturagent, der den bestimmt nachbauen kann. Nick hat sich noch mal hingelegt, und ich würde auch liebend gern ein bisschen die Augen zumachen, aber ich bin viel zu aufgeregt, habe gewaltigen Jetlag und auch noch einen Kater. 11 Stunden Flug + 1 ausgesprochen kompetenter philippinischer Barmann = ganz fiese Kombi.

1 In Wirklichkeit war es Prinz Roland Bonaparte, und er war Napoleon Bonapartes Großneffe (Rachel ist immer noch verkatert, da kann man das schon mal verwechseln).

Montag, 17. Juni
Heute Morgen bin ich aufgewacht und hatte gleich die Silhouette von Nicks süßem Hintern vor der Nase, und direkt dahinter der Eiffelturm. Erst dachte ich, ich träume noch, aber dann ist es mir wieder eingefallen: Wir sind wirklich in der Stadt der Liebe! Nick hat den ganzen Tag in den Buchläden im Quartier Latin gestöbert, und ich war mit den Mädels auf der ersten großen Shoppingtour. In unserem SUV-Autokorso bin ich zufällig neben Tiffany Yap gelandet, und die hat mir erst mal alles über die anderen erzählt, was ich wissen muss: Stephanie Shi (die ein klein bisschen etepetete ist) kommt aus einer hochrangigen Politikerfamilie, und ihre Familie besitzt unzählige Bergbauunternehmen und Immobiliengesellschaften im ganzen Land. Adele Deng, die seit Kindertagen den gleichen Pagenschnitt trägt, ist eine Einkaufszentrums- und Kinokettenerbin und mit dem Sohn eines anderen Parteipatriarchen verheiratet. Wen Pi Fangs Vater ist der Erdgaskönig, und Perrineum Wangs Vermögen ist anscheinend fast so neu wie ihr Kinn, ihre Nase und ihre Wangenknochen. »Ihr Vater hat vor zehn Jahren vom Wohnzimmer aus einen Internethandel gegründet, und mittlerweile ist er sozusagen der chinesische Bill Gates.« Und Tiffany selbst? »Meine Familie ist in der Getränkeindustrie.« Mehr wollte mir das Mädchen mit dem niedlichen Überbiss nicht verraten. Aber diese Frauen arbeiten alle in der P. J. Whitney Bank und haben ebenfalls sehr beeindruckende Titel. Tiffany ist zum Beispiel »Associate Managing Director im Bereich Privatkunden«. Ich hab sie gefragt, ob sie da einfach so für einen Paris-Ausflug freinehmen konnte, und sie meinte, ja klar.

Wir kamen in der Rue Saint-Honoré an, und in Windeseile hatten sich alle auf die Boutiquen verteilt. Adele und Pi Fang sind schnurstracks zu Balenciaga, und Tiffany und Perrineum wollten als Erstes zu Mulberry, Mrs Bing und die Tanten haben sich auf Goyard gestürzt, und Colette wollte natürlich zu Colette. Ich bin mit Stephanie zu Moynat gegangen, eine Lederboutique, von der ich noch nie gehört hatte. Die hatten da eine traumhaft schöne Réjane-Clutch, aber ich gebe doch keine sechstausend Euro für ein Stück Leder aus! Selbst wenn es von einer Kuh ist, die in ihrem Leben keinen Moskito zu Gesicht bekommen hat. Stephanie ist derweil um so eine halbrunde Wand herumgeschlichen, die bis zur Decke mit Handtaschen behängt war. Irgendwann hat sie sich dann eine Verkäuferin rangeholt und ihr drei Taschen gezeigt. Die Verkäuferin hat gefragt, ob sie sich die drei näher ansehen möchte, und Stephanie darauf so: »Nein, ich möchte alle Taschen *außer* den dreien« und drückt ihr ihre Black-Palladium-Kreditkarte in die Hand. *#OMFG #jetztgehtsaberrichtigab*

Dienstag, 18. Juni

Offenbar hat sich rumgesprochen, dass Chinas gefährlichste Massenkonsumwaffen in der Stadt sind, heute kamen nämlich andauernd Boten mit persönlichen Einladungen der verschiedenen Top-Boutiquen zu uns ins Shangri-La und haben mit Rabatten und exklusiven Vorteilen geworben. Diesmal sind wir als Erstes zur Avenue Montaigne, wo Chanel extra für uns früher aufgemacht und ein köstliches Frühstücksbüfett vorbereitet hatte. Ich hab mir den Bauch mit dem fluffigsten Omelett der Welt vollgeschlagen, aber die Mädels haben sich gar nicht für das Essen interessiert, sondern nur für die hübschen Fransenkleider. Danach gabs dann Mittag bei Chloé und Kaffee bei Dior.

Ich hatte gedacht, durch meine Freundschaft mit Goh Peik Lin und Araminta Lee könnte mich shoppingmäßig nichts mehr schocken, aber gegen das hier sind die beiden geradezu sparsam. Ich hab noch nie gesehen, dass jemand so viel Geld auf einmal ausgibt! Die Mädels sind wie ein Heuschreckenschwarm, fallen in die Boutiquen ein und kaufen alles leer, und Colette postet jedes neue Teil sofort auf Instagram. Ich habe mich ein bisschen mitreißen lassen und mir das erste Haute-Couture-Teil meines Lebens gegönnt: eine wunderschön geschnittene marineblaue Hose vom Sale-Regal bei Chloé. Die anderen haben die runtergesetzten Sachen natürlich keines Blicks gewürdigt, denen geht es nur um Stücke der nächsten Saison.

Nachdem wir bei Chanel fertig waren, hatte Nick genug vom Shoppen und ist sich lieber ein Museum mit ausgestopften Tieren anschauen gegangen. Carlton ist aber geblieben und hat sich mit einer absoluten Engelsgeduld jedes einzelne Stück von Colette vorführen lassen und sie darin bewundert. Er würde es wahrscheinlich nie zugeben, aber man merkt einfach, dass das wahre Liebe ist – warum sollte er sich sonst fünfzehn volle Stunden Shoppingwahn mit einem Haufen Mädchen und deren Müttern antun. Er selbst hat aber auch ordentlich zugeschlagen. Während Mrs Bing gerade einen Nervenzusammenbruch hatte, weil sie sich nicht zwischen einer Rubinkette von Bulgari für 6,8 Millionen Euro und einer gelben Diamantenkette für 8,4 Millionen Euro von Boucheron entscheiden konnte, ist Carlton heimlich rausgeschlüpft. Zwanzig Minuten später kam er mit zehn Einkaufstüten von Charvet zurück und hat mir eine davon wortlos in die Hand gedrückt. Als ich vorhin wieder im Hotel war, hab ich endlich reingeguckt: eine hellrosa Bluse mit weißen Streifen aus dem weichsten Baumwollstoff, den man sich vorstellen kann. Die hatte er bestimmt extra zu meiner neuen blauen Hose ausgesucht. Er ist echt ein Goldstück!

Mittwoch, 19. Juni

Heute war Couture angesagt. Vormittags haben wir die Ateliers von Bouchra Jarrar und Alexis Mabille besucht, in beiden gab es jeweils eine private Modenschau. Bei Bouchra durfte ich erleben, wie sich wegen einer Hose mehrere Frauen vor Begeisterung fast in die Hose gemacht haben. Bouchras Hosen sind wohl so genial geschnitten, dass man sie nach nur einem Blick gleich kaufen muss, weil man eine neue braucht. Im nächsten Atelier kam am Ende der Show Alexis höchstpersönlich dazu, und aus den erwachsenen Frauen um mich herum wurden im Handumdrehen Teenager bei einem One-Direction-Konzert, die ihn zu beeindrucken versuchten, indem sie sich gegenseitig beim Bestellen der teuersten Outfits übertrumpften. Nick meinte, ich solle mir auch was aussuchen, aber ich wollte das Geld lieber für unser neues Bad sparen. »Das Budget reicht auch so, jetzt such dir endlich was aus!«, meinte Nick daraufhin, und da hab ich mir dann zwischen all den Ballkleidern einen total schicken schwarzen Blazer aus Strukturstoff mit einem von Hand aufgemalten Ombréfarbverlauf an den Ärmeln und einer eleganten blauen Seidenschleife in der Taille ausgesucht. So einen hat nicht jede, trotzdem ist er irgendwie klassisch, und ich werd ihn bestimmt tragen, bis ich hundert bin.

Als die Dame dort meine Maße nehmen wollte, hab ich mich erst gewundert, weil sie mich nämlich von Kopf bis Fuß vermessen hat. Aber dann hat sich rausgestellt, dass Nick zu ihr meinte, ich bräuchte unbedingt auch gleich noch die passende handbemalte Hose dazu! Es hat Riesenspaß gemacht, der Schneiderin bei der Arbeit zuzusehen, das war alles so kunstvoll. Ich hätte mir nie träumen lassen, dass ich mal ein maßgeschneidertes Outfit haben würde! Bei so was muss ich immer an Mom denken, wie sie die ersten Jahre damals jeden Tag elend lange schuften musste und trotzdem noch die Zeit gefunden hat, die alten Kleider meiner Cousinen für mich zu ändern, sodass ich immer schöne Sachen für die Schule hatte. Ich muss ihr was richtig Tolles aus Paris mitbringen.

Nach dem Essen in einem piekfeinen Restaurant auf dem Place des Vosges, das mehr gekostet hat, als ich letztes Jahr an Weihnachtsgeld bekommen habe (zum Glück hat Perrineum bezahlt), sind Carlton und Nick ab nach Molsheim zur Bugatti-Manufaktur, und wir anderen auf Wunsch von Mrs Bing zu Hermès in die Rue de Sèvres. (Übrigens kein Wort von ihr darüber, dass ihr die Füße wehtun, obwohl wir insgesamt zweiundsiebzig Stunden lang ununterbrochen shoppen waren.) Ich hab ja diese Begeisterung für Hermès ehrlich gesagt nie verstanden, aber dieser Laden hier war schon sehr schön. Er befindet sich im ehemaligen Schwimmbad des Hôtel Lutetia, und die Sachen waren alle auf verschiedenen Ebenen innerhalb des gewaltigen Atriums ausgestellt. Perrineum war total empört, dass der Laden während unserer Anwesenheit nicht für andere Kunden geschlossen hatte, und wollte ihn daraufhin boykottieren, indem sie zwischen den Regalen herumspaziert ist und sich über die anderen aufgeregt hat. »Fühlst du dich etwa nicht unwohl zwischen *solchen Leuten*?«, meinte sie zu mir. »Hast du etwa ein Problem mit reichen Asiaten?«, hab ich im Scherz zurückgefragt. »Das sind doch keine Reichen, das sind bloß Henrys!«, kam daraufhin von ihr. Als ich gestehen musste, dass ich keine Ahnung hatte, was Henrys sind, konnte sie das gar nicht fassen. »Ich denke, du hast Wirtschaft studiert?« So sehr ich auch überlegte, das sagte mir nichts. Irgendwann ist sie dann endlich mit der Sprache rausgerückt: »High Earners, Not Rich Yet.«[1]

Donnerstag, 20. Juni
Nick und ich brauchten mal eine Pause von dem ganzen Shoppingwahn, wir hatten Lust auf ein bisschen Kultur. Also hieß es heute: Auf ins Musée Gustave Moreau! Wir sind ganz früh aufgestanden, damit wir uns unbemerkt aus dem Hotel schleichen können, liefen aber vor dem Fahrstuhl direkt Colette in die Arme. Sie hatte ein besonderes Frühstück für alle im Jardin du Luxembourg vorbereitet und meinte, wir müssten unbedingt mitkommen. Da der Garten auf unserer letzten Parisreise eine meiner Lieblingsentdeckungen war, habe ich natürlich Ja gesagt. Es war wunderschön dort! Zu der frühen Uhrzeit waren nur hippe Mütter mit Kinderwagen und schick gekleidete ältere Herren mit der Morgenzeitung unterm Arm unterwegs. Ach, und die pummeligsten, zufriedensten Tauben, die ich je gesehen habe.

Neben der Fontaine Médicis ging es eine Treppe hoch zu einem herrlichen Straßencafé. Wir haben alle nacheinan-

1 Zu Deutsch: »Großverdiener, aber noch nicht reich.«

der einen Café Crème oder Dammann-Tee bestellt, und Colette dazu noch zwölf *pains au chocolat*. Als ich meins auf dem Teller hatte, wollte ich gleich reinbeißen, aber Colette hielt mich zurück. »Nicht doch!« Ich war noch nicht ganz wach und hab nur verwirrt zugeschaut, wie sie Roxanne mit einem »Los, schnell, solange die Kellner weg sind!« rangewinkt hat, dann wurde aus Roxannes großer, schwarzer, SM-mäßiger Ledertasche eine Tüte mit weiteren *pains au chocolats* zutage gefördert, und die haben die beiden dann in Windeseile gegen die vom Café ausgetauscht. Nick und Carlton haben sich halb totgelacht darüber, das feine Pärchen am Nachbartisch wirkte eher pikiert.

»So, jetzt darfst du«, meinte Colette. Und dieses *pain au chocolat* war himmlisch. Locker, luftig, buttrig und mit jeder Menge Zartbitterschokolade gefüllt. »Die sind von Gérard Mulot«, erklärte Colette. »Meine absoluten Lieblingsteilchen. Leider kann man sich bei Gérard Mulot nicht hinsetzen und was dazu trinken, und ich mag es nun mal am liebsten mit einer guten Tasse Tee. Die Cafés, wo der Tee gut schmeckt, haben aber nicht so tolle *pains au chocolat*, und man darf natürlich keine von woanders mitbringen. Deshalb die kleine Tauschaktion. Aber jetzt ist es doch wirklich perfekt: Der beste Tee, dazu die besten *pains au chocolat*, und das Ganze im besten Park der Welt.« Carlton schüttelte den Kopf. »Du hast doch echt einen an der Waffel, Colette!« Und dann verschlang er sein Schokobrötchen mit nur zwei Bissen.

Nachmittags sind ein paar Mädels zu einer privaten Shoppingparty bei L'Éclaireur gegangen. Nick und ich sind mit Stephanie und ihrer Mutter zu einem Antiquitätenhändler. Nick hatte von ihm gehört und wollte unbedingt mal hin. Er hatte vorher im Spaß gesagt, die Galerie Kraemer sei wohl so was wie »IKEA für Milliardäre«, und vor Ort wurde mir schnell klar, was er meinte. Das palastartige Gebäude in der Nähe des Parc Monceau ist vom Keller bis zum Dach voll mit den faszinierendsten Möbelstücken und Einrichtungsgegenständen. Jedes einzelne Stück hat Museumsqualität, und es gibt scheinbar nichts, das nicht irgendwann mal einem König oder einer Königin gehört hat. Die unauffällige Mrs Shi, die sich bisher mit dem Einkaufen eher zurückgehalten hatte, verwandelte sich vor unseren Augen in so eine QVC-Kaufsüchtige. Sie hat den ganzen Laden leer geshoppt. Nick hat sich derweil mit Monsieur Kraemer unterhalten. Irgendwann ist der kurz verschwunden und kam dann mit einem Buch mit historischen Aufzeichnungen über alles, was dort im Haus jemals verkauft wurde, wieder. Da drin gab es Belege für mehrere Gegenstände, die Nicks Urgroßvater um 1900 in der Galerie gekauft hatte! Nick war natürlich begeistert.

Freitag, 21. Juni
Dreimal darfst du raten, liebes Tagebuch, wer heute völlig unerwartet in Paris aufgetaucht ist: Richie Yang. Der hatte wohl wieder mal Angst, was zu verpassen. Er hat sogar versucht, sich im Shangri-La einzumieten, aber Colette hatte ja alle Suiten für uns gebucht, deshalb musste er nach eigener Aussage mit dem Penthouse im Mandarin Oriental »vorliebnehmen«. Er kam mit mehreren sehr teuer aussehenden Obstkörben von Hédiard beladen an, die alle für Colettes Mutter gedacht waren. Carlton musste dann ganz plötzlich weg – angeblich hatte er genau an diesem Tag ein einmaliges Angebot für einen Oldtimer-Sportwagen bekommen

und wollte sich außerhalb von Paris mit dem aktuellen Besitzer treffen. Ich hab ihm angeboten mitzukommen, aber er hatte sofort irgendwelche Ausreden parat und war blitzschnell verschwunden. Ich nehm ihm seine Erklärung nicht ab und verstehe auch nicht, wieso er überhaupt wegwollte. Warum macht er sich in dem Moment, wo sein Gegner den Ring betritt, aus dem Staub?

Abends wurden wir alle von Richie in das »exklusivste Restaurant in ganz Paris« eingeladen, angeblich gehen manche Leute »über Leichen, um da einen Tisch zu bekommen«. Die Einrichtung dort erinnerte seltsamerweise an einen Konferenzraum, aber das Menü, das der Chefkoch höchstpersönlich zusammengestellt hatte, war trotz seines wenig appetitanregenden Namens »Vergnügungen und Quälereien in sechzehn Akten« sehr originell und absolut köstlich. Besonders die Artischockensuppe mit weißen Trüffeln und die Schwertmuscheln in süßem Knoblauch-Sabayon hatten es mir angetan. Mrs Bing und die anderen Aunties waren hingegen nicht so begeistert vom Essen, das sah man ihnen deutlich an. Colettes Großmutter wirkte angesichts der »in kaltem Dampf roh-gegarten Meeresfrüchte«, der grellbunten Schaumkleckse und kunstvoll angerichteten Zwerggemüsevariationen auf den Tellern leicht überfordert. Ich hörte sie mehrmals ihre Tochter fragen: »Wieso kriegen wir denn die ganze Zeit Gemüseabfälle serviert? Haben die vielleicht was gegen Chinesen?«, woraufhin Mrs Bing sie beruhigte, dass hier alle das Gleiche bekämen. »Guck mal, wie viele Franzosen hier essen. Muss wohl sehr authentische Küche sein.«

Nach dem Essen zog sich die ältere Generation ins Hotel zurück, und Partylöwe Richie wollte mit uns anderen in irgendeinen superexklusiven Club, den wohl David Lynch gegründet hat. »Ich bin da Mitglied der ersten Stunde«, verkündete er stolz. Nick und ich hatten darauf aber keine Lust, sondern sind lieber an der Seine spazieren gegangen. Zurück im Hotel kamen wir auf dem Weg zu unserem Zimmer an Mrs Bing vorbei, die vor ihrer Suite ganz aufgeregt auf das chinesische Zimmermädchen einschwatzte. Als sie uns sah, rief sie uns gleich zu sich. »Rachel, Rachel, guck mal, was mir das nette Zimmermädchen gegeben hat!« Sie hielt mir eine Mülltüte unter die Nase, die voller kleiner Fläschchen mit Bulgari-Hotelshampoo, Bulgari-Hotelduschgel und Bulgari-Hotelpflegespülung war. »Wollt ihr auch was? Das Zimmermädchen kann uns noch mehr besorgen!« Ich sagte ihr, dass Nick und ich unsere eigenen Drogerieartikel dabeihatten und die hoteleigenen gar nicht benutzten. »Kann ich eure dann haben? Und die Duschhauben auch gleich noch?«, kam daraufhin sofort. Wir holten alles, was unser Bad hergab, und brachten es Mrs Bing, die sich freute wie ein Schneekönig. »*Aiya!* Hätte ich euch mal früher Bescheid gesagt, dann hättet ihr die schon die ganze Woche für mich sammeln können. Ach, wartet mal kurz.« Sie kam mit einer Tüte mit fünf Flaschen Wasser wieder. »Hier, nehmt euch ein paar mit. Das kochen wir uns jeden Morgen hier im Wasserkocher ab, dann brauchen wir keine Getränke vom Hotel zu kaufen.« Nick hatte Mühe, nicht laut loszulachen. Dann kam Grandma Bing zur Tür und schimpfte: »Lai Di, jetzt bitte sie doch mal herein!«

Im Esszimmer der riesigen Suite hockten Auntie Pan Di, Mrs Shi und Mrs Wen um eine Kochplatte, auf der ein großer Topf stand, und daneben ein offener Louis-Vuitton-Koffer voller Ramenpackungen. »Shrimps und Schwein wären dann fertig. Wer möchte?« Auntie Pan Di rührte mit einem Paar Essstäbchen im Topf. Mrs Bing flüsterte uns verschwörerisch zu: »Erzählt das aber nicht Colette! Wir essen jeden Abend zusammen Ramen, das schmeckt uns einfach besser als das französische Zeug im Restaurant.« »Jawohl!«, stimmte Mrs Wen zu. »*Aiya*, ich hab seit Tagen Verstopfung von dem vielen Käse, den wir hier die ganze Zeit essen müssen!« Ich fragte sie, wieso sie nicht einfach runter ins Shang Palace gingen, das hoteleigene chinesische Restaurant mit Michelin-Stern. Daraufhin erwiderte Mrs Shi, die heute Vormittag in der Galerie Kraemer nach einer Bedenkzeit von gerade mal drei Minuten eine antike Standuhr[1] für 4,2 Millionen Euro gekauft hatte, voller Empörung: »Wollten wir ja nach diesem schrecklichen französischen Menü, aber es ist so teuer da, dass wir gleich wieder gegangen sind. Fünfundzwanzig Euro für gebratenen Reis? *Tai leiren le!*[2]«

Samstag, 22. Juni

Colette klopfte frühmorgens wie eine Verrückte an unsere Zimmertür und riss uns aus dem Schlaf. Sie wollte wissen, ob wir irgendwas von Carlton gehört hatten. Anscheinend war er gestern nicht ins Hotel zurückgekehrt und ging auch nicht ans Handy. Colette machte sich Sorgen, aber Nick beruhigte sie. »Der taucht schon wieder auf. Manchmal dauert es eine Weile, bis man sich mit diesen Oldtimerhändlern einig wird. Er steckt wahrscheinlich einfach mitten in den

1 Eine außergewöhnliche Louis-XV-Standuhr von Jean-Pierre Latz mit großer Ähnlichkeit zu der von Friedrich dem Großen in dessen Neuem Palais in Potsdam.

2 Mandarin für »Das ist doch Wahnsinn!«.

Verhandlungen.« In der Zwischenzeit lud Richie alle für den Abend auf einen Sonnenuntergangscocktail auf die Dachterrasse von seinem Penthouse ein. »Einfach nur ein kleiner Umtrunk zu Ehren von Colette«, meinte er. Bis dahin verbrachten die Mädels den Nachmittag in einem Spa, und Nick und ich hielten ein Schläfchen im Parc Monceau.

Am frühen Abend machten wir uns auf den Weg zu Richies Hotel. Wir haben vielleicht geguckt, als vor dem VIP-Fahrstuhl zur Dachterrasse Sicherheitsleute standen und uns nicht hochlassen wollten, weil unsere Namen nicht »auf der Liste« wären! Ein Anruf bei Colette klärte das Ganze auf, und wir durften in den Fahrstuhl. Oben auf der Dachterrasse stellten wir dann fest, dass zu dem »kleinen Umtrunk« nicht nur unsere Gruppe eingeladen war. Eine sehr illustre Gästeschar tummelte sich in der Penthouse-Suite, die dekoriert war wie für den Launch eines Hightech-Produkts. Die gesamte Brüstung entlang waren riesige Mittelmeerzypressen zu einer Hecke aufgereiht und mit Lichterketten geschmückt, es gab eine Bühne, und an einer Seite waren Kochstationen aufgebaut, hinter denen mehrere Starköche darauf warteten, den Gästen jeden kulinarischen Wunsch zu erfüllen.

Ich kam mir schlagartig underdressed vor in meinem kornblumenblauen seidenen Hemdkleid und den Sandaletten, erst recht, als Colette ihren großen Auftritt hatte und mit der gelben Diamantenkette, die ihre Mutter gekauft hatte, und in einem umwerfenden schwarzen trägerlosen Stéphane-Rolland-Kleid mit meterlanger Rüschenschleppe hereingeschwebt kam. Mrs Bing selbst war übrigens kaum wiederzuerkennen: Sie hatte sich professionell schminken und die Haare zu einem Beehive auftürmen lassen, trug ein tief ausgeschnittenes rotes Cocktailkleid von Elie Saab und dazu eine Kette mit Saphiren.

Die größte Überraschung war aber, dass Carlton wieder aufgetaucht war! Er verlor kein Wort darüber, dass man ihn die letzten vierundzwanzig Stunden nicht hatte erreichen können, und gab sich charmant wie immer. Er kannte viele der Gäste, denn ein Großteil der Partyachse London-Dubai-Schanghai war eingeflogen, und bald schwirrte mir der Kopf vor lauter neuen Namen. Ich lernte Sean und Anthony kennen (die DJs der Party, zwei sehr sympathische Brüder), einen arabischen Prinzen, den Carlton noch aus seiner Schulzeit in Stowe kannte, eine französische Gräfin, die sich stundenlang bei mir über die Außenpolitik der USA ausließ, und als dann auch noch ein berühmter chinesischer Popstar auftauchte, wurde es richtig verrückt.

Ich hatte ja keine Ahnung, dass der Abend noch sehr viel verrückter werden würde.

17

MANDARIN ORIENTAL
PARIS

Nick erklomm auf der Suche nach einer ruhigen Ecke die Treppe zur obersten Ebene der Dachterrasse. Er war kein Freund ausschweifender Partys, und diese schien sogar noch übertriebener zu sein als sonst – jeder Multimilliardär in Privatjet-Flugradius befand sich unter den Gästen, und das waren entschieden zu viele große Egos auf zu kleinem Raum.

Hinter ihm fing die Reihe aus schnurgerade angeordneten Mittelmeerzypressen plötzlich ruckartig an zu wackeln, dann hörte Nick einen Typen stöhnen: »Baby … Baby … Baby … Oooh!« Er wollte gerade diskret den Rückzug antreten, als Richie hinter der Hecke hervortrat und sich das Hemd in die Hose stopfte, während ein Mädchen verlegen in die entgegengesetzte Richtung verschwand.

»Ach, du bist das«, sagte Richie völlig ungeniert. »Hast du Spaß?«

»Der Ausblick ist der Wahnsinn«, sagte Nick ausweichend.

»Ja, oder? Die Pariser sind wirklich schön blöd, keine

Wolkenkratzer in der Stadt zu bauen. Der Ausblick wäre unglaublich, und sie würden sich dumm und dusselig verdienen. Ach übrigens, du hast mich hier oben nie gesehen, okay?«

»Natürlich nicht.«

»Und das Mädchen hast du auch nicht gesehen, klar?«

»Welches Mädchen?«

Richie grinste. »Du stehst ab jetzt ganz oben auf meiner Liste. Apropos, sorry für die Verwechslung unten, aber ich versteh schon, warum meine Security euch nicht hochgelassen hat. Nimms mir nicht übel, aber du siehst nicht gerade so aus, als würdest du dazugehören.«

»Tut mir leid, wir waren den ganzen Tag im Park und sind eingeschlafen. Rachel wollte noch ins Hotel und sich umziehen, aber ich dachte, wir würden nur ein paar Drinks auf der Dachterrasse zusammen trinken. Wenn ich gewusst hätte, dass du hier im dunkelroten Samtsmoking aufschlägst, hätten wir uns garantiert was anderes angezogen.«

»Rachel sieht super aus. Frauen kommen einfach mit allem durch, aber wir Typen müssen uns ein bisschen mehr anstrengen. Mit so einem Outfit kommt man eigentlich nur durch, wenn man sein Milliardärs-Bändchen zeigt.«

»Wie meinst du das?«

Richie zeigte auf Nicks Handgelenk. »Deine Uhr. Wie ich sehe, trägst du eine neue Patek.«

»Neu? Die hat meinem Großvater gehört.«[1]

1 Ein überaus seltener Ein-Drücker-Chronograf von Patek Philippe aus 18-karätigem Gold mit vertikal angeordnetem Register und Eisenbahnminuterie. Ref. 130, Baujahr 1928. Nick hat ihn von seiner Großmutter zum einundzwanzigsten Geburtstag bekommen.

»Schönes Teil, aber Pateks gelten heutzutage als Mittelklasseuhren. Als Milliardärs-Bändchen gehen die längst nicht mehr durch. Meine allerdings schon. Hier, guck mal, meine neueste Richard-Plumper-Tourbillon«, sagte Richie und hielt Nick sein Handgelenk unter die Nase. »Ich bin ein VIC – very important client – von Richard Plumper, deshalb darf ich direkt am Stand auf der Baselworld-Uhrenmesse kaufen. Die hier ist eigentlich erst ab Oktober erhältlich.«

»Sieht ganz schön beeindruckend aus.«

»Diese Plumper hat siebenundsiebzig Komplikationen und besteht aus einer Titan-Silizium-Legierung, die so stark zentrifugiert wurde, dass sie auf Molekularebene verbunden ist.«

»Wow.«

»Mit der Uhr am Handgelenk würde ich auch noch in T-Shirt und zerrissener Jeans mit raushängenden Eiern in die angesagtesten Clubs und Restaurants kommen. Jeder Türsteher und Oberkellner erkennt eine Richard Plumper aus hundert Metern Entfernung und weiß, dass sie mehr kostet als eine Jacht. Das meinte ich mit Milliardärs-Bändchen, hehe!«

»Aber wie liest du darauf die Zeit ab?«

»Siehst du die beiden kleinen Zeiger mit den grünen Sternchen an der Spitze?«

Nick kniff die Augen zusammen. »Ich glaub schon …«

»Wenn die grünen Sternchen auf einer Höhe mit diesen Zahnrädern an dem Seilzugsystem sind, kann man die Stunden und Minuten ablesen. Die Zahnräder bestehen übrigens aus unklassifizierten, experimentellen Metallen, die für die nächste Generation von Spionagedrohnen vorgesehen sind.«

»Sag bloß!«

»Ja, die ganze Uhr ist darauf ausgelegt, Kräfte bis zu zehntausend g auszuhalten. Das entspricht ungefähr den Kräften, denen man ausgesetzt ist, wenn man an eine Rakete gebunden die äußere Erdatmosphäre durchbricht.«

»Aber würde man da nicht eh sterben?«

»Hehe! Absolut. Aber zu wissen, dass deine Uhr überleben würde, ist es doch wert, eine Plumper zu besitzen, oder? Hier, du darfst sie mal anprobieren.«

»Das würde ich niemals wagen.«

Richie wurde kurz von einer Textnachricht auf seinem Handy abgelenkt. »Wow, rate mal, wer gerade gekommen ist. Mehmet Sabançi! Seiner Familie gehört quasi halb Griechenland.«

»Türkei meinst du«, erwiderte Nick automatisch.

»Ach, hast du schon mal von ihm gehört?«

»Er ist einer meiner besten Freunde.«

Richie sah ihn entgeistert an. »*Echt?* Wo habt ihr euch denn bitte kennengelernt?«

»Wir waren zusammen in Stowe.«

»Ihr habt euch beim Skifahren kennengelernt?«

»Nicht Stowe in Vermont. *Stowe* – das ist eine Schule in England.«

»Ach so. Ich war auf der Harvard Business School.«

»Ja, das erwähntest du bereits einige Male.«

In dem Augenblick trat Mehmet aus dem Fahrstuhl auf die Dachterrasse. Richie warf einen Blick auf den Nachzügler und dessen Begleitung und rief begeistert: »Wow, was ist das denn für eine Sahneschnitte, die er da mitgebracht hat?«

Nick folgte seinem Blick. »Mein Gott … ich fass es nicht!«

Auf der Hauptterrasse lehnte sich Carlton neben seinem Cambridge-Kumpel Harry Wentworth-Davies ans Geländer und ließ den Blick über das Partygeschehen schweifen. »Du musst unbedingt die Foie-Gras-Cronuts kosten!«, brüllte Harry ihm ins Ohr. »Besser als Crack. Und du glaubst nicht, wer sie mir serviert hat. Dieser Typ aus dem Fernsehen, der immer in der Weltgeschichte rumgondelt und Restaurantbesitzer anschreit.«

»So versucht sich Richie bei den Leuten einzuschleimen«, sagte Carlton mit unverhohlener Verachtung. »Mit haufenweise Edelfraß und teurem Alk.«

»Hast recht, dieser Romanée-Conti ist gar nicht mal so übel«, sagte Harry und ließ seinen Rotweinkelch kreisen.

»Mir ist er ein bisschen zu trivial, aber ich helfe dir gern dabei, die Reserven aufzubrauchen.«

»Lass dich heute lieber nicht volllaufen, Alter«, warnte Harry. »Denk an das Hauptevent nachher, da solltest du in Topverfassung sein.«

»Stimmt. Am schlauesten wär, jetzt mit dem Trinken aufzuhören, oder?«, überlegte Carlton und stürzte schnell noch ein Glas hinunter. Er ließ den Blick über die Menge schweifen und stellte fest, dass sich fast alle Kumpels von Richie auf der Party versammelt hatten. Es grenzte an ein Wunder, dass Colette noch keinen Verdacht geschöpft hatte. Er hätte heute nicht kommen sollen. Hier zu sein und mitanzusehen, wie alle verkrampft versuchten, sich zu amüsieren, machte ihn nur noch wütender. Er spürte, wie ihm das Blut in den Schläfen pochte. Vier Stunden zuvor war er in Antwerpen gewesen, und jetzt wünschte er, er wäre dortgeblieben oder nach Brüssel weitergefahren oder hätte den nächsten Flug zurück nach Schanghai genommen. Am liebsten wäre er eigentlich nach England geflogen, aber Mr Tin hatte ihm geraten, sich dort ein paar Jahre nicht blicken zu lassen. Wie hatte er alles so gründlich verkacken können? Von dem einen Ort verbannt werden, an dem er wirklich atmen konnte?

»Colette sieht echt spektakulär aus«, sagte Harry zu Carlton und beobachtete, wie sie mit Rachel vor der Pyramide aus Champagnergläsern posierte.

»Wie immer.«

»Das Mädchen, mit dem sie da posiert, sieht dir irgendwie echt ähnlich.«

»Das ist meine Schwester«, antwortete Carlton. Wegen Rachel war er heute zurückgekommen. Er hasste sie ein bisschen dafür, fühlte sich aber auch gleichzeitig für sie verantwortlich. Er konnte sie nicht einfach in Paris sitzen lassen. Und so war es eigentlich schon, seit sie sich kennengelernt hatten. Er hatte erwartet, sie zu hassen, dieses Mädchen, das aus dem Nichts aufgetaucht war und eine Atombombe in seiner Familie hatte hochgehen lassen, nur war sie leider überhaupt nicht so, wie er gedacht hatte. Sie war völlig anders als alle anderen Frauen in seinem Leben, und Nick war einer der wenigen Typen, deren bloße Anwesenheit ihm nicht auf den Geist ging. Woran lag das?, fragte er sich. Daran, dass Nick auch in Stowe gewesen war? Oder daran, dass Nick nicht um Richies Aufmerksamkeit buhlte wie alle anderen Partyparasiten heute Abend?

»Du hast mir nie erzählt, dass du eine Schwester hast«, unterbrach Harry seinen Gedankenfluss.

»Stimmt. Sie ist aber auch ein ganzes Stück älter als ich.«

»Ihr seht aus wie Zwillinge. Das ist das Gemeine bei euch Schlitzaugen – ihr altert nicht.«

»Eine ganze Weile lang nicht, das stimmt, aber irgendwann wachen wir auf und sehen plötzlich nicht mehr aus wie zwanzig, sondern wie zweihundert.«

»Tja, wenn die Frauen bis dahin aussehen wie deine Schwester oder Colette, hab ich nichts dagegen. Und jetzt erzähl mal, wie ist der Stand bei dir und Colette? Seid ihr jetzt zusammen oder nicht? Ich komm nicht mehr mit.«

»Ich auch nicht«, sagte Carlton. Er hatte Colettes Spielchen so satt. Die ganze Woche hatte sie jedes Mal, wenn sie an einem Juwelier vorbeikamen, Andeutungen fallen lassen. Als er sich Dienstag geweigert hatte, mit ihr zu Mauboussin zu gehen, hatte sie plötzlich Richie nach Paris zitiert. Manchmal konnte sie echt kindisch sein. Als ob es ihn eifersüchtig machen würde, wenn Richie mit Daddys schmutziger Kohle eine Party für sie schmiss.

Carlton spürte Harrys Ellbogen in seinen Rippen. »Hey, kennst du die da drüben? Weißes Kleid, neun Uhr.«

»Harry, kapier doch mal, dass nicht alle Asiaten sich untereinander kennen.«

»Sorry, aber guck dir die doch mal an, das ist womöglich die geilste Frau, die ich je gesehen habe! Die schnapp ich mir.«

»Mal gucken, wer schneller ist«, sagte Carlton. Colette wollte Spielchen? Konnte sie haben. Er zupfte sich am Revers, nahm zwei Gläser Wein vom Tablett eines Kellners und schlenderte selbstsicher über die Terrasse auf die junge Frau in Weiß zu. Gerade als er sie erreicht hatte, trat Nick plötzlich vor ihm aus der Menge und schloss die Frau zu seiner großen Überraschung fest in die Arme.

»Astrid! Was machst du denn hier?«, fragte Nick verblüfft.

»Nicky!«, quietschte Astrid. »Ich dachte, du wärst mit Rachel in China?«

»Waren wir ja auch, aber dann sind wir spontan mit Rachels Bruder und ein paar neuen Freunden nach Paris geflogen. Oh, wenn man vom Teufel spricht – da ist Carlton. Carlton, das ist meine Cousine Astrid aus Singapur.«

»Schön, dich kennenzulernen.« Astrid streckte Carlton die Hand entgegen, der völlig perplex von der plötzlichen Wendung war. *Dieses atemberaubende Wesen, das er gerade anbaggern wollte, war Nicks Cousine?*

»Und das ist mein guter Freund Mehmet«, sagte Nick und stellte Carlton vor. »Du Schwerenöter, was machst du denn mit meiner Cousine in Paris?«

Mehmet haute Nick kumpelhaft auf den Rücken. »Das war ein Riesenzufall! Ich bin eigentlich beruflich hier und war heute Mittag bei einem Geschäftsessen im Le Voltaire, und auf einmal spaziert Charlotte Gainsbourg durch die Tür … mit Astrid im Schlepptau! Da musste ich natürlich Hallo sagen, ich konnte mir doch die Chance nicht entgehen lassen, meine Partner vor Neid erblassen zu sehen. Dann hat Astrid mich zum Abendessen eingeladen, und ich hab sie überredet, einen Abstecher hierher zu machen.«

Inzwischen hatten sich auch Rachel und Colette zu ihnen gesellt. »Astrid! Mehmet? Ihr hier?« Rachel fiel den beiden um den Hals.

Colette wurde allen vorgestellt und konnte nicht anders, als Astrid von Kopf bis Fuß zu mustern. Das war also die Couture tragende Cousine, von der Rachel ihr erzählt hatte. Sie erkannte auf den ersten Blick, dass Astrids sexy goldene Sandalen handgefertigt von Da Constanzo auf Capri waren.

Ihre weiße Vintage-Lackleder-Clutch war von Courrèges und der goldene Etruskerarmreif mit den beiden Löwenköpfen von Lalaounis. Aber dieses weiße Kleidchen mit den Falten konnte sie einfach nicht zuordnen. Mein Gott, der Leinenstoff umschmeichelte ihren Körper einfach perfekt, eng genug, um allen Männern den Kopf zu verdrehen, aber auch nicht so eng, dass es billig ausgesehen hätte. Und die sternförmigen Zierfalten am Ausschnitt betonten ihre zarten Schlüsselbeine – einfach genial. Sie *musste* wissen, wer es entworfen hatte.

»Ich bin Modebloggerin, dürfte ich vielleicht ein Foto von dir machen?«, fragte sie.

»Colette ist bescheiden, sie ist die bekannteste Modebloggerin in ganz China«, sagte Nick stolz.

»Äh, na klar«, antwortete Astrid überrascht.

»Roxanne!«, brüllte Colette. Ihre treue Assistentin kam angerannt und schoss ein paar Fotos von Colette und Astrid. Dann machte sie sich Notizen, während Colette Astrid über ihr Outfit ausfragte.

»Ich brauche noch ein paar Infos für die Bildunterschrift. Woher deine Schuhe und deine Handtasche sind, habe ich natürlich erkannt, und der Armreif ist von Lalaounis –«

»Nein, das stimmt nicht ganz«, unterbrach Astrid sie.

»Ach? Von wem ist er denn dann?«

»Der ist etruskisch.«

»Ja, das sehe ich, aber wer hat ihn entworfen?«

»Keine Ahnung. Er stammt aus dem Jahr 650 vor Christus.«

Colette starrte verblüfft das Museumsstück an, das Astrid ganz beiläufig am Arm trug. Jetzt wollte sie auch so etwas haben. »Okay, aber verrat mir vor allem mal, welches Genie dein fantastisches Kleid designt hat. Lass mich raten, Josep Font!«

»Ach, das? Das habe ich heute bei Zara gekauft.«

Roxanne würde Colettes Gesichtsausdruck ihr Lebtag nicht vergessen.

Ein paar Stunden später aßen Rachel und Nick ein spätes Abendessen mit Astrid und Mehmet bei Monsieur Bleu, der Brasserie auf der Rückseite des Palais de Tokyo. Mit dem ersten Bissen ihrer Sole Meunière im Mund sah sich Rachel im Gastraum um, bewunderte die ausgefallenen Lampen, die gepolsterten Marmorbänke und die schimmernden Flachreliefs aus Bronze. »Astrid, wir haben die ganze Woche in superschicken Restaurants gegessen, aber das hier gefällt mir mit Abstand am besten. Danke, dass du uns mitgenommen hast.«

Mehmet pflichtete ihr bei. »Bin ganz deiner Meinung! Diese Bar schafft es, schlicht und zugleich durch und durch luxuriös zu wirken. Das Interieur lenkt nicht vom Essen ab, aber man fühlt sich an diesem Ort automatisch besonders.«

Astrid lächelte. »Schön, dass es euch gefällt. Ich wollte mir die Bar gern ansehen, weil ich überlege, den Architekten Joseph Dirand mit dem Bau unseres neuen Hauses zu beauftragen. Nur deshalb bin ich eigentlich in Paris.«

»Ich bin sehr gespannt auf seinen Entwurf für euch«, sagte Mehmet.

»Seid ihr nicht letztes Jahr erst umgezogen?«, fragte Nick.

»Das stimmt, aber das Haus ist uns schon wieder zu klein geworden. Wir hätten beinahe ein Frank-Brewer-Haus in der Cluny Park Road gekauft, aber der Kauf ist in letzter

Sekunde geplatzt. Also haben wir beschlossen, auf meinem Grundstück in Bukit Timah zu bauen.«

Nick warf einen Blick in die Runde und lachte auf. »Ich kann es immer noch nicht fassen, dass wir vier uns hier getroffen haben. Die Welt ist echt ein Dorf!«

»Und ich wäre fast nicht zu der Party gegangen. Aber da meine Familie Geschäfte mit den Yangs macht, musste ich mich zumindest kurz blicken lassen«, sagte Mehmet.

»Im Nachhinein bin ich so froh darüber«, sagte Astrid. »Was für ein glücklicher Zufall! Nur schade, dass dein Bruder und seine Freundin nicht mitkommen konnten.«

»Ich glaube, Carlton hätte uns gern Gesellschaft geleistet, aber er fühlte sich verpflichtet, mit Colette auf der Party zu bleiben. Und sie als Ehrengast konnte ja schlecht gehen.«

»Colette ist echt eine Type. Ich wurde noch nie über alle Einzelteile meines Outfits ausgefragt. Ich hatte schon Angst, sie würde sich nach meiner Unterwäschemarke erkundigen.«

»Hätte sie bestimmt noch gemacht, wenn sie nicht so schockiert gewesen wäre, dass dein Kleid von Zara ist!«, lachte Rachel.

»Ich verstehe nicht, was daran so schockierend sein soll. Ich kaufe meine Kleider überall – in Secondhandläden, auf dem Flohmarkt …«

»Colette und ihre Freundinnen leben für High Fashion. Ganz ehrlich, ich kann es nicht mehr nachvollziehen«, gab Nick zu.

»Seit unserer Ankunft sind sie nonstop mit Shopping beschäftigt. Die ersten zwei Tage war es faszinierend, aber inzwischen ist es nur noch anstrengend«, erklärte Rachel. »Ich will mich ja nicht beklagen, weil Colette echt großzügig ist, aber eigentlich bin ich nur hergekommen, um mehr Zeit mit meinem Bruder zu verbringen.«

Astrid beugte sich zu ihr. »Wie war es denn überhaupt, deine neue Familie kennenzulernen?«

»Ehrlich gesagt ziemlich frustrierend. Seit ich in China bin, habe ich meinen Vater erst einmal gesehen.«

»Was, erst einmal?«

»Wir wissen nicht genau, was los ist, aber wir vermuten, dass es mit der Frau meines Vaters zu tun hat. Sie haben wir noch gar nicht kennengelernt. Das ist doch seltsam, oder?«

»Vielleicht solltet ihr euch eine Verschnaufpause von China gönnen und eine Woche nach Singapur kommen«, schlug Astrid vor.

Nick runzelte die Stirn. Der Besuch bei ihrer Familie war schon anstrengend genug für Rachel. Er wollte es eigentlich nicht noch komplizierter machen, indem er sich mit ihr auf das familiäre Minenfeld in Singapur begab. Und wo sollten er und Rachel überhaupt schlafen?

Als hätte sie seine Gedanken gelesen, schlug Astrid vor: »Ihr könnt gern bei mir wohnen. Cassian wäre begeistert. Und da wäre er sicher nicht der Einzige«, konnte sie sich nicht verkneifen.

Nick schwieg eine Weile, und Rachel wusste nicht, was sie sagen sollte.

»Ihr könnt mich auch jederzeit in Istanbul besuchen«, warf Mehmet ein, um die peinliche Stille zu durchbrechen.

»Oh ja! Ich wollte schon immer nach Istanbul!«, rief Rachel.

»Mit meinem Flieger sind es nur drei Stunden von Paris, und bei uns ist diesen Sommer herrliches Wetter«, lockte Mehmet. »Komm doch auch mit, Astrid. Nur ein paar Tage.«

Nach dem Essen flanierten die vier die Stufen des Palais de Tokyo hinauf zur Avenue du Président Wilson. Mit einem Blick auf ihr Handy stellte Rachel fest, dass Colette ihr mehrere Textnachrichten geschrieben hatte.

22:26 Uhr – Ist Carlton mit euch essen?

22:57 Uhr – Wenn Carlton anruft, sag bitte Bescheid!

23:19 Uhr – Hat sich erledigt … Hab ihn gefunden.

23:47 Uhr – Ruf mich bitte sofort an!

00:28 Uhr – DRINGEND!!! RUF MICH AN!!!

Rachel schnappte erschrocken nach Luft, als sie die letzte Nachricht las, und wählte sofort Colettes Handynummer.

»Hallo?«, ertönte eine gedämpfte Stimme.

»Colette? Hier ist Rachel. Colette, bist du das?«

»Rachel! Oh mein Gott! Wo warst du? Wo bist du?« Colette klang völlig hysterisch.

»Was ist denn los? Was ist passiert?«, fragte Rachel.

»Carlton … Du musst mir helfen. *Bitte.*«

18

SHANGRI-LA
PARIS

»Da seid ihr ja endlich!«, rief Colette. »Gott sei Dank!« Rachel, Nick, Astrid und Mehmet betraten die großzügige Doppelsuite. Rachel nahm Colette in den Arm, die sofort anfing zu schluchzen.

»Was ist passiert? Ist was mit Carlton?« Rachel führte sie zu einem Sofa.

Nick fiel auf, dass sie allein war und nicht wie sonst ihre gesamte Entourage um sich hatte. »Wo sind denn die anderen?«

»Ich hab gesagt, ich wäre total müde, und hab sie weggeschickt. Nicht dass die noch mitkriegen, was los ist!«

»Was *ist* denn überhaupt los?«, fragte Rachel.

Colette holte tief Luft. »Es war so schrecklich! Nachdem ihr weg seid, wurde ein Flügel auf die Bühne geschoben, und dann kam John Major und hat extra für mich gesungen.«

»Der Expremierminister von Großbritannien hat dir was vorgesungen?«, fragte Nick fassungslos.

»Ach so, nein, sorry. Ich meine John Legend.«

»Da bin ich ja froh«, bemerkte Mehmet trocken.

»John hat jedenfalls ›All of me‹ gesungen«, fuhr Colette unter Tränen fort. »Und als das Lied zu Ende war, ist Richie auf die Bühne gekommen, ist auf die Knie gefallen und hat mir vor allen Leuten einen Heiratsantrag gemacht.«

Rachel und Nick schnappten überrascht nach Luft.

»Ich saß total in der Falle! Meine Mutter und die Mädels waren anscheinend eingeweiht, deshalb waren auch so viele Freunde von uns aus China da. Jedenfalls wusste ich überhaupt nicht, was ich sagen sollte, ich war wie versteinert. Und plötzlich fiel mein Blick auf Gordon Ramsay mit seinen Möhren-Trüffel-Fritten, und ich konnte nur noch denken: *Was wird Gordon bloß von mir halten, wenn ich jetzt Nein sage?*«

»Und was hast du dann gemacht?«, fragte Rachel.

»Ich hab erst versucht, das Ganze als Witz abzutun. Ich meinte zu Richie: ›Komm, das ist doch eh nicht dein Ernst‹ oder so. Aber da holt er ein Samtkästchen aus der Tasche und hält mir einen Ring vor die Nase und sagt: ›Glaubst du mir jetzt, dass es mein voller Ernst ist?‹ Der Ring war von Repossi, ein blauer Zweiunddreißig-Karat-Diamant, und ich dachte bloß *Als ob ich jemals einen Ring von Repossi tragen würde! Dieser Mann kennt mich kein bisschen, und lieben tu ich ihn auch nicht*. Also hab ich zu ihm gesagt, dass ich mich sehr geehrt fühle, aber erst mal ein bisschen Zeit brauche, um drüber nachzudenken. Er meinte daraufhin, dass wir doch seit drei Jahren fest zusammen wären, wie viel Zeit ich denn noch bräuchte. Und ich nur: ›Also fest zusammen würde ich das jetzt nicht nennen‹, und da ist er dann völlig ausgerastet. ›Was soll denn der Scheiß? Du hältst mich seit Jahren hin, ich hab langsam keine Lust mehr zu warten, und ich hab auch keine Lust mehr auf deine Spielchen! Weißt du eigentlich, wie viel ich für den Abend hier hingeblättert habe? John Legend fliegt nicht für jeden x-beliebigen Idioten nach Paris!‹ Und dann schrie Carlton, der die ganze Zeit vor der Bühne gestanden hatte, plötzlich: ›*Hundan!*[1] Wann kapierst du es denn endlich? Sie steht einfach nicht auf dich!‹ Richie hat zurückgeschrien: ›*Nong sa bi suo luan!*‹[2], ist von der Bühne gesprungen, hat sich auf Carlton gestürzt und hat ihm eine reingehauen!«

»Ach du meine Güte!«, rief Rachel. »Gehts Carlton gut?«

»Na ja, ein bisschen mitgenommen ist er schon, aber ja, es geht ihm gut. Mario Batali hingegen –«

»Was ist mit Mario?«, fragte Astrid erschrocken.

»Als Carlton und Richie sich da auf dem Boden rumgewälzt haben, wollten meine Bodyguards dazwischengehen. Das hat aber nur alles noch schlimmer gemacht, weil dann das ganze Knäuel gegen Marios Kochstation gestoßen ist. Und dann ist dieser Riesenbottich mit Olivenöl, in dem er die Fritto misto zubereitet hat, umgekippt und hat Feuer gefangen, und auf einmal brannte Marios Pferdeschwanz!«

»Oh nein!« Astrid schlug die Hand vor den Mund. »Der Arme!«

»Zum Glück stand Mrs Shi in der Nähe und wusste gleich, was zu tun ist. Sie hat ihm eine ganze Dose Backpulver über den Kopf gekippt und damit die Flammen erstickt. Sie hat ihm das Leben gerettet!«

»Ein Glück!« Astrid atmete erleichtert aus.

1 »Arschloch!« auf Mandarin.

2 Schanghaiisch für »Du Mistkerl mit Mini-Klöten!«.

»Und dann?«, fragte Nick.

»Nach der Prügelei war die Party natürlich zu Ende. Ich bin mit Carlton ins Hotel und wollte ihm das Blut abwaschen und so, und dabei haben wir uns ganz schlimm in die Haare gekriegt. Unser größter Streit bis jetzt. Ach Rachel! Klar, er war betrunken, aber er hat wirklich sehr verletzende Sachen gesagt … er meinte, ich hätte ihn gegen Richie ausgespielt, und dass ich ganz allein schuld wäre an dem ganzen Debakel. Und dann ist er abgehauen.«

Rachel dachte bei sich, dass ihr Bruder mit seinen Vorwürfen nicht ganz unrecht hatte, behielt das aber lieber für sich. Stattdessen tröstete sie Colette: »Er braucht bestimmt nur ein bisschen Zeit für sich, um wieder runterzukommen. Morgen sieht die Welt wieder ganz anders aus.«

»Wir können aber nicht bis morgen warten!«, entgegnete Colette verzweifelt. »Nachdem Carlton gegangen war, hat mich Honey Chai angerufen. Diese Klatschkolumnistin. Sie ist gerade in Schanghai, hatte aber schon von dem Drama auf der Party gehört. Und sie hat mir was Schreckliches erzählt. Vor ein paar Monaten soll Richie nämlich Carlton zu einem Autorennen herausgefordert haben. Und das soll nun heute Nacht stattfinden!«

»Ein Autorennen? Im Ernst?«, fragte Rachel.

»Seh ich aus, als ob ich Witze mache?«, gab Colette zurück.

»Sind sie nicht schon ein bisschen zu alt für so was?« Autorennen klang nach etwas, was Teenager machten, fand Rachel. Sie dachte unwillkürlich an … *denn sie wissen nicht, was sie tun.*

»*Aiya*, du verstehst das nicht! Hier gehts nicht darum, dass die beiden mal kurz um die Wette fahren. Die fahren mit wahnsinnig schnellen Autos auf ganz normalen Straßen. Und versuchen natürlich, nicht von der Polizei erwischt zu werden. Das ist unglaublich gefährlich! Honey Chai hat gehört, dass Richie und Carlton sich auf zehn Millionen Dollar geeinigt haben, und in ganz Asien werden schon Wetten auf sie abgeschlossen. Deshalb sind auch so viele von Richies Freunden hier. Fast alle Männer in meinem Bekanntenkreis stehen auf diesen Quatsch.«

»Ah, darüber habe ich neulich einen Artikel gelesen«, warf Nick ein. »Reiche junge Chinesen veranstalten diese Rennen auf der ganzen Welt, in Toronto, Hongkong, Sydney. Sie fahren teure Autos zu Schrott und verursachen zusätzlich noch Sachschäden in Millionenhöhe. Jetzt verstehe ich, wieso Carlton neulich unbedingt so viele Testrunden auf der Bugatti-Rennstrecke fahren wollte!«

Colette nickte. »Genau, ich dachte auch, er würde mit den Autos irgendwelche Geschäfte machen wollen. Aber jetzt wissen wir, worum es wirklich ging. Er war so seltsam drauf die letzten Tage – dass er einfach so verschwunden ist, der viele Alkohol, die Prügelei ... das war alles nur wegen diesem Scheißrennen! Mein Gott, bin ich dumm. Wieso hab ich nicht eins und eins zusammengezählt?«

»Das konnte ja nun wirklich keiner ahnen«, sagte Rachel.

Colette wirkte einen Moment unsicher, als überlegte sie, wie viel Wahrheit sie wohl vertrugen. »Na ja, ehrlich gesagt ist es nicht das erste Mal, dass Richie und Carlton das machen. Sie sind schon mal ein Rennen gegeneinander gefahren, in London.«

»Ach, *da* hatte Carlton den Autounfall?«, fragte Nick.

Colette nickte traurig. »Die beiden sind auf der Sloane Street um die Wette gefahren und dabei ...« Sie schluckte.

»Dabei hat Carlton die Kontrolle über das Auto verloren. Er hat sich überschlagen und ist in ein Haus gerast.«

»Moment mal, davon hab ich doch irgendwo gelesen!«, meldete Astrid sich plötzlich zu Wort. »Ist er nicht mit einem Ferrari in die Jimmy-Choo-Boutique gekracht?«

»Ja, genau. Aber das ist nicht die ganze Geschichte. Carlton war nicht allein im Auto. Es waren noch zwei Mädchen dabei, eine junge Britin, die jetzt querschnittsgelähmt ist, und eine Chinesin, die … die ist gestorben. Es war ein schrecklicher Unfall, aber die Baos haben es komplett unter den Teppich gekehrt.«

Rachel wurde blass. »Und das hat dir Carlton alles erzählt?«

»*Ich war dabei*, Rachel! Ich saß in dem anderen Auto, in dem Lamborghini, mit dem Richie gefahren ist. Das Mädchen, das gestorben ist, war eine Freundin von mir, sie hat in London an der LSE studiert.« Colette begann wieder zu weinen.

Alle starrten sie entsetzt an.

Nick musste daran denken, was seine Mutter ihm über den Unfall erzählt hatte. »Jetzt ergibt das alles langsam Sinn«, sagte er leise.

»Seit dem Unfall ist Carlton nicht mehr derselbe«, fuhr Colette fort. »Er ist da nie richtig drüber hinweggekommen. Er macht sich und Richie schlimme Vorwürfe. Und anscheinend denkt er jetzt, er kann das alles wiedergutmachen, wenn er dieses Rennen gewinnt. Er darf heute auf keinen Fall hinters Steuer, er ist weder körperlich noch emotional auf der Höhe. Kannst du nicht mit ihm reden, Rachel? Auf dich hört er vielleicht. Ich versuche ihn schon die ganze Zeit anzurufen, aber er geht nicht dran.«

Jetzt erst verstand Rachel, wie ernst die Situation tatsächlich war. Sie rief sofort bei Carlton an. »Auch nur die Mailbox.«

Colette seufzte resigniert.

»Dann fahren wir eben zu ihm«, sagte Nick. »Wo findet dieses Rennen denn statt?«

»Das ist es ja – ich hab keine Ahnung! Auf einmal waren einfach alle weg. Roxanne und meine Sicherheitsleute suchen schon nach ihm, aber bis jetzt hatten sie noch kein Glück.«

Plötzlich meldete sich Astrid zu Wort. »Sag mir mal Carltons Nummer.«

»Klar: 86 135 85 809999.«

Astrid rief Charlie Wu an. »Hey du! Nein, nein, alles okay, keine Sorge. Sag mal, könntest du mir vielleicht einen Gefallen tun? Arbeitet dieser IT-Typ noch bei dir, dieses verrückte Genie?« Sie lauschte einen Moment. »Der damals *duweißtschonwen* ausfindig gemacht hat«, fuhr sie mit gesenkter Stimme fort. »Ja? Ach, super. Ich hab hier eine Nummer und müsste wissen, wo sich der Besitzer des Handys gerade befindet. Nein, mit mir ist wirklich alles in Ordnung, ich helfe nur einer Freundin. Erklär ich dir später.«

Kurz darauf vibrierte Astrids Telefon. Sie rief die Nachricht auf. »Bingo.« Sie grinste. »Sieht so aus, als wäre Carlton im Moment in einer Garage auf der Avenue de Malakoff, direkt neben der Bushaltestelle Porte Maillot.«

Auf dem Weg zu Carlton saßen Rachel, Nick und Colette schweigend auf dem Rücksitz des Range Rover. Es war mittlerweile fast drei Uhr nachts, und die verlassenen Straßen und die eleganten, von den Laternen in das typische goldene Pariser Licht getauchten Fassaden des Sechzehnten Arrondissements flogen vor dem Fenster vorbei. Rachel fragte sich, wie sie Carlton bloß überzeugen sollte. Und würden sie überhaupt noch rechtzeitig kommen?

Auf der Avenue de Malakoff hielten sie vor einer großen Garage, in der es zuging wie in einem Bienenstock. Rachel sah dem Trubel fassungslos zu. Wieder wurde ihr klar, wie ernst es den Beteiligten war. Die monatelangen Vorbereitungen für das Rennen kamen gerade zum Abschluss. Ein Mechanikerteam flitzte um einen metallicblauen Bugatti Veyron Super Sport[1] herum, als müssten sie ihn für die Formel 1 fit machen. Daneben standen ein paar rauchende Männer, die Rachel von der Party kannte. »Das ist doch alles völliger Wahnsinn«, flüsterte sie Nick zu. »Ich hätte nie gedacht, dass die so einen Aufwand betreiben!«

»Wie die Frauen hier ihr Geld ausgeben, hast du ja schon miterlebt«, flüsterte Nick zurück. »Die Jungs stecken es eben in so was.«

»Guckt mal, da drüben ist Carlton!«, rief Colette. »Und natürlich steht Harry Wentworth-Davies daneben. Hätte ich mir ja denken können, dass der Idiot seine Finger im Spiel hat.«

Rachel holte tief Luft. »Ich glaube, ich rede am besten erst mal allein mit ihm. Damit haben wir bestimmt eher eine Chance, als wenn wir uns gleich zu dritt auf ihn stürzen.«

1 Der Veyron, auch als »schnellstes für den Straßenverkehr zugelassenes Auto der Welt« bekannt, hat eine Höchstgeschwindigkeit von 434,2 km/h und ist für gerade mal 2,7 Millionen Dollar quasi ein Schnäppchen.

»Ja, hast recht«, stimmte Colette nervös zu. »Nick und ich warten im Auto.«

Rachel stieg aus und ging auf die Garage zu. Genau in dem Moment sah Carlton auf und entdeckte sie sofort. Er verzog das Gesicht und torkelte auf sie zu. Mitten auf der Straße fing er sie ab. »Was macht ihr denn hier? Und wie habt ihr mich überhaupt gefunden?«

»Das ist doch egal«, erwiderte Rachel nur. Sie betrachtete besorgt das zerschundene Gesicht ihres Bruders. Wer weiß, was er unter seinem Rennfahreranzug noch alles für Verletzungen hatte! »Carlton, bitte lass den Quatsch. Du bist doch gerade gar nicht in der Lage, so ein Rennen zu fahren.«

»Ach was, ich bin schon wieder fast nüchtern! Ich weiß, was ich tu, keine Sorge.«

Das sehe ich, wie nüchtern du bist, dachte Rachel. Da es nicht viel Sinn hatte, mit einem Betrunkenen über seinen Zustand zu diskutieren, versuchte sie es mit einer anderen Taktik. »Colette hat mir erzählt, was auf der Party passiert ist. Ich kann mir gut vorstellen, wie es dir jetzt geht.«

»Das bezweifle ich.«

Rachel griff nach seinem Arm. »Du musst Richie absolut nichts mehr beweisen, er hat doch schon längst verloren. Colette hat ihn vor versammelter Mannschaft blamiert, und sie liebt dich! Außerdem – der Klügere gibt nach. Komm, sag dieses dämliche Rennen ab.«

Carlton riss sich unsanft los. »Jetzt ist gerade nicht der richtige Zeitpunkt, um hier einen auf große Schwester zu machen«, sagte er grob. »Geh bitte einfach.«

»Carlton, ich weiß, was in London passiert ist. Colette hat es mir erzählt«, sagte Rachel und sah ihm in die Augen. »Ich weiß, was in dir vorgeht.«

Einen Moment lang sah er sie verwirrt an. Dann wurde er wütend. »Du denkst echt, du hast die Weisheit mit Löffeln gefressen, oder? Du kommst hierher und meinst, nach zwei Wochen China verstehst du alles und jeden. Dabei verstehst du gar nichts! Du hast keine Ahnung, wie es mir geht! Du kriegst ja nicht mal mit, wie viel Ärger du mir und meiner Familie machst!«

»Wie meinst du das?« Rachel sah ihn erstaunt an.

»Du bist dir nicht mal darüber im Klaren, wie sehr du meinem Vater damit schadest, dass du überhaupt hergekommen bist. Er versucht dir die ganze Zeit aus dem Weg zu gehen, aber Frau Blitzmerkerin kapiert gar nichts. Hast du mal überlegt, warum ihr im Peninsula wohnt? Meine Mutter würde lieber tot umfallen, als dich in ihr Haus zu lassen! Ich verbringe nur Zeit mit dir, um sie zu ärgern! Also kümmer dich bitte um deinen eigenen Scheiß und lass uns in Ruhe.«

Carltons Worte trafen Rachel wie ein Schlag in die Magengrube, und sie musste unwillkürlich zurückweichen. In dem Moment sprang Colette aus dem Auto und stürmte in ihren schwarz-goldenen Walter-Steiger-Unicorn-Heels auf die beiden zu. Sie schrie Carlton an: »Wie redest du eigentlich mit deiner Schwester? Du hast sie wohl nicht mehr alle! Du müsstest dankbar sein, dass du ihr so viel bedeutest! Aber nein, du denkst ja nie nach, sondern suhlst dich lieber im Selbstmitleid. Die Sache in London war schrecklich, aber es war nicht nur deine Schuld! Richie und ich sind genauso mit schuld daran. Wenn du heute hier gewinnst, wird davon niemand wieder lebendig! Und besser gehen wirds dir hinterher garantiert auch nicht. Aber bitte, fahr dein dämliches Rennen. Mach diesen Schwanzvergleich mit Richie, wenn du meinst, du brauchst das, und fahrt eure Millionenautos am besten gleich gegen den Arc de Triomphe!«

Carlton sah zu Boden und stand für einen Moment bewegungslos da. Dann schrie er: »Fickt euch doch alle!« und drehte sich auf dem Absatz um.

Colette hob resigniert die Hände und ging mit Rachel zurück zum SUV. Nach wenigen Schritten blieb Carlton jedoch stehen und sank auf den Bordstein. Er hielt sich den Kopf, als würde er ihm sonst zerspringen. Rachel sah sich um. Carlton wirkte plötzlich nur noch wie ein kleiner Junge, der nicht mehr weiterwusste. Sie setzte sich neben ihn auf den Bordstein und streichelte ihm über den Rücken. »Carlton, es tut mir leid, dass ich deiner Familie so viele Probleme bereitet habe. Das wusste ich nicht. Ich wollte dich einfach kennenlernen, und deine Eltern auch. Ich komme nicht mit zurück nach China, wenn ich euch damit nur Stress mache, ich fliege direkt nach New York, versprochen. Aber bitte, *bitte* fahr dieses Rennen nicht. Ich könnte einfach nicht ertragen, wenn dir noch mal was passiert. *Du bist doch mein Bruder, verdammt noch mal! Und ich hab nur den einen!*«

Carlton sah kurz auf und ließ den Kopf dann wieder hängen. Er hatte Tränen in den Augen. »Es tut mir leid. Ich weiß echt nicht, was eben mit mir los war. Ich hab das alles nicht so gemeint.«

»Weiß ich doch.« Rachel streichelte ihm weiter den Rücken.

Colette kam nun ebenfalls zurück. »Carlton, ich hab Richies Antrag abgelehnt«, sagte sie leise. »Kannst du dann nicht *bitte* auch dieses Rennen absagen?«

Carlton nickte matt, und die beiden Frauen sahen sich erleichtert an.

TEIL DREI

Hinter jedem großen Vermögen steht ein Verbrechen.
Honoré de Balzac

1

SHEK O
HONGKONG

»Ah, gut, Sie sind zu früh«, sagte Corinna, als Kitty vom Butler an den Tisch ins Freie geführt wurde.

»Mein Gott! Was für ein Ausblick! Ich kann gar nicht glauben, dass wir noch in Hongkong sind«, rief Kitty und blickte von der spektakulären Klippenterrasse der Ko-Tung-Villa auf Shek O, einer Halbinsel an der Südküste von Hong Kong Island, hinunter auf das glitzernde Blau des Südchinesischen Meers.

»Ja, das sagen alle.« Corinna nickte und freute sich, dass Kitty ehrlich beeindruckt war. Sie hatte sie extra zum Mittagessen hier eingeladen, weil sie das Gefühl hatte, das Debakel in der Stratosphere Church wiedergutmachen zu müssen.

»Das ist das schönste Haus, das ich je in Hongkong gesehen habe! Wohnt Ihre Mutter hier?«, fragte Kitty und nahm den ihr zugewiesenen Platz am Esstisch unter dem Mauerbogen auf der Terrasse ein.

»Nein. Niemand aus der Familie lebt hier ständig. Ursprünglich war es das Wochenendhaus meines Großvaters, und als er starb, war er so klug, es der Ko-Tung Corporation zu vermachen, damit seine Kinder sich nicht darum streiten müssen. Die ganze Familie nutzt es wie einen Privatclub und für geschäftliche Anlässe.«

»Dann hat Ihre Mutter hier vor ein paar Monaten bestimmt auch den Ball für die Herzogin von Oxbridge gegeben?«

»Nicht nur für die Herzogin. 1966 hat meine Mutter hier eine Dinnerparty für Prinzessin Margaret gegeben, als sie mit Lord Snowdon hier war, und Prinzessin Alexandra war auch mal zu Besuch.«

»Wo kommen diese Prinzessinnen her?«

Corinna hätte um ein Haar die Augen verdreht. »Prinzessin Margaret war die jüngere Schwester von Queen Elizabeth II. und Prinzessin Alexandra eine Cousine der Queen.«

»Oh, ich wusste gar nicht, dass es in England so viele Prinzessinnen gibt. Ich kannte bloß Prinzessin Diana und Prinzessin Kate.«

»Genau genommen heißt sie Catherine, Herzogin von Cambridge, und gehört nicht gebürtig zur Königsfamilie. Als Gemahlin von Prinz Will– ach, egal.« Corinna winkte ab. »Ada und Fiona werden in ein paar Minuten da sein. Denken Sie dran, besonders freundlich zu Fiona zu sein, immerhin war sie diejenige, die Ada überzeugt hat, heute herzukommen.«

»Warum ist Fiona Tung-Cheng so nett zu mir?«, fragte Kitty.

»Nun, zum einen, weil Fiona im Gegensatz zu einigen anderen Mitgliedern der Stratosphere Church eine echte Christin ist, die an die Kraft der Erlösung glaubt, und zum anderen, weil sie meine Cousine ist und ich sie deshalb nötigen konnte, mir zu helfen. Außerdem schadet es natürlich nichts, dass Ada sowieso schon seit Jahren darauf brennt, dieses Haus zu sehen.«

»Das kann ich gut nachvollziehen. Ich dachte, es gäbe nur in Repulse Bay und Deep Water Bay ein paar große Anwesen. Dass es in Hongkong auch am Wasser noch solche Häuser gibt, ist völlig an mir vorbeigegangen.«

»Genau so ist es gedacht. Die ganzen Häuser der alten Familien liegen hier verborgen auf der Landzunge von Shek O.«

»Dann sollte ich mir hier wohl auch ein Haus zulegen, was? Sie haben mir doch geraten, aus den Optus Towers auszuziehen. Das wäre dann wie ein Haus auf Hawaii!«

Corinna bedachte sie mit einem gönnerhaften Lächeln. »Sie können sich hier nicht einfach ein Haus kaufen, Kitty. Zunächst einmal gibt es hier ohnehin nur eine Handvoll Häuser, und die meisten davon sind seit Generation in Familienbesitz und werden das auch immer bleiben. Gesetzt den unwahrscheinlichen Fall, dass ein Objekt doch einmal auf den Markt kommt, müssen neue Bewohner von Shek O Development zugelassen werden, die den Großteil des Landes hier gepachtet hat. Hier zu wohnen ist wie in einen sehr exklusiven Club aufgenommen zu werden – im Prinzip könnte man sagen, dass Hausbesitzer auf Shek O Teil des exklusivsten Clubs *überhaupt* in Hongkong sind.«

»Können Sie mir nicht helfen, hineinzukommen? Das ist doch schließlich das Ziel unserer Zusammenarbeit.« *Und dafür zahle ich Ihnen jeden Monat eine Stange Geld*, dachte Kitty.

»Schauen wir mal, wie sich die Dinge entwickeln. Deshalb ist es auch so wichtig, dass wir Ihren Ruf wiederherstellen. Wenn uns das gelingt, dürfen Ihre Enkel vielleicht ein Haus hier kaufen.«

Kitty nahm es bockig schweigend zur Kenntnis. *Meine Enkel? Ich will jetzt hier wohnen, solange ich mich noch nackt auf einer Privatterrasse wie der hier sonnen kann.*

»Haben Sie die Entschuldigung an Ada auswendig gelernt?«, fragte Corinna.

»Ja. Ich habe den ganzen Morgen mit meinen Hausmädchen geübt. Ich fand mich sehr überzeugend.«

»Gut. Es muss wirklich von Herzen kommen, Kitty. Sie müssen sich vorstellen, es wäre die einzige und einmalige Chance auf einen Oscar. Ich rechne nicht damit, dass Ada und Sie sofort beste Freundinnen werden, aber ich hoffe, dass Ihre Worte sie milde stimmen und einen Sinneswandel hervorrufen werden. Wenn sie Ihnen vergibt, wird das entscheidend dazu beitragen, dass Sie in der High Society wieder Fuß fassen können.«

»Ich gebe mein Bestes. Ich habe sogar genau das angezogen, was Sie mir geraten haben.« Kitty seufzte. In dem dezenten Blümchenkleid von Jenny Packham und dem apricotfarbenen Pringle-Cardigan, den Corinna für sie ausgewählt hatte, fühlte sie sich wie ein Lamm auf dem Weg zur Schlachtbank.

»Gut, dass Sie auf mich gehört haben. Tun Sie mir nur einen Gefallen und schließen noch einen weiteren Knopf an der Strickjacke. Jetzt ist es perfekt!«

Kurz darauf verkündete der Butler: »Madame, Lady Poon und Mrs Tung-Cheng.« Die Damen traten auf die Terrasse, und Fiona verteilte höfliche Luftküsschen an Corinna und Kitty. Ada hingegen würdigte Kitty keines Blickes, umarmte Corinna jedoch überschwänglich. »Meine Güte, Corinna, was für ein Haus! Das ist ja wie im Hôtel du Cap hier draußen!«

Nachdem der Salade Niçoise serviert und einige Liebenswürdigkeiten ausgetauscht worden waren, holte Kitty tief Luft und blickte Ada ernst an. »Lady Poon, es fällt mir nicht leicht, das zu sagen, aber es tut mir so leid, was beim Pinnacle-Ball passiert ist. Mein Benehmen war unverzeihlich, ich kann seitdem selbst kaum in den Spiegel schauen. Es war wirklich schrecklich dumm von mir, auf die Bühne zu stürmen, als Sir Francis seinen Preis verliehen bekam, aber wissen Sie – meine Gefühle haben mich einfach übermannt. Ich möchte Ihnen etwas erzählen, was ich noch niemandem erzählt habe …« Kitty legte eine Kunstpause ein und sah den Damen einer nach der anderen in die Augen, ehe sie fortfuhr: »Wissen Sie, als Sir Francis von diesen Kindern mit Tuberkulose in Afrika berichtete, fühlte ich mich unweigerlich an meine eigene Kindheit erinnert. Ich weiß, alle denken, ich käme aus Taiwan, aber in Wahrheit bin ich in einem kleinen chinesischen Dorf in Qinghai aufgewachsen. Wir waren arme Bauern und hatten nicht einmal genug Geld, um im Dorf zu wohnen. Ich habe mit meiner Großmutter in einer kleinen Hütte aus Blech- und Pappresten am Fluss gewohnt. Meine Großmutter hat mich ganz alleine aufgezogen, weil meine Eltern in einer Kleiderfabrik in Guangzhou arbeiten mussten. Wir haben Gemüse im Sumpfland am Flussufer angebaut. So konnten wir uns ernähren und uns ein kleines Zubrot verdienen. Aber als ich zwölf war, ist meine Großmutter …« Kitty verstummte erneut, und Tränen stiegen ihr in die Augen. »Meine Großmutter ist an TB erkrankt … und …«

»Sie müssen nicht weitersprechen«, sagte Fiona leise und legte Kitty die Hand auf die Schulter.

»Doch, doch, ich muss«, sagte Kitty, schüttelte den Kopf und kämpfte gegen die Tränen an.

»Lady Poon, ich möchte, dass Sie verstehen, warum mich die Worte Ihres Mannes an dem Abend so überwältigt haben. Meine *Nainai* hat sich mit Tuberkulose angesteckt, und ich musste die Schule abbrechen, um sie zu pflegen. Drei Monate lang habe ich sie gepflegt … bis sie starb. Deshalb hat mich der Kampf Ihres Mannes gegen TB in Afrika so berührt. Deshalb bin ich auf die Bühne gesprungen, um ihm an Ort und Stelle einen Scheck über zwanzig Millionen Dollar auszustellen! Ich habe mich einfach so glücklich geschätzt, dass ein Mädchen wie ich, das in einer Hütte am Fluss aufgewachsen ist, nun in der Position ist, anderen mit TB zu helfen. Ich hatte wirklich keinen blassen Schimmer, was ich da anrichte … Ich habe überhaupt nicht nachgedacht … Ich hatte keine Ahnung, wie respektlos das war. Dabei war es das Letzte, was ich Ihrem Mann antun wollte … Ihr Mann ist mein Held. Und Sie erst! Wenn Sie wüssten, wie sehr ich Sie bewundere. Was Sie alles für die Menschen von Hongkong tun, und wie sehr Sie mit Ihrer Arbeit das Bewusstsein für Brustkrebs steigern … Sie haben dafür gesorgt, dass ich mir meiner Brüste plötzlich viel bewusster geworden bin. Als mir klar wurde, wie sehr ich Sie beleidigt hatte, alle Poons beleidigt hatte, mein Gott, da wäre ich … da wäre ich vor Scham am liebsten im Boden versunken«, sagte Kitty traurig, schlug die Augen nieder und wurde von Schluchzern geschüttelt.

Mein Gott, sie ist besser als Cate Blanchett!, dachte Corinna völlig gebannt bei dem Anblick von Kitty, der die Tränen übers Gesicht strömten und Schnodder aus der Nase rann.

Ada, die mit versteinerter Miene Kittys Auftritt verfolgt hatte, rang sich plötzlich ein verkniffenes Lächeln ab. »Verstehe. Sie müssen nichts mehr sagen. Vergessen wir die Angelegenheit.«

Fiona umfasste Kittys Hände mit feuchten Augen. »Ich hatte ja keine Ahnung, wie viel Sie in Ihrem Leben durchgemacht haben. Und jetzt, wo Bernard auch noch so krank ist – Sie armes Ding …«

Kitty sah sie an. *Hä, wovon redet sie da bloß?*

»Ich möchte, dass Sie wissen, dass ich für Bernard bete. Ich kenne ihn zwar nicht sehr gut, aber er und mein Mann sind alte Freunde. Er ist wie ein Bruder für Eddie.«

»Tatsächlich? Ich wusste gar nicht, dass sie sich so nahestehen.«

»Die beiden haben am Anfang ihrer Karriere kurz bei P. J. Whitney in New York zusammengearbeitet und haben gemeinsam einen Sportclub namens Scores besucht. Immer, wenn ich Eddie angerufen habe, war er gerade mitten in einem Match mit Bernard, immer ganz außer Atem. Nun ja, jetzt werde ich jedenfalls noch mehr für Bernard beten, damit er wieder gesund wird. Jesus kann Wunder bewirken.«

»Ja, das hoffe ich«, sagte Kitty leise. *Bernard kann wirklich nur noch ein Wunder helfen.*

»Wenn ich fragen darf«, sagte Ada und beugte sich zu ihr. »Wie lautet denn die Prognose? Und ist es wirklich so ansteckend?«

Kitty starrte sie verständnislos an. »Äh, das wissen wir leider nicht …«

Nachdem Ada und Fiona gegangen waren, ließ Corinna eine Flasche Champagner kommen. »Auf Sie, Kitty! Das war ein sensationeller Erfolg«, sagte sie und stieß mit ihrem Schützling an.

»Nein, nein. Das habe ich nur Ihnen zu verdanken! Wie sind Sie eigentlich auf diese verrückte Geschichte mit der Oma und der Hütte am Fluss gekommen?«, fragte Kitty.

»Ach, das habe ich alles aus so einer Doku, die ich letztes Jahr gesehen habe. Aber mein lieber Mann, Sie haben meiner Geschichte wirklich Leben eingehaucht. Sogar ich hatte einen Kloß im Hals.«

»Wussten Sie wirklich von vornherein, dass es funktionieren würde?«

»Ich kenne Ada nun schon seit so vielen Jahren. Ehrlich gesagt glaube ich, dass die Entschuldigung ihr völlig egal war. Sie wollte nur hören, wie Sie zugeben, aus einem miesen kleinen Dorf in China zu stammen. Sie wollte sich überlegen fühlen, da konnte es nicht schaden, dass Sie ein bisschen vor ihr im Schlamm herumkriechen. Jetzt wird sie sich in Ihrer Gegenwart wesentlich sicherer fühlen. Glauben Sie mir – Ihnen werden ab jetzt einige Türen offen stehen.«

»Ich kann nicht fassen, dass Fiona mich zu dieser Wohltätigkeitsgala nächste Woche eingeladen hat. Darf ich hingehen?«

»Die Benefizveranstaltung für das King Yin Lei? Natürlich. Fiona erwartet, dass Sie ihr einen dicken, fetten Scheck ausstellen.«

»Sie war heute so nett zu mir. Anscheinend habe ich ihr wirklich leidgetan, wegen Bernard.«

»Ja, aber Sie wissen auch, dass man sich von Sympathie

nichts kaufen kann. Ich fürchte, Sie wären heute beinahe aufgeflogen. Ada ist nicht so gutgläubig wie Fiona, wissen Sie? Kitty, Sie müssen endlich dieses Getratsche um Bernard und Ihre Tochter unterbinden.«

Kitty drehte sich in Richtung Meer und richtete den Blick auf eine kleine Insel in der Ferne. »Sollen sie doch tratschen, so viel sie wollen.«

»Wieso sagen Sie mir nicht einfach, was los ist? Ist Bernard *wirklich* krank? Hat er Ihrer Tochter wirklich einen seltenen Gendefekt vererbt?«

Kitty brach plötzlich in Tränen aus, und diesmal erkannte Corinna, dass sie echt waren. »Ich kann es nicht erklären … Mir fehlen die Worte«, sagte sie leise.

»Können Sie es mir nicht zeigen? Wenn ich Ihnen helfen soll, muss ich es verstehen. Denn bis wir diesen absurden Gerüchten um Bernard endgültig ein Ende gesetzt haben, werden Sie es hier in Hongkong nicht leicht haben«, sagte Corinna sanft.

Kitty tupfte sich die Tränen mit einem bestickten Taschentuch ab und nickte. »Okay, ich zeige es Ihnen. Ich nehme Sie mit zu Bernard.«

»Ab Donnerstag komme ich jederzeit gern mit Ihnen nach Macau.«

»Oh, nein, nicht nach Macau. Da wohnen wir schon seit Jahren nicht mehr. Sie müssen mit nach L. A. kommen.«

»Los Angeles?«, fragte Corinna überrascht.

»Ja«, presste Kitty durch ihre zusammengebissenen Zähne hervor.

2

CHANGI AIRPORT

SINGAPUR

Astrids Flieger aus Paris war gerade gelandet. Auf dem Weg durch Terminal 3 kam sie am Times Travel Shop vorbei, wo in diesem Moment ein Stapel des neuen *Pinnacle* ausgelegt wurde. Aus dem Augenwinkel sah sie das Cover mit einem Mann und einem Kind darauf. *Niedliches Kind*, ging es ihr durch den Kopf. Nach ein paar Schritten machte sie kehrt und ging zurück zu dem Zeitungsstand. Es geschah nicht oft, dass man dort mal etwas anderes sah als eine gephotoshopte Frau im Abendkleid. Sie fragte sich, wer diese Leute waren. Als sie vor der Zeitschrift stand, hätte sie jedoch fast aufgeschrien.

Auf dem Cover der »Vater und Sohn«-Spezialausgabe des *Pinnacle* prangten ihr eigener Ehemann und ihr Sohn. MICHAEL UND CASSIAN TEO – VOLLE KRAFT VORAUS war der Titel. Michael stand auf dem Foto am Bug irgendeiner Megajacht. Er trug ein blau-weiß gestreiftes T-Shirt und hatte die Ärmel seiner knallblauen Strickjacke betont lässig um die Schultern geschlungen. Den Arm stützte er merkwürdig verdreht auf der Reling ab, damit seine Vintage-Paul-Newman-Daytona-Rolex auch ja richtig zur Geltung kam. Cassian hockte zwischen den Knien seines Vaters. Er trug ein blau kariertes Hemd und dazu einen marineblauen Blazer mit Goldknöpfen, hatte eine Tonne Haargel auf dem Kopf und Rouge auf den Wangen.

Oh Gott, was haben die bitte mit meinem Sohn angestellt?! Astrid schnappte sich die Zeitschrift und blätterte sich auf der Suche nach dem Artikel hektisch durch die fünfhundert Seiten Uhren- und Schmuckanzeigen davor. Schließlich fand sie ihn. Ein anderes Foto von Michael und Cassian. Diesmal waren beide im Partnerlook gekleidet – Wildlederjacken von Brunello Cucinelli und Persol-Sonnenbrillen – und saßen in Michaels Ferrari 275 GTB Cabrio. *Wann haben die bloß diese Fotos gemacht?* Unter dem Bild prangte in dicken weißen Lettern die Artikelüberschrift:

Vater des Jahres: Michael Teo

Schwer zu glauben, dass irgendjemand ein angenehmeres Leben führen könnte als Michael Teo. Der Gründer einer der innovativsten Firmen von ganz Singapur nennt eine Bilderbuchfamilie, ein wunderschönes Zuhause und eine stetig wachsende Sportwagensammlung sein Eigen. Nicht zu vergessen den Körper eines Calvin-Klein-Unterwäschemodels und Wangenknochen, mit denen man Diamanten schneiden könnte. Reporterin Olivia Irawidjaya ist der Sache auf den Grund gegangen und hat festgestellt, dass noch viel mehr hinter diesem Mann steckt ...

»Wissen Sie, was das ist?« Michael Teo deutet auf ein vergilbtes Blatt Papier in einem schlichten Titanrahmen an der Wand seines ultramodernen Ankleidezimmers. Um uns herum Kleiderstangen voller Maßanzüge von Brioni, Caraceni und Cifonelli. Ich trete näher und entdecke zu meiner Überraschung die Unterschrift von Abraham Lincoln auf dem Schriftstück. »Das ist eine Originalabschrift der Emanzipationsproklamation. Davon gibt es auf der ganzen Welt nur sieben Stück, und eine hängt hier bei mir«, lässt Teo mich stolz wissen. »Und zwar direkt gegenüber von der Spiegelwand, damit sie mir jeden Tag beim Anziehen ins Auge sticht und mich daran erinnert, wer ich bin.«

Wie passend: Teo schuftete bis vor wenigen Jahren selbst noch als Niemand in seinem Tech-Start-up in Jurong. Der Sohn eines Lehrerpaars wuchs »als Mittelschichtskind in Toa Payoh« auf, wie er freimütig zugibt. Sein Fleiß und seine Hartnäckigkeit sicherten ihm jedoch einen Platz an der St. Andrew's School und machten ihn später zum Elitesoldaten in der Singapurer Armee.

»Teo war von Anfang an einer der mutigsten Kadetten seines Jahrgangs«, so der damalige befehlshabende Offizier Major Dick Teo (nicht verwandt). »Seine Ausdauer war geradezu übermenschlich, es war jedoch vor allem seine Intelligenz, die ihn ganz an die Spitze unseres Geheimdienstes brachte.« Teo erhielt ein staatliches Stipendium für ein Studium der Computer- und Kommunikationstechnik am berühmten California Institute of Technology und fing nach seinem Abschluss summa cum laude im Verteidigungsministerium an.

Oberstleutnant Naveen Sinha, ein weiterer hochrangiger Militärangehöriger, meint dazu: »Ich kann Ihnen leider nicht genau sagen, in welchem Bereich er für uns gearbeitet hat, das ist Verschlusssache. Ich kann Ihnen aber versichern, dass Michael Teo unseren Geheimdienst nachhaltig vorangebracht hat. Wir hätten ihn gern bei uns behalten.«

Was hat Teo dazu gebracht, eine aussichtsreiche Karriere im Verteidigungsministerium aufzugeben und sich stattdessen dem privatwirtschaftlichen Bereich zuzuwenden? »Die Liebe. Ich habe mich in eine wunderschöne Frau verliebt, und wir haben geheiratet. Da wollte ich dann natürlich auch die Verantwortung eines verheirateten Mannes übernehmen. Ständig von einem Militärstützpunkt zum nächsten um den Globus zu fliegen und nie wirklich Feierabend zu haben, das ging einfach nicht mehr. Ich wollte mir etwas aufbauen, womit ich Frau und Kind versorgen kann. Es soll ihnen nie an etwas mangeln«, so Teo, und seine sonst so durchdringenden Augen sind voller Gefühl.

Als ich etwas mehr über seine Frau erfahren will, weicht er mir aus: »Sie steht nicht gern im Rampenlicht.« Im Schlafzimmer entdecke ich ein Schwarz-Weiß-Porträt einer sehr attraktiven jungen Dame. Auf meine Frage, ob dies seine Frau sei, erhalte ich zur Antwort: »Ja, aber das Foto ist schon ein paar Jahre alt.« Bei näherem Hinsehen fällt mir die Widmung auf: »Für Astrid – die ich nie ganz greifen konnte, Dick«. »Wer ist denn Dick?«, frage ich. »Irgend so ein Fotograf, Richard Burton hieß der, ist aber schon tot.« Moment mal, hat etwa der legendäre Modefotograf Richard Avedon dieses Foto geschossen? »Ach ja, so hieß der.«

Ich fand diesen Einblick faszinierend und habe deshalb mal ein wenig in Astrid Teos Vergangenheit gestöbert. Ist sie vielleicht ein New Yorker Model? Wie sich herausstellt, ist sie mitnichten lediglich ein hübsches Mädchen von der Methodist Girls' School, das mit ihrem Mann einen guten Fang gemacht hat und es sich jetzt gut gehen lässt. Wie *Pinnacle* herausfand, ist sie vielmehr die einzige Tochter von Harry und Felicity Leong – Namen, die dem Großteil unserer Leserschaft wohl nichts sagen werden, die deshalb jedoch nicht weniger einflussreich sind.

Ein Experte für südostasiatische Familienstammbäume (der hier nicht namentlich genannt werden möchte) erklärte mir: »Der Name Leong taucht nirgendwo auf, dafür ist die Familie viel zu diskret. Sie bleiben lieber unsichtbar. Es handelt sich um eine immer sehr auf ihre Privatsphäre bedachte Straits-Familie, die in ganz Asien Anteile an den verschiedensten Unternehmen besitzt. Rohstoffe, Güter, Grundstücke. Sie verfügt über ein unglaubliches Vermögen (Astrids Urgroßvater S. W. Leong war früher als der ›Palmöl-König von Borneo‹

bekannt). Hätte Singapur einen Adel, wäre Astrid so etwas wie eine Prinzessin.«

Eine Grande Dame, die zum Alten Geld von Singapur gehört, erzählte mir unter vier Augen: »Astrid Leong ist nicht nur bedeutend, weil sie eine Leong ist, sie ist von beiden Seiten mit Reichtum gesegnet. Ihre Mutter ist Felicity Young, und glauben Sie mir, gegen die Youngs wirkt so mancher Millionär wie ein Bettler. Außerdem ist man in der Familie untereinander mit den T'siens und den Shangs verheiratet. *Alamak*, jetzt habe ich Ihnen schon viel zu viel erzählt.«

Ist diese mysteriöse einflussreiche Familie also der Grund für Teos kometenhaften Aufstieg? »Auf keinen Fall!«, widerspricht Teo wütend. Er fängt sich jedoch schnell wieder und lacht. »Gut, ganz am Anfang war ich derjenige, der eine gute Partie gemacht hat, das stimmt schon. Aber heutzutage passe ich bestens in diese Familie, und das, eben weil ich sie *nicht* um Hilfe gebeten habe. Es war mir immer wichtig, meine Ziele aus eigener Kraft zu erreichen.«

Das hat er zur Genüge. Mittlerweile ist die Geschichte ja bekannt, wie eine Firma aus Silicon Valley 2010 Teos kleine Tech-Firma aufgekauft und damit sein Privatvermögen um mehrere Hundert Millionen Dollar aufgestockt hat. Während die meisten Männer sich danach zurückgelehnt und den Rest ihres Lebens entspannt den Meerblick in Annabel Lees Luxus-Resort genossen hätten, hat Teo noch mal richtig in die Hände gespuckt und eine auf Technologie spezialisierte Risikokapitalgesellschaft gegründet. »Ich hatte keine Lust, mich mit dreiunddreißig zur Ruhe zu setzen. Mir bot sich da eine einmalige Gelegenheit, und die wollte ich mir nicht entgehen lassen. In Singapur steckt so viel Talent und Kreativität. Ich will Asiens nächste Generation an Sergey Brins finden und ihnen unter die Arme greifen«, sagt Teo. Und bisher hat ihn sein Gefühl nicht getrogen, denn alles, was er anfasst, wird garantiert zu Gold. Seine Apps Gong Simi? und Ziak Simi? haben revolutioniert, wie Singapurer heutzutage über Essen reden und diskutieren, und mehrere der von ihm gegründeten Start-ups wurden von Riesen wie Google, Alibaba Group und Tencent aufgekauft. Laut Heron Wealth beläuft sich Teos Vermögen mittlerweile auf etwa eine Milliarde Dollar. Nicht schlecht für einen Sechsunddreißigjährigen, der sich bis zur Uni noch ein Zimmer mit zwei Brüdern teilen musste.

Und wofür gibt ein Mann wie er nun das viele Geld aus? Da wäre zum Beispiel die Villa in Bukit Timah, die man im Vorbeifahren leicht für ein Luxusresort halten könnte. In dem weitläufigen Anwesen, das um mehrere Reflexionsbecken und mediterrane Gärten herumgebaut ist, wird es dank Teos stetig wachsender Kriegsmemorabilia- und Sportwagensammlung leider langsam schon wieder etwas eng. »Wir sind gerade dabei, ein neues Haus zu bauen«, erzählt Teo. »Wir haben Architekten wie Renzo Piano und Jean Nouvel zu Gesprächen eingeladen, sind aber noch am Überlegen. Wir wollen etwas völlig Neues, etwas, was es in Singapur noch nicht gegeben hat.«

Bis es so weit ist, darf ich aber erst mal in Ruhe den Grund für die Vergrößerungspläne des Paars bestaunen. In der Galerie im Erdgeschoss sind Samuraischwerter aus der Edo-Zeit sowie eine gewaltige Kanone aus den Napoleonischen Kriegen ausgestellt. Daneben glänzen Porsches, Ferraris und Aston Martins um die Wette. »Es hat keine Eile, aber irgendwann kann ich hoffentlich die beste Oldtimer-Sportwagensammlung jenseits der westlichen Halbkugel mein Eigen nennen. Schauen Sie mal, der 1963er Ferrari Modena Spyder hier zum Beispiel.« Teo streicht liebevoll über den auf Hochglanz polierten Kotflügel. »Das ist der Original-Ferrari aus *Ferris macht blau*!«

In diesem Moment kommt Teos kleiner Sohn Cassian vom Kindergarten nach Hause. Er hüpft uns entgegen und schlägt erst mal übermütig ein Rad. Teo packt den Jungen am Kragen und nimmt ihn auf den Arm. »Aber nichts auf der Welt ist mir so wichtig wie dieser kleine Racker hier.« Cassian, fast sechs, ist ein temperamentvolles Kind und seinen gut aussehenden Eltern wie aus dem Gesicht geschnitten.

Teo möchte ihm das Geheimnis seines Erfolgs unbedingt weitergeben. »›Wer mit der Rute spart, verzieht das Kind‹, davon bin ich überzeugt. Kinder brauchen Regeln. Außerdem muss man auch immer hinterher sein, dass sie ihr volles Potenzial entfalten. Mein Sohn ist zum Beispiel sehr, sehr intelligent, ich habe aber das Gefühl, dass er im Kindergarten nicht richtig gefordert wird. Um ehrlich zu sein, auch wenn das jetzt vielleicht ein wenig anmaßend klingt, glaube ich auch nicht, dass ihn irgendeine Grundschule hier in Singapur wirklich fordern kann.«

Wollen die Teos ihr Kind also schon so jung auf ein Internat ins Ausland schicken? »Wir haben uns noch nicht endgültig entschieden, aber wenn, dann entweder an die Gordonstoun in Schottland [die Alma Mater von Prinz Philip und Prinz Charles] oder an die Le Rosey in der Schweiz. Wenn es um die Ausbildung meines Sohns geht, ist mir nichts zu teuer. Er soll mit zukünftigen Königen und Anführern zur Schule gehen, Menschen, die wirklich etwas bewegen!«

Michael Teo ist zweifellos selbst so ein Mensch, und angesichts seines Vertrauens in seinen Sohn und seiner Liebe zu ihm ist es kein Wunder, dass er vom *Pinnacle* zum Vater des Jahres gewählt wurde!

Als Astrid zur Tür hereinkam, stand Michael gerade auf der Leiter und richtete das Spotlight auf seine marmorne Kaiser-Nero-Büste aus.

»Was hast du dir bloß dabei gedacht?«, rief Astrid wütend.

»Ähm, hallo erst mal?«

Astrid hielt ihm die Zeitschrift entgegen. »Wann hast du dieses Interview gegeben?«

»Ach, die gibts schon zu kaufen?«, freute sich Michael.

»Ich fasse es nicht. Wie konntest du das zulassen?«

»Ich hab das nicht zugelassen, ich hab es veranlasst! Du warst gerade auf Nicks Hochzeit in Kalifornien, als wir das

Fotoshooting hatten. Eigentlich sollte Ang Peng Siong mit seinem Sohn aufs Cover, aber dann haben sie es im letzten Moment geändert und mich genommen. Meine neue PR-Frau Angelina Chio-Lee von der SPG Strategies hat das eingefädelt. Sind doch tolle Bilder geworden, oder?«

»Die Bilder sind das Letzte, Michael.«

»Du musst ja nicht gleich rumzicken, bloß weil du nicht mit drauf bist!«

»Meine Güte, denkst du echt, dass es mir darum geht? Hast du mal den Artikel gelesen?«

»Natürlich nicht, wie denn, die Zeitschrift kam doch anscheinend heute erst raus. Aber mach dir keinen Kopf, ich hab schon nichts über deine paranoide Familie erzählt.«

»Musstest du auch gar nicht, das hat die Reporterin alles selbst rausgefunden! Du hast sie in unser Haus gelassen, Michael. In unser *Schlafzimmer*!«

»Jetzt reg dich ab. Das ist super PR für mich, für unsere ganze Familie!«

»Lies den Artikel erst mal, dann unterhalten wir uns weiter. Wobei, wenn mein Vater Wind davon kriegt, wirst du dich eher mit ihm auseinandersetzen müssen als mit mir.«

»Dein Vater, dein Vater! Immer gehts nur um den!« Michael kämpfte missmutig mit dem Strahler.

»Der wird ausrasten, wenn er das sieht«, sagte Astrid. »Du hast ja keine Ahnung.«

Michael stieg von der Leiter und schüttelte enttäuscht den Kopf. »Wenn ich bedenke, dass das eigentlich ein Geschenk für dich sein sollte …«

»Ein Geschenk für mich?« Astrid konnte Michaels Logik nicht ganz folgen.

»Cassian war so aufgeregt, dass ein Foto von ihm in einer

Zeitschrift ist, er hat sich so darauf gefreut, dich damit zu überraschen!«

»Tja, *die* Überraschung ist euch gelungen.«

»Weißt du, worüber ich mir an deiner Stelle mal lieber Gedanken machen würde? Du warst fast eine Woche weg, aber anstatt deinen Sohn zu begrüßen, diskutierst du hier mit mir über irgendwelche Zeitschriftenartikel.«

Astrid starrte ihn entgeistert an. »Willst du jetzt etwa *mir* ein schlechtes Gewissen einreden?«

»Taten sagen mehr als Worte. Du stehst immer noch hier und meckerst rum, während oben ein Kind in seinem Bett liegt und schon den ganzen Abend darauf wartet, dass seine Mama endlich nach Hause kommt.«

Wortlos verließ Astrid das Zimmer und ging die Treppe hinauf.

3

JINXIAN LU
SCHANGHAI

Zwei Stunden nach ihrer Rückkehr nach Schanghai von ihrem Paris-Trip bekam Rachel im Peninsula einen Anruf von Carlton. »Gut wieder angekommen?«

»Ja, aber jetzt habe ich schon wieder Jetlag. Nick ist natürlich in dem Moment eingeschlafen, als er sich aufs Bett gelegt hat. Das ist so was von unfair.« Rachel seufzte.

»Äh … meinst du, Nick hätte was dagegen, wenn ich dich zum Abendessen ausführe? Nur wir beide?«, fragte Carlton schüchtern.

»Natürlich nicht. Selbst wenn er nicht die nächsten zehn Stunden wie ein Stein schlafen würde, hätte er nichts dagegen.«

Abends fuhr Carlton (diesmal in einer bescheidenen Mercedes G-Klasse) mit Rachel in die Jinxian Lu, eine enge Straße mit alten Ladengebäuden in einem Bezirk der Stadt, der sich Französische Konzession nannte. »Hier ist das Restaurant, aber die Frage ist, wo wir parken«, murmelte Carlton. Rachel warf einen Blick auf die schlichte Ladenfassade mit weißen Vorhängen, und dann fiel ihr auf, dass davor eine ganze Reihe nobler Karossen parkte. Einen halben Block weiter fanden sie einen Parkplatz und schlenderten an einigen kuriosen Bars, Antiquitätengeschäften und trendigen Boutiquen vorbei zum Restaurant zurück.

Das Lokal war winzig. In dem neonbeleuchteten, bis auf den Plastikventilator an der schmuddeligen weißen Wand völlig schmucklosen Raum war lediglich Platz für fünf Tische, doch die waren allesamt besetzt mit erstaunlich vornehmen Gästen. »Scheint wohl Foodies anzuziehen, der Laden«, sagte Rachel und musterte erst ein teuer gekleidetes Pärchen mit zwei kleinen Kindern in grau-weißen Schuluniformen und dann die zwei deutschen Hipster in Holzfällerhemden am Tisch neben der Tür, die ihre Stäbchen genauso gekonnt hielten wie die Einheimischen.

Ein Kellner in weißem Unterhemd und schwarzer Hose sprach Carlton auf Mandarin an: »Mr Fung?«

»Nein, Bao, zwei Personen für halb acht.« Der Mann nickte und winkte sie herein. Sie gingen durch den Gastraum nach hinten, wo eine Frau mit tropfnassen Händen auf eine Tür deutete. »Da lang, die Treppe hoch! Traut euch!«, sagte sie. Rachel erklomm die extrem schmale, steile Treppe, deren hölzerne Stufen so ausgetreten waren, dass sie sich in der Mitte bogen. Auf halber Höhe kamen sie an einem kleinen Treppenabsatz vorbei, der zu einer Küche umfunktioniert worden war. Zwei Frauen hockten vor brutzelnden Woks, die das ganze Treppenhaus mit verlockendem Aroma füllten.

Oben angekommen betraten sie ein Zimmer mit Bett an der einen Wand und einer Kommode, auf der sich sorgfältig gefaltete Wäsche türmte, an der gegenüberliegenden. Vor dem Bett standen ein kleiner Tisch und zwei Stühle, in der

Ecke lief der Fernseher. »Essen wir etwa im Schlafzimmer von jemandem?«, fragte Rachel verdattert.

Carlton grinste. »Ich hatte gehofft, dass wir den Tisch hier oben kriegen, das ist der beste von allen. Ist das okay für dich?«

»Machst du Witze? Ich glaube, das ist das coolste Restaurant, in dem ich je war!«, sagte Rachel begeistert und sah aus dem Fenster auf die Wäscheleine, die quer über die Straße gespannt war.

»Dieses Lokal ist zwar eine richtige Kaschemme, aber es ist berühmt für einige der authentischsten Schanghaier Speisen der ganzen Stadt. Es gibt keine Speisekarte, sie servieren einfach das, was sie an dem Tag kochen, und das immer saisonal und frisch«, erklärte Carlton.

»Nach der Woche in Paris ist das auf jeden Fall eine willkommene Abwechslung.«

»Nimm du den Ehrenplatz auf dem Bett«, sagte Carlton. Rachel machte es sich bereitwillig auf der Matratze gemütlich. Es kam ihr seltsam und etwas vermessen vor, auf dem Bett eines Fremden zu essen.

Kurz darauf betraten zwei Frauen das Esszimmer/Schlafzimmer und deckten den Resopaltisch mit einer Vielfalt von dampfend heißen Schüsseln. Vor ihnen standen *hongshao rou* (dicke Scheiben Schweinebauch in süßer Marinade mit grüner Paprika), *jiang ya* (geschmorte Entenschenkel in dicker, süßer Sojasoße), *jiuyang caotou* (mit aromatischem Wein scharf angebratenes saisonales Gemüse), *ganshao changyu* (frittierte ganze Seebrasse) und *yan du xian* (typische Schanghaier Suppe aus Bambussprossen, Tofu, gepökeltem Schinken und Schweinefleisch).

»Mein Gott! Wie sollen wir das bloß alles schaffen?«

»Glaub mir, das Essen hier ist so gut, dass du viel mehr essen wirst als sonst«, prophezeite Carlton.

»Das befürchte ich auch.«

»Wir können uns ja die Reste einpacken lassen, dann bekommt Nick noch einen Mitternachtssnack«, schlug Carlton vor.

»Da wird er sich freuen.«

Nachdem sie mit ihren eiskalten Tsingtao-Bierflaschen angestoßen hatten, schlugen sie sich erst einmal schweigend die Bäuche voll.

Nach den ersten Happen süßen Schweinebauchs blickte Carlton seine Schwester ernst an und sagte: »Ich habe dich heute Abend zum Essen eingeladen, weil ich mich bei dir entschuldigen will.«

»Verstehe. Aber du hast dich doch schon entschuldigt.«

»Nein. Jedenfalls nicht richtig. Ich habe die ganze Zeit darüber nachgedacht, und es tut mir immer noch schrecklich leid, was in Paris passiert ist. Danke, dass du dich eingemischt hast. Ich weiß nicht, wie ich auf die Idee kam, ich könnte in dem Zustand gegen Richie antreten.«

»Ich bin froh, dass du das auch so siehst.«

»Und was ich zu dir gesagt habe, tut mir ebenfalls furchtbar leid. Ich war bloß so erschrocken – nein, eigentlich war es mir peinlich –, dass du über London Bescheid wusstest. Ich hätte dir diese Sachen nicht an den Kopf werfen dürfen. Das war unfair. Ich wünschte, ich könnte es zurücknehmen.«

Rachel schwieg eine Weile. »Ehrlich gesagt bin ich froh, dass du es mir gesagt hast. Ich verstehe jetzt die ganze Situation etwas besser, die mir seit unserer Ankunft ein absolutes Rätsel war.«

»Das kann ich mir gut vorstellen.«

»Weißt du, mir ist klar, dass ich deinen Vater in eine schwierige Lage gebracht habe. Es tut mir sehr leid, wenn eure Familie darunter leidet. Vor allem deine Mutter. Ich weiß jetzt, wie schwer es für sie sein muss. Keiner von uns war auf so eine Situation vorbereitet. Ich hoffe nur, sie hasst mich nicht dafür, dass ich nach China gekommen bin.«

»Sie hasst dich nicht – sie kennt dich ja nicht mal. Mum macht einfach gerade eine schwierige Zeit durch, das fing schon mit meinem Unfall an. Als sie dann von dir erfahren hat, wuchs ihr alles über den Kopf. Sie legt sehr großen Wert auf Struktur in ihrem Leben und hat Jahre damit verbracht, alles genauestens zu planen. Die Entwicklung der Firma, Dads Karriere. Seinen politischen Aufstieg hat er in Wirklichkeit ihr zu verdanken, und jetzt will sie meine Zukunft in Angriff nehmen. Der Unfall war in ihren Augen ein herber Rückschlag, und sie hat große Angst, dass jeder weitere Kratzer an der Fassade all ihre Pläne für mich zunichtemacht.«

»Wie sehen diese Pläne denn aus? Will sie, dass du auch in die Politik gehst?«

»Irgendwann, ja.«

»Willst du das denn auch?«

Carlton seufzte. »Ich weiß nicht, was ich will.«

»Ist doch in Ordnung. Du hast noch genug Zeit, das herauszufinden.«

»Hab ich das? Manchmal habe ich das Gefühl, dass mir alle in meinem Alter voraus sind, und komme mir vor wie der letzte Versager. Ich dachte, ich wüsste, was ich will, aber seit dem Unfall ist alles anders. Was hast du eigentlich mit dreiundzwanzig gemacht?«

Rachel dachte darüber nach, während sie etwas von ihrer Suppe schlürfte. Einen Augenblick schloss sie hingerissen von dem raffinierten Geschmack die Augen.

»Lecker, oder? Die Suppe ist die Spezialität des Hauses«, sagte Carlton.

»Superlecker. Ich könnte den ganzen Topf essen!«, sagte Rachel begeistert.

»Tu dir keinen Zwang an.«

Rachel riss sich zusammen und fuhr fort: »Mit dreiundzwanzig war ich an der Northwestern in Chicago. Und ich habe ein halbes Jahr in Ghana verbracht.«

»Du warst in Afrika?«

»Jep. Ich habe Feldforschung betrieben für meine Abschlussarbeit über Mikrokredite.«

»Wow! Ich wollte schon immer mal an die Skelettküste in Namibia.«

»Frag mal Nick, der war schon da.«

»Echt?«

»Ja, zusammen mit seinem besten Freund Colin, während seiner Zeit in England. Sie waren gemeinsam an allen möglichen entlegenen Orten. Anscheinend hat Nick ein ziemlich cooles Leben geführt, bevor er mich kennengelernt hat und wir ein langweiliges Pärchen wurden.«

»Ihr führt doch immer noch ein total cooles Leben«, sagte Carlton wehmütig.

»Dir stehen auch alle Türen offen, Carlton.«

»Da bin ich mir nicht so sicher. Du kennst meine Mutter nicht. Aber weißt du was? Das wird sich bald ändern. Ich rede mit Dad, er muss sich endlich gegen sie behaupten und dieser bescheuerten Kontaktsperre, die sie verhängt hat, ein Ende setzen. Sobald sie dich kennengelernt hat und du kein geheimnisvolles Wesen mehr für sie bist, wird sie dich mit völlig anderen Augen sehen. Und sie wird dich mögen, das weiß ich genau.«

»Das ist sehr nett von dir, aber Nick und ich haben heute schon darüber geredet und beschlossen, unsere Reisepläne zu ändern. Am Donnerstag kommt Peik Lin, meine Freundin aus Singapur, zu Besuch, und will mit mir ein Spa-Wochenende in Hangzhou verbringen, während Nick für seine Recherche in der Nationalbibliothek in Peking ist. Und wenn wir nächste Woche wieder da sind, fliegen wir zurück nach New York, glaube ich.«

»Nächste Woche schon? Aber ihr wolltet doch bis August bleiben. Bitte reist nicht schon wieder ab!«, protestierte Carlton.

»Es ist besser so. Mir ist klar geworden, dass diese überstürzte Reise ein Riesenfehler war. Ich habe deiner Mutter nicht genug Zeit gegeben, sich an den Gedanken zu gewöhnen. Das Letzte, was ich will, ist die Ehe deiner Eltern zu belasten. Wirklich.«

»Ich rede noch mal mit ihnen. Du kannst nicht abreisen, ohne Dad noch einmal gesehen zu haben, und ich möchte, dass meine Mum dich kennenlernt. Sie muss einfach.«

Rachel dachte einen Augenblick darüber nach. »Das überlasse ich dir. Ich will mich nicht noch mehr aufdrängen als sowieso schon. Wir hatten wirklich viel Spaß in China. Und natürlich in Paris. So viel Zeit mit dir verbringen zu dürfen war wesentlich mehr, als ich mir je hätte träumen lassen.«

Carlton sah seiner Schwester in die Augen und sagte nichts. Ihm ging es schließlich genauso.

4

RIVERSIDE VICTORY TOWERS
SCHANGHAI

Für viele Schanghaier, die im historischen Stadtzentrum Puxi geboren worden waren, gehörte die glitzernde Metropole Pudong auf der anderen Flussseite nicht zum echten Schanghai. »Puxi ist sozusagen Pu-*York*, während Pudong nur Pu-*Jersey* ist«, hörte man oft. Jack Bing, der aus Ningbo in der Provinz Zhejiang kam, hatte für solche Vornehmtuerei kein Verständnis. Er war stolz darauf, zum neuen China zu gehören, das Pudong erbaut hatte, und bewohnte selbst ein Triplex-Penthouse in den Riverside Victory Towers, den drei gewaltigen, superluxuriösen Hochhäusern in Pudongs Finanzbezirk mit Blick auf den Fluss, die er mitgestaltet hatte. Wenn er Besuch bekam, führte er die Gäste stets hinaus auf den Dachgarten seiner exakt 888 Quadratmeter großen Wohnung und zeigte auf die neue Stadt, die sich erstreckte, so weit das Auge reichte. »Das war hier alles mal Feld«, sagte er dann immer stolz. »Bis vor zehn Jahren noch! Jetzt ist es der Mittelpunkt der Welt.«

Er saß in dem Clubsessel aus Titan und mongolischem Gazellenleder, den ihm Marc Newson persönlich designt hatte, nippte an einem 2005er Château Pétrus on the rocks und dachte zurück an den Nachmittag am Ende einer Geschäftsreise, den er allein im Schloss Versailles verbracht hatte. Zu seiner großen Freude war er dabei auf eine kleine Ausstellung chinesischer Antiquitäten gestoßen, Louis XIV. war anscheinend ein Sammler gewesen. Er bestaunte gerade ein Porträt von Kaiser Qianlong in einer kleinen Galerie, die sich abseits des Spiegelsaals versteckte, als plötzlich eine große Gruppe lärmender chinesischer Touristen hereinkam. Ein Mann, der von Kopf bis Fuß in Stefano Ricci gekleidet war, deutete auf das Porträt, auf dem der Kaiser mit einer Pelzkappe dargestellt war, wie sie die Mandschu trugen, und murmelte beeindruckt: »Dschingis Khan!«

Jack machte sich sofort aus dem Staub, damit ihn auch ja niemand mit diesen Banausen in Verbindung brachte. Die erkannten nicht einmal einen ihrer berühmtesten Kaiser, dabei hatte er sechzig Jahre lang regiert! Als er später am Grand Canal entlangspazierte, der die herrlichen Gärten von Versailles teilte, kam ihm der Gedanke, dass selbst viele Franzosen ihren König, der sich dieses gewaltige architektonische Denkmal gesetzt hatte, nicht erkennen würden. Und nun, da er hier saß, die goldenen Lichter entlang des Pudonger Hafenviertels betrachtete und die Gebäude zählte, die ihm gehörten, dachte er über sein eigenes Vermächtnis und darüber nach, ob die Menschen des neuen Chinas sich wohl in ein paar Hundert Jahren noch an ihn erinnern würden.

Das vertraute Klicken der High Heels seiner Tochter durchdrang die Stille. Jack fischte blitzschnell die Eiswürfel aus seinem Weinglas und warf sie in den Topf mit der *tan hua* neben sich. Er wusste genau, was er sich von Colette anhören könnte, wenn sie sah, dass er sich Eiswürfel in den Wein tat. Ein paar verfehlten leider den Keramiktopf aus der Ming-Zeit und hinterließen hellrote Streifen auf dem Fußboden aus Emperador-Marmor.

Colette betrat offensichtlich mies gelaunt das Arbeitszimmer. »Was ist denn los? Ist was mit Mutter oder *Nainai*?«

»Soweit ich informiert bin, lebt deine Großmutter noch, und deine Mutter ist bei der Fußreflexzonenmassage«, erwiderte Jack gelassen.

»Und warum sollte ich dann sofort kommen? Ich war gerade mitten in einem sehr wichtigen Essen mit einem der besten Köche der Welt!«

»Und das ist dir wichtiger als dein Vater? Du kommst aus Paris und musst erst mal mit einem Angestellten essen?«

»Er ist ein Spitzentrüffelhändler und wollte mir gerade seine preisgekrönten Alba-Trüffeln verkaufen, als du angerufen hast. Jetzt hat sich die bestimmt Eric Ripert unter den Nagel gerissen. Die Trüffeln sollten eine Überraschung für dich sein.«

Jack schnaubte verächtlich. »Dass du mich in einer Tour enttäuschst, überrascht mich schon jedes Mal genug.«

»Wann habe ich dich jemals enttäuscht?« Colette sah ihren Vater verwirrt an.

»Dass du das überhaupt fragen musst, sagt doch schon alles. Ich habe mir so viel Mühe gegeben, dass Richie Yang dir den perfekten Antrag machen kann. Und du?«

»Du steckst mit ihm unter einer Decke? Klar, macht Sinn. Hatte mich schon gewundert, wieso das Ganze so geschmacklos dekoriert war.«

»Das ist doch jetzt völlig egal. Du hättest Ja sagen sollen, darum gehts! Wie jedes normale Mädchen übrigens, das von einem der teuersten Sänger der Welt ein Ständchen bekommt.«

Colette verdrehte die Augen. »Ich mag John Legend ja, aber selbst wenn John Lennon höchstpersönlich von den Toten auferstanden wäre und mir ›All you need is love‹ vorgesungen hätte – ich hätte trotzdem Nein gesagt.«

Aus dem Augenwinkel sah Colette eine Bewegung und drehte sich um. Ihre Mutter stand in der Tür. »Was lungerst du denn da rum? Wie lange stehst du da schon? Du wusstest doch bestimmt, dass Dad seine Finger im Spiel hatte, oder?«

»*Aiya*, ich kann nicht fassen, dass du Richie einen Korb gegeben hast! Dein Vater und ich haben seit drei Jahren auf diesen Moment gewartet.« Colettes Mutter seufzte tief und sank auf ein Sofa mit vergoldeten Füßen.

»Wir waren doch aber nie fest zusammen. Ich habe seitdem viele andere Männer kennengelernt.«

»Eben, du hast dich ausgetobt, und jetzt ist Zeit zum Heiraten. Als ich in deinem Alter war, warst du längst auf der Welt!«, schimpfte Mrs Bing.

»Das ist jetzt nicht euer Ernst! Erst schickt ihr mich auf eine der fortschrittlichsten Schulen Englands, und am Ende wollt ihr doch nur, dass ich so früh wie möglich unter die Haube komme? Wieso habe ich mir denn dann überhaupt so viel Mühe mit dem Studium gegeben? Ich will noch so viel erreichen, bevor ich irgendwen heirate!«

»Das kannst du auch als verheiratete Frau«, warf Jack ein.

»Nein, das ist nicht dasselbe, Vater. Außerdem ist meine Situation ganz anders als eure damals. Ich hab schon überlegt, ob ich *überhaupt* heiraten will. Ist ja nicht so, als bräuchte ich einen Mann, der mich durchfüttert.«

»Wie lange genau gedenkst du uns denn noch warten zu lassen?«, fragte ihre Mutter.

»Also, noch mindestens zehn Jahre.«

»Wo de tian ah!«[1], kreischte Mrs Bing. »Dann wärst du ja dreiunddreißig. Und was wird aus deinen Eizellen? Die werden doch auch älter, und dann hast du am Ende behinderte, missgebildete Kinder!«

»Mutter, das ist doch lächerlich! Bei den vielen Ärzten, mit denen du ständig zu tun hast, müsstest du doch wissen, dass das heutzutage nicht mehr so ist. Es gibt inzwischen besondere Gentests, und Frauen können noch mit Mitte vierzig Kinder kriegen.«

»Jetzt hör dir das an!«, sagte Mrs Bing empört zu ihrem Mann.

»Ich glaube, das hat alles herzlich wenig mit dem Alter zu tun«, erwiderte Jack trocken. »Ich befürchte, unsere Tochter ist in Carlton Bao verliebt.«

»Selbst wenn, auch ihn will ich jetzt noch nicht heiraten«, entgegnete Colette.

»Und wie kommst du darauf, dass ich euch überhaupt meinen Segen geben würde?«

»Was ist denn an Richie bloß so viel besser als an Carlton?«, stöhnte Colette genervt. »Die haben beide an Elite-Unis studiert und stammen aus respektablen Familien. Ich würde sogar sagen, Carltons Familie hat den höheren Status von beiden.«

1 »Oh mein Gott!« auf Mandarin.

»Ach, ich kann diese Bao Shaoyen einfach nicht ausstehen«, rief Mrs Bing dazwischen. »Die tut immer, als wäre sie sonst wer, und meint, sie wäre schlauer als ich!«

»Sie *ist* ja auch schlauer als du, Mutter, sie hat einen Doktor in Biochemie und leitet ein milliardenschweres Unternehmen.«

»Nicht in dem Ton, mein Fräulein! Außerdem bin ich ja wohl mindestens zum Teil mitverantwortlich für den Erfolg deines Vaters. Ich war doch diejenige, die die ganzen Jahre immer –«

Jack sagte so laut, dass er damit Frau und Tochter übertönte: »Carlton Baos Familie verfügt über allerhöchstens zwei Milliarden Dollar! Die Yangs sind eine ganze andere Liga! Unsere Liga. Siehst du denn nicht, dass ihr perfekt zusammenpasst? Ihr beiden würdet unsere Familien zu den mächtigsten und einflussreichsten in ganz China machen. Begreif doch endlich, dass du gerade die einzigartige Gelegenheit hast, Geschichte zu schreiben!«

»Ach so, sorry, ich hatte nicht mitbekommen, dass ich nur eine Schachfigur auf deinem Weg zur Weltherrschaft darstelle«, erwiderte Colette sarkastisch.

Jack schlug mit der Faust auf den Tisch und erhob sich aus seinem Sessel. Wütend zeigte er mit dem Finger auf sie. »Du bist keine Schachfigur für mich, du bist das Wertvollste, was ich habe! Und deshalb sollst du den besten Mann der Welt heiraten und wie eine Königin leben!«

»Und dass ich anderer Meinung bin, wer dieser beste Mann der Welt ist, zählt gar nicht?«

»Wenn Carlton Bao wirklich so toll ist, wieso hat er dir dann noch keinen Antrag gemacht, hm?«

»Das wird er schon, aber erst, wenn ich es auch will.

Kapier es doch endlich: Ich bin einfach noch nicht so weit! *Wenn* ich irgendwann heiraten will, und *falls* es dann Carlton für mich sein soll, wirst du dich aber umgucken, sag ich dir. Bis dahin haben die Baos nämlich vielleicht sogar schon mehr Geld als die Yangs. Du hast keine Ahnung, wie clever Carlton ist. Wenn der sich richtig ins Familiengeschäft reinkniet, kann ihn nichts mehr aufhalten.«

»Und du meinst, das passiert noch zu unseren Lebzeiten? Deine Mutter und ich werden nämlich nicht jünger. Ich hätte gern was von meinen Enkelsöhnen, solange ich noch fit genug bin, die Zeit mit ihnen zu genießen.«

Colette sah ihren Vater an. Auf einmal stellte sich alles in einem ganz anderen Licht dar. »Also darum geht es eigentlich … ihr wollt unbedingt männlichen Nachwuchs?«

»Natürlich!«, erwiderte Mrs Bing. »Welche Eltern wünschen sich denn keine Enkel?«

»Ich glaub, ich bin im falschen Film.« Colette musste lachen. »Und was, wenn ich nur Mädchen kriege? Oder wenn ich vielleicht gar keine Kinder will?«

»Red keinen Unsinn«, fauchte ihre Mutter.

Colette wollte gerade etwas erwidern, als sie endgültig begriff. Der Name ihrer Mutter, *Lai Di*, bedeutete buchstäblich »die auf einen Sohn hofft«. Sie würde Colette in dieser Hinsicht nie verstehen können, ihr Schicksal war ihr sozusagen vom ersten Tag an wie ein Brandzeichen aufgedrückt worden. Colette sah ihre Eltern offen an. »Ihr zwei seid vielleicht wie Bauern groß geworden, aber ich nicht, und dafür habt unter anderem ihr selbst gesorgt. Wir haben 2013, und ich werde sicher nicht heiraten und ein Kind nach dem anderen kriegen, nur weil ihr unbedingt einen Haufen Enkelsöhne wollt.«

»Du undankbares Balg!«, entfuhr es Mrs Bing. »Wir haben dir schließlich das Leben geschenkt!«

»Ja, danke, und zwar ein sehr schönes. Und das werde ich auch genießen!« Colette stürmte aus dem Zimmer.

Jack lachte hinterhältig auf. »Wir frieren ihr einfach die Konten ein. Wollen wir doch mal sehen, wie sie dann ihr Leben genießt.«

5

PULAU CLUB
SINGAPUR

Michael hatte sich gerade mit seinem Unternehmenspartner und seinem Seniorberater im Büro verschanzt, um sich auf eine wichtige Präsentation vorzubereiten, als sein Handy vibrierte und eine Nachricht von Astrid auf dem Display erschien.

WIFEY: Mum hat angerufen – sie ist völlig ausgeflippt wegen des Artikels.

MICHAEL TEO: War ja zu erwarten.

WIFEY: Mein Dad will sich um 10:30 im Pulau Club mit dir treffen.

MT: Sorry, da hab ich schon ein Meeting.

WIFEY: Du kannst ihm nicht ewig aus dem Weg gehen.

MT: Ich weiß, aber jetzt hab ich keine Zeit. Manche Leute müssen ARBEITEN, UM GELD ZU VERDIENEN.

WIFEY: Ich soll es dir bloß ausrichten.

MT: Sag ihm, ich hab heute Vormittag ein wichtiges Meeting mit der Währungsbehörde von Singapur. Meine

Assistentin meldet sich mit einem alternativen Terminvorschlag bei seiner Assistentin.

WIFEY: Okay, viel Glück bei deinem Meeting.

Ein paar Minuten später meldete sich Michaels persönliche Assistentin, Krystal, über die Gegensprechanlage. »Michael, *ah*? Ein Anruf von der Sekretärin von Ihrem Schwiegervater, Miss Chua. Er will, dass Sie in einer halben Stunde zu ihm in den Pulau Club kommen, *lah.*«

Michael verdrehte genervt die Augen. »Ich weiß, Krystal. Ich kümmere mich darum. Und jetzt bitte keine weiteren Unterbrechungen. Wir haben nur noch eine Stunde bis zum Meeting.«

Er wandte sich wieder an seine Partner. »Sorry, Jungs. Also, wo waren wir? Ja, wir sollten betonen, dass unsere Finanzdaten-App eine Viertelsekunde schneller ist als die Terminals von Bloomberg –«

Die Gegensprechanlage summte erneut. »Michael, ich weiß, ich soll nicht *kachiao*[1], aber –«

»Wieso zum Teufel tun Sie es dann?!«, schnauzte Michael.

»Gerade kam noch ein Anruf … Das Meeting mit den *gahmen*[2]-Leuten wurde verschoben, *lah.*«

»Das Meeting mit der Währungsbehörde?«, vergewisserte sich Michael.

»Ja, *lah.*«

»Auf wann?«

»Verschoben, *lah*! Mehr sagen sie nicht.«

1 Singlisch für »stören« (malaiischen Ursprungs).

2 Korrekte singlische Aussprache von »government«.

»Was soll das denn?«

»Und noch ein Anruf von dem Büro von Ihrem Schwiegervater. Miss Chua sagt, ich soll Ihnen die Nachricht laut vorlesen. Warten Sie, *ah*! Ich hole die Nachricht. Okay, hören Sie zu: *Bitte kommen Sie um 10:30 Uhr in den Pulau Club zu Mr Leong. Keine Ausreden mehr.*«

»Kan ni nia!«, fluchte Michael und trat gegen seinen Schreibtisch.

Wenn man im Pulau Club am dritten Loch des Island Course stand – auch äußerst einfallsreich »alter« Golfplatz genannt –, fühlte man sich geradewegs in frühere Zeiten versetzt. Im Jahre 1930 dem Dschungel abgetrotzt, lagen die sanften grünen Hügel inmitten von tropischen Wäldchen aus Kasuarinen und Tembusus auf der einen und dem oasenartigen Peirce Reservoir auf der anderen Seite. Von hier aus war keine Spur der dicht gedrängten Wolkenkratzer des modernen Singapurs zu sehen. Harry Leong in seinem gewohnten Golfdress aus kurzärmeligem, weißem Baumwollhemd, Khakihose und einem verblichenen alten Käppi der Royal Air Force[1], um sein schütteres Silberhaar zu bedecken, sah seinem Partner beim Golfschwung zu, als sein Schwiegersohn über den Fairway auf ihn zustürmte.

»Oha, da kommt er, fuchsteufelswild. Sollen wir uns einen Spaß mit ihm erlauben?«, fragte Harry seinen Freund. »Herrlicher Tag, was?«, rief er dann Richtung Michael.

»Hätte es werden können, wenn du nicht …«, setzte Michael in ätzendem Tonfall an, doch da fiel sein Blick auf den Mann neben seinem Schwiegervater. Es war Hu Lee Shan,

1 Ein Geschenk seines Freundes, des Herzogs von Kent.

der Wirtschaftsminister, in einem schicken, bunt gestreiften Sligo-Golfshirt.

»Guten Morgen, Mr Teo«, begrüßte ihn der Minister jovial.

Mit aufgesetztem Lächeln erwiderte Michael: »Guten Morgen, Sir.« *Heilige Scheiße! Kein Wunder, dass er mein Meeting so schnell sabotieren konnte. Er spielt Golf mit dem Scheißchef vom Chef der Währungsbehörde!*

»Danke, dass du so kurzfristig kommen konntest«, bedankte sich Harry höflich. »Ich will direkt zur Sache kommen: dieser alberne Zeitschriftenartikel.«

»Tut mir leid, Dad. Es war nie meine Absicht, dass dein Name darin auftaucht«, sagte Michael.

»Ach, um meinen Namen geht es nicht. Wer bin ich schon? Ich bin nur ein Staatsdiener – die Leute können über mich schreiben, was sie wollen. In meinen Augen ist das alles viel Lärm um nichts, aber leider Gottes wurden in dem Artikel auch andere Namen erwähnt. Von Menschen, die in dieser Hinsicht empfindlicher sind als ich. Wie zum Beispiel meine Frau und meine Schwiegermutter. Die gesamte andere Seite der Familie. Du weißt genau, dass du Astrids Großmutter oder Onkel Alfred niemals gegen dich aufbringen darfst.«

»Hehehe, *niemand* sollte Alfred Shang gegen sich aufbringen«, lachte der Minister.

Michael hätte beinahe die Augen verdreht. Er begriff nicht, wieso in der Gegenwart von Alfred Shang alle immer so *bo lan-pha*[1] waren. »Ich wusste wirklich nicht, dass die

1 So werden Feiglinge auf Hokkien bezeichnet. Wörtlich übersetzt: »keine Eier«.

Reporterin so tief gräbt. Es sollte doch bloß eine schmeichelhafte Gesch–«

Harry schnitt ihm das Wort ab. »Die beim *Tattle* schreiben wohlweislich nicht über uns. Also musstest du zu dem anderen Magazin gehen, *Pompous* oder wie das heißt. Was hast du dir bloß von diesem Artikel versprochen?«

»Ich dachte, er würde das Profil meiner Firma schärfen und gleichzeitig Astrids Privatsphäre – und natürlich die eurer Familie – wahren.«

»Und erscheint dir das gelungen? Ich gehe davon aus, du hast den Artikel inzwischen gelesen.«

Michael musste schlucken. »Er ist nicht ganz so ausgefallen wie erhofft.«

»Stellt dich wie einen überheblichen Hanswurst dar, was?«, sagte Harry und griff nach einem anderen Putter. »Hier, probier mal diesen Honma, Lee Shan.«

Michael biss die Zähne zusammen. Wenn der Minister nicht wäre, würde er dem Alten gründlich die Meinung geigen!

Der Minister chippte den Golfball präzise ins Loch.

»Guter Schlag, Sir«, kommentierte Michael.

»Spielen Sie auch, Mr Teo?«

»Wenn ich die Zeit finde.«

Der Minister wandte sich an Harry, der gerade an den Abschlag trat: »Sie haben vielleicht Glück – ein Schwiegersohn, der Golf spielt. Meine Kinder sind viel zu beschäftigt und wichtig, um mit mir zu spielen.«

»Wir könnten doch mal alle gemeinsam in meinem Club in Sentosa spielen. Der Meerblick ist spektakulär«, schlug Michael vor.

Harry hielt mitten im Abschlag inne. »In den Club habe

ich noch nie einen Fuß gesetzt, und das wird auch bis zu meinem Tod so bleiben. Wenn ich nicht in St. Andrews oder Pebble Beach spielen kann, kommt nur der alte Golfplatz hier infrage.«

»Geht mir genauso, Harry«, sagte der Minister. »Bist du nicht freitags nach der Arbeit immer mit der Concorde nach London geflogen und dann weiter nach Edinburgh, nur um eine Runde in St. Andrews zu golfen?«

»Ja, das war früher, als ich nur am Wochenende Zeit hatte. Jetzt im Vorruhestand kann ich auch mal eine ganze Woche in Pebble Beach verbringen.«

Michael schäumte schweigend vor sich hin und fragte sich, wann die Audienz endlich vorbei sein würde. Als hätte er seine Gedanken gelesen, sah sein Schwiegervater ihm in die Augen und sagte: »Du musst mir einen Gefallen tun. Bitte entschuldige dich persönlich bei deiner Schwiegermutter.«

»Natürlich. Ich würde sogar einen Brief an das Magazin schreiben und mich von dem Artikel distanzieren, wenn du das möchtest.«

»Nicht nötig. Ich habe die gesamte Auflage aufgekauft und einstampfen lassen«, sagte Harry leichthin.

Michael riss die Augen auf.

»Hehehe. Da werden sich die Abonnenten aber wundern, wieso der *Pinnacle* diesen Monat nicht im Briefkasten liegt.« Der Minister brach in meckerndes Gelächter aus.

»Gut, Michael, ich will dich nicht länger aufhalten. Ich weiß ja, dass du ein viel beschäftigter Mann bist. Und du musst ja noch meine Frau erwischen, bevor sie um elf Uhr dreißig zum Waschen und Legen in den Salon Dor La Mode aufbricht.«

»Natürlich«, sagte Michael, dankbar dafür, dass er relativ glimpflich davongekommen war. »Nochmals Entschuldigung. Ich wollte wirklich nur das Beste für die Familie. Ein Artikel über meinen Erfolg kann ihr ja nur zugute-«

Da rastete Harry aus: »Dein Erfolg ist mir scheißegal! Was für Erfolge hast du denn bitte gefeiert? Du hast ein paar unwichtige Firmen verkauft und eine verschwindend geringe Summe erwirtschaftet. Dir ist doch alles in den Schoß gefallen! Was mich angeht, ist deine *einzige* Aufgabe im Leben, meine Tochter zu beschützen, und das bedeutet auch ihre Privatsphäre! Deine zweite Aufgabe ist, meinen Enkel zu beschützen. Und auch da hast du auf ganzer Linie versagt!«

Michael starrte seinen Schwiegervater an. Sein Gesicht war feuerrot vor Wut und Scham. Er wollte gerade etwas entgegnen, als wie aus dem Nichts sechs Sicherheitsleute in schwarzen Anzügen auftauchten und die Golftaschen wegtrugen.

Harry Leong drehte sich zu seinem Freund um. »Nun, weiter zu Loch vier?«

Michael raste in seinem Aston Martin DB5 die Adam Road hinunter und kochte vor Wut. *Wie kann dieser Drecksack es wagen, mich vor dem Wirtschaftsminister so runterzuputzen! Nennt mich überheblichen Hanswurst, dabei ist er derjenige, der mit seinen Golfwochenenden in Pebble Beach angibt! Und was für ein Schwachsinn, zu behaupten, mir wäre alles in den Schoß gefallen, wo* er *doch jeden Cent seines Scheißvermögens geerbt hat und ich mein ganzes Leben hart gearbeitet habe!*

Da schrillten plötzlich die Alarmglocken in seinem Kopf. Er war eigentlich unterwegs zu seiner Schwiegermutter in der Nassim Road, aber jetzt trat er auf die Bremse, drehte um und raste zurück ins Büro.

Krystal war am Computer und surfte auf der Suche nach Billigflügen auf die Malediven im Internet, als er ins Büro platzte und anfing, die Aktenschränke zu durchwühlen.

»Wo sind die Akten zum Verkauf meiner ersten Firma, Cloud Nine Solutions?«

»Sind diese alten Akten nicht im Archiv unten im dreiundvierzigsten?«, fragte Krystal.

»Kommen Sie mit, wir müssen die Akten sofort finden!«

Sie eilten hinunter ins Archiv, das Michael noch nie von innen gesehen hatte, und gruben sich durch die Aktenstapel. »Ich muss unbedingt die Originalverträge von 2010 finden.«

»*Wah*, sind das viele Akten! Da können wir uns ja schwarz suchen, *lah*!«, jammerte Krystal.

Zwanzig Minuten später stießen sie auf einige große orange Ordner mit allen fraglichen Dokumenten. »Das ist es!«, rief Michael aufgeregt.

»*Wah*, Sie verdammter *hing*[1]! Ich dachte, wir finden das nie!«

»Okay, Krystal, Sie können wieder nach oben gehen.« Michael blätterte durch die Papiere, bis er gefunden hatte, wonach er suchte. Es war der Anteilskaufvertrag, mit dem der Verkauf seiner Firma an Promenade Technologies in Mountain View, Kalifornien, besiegelt wurde. Aus den Dutzenden Unternehmen, die an der Übernahme seiner Tech-Firma beteiligt gewesen waren, stach ein Name hervor – der Mutterkonzern des Akquisitionsvehikels, irgend-

1 Hokkien für »glücklich«, »erfolgreich«.

eine Briefkastenfirma mit Sitz in Mauritius. Ungläubig starrte Michael auf den Namen, und sein Herz hämmerte so heftig wie nie zuvor: Pebble Beach HoldCo IV-A, LTD.

Dir ist doch alles in den Schoß gefallen! Die Worte seines Schwiegervaters nahmen auf einmal eine völlig neue Bedeutung an.

6

RESTAURANT IMPERIAL TREASURE
SCHANGHAI

»Es macht euch doch sicher nichts aus, dass ich Colette mitgebracht habe?«, sagte Carlton beim Betreten des Separees zu seinen Eltern und grinste. Nachdem den Baos Gerüchte über das Drama in Paris zu Ohren gekommen waren, hatten sie ihren Sohn sofort zum Essen ins Imperial Treasure geladen. Die Überraschung darüber, dass Colette ebenfalls anwesend war, stand ihnen deutlich ins Gesicht geschrieben. Wie immer hatte sie auch noch Roxanne im Schlepptau, die einen Präsentkorb mit riesiger Schleife vor sich hertrug.

»Ach was, wir freuen uns doch immer, sie zu sehen«, erwiderte Gaoliang mit dünnem Lächeln und betrachtete missbilligend Carltons blaues Auge. *Er hat sich also wirklich mit Richie Yang geprügelt.*

Shaoyen hielt sich weniger zurück. Sie sprang auf und stürzte auf ihren Sohn zu. »Mein Gott, du siehst ja aus wie ein Waschbär, der sich die Lippen hat aufspritzen lassen! Und das nach all den wiederherstellenden OPs.«

»Sieht schlimmer aus, als es ist, Mutter, wirklich«, wehrte Carlton ab.

»Ich habe Ihnen etwas aus Paris mitgebracht, Mrs Bao«, versuchte Colette, sie abzulenken. »Ich hab gehört, Sie sind ein großer Fan von den *pâtes de fruits* von Hédiard.« Sie deutete auf den Präsentkorb.

»*Aiya*, wenn ich gewusst hätte, dass Sie kommen, hätte ich uns einen Tisch in einem besonderen Restaurant reserviert. Das hier sollte ja nur ein spontanes kleines Familienessen sein«, erwiderte Shaoyen und hoffte, durch die Erwähnung des Worts Familie klarzustellen, wie unerwünscht Colette war.

»Nein, nein, meine Eltern und ich essen auch gern hier!«, gab diese jedoch fröhlich zurück, als hätte sie nichts gemerkt. »Ich kenne die Speisekarte in- und auswendig.«

»Dann bestellen Sie doch am besten gleich für uns. Nehmen Sie ruhig alle Ihre Lieblingsgerichte«, sagte Shaoyen.

»Ach nein, danke, mir ist gerade nur nach einer Kleinigkeit.« Colette wandte sich lächelnd an den Kellner. »Also … wir hätten gern einmal die frittierten Krebsscheren mit Shrimpsfüllung, dann die gedünsteten Venusmuscheln in XO-Soße, die Schweinerippchen vom Grill mit Honigsoße, die gebratenen Jakobsmuscheln mit italienischem Weißtrüffelöl und das geschmorte Hühnchen mit Abalonewürfeln und Salzfisch aus dem Römertopf. Ach so, und natürlich das Spanferkel, aber bitte ein schön fettes, und dann noch den gedünsteten Zackenbarsch mit Pilzen im Lotusblatt, gebratene Gemüsewürfel mit Walnüssen im Kartoffelkörbchen und natürlich die Suppe mit geschmorten E-Fu-Nudeln, Krebsrogen und Krebsfleisch. Und zum Nachtisch das zweifach gekochte Vogelnest mit Kandis.«

Roxanne, die hinter Colettes Stuhl stand, fügte hinzu: »Sagen Sie dem Koch bitte, dass es für Miss Bing ist, er weiß, dass sie das Vogelnest am liebsten mit vierundzwanzigkarätigen Goldraspeln und neun Tropfen Disaronno-Amaretto beträufelt mag.«

Gaoliang warf seiner Frau einen Blick zu. Diese Colette Bing war einfach schamlos! Shaoyen funkelte Carlton an und stichelte: »Jetzt verstehe ich auch, wieso mich unser Banker letzte Woche angerufen hat, es gäbe da auf einmal ungewöhnlich hohe Ausgaben auf deinen Konten zu verzeichnen. Ihr zwei habt es euch in Paris wohl richtig gut gehen lassen, hm?«

»Einfach himmlisch wars!«, bestätigte Colette mit einem verträumten Seufzer.

»Jep, war schön«, fügte Carlton leicht betreten hinzu.

»Und das Rennen gegen Richie Yang war sicher auch schön, ja?« Shaoyens Stimme troff vor Sarkasmus.

»Ich bin kein Rennen gegen Richie gefahren«, erwiderte Carlton vorsichtig.

»Hattest du aber vor.«

»Es hat nicht stattgefunden, Mutter«, protestierte Carlton.

Gaoliang seufzte. »Das Schlimmste daran ist für mich dein mangelndes Urteilsvermögen, mein Sohn. Ich kann nicht fassen, dass du so etwas nach deinem Unfall überhaupt in Erwägung ziehst. Und noch dazu diese geschmacklose Wette. Ich hätte dir wirklich nicht zugetraut, dass du mit Richie um *zehn Millionen Dollar* wettest.«

»Mr und Mrs Bao«, sprang Colette ihrem Carlton bei. »Ich will mich ja eigentlich nicht einmischen, aber Sie sollten wissen, dass Richie ihn herausgefordert hat, und er hat auch das mit den zehn Millionen vorgeschlagen. Er provoziert Carlton seit Monaten bei jeder Gelegenheit, und immer nur, um mich zu beeindrucken. Im Grunde bin ich also schuld an allem, was in Paris passiert ist. Sie sollten eher stolz auf Ihren Sohn sein, er hat nämlich genau das Richtige getan. Er hat sich gegen das Rennen entschieden. Ich meine, stellen Sie sich mal vor, er hätte verloren. Klar, zehn Millionen Dollar sind jetzt nicht sooo viel Geld, aber die ganze Familie Bao wäre doch bis auf die Knochen blamiert gewesen!«

Gaoliang und Shaoyen saßen sprachlos da. In dem Moment klingelte Colettes Handy. »Ha! Wenn man vom Teufel spricht. Richie gibt einfach nicht auf, der ruft mich seitdem ständig an. Soll ich ihn auf laut stellen, damit wir alle mit ihm reden können? Dann können Sie von ihm persönlich hören, dass ich die Wahrheit sage.«

Die Baos schüttelten heftig den Kopf.

»Auch gut, dann drück ich ihn einfach weg.« Colette legte das Handy auf den Stuhl neben sich.

Es wurde serviert. Alle vier aßen schweigend, die Stimmung war angespannt. Als das Spanferkel mit großem Tamtam auf seiner Silberplatte Einzug hielt, brach Carlton schließlich das Schweigen. »Vater, Mutter – ich übernehme die volle Verantwortung für das, was in Paris passiert ist. Es war dumm von mir, mich auf Richies Niveau runterzubegeben. Und ja, ich hatte vor, das Rennen gegen ihn zu fahren. Aber zum Glück hat Rachel mir ins Gewissen geredet.«

Shaoyen zuckte bei der Erwähnung von Rachel sichtlich zusammen, Carlton sprach jedoch einfach weiter. »Sie weiß übrigens Bescheid, was London angeht. Und an dem Abend in Paris, da hat sie genau verstanden, was in mir vorging, und trotzdem hat sie es geschafft, mir das dämliche Rennen auszureden. Ich bin ihr unglaublich dankbar dafür.

Wenn sie nicht gewesen wäre, würde ich jetzt vielleicht gar nicht hier sitzen und euch das alles erzählen können.«

»Ach, sie weiß von dem Unfall?«, fragte Shaoyen wie nebenbei. *Weiß sie auch, dass dabei jemand gestorben ist?*

»Ja, sie weiß *alles*«, erwiderte Carlton nachdrücklich und sah seine Mutter herausfordernd an.

Shaoyen schwieg dazu, aber ihr wütender Blick sprach Bände. *Du dummer, dummer, dummer Junge!*

Als könnte er ihre Gedanken lesen, fuhr Carlton fort: »Wir können ihr vertrauen, Mutter, keine Sorge. Und ob es dir gefällt oder nicht, sie gehört nun mal von jetzt an zu unserem Leben dazu. Sie ist gerade mit einer Freundin aus Singapur in Hangzhou, aber wenn sie wieder in Schanghai ist, solltest du sie wirklich endlich mal einladen. Du zeigst ihr schon lange genug die kalte Schulter. Wenn du sie erst mal kennengelernt hast, wirst du sie mögen, da bin ich mir sicher.«

Shaoyen starrte ungerührt auf das Stück goldbrauner Schweineschwarte auf ihrem Teller und schwieg weiter. Also versuchte Carlton es mit einer anderen Taktik. »Wenn du mir nicht glaubst, dann frag Colette. Deine Freundinnen finden sie alle supernett, stimmts? Stephanie Shi, Adele Deng, Tiffany Yap …«

Colette nickte. »Auf jeden Fall, meine Freundinnen mögen sie alle, Mrs Bao. Rachel ist ganz anders, als Sie sie sich vorstellen, glauben Sie mir. Sie ist eine Amerikanerin, ja, aber auf eine nette Art. Ich bin mir sicher, dass man sie in Schanghai und Peking mit der Zeit akzeptieren würde. Besonders, wenn sie sich endlich mal eine andere Handtasche zulegt. Schenken Sie ihr doch eine von Ihren Hermès-Taschen! Sie macht sich bestimmt gut als Stieftochter!«

Shaoyen schwieg weiter beharrlich, und auch ihr Gesicht verriet keine Regung. Gaoliang wandte sich an seinen Sohn. »Freut mich, dass Rachel einen guten Einfluss auf dich hatte, aber das entschuldigt immer noch nicht dein Verhalten. Diese rücksichtslose Geldverschwendung in Paris, dann eine öffentliche Prügelei, das illegale Autorennen – das zeigt mir alles, dass du noch lange nicht bereit bist, um –«

Carlton stand abrupt auf. »Pass auf, ich hab mich entschuldigt. Es tut mir wirklich leid, dass ich dich enttäuscht habe. Dass ich dich eigentlich immer nur enttäusche. Aber ich tu mir das nicht länger an. Kriegt erst mal eure eigenen Probleme auf die Reihe! Komm, Colette. Wir hauen ab.«

»Und was ist mit meinem Vogelnest? Wir hatten doch noch gar kein Dessert!«, sagte Colette.

Carlton verdrehte genervt die Augen und verließ das Separee ohne ein weiteres Wort.

»Ähm …« Colette blies die Backen auf. »Dann muss ich jetzt wohl auch los. Das Essen geht natürlich auf mich.«

»Vielen Dank für das Angebot, aber wir bezahlen«, widersprach Gaoliang.

»Hey, ich hab das doch alles bestellt, also bezahle ich auch.« Colette nickte Roxanne zu, die dem Kellner daraufhin feierlich eine Kreditkarte überreichte.

»Das können wir nicht annehmen!« Shaoyen stand auf und versuchte, dem Kellner ihre Kreditkarte in die Hand zu drücken.

»Ich bestehe darauf!«, rief Colette, sprang auf und entriss dem armen Kellner Shaoyens Karte.

»*Aiya*, es hat wirklich keinen Sinn, mit Ihnen zu diskutieren«, sagte Gaoliang.

»Das haben Sie gut erkannt«, erwiderte Colette mit einem triumphierenden Lächeln.

Kurz darauf kehrte der Kellner mit betretener Miene zurück und flüsterte Roxanne etwas ins Ohr.

»Das kann gar nicht sein«, sagte diese daraufhin überheblich. »Versuchen Sie es noch mal.«

»Wir haben es bereits mehrere Male versucht, Ma'am. Vielleicht ist das Limit überschritten?«

Roxanne drängte den Kellner vor die Tür des Separees. »Wissen Sie überhaupt, was das ist? Das ist eine Titan-Karte von P. J. Whitney, die bekommen nur ultrahochvermögende Kunden. Die Karte hat kein Limit. Ich könnte damit ein Flugzeug kaufen. Und jetzt versuchen Sie es gefälligst noch mal.«

Colette war den beiden hinterhergegangen. »Was ist denn los?«

Roxanne schüttelte verächtlich den Kopf. »Der Typ meint, die Karte würde nicht gehen.«

»Ha, wir wollen ja auch nur damit bezahlen!« Colette lachte.

»Nein, im Ernst, andere Kreditkarten können überzogen werden, dann kann man damit nicht mehr bezahlen. Aber das geht bei der hier nicht«, erklärte Roxanne.

Kurze Zeit später kehrte der Kellner mit dem Restaurantmanager zurück, der ein gemustertes Hemd von Versace und schwarze Jeggings trug. Er lächelte bedauernd. »Es tut mir leid, Miss Bing, wir haben alles versucht. Ihre Karte funktioniert leider nicht. Möchten Sie vielleicht mit einer anderen zahlen?«

Colette sah Hilfe suchend zu Roxanne. So etwas hatte sie noch nie erlebt. »Habe ich überhaupt eine andere?«

»Ich übernehme das einfach erst mal«, erwiderte Roxanne und reichte dem Manager ihre eigene schwarze Kreditkarte.

Nachdem Roxanne und Colette gegangen waren, saßen die Baos eine Weile schweigend da.

Schließlich sagte Shaoyen: »Das passt dir sicher alles wunderbar in den Kram, was?«

Gaoliang runzelte die Stirn. »Wie kommst du darauf?«

»Na, deine unfehlbare Tochter hat Carlton gerettet, mehr brauchst du doch nicht zum Glücklichsein.«

»Denkst du wirklich so über mich?«

Shaoyen warf ihm einen eiskalten Blick zu. »Nein. Ich denke aber, dass mittlerweile die gesamte Oberschicht Chinas weiß, dass du ein uneheliches Kind hast. Ich denke, unsere Familie ist zum Gespött der Leute geworden. Und ich denke, dass deine politische Karriere hiermit so gut wie beendet ist und auch Carlton keine Chance mehr hat.«

Gaoliang seufzte tief. »Im Moment mache ich mir mehr Sorgen um den Menschen Carlton als um seine Karriere. Was haben wir bloß falsch gemacht? Wie konnte es passieren, dass unser Sohn es für richtig hält, einfach mal so zehn Millionen zu verwetten? Ich erkenne ihn nicht wieder!«

»Ja und? Wirfst du ihn jetzt raus, oder was?«, fragte Shaoyen unbeeindruckt.

»Das würde nicht reichen. Ich könnte ihm aber damit drohen, ihn zu enterben. Wenn er weiß, dass er kein Vermögen mehr hat, das er verspielen kann, kommt er vielleicht zur Vernunft.«

Shaoyen erschrak. »Ist das dein Ernst?«

»Ich würde ihn natürlich nicht komplett enterben, aber nach allem, was passiert ist, sollte er nicht mehr einfach so Zugriff auf alles haben. Wofür haben wir denn sonst so hart gearbeitet? Du vor allem – du hast aus der Firma für Sanitätsartikel von meinem Vater eigenhändig ein milliardenschweres Unternehmen gemacht. Meinst du wirklich, Carlton wird das in absehbarer Zeit übernehmen können? Wir sollten Rachel mehr integrieren. Sie ist eine erstklassige Ökonomin, unter ihr geht die Firma auf keinen Fall bankrott.«

In dem Moment ging die Tür auf, und Roxanne kam herein. »Ach, Sie sind immer noch hier? Ich will gar nicht stören, Colette hat nur ihr Handy liegen lassen.« Gaoliang entdeckte es auf einem Stuhl und reichte es ihr. Sobald sich die Tür hinter ihr geschlossen hatte, legte Shaoyen los. »Wie kannst du es wagen, überhaupt nur daran zu *denken*, dieses Mädchen in unsere Firma zu lassen? Und was soll Carlton dazu sagen?«

»Ich kann mir nicht vorstellen, dass der was dagegen hat. Bis jetzt macht er nicht die geringsten Anstalten, irgendetwas Ernsthaftes mit seinem Leben anzufangen, und außerdem –«

»Er ist ja auch immer noch nicht wieder ganz gesund!«

Gaoliang schüttelte entnervt den Kopf. »Carlton bringt seit Jahren nichts zustande, sondern lebt einfach in den Tag hinein. Und du findest immer wieder Ausreden dafür. Er fährt sich in London um ein Haar bei einem Autorennen tot, und du meinst, ich darf ihn nicht kritisieren, weil das den Heilungsprozess gefährden könnte. Dann kommt er zurück nach China und feiert eine Party nach der anderen mit Colette Bing, und wir sagen nichts. In Paris wollte er schon *wieder* so ein lebensgefährliches Rennen fahren, und du verteidigst ihn trotzdem noch!«

»Ich verteidige ihn überhaupt nicht, ich weiß nur, wie zerrissen er innerlich ist«, widersprach Shaoyen. *Wenn Gaoliang doch bloß wüsste, was wirklich in London passiert ist, dann würde er mich verstehen. Aber das darf er nie erfahren.*

»Wieso soll der denn bitte schön innerlich zerrissen sein? Sein einziges Problem ist, dass du ihn von vorn bis hinten verwöhnst.«

Shaoyen lachte böse auf. Der Kommentar hatte gesessen. »Also bin ich an allem schuld, ja? Du kriegst überhaupt nicht mit, was du angerichtet hast! Du hast dieses Mädchen nach China geholt. *Sie* ist doch diejenige, die die Familie kaputt macht! *Sie* sorgt dafür, dass Carlton sich so leichtsinnig benimmt!«

»Das stimmt nicht. Er hat vorhin ausdrücklich gesagt, dass Rachel ihm das Rennen ausgeredet hat. Er selbst hätte sein Leben aufs Spiel gesetzt.«

»Wie sollte er sein Leben auch als wertvoll empfinden, wenn das nicht mal sein eigener Vater tut? Schon als er noch klein war, hat man genau gemerkt, dass du ihn nicht so liebst wie ich. Und jetzt weiß ich auch, warum. Du liebst immer noch diese *shabi*[1] Kerry Chu, stimmts? Du hast nie die Hoffnung aufgegeben, dass du sie irgendwann zurückkriegst, und deine verschollene Tochter gleich mit dazu!«

»Jetzt mach dich nicht lächerlich. Du weißt ganz genau, dass ich bis vor ein paar Monaten nicht mal wusste, dass Kerry überhaupt noch lebt. Und von einer Tochter habe ich nie was geahnt!«

1 Mandarin für »dämliche Schlampe«.

»Dann bist du noch erbärmlicher, als ich dachte. Du bist also bereit, einem Mädchen, das du kaum kennst, einfach so unser Familienvermögen anzuvertrauen! Ich habe zwanzig Jahre lang Blut und Schweiß in diese Firma gesteckt, und jetzt soll dieser … dieser Bastard sie in die Finger kriegen? Nur über meine Leiche!« Shaoyen nahm die halb volle Teekanne vom Tisch und schmetterte sie gegen die Spiegelwand.

Gaoliang betrachtete wütend die Porzellanscherben und den hellbraunen Tee, der an der Spiegelwand herunterrann. »Es hat keinen Zweck, in diesem Zustand mit dir zu reden. Du bist nicht bei Sinnen.« Er stand auf und ging aus dem Raum.

»Ja, deinetwegen!«, brüllte Shaoyen ihm hinterher.

7

WESTSEE
HANGZHOU, CHINA

Die letzten Nebelschwaden hingen über dem spiegelglatten Wasser, und nur das leise Platschen des einzelnen hölzernen Riemens war zu hören, als der Bootsführer Rachel und Peik Lin durch einen abgeschiedenen Zufluss des Westsees in Hangzhou ruderte.

»Ich bin so froh, dass du mich heute Morgen aus dem Bett geworfen hast. Das ist ein unglaubliches Erlebnis!«, seufzte Rachel zufrieden und streckte die Beine auf dem gepolsterten Liegestuhl ihres traditionellen chinesischen Ruderboots aus.

»Ich hab dir doch gesagt, dass der See bei Tagesanbruch am schönsten ist«, sagte Peik Lin und betrachtete die malerischen Umrisse der Berge. Weit in der Ferne konnte sie einen uralten Höhentempel ausmachen, der sich gegen den perlgrauen Himmel abzeichnete. Diese Landschaft hatte etwas zutiefst Berührendes an sich, und sie verstand plötzlich, warum der Westsee über Jahrhunderte Inspiration für alle berühmten chinesischen Dichter und Künstler gewesen war.

Als das Boot langsam unter einer der romantischen

Steinbrücken hindurchtrieb, fragte Rachel den Bootsführer: »Wann wurden diese Brücken gebaut?«

»Das weiß niemand, Miss. Hangzhou war fünftausend Jahre lang der liebste Rückzugsort der Kaiser – Marco Polo hat es den Himmel auf Erden genannt«, antwortete er.

»Da bin ich ganz seiner Meinung«, sagte Rachel und nahm noch einen Schluck von dem frisch gerösteten Longjing, den der Bootsführer für sie aufgebrüht hatte. Als das Boot durch einen Blütenwald aus wildem Lotus glitt, entdeckten die beiden Frauen einen kleinen Eisvogel, der an der Spitze eines Lotusstängels saß und auf Beute wartete.

»Ich wünschte, Nick könnte das sehen«, sagte Rachel wehmütig.

»Ich auch! Aber du kommst bestimmt noch mal mit ihm her. Ich habe dich bestimmt mit dem Hangzhou-Virus angesteckt, oder?«

»Oh ja! Schade, dass ich noch nie hier war. Als du mir erzählt hast, dieser See wäre die chinesische Antwort auf den Comer See, hatte ich meine Zweifel, aber nach dem Besuch dieser unglaublichen Teeplantage und dem Dinner im Tempel auf dem Berggipfel gestern Abend bin ich endgültig überzeugt.«

»Ein Glück, ich dachte schon, ich müsste noch George Clooney hinter den Weiden da drüben auftauchen lassen«, witzelte Peik Lin.

Als sie wieder am eleganten Holzdock des Four Seasons Hangzhou anlegten, stiegen sie gemächlich aus dem Boot, noch immer eingelullt von der friedvollen Bootsfahrt. »Gerade rechtzeitig für unsere Spa-Anwendungen. Pass auf, es wird dich umhauen«, sagte Peik Lin aufgekratzt auf dem Weg zu der palastartigen grauen Villa, die das Spa des Resorts beherbergte. »Welche Behandlung steht bei dir zuerst auf dem Plan?«

»Ich dachte, ich fange mit der Jade-und-Lotus-Massage an.«

Peik Lin zog eine Augenbraue hoch. »Hmm … was meinst du, welche Körperteile sie da wohl massieren?«

»Pff! Anscheinend wird der ganze Körper mit Lotussamen und zerstoßener Jade gepeelt, gefolgt von einer intensiven Massage des Tiefengewebes. Wofür hast du dich angemeldet?«

»Für meine Lieblingsanwendung – das Duftwasserritual der kaiserlichen Gemahlinnen und Konkubinen, inspiriert von dem Baderitual, das derjenigen vorbehalten war, mit der der Kaiser die Nacht verbringen wollte. Man liegt erst in einer parfümierten Badewanne voller Orangenblüten und Gardenien und bekommt dann eine sanfte Reflexzonenmassage. Dann kommt ein Peeling aus zerstoßenen Perlen und Mandeln, wonach sie einen in einen Kokon aus Kaolin wickeln. Das Ende der Anwendung ist dann ein langes Nickerchen in einem privaten Dampfbad. Danach fühle ich mich immer zehn Jahre jünger.«

»Oooh, vielleicht mache ich das heute Abend. Ach nein, da bin ich schon für die Luxusgesichtsbehandlung mit Kaviar angemeldet. Mist, wir haben einfach nicht genug Zeit, um alles auszuprobieren!«

»Moment mal, wann ist Rachel Chu, die zu Collegezeiten nicht mal mit zur Pediküre wollte, spasüchtig geworden?«

Rachel grinste. »Das muss der Einfluss dieser ganzen Mädels aus Schanghai sein.«

Nach mehreren Stunden Wohlfühlbehandlung trafen sich Rachel und Peik Lin zum Mittagessen im Restaurant des Resorts. Natürlich wurden sie auch hier in eins der Separees geführt, ein pagodenhafter Raum mit Blick über eine himmlische Lagune. Rachel bewunderte den riesigen Murano-Glaskandelaber über ihrem Tisch aus lackiertem Walnussholz und sagte: »Nach dieser Reise wird mir New York wie das letzte Loch vorkommen. Hier in China ist ein Hotel luxuriöser als das andere. Wer hätte das gedacht? Weißt du noch, als ich 2002 in Chengdu gelehrt habe? Meine Unterkunft hatte eine Toilette für alle, und sie galt bereits als luxuriös, weil sie drinnen war.«

»Ha! Du würdest Chengdu nicht mehr wiedererkennen. Inzwischen ist es das Silicon Valley von China – ein Fünftel aller Computer weltweit wird dort hergestellt.«

Rachel schüttelte erstaunt den Kopf. »Ich komme immer noch nicht über diese ganzen Megastädte hinweg, die über Nacht entstehen, diesen nicht enden wollenden Wirtschaftsaufschwung. Die Ökonomin in mir ist versucht zu sagen ›Das kann nicht ewig so weitergehen‹, aber dann sehe ich wieder etwas, das mich völlig umhaut. Neulich in Schanghai wollten Nick und ich aus Xintiandi zurück in unser Hotel. Alle Taxis hatten die Schilder an, aber wir haben nicht begriffen, wieso sie nicht anhalten. Irgendwann fragte uns dann eine Australierin: ›Habt ihr die Taxi-App nicht?‹ Und wir so: *›Die was?‹* Offensichtlich gibt es eine Taxi-App, mit der man auf Taxis bietet. Die benutzen alle, und der Höchstbietende bekommt das Taxi.«

Peik Lin lachte. »Hallo freie Marktwirtschaft, sag ich da nur!«

Ein Kellner betrat das Separee und hob feierlich die Silberhaube vom ersten Gang. Darunter kam ein Riesenberg winziger Garnelen zum Vorschein, die wie Perlen schimmerten. »Das sind die berühmten Süßwassergarnelen aus Hangzhou, ganz kurz in Knoblauch frittiert«, erklärte Peik Lin. »Die findet man nirgends sonst. Ich bin scharf darauf, seit wir überlegt haben, uns hier zu treffen.« Sie lud Rachel eine ordentliche Portion auf den Teller.

Rachel probierte einen Bissen und lächelte ihre Freundin überrascht an. »Wow … die sind ja ganz süß!«

»Genial, oder?«

»So gute Meeresfrüchte habe ich zuletzt in Paris gegessen«, sagte Rachel.

»Meine Rede. Was Meeresfrüchte und Fisch angeht, können nur die Franzosen mit China mithalten. In Paris habt ihr bestimmt königlich getafelt.«

»Nick und ich schon, aber für Colette und ihre Freundinnen war das Essen eher Nebensache. Weißt du noch, wie ich dir immer ›irrationalen Exzess‹ vorgeworfen habe, wenn Neiman Marcus dich zu einer Privatanprobe eingeladen hat? Jedenfalls sind die Mädels in Paris total eskaliert! Von morgens bis abends haben die nur geshoppt. Wir hatten drei Range Rover, die uns überallhin gefolgt sind, nur um die Einkaufstüten zu transportieren!«

Peik Lin grinste. »Kommt mir bekannt vor. Nach Singapur kommen die VRCs[1] auch und kaufen alles, was nicht niet- und nagelfest ist. Für viele von denen wird ihr finanzieller Erfolg erst durch dieses Extremshopping greifbar. So

1 Die jüngere Generation in Singapur bezeichnet Festlandchinesen als »VRCs« (kurz für Volksrepublik China), während viele Ältere weiterhin den Begriff »Festländer« verwenden.

können sie alles Leid ihrer Familien in der Vergangenheit wieder wettmachen.«

»Das verstehe ich ja. Ich komme schließlich selbst aus einer Einwandererfamilie, die es zu Geld gebracht hat, und ich habe einen wohlhabenden Mann geheiratet. Aber trotzdem gibt es für mich beim Shoppen ein gewisses Limit, das ich nie überschreiten würde«, sagte Rachel. »Ich meine, wie kann man es bitte mit seinem Gewissen vereinbaren, wenn man mit dem Geld für ein Haute-Couture-Kleid tausend Kinder gegen Masern impfen oder eine ganze Stadt mit sauberem Wasser versorgen könnte?«

Peik Lin sah Rachel nachdenklich an. »Aber das ist doch alles relativ, oder? Sind für jemanden in einer Lehmhütte nicht schon die zweihundert Dollar für die Rag & Bone-Jeans, die du da anhast, eine geradezu obszöne Summe? Die Frau mit dem Haute-Couture-Kleid könnte wiederum argumentieren, dass zwölf Näherinnen drei Monate lang an dem Kleid gearbeitet und damit ihre Familien ernährt haben. Meine Mutter zum Beispiel wollte an ihrer Schlafzimmerdecke unbedingt eine Nachbildung irgendeines barocken Freskos, das sie in einem Schloss in Deutschland gesehen hatte. Das hat sie eine halbe Million Dollar gekostet aber eben auch zwei tschechische Künstler drei Monate lang jeden Tag beschäftigt. Einer der beiden konnte sich von seinem Lohn ein neues Haus in Prag kaufen und einrichten, der andere hat sein Kind auf die Penn State geschickt. Wir geben unser Geld für unterschiedliche Dinge aus, aber immerhin haben wir die Wahl. Überleg mal, vor zwanzig Jahren hätten die Frauen, mit denen du in Paris warst, nur zwei Möglichkeiten gehabt: Willst du deine Mao-Jacke in Kackbraun oder Kackgrau?

Rachel lachte. »Okay, auch wieder wahr. Trotzdem würde ich nie so viel Geld ausgeben. Und ich glaube, jetzt kann ich auch keins von diesen geschmorten Fleischbällchen mehr essen. Die erinnern mich zu sehr an einen dampfenden Kackhaufen von Mao.«

Nach dem Essen beschlossen Rachel und Peik Lin, sich im Resort umzuschauen. Das sieben Hektar große Grundstück war der Gartenanlage des kaiserlichen Palasts aus der Qing-Dynastie nachempfunden. Während sie die überdachten Pfade entlangschlenderten, den Duft der Kirschblüten einsogen und die miteinander verbundenen Seerosenteiche bestaunten, wurde Rachel auf einmal etwas flau in der Magengegend. In einem Garten voller Gelehrtensteine musste sie sich schließlich auf eine Bank setzen.

»Alles in Ordnung?«, fragte Peik Lin, der auffiel, wie blass Rachel plötzlich war.

»Ich gehe zurück in mein Zimmer. Ich glaube, die Luft ist mir ein bisschen zu feucht.«

»Das bist du nicht gewohnt. Im Gegenteil zu Singapur um diese Zeit ist es noch himmlisch. Willst du dich vielleicht im Infinity-Pool am See abkühlen?«, schlug Peik Lin vor.

»Ich glaube, ich muss mich kurz hinlegen.«

»Okay, ich komme mit.«

»Nein, nein, bleib ruhig und schau dir den Garten an«, wiegelte Rachel ab.

»Sollen wir uns so um vier zum Tee treffen?«

»Klingt gut, ja.«

Peik Lin schlenderte noch eine Weile durch den Garten und stieß auf eine friedliche kleine Grotte mit einem großen, dicken, lachenden Buddha aus Stein. Sie beschloss, ein paar Räucherstäbchen anzuzünden, die in einer Urne vor der Statue standen, und ging dann zurück auf ihr Zimmer, um ihren Bikini anzuziehen. Beim Hereinkommen fiel ihr auf, dass der Anrufbeantworter grün blinkte. Sie hörte die Nachricht ab. Sie war von Rachel, die ganz außer Atem wirkte: »Ähm, Peik Lin, kannst du bitte auf mein Zimmer kommen? Ich glaube, ich brauche Hilfe.«

Peik Lin griff erschrocken nach ihrem Handy und sah, dass es Rachel auch darauf dreimal probiert hatte. Sie stürzte aus der Tür und den langen Korridor hinunter zu Rachels Zimmer. Dort angekommen hämmerte sie an die Tür, doch Rachel machte nicht auf. Ein Hotelangestellter kam vorbei, und Peik Lin fragte ihn panisch: »Können Sie die Tür öffnen? Meine Freundin ist da drin, sie braucht Hilfe!«

Wenige Minuten später stand der Rezeptionist mit einem Sicherheitsmann vor der Tür. »Können wir Ihnen helfen, Miss?«

»Ja, meine Freundin hat mir eine dringende Nachricht hinterlassen und mich um Hilfe gebeten. Es ging ihr nicht gut, und jetzt macht sie nicht auf«, berichtete Peik Lin verzweifelt.

»Äh, vielleicht schläft sie ja nur?«, fragte der Rezeptionist.

»Oder sie liegt da drinnen und stirbt! Machen Sie sofort die Scheißtür auf!«, brüllte Peik Lin.

Der Rezeptionist hielt seine Schlüsselkarte an den Türöffner, und Peik Lin stürzte ins Zimmer. Weder im Bett noch auf der zimmereigenen Terrasse war eine Spur von Rachel, bis sie sie im marmornen Bad neben der eingelassenen Badewanne fand, bewusstlos in einer Lache dunkelgrüner Galle.

8

CHINESISCHE NATIONALBIBLIOTHEK
PEKING

15:54 Uhr
Nick saß im Lesesaal für westliche Sprachen der Nationalbibliothek und war in eine Biografie der Kaufmannsfamilie Sassoon vertieft, als plötzlich sein Handy vibrierte. Er legte einen Schnellhefter auf das offene Buch, damit die Seite nicht umblätterte, und ging hinaus auf den Gang.

Peik Lin war dran. Sie klang den Tränen nahe. »Nick! Ich weiß nicht, wie ich dir das schonend beibringen soll … ich bin gerade in der Notaufnahme. Rachel ist im Hotel zusammengebrochen.«

»Was?! Gehts ihr gut? Was ist passiert?«

»Das wissen wir noch nicht so richtig, sie ist immer noch bewusstlos. Die Anzahl der weißen Blutkörperchen ist extrem niedrig, und ihr Blutdruck ist sehr hoch. Sie bekommt zur Stabilisierung Magnesium über einen Tropf. Die Ärzte gehen von einer schweren Lebensmittelvergiftung aus.«

»Ich nehme den nächsten Flug nach Hangzhou«, sagte Nick und legte auf.

16:25 Uhr

Nick rannte im Dauerlauf durch den Flughafen und war gerade am Schalter von China Airlines angekommen, als Peik Lin ihn erneut anrief.

»Hey! Ich versuche, den Flug um 16:55 Uhr zu kriegen.«

»Okay. Nick, ich will dich nicht beunruhigen, aber Rachel geht es immer schlechter. Sie ist immer noch nicht bei Bewusstsein und leidet an akutem Nierenversagen. Die Ärzte führen jede Menge Tests durch, aber bis jetzt haben sie noch nicht die geringste Ahnung, was mit ihr nicht stimmt. Ich hab ehrlich gesagt langsam nicht mehr viel Hoffnung, dass die noch rausfinden, was los ist. Wir sollten sie lieber nach Hongkong ausfliegen, da sind die Krankenhäuser besser.«

»Ich vertrau dir da vollkommen, mach, was du für richtig hältst! Soll ich einen Flieger chartern?«

»Nein, ich habe schon alles arrangiert.«

Nick atmete durch. »Was würde ich bloß ohne dich tun?«

»Komm einfach so schnell wie möglich nach Hongkong.«

»Mach ich. Ich ruf noch meinen Onkel Malcolm an, der ist Herzchirurg in Hongkong. Vielleicht kann er uns helfen.«

18:48 Uhr

Peik Lins Gulfstream V landete auf dem Hongkonger Chek Lap Kok International Airport. Auf dem Rollfeld stand schon ein Notarzthubschrauber für Rachel bereit. Ein Mann in senfgelber Jeans und einem kobaltblauen Blazer von Rubinacci wartete daneben.

»Ich bin Edison Cheng, Nicks Cousin. Im Heli ist nicht

genug Platz für dich, ich nehm dich in meinem Bentley mit«, rief er Peik Lin über den Lärm der Rotoren hinweg zu. Wie betäubt folgte sie ihm zu seinem Wagen.

Auf dem Weg zum Krankenhaus erzählte Eddie: »Mein Vater ist gerade in Houston, der bekommt von der DeBakey Medical Foundation einen Preis verliehen, aber er hat schon die Nierenspezialisten vom Queen Mary Hospital informiert, die haben da den besten Notfalldienst und erwarten uns.«

»Danke«, sagte Peik Lin.

»Leo Ming ist zufällig mein bester Freund«, fuhr Eddie fort. »Und sein Vater – Ming Kah-Ching, von dem hast du bestimmt schon mal gehört – hat auch noch beim Geschäftsführer des Krankenhauses angerufen und ordentlich Druck gemacht. Der Flügel für die akuten Fälle heißt übrigens Ming-Kah-Ching-Flügel. Rachel bekommt also von Anfang an die absolute VVIP-Behandlung.«

Als ob sie das interessieren würde!, dachte Peik Lin. »Hauptsache, sie wird wieder gesund.«

Sie fuhren eine Weile schweigend. »War das deine Gulfstream, oder hast du die gechartert?«, fragte Eddie schließlich.

»Die gehört meiner Familie«, erwiderte Peik Lin. *Als Nächstes fragt er garantiert, wie meine Familie heißt.*

»Aha. Und was macht deine Familie, wenn ich fragen darf?« *Sie sieht Hokkien aus, also wahrscheinlich entweder Banker oder Makler.*

»Bauprojektentwicklung.« *Und jetzt will er bestimmt wissen, welche Firma genau. Bitte, soll er doch fragen!*

Eddie zwang sich zu einem höflichen Lächeln. *Diese zugeknöpften Singapurer! Wäre die Frau aus Hongkong oder China, hätte ich sofort alles über sie gewusst, sobald sie aus dem Flugzeug kam.* »Für Gewerbeflächen oder Wohnobjekte?«

Okay, ich glaube, ich hab ihn lange genug zappeln lassen. »Meine Familie hat die Near West Organization gegründet.«

Nun strahlte Eddie übers ganze Gesicht. *Bingo! Die Gohs sind auf der Heron-Wealth-Liste auf Platz 178.* »Ah, ihr habt diese neuen Eigentumswohnungen mit den Sky-Garagen in Singapur gebaut, nicht?«

»Genau.« *Und jetzt wird er mir erzählen, was er macht. Dem Outfit nach zu urteilen ist er entweder Wetterfrosch beim Fernsehen oder Friseur.*

»Ich bin Geschäftsführer der Liechtenburg Group Asia.«

»Ah, okay.« *Wieder mal ein Banker. Gähn.*

Eddie schenkte ihr sein bestes Gebrauchtwagenhändlerlächeln. »Bist du eigentlich mit deinem aktuellen Privatvermögensmanager zufrieden?«

»Absolut.« *Das ist ja wohl nicht sein Ernst! Rachel ist vielleicht todkrank, und er versucht mich hier als neue Kundin zu gewinnen?*

19:45 Uhr

Peik Lin und Eddie liefen zur Notaufnahme. »Entschuldigen Sie bitte, eine Rachel Young wurde gerade eingeliefert. Können Sie uns sagen, wo sie genau liegt? Sie wurde mit dem Hubschrauber gebracht.«

»Sind Sie Angehörige?«, fragte die Frau am Empfangstresen.

»Ja.«

»Dann schau ich mal kurz.« Die Frau tippte etwas am Computer. »Wie war noch mal der Name?«

»Rachel Young. Vielleicht wurde sie aber auch unter Rachel Chu eingeliefert«, sagte Peik Lin.

Die Frau schaute auf ihren Bildschirm. »So jemanden kann ich hier nicht finden, tut mir leid. Gehen Sie am besten zur Hauptrezeption.«

Eddie schlug mit der Faust auf den Tisch. »Jetzt verschwenden Sie hier nicht unsere Zeit! Wissen Sie eigentlich, wen Sie vor sich haben? Ich bin Edison Cheng! Mein Vater ist Dr. Malcolm Cheng, der hat hier früher die Kardiologie geleitet! Die Cafeteria wurde nach ihm benannt, verdammt noch mal! Sie sagen uns jetzt sofort, wo wir Rachel finden, sonst können Sie sich morgen einen neuen Job suchen!«

In dem Moment hörten sie jemanden rufen. »Hey, Eddie! Hier drüben!« Sie drehten sich um und entdeckten Nick, der den Kopf durch eine Schwingtür steckte.

»Du warst ja schneller da als wir! Wie geht das denn?«, fragte Peik Lin verwirrt.

»Mir hat jemand einen Gefallen geschuldet.« Nick umarmte sie fest.

»Kennst du Captain Kirk, oder was? Peking ist doch eine Stunde weiter weg von Hongkong!«

»Ich hab einen Platz in einem Militärjet erwischt, da hat man immer Priorität an den Flughäfen, und außerdem sind wir gefühlt mit Mach 3 geflogen.«

»Lass mich raten – Onkel Alfred hat das gedeichselt?«, fragte Eddie.

»Jep.« Nick schob die beiden in den Wartebereich der Intensivstation, der mit bequemen Ledersesseln ausgestattet war. »Ich durfte ganz kurz zu Rachel rein. Die Ärzte versuchen immer noch, ihre Nierenfunktion wiederherzustellen. Und sie wollen dir ein paar Fragen stellen, Peik Lin.«

Kurze Zeit später kam eine Ärztin mit tiefschwarzem Haar herein.

»Ah, das ist Dr. Jacobson«, sagte Nick.

Eddie sprang sofort auf und reichte ihr die Hand. »Ich bin Edison Cheng, Malcolm Chengs Sohn.«

»Muss ich wissen, wer das ist?«

Eddie sah sie verwirrt an. Die Ärztin grinste. »War nur ein Spaß. Natürlich kenne ich Ihren Vater.«

Eddie atmete erleichtert aus.

»Wie gehts Rachel denn?«, fragte Nick. Er gab sich große Mühe, ruhig zu klingen.

»Sie ist erst mal so weit stabil. Wir führen gerade eine Reihe weiterer Tests durch, aber ehrlich gesagt stehen wir vor einem Rätsel. Wir wissen immer noch nicht, was zu dem Organversagen geführt hat, nur, dass sie irgendein sehr starkes Gift im Körper hat.« Sie sah Peik Lin an. »Wissen Sie noch, was Ihre Freundin in den letzten vierundzwanzig Stunden gegessen und getrunken hat?«

»Moment … als wir gestern Abend im Four Seasons angekommen sind, hat Rachel einen Cobb Salad und eine Erdbeer-Litschi-Mousse gegessen. Gefrühstückt haben wir heute Morgen nicht, zum Mittag gabs Hangzhou-Garnelen, Bambussprossen und Nudelsuppe mit Ente. Ach ja, in unserem Zimmer gab es schokolierte Ingwerstücke, davon hat Rachel vielleicht was gegessen. Ich nicht. Und dann war sie heute Morgen zur Massage, die sollte mit zerstoßener Jade und Lotussamen sein.«

»Alles klar. Wir fordern gleich mal eine Liste vom Hotel an mit allem, was sie möglicherweise gegessen haben oder dem sie ausgesetzt gewesen sein könnte.«

»Haben Sie denn schon eine Vermutung? Rachel und

ich haben eigentlich genau das Gleiche gegessen, und mir gehts gut.«

»Jeder Körper reagiert anders. Ich will aber keine vorschnellen Schlüsse ziehen, solange ich den toxikologischen Befund noch nicht habe.«

»Wie sieht denn Ihrer Meinung nach die Prognose aus?«, fragte Nick.

Dr. Jacobson zögerte kurz. »Ich will es nicht beschönigen – im Moment ist ihr Zustand sehr kritisch. Wir müssen ihr aufgrund des Leberversagens vielleicht einen TIPS[1] einsetzen. Und falls das Gift anfängt, auch ihr Gehirn anzugreifen, müssen wir sie in ein künstliches Koma versetzen, damit ihr Körper überhaupt noch eine Chance hat.«

»In ein künstliches Koma?« Peik Lin brach in Tränen aus. Nick, der selbst mit den Tränen kämpfte, nahm sie in den Arm.

Eddie trat nah an die Ärztin heran. »Tun Sie alles, was in Ihrer Macht steht, kapiert? Dr. Malcolm Cheng und Ming Kah-Ching machen Sie persönlich dafür verantwortlich, wenn Rachel nicht wieder gesund wird!«

Dr. Jacobson sah ihn etwas genervt an. »Wir kümmern uns hier um alle Patienten und Patientinnen so gut wir können, Mr Cheng. Egal, wer es ist.«

»Dürfen wir zu ihr?«, fragte Peik Lin.

»Aber immer nur einzeln«, erwiderte die Ärztin.

»Geh du zuerst«, sagte Peik Lin zu Nick und sank zurück in ihren Sessel.

1 TIPS steht für »transjugulärer intrahepatischer portosystemischer Shunt«. Echt ein Zungenbrecher!

20:40 Uhr
Nick stand vor Rachels Bett und sah hilflos zu, wie ein Team aus Ärzten und Krankenpflegern um seine Frau herumwuselte. Vor zwei Tagen hatte er ihr noch in der Suite im Peninsula dabei zugesehen, wie sie voller Vorfreude ihre Tasche für ein Spa-Wochenende mit einer ihrer besten Freundinnen packte. *Dass du mir aber nicht* zu *viel Spaß in Peking hast!*, hatte Rachel lachend zu ihm gesagt. *Nicht mit den sexy Bibliothekarinnen flirten – außer es ist Parker Posey*. Dann hatte sie ihn zum Abschied liebevoll geküsst. Und nun lag sie hier, ihr Teint ganz gelb, und aus Hals und Unterleib ragten Kabel und Schläuche. Passierte das alles gerade wirklich? Woran litt seine Rachel bloß? Wieso ging es ihr immer schlechter? Sie zu verlieren war einfach unvorstellbar. Nein, nein, nein, an so etwas durfte er gar nicht erst denken. Sie war stark. Sie würde wieder gesund werden. Sie hatte noch ihr ganzes Leben vor sich. Ihr ganzes *gemeinsames* Leben.

Auf dem Rückweg ins Wartezimmer verzog sich Nick auf die Toilette und spritzte sich etwas kaltes Wasser ins Gesicht. Sein Blick fiel auf den Spiegel, rund, von innen beleuchtet, bestimmt ein Designerstück. Er sah sich um. Offenbar war der Raum kürzlich renoviert worden. Nun kamen ihm doch die Tränen. Falls Rachel das hier überlebte, nein, *sobald* Rachel das hier überlebt hatte, würde er ihr das schönste Badezimmer der ganzen Welt bauen lassen.

21:22 Uhr
Nick ging zurück zu den anderen. Peik Lin und Eddie beugten sich über Styroporbecher mit Wan-Tan-Suppe. Ihnen gegenüber saßen Nicks Tante Alix und sein Cousin

Alistair. Als Alistair ihn sah, lief er sofort auf ihn zu und umarmte ihn fest.

»Ach Nicky! Das ist so eine verrückte Geschichte!«, rief Alix. »Wie gehts Rachel im Moment?«

»Es gibt noch nichts Neues«, sagte Nick traurig.

»Ich kenne Dr. Jacobson, sie ist eine sehr fähige Ärztin. Rachel ist in den besten Händen.«

»Gut zu wissen.«

»Und dein Onkel Malcolm hat gerade angerufen. Das Krankenhaus hält ihn die ganze Zeit auf dem Laufenden, und eine seiner Hongkonger Kolleginnen ist absolute Spezialistin auf dem Gebiet der hepatobiliären Chirurgie, die hat er gebeten vorbeizukommen und sich Rachel auch einmal anzusehen.«

»Danke, das ist wirklich lieb von ihm. Sag ihm, dass ich das sehr zu schätzen weiß!«

»Er wünschte bloß, er könnte auch hier sein. *Gam ngaam*[1], also wirklich, da hast du ausgerechnet das eine Mal einen medizinischen Notfall in Hongkong, wenn Malcolm nicht da ist. Wir haben übrigens Schweinebraten und Nudelsuppe mitgebracht, willst du was?«

»Ich sollte wohl mal was essen, ja.«

Nick setzte sich und sah seiner Tante zu, wie sie Behälter und Plastikbesteck um ihn herum aufbaute.

»Wir haben noch niemandem was erzählt, Nicky. Wir waren uns nicht sicher, was du überhaupt sagen willst, deshalb habe ich deine Mutter auch noch nicht angerufen. Sobald sie Bescheid weiß, wissen es ja alle.«

1 Kantonesisch für »Das passt ja bestens«.

»Danke, Auntie Alix. Meine Mum wäre mir im Moment auch ehrlich gesagt zu viel.«

»Hast du Rachels Mom eigentlich schon Bescheid gesagt?«, fragte Peik Lin.

Nick seufzte. »Ich rufe sie nachher an. Ich dachte mir, wozu soll ich ihr Angst machen, wenn wir noch gar nicht richtig wissen, was los ist.«

Die Tür ging auf, und Eddies und Alistairs Schwester Cecilia kam mit einem riesigen Strauß weißer Lilien herein.

Nick zwang sich zu einem Lächeln. »Dann ist jetzt wohl die ganze Gang zusammen.«

»Klar, kennst mich doch!«, entgegnete Cecilia. »Ich lass mir keine Party entgehen.« Sie drückte Nick einen Kuss auf die Wange und stellte die Vase neben ihm ab.

»Wow, sind die schön! Danke. Aber du hättest doch nichts mitbringen müssen.«

»Hab ich auch nicht, die Frau am Empfang meinte, die wurden für dich abgegeben.«

»Komisch«, sagte Nick und schlürfte ein paar Nudeln in den Mund. »Eigentlich wisst nur ihr, dass wir hier sind.«

Peik Lin entfernte die Folie vom Strauß. Dabei fiel eine kleine Karte heraus. Sie hob sie auf.

»Ach du Scheiße!«, rief sie plötzlich. Sie drehte sich blitzschnell zu Nick um und stieß dabei die Vase vom Tisch, die mit einem lauten Klirren auf dem Boden zerbrach und Scherben, Blüten und Wasser im ganzen Raum verteilte.

Nick sprang auf. »Was ist denn los?«

Peik Lin reichte ihm wortlos die Karte.

Rachel,

du wurdest mit einer potenziell tödlichen Dosis Tarquinomid vergiftet. Sobald deine Ärzte das erfahren, können sie dir helfen.

Erzähle niemandem von diesem Vorfall, wenn dir dein Leben lieb ist.

Komm nie wieder nach China.

Dies ist die letzte Warnung.

9

RIDOUT ROAD
SINGAPUR

Astrid schaltete ihren Laptop an und verfasste eine E-Mail:

Lieber Charlie,

tut mir leid, dass ich dich so überfalle, aber du musst mir bitte noch einen Gefallen tun. Vielleicht kannst du mir helfen, Licht ins Dunkel zu bringen …

Was weißt du über Promenade Technologies? Die sitzen in Mountain View, Kalifornien. Hast du mit denen schon mal zusammengearbeitet? Die haben Michaels erste Firma, Cloud Nine Solutions, gekauft. Ich muss mehr über diese Firma rausfinden, vor allem, wer der Besitzer ist.

Tausend Dank!
Astrid

Sie schickte die E-Mail ab, und eine Minute später blinkte Charlie im Google-Chat auf.

CHARLIE WU: Hey! Da kann ich dir bestimmt helfen.

ASTRID LEONG TEO: Cool, das ist echt nett von dir!

CW: Gibt es einen bestimmten Grund dafür?

ALT: Ich bin einfach auf der Suche nach ein paar Antworten. Schon mal was von der Firma gehört?

CW: Ja. Aber kannst du nicht einfach Michael fragen?

ALT: Anscheinend weiß der auch nichts. Wusstest du, dass irgendein asiatischer Mischkonzern teilweise oder ganz hinter der Firma steht?

CW: Was ist denn los, Astrid?

Astrid überlegte einen Moment, ob sie wirklich bereit war, Charlie alles zu erzählen, was in letzter Zeit zwischen ihr und Michael passiert war.

ALT: Ich will Michael helfen, die Wahrheit rauszufinden. Es ist ein bisschen kompliziert ... ich will dich da nicht reinziehen.

CW: Ich bin doch schon mittendrin. Aber okay, ich frag nicht weiter nach. Nur wäre es besser, wenn ich wüsste, worum es hier eigentlich geht, damit ich dir wirklich helfen kann.

Astrid saß auf der Bettkante und dachte: *Ich hab doch nichts vor Charlie zu verbergen. Er ist der Einzige, der das verstehen wird.*

ALT: Okay, Folgendes: Michael hat sich in den Kopf gesetzt, dass mein Vater – oder irgendwer in einer der Firmen unter der Leitung meiner Familie – Cloud Nine Solutions gekauft und Promenade sozusagen als Strohmann benutzt hat.

CW: Wie kommt er plötzlich darauf?

ALT: Das ist eine lange Geschichte, aber er ist auf irgendwelche alten Papiere gestoßen, in denen als Käufer eine gewisse Pebble Beach Holding Company auftaucht, und da er weiß, wie oft mein Vater zum Golfen dort ist, hat er irgendwie einen Zusammenhang gewittert.

CW: Äh, da bist du bestimmt schon selbst draufgekommen, aber hast du deinen Vater einfach mal gefragt, ob er die Firma gekauft hat?

ALT: Klar. Und er hat es natürlich abgestritten. »Was um alles in der Welt sollte ich mit Michaels Firma wollen? Ich hab sie von Anfang an für vollkommen überschätzt gehalten.«

CW: Haha, typisch Harry Leong!

ALT: Absolut.

CW: Ich glaube nicht, dass dein Vater was damit zu tun hat. Aber selbst wenn es so wäre? Wär das so schlimm?

ALT: Machst du Witze? Michael war immer superwichtig, dass er sich aus eigener Kraft hochgearbeitet hat. Dieser Verdacht, dass meine Familie etwas mit seinem Erfolg zu tun hat, macht ihn wahnsinnig. Er redet sich mal wieder ein, mein Vater würde versuchen, die Kontrolle über ihn, über unser Leben etc. zu übernehmen. Wir hatten gestern einen Riesenstreit deswegen.

CW: Tut mir echt leid.

ALT: Irgendwann bin ich einfach gegangen. Sonst hätte ich glaube ich die Polizei rufen müssen. Ich bin jetzt im Marina Bay Sands Hotel.

Sekunden später klingelte Astrids Handy. Es war Charlie, also meldete sie sich aus Spaß mit: »Zimmerservice?«

»Äh, ja, hallo, ich hab hier ein kleines Problem in meinem Zimmer, könnte vielleicht mal jemand kommen?« Charlie stieg sofort auf ihren Witz ein.

»Um was für ein Problem handelt es sich denn?«

»Ich glaube, in meinem Zimmer haben Kuchen-Fetischisten eine Party gefeiert. Hier liegen ungefähr dreißig zermatschte Kuchen vom Lana Cake Shop, auf dem Teppich, an den Wänden und auf dem Bett. Es sieht aus, als hätten die sich in der Buttercreme gewälzt und verschiedene Kamasutra-Stellungen darin ausprobiert.«

Astrid kicherte. »Abartig! Wie kommst du bloß immer auf solche Sachen?«

»Ich bin gestern Abend online auf einen Artikel über Leute gestoßen, die es antörnt, sich auf Torten zu setzen.«

»Ich frag lieber nicht, auf was für Seiten du dich rumtreibst. In Singapur wären die garantiert geblockt.«

»Und ich frage lieber nicht, wieso du ausgerechnet in einem Hotelzimmer im Marina Bay Sands sitzt!«

Astrid seufzte. »Es gibt nur ganz wenige Hotels, in denen ich garantiert nicht erkannt werde. MBS gehört dazu – da steigen hauptsächlich Touristen ab.«

»Keine Einheimischen? Echt?«

»Jedenfalls niemand, den ich kenne. Kurz nach der Eröffnung wollte meine Mutter mit Mrs Lee Yong Chien und der Königinmutter von Borneo hoch in den SkyPark, um den Ausblick zu genießen, aber als sie erfuhren, dass der Eintritt für Rentner zwanzig Dollar kostet, sagte Mrs LYC: *›Ah, ni kui! Wah mai tshut!‹*[1] Also sind sie doch ins Einkaufszentrum zu Toast Box gegangen.«

1 Hokkien: »So teuer! Mein Geld reicht nicht!«

Charlie lachte. »Einfach unverbesserlich, diese Frauen! Lustig, meine Mutter war immer so extravagant, aber je älter sie wird, desto krassere Züge nimmt ihr Geiz an. Zum Beispiel dürfen ihre Köche das Licht in der Küche erst um halb acht anmachen. Als ich neulich da war, stolperten sie im Stockdunkeln rum und versuchten, Abendessen zu machen.«

»Wahnsinn. Meine Mutter lässt sich in Restaurants immer die restliche Bratensoße von den Tellern *ta-pau*[1]. Ohne Witz! Wenn ich ihr sage, dass sie spinnt, sagt sie: ›Wir haben schließlich dafür bezahlt! Wieso sollten wir diese leckere Bratensoße verkommen lassen? Die kann Rosie morgen ins Mittagessen tun, dann schmeckt es gleich viel besser!‹«

Charlie lachte in sich hinein. »Jetzt mal im Ernst, wie lange willst du dich denn im Hotel verkriechen?«

»Ich verkrieche mich nicht. Ich nehme mir bloß eine kleine Auszeit. Cassian und sein Au-pair sind auch mit, und er ist total begeistert vom SkyPark-Pool.«

»Also eigentlich ist ja der Mann derjenige, der das Haus verlassen sollte. Wenn ich mich richtig heftig mit Isabel gestritten habe, bin ich entweder zu meinem Bruder gefahren oder hab mir ein Hotelzimmer genommen. Ich schicke doch nicht meine Frau und meine Kinder weg.«

»Tja, du bist auch ganz anders als Michael. Außerdem hat er mich nicht weggeschickt, ich bin *freiwillig* gegangen. Er war so wütend, dass er die Kontrolle verloren hat.«

»Was? Hat er dich geschlagen?«, fragte Charlie entsetzt. *Wenn er Astrid auch nur ein Haar gekrümmt hat, bringe ich ihn um!*

1 Hokkien für »einpacken lassen«.

»Nein, natürlich nicht. Michael würde mir nie wehtun. Aber er hat einen seiner Porsches zerlegt. Hat sich ein Samuraischwert geschnappt und auf die Motorhaube eingedroschen. Das wollte ich mir nicht länger anschauen.«

»Ach du Scheiße! Und das nur wegen dem geheimnisvollen Firmenkäufer?«, fragte Charlie, der immer besorgter wurde.

»Nein, nicht nur deswegen. Die letzte Zeit war nicht leicht für ihn. Erst ist der Deal mit IBM geplatzt, dann hat er das Haus, das er unbedingt wollte, nicht bekommen, und von diesem Zeitungsartikel fange ich gar nicht erst an. Außerdem sieht es so aus, als könnten wir inzwischen kein normales …« Astrid verstummte. *Das reicht jetzt. Es ist unfair, Charlie damit zu belasten.*

Charlie hörte Astrid am anderen Ende der Leitung leise schniefen. *Sie weint. Sie sitzt in irgendeinem Hotelzimmer und weint.*

»Tut mir leid, ich sollte dich wirklich nicht mit meinen Problemen bei der Arbeit stören.« Astrid schniefte wieder.

»Ich hab heute sowieso nicht viel zu tun, außerdem kann mich ja keiner feuern. Du weißt, dass du mich jederzeit anrufen kannst, oder?«

»Ja. Du bist der Einzige, der mich versteht. Meine Familie weiß einfach nicht, wie es ist, Eheprobleme zu haben.«

»Meinst du wirklich, deine Brüder wären immer nur glücklich in ihrer Ehe?«

»Natürlich nicht! Ich glaube, die sind alle auf die eine oder andere Weise unglücklich, aber das würden sie halt nie zugeben. In meiner Familie darf man nicht unglücklich sein. Ich glaube, nur Alex in L. A. ist wirklich glücklich, immerhin ist er den Klauen der Familie entronnen und mit der Liebe seines Lebens zusammen. Es ist echt lächerlich, dass meine Eltern Salimah nicht akzeptieren. Und so ironisch, wenn man bedenkt, dass das ganze Geld unserer Familie ursprünglich aus Malaysia stammt.«

»Hauptsache, sie sind glücklich zusammen. Das ist alles, was zählt«, sagte Charlie.

»Als ich vor ein paar Monaten da war, habe ich mir insgeheim gewünscht, so zu leben wie sie. Manchmal würde ich am liebsten meine Koffer packen und nach Kalifornien ziehen, wo mich niemand kennt und es den Leuten egal ist, wie ich lebe. Cassian könnte fernab von all dem Druck aufwachsen, der schon bald auf ihn zukommt. Und ich wäre vollkommen zufrieden mit einer Strandhütte, das schwör ich dir.«

Ich auch, dachte Charlie bei sich.

Sie schwiegen eine Weile, dann sagte Charlie: »Was willst du jetzt machen?«

»Nichts, wenn ich ehrlich bin. Michael wird sich in ein paar Tagen beruhigt haben, dann können wir wieder nach Hause. Wenn du mir helfen könntest zu beweisen, dass mein Vater nichts mit dem Aufkauf seiner Firma zu tun hatte, würde das sicher helfen, seine Laune aufzubessern.«

Charlie schwieg. »Mal sehen, was ich tun kann.«

»Du bist der Beste, Charlie, wirklich!«

Kaum hatte Astrid aufgelegt, rief Charlie seinen Finanzvorstand an. »Hey, Aaron. Erinnerst du dich noch an den Kauf von Cloud Nine im Jahr 2010? Von Michael Teo?«

»Wie könnte ich das vergessen? Die Verluste schreiben wir bis heute ab«, erwiderte Aaron.

»Warum zum Teufel hast du die Dachgesellschaft Pebble Beach LTD genannt?«

»Alter, ich stand gerade am achtzehnten Loch, als du mich angerufen und angewiesen hast, die Firma zu kaufen. Das ist das beste letzte Loch der Welt. Wieso fragst du?«

»Vergiss es.«

10

QUEEN MARY HOSPITAL
POK FU LAM, HONGKONG

Nick löste gerade das Kreuzworträtsel der *New York Times* auf dem iPad, als der wachhabende Polizeibeamte den Kopf durch die Tür von Rachels Krankenzimmer streckte.

»Sir, an der Rezeption steht ein Pärchen, das zu Ms Chu will. Sie haben zwei Wagen voller Lebensmittel dabei, und der Mann behauptet, er wäre Ms Chus Bruder.«

»Äh, ja. Moment mal …« Nick beugte sich lächelnd über Rachel und flüsterte ihr ins Ohr: »Süße … Bist du wach? Carlton und Colette sind da. Hast du Lust auf Besuch?«

Rachel, die den ganzen Vormittag über vor sich hin döste, machte mühsam die Augen auf. »Hm, klar, wieso nicht?«

»Sie können hochkommen«, sagte Nick zu dem Polizisten.

Rachel war vor zwei Tagen von der Intensivstation auf die Privatstation verlegt worden, denn nachdem die Ärzte ihr mit dem Wissen um das genaue Gift umgehend das Gegengift verabreichen konnten, hatte sich ihr Zustand stetig gebessert.

Kurz darauf klopfte es an der Tür, und Carlton und Colette betraten das Zimmer. »Hey Schwesterchen! Na, das

Four Seasons in Hangzhou hatte ich mir aber anders vorgestellt.« Carlton trat an ihr Bett und nahm ihre Hand.

Rachel lächelte schwach. »Ihr hättet doch wirklich nicht herkommen –«

»So ein Quatsch! Wir sind sofort in den Flieger gestiegen, nachdem Nick angerufen hat. Außerdem ist bei Joyce Ausverkauf, da will Colette unbedingt hin.«

Colette boxte Carlton gegen den Arm. »Als wir Montag immer noch nichts von euch gehört haben, dachten wir, ihr hättet so viel Spaß in Hangzhou, dass ihr länger geblieben seid.«

»Ein Riesenspaß war das, genau«, sagte Rachel ironisch und streckte ihnen die Arme mit den Infusionsschläuchen entgegen.

»Ich kann immer noch nicht fassen, dass man schon so jung Gallensteine haben kann. Ich dachte, das kriegen nur alte Leute«, sagte Colette.

»Nee, nee, das kann jedem passieren«, sagte Nick.

Colette setzte sich auf Rachels Bettkante. »Ich bin jedenfalls heilfroh, dass du auf dem Weg der Besserung bist.«

»Seid ihr mit eurem kleineren Flugzeug hier? Grande?«, fragte Rachel.

»Ach, du meinst Venti? Nein, leider nicht«, sagte Colette und verdrehte die Augen. »Mein Vater hat mir die Flüge gestrichen. Meine Eltern sind stinksauer, weil ich Richie Yangs Antrag abgelehnt habe, und wollen mir eine Lektion erteilen. Sogar meine Titan-Kreditkarte haben sie gesperrt. Tja, aber jetzt gucken sie ganz schön blöd aus der Wäsche, weil ich sehr gut ohne sie zurechtkomme. Vor euch steht nämlich die neue internationale Markenbotschafterin von Prêt-à-Couture!«

»Colette hat soeben einen multimillionenschweren Vertrag mit ihnen abgeschlossen«, verkündete Carlton stolz.

»Glückwunsch! Das ist ja toll!«, sagte Rachel.

»Ja, ich hab mich wieder mit Virginie de Bassinet vertragen, und jetzt schmeißt sie nächste Woche eine Party im Johnnie Walker House für mich. Da will sie es dann groß verkünden. In der nächsten Saison könnt ihr mich in allen Prêt-à-Couture-Werbungen bewundern, und Tim Walker macht die Fotos für die Kampagne. Ich hoffe, du bist rechtzeitig für die Party wieder auf dem Damm!«

Nick und Rachel schwiegen.

»Hey, diese Verrückte hier hat sich nicht davon abbringen lassen, euch noch mehr Essen von Daylesford Organic mitzubringen, aber wir mussten die Wagen unten lassen«, brach Carlton das Schweigen.

»Na ja, der Krankenhausfraß ist doch bestimmt grässlich«, sagte Colette.

»Ach, ich war überrascht«, erwiderte Nick. »Der Steak-Pie gestern in der Cafeteria war erstaunlich gut.«

»Vielen Dank, Colette. Seit heute Morgen darf ich wieder feste Nahrung zu mir nehmen, und ich hab Heißhunger auf Süßes.«

»Oh ja, wir schmuggeln dir die Zitronenplätzchen mit weißer Schokolade ins Zimmer!«, quietschte Colette.

»Wenn ich mitkomme, lassen sie uns vielleicht einen Teil der Sachen mit hochnehmen«, schlug Nick vor.

Carlton und er gingen Richtung Empfang. Im Aufzug sagte Carlton: »Ich bin so froh, dass Rachel über den Berg ist. Aber was macht eigentlich die Polizei hier überall?«

Nick sah Carlton in die Augen. »Du musst mir versprechen, dass das unter uns bleibt, okay?«

»Natürlich.«

Nick holte tief Luft. »Rachel hatte keine Gallensteine. Sie wurde vergiftet.«

»Meinst du Lebensmittelvergiftung?«, fragte Carlton verwirrt.

»Nein, jemand hat ihr vorsätzlich ein Toxin verabreicht.«

Carlton starrte Nick entgeistert an. »Du machst Witze.«

»Schön wärs. Sie will es nicht an die große Glocke hängen, aber sie hätte sterben können. Ihre Organe haben eins nach dem anderen versagt, und die Ärzte hatten keine Ahnung, was sie hatte, bis wir rausgefunden haben, dass sie vergiftet wurde.«

»Ich fass es nicht! Wie habt ihr es rausgefunden?«

»Sie hat einen anonymen Brief bekommen.«

Carlton schnappte nach Luft. »Was? Wer sollte denn *Rachel* vergiften wollen?«

»Das wüssten wir auch gern. Meine Tante Alix kennt den Polizeichef von Hongkong gut und hat dafür gesorgt, dass die Polizei von Hongkong und China gemeinsam ermitteln.«

Der Aufzug war jetzt am Empfang angekommen, und Nick zog Carlton in eine ruhige Ecke. »Sag mal … glaubst du, Richie Yang wäre zu so etwas fähig?«

Carlton überlegte. »Richie? Was hat der denn damit zu tun?«

»Na, du hast ihn in Paris vor all seinen Freunden bloßgestellt. Colette hat vor versammelter Mannschaft deutlich gemacht, dass sie dich vorzieht …«

»Du meinst, er hat Rachel vergiftet, um sich an mir zu rächen? Meine Fresse, dann wäre er aber noch wahnsinniger, als ich dachte! Das würde ich mir nie verzeihen.«

»Ist bloß so eine Theorie. Wir haben uns den Kopf darüber zerbrochen, wer ein Motiv haben könnte. Irgendwann wird die Polizei bestimmt auch mit dir und Colette reden wollen.«

»Ja klar, kein Problem!« Carlton stand der Schreck noch immer ins Gesicht geschrieben. »Wissen sie schon, was für ein Gift es war?«

»Ja, es heißt wohl Tarquinomid. Das ist ein ziemlich seltenes Medikament gegen Multiple Sklerose, das nur in Israel hergestellt wird. Anscheinend wird es auch von Mossad-Agenten für Attentate benutzt.«

Carlton wurde auf einmal leichenblass.

BAO-RESIDENZ, SCHANGHAI, EIN PAAR STUNDEN SPÄTER

Bao Gaoliang und seine Frau standen unter dem Portikus ihres eleganten Landhauses in der Französischen Konzession und winkten ihren Gästen zum Abschied, als Carltons Wagen die kreisförmige Auffahrt heraufgeprescht kam.

»Ach du meine Güte, Eure Hoheit beehren uns höchstselbst! Womit haben wir das verdient?«, fragte Shaoyen sarkastisch, als Carlton die Steintreppe zu ihnen heraufkam.

»Ich muss euch in der Bibliothek sprechen. Sofort!«, presste er hervor.

»In dem Ton sprichst du nicht mit deiner Mutter!«, tadelte Gaoliang.

»Was, habt ihr euch wieder versöhnt, oder was?« Carlton stürmte an ihnen vorbei ins Haus.

»Wir haben ein Abendessen für den mongolischen Botschafter ausgerichtet. Im Gegensatz zu dir wissen dein Vater und ich uns zu benehmen, wenn die Umstände es erfordern«, sagte Shaoyen, ließ sich auf das Chesterfield-Sofa sinken und zog sich mit einem erleichterten Seufzer die Absatzschuhe von Zanotti aus.

Carlton schüttelte angewidert den Kopf. »Wie kannst du bloß in deinem Abendkleid hier sitzen und so tun, als wäre nichts gewesen? Dabei weißt du ganz genau, was du getan hast!«

»Was ist jetzt schon wieder los?«, fragte Gaoliang genervt.

Carlton warf seiner Mutter einen vernichtenden Blick zu. »Willst du es ihm sagen, oder soll ich?«

»Ich habe keine Ahnung, wovon du sprichst«, sagte Shaoyen in eisigem Tonfall.

Carlton wandte sich mit loderndem Blick an seinen Vater. »Während du hier eine Dinnerparty mit deiner Frau geschmissen hast, liegt deine Tochter, *dein eigen Fleisch und Blut*, in Hongkong im Krankenhaus –«

»Rachel liegt im Krankenhaus?«, unterbrach ihn Gaoliang.

»Ja! Sie mussten sie mit dem Flugzeug von Hangzhou nach Hongkong verlegen.«

»Was ist denn passiert?« Gaoliang sah Carlton erschrocken an.

»Sie wurde vergiftet. Sie lag drei Tage auf der Intensivstation und wäre fast gestorben!«

Gaoliang sah ihn mit offenem Mund an. »Wer sollte sie denn vergiften?«

»Tja … frag doch mal *Mutter*!«

Shaoyen sprang vom Sofa auf. »*Ni zai jiang shenme pihua?*[1] Hast du deine Medikamente nicht genommen?«

1 Mandarin für »Was zum Teufel redest du da?«.

»Ich weiß, dass du sie nur warnen wolltest, aber du hättest sie um ein Haar umgebracht! Ich versteh dich einfach nicht, Mutter. *Wie konntest du das bloß tun?*« Carlton stiegen Tränen in die Augen.

Shaoyen drehte sich entgeistert zu ihrem Mann um. »Kannst du das glauben? Unser Sohn bezichtigt mich des Mordes! Wie um alles in der Welt kommst du darauf, dass ich irgendetwas damit zu tun haben könnte, Carlton?«

»Ich weiß genau, wie du es angestellt hast. Natürlich nicht persönlich, nein, du hast mal wieder deine Lakaien geschickt. Rachel wurde mit Tarquinomid vergiftet – das passenderweise seit Kurzem in Tel Aviv für Opal Pharmaceuticals hergestellt wird!«

»Oh Gott«, flüsterte Shaoyen, und Gaoliang wirkte völlig verdattert.

»Du glaubst wohl, ich hätte keinen Überblick über unsere Geschäfte, was? Tja, Überraschung! Ich weiß alles über deinen streng geheimen Deal mit Opal.«

»Wir haben haufenweise streng geheime Deals mit Firmen auf der ganzen Welt. Ja, Opal hat Tarquinomid an uns ausgelagert, aber wie kommst du bloß darauf, dass ich Rachel vergiftet habe? Warum sollte ich das tun?«

Carlton sah seine Mutter vorwurfsvoll an. »Ach, komm. Jetzt tu mal nicht so! Du hast Rachel doch von Anfang an gehasst!«

Jetzt meldete sich Gaoliang zu Wort, der endgültig genug von den Anschuldigungen seines Sohnes hatte. »Mach dich nicht lächerlich, Carlton. Sie hat Rachel nicht vergiftet! Wie kannst du es wagen, deiner Mutter so etwas vorzuwerfen?«

»Dad, du hast doch keinen blassen Schimmer. Wenn du

wüsstest, was Mutter mir gegenüber alles über Rachel gesagt hat!«

»Deine Mutter mag ihre Schwierigkeiten mit Rachel haben, aber deshalb tut sie ihr doch nichts an.«

Carlton stieß einen verbitterten Lacher aus. »Das glaubst du wirklich, oder? Du hast keine Ahnung, wozu Mutter fähig ist. Aber klar, du weißt ja auch nicht, was sie in –«

»Carlton!«, fuhr Shaoyen ihn an.

»Was Mutter *in London getan hat*!«

»Wovon sprichst du?«, fragte Gaoliang.

»Die große Vertuschungsaktion in London … alles nur, um dich zu schützen.«

Shaoyen stürzte auf ihren Sohn zu und packte ihn entsetzt an den Schultern. »Halt den Mund, Carlton!«, schrie sie ihn an.

»Nein! Das werd ich nicht tun!«, schrie Carlton zurück. »Ich hab es satt, den Mund zu halten!«

»Dann sag schon! Was ist in London passiert?«, fragte Gaoliang streng.

»Bitte, Carlton! Tus nicht! Es ist zu deinem Besten!«, flehte Shaoyen panisch.

»Bei dem Unfall ist ein Mädchen gestorben. In meinem Auto!«, spuckte Carlton aus.

»Hör nicht auf ihn!«, kreischte Shaoyen und versuchte verzweifelt, Carlton den Mund zuzuhalten. »Er ist betrunken! Er ist krank im Kopf!«

»Was zum Teufel redest du da? Ich dachte, das Mädchen wäre querschnittsgelähmt.«

Carlton stieß seine Mutter von sich und stürmte auf die andere Seite des Raumes. »Es saßen zwei Mädchen mit im Ferrari, Dad! Eins hat überlebt, das andere ist gestorben. Und Mutter hat alles unter den Teppich gekehrt. Sie hat Mr Tin und deinen Banker in Hongkong eine Stange Schweigegeld zahlen lassen. Sie wollte nicht, dass du es erfährst – um auch ja nicht deine Karriere zu gefährden! Ich durfte dir nichts sagen. Sie wollte nicht, dass du erfährst, was für ein Versager ich bin. Aber jetzt weißt du es, Dad. Ich habe ein Mädchen umgebracht!«

Gaoliang starrte die beiden entsetzt an, und Shaoyen brach schluchzend zusammen.

Carlton fuhr fort: »Das werde ich mir nie verzeihen. Es wird mich bis an mein Lebensende verfolgen. Aber ich will Verantwortung für meine Taten übernehmen, Dad. Ich kann es nicht ungeschehen machen, aber ich will mich ändern. Ich versuche es! Rachel hat mir in Paris geholfen, das zu erkennen. Aber Mutter hat rausgefunden, dass Rachel von meinem Unfall weiß, und *deshalb* wollte sie sie loswerden!«

»Nein, nein! Das stimmt doch gar nicht!«, rief Shaoyen unter Tränen.

»Und, wie fühlt sich das an, Mutter? Die Wahrheit ist endlich ans Licht gekommen, dein schlimmster Albtraum ist wahr geworden. Unsere Familie wird in Schande versinken, genau wie du es vorhergesagt hast – aber nicht wegen Rachel oder mir, sondern wenn die Polizei kommt und dich ins Gefängnis wirft!«

Carlton knallte die Tür zu und ließ seine Mutter auf dem Boden der Bibliothek zurück, sein Vater saß zusammengesunken neben ihr, das Gesicht in den Händen vergraben.

11

BUKIT-BROWN-FRIEDHOF

SINGAPUR

Jedes Jahr am Todestag ihres Vaters besuchten Shang Su Yi und ihr Bruder Alfred das Grab ihrer Eltern. Su Yis Familie und einige nahe Verwandte versammelten sich traditionellerweise in Tyersall Park zum Frühstück, um dann gemeinsam zum Friedhof zu fahren, doch dieses Jahr trafen sie sich in Bukit Brown. Astrid war zu früh da, weil sie direkt vom Far-Eastern-Kindergarten, wo sie Cassian abgeliefert hatte, weitergefahren war. Als sie durch die Grabreihen flanierte, bemerkte sie, dass der älteste Friedhof Singapurs außer ihr nahezu menschenleer war.

Seit im Jahr 1970 keine neuen Gräber mehr dazugekommen waren, hatte der Wald das Gelände zurückerobert und die letzte Ruhestätte der Gründungsväter Singapurs in ein üppiges Naturschutzgebiet verwandelt, in dem einige der seltensten Tier- und Pflanzenarten der Insel beheimatet waren. Astrid liebte es, durch diesen Garten Eden zu spazieren und die verzierten Gräber zu betrachten, die so völlig anders als überall sonst auf der Welt aussahen. Die größeren, prunkvollen Grabstätten im chinesischen Stil waren in sanfte

Hügel eingelassen, einige von ihnen so groß wie Wachhäuschen einer Palastanlage, mit eigenen gekachelten Vorplätzen, auf denen sich die Trauernden versammeln konnten. Andere wiederum waren mit farbenfrohen Kacheln der Peranakan und lebensgroßen Statuen von Sikh-Wachen, Guanyin oder anderen chinesischen Gottheiten verziert. Astrid las die Inschriften auf den Grabsteinen, und dann und wann erkannte sie den Namen eines wegweisenden Singapurers: Tan Kheam Hock, Ong Sam Leong, Lee Choo Neo, Tan Ean Kiam, Chew Boon Lay. Hier waren sie alle versammelt.

Um exakt zehn Uhr störte ein kleiner Konvoi den Frieden. Vorneweg fuhr der Jaguar Vanden Plas mit Astrids Mutter Felicity Leong – Su Yis ältester Tochter – und ihrem Ehemann Harry, gefolgt von dem kleinen Kia Picanto mit Astrids Bruder Henry Leong Jr.[1] am Steuer. Dahinter hielt der dunkelrot-schwarze Daimler-Oldtimer mit Su Yis jüngerer Tochter Victoria, die Rosemary T'sien, Lillian May Tan und den Bischof von Singapur dabeihatte. Kurz darauf fuhr ein schwarzer Mercedes 600 Pullman mit getönten Scheiben vor, und noch ehe die ellenlange Limousine ganz zum Stehen gekommen war, flogen die mittleren Türen auf, und zwei Gurkha-Wachen sprangen heraus.

1 Das persönliche Vermögen von Henry Leong Jr. beträgt vorsichtig geschätzt 420 Millionen Dollar, da sein Vater noch quicklebendig ist und er sein richtiges Vermögen noch nicht geerbt hat. Aus diesem Grund, und weil er jeden Tag zu seinem Job in Woodlands pendelt, fährt Henry ein äußerst sparsames Auto. Seine Frau, die Staatsanwältin Cathleen Kah (ihrerseits Erbin des Vermögens von Kah Chin Kee), geht jeden Tag zu Fuß von ihrem konsulatsähnlichen Haus in der Nassim Road zur Bushaltestelle und nimmt den Bus 75 zu ihrer Kanzlei am Raffles Place.

Alfred Shang, ein kleiner, untersetzter Mann Ende siebzig mit sorgfältig über die Halbglatze gekämmtem grauem Haar stieg aus dem Wagen und blinzelte trotz randloser Sonnenbrille ins grelle Tageslicht. Er half seiner älteren Schwester Su Yi beim Aussteigen, gefolgt von ihren beiden Kammerzofen in eleganten schimmernden pfauenblauen Seidenkleidern. Su Yi selbst trug eine cremefarbene Bluse und eine dünne safrangelbe Strickjacke zu einer hellbraunen Hose. Mit ihrer runden Schildpattsonnenbrille, dem Strohhut und den braunen Wildlederhandschuhen sah sie aus wie für die Gartenarbeit gewappnet. Als Su Yis Blick auf Bischof See Bei Sien fiel, flüsterte sie Alfred grimmig zu: »Victoria hat wieder diesen Wichtigtuer von Bischof mitgebracht, dabei habe ich ihr das ausdrücklich untersagt! Vater wird sich im Grabe umdrehen!«

Nach einer flüchtigen Begrüßung ging die Familie gemeinsam über einen der sorgsam gepflegten Pfade. Sie bildeten eine reichlich eindrucksvolle Formation, angeführt von Su Yi unter ihrem bestickten gelben Seidenschirm, den einer der Gurkhas hielt. Die Grabstätte von Shang Loong Ma befand sich auf dem größten Hügel, einem abgelegenen Fleckchen, das ganz von Bäumen umgeben war. Der Grabstein selbst war im Gegensatz zu vielen anderen nicht sonderlich pompös, doch der große runde Vorplatz aus glasierten Kacheln und den raffinierten Flachreliefs auf der Grabstätte, auf denen Szenen aus *Die Geschichte der drei Reiche* abgebildet waren, machten sie einzigartig. Am Grab wurden sie von mehreren buddhistischen Mönchen in dunkelbraunen Kutten erwartet, und vor dem Vorplatz war ein Zelt mit einer langen Tafel aufgebaut, die mit Silberbesteck und dem blassgelben Wedgwood-Service eingedeckt war, das Su Yi gern für Mahlzeiten im Freien verwendete.

»Ach du meine Güte! Essen wir etwa hier zu Mittag?«, rief Lillian May Tan aus und bewunderte das Spanferkel mit der Kirsche in der Schnauze sowie das Spalier uniformierter Bediensteter aus Tyersall Park neben dem Zelt.

»Ja, Mutter dachte, es wäre schön, zur Abwechslung mal hier zu essen«, sagte Victoria.

Die Familie versammelte sich vor dem Grabstein, und die buddhistischen Mönche stimmten ihren Gesang an. Als sie fertig waren, trat der Bischof nach vorn und sprach ein kurzes Gebet für die Seelen von Shang Loong Ma und seine Frau, Wang Lan Yin, denn obgleich sie nie getauft worden waren, hoffte er, ihre guten Taten und Spenden zum Wohle Singapurs trügen dazu bei, dass die Qualen im Fegefeuer etwas milder ausfielen. Victoria nickte beifällig und ignorierte die bitterbösen Blicke ihrer Mutter.

Als der Bischof abgetreten war, reichten die thailändischen Kammerzofen Su Yi und Alfred kleine Silbereimer mit Seifenlauge und Zahnbürsten, woraufhin die beiden betagten Shang-Geschwister ans Grab traten und den Stein schrubbten. Beim Anblick ihrer über neunzigjährigen Großmutter, die auf allen vieren mühsam die winzigen Vertiefungen in der raffiniert gemeißelten Grabplatte säuberte, war Astrid wie immer tief berührt von dieser schlichten Geste des Respekts gegenüber ihren Urgroßeltern.

Nach dem Säuberungsritual legte Su Yi einen Strauß ihrer berühmten Dendrobium-Orchideen vor dem Grabstein ihres Vaters ab, während Alfred eine Vase voller Kamelien neben dem seiner geliebten Mutter abstellte. Dann traten die übrigen Familienmitglieder der Reihe nach vor und legten frische Früchte und Süßigkeiten dazu. Als sich eine Fülle von Speisen wie ein Stillleben von Caravaggio vor dem Grab türmte, zündeten die buddhistischen Mönche Räucherstäbchen an und sprachen ein letztes Gebet.

Danach begab sich die Familie zum Mittagessen unter das Zeltdach. Als Alfred Shang auf dem Weg zu Tisch an Harry Leong vorbeikam, steckte er ihm einen gefalteten Zettel aus seiner Hosentasche zu und sagte: »Ach, hier ist die Info, nach der du gefragt hast. Was hat es damit auf sich? Es brauchte wesentlich mehr Überredungskunst, als ich dachte.«

»Erklär ich dir später. Du bist Freitagabend bestimmt auch zum Essen in Tyersall Park, oder?«, erkundigte sich Harry.

»Habe ich eine andere Wahl?« Alfred kicherte.

Harry setzte sich an den Tisch und überflog den Zettel. Dann steckte er ihn ein und ließ sich den ersten Gang schmecken: gekühlte Mungbohnensuppe.

»Astrid, ich habe gehört, du warst in Paris? Wie war es?«, fragte Lillian May Tan.

»Wunderschön. Vor allem bin ich überraschend Nicky in die Arme gelaufen.«

»Nicky? Tatsächlich? Den habe ich ja ewig nicht gesehen!«

Astrid warf einen Blick in Richtung ihrer Großmutter, um sich zu vergewissern, dass sie außer Hörweite saß. »Ja, er war mit Rachel da, und wir hatten einen aufregenden gemeinsamen Abend.«

»Erzähl doch mal, wie ist denn seine neue Frau?«, fragte Lillian May mit gedämpfter Stimme.

»Ich mag Rachel richtig gern. Selbst wenn sie nicht mit

Nicky verheiratet wäre, wäre ich definitiv gern mit ihr befreundet. Sie ist so –«

In dem Augenblick spürte Astrid eine Hand auf ihrer Schulter. Es war eine von Su Yis Zofen, die ihr zuflüsterte: »Ihre Großmutter wünscht, dass Sie auf der Stelle aufhören, über Nicholas zu reden, oder ihren Tisch verlassen.«

Als nach dem Essen alle zurück zu ihren Autos gingen, schloss Harry zu Astrid auf und fragte: »Hast du eigentlich noch Kontakt zu diesem Charlie Wu?«

»Gelegentlich, ja. Wieso fragst du?«

»Onkel Alfred hat mir gerade ein unerhörtes Detail verraten. Du hast mich doch neulich gefragt, ob ich Michaels erste Firma gekauft habe, weißt du noch? Danach habe ich beschlossen, ein paar Nachforschungen anzustellen, weil es mir schon immer spanisch vorkam, dass er sie für so viel Geld verkaufen konnte.«

»Ach, und dabei hat Charlie dir geholfen?«

»Nein, Charlie war derjenige, der die Firma gekauft hat.«

Astrid blieb wie angewurzelt stehen. »Jetzt machst du Witze, oder?«

»Nein, nein, überhaupt nicht. Der einzige Witz an der Sache ist, dass Charlie Wu heimlich dreihundert Millionen Dollar für ein winziges Tech-Start-up hingeblättert hat.«

»Dad, bist du dir da hundertprozentig sicher?«

Harry zeigte Astrid den Zettel. »Hör mal, es war alles andere als leicht, an diese Information zu gelangen. Selbst die cleversten Leute aus unserer Finanzabteilung konnten nichts zutage fördern, sodass ich mich schließlich an Onkel Alfred gewandt habe. Du weißt, er hat immer recht.

Charlie hat offensichtlich versucht, seine Eigentümerschaft durch ein komplexes System von Briefkastenfirmen zu verschleiern, aber dieses Dokument ist der Beweis. Die Frage ist nur, wozu das Ganze? Ich wüsste zu gern, was er vorhat.«

Astrid starrte ungläubig auf den Zettel. »Dad, tu mir einen Gefallen. Bitte sag kein Wort zu Michael oder irgendwem anders, bis ich mehr weiß.«

Als alle weg waren, saß Astrid noch immer bei voll aufgedrehter Klimaanlage im Auto, aber statt loszufahren, stellte sie den Motor ab und stieg wieder aus. Sie brauchte dringend Bewegung. Ihre Gedanken fuhren Karussell, sie konnte sich einfach keinen Reim darauf machen, was sie gerade erfahren hatte. Warum um alles in der Welt hatte Charlie die Firma ihres Mannes gekauft? Und warum hatte er ihr nichts davon gesagt? Hatten er und Michael irgendeine geheime Abmachung getroffen? Oder steckte noch etwas Dunkleres dahinter, was sie sich lieber gar nicht erst ausmalen wollte? Sie wusste nicht, was sie glauben sollte, aber sie fühlte sich dennoch auf gewisse Weise von Charlie verraten. Sie hatte ihm ihr Herz ausgeschüttet, und er hatte sie getäuscht. Ob sie ihm je wieder vertrauen konnte?

Astrid spazierte einen überwucherten Pfad entlang tiefer in den Wald hinein, vorbei an Schlingpflanzen, die von den Ästen turmhoher Regenbäume hingen, und alten moosbedeckten Grabsteinen. Vögel zwitscherten laut in den Bäumen über ihr, und Schmetterlinge flatterten durch das Gewirr riesiger Farnblätter. Endlich bekam sie wieder Luft. In diesem Wald, der sie an den Wald ihrer Kindheit in Tyersall Park erinnerte, fühlte sie sich wohl und geborgen. Auf einer Lichtung stieß Astrid auf einen kleinen Grabstein zwischen den knorrigen Wurzeln eines Banyanbaums. Sonnenlicht fiel durchs Blätterdach und beschien eine Engelskulptur, die über der Grabstätte kniete und ihre gewaltigen Flügel darüber ausbreitete. Am Grabstein hing hinter Glas ein kleines ovales Foto in Sepia, auf dem ein ernst dreinblickender kleiner Junge in weißem Anzug abgebildet war. Er musste in Cassians Alter gewesen sein, als er starb. Der Stein hatte etwas so Tragisches und gleichzeitig Tröstliches an sich, dass Astrid sich an die Gräber auf dem Friedhof Père Lachaise in Paris erinnert fühlte.

Auf einer der Paris-Reisen zu ihrer Londoner Unizeit hatte Charlie ihr das Grab von Abélard und Héloïse gezeigt. Die beeindruckende Stätte war von Liebesbriefen übersät gewesen. Charlie hatte erklärt: »Abélard war ein berühmter Philosoph aus dem 12. Jahrhundert, der die junge Adlige Héloïse, Nichte von Fulbert, einem Kanoniker von Notre-Dame, lehren sollte. Sie verliebten sich und hatten eine Affäre, Héloïse wurde schwanger, und die beiden heirateten heimlich. Als das der Onkel von Héloïse erfuhr, ließ er Abélard kastrieren und schickte Héloïse ins Kloster. Sie sahen sich nie wieder, schrieben einander aber den Rest ihres Lebens glühende Liebesbriefe, die zu den berühmtesten der Geschichte gehören. Die Gebeine der Liebenden wurden im Jahr 1817 hier vereint, und seitdem pilgern Liebende aus aller Welt an ihr Grab und lassen Briefe zurück.«

»Ooh, wie romantisch!«, seufzte Astrid. »Versprichst du mir, dass du nie aufhörst, mir Liebesbriefe zu schicken?«

Charlie küsste ihre Hände und verkündete feierlich: »Ich verspreche dir, dass ich nie aufhöre, dir Liebesbriefe zu schicken, Astrid. Bis an mein Lebensende.«

Als Astrid nun allein mitten im Wald an seine Worte zurückdachte, war ihr, als hörte sie plötzlich die Bäume zu ihr sprechen. Tief aus den Stämmen, in den raschelnden Blättern hörte sie es raunen: *Er hat es aus Liebe getan, er hat es aus Liebe getan.* Und auf einmal sah sie es glasklar vor sich. Charlie hatte Michaels Firma gekauft, um ihre Ehe zu retten. Er hatte Hunderte von Millionen zu viel bezahlt, weil er wollte, dass Michael ein eigenes Vermögen hatte, weil er ihm die Chance geben wollte, seine Komplexe abzulegen. Es war ein Akt reiner, selbstloser Liebe gewesen. Und jetzt ergab auch Charlies übriges Verhalten in den letzten drei Jahren auf einmal Sinn – wie er ihr geraten hatte, mindestens ein Jahr zu warten, bis sie in die Scheidung einwilligte, wie er ihr gesagt hatte: *Ich habe da so ein Gefühl, Michael könnte es sich noch mal anders überlegen.* Michael hatte es sich wirklich anders überlegt, aber leider war auch er selbst inzwischen völlig anders. Niemand hatte ahnen können, dass er sich von dem bescheidenen, genügsamen Soldaten in einen rüpelhaften, übergeschnappten Milliardär verwandeln würde. Und jetzt verlangte er von seiner Frau, dass auch sie sich änderte, damit sie zu ihm passte. Astrid wusste jetzt, wie sehr sie sich bemüht hatte, sich für Michael zu ändern, aber sie wusste auch, dass sie das nicht mehr wollte. Was sie wirklich wollte und immer gewollt hatte – das war ihr jetzt klar –, war jemand, der sie genau so liebte, wie sie war. Jemanden wie Charlie. Oh, Charlie. In einem anderen Leben hätten sie miteinander glücklich werden können. Wenn sie ihm damals bloß nicht das Herz gebrochen hätte. Wenn sie damals bloß stärker gewesen und sich gegen ihre Eltern behauptet hätte. Wenn er bloß nicht selbst verheiratet wäre und zwei wunderschöne Töchter hätte. So viele Wenns.

12

MAR VISTA

LOS ANGELES, KALIFORNIEN

»Wann haben Sie die beiden zum letzten Mal gesehen?« Corinna sah Kitty fragend an. Die beiden hatten es sich auf der Rückbank des Tesla bequem gemacht, der sie vom Flughafen abgeholt hatte.

»Vor drei Wochen. Ich versuche eigentlich, eine Woche im Monat hier zu sein, aber ehrlich gesagt ist das wegen dem strikten Gesundheitsprogramm meiner Tochter in letzter Zeit gar nicht mehr so einfach.«

»Also ist es *doch* wahr. Unterziehen sich Bernard und Ihre Tochter hier in L. A. einer Behandlung?«

Kitty stieß einen müden Lacher aus. »Ich habe keine Ahnung, wie dieses Gerücht entstanden ist. Bernard hat sich einer Behandlung unterzogen, aber ganz anders, als Sie wahrscheinlich denken.«

»Welche seltene Krankheit hat er denn?«, fragte Corinna mit weit aufgerissenen Augen.

Kitty holte tief Luft. »Kurz nach unserer Hochzeit in Las Vegas fing es an. Wir waren noch ein paar Tage da und haben uns an einem Abend den neuesten Batman-Film im

Kino angesehen. Mir war nicht klar, wie besessen Bernard von Batman war und dass er sich selbst als eine Art asiatischen Bruce Wayne sah. Hätte ich mir eigentlich denken können bei seiner Vorliebe für exotische Autos und gruselige Einrichtungsgegenstände, aber nun ja. Zurück in Hongkong hatte Bernard plötzlich die fixe Idee, dass er wie der Schauspieler aus Batman aussehen wollte. Er hat einen erstklassigen plastischen Chirurgen aufgetan, der sich angeblich darauf spezialisiert hatte, Leute wie Promis aussehen zu lassen, so einen Arzt in Seoul. Wir haben viel darüber geredet, aber hey, was sollte ich dagegen haben, dass mein Mann wie ein attraktiver Schauspieler aussehen wollte. Ich fand das sogar ziemlich spannend. Aber dann …«

»Oh Gott, der Chirurg hat die OP vermasselt, oder?«, fragte Corinna, die auf ihrem Sitz ganz nach vorn gerutscht war.

»Nein, er hat perfekte Arbeit geleistet. Nur leider gab es einen Riesenfehler *vor* der OP. In Korea sind die meisten komplexen Schönheits-OPs computerunterstützt, und die AutoCAD-3D-Software, die Bernards neues Gesicht ›entworfen‹ hat, wurde aufgrund eines Missverständnisses falsch programmiert. Die Schwester hatte den Namen, den der Arzt ihr vor der OP genannt hat, falsch verstanden und den falschen Schauspielernamen in den Computer getippt. Also wurde ein falsches anatomisches Modell entworfen und alle Implantate für das falsche Gesicht hergestellt. Als Bernard aus dem OP kam, sah er überhaupt nicht so aus wie geplant.«

»Darf ich fragen, welchen Namen die Schwester fälschlicherweise eingetippt hat?«

Kitty seufzte. »Er wollte wie Christian Bale aussehen, aber stattdessen hat die Schwester *Kristen Bell* verstanden.«

Corinna fiel die Kinnlade runter. »Diese süße blonde Schauspielerin?«

»Genau. Anscheinend gab es noch einen anderen Patienten aus Hongkong, und der wollte sich zur Frau umoperieren lassen. Es war ein riesengroßes Missverständnis.«

»Lässt sich Bernard deshalb nicht mehr in Asien blicken?«

»Nein. Na ja, zuerst schon, aber inzwischen ist das nicht mehr der Grund. Bernard und ich sind nach L. A. gegangen, damit er sich hier wiederherstellender Chirurgie unterziehen konnte. Er hat einen tollen Arzt gefunden, der die OP nach und nach wieder rückgängig gemacht hat. Aber inzwischen liegt das Problem ganz woanders.«

»Wo denn?«

»Die ganze Erfahrung hat Bernard völlig verändert. Nicht nur körperlich, sondern auch geistig. Sie werden es verstehen, wenn Sie ihn sehen.«

In diesem Augenblick erreichten sie ein kleines, zweistöckiges Haus im Stil eines englischen Cottage in Mar Vista. Im Garten vor dem Haus machten ein Mann und ein kleines Mädchen mit einer großen blonden Trainerin Yoga.

»Ach du meine Güte, ist die süße Kleine da Ihre Tochter?«, fragte Corinna und musterte das Mädchen mit dem langen geflochtenen Zopf, das in einem perfekten Herabschauenden Hund verharrte.

»Ja, das ist Gisele. Hier, nehmen Sie was von dem Bio-Hygienespray, bevor Sie ihr die Hand geben.«

Kaum hatte das Auto vorm Haus gehalten, vergaß Gisele ihre Yogastunde und kam auf sie zugerannt.

»Hast du ans Dr.-Bronner-Spray gedacht?«, rief Bernard besorgt zu ihnen herüber.

»Ja, klar!«, rief Kitty zurück und schloss ihre Tochter in den Arm. »Hallo, mein Schatz! Ich hab dich so vermisst!«

»Das sollst du doch nicht sagen! So sind Bindungsstörungen vorprogrammiert!«, tadelte Bernard. »Außerdem sollst du Mandarin mit ihr sprechen, denk dran. Ich übernehme Englisch und Kantonesisch.«

»Hoy es el día de español, no?[1]*«*, sagte das kleine chinesische Mädchen und runzelte die Stirn.

»Ach du liebes bisschen, sie spricht ja schon so gut Spanisch! Wie viele Sprachen lernt sie?«, fragte Corinna.

»Bisher erst fünf«, antwortete Kitty. »Sie hat eine Teilzeit-Nanny aus Kolumbien, die Spanisch mit ihr spricht, und unsere Köchin, die mit im Haus wohnt, ist Französin. Gisele, das ist Auntie Corinna. Sag mal Hallo zu Auntie Corinna!«

»Buenos días, tía Corinna«, flötete Gisele.

»Wir wollen mit Russisch anfangen, wenn sie drei ist«, sagte Bernard und kam zu ihnen, um sie zu begrüßen.

»Bernard, meine Güte, wir haben uns ja ewig nicht gesehen!«, sagte Corinna und versuchte krampfhaft, ihr Entsetzen über sein neues Gesicht zu verbergen. Der Mann, den sie von unzähligen Galas kannte, war auf eine Art und Weise verändert, die sie sich in ihren kühnsten Träumen nicht hätte ausmalen können. Seine rundlichen kantonesischen Züge waren einem kantigen Kiefer gewichen, zu dem die winzige Stupsnase so gar nicht passen wollte. Seine Wangenknochen waren neu modelliert, die Augen jedoch merkwürdig elfenhaft und an den äußeren Augenwinkeln nach oben gezogen. *Er sieht aus wie das uneheliche Kind von*

1 »Heute ist doch Spanisch-Tag, oder?« (Auf perfektem Spanisch.)

Jay Leno und dieser Hermine aus den Harry-Potter-Filmen, dachte Corinna, die ihren Blick nicht abwenden konnte.

»Na los, es ist Zeit für Giseles Kraniosakraltherapie, und danach können wir essen«, sagte Bernard und scheuchte sie ins Haus.

Corinna war ohnehin schon entsetzt, dass Bernard Tai, der auf den größten Anwesen und Superjachten aufgewachsen war, in solchen bescheidenen Verhältnissen lebte, doch als sie das Innere des Hauses betraten, traf sie fast der Schlag. Das Wohnzimmer war zu einer Art Praxis mit allen möglichen medizinischen Apparaturen umfunktioniert worden. Gisele legte sich sogleich folgsam auf eine professionelle Massageliege, und ihre Kraniosakralspezialistin strich ihr sanft über die Kopfhaut. Direkt neben dem ehemaligen Wohnzimmer befand sich ein kleinerer Raum, der mit seinen hellen Miniaturstühlen und -tischen sowie verstreuten Hanfkissen auf dem Boden an ein skandinavisches Klassenzimmer erinnerte. An der Wand hing eine Pinnwand mit zahllosen Kinderzeichnungen und Kunstwerken aus Fingermalfarbe.

»Das war früher das Esszimmer, aber da wir sowieso immer in der Küche essen, haben wir eine Lernecke daraus gemacht. Hier trifft sich dreimal die Woche Giseles Programmierkurs«, sagte Bernard an Corinna gerichtet. »Kommen Sie, ich zeige Ihnen das Gästezimmer, dann können Sie sich vor dem Mittagessen frisch machen.«

Corinna versuchte, den Inhalt ihres Koffers in dem vollgestopften Zimmer unterzubringen. Sie nahm die Dose mit Almond-Roca-Toffees, die sie für teures Geld erstanden hatte, mit nach unten, wo die Familie sich bereits um den groben Holztisch auf der kleinen Terrasse versammelt hatte.

»Ich hab dir ein Geschenk mitgebracht, Gisele«, sagte Corinna. Sie überreichte ihr die knallpinke Dose mit dem Plastikdeckel, und die Zweieinhalbjährige starrte das Objekt in ihrer Hand verwirrt an.

»*Wah lao!* Plastik! Stell das sofort hin, Gisele!«, schrie Bernard entsetzt auf.

»Oh, Entschuldigung, ich habe Ihnen gar nicht gesagt, dass Plastik in diesem Haus verboten ist«, flüsterte Kitty Corinna zu.

»Kein Problem. Dann nehme ich die Toffees einfach raus und lasse die Dose wieder verschwinden«, erwiderte Corinna ruhig.

Bernard bedachte Corinna mit einem vernichtenden Blick. »Gisele ernährt sich zuckerfrei, glutenfrei, bio direkt vom Hof und paleo.«

»Ach, tut mir schrecklich leid, das wusste ich nicht.«

Als er Corinnas Gesichtsausdruck sah, sagte Bernard gnädig: »Mir tut es leid. Ich weiß ja, dass Gäste, vor allem die aus Asien, nicht unbedingt auf unseren Lebensstil vorbereitet sind. Aber ich hoffe, Sie werden die bewussten, nahrhaften Speisen in unserem Haus zu schätzen wissen. Wir haben einen eigenen Hof in Topanga, wo wir unser Essen selbst anbauen. Hier, probieren Sie den Eichelkürbis mit Fenchelfüllung. Alles gestern selbst geerntet. Gisele hat den Fenchel eigenhändig gepflückt, nicht wahr, Gisele?«

»Solo comemos lo que cultivamos«[1], piepste Gisele und kaute sorgfältig ihr winziges Stück à point gegartes Filet-Mignon vom grasgefütterten Weiderind.

1 Spanisch für »Wir essen nur, was wir selbst anbauen.«

»Dann trinken Sie bestimmt auch den Johnnie Walker Black Label nicht, den ich Ihnen mitgebracht habe.«

»Ich weiß Ihre Geste zu schätzen, aber ich trinke inzwischen ausschließlich Osmosewasser«, sagte Bernard.

»Ich weiß Ihre Geste zu schätzen?« Meine Güte, da sieht man mal, was aus Männern wird, wenn sie aus Hongkong nach Kalifornien ziehen, dachte Corinna entgeistert.

Nachdem Corinna sich mühsam das fadeste Essen ihres Lebens hineingezwängt hatte, stand sie im Foyer und sah zu, wie Bernard seiner Tochter ihre Toms-Sneaker und ihren kleinen Hanf-Sonnenhut anzog.

Kitty bettelte Bernard an: »Wir sind doch gerade erst angekommen. Kann Gisele nicht ausnahmsweise mal eine Stunde ausfallen lassen und Zeit mit uns verbringen? Ich wollte ihr ein paar süße neue Sachen von Fred Segal kaufen.«

»Du wirst ihr keine neue Kleidung aus diesem Konsumtempel kaufen. Die rüschigen rosa Prinzessinnenkleider vom letzten Mal mussten wir alle der Union Rescue Mission spenden. Ich will nicht, dass sie Kleider trägt, die Geschlechterstereotype und Märchen-Narrative verfestigen.«

»Okay, aber können wir dann nicht wenigstens mit ihr an den Strand oder so? Gegen Strand ist doch nichts einzuwenden, oder? Sand ist doch glutenfrei und alles.«

Bernard nahm Kitty beiseite und redete in gedämpftem Tonfall auf sie ein. »Ich glaube, dir ist nicht ganz klar, wie sehr Gisele diese zweiwöchentlichen Achtsamkeitseinheiten im außenreizabgeschirmten Floating-Tank braucht. Ihr Reiki-Praktiker sagt, dass sie immer noch Symptome eines verdrängten Traumas und Angst aufgrund der Passage durch den Geburtskanal aufweist.«

»Willst du mich verarschen? Falls du dich nicht erinnerst, Bernard, ich war bei ihrer Geburt anwesend. Das einzige Trauma habe *ich* davongetragen, als sie *meinen* Geburtskanal massakriert hat, weil du mir keine PDA erlaubt hast!«

»Psst! Willst du etwa ihre unterdrückten Schuldgefühle verstärken?«, zischte Bernard. »Wir sind jedenfalls gegen sechs wieder da. Ihre Floating-Einheiten in Venice Beach dauern bloß fünfundvierzig Minuten, aber danach hat sie noch eine Stunde Freispiel mit ihren Realitäts-Immersions-Freunden in Compton.«

»Wieso dauert es dann fünf Stunden?«

Bernard sah Kitty genervt an. »Na, wegen des Verkehrs, natürlich. Hast du mal überlegt, wie oft ich auf die 405 raufmuss?«

Nachdem sie Gisele in ihrem spezialangefertigten Kindersitz in Bernards Tesla *adiós* gesagt hatten, setzten sich Kitty und Corinna zusammen und unterhielten sich.

»Jetzt verstehe ich auch, warum Sie meinten, dass ich es mit eigenen Augen sehen muss. Seit wann ist es so schlimm?«, fragte Corinna.

Kitty sah Corinna betrübt an. »Nach den ersten wiederherstellenden OPs in L. A. fing alles an. Er musste viel Zeit im Wartezimmer von Dr. Goldbergs Klinik verbringen und hat sich dort mit den anderen Patientinnen angefreundet. Das waren alles superehrgeizige junge Westside-Mütter. Eine von ihnen hat ihn zu einem Wochenend-Retreat in Sedona eingeladen, und ab da war alles vorbei. Er kehrte völlig verändert nach Singapur zurück und verkündete, dass er alle weiteren OPs absagt und sein neues Gesicht annehmen will. Er erzählte mir von seiner schrecklichen Kindheit, von seinem Vater, der ihn immer ignoriert und mit

Geld ruhiggestellt hat, und seiner Mutter, die sich nur für ihre Kirche interessierte. Diesen generationenübergreifenden Schaden, wie er es nannte, wollte er wiedergutmachen, indem er ein aufgeklärter, bewusster Vater wird. Das erste Jahr nach Giseles Geburt war das schlimmste. Wir mussten nach L. A. umziehen, als Gisele gerade mal zwei Monate alt war, weil Bernard meinte, dass Singapur und seine Eltern toxische Einflüsse für sie wären. Hier war ich dann total isoliert, Bernard hat uns permanent belagert und hat ständig an mir rumgekrittelt. Ich konnte nichts richtig machen, immer habe ich das Baby irgendwas Schädlichem ausgesetzt. Dass ich nicht lache, ich habe sie höchstens dem Anblick meiner Brüste ausgesetzt! Wegen jedem Furz sind wir zu fünfzig verschiedenen Spezialisten gerannt. Dass er unser Schlafzimmer dann an Giseles Schlafmuster angepasst hat, hat für mich das Fass zum Überlaufen gebracht. Mit den ganzen komischen LED-Lichtern, der gereinigten Luft und der Mozartmusik, die nachts an ihrer Wiege dudelte, konnte ich einfach nicht mehr schlafen. Seitdem fliege ich jeden Monat zurück nach Hongkong. Ich habs einfach nicht mehr ausgehalten. Ich meine, schauen Sie sich doch mal an, wie wir leben!«

»Ich war ziemlich überrascht, als wir herkamen, ja.«

»Wir sind aus unserem Anwesen in Bel Air ausgezogen, weil Bernard Gisele auf die ›Realität‹ vorbereiten will. Und er meint, mit einer einkommensschwächeren Postleitzahl hätte sie bessere Chancen, nach Harvard zu kommen.«

»Hat Bernard Sie je gefragt, was *Sie* in Bezug auf Ihre Tochter für richtig halten?«

»Ich habe nichts zu sagen, weil ich anscheinend zu dumm bin, um das alles zu begreifen. Ich glaube, es ist Bernard sogar lieber, wenn ich in Asien bin. Er hat wohl Angst, ich könnte sein Kind irgendwie verdummen. Ich bin ihm scheißegal. Es geht nur um seine kostbare Tochter, vierundzwanzig Stunden am Tag.«

Corinna sah Kitty mitfühlend an. »Was ich jetzt sage, sage ich nicht als Ihre Gesellschaftsberaterin, sondern von Mutter zu Mutter: Wenn Sie wollen, dass Ihre Tochter normal aufwächst und eines Tages ihren rechtmäßigen Platz in der asiatischen Gesellschaft einnimmt, dann müssen Sie dieser Farce ein Ende bereiten.«

»Ich weiß. Ich habe auch schon einen Plan«, sagte Kitty leise.

»Sehr gut. Denn wenn Dato' Tai Toh Lui sehen könnte, wie seine einzige Enkelin aufwächst, würde er sich glatt im Grab umdrehen! Dieses kleine Mädchen sollte ein Kinderzimmer in Queen Astrid Park oder Deep Water Bay haben, das größer ist als das ganze Haus hier, statt jede Nacht bei ihren Eltern zu schlafen!« Corinnas Stimme zitterte vor Empörung.

»Amen.«

»Dieses kleine Mädchen sollte richtig erzogen werden – von anständigen kantonesischen Kindermädchen, ohne dass sich die Eltern ständig einmischen!« Corinna haute auf den Tisch.

»Absolut richtig!«

»Dieses kleine Mädchen sollte die schönsten Kleidchen von Marie-Chantal tragen und jede Woche zum Tee im Mandarin knallpinke Macarons essen!«

»Scheiße, ja!«, brüllte Kitty.

13

TRIUMPH TOWERS

THE PEAK, HONGKONG

Nick und Rachel saßen auf Liegestühlen auf dem Balkon und genossen händchenhaltend den atemberaubenden Ausblick. Eddies Penthouse-Apartment lag wie ein Adlerhorst hoch oben auf dem Peak, und unter ihnen ragten die eindrucksvollen Wolkenkratzer der Stadt vor dem blitzblauen Wasser des Victoria Harbour auf.

»Gar nicht mal so übel«, kommentierte Nick und ließ sich von der leichten Brise die sonnenwarme Haut kühlen.

»Allerdings«, sagte Rachel. Sie war vor zwei Tagen aus dem Krankenhaus entlassen worden und genoss jede Minute an der frischen Luft. »Erst hatte ich ja ein bisschen Schiss, als Eddie darauf bestanden hat, dass wir bei ihm wohnen, weil Fiona und die Kinder nicht da sind. Aber es war eine gute Idee. Er hat nicht übertrieben, als er meinte, bei ihm wäre es wie in der Villa d'Este.«

Wie aufs Stichwort betrat Laarni, eines der Dienstmädchen, mit zwei großen Gläsern Arnold Palmer den Balkon, natürlich mit riesigen Eiswürfeln und Papierschirmchen.

»Ach du meine Güte, Laarni, das wäre doch nicht nötig gewesen!«, sagte Rachel.

»Sir meinte, Sie bräuchten viel Flüssigkeit für Ihre Genesung«, antwortete Laarni mit einem liebenswürdigen Lächeln.

»Also, ich hätte ja nie für möglich gehalten, dass ich das mal sage, aber daran könnte ich mich glatt gewöhnen. Laarni ist echt toll. Weißt du, was sie gestern gemacht hat, als ich mich mit Carlton zum Mittagessen getroffen habe? Sie hat darauf bestanden, mit runter in die Einfahrt zu kommen, wo Eddies Chauffeur wartete. Dann hat sie mir die Autotür aufgehalten, und als ich drinsaß, hat sie sich auf einmal über mich gebeugt und MICH ANGESCHNALLT!«

»Haha, ja, der Anschnall-Move. Den kanntest du wohl noch nicht.« Nick war kein bisschen erstaunt.

»Für den Bruchteil einer Sekunde dachte ich, sie wolle mich befummeln! Ich war völlig verdattert! Ich hab sie gefragt: ›Laarni, machen Sie das bei Eddie und Fiona auch?‹ Und sie meinte: ›Ja, Ma'am, das machen wir bei der ganzen Familie.‹ Dein Cousin ist so verwöhnt, dass er sich nicht mal alleine anschnallen kann!«, sagte Rachel mit gespielter Entrüstung.

»Willkommen in Hongkong!«

Rachels Handy klingelte. »Oh, hallo Vater … Ja, ja, danke, mir gehts schon wieder viel besser … Du bist heute in Hongkong? … Na klar! Um fünf? Ja, wir haben Zeit … Okay. Gute Reise.«

Rachel steckte das Handy ein und sah Nick an. »Mein Dad kommt heute nach Hongkong und hat gefragt, ob wir uns treffen können.«

»Und was hältst du davon?« Im Laufe der letzten Tage

hatte Carlton ihnen von der Konfrontation seiner Eltern in Schanghai erzählt. Seitdem hatte niemand von ihnen mehr von den Baos gehört.

»Ich würde ihn schon gern sehen, aber das wird bestimmt ziemlich unangenehm, oder?« Rachels Miene verdüsterte sich.

»Also, ich wette, ihm ist das Ganze unangenehmer als dir. Ich meine, seine Frau ist eine der Hauptverdächtigen. Immerhin ist es ihm hoch anzurechnen, dass er herkommt und dich besucht.«

Rachel schüttelte traurig den Kopf. »Oh Mann, was für eine Scheiße. Wieso muss immer alles den Bach runtergehen, wenn wir in Asien sind? Das war eine rhetorische Frage …«

»Wäre es dir lieber, wenn er einfach herkommt? Eddie würde sich die Gelegenheit, mit seinen Biedermeier-Möbeln oder dem Schuhschrank mit Luftfeuchtigkeitsregler anzugeben, garantiert nicht entgehen lassen.«

»Oh Gott, ja, der Schuhschrank! Ist dir aufgefallen, dass seine Schuhe alphabetisch nach Markennamen sortiert sind?«

»Das war unübersehbar. Und jetzt sag noch mal, *ich* hätte einen Schuhtick.«

»Also nachdem ich Edison Cheng kennengelernt habe, werde ich nie wieder ein Wort über deine seltsame Schuhmanie verlieren.«

Um sechzehn Uhr fünfundvierzig rannte Eddie wie von der Tarantel gestochen durch die Wohnung und brüllte seine Bediensteten an. »Laarni, mach das aus! Ich sagte *Bebel* Gilberto, nicht Astrud Gilberto!«, schrie Eddie hysterisch. »Als würde ich wollen, dass das Scheißgirl von Ipanema läuft, wenn Bao Gaoliang kommt! Er ist einer meiner wichtigsten Kunden! Ich will Track zwei von *Tanto Tempo*!«

»Entschuldigung, Sir!«, rief Laarni aus dem Nebenraum, wo sie nervös nach dem richtigen Song auf der Linn-Musikanlage suchte. Sie hatte keinen blassen Schimmer, wie man das verdammte Ding bediente, außerdem reagierte die Fernbedienung nicht auf die Baumwollhandschuhe, auf die Mr Cheng bestand, sobald sie sich seiner kostbaren Stereoanlage näherte, die angeblich mehr wert war als ihr ganzes Dorf in Maguindanao, wie er nicht müde wurde zu betonen.

Eddie stürmte in die Küche, wo die beiden chinesischen Hausmädchen auf einem kleinen Fernseher *Fei Cheng Wu Rao*[1] schauten. Sie sprangen von ihren Barhockern auf. »Li Jing, ist der Kaviar fertig?«, fragte er auf Mandarin.

»Ja, Mr Cheng.«

»Zeig her.«

Li Jing öffnete den Sub-Zero-Kühlschrank und holte stolz die Kaviarschale aus Sterlingsilber heraus, die ein ganzes Kühlschrankfach einnahm.

»Nein, nein, nein! Nicht das ganze Teil gehört in den Kühlschrank, nur der Kaviar muss gekühlt werden! Ich will doch nicht, dass beim Servieren die verdammte Kaviarschale schwitzt wie eine kambodschanische Hure! Wisch sie trocken und lass sie draußen. Sobald unser außerordentlich

1 Eine extrem beliebte chinesische Dating-Gameshow. Ein landesweiter Aufschrei folgte auf eine Sendung, in der eine Kandidatin von einem armen Verehrer gefragt wurde, ob sie mit ihm auf ein Date gehen würde, obwohl er nur ein Fahrrad besäße. Sie antwortete: »Ich würde lieber weinend in einem BMW sitzen als lächelnd auf einem Fahrrad!«

wichtiger Politikergast da ist, füllst du hier unten das Eis ein, siehst du? Dann kommt der gläserne Kaviareinsatz so hier rein, verstanden? Und nimm dazu bitte das Crushed Ice aus dem Kühlschrank und nicht die Eiswürfel aus der Eismaschine, okay?«

Zu nichts zu gebrauchen, diese Mädchen, jammerte Eddie auf dem Weg in sein Ankleidezimmer in sich hinein. Dass diese Dienstmädchen nie ihre Einjahresverträge verlängerten, half auch nicht gerade. Als er in Singapur war, hatte er versucht, einen Teil des tadellos ausgebildeten Personals seiner Ah Ma abzuwerben, aber ihre Diener waren echt loyaler als die Nazis.

Eddie stellte sich vor seinen vergoldeten Spiegel im Wiener Jugendstil und suchte sein Fischgrätjackett zum zehnten Mal nach Fusseln ab. Dazu trug er seine enge Dsquared2-Jeans, weil er meinte, damit weniger formell zu wirken. Plötzlich klingelte es an der Tür. Scheiße, Scheiße, Scheiße, Bao Gaoliang war zu früh!

»Laaaarni, Musik an! Charity, Akzentbeleuchtung an! Und Charity, deine Frisur sieht besser aus, geh du an die Tür!«, bellte Eddie, als er in den Salon kam. Nick schaute fassungslos zu, wie sein Cousin die fransigen Dekokissen mit Karateschlägen perfekt in Form zu knuffen versuchte.

Rachel ging derweil zur Tür. »Ich geh schon, Charity.«

»Nicky, du solltest deiner Frau wirklich beibringen, die Dienstmädchen ihre Arbeit erledigen zu lassen«, sagte Eddie mit gedämpfter Stimme zu seinem Cousin.

»Es würde mir nicht im Traum einfallen, sie ändern zu wollen.«

»*Aiya*, Amerika hat keinen guten Einfluss auf dich«, sagte Eddie geringschätzig.

Rachel öffnete die Tür und stand ihrem Vater gegenüber, der plötzlich zehn Jahre älter wirkte. Sein Haar war nicht so sorgsam gekämmt wie sonst, und unter seinen Augen prangten dunkle Ringe. Er schloss sie in die Arme, und Rachel wusste sofort, dass zwischen ihnen alles in Ordnung war. Arm in Arm betraten sie den Salon.

»Bao *Buzhang*, welch eine Ehre, Sie bei mir zu Hause begrüßen zu dürfen«, sagte Eddie herzlich.

»Vielen Dank, dass Sie mich so kurzfristig empfangen«, sagte Gaoliang zu Eddie, ehe er sich wieder an Rachel wandte und sie zärtlich ansah. »Ich bin so erleichtert, dass du wohlauf bist. Es tut mir sehr leid, dass die Reise so gründlich schiefgegangen ist. Hätte ich das geahnt, hätte ich dich nie nach China eingeladen. Und damit meine ich nicht nur den, äh, Vorfall, sondern auch mich selbst und die Komplikationen, wegen derer ich so wenig Zeit mit dir verbringen konnte.«

»Das macht doch nichts, Vater. Ich bereue nichts, denn es war so schön, Carlton kennenzulernen.«

»Das ging ihm ganz genauso. Übrigens schulde ich dir großen Dank für das, was du in Paris für ihn getan hast.«

»Nicht der Rede wert«, sagte Rachel bescheiden.

»Das führt mich auch gleich zum Grund meines Kommens – ich muss mit dir reden. Die ganze Situation muss völlig absurd für euch beide sein. In den letzten Tagen habe ich mich mehrmals mit dem Polizeipräsidenten von Hangzhou getroffen, und jetzt komme ich gerade von Commander Kwok, dem Polizeichef von Hongkong. Meine Frau hatte nichts mit deiner Vergiftung zu tun, dafür würde ich meine Hand ins Feuer legen. Natürlich hast du inzwischen bestimmt gemerkt, dass Shaoyen nicht ganz einverstanden mit deinem Besuch ist, und das ist natürlich nur meine Schuld. Ich hätte sie mehr einbeziehen müssen. Aber sie ist ein Mensch, der keiner Fliege etwas zuleide tut.«

Rachel nickte diplomatisch.

Gaoliang stieß einen Seufzer aus. »Ich werde alles in meiner Macht Stehende tun, um bei der Aufklärung dieses schrecklichen Verbrechens behilflich zu sein. Ich weiß, dass Richie Yang rund um die Uhr von der Pekinger Polizei beschattet wird und ganz Hangzhou im Rahmen der Ermittlungen auf den Kopf gestellt wurde. Ich bin zuversichtlich, dass die Polizei der Wahrheit mit jeder Stunde, die verstreicht, näher kommt.«

Niemand wusste, was er auf Gaoliangs Monolog erwidern sollte, und in dieses Schweigen platzte Li Jing mit einem glänzenden Silberwägelchen mit dem Kaviar. Eddie stachen sofort die Eiswürfel ins Auge, dabei hatte er doch ausdrücklich Crushed Ice verlangt. Jetzt stand die Glasschale mit dem Kaviar leicht schief auf den Eiswürfeln, doch er versuchte, sich nichts anmerken zu lassen. Charity kam mit einer frisch entkorkten Flasche Krug Clos d'Ambonnay und vier Champagnerflöten hinterher.

Scheiße, Scheiße, Scheiße, ich habe ihnen doch gesagt, sie sollen die antiken Venini-Gläser rausholen, nicht die Alltagsflöten von Baccarat!

»Kaviar und Champagner gefällig?«, fragte Eddie, um die Stimmung aufzulockern, und bedachte Charity zugleich mit einem Todesblick. Die wiederum verstand überhaupt nicht, worüber er sich so aufregte. Hatte sie den Champagner zu früh gebracht? Er hatte doch gebeten, ihn acht Minuten nach der Ankunft des wichtigen Gastes zu servieren, und sie hatte ganz genau auf die Standuhr geguckt.

Sir starrte die ganze Zeit finster auf die Champagnerflöten. Ach Mist, das waren die falschen Gläser.

Rachel und Nick nahmen sich etwas Kaviar und Champagner, doch als Gaoliang auch ein Glas angeboten wurde, schüttelte dieser höflich den Kopf.

»Kein Champagner für Sie, Bao *Buzhang*?«, fragte Eddie enttäuscht. Rachel und Nick hätte er nur den Dom serviert.

»Nein danke, aber ich hätte gern ein Glas heißes Wasser.«

Diese Festländer immer mit ihrem heißen Wasser! »Charity, bitte bringen Sie Mr Bao sofort ein Glas heißes Wasser.«

Gaoliang warf Nick und Rachel einen eindringlichen Blick zu. »Ich möchte, dass ihr wisst, dass Shaoyen zu hundert Prozent mit den Ermittlern kooperiert hat. Sie hat sich stundenlangen Verhören unterzogen und der Polizei sogar die Überwachungsvideos aus unserer Fabrik in Shenzhen ausgehändigt, wo das Medikament hergestellt wird.«

»Danke, dass du extra hergekommen bist, um mir das alles zu sagen, Vater. Ich weiß, wie schwer das für dich sein muss.«

»Ach, aber das ist doch gar nichts verglichen mit dem, was du durchmachen musstest!«

Charity betrat den Salon mit einer dampfenden Wasserkaraffe und einer der antiken Venini-Flöten auf einem Tablett. Sie stellte es neben Bao Gaoliang ab, und ehe Eddie realisieren konnte, was sie vorhatte, goss sie kochend heißes Wasser in das achtzig Jahre alte venezianische Glas. Es zersprang mit einem hohen Klirren.

»Neeeein!«, schrie Eddie, sprang vom Sofa auf und riss dabei die Kaviarschale vom Servierwagen. Eine Million winzige schwarze Fischeier ergossen sich über den verblichenen antiken Savonnerie-Teppich, und während die anderen Dienstmädchen ob des Lärms herbeigestürmt kamen, sah sich Eddie die Bescherung an und begann zu hyperventilieren. »Nicht bewegen! Dieser Teppich hat mich neunhundertfünfzigtausend Euro gekostet! Niemand rührt sich vom Fleck!«

Rachel wandte sich seelenruhig an Laarni und fragte: »Haben Sie einen Handstaubsauger?«

Als sichergestellt war, dass nicht ein Teppichknoten bei dem Kaviarunglück zu Schaden gekommen war, nahmen alle ihre Aperitifs mit auf die Terrasse, um sich den Sonnenuntergang anzuschauen. Nun, da Gaoliang alles losgeworden war, was ihm auf der Seele gebrannt hatte, war die Stimmung deutlich gelöster. Eddie zeigte Gaoliang die Häuser eines jeden berühmten Tycoons, der auf dem Victoria Peak lebte, natürlich einschließlich Schätzwert des jeweiligen Objekts, während Rachel und Nick am Geländer standen und aufs Wasser blickten.

»Wie gehts dir jetzt, Süße?«, fragte Nick, immer noch besorgt, wie Rachel alles verkraftete.

»Gut. Ich bin sehr froh, dass ich mich mit meinem Vater ausgesprochen habe. Jetzt kann ich beruhigt nach Hause zurückkehren.«

»Tja, Commander Kwok hat ja gesagt, dass wir Ende der Woche fliegen dürfen, wenn sich nichts Neues ergibt. Bald sind wir wieder zu Hause, das verspreche ich dir.« Nick legte die Arme um sie, während sie zusahen, wie die Lichter der Stadt angingen.

Am Abend, während Nick, Rachel und Gaoliang im Locke Club mit Eddie und seiner Mutter Alix beim Essen zusammensaßen, klingelte Gaoliangs Handy. Als er sah, dass es der Polizeichef von Schanghai war, entschuldigte er sich und nahm den Anruf im Foyer an. Kurz darauf kam er aufgeregt an den Tisch zurück. »Es gab einen Durchbruch in dem Fall, sie haben jemanden verhaftet. Wir sollen sofort wieder nach Schanghai kommen.«

Rachels Magen krampfte sich schmerzhaft zusammen. »Muss ich wirklich vor Ort sein?«

»Anscheinend sollst du jemanden identifizieren.«

Gut drei Stunden später waren Rachel, Nick und Gaoliang zurück in Schanghai und wurden von einem Fahrer in einem Audi zum Polizeirevier in der Fuzhou Lu gebracht.

»Hast du immer noch nichts von Carlton gehört?«, fragte Rachel ihren Vater.

»Äh, nein«, erwiderte Gaoliang knapp. Er hatte Carlton und Shaoyen noch vor dem Start des gecharterten Fliegers anzurufen versucht, in beiden Fällen jedoch nur die Mailbox erreicht. Seitdem versuchte er es alle paar Minuten wieder, doch leider vergebens.

Auf der Polizeistation angekommen wurden sie zum grell erleuchteten Empfang geführt. Ein Beamter mit extremen Hängebacken betrat den Raum und verbeugte sich vor Rachels Vater. »Bao *Buzhang*, danke, dass Sie so schnell gekommen sind. Ist das Ms Chu?«

»Ja«, antwortete Rachel.

»Ich bin Inspector Zhang. Wir bringen Sie jetzt in einen Verhörraum und würden gern wissen, ob Sie die Person, die wir festgenommen haben, wiedererkennen. Wir zeigen sie Ihnen durch eine verspiegelte Scheibe, sodass Sie von der Person weder gesehen noch gehört werden. Sie müssen also keine Angst haben. Verstanden?«

»Ja. Kann mein Mann mit reinkommen?«

»Nein, das wird nicht möglich sein. Aber keine Sorge, ich und mehrere andere Beamte sind bei Ihnen. Ihnen kann nichts passieren.«

»Wir warten hier draußen auf dich, Rachel.« Nick drückte ihr aufmunternd die Hand.

Rachel nickte und folgte dem Beamten. Sie betraten einen Raum, in dem sich bereits zwei weitere Kommissare befanden. Einer der beiden zog an einer Schnur und öffnete die Jalousie über dem Sichtfenster. »Erkennen Sie diese Person?«, fragte Inspector Zhang.

Rachel klopfte das Herz bis zum Hals. »Ja, ja, den kenne ich. Das ist der Mann, der unser Boot auf dem Westsee in Hangzhou gerudert hat.«

»Er hat den echten Bootsführer ausbezahlt, damit er Ihren Tee vergiften kann.«

»Oh Gott! Den Longjing hatte ich ja ganz vergessen!«, rief Rachel entgeistert. »Aber wer ist das? Wieso um alles in der Welt sollte er mich vergiften wollen?«

»Wir sind noch nicht fertig, Miss. Bitte kommen Sie mit nach nebenan.«

Rachel folgte ihm in den Nebenraum, und der Beamte öffnete eine weitere Jalousie. Rachel riss erstaunt die Augen auf. »Das verstehe ich nicht. Was macht sie hier?«

»Kennen Sie sie?«

»Ja! Das …«, stammelte Rachel. »Das ist Roxanne Ma, Colette Bings persönliche Assistentin.«

14

POLIZEIREVIER
FUZHOU LU, SCHANGHAI

Zum offiziellen Verhör von Roxanne durften Nick und Gaoliang zu Rachel in die Zuschauerkabine.

»Wie oft soll ich es denn noch sagen, es war ein schreckliches Versehen. Ich wollte Rachel nur einen kleinen Denkzettel verpassen, mehr nicht«, sagte Roxanne genervt.

»Sie meinen, eine Frau mit einem hochwirksamen Medikament zu vergiften, das zu Leber- und Nierenversagen führt, wäre eine geeignete Art, ihr *einen kleinen Denkzettel zu verpassen*?«, fragte Inspector Zhang fassungslos.

»Das hatte ich nie vor, das Medikament sollte nur für starke Übelkeit und Bauchkrämpfe sorgen. Sie sollte nur das *Gefühl* haben, sterben zu müssen. Ich wollte Rachel die Blumen mit der Nachricht schicken, sobald sie ins Krankenhaus in Hangzhou eingeliefert wird. Aber bevor wir ihr die Lilien schicken konnten, war sie schon nach Hongkong evakuiert worden. Wie hätte ich bitte schön damit rechnen sollen?«

»Und warum haben Sie dann so lange gewartet, bis Sie ihr die Nachricht ins Queen Mary Hospital in Hongkong geschickt haben?«

»Ich hatte ja keine Ahnung, wo sie hingebracht wird. Sie war wie vom Erdboden verschluckt! Wir haben panisch überall nach ihr gesucht – ich habe Leute in Schanghai und Peking, in allen erstklassigen Krankenhäusern der Umgebung nach ihr suchen lassen. Aber wir mussten warten, bis ihre Einlieferung im System verzeichnet war. Es war nie geplant, dass es so schlimm wird. Ich wollte ihr nur einen Schreck einjagen und dafür sorgen, dass sie das Land verlässt. Aber dann ist alles fürchterlich schiefgegangen.«

»Warum wollten Sie Rachel Chu denn überhaupt einen Schreck einjagen?«

»Das habe ich Ihnen doch schon gesagt. Colette war furchtbar beunruhigt, weil Carlton Bao womöglich die Hälfte seines Erbes an Rachel verlieren würde.«

Gaoliang fiel die Kinnlade runter, und Rachel und Nick sahen sich erstaunt an.

»Wie kommt Sie darauf?«, erkundigte sich Inspector Zhang.

»Bao Gaoliang und seine Frau waren außer sich vor Wut, als sie erfuhren, was für leichtsinnige Aktionen sich ihr Sohn in Paris geleistet hatte.«

»Und diese leichtsinnigen Aktionen kamen während des Essens im Imperial Treasure zur Sprache?«

»Ja, die Baos haben sich wegen Carlton gestritten, und Bao Gaoliang drohte, ihn zu enterben.«

»Fand dieser Streit in Gegenwart von Colette Bing und Ihnen statt?«

»Nein, erst nachdem wir den Raum verlassen hatten. Aber ich hatte Colettes iPhone absichtlich im Aufnahmemodus liegen lassen und bin später noch einmal wiedergekommen, um es zu holen.«

Gaoliang schlug die Hände vors Gesicht und schüttelte fassungslos den Kopf.

»Und so haben Sie mitgehört, dass die Baos darüber sprachen, Carlton zu enterben?«

»Ja. Das war ein furchtbarer Schock für Colette. Sie hatte eigentlich zwischen Carlton und seinen Eltern vermitteln wollen, und stattdessen hatte sie alles nur noch schlimmer gemacht. Hab ich ihr doch gleich gesagt! Undank ist der Welten Lohn.«

»Was kümmert es denn Colette Bing, dass Carlton Bao enterbt wird?«

»Das ist doch offensichtlich! Sie ist hoffnungslos verliebt in den Loser.«

»Also hat Colette Bing all das angeordnet?«

»Nein, hat sie nicht! Das habe ich Ihnen doch schon gesagt. Colette war nur furchtbar aufgebracht, als ihr klar wurde, dass sie Carlton und sein Vermögen in Gefahr gebracht hatte. Sie hat sich die Augen ausgeheult und Rachel Chu in einer Tour verflucht, und da habe ich ihr versprochen, dass ich mich darum kümmere.«

»Also wusste sie *doch* von Ihrem Plan, Rachel zu vergiften.«

»Nein! Colette wusste nichts davon. Ich hab ihr nur gesagt, dass ich mich darum kümmere.«

»Colette soll nichts mit dieser wichtigen Mission zu tun gehabt haben?«

»Rein gar nichts! Und es war keine ›wichtige Mission‹.«

»Hören Sie auf, Colette Bing in Schutz zu nehmen! Sie hat alles angeordnet, geben Sie es zu! Es war von Anfang an Colette Bings Plan, und Sie waren nur der Lakai für die Schmutzarbeit.«

»Ich bin nicht ihr Lakai, ich bin ihre persönliche Assistentin! Wissen Sie, was das bedeutet? Ich habe fünfundvierzig direkte Angestellte unter mir, und dazu noch sehr viel mehr Hilfspersonal. Ich verdiene sechshundertfünfzigtausend Dollar im Jahr.«

»Colette Bing zahlt Ihnen so viel Geld und ist trotzdem nicht über jede Ihrer Aktionen informiert? Das erscheint mir sehr unglaubwürdig.«

Roxanne sah den Inspector verächtlich an. »Was wissen Sie schon über Milliardäre? Kennen Sie überhaupt einen? Haben Sie auch nur die leiseste Ahnung von ihrem Alltag? Colette Bing ist eine der reichsten Frauen der Welt, eine extrem beschäftigte und einflussreiche Person. Ihr Modeblog wird rund um die Uhr von über fünfunddreißig Millionen Menschen verfolgt, und sie wird in Kürze die internationale Markenbotschafterin für eins der größten Modeunternehmen sein. Ihr Terminkalender ist bis zum Bersten gefüllt – sie muss sich jeden Abend bei mindestens drei bis vier Veranstaltungen blicken lassen. Sie besitzt sechs Häuser, drei Flugzeuge, zehn Autos und ist jede Woche auf Reisen. Glauben Sie wirklich, dass sie ständig über alles den Überblick behält? Sie ist viel zu beschäftigt damit, weltberühmte Promis wie Ai Weiwei oder Pan TingTing zu treffen! Mein Job ist, für den reibungslosen Ablauf ihres Berufs- und Privatlebens zu sorgen. Ich poste jedes Bild auf ihrem Blog! Ich verhandele alle ihre Verträge! Ich sorge dafür, dass die Ausscheidungen ihrer Hunde die gleichmäßige Farbe von Ahornsirup haben! Ich bin dafür verantwortlich, dass jeder Blumenstrauß in allen sechs Häusern und drei Flugzeugen jederzeit taufrisch ist! Ist Ihnen überhaupt klar, wie viele Floristinnen wir beschäftigen und was für ein *Theater* die

Zusammenarbeit mit ihnen ist? Diese hinterhältigen Biester hätten ihre eigene Reality-TV-Show verdient, ständig sind sie am Intrigieren, nur um Colette ein Kompliment zu irgendeinem Scheißrittersporn aus den Rippen zu leiern! Jeden einzelnen Tag muss ich tausend nervige kleine Problemchen aus dem Weg schaffen, von denen sie gar nichts mitbekommt!«

»Also war Rachel Chu nur ein weiteres kleines Problemchen, das Sie aus dem Weg schaffen mussten?«

Roxanne sah Inspector Zhang empört an. »Ich habe lediglich meinen Job gemacht.«

Nick drehte sich zu Rachel um und sagte angewidert: »Komm, wir gehen. Ich hab mehr als genug gehört.«

Gemeinsam mit Gaoliang verließen sie das Polizeirevier und fuhren schweigend mit dem SUV durch die dunklen Straßen von Huangping, jeder in Gedanken an das versunken, was gerade geschehen war. Gaoliang, der auf dem Beifahrersitz saß, wurde von einem Gefühlschaos übermannt. Roxanne und Colette widerten ihn an, doch in erster Linie war er beschämt und wütend auf sich selbst. Es war alles seine Schuld. Er hatte zugelassen, dass die Situation mit Shaoyen außer Kontrolle geriet, und Rachel war das Opfer, das sich in dem gefährlichen Lügengespinst um Carlton verfangen hatte. Rachel, die nichts von ihm wollte, als ihn und seine Familie kennenzulernen. Aber sie hatte es nicht verdient, Teil einer so verderbten Familie wie seiner zu sein. Sie hatte etwas Besseres verdient.

Nick saß scheinbar entspannt mit dem Arm um Rachel auf dem Rücksitz, doch innerlich kochte er vor Wut. Diese verdammte Colette. Im Endeffekt war sie diejenige, die Rachel so viel Schmerz zugefügt hatte, und er wollte, dass sie gemeinsam mit Roxanne zur Rechenschaft gezogen wurde. Es war eine himmelschreiende Ungerechtigkeit, dass Roxanne ins Gefängnis wandern und Colette ungeschoren davonkommen würde. Aber die Reichen und Berühmten waren unantastbar, das wusste er nur allzu gut. Wenn Rachel nicht neben ihm gesessen hätte, wäre er schnurstracks zu Colette gefahren und hätte ihren Kopf in das Scheißreflexionsbecken gedrückt, während im Hintergrund auf voller Lautstärke Céline Dion plärrte.

Rachel hatte den Kopf an Nicks Schulter gelehnt und war am ruhigsten von allen dreien. Von dem Augenblick an, als Roxanne in dem Verhörraum angefangen hatte zu reden, war Rachel nur noch unfassbar erleichtert gewesen. Sie musste keine Angst mehr haben. Es war kein durchgeknallter Fremder hinter ihr her, sondern nur die durchgeknallte Assistentin der Freundin ihres Bruders, und die konnte einem eigentlich leidtun. Jetzt wollte Rachel nur noch ins Hotel. Sie wollte in das bequeme Bett mit den Daunenkissen und Frette-Seidenbezügen kriechen und einfach schlafen.

Als ihr Audi auf die Henan South Road abbog, fiel Nick auf, dass sie in die entgegensetzte Richtung des Hotels fuhren. »Fahren wir gerade vom Bund weg?«, fragte er Gaoliang.

»Ja. Ich bringe euch nicht ins Peninsula. Heute schlaft ihr bei mir, wo ihr von Anfang an hättet wohnen sollen.«

Sie kamen in ein ruhigeres Wohngebiet mit Platanen, die einen Torbogen aus Blättern über der Straße bildeten. Der Wagen hielt vor einem Wachhäuschen an einer hohen Mauer. Ein schwarzes gusseisernes Tor wurde von einem Polizisten geöffnet, dann fuhr das Auto einen kurzen gewundenen Weg entlang auf ein wunderschönes hell erleuchtetes Anwesen zu, das aussah wie ein französisches Herrenhaus. Als der SUV in der kreisförmigen Einfahrt hielt, schwang die hohe Eichentür auf, und eine Frau eilte die Treppe hinunter.

»Hallo, Ah Ting. Ist meine Frau zu Hause?«, fragte Gaoliang seine Haushälterin.

»Ja, sie hat sich aber bereits ins Schlafzimmer zurückgezogen.«

»Das sind meine Tochter und ihr Mann. Könnten Sie bitte im Peninsula anrufen und dafür sorgen, dass ihr Gepäck auf der Stelle hergebracht wird? Und lassen Sie bitte ein spätes Abendessen für sie servieren. Vielleicht Nudelsuppe mit Fischbällchen?«

Ah Ting starrte Rachel entgeistert an. *Seine Tochter?*

»Bitte lassen Sie das blaue Gästezimmer für die beiden herrichten«, sagte Gaoliang.

»Das *blaue* Gästezimmer?« fragte Ah Ting. Das blaue Gästezimmer war Ehrengästen vorbehalten.

»Wie ich schon sagte, ja«, erwiderte Gaoliang mit Nachdruck, blickte an der Fassade auf und entdeckte den Umriss seiner Frau am Fenster im ersten Stock.

Ah Ting zögerte einen Augenblick, als wollte sie noch etwas sagen, doch dann drehte sie sich um und gab barsche Befehle an die jüngeren Dienstmädchen.

Gaoliang lächelte Rachel und Nick an. »Es war ein langer Tag. Ich hoffe, ihr seht es mir nach, wenn ich euch jetzt schon gute Nacht sage. Bis morgen früh.«

»Gute Nacht«, erwiderten Rachel und Nick im Chor und sahen Gaoliang hinterher, der im Haus verschwand.

Rachel wurde von schrillem Zwitschern vor dem Fenster geweckt. Durch die Vorhänge drang Sonnenlicht und warf schleierartige Schatten auf die blasslila Wände. Sie rollte sich aus dem Himmelbett, ging zum Fenster und entdeckte ein Vogelnest im Giebel. Drei hungrige Vogelkinder reckten die winzigen Schnäbel gen Himmel und warteten darauf, dass ihre Mutter, die aufgeregt ums Nest flatterte, sie fütterte. Rachel holte schnell ihr iPhone und lehnte sich gefährlich weit aus dem Mansardenfenster, um den Muttervogel mit pechschwarzem Kopf, grauem Körper und schimmerndem blauem Streifen am Flügel aus einem guten Winkel zu erwischen. Rachel schoss ein paar Fotos, und als sie das Handy sinken ließ, entdeckte sie plötzlich eine Dame in einem hellgelben Kleid mit Mandarinkragen, die im Garten stand und nachdenklich zu ihr aufblickte. Das musste Carltons Mutter sein.

Überrascht stieß Rachel ein »Guten Morgen« hervor.

»Guten Morgen«, erwiderte die Frau leicht verkniffen. Dann fügte sie in etwas freundlicherem Tonfall hinzu: »Du hast die Blauelstern entdeckt.«

»Ja. Ich habe Fotos gemacht«, sagte Rachel und kam sich sofort doof vor. Das hatte die Frau ja gesehen.

»Kaffee?«

»Gern, danke. Bin gleich unten«, antwortete Rachel. Auf Zehenspitzen huschte sie durchs Zimmer, um Nick nicht zu wecken. Sie putzte sich die Zähne, band die Haare zum Pferdeschwanz und fragte sich, was sie bloß anziehen sollte. Ach, das war doch albern, die Frau hatte sie vorhin sowieso schon in ihrem ausgeleierten Knicks-Pulli und Nicks alter Boxershorts gesehen. Da kamen ihr plötzlich Zweifel: War die Frau überhaupt Carltons Mutter? Sie zog ein schlichtes weißes Sommerkleid aus Baumwolle mit Stickerei über und ging zaghaft die elegant geschwungene Treppe hinunter. Warum war sie auf einmal so nervös? Sie wusste, dass sich die Baos noch bis spät in die Nacht unterhalten hatten, denn hin und wieder hatte sie gedämpfte Stimmen durch den Korridor bis ins Gästezimmer dringen hören.

Wo sollte sie die Frau wohl treffen? Nacheinander spähte sie in die imposanten Empfangsräume im Erdgeschoss, die mit einem raffinierten Stilmix aus französischen und chinesischen Antiquitäten eingerichtet waren. Rachel hatte Carltons Worte noch im Ohr: *Meine Mutter würde lieber tot umfallen, als dich in ihr Haus zu lassen!*

Ein Dienstmädchen mit einer silbernen Kaffeekanne kam vorbei und blieb stehen, als sie Rachels suchenden Blick bemerkte. »Da lang, Ma'am«, sagte sie und führte sie durch eine Glastür auf eine weitläufige gepflasterte Terrasse, wo die Frau aus dem Garten an einem Bistrotisch aus dunklem Palisanderholz saß. Rachel ging langsam auf sie zu und merkte, dass ihre Kehle plötzlich wie ausgetrocknet war.

Die Frau sah das Mädchen auf die Terrasse treten. *Das ist also die Tochter meines Mannes. Das Mädchen, das wegen Carlton beinahe gestorben wäre.* Und als die junge Frau näher kam, war sie wie vom Donner gerührt: *Mein Gott, sie sieht genauso aus wie er. Seine Schwester.* Und mit einem Schlag war all die angestaute Angst, waren all die Gedanken, die sie innerlich zerrissen hatten, wie weggeblasen.

Rachel trat an den Tisch, und die Frau stand auf und streckte ihr die Hand entgegen. »Ich bin Bao Shaoyen. Willkommen in meinem Haus.«

»Ich bin Rachel Chu. Danke, dass ich hier sein darf.«

15

RIDOUT ROAD
SINGAPUR

Als Astrid vom Freitagsessen in Tyersall Park zurückkam, dröhnte in ohrenbetäubender Lautstärke Led Zeppelin aus Michaels Arbeitszimmer. Sie trug den schläfrigen Cassian nach oben in sein Zimmer und übergab ihn dem Au-pair. »Wie lange geht das schon so?«

»Ich bin erst vor einer Stunde nach Hause gekommen, Madame. Da lief Metallica«, berichtete Ludivine pflichtschuldig. Astrid schloss Cassians Zimmertür hinter sich und ging wieder die Treppe hinunter. Sie steckte den Kopf ins Arbeitszimmer und entdeckte Michael, der im Dunkeln in seinem Arne-Jacobsen-Lehnstuhl saß. »Könntest du das bitte etwas leiser machen? Cassian schläft, und es ist schon nach Mitternacht.«

Michael schaltete mit einem Klick die Stereoanlage aus und blieb reglos sitzen. Sie sah, dass er getrunken hatte, und da sie keinen Streit vom Zaun brechen wollte, sagte sie fröhlich: »Du hast heute echt was verpasst. Onkel Alfred hatte plötzlich Heißhunger auf Durian, also sind wir alle zusammen zu 717 Trading in der Upper Serangoon Road gegangen, um welche zu kaufen. Schade, dass du nicht da warst, schließlich bist du der Duriankenner der Familie!«

Michael schnaubte abfällig. »Wenn du glaubst, ich würde nett mit Onkel Alfred und deinem Vater über Früchte plaudern …«

Astrid ging hinein, machte eine Lampe an und setzte sich auf den Hocker ihm gegenüber. »Du kannst meinem Vater nicht ewig aus dem Weg gehen. Früher oder später wirst du dich mit ihm versöhnen müssen.«

»Warum? Er hat diesen Krieg begonnen.«

»Welchen Krieg denn? Wie oft soll ich es dir noch sagen, mein Vater hat deine Firma nicht gekauft, das weiß ich hundertprozentig. Aber nehmen wir mal an, es wäre so. Was würde das ändern? Du hast das Geld vervierfacht. Du hast allen bewiesen, dass du ein Genie bist. Meinem Vater, meiner Familie, der ganzen Welt. Reicht dir das nicht?«

»Du warst nicht dabei auf dem Golfplatz. Du hast nicht gehört, was dein Vater zu mir gesagt hat, und vor allem nicht, wie. Die Verachtung in seiner Stimme. Er blickt auf mich herab, und das wird sich nie ändern.«

Astrid seufzte. »Mein Vater blickt auf jeden herab. Sogar auf seine eigenen Kinder. So ist er einfach, und das solltest du mittlerweile herausgefunden haben.«

»Ich komme nicht mehr mit zum Freitagsessen. Ich will deine Eltern nicht mehr jede verdammte Woche sehen.«

Astrid schwieg. Dann sagte sie: »Den Gefallen würde ich dir sogar tun, wenn ich wüsste, dass es etwas ändert. Ich weiß, wie unglücklich du bist, Michael, aber ich weiß auch, dass meine Familie nicht der Grund dafür ist.«

»Da hast du recht. Ich wäre wesentlich glücklicher, wenn du aufhören würdest, mich zu betrügen.«

Astrid lachte. »Du bist ja betrunken.«

»Ich bin kein bisschen betrunken. Ich hatte gerade mal vier Whiskey. Die bittere Wahrheit schöngetrunken hab ich mir jedenfalls noch nicht.«

Astrid sah ihm in die Augen und versuchte zu ergründen, ob er es ernst meinte. »Michael, ich versuche unsere Ehe ja um jeden Preis zu retten, aber du machst es mir wirklich nicht leicht.«

»Du hast Charlie Wu also gefickt, um unsere Ehe zu retten?«

»*Charlie Wu?* Wie um alles in der Welt kommst du denn darauf?« Astrid fragte sich, ob er die Wahrheit über seine Firma herausgefunden hatte.

»Ich wusste von Anfang an über dich und Charlie Bescheid.«

»Das ist doch lächerlich. Sprichst du von dem Wochenendtrip in Kalifornien mit Alistair? Du weißt doch genau, dass wir nur Freunde sind.«

»Nur Freunde? Dass ich nicht lache. *›Oh Charlie, du bist der Einzige, der mich versteht‹*«, sagte Michael mit piepsiger Frauenstimme.

Astrid lief es eiskalt den Rücken hinunter. »Seit wann überwachst du meine Telefonate?«

»Von Anfang an, Astrid. Und deine E-Mails. Ich habe jede Mail gelesen, die du dir je mit ihm geschrieben hast.«

»Wie? *Warum?*«

»Meine Frau hat im Jahr 2010 zwei Wochen mit einem meiner größten Konkurrenten verbracht. Meinst du, das lasse ich einfach so zu? Vergiss nicht, dass ich Überwachungsspezialist der Regierung war, mir stehen alle Mittel zur Verfügung«, prahlte Michael.

Astrid war wie versteinert. Schockiert starrte sie Michael an und fragte sich, wer dieser Mann war, der ihr da gegenübersaß. Sie hatte ihn immer für den bestaussehenden Mann der Welt gehalten, aber jetzt wirkte er beinahe teuflisch. Da wurde Astrid klar, dass sie keine Sekunde mehr mit ihm unter einem Dach verbringen konnte. Sie sprang auf und ging den überdachten Pfad am Reflexionsbecken entlang zu der Treppe, die zu Cassians Zimmer führte. Sie rannte hoch und klopfte an Ludivines Tür.

»Ja? Herein?« Ludivine lag mit dem Laptop auf dem Bett und telefonierte über FaceTime mit irgendeinem heißen Surfer.

»Ludivine, bitte packen Sie eine Tasche für sich und Cassian. Wir fahren zu meiner Mutter.«

»Wann?«

»Sofort.«

Astrid lief weiter in ihr Schlafzimmer und schnappte sich Portemonnaie und Autoschlüssel. Als sie mit Ludivine und Cassian wieder hinunterkam, stand Michael mitten im Salon und blickte sie höhnisch an. Sie reichte Ludivine den Autoschlüssel und flüsterte ihr zu: »Bringen Sie Cassian ins Auto. Wenn ich in fünf Minuten nicht da bin, fahren Sie in die Nassim Road.«

»Ludivine, wenn du nur einen Scheißfuß vor die Tür setzt, breche dir dein gottverdammtes Genick!«, brüllte Michael. Das Au-pair erstarrte, und Cassian sah seinen Vater mit aufgerissenen Augen an.

Astrid warf ihm einen bitterbösen Blick zu. »Na ganz toll, Michael, so redest du also vor deinem Sohn! Weißt du, ich hab es wirklich versucht. So lange habe ich alles versucht. Ich dachte, wir könnten unsere Ehe retten, für

Cassian. Aber dass du meine Privatsphäre so mit Füßen trittst, zeigt mir, wie kaputt unsere Ehe wirklich ist. Du hast keinen Respekt für mich, und vor allem hast du kein Vertrauen. Du hast mir nie vertraut! Warum willst du uns also jetzt aufhalten? Tief in deinem Innern weißt du doch, dass ich nicht mehr die richtige Frau für dich bin. Du kannst es dir nur noch nicht eingestehen.«

Michael lief zur Haustür und baute sich davor auf. Er riss eine bayrische Streitaxt aus dem 15. Jahrhundert von der Wand und fuchtelte damit vor Astrids Nase herum. »Meinetwegen kannst du in der Hölle schmoren, aber meinen Sohn nimmst du nicht mit! Wenn du dieses Haus verlässt, rufe ich die Polizei und sage, dass du ihn entführt hast. Cassian, komm her!«

Cassian fing an zu weinen, Ludivine hielt ihn beschützend im Arm und murmelte: *»C'est des putains de conneries!«*[1]

»Hör auf, Michael! Du machst ihm Angst!«, rief Astrid wütend.

»Mach dich auf eine Schlammschlacht gefasst. Ich werde dich und deine Familie in den Dreck ziehen! Ich bring dich aufs Titelblatt der *Straits Times*! Ich verklag dich wegen Ehebruch und böswilligem Verlassen! Ich habe alle E-Mails und Telefonanrufe als Beweis gespeichert!«

»Wenn du alle meine Mails an Charlie gelesen hast, solltest du wissen, dass ich nicht eine einzige unangemessene Zeile geschrieben habe. Nicht ein Wort! Er war einfach nur ein guter Freund. Ein besserer Freund, als du es dir je vorstellen könntest«, sagte Astrid mit erstickter Stimme.

1 »Was für eine kranke Scheiße!« (Wie kultiviert das auf Französisch klingt!)

»Ja, ja, ich weiß, wie sorgfältig du deine Spuren verwischt hast. Aber dieser Schlappschwanz Charlie nicht.«

»Wie meinst du das?«

»Es ist dermaßen offensichtlich, Astrid. Der Kerl ist so verknallt in dich, das ist echt armselig. Seine Scheißmails hören sich an wie jämmerliche Liebesbriefe.«

Schlagartig wurde Astrid bewusst, dass Michael recht hatte. Jede beiläufige E-Mail, jede Textnachricht, die Charlie ihr je geschrieben hatte, war ein Zeugnis seiner Liebe. Er hatte sein Versprechen nicht gebrochen. Von dem Tag an, als sie das Grab von Abélard und Héloïse in Paris besucht hatten. Plötzlich spürte Astrid, wie eine Kraft sie durchströmte, die sie mutiger machte als je zuvor. »Michael, wenn du nicht sofort von der Tür weggehst, rufe *ich* die Polizei, das schwöre ich dir!«

»Mach doch! Dann sind wir morgen beide in der Scheißzeitung!«, schrie Michael.

Astrid zückte ihr Handy und wählte mit einem selbstzufriedenen Lächeln die Notrufnummer. »Michael, hast du immer noch nicht begriffen, dass meine Großmutter und Onkel Alfred die größten privaten Anteilseigner von Singapore Press Holdings sind? Wir kommen nicht in die Zeitung. Wir kommen *nie* in die Zeitung.«

16

TAIYUAN ROAD 188
SCHANGHAI

»Wieso muss ich von Eleanor Young erfahren, dass meine Tochter fast gestorben ist?«, schimpfte Kerry Chu ins Telefon.

»Ich bin nicht fast gestorben, Mom!« Rachel lag ausgestreckt auf einer Chaiselongue in ihrem Gästezimmer bei den Baos.

»*Aiya*, also Eleanor hat gesagt, du hättest im Sterben gelegen! Gleich morgen nehme ich den ersten Flieger nach Schanghai!«

»Du musst nicht herkommen, Mom. Glaub mir, ich habe nie in Lebensgefahr geschwebt, und es geht mir wieder richtig gut.« Rachel versuchte das Ganze lachend runterzuspielen.

»Warum hat Nick mich nicht angerufen? Warum bin ich die Letzte, die es erfährt?«

»Ich war bloß ein paar Tage im Krankenhaus, und weil es mir so schnell wieder gut ging, wollte ich dich nicht beunruhigen. Und seit wann glaubst du eigentlich Eleanor? Seid ihr auf einmal beste Freundinnen?«

»Im Gegenteil. Aber sie ruft mich mehrmals die Woche an, und ich muss ja wohl oder übel ans Telefon gehen.«

»Moment mal, wieso ruft sie dich mehrmals die Woche an?«

»*Aiya*, seit sie bei der Hochzeit rausgefunden hat, dass ich den ganzen Tech-Fuzzis in Cupertino und Palo Alto Häuser verkaufe, fragt sie mich ständig nach heißen Aktientipps. Und alle paar Tage will sie wissen, ob es bei euch Neuigkeiten gibt.«

»Neuigkeiten über unsere Reise?«

»Nein, eure Reise ist ihr egal. Sie will natürlich wissen, ob du schwanger bist!«

»Oh Gott, geht *das* jetzt also los …«, murmelte Rachel.

»Aber wäre es nicht wirklich toll, wenn euer Baby in Schanghai entstanden wäre? Ich hoffe, du und Nick, ihr seid kräftig am Üben.«

Rachel tat, als müsste sie würgen. »Aufhören! Das ist kein Gespräch, das ich mit meiner Mutter führen möchte. Bitte, es gibt Grenzen!«

»›Grenzen‹, was soll das heißen? Du bist aus meiner Vagina gekommen, was für Grenzen soll es da bitte schön zwischen uns geben? Mit zweiunddreißig solltest du langsam anfangen, du wirst nicht jünger.«

»Okay, Mom, zur Kenntnis genommen.«

Kerry seufzte. »Und was passiert jetzt mit der Frau, die dich vergiften wollte? Wird sie gehängt?«

»Puh, keine Ahnung. Ich hoffe nicht!«

»Was soll das heißen, ich hoffe nicht? Sie hat versucht, dich umzubringen!«

Rachel seufzte. »So einfach ist das nicht, Mom. Ich kann dir das nicht alles am Telefon erklären. Ist eine lange Geschichte, und zwar eine, die wirklich nur in China passieren kann.«

»Du vergisst, dass ich ebenfalls aus China stamme, Fräulein! Ich kenne das Land wesentlich besser als du«, sagte Kerry verärgert.

»Na klar, Mom, so meinte ich das auch gar nicht. Aber du kennst eben die Leute und die Umstände nicht, auf die wir hier getroffen sind.« Rachel wurde auf einmal ganz traurig, als sie an ihre Begegnung mit Colette Anfang der Woche dachte.

Kaum waren sie zurück in Schanghai gewesen, war Rachel von Colette mit Mailbox-Nachrichten bombardiert worden: »Oh mein Gott, Rachel, es tut mir so, so leid! Ich weiß gar nicht, was ich sagen soll. Hab gerade die Sache mit Roxanne erfahren. Bitte ruf mich zurück!«

Kurz darauf kam: »Rachel, wo bist du? Bitte, können wir uns treffen? Ich hab im Peninsula angerufen, aber die meinten, ihr hättet nicht eingecheckt. Seid ihr bei den Baos? Ruf mich zurück, bitte!«

Eine halbe Stunde später: »Hi, ich bins noch mal, Colette. Ist Carlton bei dir? Ich mach mir echt Sorgen um ihn. Er ist wie vom Erdboden verschluckt und ignoriert meine Anrufe und SMS. Bitte ruf mich an!«

Und dann am Nachmittag eine weitere tränenreiche Mailbox-Nachricht: »Rachel, ich hoffe und bete, dass du mir glaubst, dass ich NICHTS damit zu tun hatte. Wirklich. Bitte glaub mir. Es ist ein Albtraum. Bitte, ich will es dir erklären.«

Nick wollte auf keinen Fall, dass Rachel Colette zurückrief. »Ich glaube einfach nicht, dass sie so unschuldig ist, wie Roxanne behauptet. Im Endeffekt ist sie verantwortlich für die ganze Geschichte, mir kann sie ab jetzt jedenfalls gestohlen bleiben.«

Rachel sah das nicht ganz so eng. »Also verwöhnte Prinzessin hin oder her, sie war immer nett zu uns.«

»Ich will einfach nicht noch mal erleben, dass dir was zustößt«, sagte Nick mit sorgenvoll gerunzelter Stirn.

»Weiß ich doch. Aber ich glaube nicht, dass Colette mir wirklich wehtun wollte, und ich bin mir ganz sicher, dass sie mir auch jetzt nichts tun wird. Ich finde, ich sollte mir wenigstens anhören, was sie zu sagen hat. Das bin ich ihr schuldig.«

Am nächsten Tag um siebzehn Uhr betrat Rachel das Waldorf Astoria am Bund, diskret gefolgt von zwei von Bao Gaoliangs Sicherheitsleuten, ohne die Nick sie nicht hatte gehen lassen. Sie ging direkt in die Grand Brasserie, einen atemberaubenden Raum, der von einer halbrunden Galerie und gewaltigen Marmorsäulen gesäumt war, die bis in den ersten Stock reichten. Colette sprang sofort auf und eilte auf Rachel zu, als sie sie sah.

»Ich bin so froh, dass du da bist! Ich war mir bis zuletzt nicht sicher, ob du kommen würdest«, sagte Colette und umarmte sie fest.

»Warum sollte ich denn nicht kommen?«

»Hier gibt es fantastischen High Tea. Probier unbedingt die Scones, die sind genau wie die von Claridge's. Und auf welchen Tee hast du Lust? Ich nehme glaub ich Darjeeling, der ist immer gut.« Colette plapperte nervös drauflos.

»Ich nehme das Gleiche wie du«, sagte Rachel versöhnlich. Ihr fiel auf, dass Colette völlig anders als sonst gekleidet war. Sie trug ein strenges, elegantes grau-weißes Kleid mit einem Malteserkreuz aus alten Smaragd-Cabochons und war weniger stark geschminkt als sonst. Ihre Augen sahen vom Weinen ganz verquollen aus.

»Rachel, du musst mir glauben, dass ich keine Ahnung hatte, was Roxanne vorhat. Für mich war es genauso ein Schock wie für dich. Ich hätte Roxanne niemals angewiesen, dir etwas zu tun. Niemals. Das glaubst du mir doch, oder? Bitte sag, dass du mir glaubst!«

»Ich glaube dir.«

»Gott sei Dank! Oh Gott.« Colette seufzte. »Ich hatte Angst, du würdest mich jetzt für immer hassen.«

»Ich könnte dich niemals hassen, Colette«, sagte Rachel sanft und berührte Colettes Hand.

Zwei dampfende Teekannen wurden serviert und dazu eine Silberetagere, die fast überquoll vor köstlich anmutenden Sandwichdreiecken, Scones und einer dekadenten Fülle von süßem Gebäck. Während Colette glänzendes Gebäck und fluffige warme Scones auf Rachels Teller häufte, fuhr sie fort: »Es war Roxannes Idee, die Baos zu belauschen, nachdem wir gegangen waren – es war alles ihre Idee. Aber nachdem wir ihr Gespräch mitangehört hatten, stand ich unter Schock. Ich hatte Carlton geschadet und alles nur noch schlimmer gemacht. Und einen kurzen Augenblick, wirklich nur ganz kurz, war ich richtig wütend – nicht auf dich, sondern auf die ganze Situation –, und da muss Roxanne meine Gefühle missverstanden haben.«

»Aber *was* für ein Missverständnis!«

»Ja, absolut. Roxanne und ich … wir haben ein schwieriges Verhältnis. Sie arbeitet jetzt seit fünf Jahren für mich – mein Vater hat sie mir zum achtzehnten Geburtstag geschenkt – und kennt mich in- und auswendig. Vorher hatte sie einen miesen Job bei P. J. Whitney und ist mir unendlich dankbar. Außer mir hat sie niemanden in ihrem Leben. Sie ist wie diese Helen-Mirren-Figur aus *Gosford Park*, die ultimative Haushälterin. Sie erahnt meine Bedürfnisse, noch bevor ich sie selbst verspüre, und macht ständig ungebeten Dinge für mich, von denen sie meint, dass sie mir guttun. Aber diesmal ist sie zu weit gegangen, entschieden zu weit. Ich hab sie gefeuert, nur damit du es weißt. Sofort nachdem ich es erfahren habe, habe ich ihr eine Nachricht geschrieben und sie gefeuert.«

*Oh ja, sie hat sicher tolles WLAN in ihrer Zell*e, dachte Rachel. »Colette, mir ist bloß noch nicht ganz klar, wieso du so aufgebracht warst, dass Carlton womöglich einen Teil seines Erbes verliert. Wieso bedeutet dir das so viel?«

Colette senkte den Blick auf den Teller und pulte die Rosinen aus ihrem Scone. »Ich glaube, dir ist nicht bewusst, was für ein Druck schon mein ganzes Leben lang auf mir lastet. Ich weiß, ich sollte dankbar für mein Vermögen sein, und das bin ich auch, aber dieses Vermögen ist gleichzeitig eine riesige Last für mich. Ich bin Einzelkind, und meine Eltern stellen schon seit meiner Geburt unglaublich hohe Ansprüche an mich. Sie haben mir immer das Beste vom Besten ermöglicht, die besten Schulen, die besten Ärzte – wusstest du, dass meine Mutter meine Augenlider hat machen lassen, als ich sechs war? Als Teenager musste ich jedes Jahr zu irgendeiner Schönheits-OP. Sie haben von mir erwartet, die Beste zu sein. Nicht nur in der Schule, überall. Ich dachte immer, sie würden mich so drillen, damit ich mal die Geschäfte übernehmen kann, aber offensichtlich wollen sie nur, dass ich heirate und ihnen endlich männliche Nachkommen schenke. Ich bin ihre Kronprinzessin, und für sie kommt nur infrage, dass ich einen Kronprinzen heirate. Richie Yang war ihre erste Wahl, und sie waren fuchsteufelswild, als ich seinen Antrag abgelehnt habe. Aber ich liebe ihn einfach nicht, Rachel. Ich liebe Carlton, das hast du bestimmt schon vermutet. Ich will ihn zwar noch nicht sofort heiraten, aber irgendwann einmal. Ich kann ihn mir wunderbar an meiner Seite vorstellen, mit diesem vornehmen Akzent, seiner Größe und seinem hübschen Gesicht – stell dir mal vor, wie süß unsere Kinder aussehen würden. Aber jemand wie Carlton ist meinem Vater völlig fremd, für ihn müssen Männer konservativ sein, so wie Richie. Also ist das mit Carlton eh schon so eine Sache, und wenn er jetzt noch sein Vermögen verliert – und sei es nur ein kleiner Teil davon –, würde sein Ansehen bei meinem Vater noch weiter schrumpfen. Und dann könnte ich es mir endgültig abschminken, ihn eines Tages zu heiraten.«

»Deine Familie ist doch so reich. So viel könnt ihr in tausend Jahren nicht ausgeben.«

»Ich weiß, dass du das nicht verstehst – kein Wunder bei deiner Herkunft –, aber glaub mir, mein Vater kann nie genug kriegen. Es muss immer mehr sein.«

Rachel schüttelte entgeistert den Kopf. »Irgendwann wirst du dich gegen deinen Vater zur Wehr setzen müssen!«

»Ich weiß. Und das habe ich ja auch schon, immerhin habe ich Nein zu Richie gesagt. Und jetzt will ich meinem Vater beweisen, dass ich ohne ihn klarkomme, ohne sein Geld. Er will mich nur testen, so was macht er ständig, aber er lässt mich nie lange auf dem Trockenen sitzen. Ich meine, er wird wohl kaum dem Gärtner auf meinem Landsitz den Geldhahn abdrehen, oder? Dafür brauche ich allerdings deine Hilfe.«

»Wobei?«

Colettes Augen füllten sich mit Tränen. »Carlton ist endlich ans Handy gegangen, und er hat gesagt, ich soll ihn nie wieder anrufen. Er hat mir so viele schreckliche Sachen an den Kopf geworfen, das kannst du dir gar nicht vorstellen. Und er hat gesagt, er will mich nie wieder sehen! Das ist doch nicht zu fassen, oder? Dabei ist er nur sauer wegen der Geschichte mit dir. Ich weiß genau, dass er ein schlechtes Gewissen hat und sich die Schuld dafür gibt. Kannst du ihn bitte davon überzeugen, dass es dir gut geht und wir wieder Freundinnen sind und er nicht mehr sauer auf mich sein muss? Ich muss was Wichtiges mit ihm besprechen, und dafür muss ich ihn so bald wie möglich treffen. Hilfst du mir? Bitte!« Dicke Krokodilstränen kullerten über Colettes Wangen.

Rachel überlegte. »Ich habe Carlton selbst noch gar nicht gesehen, seit wir wieder in Schanghai sind. Er hat sich weder bei mir noch bei seinen Eltern gemeldet. Ich glaube, er ist noch nicht bereit, mit irgendjemandem zu reden.«

»Mit dir redet er bestimmt, Rachel, und ich weiß auch, wo er ist. In der Presidential Suite im Portman Ritz-Carlton, da verkriecht er sich immer. Gehst du hin und redest mit ihm? Tus für mich, bitte!«

»Tut mir leid, Colette, ich will Carlton nicht zwingen, bevor er nicht bereit ist. Und ich will mich eigentlich auch gar nicht in eure Beziehung einmischen. Nichts von dem, was ich sage, wird etwas an seinen Gefühlen ändern. Gib ihm Zeit. Irgendwann wird er wissen, was er will.«

»Aber er weiß nie, was er will. Du musst es ihm sagen!«, flehte Colette. »Je länger er über die Sache nachdenkt, desto schlimmer wird es, das war bei seinem Unfall genauso. Er war die ganze Zeit zu nichts zu gebrauchen, und ich will nicht, dass er schon wieder in die nächste Depression rutscht.«

»Na ja, aber so sind Menschen eben, so ist das Leben. Das kannst du nicht ändern, so sehr du auch willst.«

»Das ist nicht wahr! Ich bekomme immer, was ich will«, stieß Colette hervor.

»Na, dann musst du dich wohl darauf verlassen, dass es diesmal auch so ist.«

»Also weigerst du dich wirklich, zu ihm ins Portman zu fahren?«

»Ich weiß einfach nicht, was das bringen soll.«

Colette kniff die Augen zusammen. »Ach, jetzt versteh ich's. Du willst nicht, dass ich wieder mit Carlton zusammenkomme!«

»Das ist nicht wahr.«

»Oh doch. Du willst mich bestrafen!«

»Wieso sollte ich?«

»Du bist immer noch sauer wegen der ganzen Sache.«

Rachel sah Colette entnervt an. »Ich bin nicht sauer. Du hast mir eher leid getan, aber richtig sauer war ich nie.«

»Ich hab dir *leidgetan*?«

»Ja, es hat mir leidgetan, dass es so weit kommen musste, dass Roxanne das Gefühl hatte –«

Plötzlich haute Colette mit der Faust auf den Tisch. »Wie kannst du es wagen, mich zu bemitleiden! Wofür hältst du dich eigentlich?«

Rachel zuckte zusammen. »Hey Colette, das war doch nicht böse gemeint, ich meinte bloß –«

»Ich war diejenige, die Mitleid mit *dir* hatte, Rachel Chu! Mit dem armen kleinen Waisenmädchen aus Amerika. Ich habe dein Essen bezahlt, dich in mein Haus eingeladen, dich mit meinem Flugzeug fliegen lassen und dir die ganze Scheißreise nach Paris bezahlt! Ich habe dir Zugang zu den exklusivsten Orten der Welt gewährt und dich wichtigen Menschen vorgestellt, und du kannst mir nicht mal einen klitzekleinen Gefallen tun?«

Mein Gott, jetzt ist sie vollkommen übergeschnappt. Rachel versuchte, ruhig zu bleiben. »Colette, jetzt bleib mal auf dem Teppich! Ich bin dir sehr dankbar, dass du so großzügig zu Nick und mir warst, aber ich kann Carlton einfach nicht sagen, was er zu tun oder zu lassen hat, erst recht nicht in Bezug auf eure Beziehung.«

»Du warst nie meine Freundin, oder? Ich durchschaue dich, mit deinen billigen amerikanischen Fetzen und deinem billigen Modeschmuck!«, sagte Colette verächtlich.

Rachel sah sie entgeistert an. *Was passiert hier gerade?* Die ganzen herausgeputzten Damen an den anderen Tischen starrten schon zu ihnen herüber. Zu allem Überfluss tauchten jetzt auch noch die beiden Sicherheitsleute hinter Rachel auf. »Alles in Ordnung, Miss?«

»Du hast *Bodyguards* dabei? Wofür hältst du dich eigentlich? Ach, jetzt willst du mich einschüchtern? Ich lach mich tot. Ich hab doppelt so viele Sicherheitsleute wie du! Roxanne hatte recht, du bist bloß neidisch auf mich und willst einen Keil zwischen Carlton und mich und seine Familie treiben. Das hast du von Anfang an geplant! Das spielt dir alles wunderbar in die Karten, was? Du willst das ganze Erbe für dich. Bitte schön, meinetwegen kannst du die lächerlichen eins Komma fünf Milliarden der Baos haben! Aber glaub mir, an mich wirst du nie rankommen, das ist nichts gegen unser Vermögen! Meinen Stil und meinen Geschmack kannst du dir mit keinem Geld der

Welt erkaufen. Du bist bloß ein gewöhnlicher kleiner Bastard!«

Rachel saß wie versteinert da und spürte, wie ihr alles Blut aus dem Gesicht wich. Dann schob sie mit einem Ruck den Stuhl zurück und sprang auf. Diese kranken Vorwürfe musste sie sich wirklich nicht länger anhören. »Das ist doch absurd. Eine Zeit lang tatst du mir wirklich leid, auch wenn ich deinetwegen richtig schlimm krank war. Aber jetzt ist mir mein Mitgefühl endgültig vergangen. Du hast recht, ich werde nie so sein wie du – zum Glück! Denn du bist ein verzogenes, weltfremdes Scheißgör. Und im Gegensatz zu dir bin ich stolz auf meine Wurzeln. Nicht auf meinen leiblichen Vater, sondern auf meine grundanständige Mutter, die sich den Hintern aufgerissen hat, um mich großzuziehen, und auf ihre tolle Familie, die immer hinter ihr stand. Wir haben nicht über Nacht ein Vermögen verdient, und wir müssen auch keinen Butler engagieren, damit er uns Manieren beibringt. Du schwebst in einer völlig anderen Welt, es hat überhaupt keinen Sinn, mit dir zu diskutieren, dafür ist mir meine Zeit zu schade! Du hockst hier in deiner perfekten kleinen Öko-Luxusblase, während dein Vater mit seinen Fabriken zu den größten Umweltsündern Chinas gehört. Du magst ja alles Geld der Welt haben, aber so ein moralisch verarmtes *Kind* wie du ist mir noch nie untergekommen! Werd erwachsen, Colette, und bau dir dein eigenes Leben auf.«

Mit diesen Worten marschierte Rachel aus dem Hotel auf den Bund, dicht gefolgt von den beiden Bodyguards. »Sollen wir Ihnen den Wagen rufen, Miss?«, fragte der eine.

»Wenn es Ihnen nichts ausmacht, würde ich lieber etwas

frische Luft schnappen. Ich komme zurecht, wir sehen uns dann später zu Hause.«

Rachel ging den berühmten geschlängelten Boulevard hinunter und bewunderte die glänzenden Art-déco-Gebäude, über denen rote chinesische Fahnen flatterten. Als sie gerade an einem strahlenden Hochzeitspaar vorbeikam, das sich vor dem Peace Hotel fotografieren ließ, klingelte ihr Handy. Es war Carlton.

»Rachel! Alles klar bei dir?« Er klang zugleich besorgt und euphorisch.

»Ja, sicher. Wieso?«

»Na, der Streit mit Colette gerade –«

»Woher weißt du denn das?«

»Irgendjemand hat euch von der Galerie über eurem Tisch mit dem Handy gefilmt, und das Video ist sofort auf WeChat viral gegangen! ›Verwöhnte Göre wird so richtig runtergeputzt‹ heißt es. Alter Schwede – schon neun Millionen Aufrufe!«

17

ZEITUNGEN RUND UM DEN GLOBUS

LOS ANGELES DAILY NEWS

Kind aus Mar Vista mit Privatjet entführt

Eilmeldung – Eine wahnwitzige Verfolgungsjagd ereignete sich gestern Abend gegen 21:50 Uhr auf der Startbahn 16R am Van Nuys Airport. LAPD-Beamte rasten mit vier Einsatzwagen hinter einem Privatjet her, in dem sich ein zweieinhalbjähriges Entführungsopfer befand. Leider gelang es ihnen nicht, den Start zu verhindern. Der Flieger konnte unbehelligt abheben und den amerikanischen Luftraum verlassen.

Wenige Minuten zuvor hatte der Vater des Kindes, Bernard Tai, verzweifelt die 911 gewählt und die Entführung seiner Tochter Gisele aus ihrem gemeinsamen Zuhause in der Victoria Avenue 11950 in Mar Vista gemeldet. Giseles Babysitterin hatte einer bislang nicht identifizierten Frau die Tür geöffnet, während Tai außer Haus war. Die Frau verschwand mit dem Kind, und bis die Polizei Giseles Spur zum Van Nuys Airport verfolgt hatte, befand sie sich bereits an Bord des Privatflugzeugs.

Der aus Singapur stammende Tai mit Wohnsitz in Los Angeles gab beim LAPD an, er sei arbeitslos und kümmere sich Vollzeit um die kleine Gisele. Für Nachfragen stand er nicht zur Verfügung. Auch das LAPD gab aus ermittlungstechnischen Gründen keine weitere Stellungnahme ab.

LOS ANGELES TIMES

Reiche Erbin von Mutter gekidnappt

Los Angeles – Überraschende Wendung im Fall der geheimnisvollen »Privatjetentführung« eines Kindes aus Mar Vista vor zwei Tagen. Laut Informationen, die der *Los Angeles Times* vorliegen, wurde das Opfer, Gisele Tai, von seiner Mutter, der ehemaligen Vorabendseriendarstellerin Kitty Pong, entführt. Gisele ist die einzige Tochter und Erbin von Bernard Tai, dem Präsidenten und stellvertretenden Aufsichtsratsvorsitzenden von TTL Holdings mit Sitz in Hongkong.

Tai, der dem LAPD gegenüber angab, »arbeitslos« zu sein, verfügt angeblich über ein Vermögen von vier Milliarden Dollar und besitzt Luxusresidenzen auf der ganzen Welt sowie die 118-Meter-Megajacht *Kitty's Galore*. Dennoch hat Tai mit seiner Familie in den letzten beiden Jahren zurückgezogen in einem 260-Quadratmeter-Haus gelebt. »Ich hatte immer im Verdacht, dass Bernard Geld hat, aber doch nicht in *dem* Maße. Ich wusste, dass er nach Mar Vista gezogen ist, weil er seine Tochter so bewusst wie möglich erziehen wollte. Er ist ein großartiger Vater. Seine Frau habe ich nie getroffen«, berichtet Linda C. Scout, die gemeinsam mit Tai einen Nia-Kurs besucht hat.

Vorgestern hatte Tais Leibköchin Milla Lignel, die mit im Haus wohnt und als Babysitterin eingesprungen war, die Mutter des Kindes, Kitty Pong, ins Haus gelassen. Pong, die getrennt von ihrem Mann in Hongkong lebt, verließ mit der Tochter das Gebäude. »Madame bat mich, ihr ein Omelett zu machen, und keine *cinq minutes* später, als es fertig war, waren Madame und Gisele bereits verschwunden«, gab Lignel in Tränen aufgelöst zu Protokoll.

Tai schwante bereits, dass etwas nicht stimmte, als er mitten in seinem Klangbad-Regenerationskurs in Santa Monica unterbrochen wurde und ihm die Scheidungspapiere vorgelegt wurden. Nach dem Bericht von Ms Lignel schöpfte er augenblicklich den Verdacht, dass seine Noch-Ehefrau mit der gemeinsamen Tochter das Land verlassen wollte. Wie vom LAPD bestätigt, aktivierte Tai daraufhin den geheimen GPS-Sender in Giseles Toms-Schuhen, der automatisch die Polizei verständigt. Diese konnte das Kind bis zum Van Nuys Airport verfolgen, den Start der privaten Boeing 747-81 jedoch nicht mehr verhindern.

Officer Scot Ishihara, der vor Ort war, bemerkte trocken: »Wir haben alles gegeben, aber es ist verdammt schwer, einen 450-Tonnen-Vogel am Abheben zu hindern.«

Tai, der seine Frau in Los Angeles wegen Entführung angezeigt hat, hat inzwischen ebenfalls das Land verlassen. Im TTL-Firmensitz in Hongkong war er jedoch nicht zu erreichen.

SOUTH CHINA MORNING POST

Kitty Tai mit Tochter in Flugzeug von Festlandmilliardär geflohen

Hongkong – Das Los Angeles Police Department sowie die Pressestelle des Van Nuys Airport in Los Angeles haben soeben bestätigt, dass die Boeing 747-81, die für die mutmaßliche Entführung der Erbin Gisele Tai durch ihre Mutter Kitty Tai verwendet wurde, dem chinesischen Industriellen Jack Bing gehört.

Mr Bing, der angeblich über ein Vermögen von mehr als 21 Milliarden Dollar verfügt, hat Mrs Tai seinen 350 Millionen teuren Flieger offensichtlich auf Geheiß eines gemeinsamen Freundes geliehen. Mr Bings Sprecherin gab heute folgende Erklärung ab: »Mr Bing verleiht seine Flugzeuge gelegentlich für humanitäre Zwecke an Privatpersonen oder Unternehmen. Mr Bing ist mit Mrs Tai nicht persönlich bekannt, sondern kam lediglich der Bitte nach, sein Flugzeug für eine humanitäre Rettungsmission zur Verfügung zu stellen. Weder Mr Bing noch seine Familie spielen irgendeine Rolle in dieser Privatangelegenheit der Familie Tai.«

Nach einem kurzen Tankstopp in Schanghai landete Bings Flieger schließlich in Singapur. Mrs Tai ließ durch ihre rechtlichen Vertreter verlauten, sie habe vor, sich von Bernard Tai scheiden zu lassen und auf gemeinsames Sorgerecht für ihre Tochter zu klagen. Tai, der heute in Singapur eingetroffen ist, hat bereits Gegenklage eingereicht und sowohl in Los Angeles als auch in Singapur Anzeige wegen Entführung erstattet.

In einer kurzen Stellungnahme nach der Landung auf dem Changi Airport sagte Tai, dessen Gesicht durch plastische Chirurgie drastisch verändert wirkt: »Meine Frau hat in der Erziehung unserer Tochter nie eine aktive Rolle gespielt, da sie sich lieber in Asien auf High-Society-Events herumgetrieben hat, während ihre Tochter in Los Angeles weilte – ein Umstand, der in allen Klatschmagazinen dokumentiert ist. Gisele hat den Großteil ihres bewussten Lebens in Los Angeles verbracht und verpasst nun wertvolle Lern- und Entwicklungsgelegenheiten. Es ist eine Tragödie unglaublichen Ausmaßes. Gisele muss sofort zu den Menschen zurückkehren, die sie wirklich lieben und für sie sorgen.«

Mrs Tai stand nicht für eine Stellungnahme zur Verfügung.

NOBLESTMAGAZINE.COM.CN

Exklusivbericht von Chinas High-Society-Kennerin Honey Chai

Festhalten, Leute! Heute habe ich so viele Knüller für euch, dass euch Hören und Sehen vergeht! Knüller Nummer eins, und das hört ihr EX-

KLUSIV von mir: **Mrs Bernard Tai**, auch bekannt als **Kitty Pong**, ist die Geliebte von **Jack Bing**! Extrem vertrauenswürdigen Quellen zufolge sind Pong und Bing bereits seit einiger Zeit liiert. Kennengelernt haben sie sich – lasst euch das mal auf der Zunge zergehen – *auf der Beerdigung von Kittys Schwiegervater* **Dato' Tai Toh Lui**! Tai war ein wichtiger Mentor von Bing, und als dieser im Krematorium Kitty kennenlernte, sprühten angeblich wortwörtlich die Funken. Die am Boden zerstörte Mrs Bing hat sich offensichtlich ins Brenners Park-Hotel & Spa im deutschen Kurort Baden-Baden verkrochen. **Colette Bing**, die dem Vernehmen nach stinksauer auf ihren Vater ist, hat Schanghai ebenfalls verlassen und wurde zuletzt mit einem gewissen berüchtigten Playboy knutschend in einem Club in Ibiza gesichtet.

Was mich direkt zu Knüller Nummer zwei bringt: Inzwischen kennt wohl jeder auf diesem Planeten das geleakte Video, in dem Colette heftig von einer unbekannten Frau runtergeputzt wird. Dieses Video führte dazu, dass Prêt-à-Couture den multimillionenschweren Werbevertrag mit Colette zurückgezogen hat. Und ich kann heute verkünden, dass die Frau, deren Monolog zum Schlachtruf für jeden Nicht-Milliardär in China geworden ist (denn leider Gottes haben nicht wenige von uns es immer noch nicht auf die Heron-Wealth-Liste geschafft), niemand Geringeres ist als **Rachel Chu**, die *Schwester* von Colettes Ex-Liebschaft **Carlton Bao**. (Könnt ihr mir noch folgen?) Jedenfalls führte das Video zur Trennung von Carlton und Colette, und als ich Carlton vor ein paar Tagen in der DR Bar fragte, wie es ihm damit geht, fragte er: »Welche Trennung? Ich habe nie behauptet, dass Colette und ich zusammen wären. Sie war mir in einer schweren Zeit eine enge Freundin, und ich wünsche ihr alles Gute.« Der Mann hat echt Klasse.

Apropos Klasse, gestern Abend gaben Carltons Eltern **Bao Gaoliang** und seine Frau **Bao Shaoyen** zu Ehren seiner Tochter **Rachel Chu** und ihrem Ehemann **Professor Nicholas Young** ein Abschiedsdinner im

YongFoo Elite. Die beiden müssen zurück nach New York. Als Bao einen rührenden Toast auf seine »verschollene« Tochter ausbrachte und die erschütternde Geschichte erzählte, wie er als Jugendlicher sein Baby und dessen Mutter aus den Fängen einer gewalttätigen Familie rettete, blieb kein Auge trocken. Unter der glamourösen Gästeschar aus den hochkarätigsten Vertretern der politischen und finanziellen Elite Chinas befand sich auch Hongkongs Tech-Titan **Charles Wu**. Wu, der wenige Wochen zuvor ganz Hongkong in Staunen versetzt hatte, als er die Scheidung von seiner Frau Isabel verkündete, wich den ganzen Abend nicht von der Seite einer wunderschönen Dame in einem sagenhaften weißen Plisseekleid. Viele Partygäste schienen sie zu kennen, doch leider ist es mir nicht gelungen, ihren Namen aufzuschnappen.

So, ich will meine Leserschaft auf keinen Fall überstrapazieren – wenn ich in einem Atemzug das YongFoo Elite, gewalttätige Familien und Mädchen in weißen Kleidern erwähnt habe, weiß ich, dass es an der Zeit ist, meine Kolumne zu beenden. Ich melde mich wieder, wenn es Neues zur Bing-Pong-Affäre gibt. Denn sobald sich die Anwälte einschalten, werden noch so einige Bomben platzen, da bin ich mir ganz sicher!

»Was in drei Teufels Namen veranstalten Sie da?«, kreischte Corinna ins Telefon, als sie Kitty endlich erreichte.

»Sie haben bestimmt die Zeitung gelesen. Oder meinen Sie Honey Chais neuestes Posting?«, fragte Kitty kichernd.

»Sie klingen beinahe, als wären Sie stolz auf dieses Fiasko!«

»Bin ich auch! Ich habe Bernard endlich Gisele weggeschnappt!«

»Aber Sie haben unseren ganzen Fortschritt zunichtegemacht! Dieser Skandal wird Ihrem Ruf in Hongkong irreparablen Schaden zufügen!« Corinna stöhnte entsetzt auf.

»Ach, wissen Sie, das ist mir inzwischen egal. Soll Ada Poon Hongkong doch haben – ich bin jetzt in Singapur, und hier leben so viele liebe Menschen aus aller Welt, die einfach Spaß haben und denen es scheißegal ist, wer wer ist. Außerdem bin ich in ein tolles neues Haus in der Cluny Park Road gezogen. Also, eigentlich ist es ein sehr altes Haus, aber na ja, Sie wissen, was ich meine.«

»Wie bitte? Sie sind der geheimnisvolle Käufer des Frank-Brewer-Hauses?«

»Haha, ja! Obwohl es eigentlich ein Geschenk von Jack war. Aber das bleibt unter uns!«

»Also hat Honey Chai sich das gar nicht ausgedacht, Sie sind wirklich Jack Bings Affäre!«

»Ich bin nicht seine Affäre, ich bin seine *Freundin*. Jack ist ein wunderbarer Mensch. Er hat mir so viele tolle Sachen gekauft und mich und meine Tochter aus diesem Drecksloch Mar Vista gerettet. Lustig, oder, dass man ein Viertel ›Meerblick‹ nennt, wo doch der einzige Ausblick, den wir je hatten, auf diesen Scheißfreeway 405 war.«

Corinna seufzte. »Dass Sie da wegwollten, kann ich Ihnen kaum zum Vorwurf machen. Wie geht es Gisele?«

»Gisele ist putzmunter. Sie ist mit ihrer Großmutter im Garten und schaukelt. Und sie hat schon tolle neue Sachen kennengelernt, Ananastörtchen und Barbiepuppen zum Beispiel.«

»Tja, ich hoffe bloß, dass Sie das nie bereuen.«

»Ein bisschen höher. Entschuldigung, was haben Sie gesagt, Corinna?«, fragte Kitty, die kurz abgelenkt gewesen war.

»Ich sagte … ach, seis drum. Ich hoffe, Sie und Bernard kommen zu einer Lösung in gegenseitigem Einvernehmen.«

»Was heißt ›Einvernehmen‹«?

»Freundschaftlich, friedlich.«

»Ich bin nicht auf Krieg aus. Ich will nur, dass er Gisele mit mir teilt, mehr nicht.«

»Richtig so. Ich wünsche Ihnen viel Glück, und rufen Sie an, wenn Sie das nächste Mal in Hongkong sind.«

»Dann gehen wir mit Gisele zum High Tea im Four Seasons!«

»Aber nein, im Mandarin! Immer im Mandarin. Und ›High Tea‹ sagen nur Fabrikarbeiter. Wir nennen das ›Fünfuhrtee‹.«

»Natürlich. Wie Sie meinen, Corinna.«

Kitty legte auf und trat einige Schritte zurück. »Ach, Oliver, du hattest recht. Höher ist nicht gut, eben sah es besser aus.«

Oliver T'sien zwinkerte ihr zu. »Ich hatte auch recht, als ich dir geraten habe, dieses Haus zu kaufen, und ich hatte recht, als ich dir geraten habe, das Bild zu kaufen, oder? Ich wusste, wie außerordentlich gut es sich an dieser Wand machen würde. Das liegt an dem besonderen Lichteinfall durch die alten Bleiglasfenster.«

»Ja, du hast recht. Alles wird außerordentlich gut!«, sagte Kitty und schaute aus dem Fenster, während die Arbeiter den *Palast der achtzehn Vollkommenheiten* an ihre Wohnzimmerwand hängten.

DANKSAGUNG

Dieses Buch wäre nicht möglich gewesen ohne die Hilfe, Inspiration, Expertise, Geduld, Unterstützung, Genialität und die gute Laune folgender bemerkenswerter Menschen:

Alan Bienstock
Ryan Matthew Chan
Lacy Crawford
Cleo Davis-Urman
David Elliott
Simone Gers
Aaron Goldberg
Jeffrey Hang
Daniel K. Isaac
Jenny Jackson
Jeanne Lawrence
Baptiste Lignel
Wah Guan Lim
Carmen Loke
Alexandra Machinist
David Sangalli
Jeannette Watson Sanger
Sandi Tan
Pang Lee Ting
Jackie Zirkman

Die Übersetzerin dankt Yves Trachsel für seine Hilfe bei der Transkription der asiatischen Begriffe.

UND SO GEHT ES WEITER

CRAZY RICH PROBLEMS

BAND 3 DER *CRAZY-RICH*-TRILOGIE

Nicks Großmutter und schwerreiches Familienoberhaupt Su Yi liegt im Sterben. Um sich von ihr zu verabschieden, reist er nach Singapur. Doch plötzlich findet er sich in einem Erbstreit der Sonderklasse wieder: Der gesamte Shang-Young-Clan ist angereist, um sich einen gehörigen Anteil am Milliardenerbe zu sichern. Ein mitreißender Roman, der uns von den elegantesten Villen zu den elitärsten Schulen bis hin zu den entlegensten Privatinseln führt. Lustig, böse und herrlich unterhaltsam.

Roman, 608 Seiten
ISBN 978-3-0369-6114-9

auch als eBook erhältlich
ISBN 978-3-0369-9423-9

www.keinundaber.ch